HEYNE <

VADIM PANOV

DIE VERBORGENE STADT

Erster Roman: Die Prophezeiung
Zweiter Roman: Das Opfer
Dritter Roman: Die Hexe

VADIM PANOV

DIE VERBORGENE STADT

DIE HEXE

Roman

Aus dem Russischen von
Matthias Dondl

WILHELM HEYNE VERLAG
MÜNCHEN

Titel der russischen Originalausgabe:
Атака по правилам

MIX
Papier aus verantwortungsvollen Quellen
FSC® C014496

Verlagsgruppe Random House FSC-DEU-0100
Das für dieses Buch verwendete FSC®-zertifizierte Papier
Holmen Book Cream liefert Holmen Paper, Hallstavik, Schweden.

Deutsche Erstausgabe 07/2011
Redaktion: Hana Hadas

Printed in Germany 2011
Umschlaggestaltung: Animagic, Bielefeld
Karte: Andreas Hancock
Satz: Christine Roithner Verlagsservice, Breitenaich
Druck und Bindung: GGP Media GmbH, Pößneck

ISBN 978-3-453-52822-2

www.heyne-magische-bestseller.de

PROLOG

Moskau, 1934

In jener Nacht fiel der erste Schnee. Wie ein routinierter Maler warf er mit dünnen Pinselstrichen eine flüchtige Skizze über die Stadt – nur ein Vorgeschmack auf das bevorstehende winterliche Meisterwerk. Ein zarter weißer Schleier bedeckte das Grau der Moskauer Bürgersteige, überzuckerte diskret die Dächer der schweigsamen Häuser und verhüllte zärtlich die noch belaubten Baumkronen.

Der erste Schnee in der Stadt ist kurzlebig. Schon nach wenigen Stunden bleiben vom jungfräulichen Weiß nur traurige Pfützen und frierende Passanten rümpfen die Nase über die nasskalte Heimsuchung.

Doch selbst anfangs, als der frische Schnee sich noch nicht in ein tauendes Missverständnis verwandelt hatte, schenkten die Moskauer Bürger seiner vergänglichen Pracht keine Beachtung. Ihre Aufmerksamkeit galt weit weniger romantischen Geschehnissen.

»Das werden sie nicht wagen!«, ereiferte sich ein bärtiger Einarmiger in einem verwaschenen Feldhemd.

»So ein Juwel zu zerstören – das ist Sünde!«, pflichtete dem Invaliden ein glatzköpfiger Greis bei.

»Das ist diesen Ungläubigen doch egal«, gab eine ältere Dame mit buntem Kopftuch zu bedenken. »Die fürchten sich nicht vor der Sünde.«

»Sehr richtig!«, posaunte ein ausgemergelter Hauswart. »Das gottlose Gesindel spuckt auf das Kreuz!«

»Schrei nicht so!«, zischte seine beleibte Gattin ihn an. »Am Ende hören sie dich noch!«

»Na und?!«

»Ich würde das lieber nicht so laut sagen«, warnte der Greis kopfschüttelnd. »Sie wären nicht der Erste, der wegen solcher Äußerungen auf den Solowki-Inseln landet.«

»Pah, ich habe keine Angst vor denen!«, tobte der Hauswart weiter. »Die sollen ruhig hören, was ich von ihnen halte!«

»Sie sind wohl lebensmüde?!«

»Beruhige dich, Potapytsch. Im Moment haben sie nun mal die Macht.«

Das Gespräch verstummte und alle Blicke richteten sich wieder auf den Sucharew-Turm, der sich erhaben in den grauen Herbsthimmel reckte. Rund um das beeindruckende Bauwerk hatte sich ein dichter Ring von NKWDlern postiert – blau uniformierte Figuren, fast alle gleich groß und alle in derselben Pose: breitbeinig und das Gewehr mit dem aufgepflanzten Bajonett auf die Menschenmenge gerichtet. In ihrer Gleichförmigkeit wirkten diese Gestalten unwirklich und leblos, so als hätte derselbe Maler, der Moskau ein dezentes Winterkleid verpasst hatte, einen blauen Lattenzaun um den Turm gemalt. Und für einen Moment schien es, als würde die silhouettenhafte Palisade dahinschmelzen wie der erste Schnee und sich als grauer Matsch den Moskauer Bürgern zu Füßen legen. Doch der Schein trog. NKWDler pflegten nicht einfach wegzutauen und der glühende Hass, der unter ihren tief in die Stirn gezogenen Schirmmützen loderte, war der beste Beweis für ihre Realität. Doch auch die Blicke, mit denen die Moskauer die Ordnungshüter bedachten, strahlten alles andere als Wohlwollen aus.

»Wieso haben sie den Sucharew-Turm besetzt?«, erkundigte sich ein nicht ganz nüchterner Arbeiter. »Hat er was Schlimmes über die Kommunisten gesagt?«

Niemand antwortete ihm, doch die Frage brannte allen unter den Nägeln.

Was führten die NKWDler im Schilde?

»Die Sache endete damit, dass die Handelsgilde dem Orden einfach eine Rechnung gestellt hat – als Schadensersatzforderung für die verlorene Ware.« Der mit einer Militäruniform bekleidete alte Mann mit den braunen Mandelaugen schüttelte entrüstet den Kopf. »Ganz schön unverschämt, diese Schatyren, finden Sie nicht?«

Bei dem alten Mann handelte es sich um den Kriegsmeister Frederic de Lieu, den höchsten Kriegsmagier des Herrscherhauses Tschud, und seine temperamentvolle Erzählung richtete sich in erster Linie an die schöne Susanna. Die bezaubernde Fate des Grünen Hofs, die einen einfachen schwarzen Rock und eine in der schmalen Taille gegürtete Jacke trug, lächelte ihm höflich zu.

Ein rotes Kopftuch verhüllte Susannas prächtiges goldblondes Haar, dafür betonte es ihr hübsches Gesicht, dessen kindlich-naive und zugleich kesse Züge Männern jeden Alters den Kopf verdrehten. Susanna war noch jung – erst fünfunddreißig Jahre alt – und stand damit nach den Maßstäben des Herrscherhauses Lud erst ganz am Anfang ihrer Blüte. Trotz ihrer Jugend hatte sie bereits den Rang einer Fate erworben und genoss großes Ansehen bei Hof. Nicht zuletzt die Königin hatte eine hohe Meinung von ihr und der charmanten Zauberin wurde eine glänzende Zukunft prophezeit.

»Ich bin sicher, dass es Ihnen gelingen wird, die Interessen Ihres Herrscherhauses zu wahren, Frederic.« Der Blick ihrer smaragdgrünen Augen verharrte nur kurz auf dem alten Magier und wanderte dann zum dritten Gesprächspartner weiter. »Und was halten Sie von der Sache, Kommissar? Die Schatyren sind schließlich Ihre Vasallen.«

»Der Dunkle Hof hat schon vor dreitausend Jahren damit aufgehört, den Karawanen der Handelsgilde Geleitschutz zu gewähren. Damals sank eines ihrer Frachtschiffe während eines Orkans und die Schatyren wollten uns ernsthaft die Schuld dafür in die Schuhe schieben. Der Fall ist bis heute noch nicht geklärt. Die Handelsgilde fordert nach wie vor Schadensersatz von uns.«

Der dritte und letzte Gesprächspartner, ein großgewachsener Mann in einem noblen grauen Anzug, passte überhaupt nicht ins Bild der auf dem Sucharew-Platz versammelten Menschenmenge. Das sorgfältig zurückgekämmte Haar, das markante Profil, die tief sitzenden schwarzen Augen, das selbstbewusste Auftreten und die erstaunliche Souveränität, die aus jeder seiner Gesten sprach, erregten die Aufmerksamkeit der Umstehenden. Der elegante Schlacks rief den unter den Kommunisten in Vergessenheit geratenen Begriff *Dandy* ins Gedächtnis zurück und selbst sein Wagen – ein in ganz Moskau einzigartiges Sportcoupé mit rasant geschwungener Karosserie – gab zu erkennen, dass er mit dem im Imperium üblichen Grau in Grau nichts am Hut hatte. Santiago, der Kommissar des Dunklen Hofs und ranghöchster Kriegsmagier des Herrscherhauses Naw, dachte überhaupt nicht daran, von Gewohnheiten Abstand zu nehmen, die wesentlich älter waren als die Ideologie des Kommunismus.

»Sagen Sie, Kommissar«, wandte sich abermals Susanna an ihn, »glauben Sie wirklich an diese Geschichten, die man sich über den Sucharew-Turm erzählt?«

»An welche Geschichten denken Sie denn konkret, verehrte Fate?«, erwiderte Santiago lächelnd. »Erlauben Sie mir, Sie so anzusprechen?«

»Aber gewiss doch, Kommissar.«

Susannas riesige grüne Augen taxierten den Nawen von Kopf bis Fuß. Der Kommissar des Dunklen Hofs erfreute sich nicht gerade großer Beliebtheit in der Verborgenen Stadt. In den anderen Herrscherhäusern wurde er bestenfalls respektiert, doch im Normalfall gefürchtet und gehasst. Die junge Fate traf Santiago an diesem Tag zum ersten Mal persönlich und zu ihrer Überraschung fand sie den schlechten Leumund des Kommissars in keinster Weise bestätigt. Dieser gepflegte und scharfsinnige Mann machte nicht den Eindruck, als sei er die Inkarnation des Bösen.

»Vielen Dank«, nickte der Naw. »Welche Gerüchte meinten Sie also, verehrte Fate?«

»Zum Beispiel das vom Schwarzen Buch.«

»Aber deswegen sind wir doch hier«, entgegnete der Kommissar. »Ob es nun Gerüchte sind oder nicht – als ich bekanntgab, dass es mir gelungen sei, die Kommunisten zum Abriss des Turms zu überreden, haben es alle drei Herrscherhäuser für nötig befunden, Beobachter zu entsenden.«

»Die Geschichte hat uns gelehrt, Gerüchte nicht von vorneherein zu verwerfen«, sagte Susanna nachdenklich. »Doch ob dieses Gerede über das Schwarze Buch tatsächlich eine reale Grundlage hat? Ich kann, ehrlich gesagt, nicht recht glauben, dass es unter den Humos fähige Zauberer geben sollte.«

»Da haben Sie auch vollkommen Recht«, warf de Lieu beflissen ein. Der alte Magier war ein wenig verstimmt darüber, dass die hübsche Fate dem hochaufgeschossenen Nawen mehr Aufmerksamkeit schenkte als ihm. »In der Magie werden die Humos niemals ein anständiges Niveau erreichen. Sie entfernen sich immer weiter von ihren Wurzeln und ihre Zivilisation beschreitet einen völlig anderen Weg.«

»Ich würde das nicht ganz so kategorisch sehen«, widersprach der Kommissar diplomatisch. »Die generelle Entwicklung der menschlichen Zivilisation schließt nicht aus, dass die Humos in Einzelfällen durchaus mächtige Zauberer hervorbringen, denn wie Sie richtig angemerkt haben, verfügen sie über entsprechende Wurzeln. Jacob Bruce ist ein gutes Beispiel für diese Theorie. Doch abgesehen davon sprechen wir hier über etwas völlig anderes, nämlich über das Wissen, das den Humos in der Vergangenheit zur Verfügung stand. Es ist uns bis heute nicht gelungen, die von ihnen versteckte Bibliothek Iwan des Schrecklichen zu finden, und nach unseren Erkenntnissen enthält diese Bibliothek die Schriften der Assuren, der ersten Zivilisation der Erde.«

»Und was hat das Schwarze Buch mit der Bibliothek Iwan des Schrecklichen zu tun?«, erkundigte sich die Fate.

»Der Fürst des Dunklen Hofs ist davon überzeugt, dass im Schwarzen Buch, das der Schotte Jakob Bruce im Sucharew-Turm versteckt hat, das Kernwissen der Bibliothek zusammengefasst ist.«

»Sie sind sich also sicher, dass das Schwarze Buch tatsächlich existiert?«

»Ich bin felsenfest davon überzeugt, verehrte Fate.«

»Für all diese Mutmaßungen gibt es nicht den geringsten Beweis«, warf de Lieu ein.

»Aber einen deutlichen Hinweis.«

»Und der wäre?«

»Weder Sie, mein werter Kontrahent, noch unsere bezaubernde Begleiterin« – Santiago entbot der Fate eine galante Verneigung – »noch ich noch irgendein anderer Bewohner der Verborgenen Stadt, einschließlich des Fürsten, der Königin und des Großmagisters, ist in der Lage, den Sucharew-Turm zu betreten, und wir haben nicht die leiseste Ahnung, welche unsichtbare Kraft uns daran hindert. Darüber hinaus sind all unsere Versuche, ein Portal in den Turm aufzubauen, kläglich gescheitert. Ich finde, all diese Tatsachen sollten uns Anlass genug sein, den Humos etwas mehr Respekt entgegenzubringen.«

»Ein absoluter Einzelfall«, winkte der Tschud ab.

»Und was denken Sie darüber, Susanna?«

»Einige Bauten der Verborgenen Stadt geben uns bis heute Rätsel auf«, antwortete die Fate. »Das Orakel von Degunino zum Beispiel. Möglicherweise wurde der Grundstein für den Sucharew-Turm bereits von den Assuren gelegt und ...«

Wann immer die Bewohner der Verborgenen Stadt mit unerklärlichen Tatsachen konfrontiert wurden, neigten sie dazu, diese Seltsamkeiten den Begründern ihrer geheimen Zufluchtstätte in die Schuhe zu schieben.

»Ausgeschlossen!«, unterbrach sie der Kommissar. »Die Assuren hatten nicht das Geringste mit der Errichtung des Turms zu tun. Er ist vom Fundament bis zur Spitze ein Werk der Humos und deshalb kann er auch nur von Humos wieder abgerissen werden.« Santiago drehte sich um und wandte sich in gebieterischem Ton an einen NKWDler, der in gebührendem Respektabstand von ihnen entfernt stand. »He Sie, Kommunist, kommen Sie mal her!«

»Zu Befehl, Genosse Befehlshaber!«

Der herbeigerufene Kommunist hatte keine Ahnung, wer der Schnösel im piekfeinen Anzug war, doch da man ihm bedingungslosen Gehorsam eingebläut hatte, eilte er schnurstracks herbei, schlug die Hacken zusammen und blickte hündisch zu Santiago auf.

»Name?!«

»ErstStevKomRotKavStrRegEnkawede Mimitschenko!«

In die Langform übersetzt bedeutete dies, dass der vor dem Kommissar strammstehende Soldat den Posten des ersten Stellvertreters des Kommandeurs des Rotbannerkavalleriestrafregiments des NKWD bekleidete. Die Kommunisten hatten die Armeedienstgrade abgeschafft und benutzten stattdessen die bisweilen etwas umständliche Bezeichnung ihrer Dienstfunktion oder griffen der Einfachheit halber auf das Wörtchen Genosse zurück. Das eine wie das andere ging dem traditionsbewussten Nawen ziemlich auf die Nerven.

»Wie geht die Arbeit voran, Kommunist?«

»Die Arbeiter reißen gerade die Decken in den oberen Stockwerken des Turms ein, Genosse Befehlshaber!«, meldete Mimitschenko wie aus der Pistole geschossen. »Befehlsgemäß werden die Trümmer in feinste Teilchen zerlegt zum Zwecke der Auffindung von Verstecken, in denen die Bourgeoisie Wertsachen deponiert haben könnte!«

»Nach welchen Wertsachen wird konkret gesucht?«

»Schatullen, Kisten, Truhen, außerdem Bücher und auch Einzeldokumente!«, ratterte der ErstStevKomRotKavStrRegEnkawede einstudiert herunter. »Sämtliche Gegenstände, die nicht eindeutig als Bauschutt zu klassifizieren sind, werden zur Begutachtung vorgelegt.«

»Recht so, Kommunist«, brummte Santiago gnädig. »Fahren Sie mit der Operation fort.«

Mimitschenko salutierte und manövrierte anschließend seine O-Beine wieder auf die ursprüngliche Position zurück.

»Ein braver Soldat«, lobte de Lieu.

»Einfach nur gut dressiert, aber strohdumm«, konstatierte der Kommissar missmutig. »Ich bin sicher, dass diese Blindgänger jede Menge unbrauchbaren Müll aus dem Turm schleppen werden.«

»Sie sind also auch der Meinung, dass wir hier unsere Zeit verschwenden, Kommissar?«, lästerte der Kriegsmeister und fügte schadenfroh hinzu: »Dann hätte der Dunkle Hof die Kommunisten ja ganz umsonst für den Abriss des Sucharew-Turms bezahlt.«

»Dabei ging es doch sicherlich nicht nur ums Geld«, warf die Fate Susanna ein. »Kommissar, wie ist es Ihnen eigentlich gelungen, die Humo-Führer zur Zerstörung des Turms zu überreden?«

»Ach, das war gar nicht schwer«, erklärte Santiago. »Die Kommunisten empfinden einen so unvorstellbaren Hass gegenüber den Errungenschaften der Vergangenheit, dass es dazu keiner besonderen Überredungskünste bedurfte. Unter dem vorhergehenden Regime wäre das völlig undenkbar gewesen.«

»Jaja, es gibt eben solche und solche Humos«, räsonierte die Fate.

»Sind Sie wirklich der Meinung, dass man die Kommunisten als Humos bezeichnen kann?«, fragte der Kommissar.

»Die Erli haben physiologische Studien an Leichen vorgenommen«, warf Frederic de Lieu ein. »Sie sind zu dem Schluss gekommen, dass der Organismus eines Kommunisten sich nicht wesentlich vom Organismus eines gewöhnlichen Humos unterscheidet. Auf eine detaillierte Untersuchung des Gehirns haben sie allerdings verzichtet.«

»Das ist primitiv«, urteilte Susanna und rümpfte ihre kleine, süße Nase. »Santiago hat auf etwas völlig anderes angespielt.«

»Ganz recht, verehrte Fate«, bestätigte der Kommissar. »Sie müssen doch zugeben, Frederic, dass es ausgesprochen schwerfällt, jemanden einen Humo zu nennen, dem sämtliche ethisch-moralischen Prinzipien, die sich in einer Gesellschaft herausgebildet haben, zutiefst zuwider sind. Jemanden, dem nichts Hergebrachtes heilig ist: keine Erfahrung, kein Verbot, kein Gesetz. Jemanden, dessen Beziehungen zu seinen Volksgenossen einschließlich Gleichgesinnter ausschließlich auf Hass gründen.«

»Warum sind die Humos dann unter das Joch dieser widerwärtigen Subjekte geraten?«, fragte de Lieu. »Herrschen denn nicht die Klügsten?«

»Es herrschen die Klügsten oder die Mächtigsten. Wir beide haben schon mehr als eine Gesellschaft erlebt, die vornehmlich auf Hass und Gewalt aufgebaut war. Und mit den Kommunisten ist es dasselbe. Die brutale Skrupellosigkeit, mit der sie die Macht erobert haben, hat ihre Wirkung nicht verfehlt.«

»Mit einem Bajonett kann man alles Mögliche machen, aber nicht darauf sitzen«, wandte de Lieu philosophisch ein.

»Ganz recht, die Kommunisten haben auch gar nicht vor, darauf zu sitzen. Ihr Regime beruht auf fortwährendem Terror, nach dem Motto: Wer nicht für uns ist, ist gegen uns. Zuerst haben sie ihre unmittelbaren Feinde vernichtet und sich dann jene Schichten vorgenommen, die über Intelligenz und Selbstachtung verfügen. Ein Volk, das seiner Elite beraubt wird, verändert sich, es degeneriert und versucht den ständigen Terror durch sklavischen Gehorsam abzumildern – aus reinem Selbsterhaltungstrieb. Für die Kommunisten kommt es nur darauf an, sich so lange an der Macht zu halten, bis sie den aktivsten Teil der Bevölkerung liquidiert haben.«

»Glauben Sie, dass sie das schaffen?«

»Die Zeit wird es zeigen. Entweder der Plan der Kommunisten geht auf, oder sie werden demnächst an Laternenmasten baumeln.«

»Ich glaube, wir bekommen Besuch«, verkündete de Lieu.

Santiago wandte sich um und machte ein wegwerfende Handbewegung: »Nicht der Rede wert, Frederic, das ist nur Kaganowitsch, der städtische Parteibonze. Laut unserer Vereinbarung ist er für die ideologische Unterfütterung des Projekts verantwortlich und muss sich deshalb hier sehen lassen.«

»Wozu soll denn diese ideologische Unterfütterung gut sein?«, wunderte sich Susanna.

Der Kommissar runzelte die Stirn: »Der Dunkle Hof

hat nicht die Absicht, vor künftigen Humo-Generationen für den Abriss des Turms geradezustehen. Sie sollen lieber diejenigen verfluchen, die wir dafür bezahlt haben.«

»Übertrieben weitsichtig«, urteilte de Lieu. »Bislang haben die Humos nicht die leiseste Ahnung von der Existenz des Dunklen Hofs, noch nicht einmal von der Existenz der Verborgenen Stadt.«

»Mag sein«, entgegnete Santiago ernst. »Aber früher oder später könnte sich das ändern.«

Dem von den NKWDlern umstellten Turm näherte sich eine überlange, blitzblank gewienerte Limousine, auf deren Trittbrettern sich hünenhafte Leibwächter drängten. Als der Wagen zum Stehen kam, sprangen aus Begleitfahrzeugen zusätzliche Leibwächter herbei und umringten den schnauzbärtigen Mann, der aus der Limousine kletterte. Ein Reservezug von NKWDlern bildete einen zweiten Schutzgürtel um Kaganowitsch, um den geliebten Parteiführer gegen das unberechenbare Stadtvolk abzuschirmen.

Santiago verzog das Gesicht zu einem verächtlichen Grinsen: »Ein anschauliches Beispiel für das, wovon wir gerade gesprochen haben, Frederic. Mit ihrer Gewaltideologie haben die Kommunisten die Atmosphäre so vergiftet, dass sie sich nicht einmal untereinander vertrauen. Sehen Sie, die NKWDler schützen Kaganowitsch vor dem Volk, die Leibwächter wiederum schützen ihn vor den NKWDlern, denn es könnte ja sein, dass sich ein Attentäter unter ihnen befindet, den ihm ein Parteifreund an den Hals gehetzt hat.«

»Der Selbsterhaltungstrieb«, kommentierte Susanna achselzuckend.

»Absolut«, bestätigte der Kommissar. »Trotzdem ist es kompletter Nonsens, eine Zivilisation auf Instinkten aufzubauen.«

»Da haben Sie Recht.«

»Das ist ja noch gar nichts!«, flocht der Kriegsmeister ein. »Ich kenne einen Kommunisten, einen gewissen Jakir, der verlässt sich ausschließlich auf chinesische Söldner. Die sprechen kein Wort Russisch und deshalb baut er darauf, dass die Schlitzaugen sich mit keinem von seinen Feinden gegen ihn verschwören können.«

Ein scheppernder Bass aus dem Hintergrund unterbrach die gediegene Unterhaltung: »Erlauben Sie, Meldung zu machen?«

Die Gesprächspartner wandten sich um.

»Innerhalb der letzten fünf Minuten konnten keinerlei magische Aktivitäten im Bereich des Turms festgestellt werden«, berichtete Franz de Geer, ein breitschultriger rothaariger Mann in Armeeuniform. Gerüchten zufolge war dieser fähige und talentierte Kriegskommandeur als Nachfolger von Frederic de Lieu für den Posten des Kriegsmeisters vorgesehen.

»Setzen Sie Ihre Patrouillengänge fort, Franz«, ordnete Santiago an, den die Herrscherhäuser mit der Leitung der Operation betraut hatten. »Und melden Sie unverzüglich auch minimalste Anzeichen für die Freisetzung magischer Energie. Ortega, sind Sie noch bei Kräften?«

Der Naw, der ebenfalls zur Patrouille gehörte, nickte abwesend mit dem Kopf. Er war völlig darauf konzentriert, die Umgebung auf mögliche Impulse magischer Energie zu scannen.

»Denken Sie daran, Franz«, mahnte Frederic, »jeder Magier, der es sich einfallen lässt, in der Nähe des Turms irgendwelche Zauber zu wirken, ist sofort festzunehmen.«

Diese Belehrung durfte sich der Kriegskommandeur jedes Mal anhören, wenn die Patrouille an den Beobachtern der Herrscherhäuser vorbeikam, und jedes Mal hatte er dieselbe Antwort parat.

»Verstanden, Kriegsmeister. Gestatten Sie, den Patrouillengang fortzusetzen?«

Frederic de Lieu neigte zustimmend das Haupt.

»Du solltest nicht so glotzen, Mädchen«, empfahl der Einarmige in dem verwaschenen Feldhemd. »Das mögen die Blauen überhaupt nicht.«

»Ich glotze doch gar nicht.« Kara zupfte verlegen ihr Kopftuch zurecht und sah den Invaliden treuherzig an. »Warum haben die Soldaten das Haus denn umstellt?«

»Das Haus ...«, wiederholte der Einarmige und schüttelte in milder Entrüstung den Kopf. »Von wo hat es dich denn hierher verschlagen?«

»Ich bin aus Twer.« Bevor Kara zum Sucharew-Platz aufbrach, hatte sie sich regelrecht verkleidet. Mit dem wärmenden Kopftuch, dem breiten Rock und dem unförmigen Mantel ging sie ohne weiteres als naives Provinzmädel durch. »Ich arbeite schon seit einer Woche als Hausangestellte bei den Genossen Marzipanski, in der Roshdestwenka-Straße.«

»So so, du arbeitest hier.« Der Einarmige drehte sich mit erstaunlichem Geschick eine Zigarette. »Das ist kein Haus, du Twerer Dummerchen, sondern unser berühmter Turm. Der Sucharew-Turm.«

»Und wieso ist er berühmt?«

Kara kannte die Geschichte des Turms wesentlich besser als der Invalide, doch nun musste sie ihre Rolle bis zu Ende spielen.

»Peter der Große hat ihn erbaut.« Der Mann inhalierte tief und blies eine dicke Wolke übel stinkenden Rauchs in die Luft. »Der Zar hat Moskau nicht besonders gemocht. Trotzdem hat er diesen schönen Turm hier gebaut und einen Zauberer hineingesetzt.«

»Einen Zauberer?!«, staunte Kara.

»Einen Zauberer«, wiederholte der Einarmige und nickte energisch mit dem Kopf. »Einen schottischen Astrologen. Und er hat ihm streng befohlen, das Land vor teuflischen Plagen zu beschützen.«

»Was erzählst du denn da für Märchen«, mischte sich der glatzköpfige Greis ein. »Dein Schotte, Jakob Bruce, hatte sich mit dem Bösen gemeingemacht. Deswegen lebte er auch in Moskau und nicht in St. Petersburg. Und dem Zaren hat er gedient, um seine Sünden abzugelten. Der Turm war sein Gefängnis, und wenn sie ihn abreißen, wird der Geist des Zauberers befreit.« Der Greis senkte die Stimme. »Wahrscheinlich machen die Kommunisten das extra, um den Bruce rauszulassen …«

»Hey, Ruhe dort drüben! Gespräche einstellen!!«, brüllte ein stämmiger NKWDler zu ihnen herüber und spähte böse unter seiner Schirmmütze hervor.

Kara gluckste künstlich erschrocken und versteckte sich hinter dem Rücken des Einarmigen.

Was die Zauberin bislang gesehen hatte, gefiel ihr überhaupt nicht. Der Sucharew-Turm war vollständig umstellt. Die schweigsamen Soldaten in blauer Uniform standen Schulter an Schulter, bereit, jede Annäherung an das Gebäude schon im Keim zu ersticken.

Gewiss, die Absperrung der NKWDler stellte für Kara kein ernsthaftes Hindernis dar. Doch sie musste vorsichtig sein, denn eines war klar: Sobald sie ihre magischen Fähigkeiten zum Einsatz brächte, würden die Beobachter der Verborgenen Stadt sie sofort bemerken. Und an deren Anwesenheit gab es keinen Zweifel. Das extravagante Sportcoupé und der elegante Anzug seines Besitzers Santiago waren ihrer Aufmerksamkeit nicht entgangen. Es stand außer Frage, dass der Kommissar des Dunklen Hofs das gesamte Gelände penibel überwachen ließ. Dennoch musste sie unbedingt ins Innere des Turms gelangen. Und zwar so schnell wie möglich.

Die beste Stelle für ihr Vorhaben hatte Kara bereits ausgespäht. Der Zaun einer nahe gelegenen Baustelle reichte ziemlich nahe an den Sperrgürtel der NKWDler heran. Dort hielten sich kaum Menschen auf, dafür befand sich im Rücken der Soldaten eine kleine Tür, die in ein Nebengebäude des Turms führte. Von dort aus würde sie ihr Ziel problemlos erreichen, denn in den Räumlichkeiten des Bauwerks kannte sich die Zauberin bestens aus. Sie musste nur den richtigen Moment abpassen, um zu dieser Tür vorzudringen.

Kara rückte ihr Kopftuch zurecht und musterte noch

einmal aufmerksam die NKWDler. Humanoide Magier schienen nicht darunter zu sein. Sollte sie jetzt loslaufen? Quälende Ungeduld und die Angst, zu spät zu kommen, trieben sie vorwärts, doch der nüchterne Verstand gebot, noch ein wenig zu warten. Es stand viel auf dem Spiel und sie durfte sich jetzt keinen Fehler leisten.

Und tatsächlich, Kara behielt Recht. Kaum zwei Minuten später bog eine kleine Prozession um die Ecke. Voraus ging ein breitschultriger, rothaariger Mann in Armeeuniform: der Kriegskommandeur Franz de Geer, wie Kara unschwer erkannte. Dahinter stakste ein großgewachsener, schwarzhaariger Naw. Seinen halb zugekniffenen Augen nach zu schließen, fahndete er in der Umgebung nach Impulsen magischer Energie. Den Abschluss der Prozession bildete ein kräftiger, semmelblonder Lud.

Dann haben sich ja alle versammelt, dachte Kara und grinste in sich hinein. Der Abriss des Turms ließ keines der Herrscherhäuser kalt. Nun, damit war zu rechnen gewesen.

Die Patrouille marschierte ohne Eile an der Absperrung entlang und bog dann um die nächste Ecke. Kara wartete noch einige Minuten, atmete tief durch und ballte die Fäuste: Jetzt war der richtige Moment gekommen!

»Magie!« Ortega riss plötzlich die Augen weit auf.

»Wo?« De Geer drehte sich ruckartig um.

»Am Nebeneingang! Wir sind eben dort vorbeigegangen!«

»Melden Sie das sofort dem Kommissar!«

Franz ließ seine Begleiter stehen und rannte den Weg zurück.

Die Erzeugung eines Trugbilds gehörte zu den einfachsten Zaubern, die man in den Schulen der Verborgenen Stadt bereits den Anfängern beibrachte. Ein kurzer, geflüsterter Zauberspruch, ein Minimum an Konzentration, eine Prise magischer Energie – und schon wurde Kara für gewöhnliche Leute unsichtbar. Sie löste sich gleichsam in Luft auf und rannte, so schnell sie konnte, auf den Sperrgürtel der NKWDler zu.

»Stehenbleiben!«

Aus den Augenwinkeln sah Kara, dass der glatzköpfige Greis ihr nachsetzte. Ein Magier? Egal. Sie hatte genug Vorsprung. Kara stieß die verdutzten NKWDler zur Seite – man kann sich lebhaft vorstellen, wie verblüffend es ist, von jemandem weggeschubst zu werden, den man nicht sehen kann – und steuerte die kleine Tür an. Plötzlich pfiff über ihren Kopf ein *Kugelblitz* hinweg und schlug in der Mauer des Turms ein. Der Greis war also ein Kriegsmagier, doch augenscheinlich kein allzu geschickter. Noch ein paar Schritte, und Kara schlüpfte durch den Nebeneingang in den Sucharew-Turm.

»Ein Energieimpuls am Nebeneingang!«

»Das ist er!« Santiagos schwarze Augen verengten sich zu schmalen Schlitzen und begannen zu funkeln. »Er kommt sich das Buch holen! Mimitschenko! Zu mir!«

Der krummbeinige ErstStevKomRotKavStrRegEnkawede flitzte zu den Magiern.

»Zu Befehl!«

»Sämtliche Ausgänge absperren! Beordern Sie noch einen weiteren Zug in den Turm!«

»Es sind aber schon zweihundert Mann drin, Genosse Befehlshaber. In jedem Winkel steht ein Posten!«

»Bist du taub? Einen weiteren Zug in den Turm, du Schwachkopf!«, explodierte de Lieu. »Durchkämmt jeden Seitengang und alle Räume nach Unbefugten! Aber ein bisschen plötzlich!!«

Der NKWDler salutierte panisch und rannte zum Turm.

»Sämtliche Magier in Kampfbereitschaft! Kontrolliert jeden, der aus dem Turm herauskommt!«

»Wie ist er überhaupt hineingekommen?«, fragte Susanna. »Wir haben doch das ganze Gelände überwacht.«

»Sie«, berichtigte Santiago. »Mir wurde soeben mitgeteilt, dass es sich um eine Humo-Frau handelt. Sie hat ihren Zauber erst im allerletzten Moment eingesetzt und ist durchgeschlüpft. Unser Beobachter an der Stelle hat zu langsam reagiert.«

»Mal sehen, wie die verdammte Hexe aus dem Turm wieder herauskommen will«, knurrte de Lieu. »Beim Barte des Schlafenden, das wird nicht leicht für sie.«

Santiago rückte zähneknirschend seine Krawatte zurecht.

»Wirklich bedauerlich, dass wir selbst nicht in den Turm hineinkommen ...«

Die Situation im Inneren des Turms erwies sich als äußerst prekär. Überall brannten elektrische Lampen und die schmalen Korridore waren mit Eisengittern abgesperrt, an denen jeweils zwei bewaffnete NKWDler Wache hielten. Die immer noch unsichtbare Kara blieb für einen Augenblick stehen, um wieder zu Atem zu kommen. Aus den oberen Stockwerken drangen dumpfe, gleichmäßige Schläge herab: Die Kommunisten zerstörten die alten Gemäuer des Turms.

»Alarm! Alarm!!«

Jetzt ging es los!

Vom Haupteingang her ertönte vielbeiniges Stiefelgetrappel. Die Magier der Verborgenen Stadt hatten offenbar vor, sie mit schierer Masse zu erdrücken, indem sie sämtliche Truppen des Moskauer NKWD-Bezirks in den Turm trieben. Das konnten sie ruhig versuchen. Denen würde sie es schon zeigen! Kara riss sich das lästige Tuch vom Kopf, schüttelte ihre üppige blonde Mähne frei und murmelte einen Zauberspruch zur Aktivierung ihres Kriegsartefakts. Der Ring an ihrer rechten Hand begann unheilvoll zu funkeln.

»Sie ist von dort drüben reingekommen! Stürmt den Korridor!«

Kara wandte sich um, streckte den rechten Arm aus, ballte die Hand zur Faust und kniff die Augen zusammen: Aus dem Ring schlug ein gewaltiger Feuerstrahl.

»Feuer! Es brennt!!«

Die Kommunisten flohen in Panik vor der Feuersbrunst. Die im Ring verborgene *Drachenbrise* wirkte so ähnlich wie ein Flammenwerfer. Die Intensität der

Flammen wurde durch das Ballen der Faust gesteuert, die Dauer des Feuerangriffs hing von den Energiereserven des Zauberers ab. Kara hätte, wenn sie denn gewollt hätte, den gesamten Turm bis auf die Grundmauern abfackeln können.

»Wie sieht's aus, Mimitschenko«, erkundigte sich de Lieu.

»Dort ... ähm ...« Der konsternierte ErstStevKomRotKavStrRegEnkawede ruderte hilflos mit den Armen. »Ich weiß nicht. Die Genossen melden, dass es drinnen brennt! Es gibt Verwundete!«

»Wie breitet sich der Brand aus und wo ist er ausgebrochen?«

»Am Nebeneingang.« Der krummbeinige NKWDler hatte sich endlich wieder gefasst. »Der Brand ist am Nebeneingang ausgebrochen, Genosse Befehlshaber, und frisst sich jetzt durch die Korridore. Wir haben einen Feuerwehrtrupp hinbeordert.«

»Was ist denn im Turm passiert?«

»Ich weiß es nicht. Die Wachen in den unteren Korridoren mussten ihre Posten verlassen. Dort schmelzen sogar die Absperrgitter!«

»Sind alle Wachposten abgezogen?«

»Alle«, bestätigte Mimitschenko und fügte hinzu: »Alle, die es rechtzeitig geschafft haben.«

»Und die anderen?«, fragte Susanna.

»Die anderen hat sie verbrannt«, sagte Santiago trocken und breitete geschäftig einen Plan auf der Motorhaube seines Sportcoupés aus. »Das bedeutet, dass sich das Schwarze Buch irgendwo in den unteren Stockwerken befindet. Frederic, wer bewacht die unterirdischen Zugänge?«

»Bogdan le Sta und sechs Usurpatoren«, antwortete de Lieu. »Dazu zwei von Ihren Leuten und zwei Feen des Grünen Hofs.«

»Die könnten Verstärkung brauchen. Schicken Sie Franz hin.«

»Denken Sie, dass sie versuchen wird, durch unterirdische Gänge zu fliehen?«

»Höchstwahrscheinlich. Hier oben können wir sie ja selbst in Empfang nehmen.«

Kara sprang über die geschmolzenen Reste des letzten Absperrgitters, verbrannte die hölzerne Tür am Ende des Gangs und stürmte hustend in den kleinen, völlig verqualmten Raum. Nach einigen Sekunden deaktivierte sie die *Drachenbrise*. In einer Ecke, verhüllt von dichtem Rauch, stöhnten zu Tode versengte NKWDler, verkohlte Deckenbalken schwelten bedrohlich und durch die Korridore schallten die Rufe von Feuerwehrleuten. Alles Nebensache.

Kara begab sich zur entfernten Wand. Irgendwo hier musste es sein. Genau hier! Mit einem Ruck entfernte sie die hölzerne Abdeckung. Darunter kam eine Steinplatte zum Vorschein, in die ein verschnörkeltes Muster eingraviert war. Sie atmete tief durch, um sich zu sammeln, leckte mit der Zunge über ihre staubtrockenen Lippen und streckte langsam die Hand nach der Platte aus. Die Aufgabe war nicht sonderlich schwierig, erforderte jedoch ein Höchstmaß an Konzentration: Sie musste die Linien des Musters in einer bestimmten Reihenfolge nachfahren und gleichzeitig einen Zauberspruch sprechen. Mit etwas Übung konnte man das in zweieinhalb Minuten schaffen. Kara brauchte drei Minuten, und als der letzte Abschnitt des Musters bläulich zu leuchten begann, hörte sie erleichtert ein leises Summen. Der Turm hatte ihren Schlüssel angenommen!

Von der Decke flutete gespenstisch flackerndes Licht und mitten im Raum, etwa in Brusthöhe, tauchte aus dem Nichts ein dickes Buch in einem schwarzen Ledereinband auf.

Es hatte geklappt!

Kara triumphierte. Sie nahm das Buch und presste es voller Freude an ihre Brust. Sie hatte es geschafft. Das Buch war gerettet!

»Hierher mit dem Wasser! Mach schon, du Trottel!«

»Aber hier brennt es doch überhaupt nicht!«

»Mach doch die Augen auf, die Balken glühen gleich durch!«

Die Soldaten kamen näher. Kara zog das große Tuch aus ihrem Mantel hervor und wickelte ihren Schatz sorgfältig darin ein.

Nun war es höchste Zeit, sich über einen Rückzugsweg Gedanken zu machen. Sollte sie versuchen, in den Keller zu gelangen? Dort gab es Ausgänge, die in das unterirdische Labyrinth der Stadt führten. Allerdings wäre es naiv gewesen zu glauben, dass Santiago sie nicht bewachen ließ. Oder war es besser, nach oben zu fliehen? Von dort konnte sie aus dem Fenster springen und versuchen, sich unter die Menge zu mischen. Ein ziemlich halsbrecherisches Unterfangen. Feinde erwarteten sie hier wie dort.

Kara schob das Schwarze Buch unter ihren Mantel und knöpfte ihn fest zu. Dann schlich sie zur Tür und horchte. Die Stimmen aus dem Korridor kamen näher. Sie wollte gerade die *Drachenbrise* wieder aktivieren und den Raum verlassen, als sie plötzlich auf einen Lichtschein in ihrem Rücken aufmerksam wurde. Er kam von der Steinplatte, deren Muster immer noch bläulich leuchtete. Merkwürdig, magische Schlösser verloschen normalerweise, nachdem ein Schlüssel aktiviert worden war. Was hatte das zu bedeuten? Erfüllt von einer diffusen Hoffnung ging die Zauberin zu der Steinplatte zurück und versuchte, die Hand auf das Muster zu legen. Sie griff ins Leere! Ihre Hand glitt durch die Platte, als wäre diese nicht da! Ein Portal? Das konnte doch nicht sein! Nach allem, was sie wusste, funktionierten im Sucharew-Turm keine Portale. Doch sie hatte nun keine Zeit mehr, darüber nachzusinnieren. Durch den Korridor hallte das Getrampel der NKWDler und vor den Mauern des Turms erwarteten sie die Magier der Verborgenen Stadt. Ihre einzige Rettung war dieser geheime Fluchtweg, den der kluge und vorausschauende Jakob Bruce eingerichtet hatte.

»Danke, lieber Schotte!«, flüsterte Kara und trat in das Portal.

Kaganowitsch hatte den Schauplatz längst verlassen, die Menge war seufzend auseinandergegangen, den Brand hatte man gelöscht und die Wände des prachtvollen Turms erzitterten wieder unter den erbarmungslosen Hammerschlägen der kommunistischen Stadtverschönerer. Vom Lagerfeuer, wo die durchgefrorenen NKWDler sich wärmten, wehte die Internationale herüber – zur Stärkung der Moral.

»Ich werde dann jetzt aufbrechen«, verkündete Santiago zur Überraschung von de Lieu und Susanna. »Ich fürchte, dass unsere weitere Anwesenheit hier überflüssig ist. Die alten Gemäuer können die Kommunisten auch ohne uns abreißen und das, weswegen wir eigentlich hergekommen sind, die Seele des Sucharew-Turms gewissermaßen, befindet sich längst an einem anderen Ort.«

»Die Humo-Hexe ist aber immer noch nicht herausgekommen«, wandte der Kriegsmeister ein.

»Dann ist sie auch nicht mehr drin.«

»Wie das? Beim Barte des Schlafenden, das ist völlig unmöglich!«

»Wieso unmöglich, Frederic?« Der Kommissar zog demonstrativ die Augenbrauen hoch. »Die Humos haben einen Weg gefunden, uns den Zugang zum Turm zu verwehren. Warum sollten sie nicht auch einen Weg gefunden haben, wie man sich unbemerkt von dort entfernen kann?«

»Sie glauben also, dass diese Frau das Schwarze Buch aus dem Turm geschafft hat?«, fragte die Fate.

Santiago lehnte sich gegen seinen Wagen und verschränkte die Arme: »So sehr ich es auch bedauere, verehrte Fate, aber ich bin felsenfest davon überzeugt.«

»Das hat wohl damit zu tun, dass Sie den Bau des Sucharew-Turms miterlebt haben.«

»Gewiss, auch damit.«

»Und bestimmt ranken sich viele spannende Geschichten um diesen Turm, nicht wahr?«

Santiagos Zerstreutheit verflog augenblicklich. Er sah die junge Fate aufmerksam an und bemerkte einen Anflug von Koketterie in ihren strahlenden Augen.

»Wissen Sie was, Susanna? Es gibt hier ganz in der Nähe ein hübsches kleines Restaurant. Dort können wir unser Gespräch gerne vertiefen.«

»Wie darf ich das interpretieren, Kommissar?«, erkundigte sich Susanna freimütig.

Frederik de Lieu hüstelte und trat taktvoll zur Seite. Santiago – ganz Kavalier – öffnete die Beifahrertür seines Wagens und reichte Susanna mit einer geschmeidigen Verbeugung die Hand.

»Wie Sie möchten, verehrte Fate. Aber ich warne Sie vor: Ich kenne jede Menge Geschichten.«

»Und ich bin schrecklich neugierig.«

Die zarten Finger der goldblonden Susanna legten sich in die starke Hand des Kommissars.

Das Portal, das der Schotte durch die magischen Schutzfelder des Turms hindurchgezimmert hatte, gehörte nicht zu jener komfortablen Sorte, durch die man mit einem randvollen Glas Wein in der Hand bequem hindurchgleiten konnte, ohne einen Tropfen zu verschütten. Es handelte sich vielmehr um eine regelrechte Höllenschleuse, die nichts für schwache Nerven war.

Kara wurde in einem entlegenen Waldstück ausgespuckt und plumpste aus eineinhalb Metern Höhe unsanft in ein Gebüsch. Dabei holte sie sich etliche Kratzer im Gesicht und verstauchte sich die Schulter, doch solche Wehwehchen konnten ihr die Laune nicht verderben. Die Zauberin kletterte aus dem Gesträuch, ließ sich rücklings in ein Moospolster fallen und breitete selig die Arme aus.

An ihrer Brust spürte sie das Schwarze Buch. Sie hatte es gerettet!

KAPITEL EINS

Er setzte den Schlusspunkt, blätterte die letzte Seite um und schloss das vermaledeite Buch.

Erst jetzt wurde ihm bewusst, wie erschöpft er war.

Maxim Grek lehnte sich zurück und atmete tief durch. Er lockerte die Schultern unter seiner abgetragenen Kutte, so als wäre eine Zentnerlast von ihnen abgefallen. Und in der Tat: Das titanische Werk, das er in den letzten Jahren vollbracht hatte, war eine schwere Bürde für den Mönch gewesen.

Nachdenklich blickte Maxim auf die achtlos weggelegte Feder und fuhr sich mit der Hand über den Rauschebart. Wenn er sich der kolossalen Bedeutung der Aufgabe, die ihm der russische Zar gestellt hatte, nicht bewusst gewesen wäre, hätte ihm die jahrelange Mühsal gewiss nicht so zugesetzt. Denn eigentlich war die Beschäftigung mit alten Büchern seine große Leidenschaft. Er liebte es, in vergilbten Folianten zu blättern und das darin schlummernde Wissen aufzusaugen, zu übersetzen oder ins Reine zu schreiben. Eben jene Passion für die altehrwürdigen Werke hatte ihn an den Hof des russischen Zaren geführt, ihm das Vertrauen dieses eigenwilligen und unerbittlichen Mannes eingebracht und ihm den Zugang zum geheimen Schatz Iwan des

Schrecklichen ermöglicht. Zu jenem legendären Schatz, den Sofia Palaiologa der russischen Dynastie in den Schoß gelegt hatte und der sämtliche zivilisierten Herrscher in seinen Bann zog. Ausgerechnet ihm, dem bescheidenen griechischen Mönch, wurde das Schicksal zuteil, in des Zaren Bibliothek zu arbeiten und das Geheimnis dieses Schatzes zu lüften. Doch seine anfängliche Begeisterung verflog rasch.

In der kleinen Schreibstube, in der Grek fast seine gesamte Zeit verbrachte, türmten sich bis unter die Decke Bücher, Pergamentschriften, Papyrusrollen und sogar Tontafeln. Letztere wirkten so vorsintflutlich und bizarr, dass sich Maxim ein Schmunzeln nicht verkneifen konnte, als er sie zum ersten Mal sah.

Dem Mönch schwindelte angesichts des unermesslichen Wissensschatzes, der ihm auf einmal zu Füßen lag. Mit klopfendem Herzen sichtete er ausgebleichte Manuskripte, streichelte zärtlich über massive Ledereinbände und fühlte sich als der glücklichste Mensch der Welt. Die Euphorie, mit der sich Maxim auf seine neue Aufgabe stürzte, hielt so lange an, bis er das erste, zufällig ausgewählte Werk zu Ende gelesen hatte. Dann platzte seine heile Welt wie eine Seifenblase, denn die Botschaft, die zwischen den zerfledderten Buchdeckeln verborgen lag, hatte die Sprengkraft einer Bombe und offenbarte ein Geheimnis, das die gesamte menschliche Zivilisation in ihren Grundfesten erschütterte. Dieses Geheimnis lag im Wissen der Bibliothek und machte ihn unweigerlich zum Gefangenen der schummrigen Schreibstube, die sich in einem vergessenen Winkel des

Moskauer Kremls befand. Mit Schrecken wurde Maxim bewusst, dass sein ungestümer Tatendrang ihn an den Rand eines gähnenden Abgrunds geführt hatte und sein Leben fortan nicht mehr ihm gehörte, sondern einer Mission, die unendlich viel größer war als er.

Die Euphorie verflog, doch was blieb, waren der wache Verstand, die Erfahrung und die Meisterschaft eines der gebildetsten Menschen seiner Zeit. Nicht zuletzt dank seiner zähen Beharrlichkeit gelang es Maxim, die herkulische Aufgabe, mit der Iwan der Schreckliche ihn betraut hatte, zu bewältigen.

Grek rieb sich die Augen und legte dann voller Ehrfurcht die Hand auf das dicke Buch, das in schwarzes Leder eingebunden war. Voller Ehrfurcht, weil ihm sein eigenes Werk nicht ganz geheuer war, weil dieser schwere Foliant ihm jahrelang Alpträume bereitet hatte und weil der Mönch genau wusste, welche Macht in den handschriftlichen Seiten dieses Buches verborgen lag. Doch der russische Zar hatte Recht damit getan, ihn mit der Schaffung dieses Exzerpts zu beauftragen, denn das Wissen, das in der Bibliothek selbst niedergelegt war, besaß noch viel größere Sprengkraft.

Der Mönch seufzte und erhob sich von seinem Stuhl. Es war an der Zeit, zum Zaren zu gehen.

»Ich habe mich nicht in dir getäuscht, Grek.« Die Stimme des Moskauer Herrschers klang gedämpft. »Sieht so aus, als hättest du gut gearbeitet.«

Maxim neigte den Kopf: »Das hoffe ich, Herr.«

»Das hoffe ich auch – für dich ...«

Grek hatte so große Angst vor dem russischen Zaren, dass ihn allein der Gedanke an dessen Habichtsgesicht an den Rand einer Magenkolik brachte. Dabei wirkte Iwan zumindest im ersten Moment nicht unbedingt furchteinflößend. Seine Statur war bestenfalls mittelprächtig, sein rötlicher Vollbart nicht der dichteste der Welt, sein Gesicht eher feinzügig als grobschlächtig und seine dünne Stimme kein Donnergrollen. Dennoch strahlte seine Anwesenheit etwas aus, das all seinen Untergebenen einschließlich Maxim den Angstschweiß auf die Stirn trieb. Vermutlich lag es am unergründlichen Blick seiner blauen Augen, die über der prägnanten Hakennase rastlos in den Höhlen rollten.

Hinter der zerfurchten Stirn Iwans des Schrecklichen dräute ein Geheimnis und auf seinen schmalen Schultern lastete eine kolossale Verantwortung. Hätte der Mönch dies vorher gewusst, als er noch in seiner griechischen Heimat weilte, hätten ihn weder seine Leidenschaft für Bücher noch ein astronomisches Salär in das wilde Land dieses unheimlichen Herrschers locken können.

»Meine Arbeit ist beendet, Herr.«

»Selbst Gott hat vieles unvollendet gelassen, Grek«, erwiderte der Zar zerstreut, während er in dem Buch blätterte. »Wie viel mehr muss das für uns Sünder gelten. Wie gefällt dir das Leben in Moskowien?«

Zum ersten Mal überhaupt erkundigte sich Iwan nach dem Befinden des Mönchs und Grek schwante nichts Gutes dabei.

»Eure Stadt ist großartig, Herr, aber ...«

»Wie schön, dass es dir bei uns gefällt.«

Maxim lief es kalt den Rücken herunter und in seinem Hals bildete sich ein Klumpen. Doch er nahm all seinen Mut zusammen.

»Ich würde gern in meine Heimat zurückkehren, Herr.«

»Der Weg ist weit und gefährlich, Grek: Flüsse, Sümpfe, Räuber. Hier in der Stadt bist du sicher und kannst ruhig schlafen.« Der Zar hob den Blick und fixierte den Mönch streng. »Es wird dir an nichts fehlen, Grek.«

Das verfluchte Geheimnis, dachte Maxim und ließ desillusioniert den Kopf hängen. Die ganze Zeit über hatte Iwan den Mönch betont wohlwollend und mit ausgesuchter Höflichkeit behandelt, was bei den adligen Bojaren Verwunderung und Neid hervorrief, da sie regelmäßig zur Zielscheibe der berüchtigten Wutausbrüche des Herrschers wurden. Doch nun konnte Maxim in den fiebrigen Augen des Zaren unschwer lesen, wie dieser über sein weiteres Schicksal entschieden hatte: Den Rest seiner Tage würde er in Moskowien verbringen müssen.

»Wie hast du dein Buch betitelt, Grek?«

»Das möchte ich Eurem Gutdünken überlassen, Herr.«

»Dieses Buch kann keinen Titel haben.« Er schloss das Buch, betrachtete den pechschwarzen Einband. »Man wird es einfach das Schwarze Buch nennen. Dem dunklen Geheimnis, das du darin niedergelegt hast, wird diese Bezeichnung am ehesten gerecht.«

»Wollen Sie die Wahrheit erfahren? Die Geschichte der menschlichen Zivilisation wurde tausendfach umgeschrieben und jedes Mal gingen dabei fundamentale Fakten verloren! Wer regierte die Welt, bevor der Mensch auf den Plan trat? Wie hat die Menschheit es geschafft, die Herrschaft über die Welt zu erringen? Gibt es auf unserem Planeten noch andere Formen vernunftbegabten Lebens? Die Forschungsergebnisse des genialen Wissenschaftlers Lew Moisejewitsch Serebrjanz geben darauf eine eindeutige Antwort: Wir sind nicht das einzige vernunftbegabte Volk auf der Erde! Das glauben Sie nicht? Dann besuchen Sie die kostenlosen Vorlesungen von Professor Serebrjanz, die regelmäßig in den renommiertesten Moskauer Universitäten stattfinden! Oder schauen Sie sich die Dokureihe Serebrjanz' Welt *im Fernsehen an. Die Sendung läuft wöchentlich auf ...«*

KOMMERSANT

»Die Pokerpartie zwischen dem Humo-Team Jegor Bessjajew und Cortes sowie dem Schatyren-Duo Bidjar Hamzi und Karim Tomba sorgt nach wie vor für Gesprächsstoff in der Verborgenen Stadt. Die unerwartet verheerende Niederlage der Humos, die in der Atomhenne *eine sechsstellige Summe verspielten, erregt die Gemüter, denn angesichts der Tatsache, dass Jegor Bessjajew immerhin amtierender Pokermeister der Verborgenen Stadt ist, hatten die meisten Beobachter darauf gesetzt, dass ...«*

T-GRAD-COM

Villa Karavella
Moskau, Silberhain
Mittwoch, 27. September, 11:36 Uhr

In jener Nacht fiel der erste Schnee.

Weißer Flaum bepuderte den kurz gemähten Rasen, die Marmorplatten des Wegs und die Bäume, deren Zweige träge vorm Fenster schaukelten. Im Wald ist der erste Schnee immer ein Fest. Voller Ungeduld erwartet ihn die ermattete Natur – wie ein Kleinkind, das es kaum erwarten kann, unter die Bettdecke zu kriechen und einzuschlafen, um Kraft zu schöpfen für neue Spiele. Doch der erste Schnee ist trügerisch und seine zärtliche Berührung währt nur für eine Nacht.

Schon am nächsten Morgen verabschiedet er sich grußlos wie ein flüchtiger Liebhaber und überlässt die Szenerie wieder dem Herbst und seinen böigen Winden, die geschäftig buntes Laub durch die Luft wirbeln. Der erste Schnee ist nicht mehr als ein Vorbote auf den nahenden Wandel.

Nichts würde so bleiben, wie es war.

In Karas riesiger Villa hielt sich Larissa nirgends so gern auf wie hier: im Wintergarten. Dank der großzügigen Verglasung war er meist sonnendurchflutet und an trüben Herbsttagen sorgte ein knisternder Kamin für behagliche Wärme. Der im Countrystil eingerichtete Raum bot einen prächtigen Ausblick auf den Park und die gemächlich dahinfließenden Wasser des Flusses Moskwa. Karas Villa befand sich im *Silberhain*, einem Waldgebiet im Moskauer Westen, doch manchmal beschlich Larissa ein Gefühl, als stünde das Haus irgendwo in den Weiten der Taiga.

»Und wie ging es dann weiter?«, fragte Kara.

Sie saß Larissa gegenüber in einem Korbstuhl, hielt ein Glas Beaujolais – ihren Lieblingswein – in der Hand und schaute die junge Frau erwartungsvoll an.

Wie alt Kara wohl sein mochte? Diese Frage schoss Larissa nicht zum ersten Mal durch den Kopf. Bei der ersten Begegnung hatte sie ihre Lehrmeisterin auf höchstens vierzig Jahre geschätzt. Kara sah blendend aus, obwohl sie Kosmetika nur sehr sparsam einsetzte. Ihre Haut wirkte glatt und ihr blondes Haar glänzte, doch am meisten beeindruckte ihre jugendliche Ausstrahlung: Jede Faser der Zauberin strotzte vor Energie und sie bewegte sich mit der Geschmeidigkeit einer Katze. Erst später, als sie sich näher kennengelernt hatten, war Larissa aufgefallen, dass sich auf Karas feingliedrigen Händen erste Pigmentflecken zeigten und ihre veilchenblauen Augen von einem Netz feinster Fältchen umspannt waren. Und nicht zuletzt diese schönen, tiefgründigen Augen selbst strahlten die Lebenserfahrung eines Menschen aus, der auf mehr als vier Jahrzehnte zurückblicken kann.

Andererseits, vielleicht täuschte dieser Eindruck auch. Denn angesichts der lüsternen Blicke, mit denen die Männer Karas schlanke Schenkel, ihre vollen, sinnlichen Lippen, die schmale Taille und vor allem ihre prachtvollen Brüste bedachten, konnten auch viel jüngere Frauen nur vor Neid erblassen. Die eitle Zauberin sammelte diese Blicke wie kostbaren Schmuck und badete förmlich darin. Auf ihr attraktives Äußeres legte sie größten Wert und selbst jetzt in ihrer Villa trug sie ein Kleid mit einem Dekolleté von grenzwertiger Offenherzigkeit.

»Wie ging es also weiter?«

Larissa besann sich.

»Nach ihrem Sieg über den Dunklen Hof begründeten die Luden das Imperium des Grünen Hofs und beherrschten die Erde, bis der Orden an ihre Stelle trat.«

»Ganz so einfach ist es nicht«, erwiderte Kara. Dabei legte sie die Stirn in Falten und rückte den mit großen Smaragden geschmückten Armreif an ihrer rechten Hand zurecht. Larissa war aufgefallen, dass sich ihre Lehrmeisterin so gut wie nie von diesem Schmuckstück trennte. »Der Grüne Hof verlor seine Machtposition nicht auf einen Schlag, sondern schrittweise. Die Barone, die Gebieter der Domänen, verhielten sich immer selbstherrlicher gegenüber der Krone, weil sie der Meinung waren, dass es im ganzen Weltall keine Macht gäbe, die das Herrscherhaus Lud ernsthaft herausfordern könnte. Interne Auseinandersetzungen wurden zur Regel, was den Tschuden ihr Vorhaben wesentlich erleichterte. So sind nun mal die Spielregeln der Geschichte.« Die Zauberin nippte genüsslich an ihrem Wein. »Der Stärkere gewinnt und wer sich eine Blöße gibt, hat schon verloren.«

»Es ist genau wie bei uns Menschen«, sagte Larissa nachdenklich. »Imperien werden begründet, erleben eine Blütezeit, doch früher oder später zerfallen sie wieder.«

»Es gibt durchaus Parallelen«, pflichtete Kara bei. »Aber du darfst nicht vergessen, dass wir hier von Humanoiden sprechen, also von nichtmenschlichen Wesen, die uns Menschen nur äußerlich ähneln. Wir sind ihnen fremd und sie sind unsere natürlichen Feinde.«

»Dessen bin ich mir bewusst.«

»Was versteht man unter dem Begriff Herrscherhaus?«, fragte Kara weiter.

»Ein Herrscherhaus ist der Zusammenschluss mehrerer, genetisch ähnlicher Völker unter der Ägide eines dominierenden Volks, das Zugang zu einer Magischen Quelle hat. Zurzeit gibt es drei Herrscherhäuser in der Verborgenen Stadt: Das Haus Naw, auch Dunkler Hof genannt, das Haus Lud, auch Grüner Hof genannt und das Haus Tschud, auch Orden genannt. Zum Herrscherhaus Naw gehören folgende Völker: ...«

»Das genügt«, unterbrach Kara mit einem zufriedenen Lächeln. »Ich sehe schon, dass du über die Verborgene Stadt bereits bestens Bescheid weißt.«

»Ich tue mein Bestes.«

Larissa lernte in der Tat schnell und mit Feuereifer. In den letzten Wochen hatte sie Einsichten gewonnen, die ihr Weltbild buchstäblich auf den Kopf stellten und ihr Leben in eine völlig neue Bahn lenkten. Man hatte sie darüber aufgeklärt, dass Zauberei und Magie keineswegs den Hirngespinsten von Märchenonkeln und Scharlatanen entsprangen, sondern völlig reale Dinge waren; dass sie selbst das Zeug zu einer überaus versierten Zauberin hatte; und dass in Moskau – man stelle sich das vor: mitten in Moskau! – eine Verborgene Stadt existierte, in der humanoide Völker lebten, die den Planeten vor Jahrtausenden beherrscht hatten! Und kaum ein Mensch wusste etwas davon!

»Wir müssen alles über die Verborgene Stadt wissen, denn nur einen Feind, den man gut kennt, kann man besiegen.« Die Zauberin starrte aus dem Fenster und ihr Blick wurde eisig. »Im Augenblick nehmen die Humanoiden uns nur deshalb ernst, weil unsere Vorfahren sie besiegt haben und wir den Planeten beherrschen. Weil ihnen die Scheiterhaufen der Inquisition noch vor Augen schweben. Auf dem Felde der Magie speisen sie uns mit ein paar Brotkrümeln ab und trösten sich mit der Hoffnung, dass sie die Erde wieder zurückerobern werden. Doch diese Hoffnung wird bitter enttäuscht werden!«

Larissa wusste, worauf Kara anspielte. Von allen Völkern, die auf der Erde lebten, waren die Menschen – oder die Humos, wie man sie im Slang der Verborgenen Stadt nannte – am wenigsten zur Zauberei veranlagt. Zwar hatten sie ursprünglich durchaus beachtliche magische Fähigkeiten besessen, doch in der jüngeren Geschichte verlor die Menschheit völlig den Bezug zur Magie. Dies lag einerseits an der einseitigen Umorientierung auf den technischen Fortschritt und andererseits am Übereifer der Inquisitoren, die zusammen mit den humanoiden Magiern und Hexen auch ihre eigenen Volksgenossen verbrannten. Die Menschheit brachte nur noch sporadisch talentierte Magier hervor und die Wenigen, die von der Verborgenen Stadt erfuhren, waren darauf angewiesen, das Wissen und die magische Energie des Grünen Hofs zu nutzen.

Auch Larissa besuchte die Moskauer Zweigstelle der vom Grünen Hof betriebenen Sonnensee-Schule und an diesen Unterricht dachte sie mit Grausen: stumpfsinniges Auswendiglernen primitiver Zauberformeln, sinnlose Trainings, an den Nachbarbänken schnarchende Schüler. Außer ihr büffelten noch drei andere Humos in ihrer Klasse, die übrigen Mitschüler waren tätowierte Rothauben – nach Whiskey stinkende Säufer und Raufbolde – und einige minderbegabte Ludenmädchen, denen wenigstens das Einmaleins der Zauberei eingetrichtert werden sollte. Doch obwohl die Humos sogar talentierter waren als die übrigen Schüler, behandelten sie die Lehrer demonstrativ herablassend. Sie ließen sie spüren, dass Humos in der Verborgenen Stadt Fremde waren, und machten keinen Hehl daraus, dass sie ihnen nur deshalb Unterricht gaben, weil es ihr Job war.

»Im Augenblick herrscht doch eine Patt-Situation«, räsonierte Larissa. »Wir beherrschen zwar den Planeten, können die Humanoiden jedoch nicht besiegen, weil sie die überlegenen Magier sind. Auf der anderen Seite verfügt die Verborgene Stadt zwar über ein gewaltiges Potenzial, kann uns aber keinen Schaden zufügen, weil wir die Ressourcen der Erde kontrollieren und das dominierende Volk sind.«

Das Mädel begreift wirklich schnell, dachte Kara, bevor sie Larissas Ausführungen kommentierte.

»Wir haben in der Vergangenheit viele Fehler gemacht. Wichtige Fähigkeiten und enormes Wissen sind uns deshalb verlorengegangen. Unsere Aufgabe besteht darin, der Menschheit die großartigen Errungenschaften der Magie zurückzugeben. Sobald die Menschheit wieder genügend mächtige Magier hervorbringt, können wir der Verborgenen Stadt die Bedingungen diktieren. Dann wird die Erde endgültig uns allein gehören. Doch bis dahin ist es noch ein schwieriger Weg. Vor allem muss es uns gelingen, den Völkern der Verborgenen Stadt das zu nehmen, was ihr wertvollstes Gut ist.«

»Ihr wertvollstes Gut?«

»Ich spreche von ihrem Wissen. Von dem kostbaren Wissensschatz, der seit Jahrtausenden in der Verborgenen Stadt gehütet wird. Wir müssen uns von ihnen holen, was wir selbst verloren haben.«

»Könnte man darüber denn nicht mit ihnen verhandeln?«

»Denkst du, sie sind scharf darauf, Konkurrenz zu bekommen? In der Verborgenen Stadt gibt es auch so mehr als genug rivalisierende Interessen. Drei Herrscherhäuser auf einem so kleinen Territorium – das ist eine Menge. Eine weitere ernst zu nehmende Macht, die über magisches Wissen verfügt, hätte ihnen gerade noch gefehlt. Sie werden nichts unversucht lassen, um die Entstehung einer solchen Macht zu verhindern.«

Die Zauberin hielt inne, während Mohammed ihr Wein nachschenkte. Karas Diener und Chauffeur kannte Larissa bereits. Sie traf den muskulösen Schwarzen des Öfteren im Haus und es war ihrer Aufmerksamkeit nicht entgangen, mit welch begehrlichen Blicken der Diener seine Herrin betrachtete. Auch jetzt, während er den Wein nachschenkte, drohten seine riesigen Augäpfel in Karas Ausschnitt zu kullern. Alle übrigen Frauen ignorierte Mohammed und selbst an ihr, Larissa, schaute er beharrlich vorbei, obwohl sie eine bemerkenswert attraktive Erscheinung war: gertenschlank, mit naturblondem, kurzem Haar, kessen grünen Augen und perfekten Beinen.

»Wissen ist das A und O«, setzte Kara fort, nachdem sich die Tür hinter Mohammed geschlossen hatte. »Deshalb werden wir jetzt überprüfen, was du gestern gelernt hast.«

»Nicht viel«, seufzte die Nachwuchsmagierin. »Gestern habe ich vor allem gelesen und Theorie gepaukt.«

»Gar nichts Praktisches?«

»Nun ja. Das hier vielleicht.«

Larissa zog einen Parker mit goldener Feder hervor und legte ihn auf den Tisch.

»Teleportation?« Die Zauberin schmunzelte. »In welchem Geschäft hast du ihn geklaut?«

»In gar keinem«, erwiderte Larissa kopfschüttelnd. »Ich habe ihn selbst gemacht. Zufällig.«

»Zufällig?«

»In meinem Federhalter war die Tinte ausgegangen und ich hatte keine Lust, einen anderen zu suchen. Deshalb habe ich mir vorgestellt, dass einer auf dem Tisch liegt – in allen Details.« In ihren grünen Augen glomm ein Anflug von Stolz. »Dann habe ich mich total konzentriert und genau den richtigen Moment für die Zauberformel erwischt. Ich war selbst überrascht, dass es geklappt hat, ehrlich. Dummerweise ist mir ein kleiner Fehler dabei unterlaufen.« Larissa verzog das Gesicht. »Das Teil schreibt schwarz, ich wollte aber einen mit blauer Tinte.«

Wortlos begutachtete Kara den Parker und probierte

ihn auf einer Zeitung aus: ein ganz gewöhnlicher, makelloser Federhalter, der mit schwarzer Tinte schrieb. Die Zauberin konzentrierte sich und scannte die Materialstruktur – eindeutig: Dieser Parker war durch Magie entstanden. Unfassbar! Eine Materialisation in der dritten Ausbildungswoche! Langsam wurde ihr die enorme Veranlagung dieser jungen Frau unheimlich. Für einen Moment kamen ihre sogar Zweifel, ob sie Larissa überhaupt würde kontrollieren können, doch diese Bedenken verwarf sie rasch wieder. Schließlich hatte sie weitaus mehr Erfahrung und außerdem blieb nicht viel Zeit: Das Mädel würde gar nicht mehr dazukommen, seine Fähigkeiten auszuschöpfen.

»Saubere Arbeit!«, lobte die Zauberin und Larissa strahlte vor Freude. »Einfach fantastisch. Ich freue mich für dich. Kannst du noch irgendetwas anderes materialisieren?«

»Keine Ahnung.«

»Probier's aus. Beim zweiten Mal geht es meist schon leichter als beim ersten Mal. Versuch es zum Beispiel mal mit einem Blatt Papier.«

Larissa schloss die Augen und ihre schmalen Lippen bewegten sich tonlos. Sie wirkte einen Zauber und Kara konnte spüren, wie sich ihre Aura mit Energie auflud. Und zwar rasant auflud! Viel zu rasant für eine Hexe, die noch Anfängerin war!

Urplötzlich lag das Blatt Papier auf dem Tisch. Normalerweise materialisierten sich Gegenstände allmählich: Zuerst erschienen transparente Umrisse, die sich langsam mit Energie füllten und erst dann ihre materielle Dichte annahmen. Bei Larissa ging alles auf einen Schlag.

»Großartig!«

Kara verbarg ihre Verblüffung, nahm den Parker zur Hand und schrieb in geschwungen Lettern auf das Papier: »Du bist meine beste Schülerin!«

Zitadelle, Hauptquartier des Herrscherhauses Naw
Moskau, Leningradski-Prospekt
Mittwoch, 27. September, 11:52 Uhr

Dieser Raum war eine Ausgeburt der Dunkelheit. Nicht jener Dunkelheit, die sich zaghaft einstellt, wenn die Sonne untergeht, und nur für ein paar lächerliche Stunden anhält. Sondern jener Dunkelheit, die an die Ewigkeit gemahnt, an das totale Nichts, an die archaische Finsternis völliger Leere. Die Dunkelheit, die in diesem Raum herrschte, resultierte nicht aus der Abwesenheit von Licht, sondern verkörperte eine eigenständige physikalische Größe, Materie, aus der dieser Raum selbst bestand und alles, was sich darin befand. Die Finsternis war seine Essenz.

In dem Raum befanden sich zwei Männer. Der eine trug einen langen schwarzen Mantel mit weit ins Gesicht gezogener Kapuze. Seine verschwommene Silhouette kauerte reglos auf einem schwarzen Stuhl mit hoher, gerader Lehne. Der andere, sein Gast, war ein großgewachsener, schwarzhaariger Schlaks, trug einen eleganten Anzug und lehnte lässig an der Kante eines massiven Tischs. Santiagos Erscheinen brachte stets einige Farbtupfer in das düstere Privatkabinett des Fürsten des Dunklen Hofs – und einen Hauch von Emotionalität.

»Die Situation, in die du hineingeraten bist, ist sicher eine böse Überraschung für dich«, grummelte der Fürst missmutig. Seine Stimme war rau und klang ein wenig röchelnd.

»Nicht unbedingt. Es war damit zu rechnen, dass der Tod Bogdan le Stas nur ein Bauernopfer war«, erwiderte Santiago schulterzuckend. »Unser unbekannter Gegenspieler verfolgt in Wahrheit ein anderes Ziel.«

»Und das wäre?«

»Keine Ahnung.«

Die schwarze Kapuze pendelte hin und her und schwieg. Damit gab der Fürst dem Kommissar zu verstehen, dass er mit seiner Antwort alles andere als zufrieden war. Nach dieser kurzen Pause der Missbilligung röchelte die Kapuze wieder.

»Wie beurteilst du die Situation?«

Santiago schlug zwanglos die Beine übereinander und lehnte sich ein wenig zurück.

»Der letzte Schachzug unseres Kontrahenten war zweifellos brillant gespielt. Der Tod von Bogdan le Sta, einem der ranghöchsten Kriegsmagier des Ordens, der noch dazu mit dem Kriegsmeister Franz de Geer eng befreundet war, hat das Herrscherhaus Tschud in Aufruhr versetzt. Die Ritter sind außer sich und ziemlich wütend auf uns – auf mich, genauer gesagt. Glücklicherweise weiß der größte Teil der Ritter noch nichts von dem Manuskript, das in Bogdans Wohnung gefunden wurde.«

»Von *deinem* Manuskript mit den Regeln eines verbotenen Zaubers«, präzisierte der Fürst.

»Völlig richtig – von meinem Manuskript«, pflichtete Santiago bei. »Franz de Geer hat mir gütigerweise einen Monat Zeit eingeräumt, um zu beweisen, dass nicht ich es war, der Bogdan Zugang zu dem Manuskript verschafft hat. Wenn die Tschuden wüssten, dass man mich der Verbreitung verbotener Zauber beschuldigt, würde die Garde des Großmagisters vermutlich längst die Zitadelle belagern.«

»Der Urheber der Intrige um Bogdan hat gewiss kein Interesse daran, dass du in aller Ruhe deine Unschuld beweist. Ich fürchte, er wird dir keinen Monat Zeit lassen.«

»Das sehe ich genauso.« Der Kommissar pustete eine nicht vorhandene Fussel von seinem Sakko. »Meiner Einschätzung nach wird die Sache mit dem Manuskript schon in wenigen Tagen herauskommen. Der Vorwurf, ich hätte den Kriegskommandeur le Sta bewusst dazu provoziert, einen verbotenen Zauber zu wirken, liegt dann auf der Hand. Man wird mich der Verbreitung verbotener Zauber beschuldigen und mir darüber hinaus eine gezielte Kriegshandlung gegen das Herrscherhaus Tschud zur Last legen.«

»Wenn du herausfändest, wer die Information über das Manuskript in der Öffentlichkeit streut, wüsstest du vermutlich, wer unser Gegenspieler ist.«

»Die Betonung liegt auf *wenn*«, entgegnete Santiago.

»Es dürfte äußerst schwer werden, diesem gerissenen Intriganten auf die Schliche zu kommen.«

Abermals wippte die Kapuze unzufrieden hin und her.

»Du stehst kurz davor, in die Schusslinie des gesamten Ordens zu geraten und weißt noch nicht einmal, wem du das zu verdanken hast. Wer hat dich und Bogdan le Sta aufs Korn genommen? Könnte es sein, dass du das eigentliche Ziel der Aktion bist?«

»Das wäre zu viel der Ehre.« Santiago schüttelte den Kopf. »Der ganze Aufwand wegen eines kleinen Lichts wie mir?«

»Keine falsche Bescheidenheit, Santiago«, erwiderte der Fürst. »Du bist eine der einflussreichsten Figuren der Verborgenen Stadt. Und vergiss nicht: Die meisten Tschuden und Luden sind dir in innigem Hass verbunden – viele von ihnen nicht ohne Grund. Es wäre kein Wunder, wenn einer von ihnen sich in den Kopf gesetzt hätte, eine alte Rechnung mit dir zu begleichen. Wer nach Rache dürstet, scheut keinen Aufwand und ist in der Wahl seiner Mittel nicht zimperlich.«

»Ein Racheakt?« Santiago zog die Schultern hoch. »Gut möglich. Doch bislang sehe ich nicht, wer dahinterstecken könnte. Der Orden? Franz de Geer wusste bis zum letzten Moment nicht, was Bogdan le Sta vorhat.«

»Meinst du?«

»Ich bin davon überzeugt.«

»Und die anderen Führer des Herrscherhauses Tschud?«

»Ich glaube kaum, dass einer von ihnen sich getraut

hätte, Franz de Geers engen Freund Bogdan in die Falle zu locken. Nur ein Lebensmüder würde sich den Kriegsmeister zum Feind machen.«

»Jemand aus dem Grünen Hof?«

»Das Klima zwischen uns und den Luden hat sich in letzter Zeit eher verbessert. Königin Wseslawa hat mir den kleinen Dienst nicht vergessen, den ich ihr bei der Geschichte mit dem Boten erwiesen habe.«

»Vielleicht eine von den Priesterinnen? Eine heimliche Anhängerin von Jaroslawa, die dank deiner aktiven Mithilfe frühzeitig im Jenseits gelandet ist?«

»Die Priesterinnen haben doch von meiner Intervention profitiert: Sie haben ihren Einfluss behalten.« Santiago grinste breit. »Außerdem war Jaroslawa ohnehin nicht sonderlich beliebt.«

»Was ist mit den Assuren?«

Die Assuren hatten die erste Zivilisation auf der Erde gegründet und waren vor vielen Jahrtausenden von den Nawen ausgelöscht worden, doch Gerüchten zufolge trieben sich immer noch Angehörige dieses Volks in der Verborgenen Stadt herum.

»Die Assuren – das ist terra incognita.« Santiago breitete die Arme aus. »Reine Kaffeesatzleserei.«

»Terra incognita ...« Der Fürst rümpfte die Nase unter der Kapuze. »Du solltest deine Sprache nicht mit solchen Humo-Sprüchen verhunzen. Ein anständiger Naw hätte stattdessen gesagt: Da könnte man gleich Schwarze Löcher im Sternbild des Weinenden Delfins zählen.«

»Und ich hatte gedacht, dass Sie das Laster der Pedanterie auf mich abgewälzt hätten«, konterte der Kommissar mit hochgezogenen Augenbrauen.

Aus der Kapuze drang ein leiser Seufzer.

»Was gedenkst du nun zu tun?«

»Zunächst einmal muss ich den Vorwurf entkräften, ich hätte einen verbotenen Zauber zugänglich gemacht«, antwortete Santiago. »Dadurch würde ich Handlungsfreiheit gewinnen und könnte, falls erforderlich, die Herrscherhäuser gegen unseren unbekannten Feind verbünden.«

»Zu diesem Zweck musst du herausfinden, wie dein Manuskript in die Wohnung von Bogdan le Sta geraten ist.«

Santiago nickte: »Ich habe auch schon eine Idee, wie es mir gestohlen worden sein könnte. Doch um diese Theorie zu überprüfen, muss ich die Verborgene Stadt für einige Tage verlassen. Sie müssen solange die Stellung halten und darauf achten, dass wir nicht in Unannehmlichkeiten geraten.«

»Wieso sollten wir in Unannehmlichkeiten geraten?«, entrüstete sich der Fürst. »Bildest du dir etwa ein, dass der Dunkle Hof ohne dich nicht in der Lage ist, vernünftige Entscheidungen zu treffen?«

»Das habe ich nicht gesagt«, beschwichtigte der Kommissar. »Ich würde es nur gern vermeiden, mich nach meiner Rückkehr im Epizentrum von Kriegshandlungen wiederzufinden. Unser Feind schläft nicht und wird sicher alles daransetzen, dass meine Rechtfertigungen zu spät kommen.« Der Kommissar erhob sich. »Ich breche unverzüglich auf. Mit Ihrem Einverständnis wird

Ortega bis zu meiner Rückkehr den Posten des Kommissars bekleiden.«

»Keine Einwände«, pflichtete der Fürst bei. »Und noch etwas, Santiago.«

»Ja?« Der Kommissar wandte sich noch einmal um.

»Ich finde es nach wie vor eine Zumutung, dass du in weißen Anzügen bei mir aufkreuzt.«

»Er ist doch grau, nicht weiß.«

»Er blendet mich aber.«

»Kein Problem.« Santiago zog eine Sonnenbrille aus seiner Sakkotasche und legte sie auf den Tisch. »Die können Sie behalten.«

Bar Rennsemmel
Moskau, Bolschaja-Dmitrowka-Straße
Mittwoch, 27. September, 15:19 Uhr

Das Verdienst, die *Rennsemmel* zu einem der beliebtesten Lokale der Verborgenen Stadt gemacht zu haben, gebührte Murzo Chase, dem Geschäftsführer der Bar. Wie alle Lokalbesitzer in der Verborgenen Stadt entstammte Murzo dem Volk der Eulins, die für ihre unbeschwerte Lebenseinstellung, ihr humorvolles Naturell und einen sagenhaften Hang zu Frauengeschichten bekannt waren. Schon von alters her lebten die Eulins vom Arrangement lustbringenden Zeitvertreibs und die Fähigkeit, Gäste am Tresen oder auf einer Bühne zu unterhalten, sogen sie bereits mit der Muttermilch auf.

Murzo, der selbst ein glühender Formel-1-Fan war,

hatte sich ein besonders geniales Geschäftsmodell ausgedacht: Er verwandelte die *Rennsemmel* in eine Fernsehbar, in der beinahe jedes Rennen, das irgendwo auf dem Erdball stattfand, live verfolgt werden konnte. Auf ganzen Batterien von Bildschirmen wurde ununterbrochen alles gezeigt, was um die Wette fuhr, rannte, skatete, galoppierte, flog, schwamm oder kroch. Auto- und Motorradrennen, Pferde- und Hunderennen, darüber hinaus exotische Veranstaltungen wie Ballonrennen lockten Massen von Besuchern in die Bar, die ihr Geld mit Wetten verprassten und sich nebenher Bier, Wein und Spirituosen einverleibten.

Auch an diesem Nachmittag ging es in der *Rennsemmel* hoch her, wenn auch weniger Gedränge herrschte als während eines Grand Prix der Formel-1. Auf dem Programm stand die Liveübertragung eines Wasserbüffelrennens aus der thailändischen Provinz Chonburi und das bunt gemischte Publikum unterstützte lauthals seine Favoriten.

»*Buddhas Schmetterling! Buddhas Schmetterling!*«, rief Murzo unermüdlich. »Lauf gefälligst, du Büffel, lass mich nicht im Stich!«

»*Schwarzer Wind! Schwarzer Wind!*«, skandierte ein Grüppchen Rothauben.

In der Hoffnung auf einen fetten Gewinn hatten die kleinwüchsigen Krawallbrüder mit den roten Kopftüchern die Ratschläge der Buchmacher ignoriert und auf einen totalen Außenseiter gesetzt. Nun trommelten sie mit den Fäusten auf den Tisch, um den lahmen Büffel nach vorn zu treiben.

»Silber des Ostens! Silber des Ostens!«, kreischte eine Schar hysterischer Feen.

Die Ziellinie rückte näher, die Spannung erreichte den Siedepunkt und die Gäste der Bar gerieten völlig aus dem Häuschen: die von Kopf bis Fuß tätowierten Rothauben in ihren Hosen und Westen aus schwarzem Leder, die seriösen Schatyren in ihren teuren Anzügen, die rothaarigen Tschuden mit den unvermeidlichen Schnallen an den Schuhen und die grünäugigen Luden, deren Kleidung ausschließlich aus Naturstoffen bestand. Sie alle vergaßen in jenen Augenblicken ihre Volkszugehörigkeit und Manieren, stöhnten, schrien, fuchtelten mit den Armen, rempelten mit den Ellbogen und übergossen einander mit Bier, während sie dem Finale entgegenfieberten.

Die ganze Meute starrte wie gebannt auf die Fernsehschirme und niemand achtete auf die drei Humos, die an einem Tisch im hintersten Winkel der Bar saßen. Weder die fernöstlichen Wasserbüffel noch die ekstatische Stimmung in der *Rennsemmel* schienen das Trio im Geringsten zu interessieren und ihren Mienen nach zu schließen führten sie ein äußerst ernsthaftes Gespräch.

Einer der Humos war ein breitschultriger Mittdreißiger mit kalten, braunen Augen, kantigen Gesichtszügen und einem dunkelbraunen Stiftelkopf. Seine Lederjacke hatte er an der Garderobe aufgehängt und saß in einem teuren schwarzen Hemd am Tisch.

Der Mann links von ihm war etwa zehn Jahre jünger, nicht ganz so kräftig gebaut und hatte denselben Igelschnitt, jedoch hellbraunes Haar. Er trug ein schwarzes

T-Shirt, unter dessen rechtem Ärmel ein auftätowiertes Eichhörnchen hervorlugte.

Der dritte Humo war eine bildhübsche, schwarzhaarige junge Frau mit sanft geschlitzten, leuchtend blauen Augen. Sie trug mit Saphiren besetzte Ohrringe, die perfekt mit ihrer Augenfarbe harmonierten, und an einer Silberkette einen kostbaren Anhänger. Das lange schwarze Haar hatte sie im Nacken zusammengebunden, nur eine widerspenstige Strähne fiel ihr neckisch in die Stirn. Ihre schlanke Figur umspannte ein kurzes schwarzes Kleid und so mancher Männerblick verfing sich an dieser attraktiven Erscheinung – natürlich nur vor Beginn des Büffelrennens.

Niemand wäre indes auf die Idee gekommen, das Gespräch der Humos für einen belanglosen Flirt zu stören. Der ältere der beiden Männer – Cortes – galt als bester Söldner der Verborgenen Stadt und seine schwarzhaarige Freundin Jana als erstklassige Scharfschützin, während der junge Artjom noch zur Kategorie der hoffnungsvollen Talente zählte. Immerhin schmückte seine rechte Schulter bereits das Emblem des Dunklen Hofs.

»Also, liebe Kollegen, es sieht so aus, als müssten wir wegen unseres letzten Auftrags keine gravierenden Konsequenzen befürchten«, verkündete Cortes, während er die Gläser mit Wein füllte. »Ich habe mich gestern mit Rick Bombarde, einem Leutnant der Garde des Großmagisters, unterhalten. Die Ritter sind zwar ziemlich verärgert über unsere Beteiligung an Bogdan le Stas Liquidierung, aber letztlich halten sie Santiago für den Schuldigen und nicht uns. Der Orden respektiert den Kodex.«

»Das ist eine ausgesprochen erfreuliche Nachricht«, kommentierte Artjom und blies aufatmend die Backen auf.

Der junge Söldner hatte allen Grund zur Erleichterung, denn schließlich war er es gewesen, der den unseligen Kriegskommandeur le Sta einen Kopf kürzer gemacht hatte.

Gemäß dem Kodex, einer Art Gesetzbuch der Verborgenen Stadt, durften Söldner für Handlungen im Rahmen ihrer Berufsausübung nicht haftbar gemacht werden. Es kam immer wieder vor, dass Söldner gegen Bezahlung Morde begingen. Die Verantwortung dafür lag jedoch ausschließlich beim Auftraggeber. Und es galt als schlechter Stil, an einem Söldner Rache zu üben.

Die Weingläser trafen sich über dem Tisch und besiegelten mit ihrem sonoren Klang den erfolgreichen Abschluss des Auftrags.

»Und jetzt ist es an der Zeit, dass wir an uns selbst denken«, sagte Jana.

»Genau, zum Beispiel an mich«, pflichtete Artjom bei und betrachtete dabei aufmerksam den Schmuck der Kollegin. »Cortes, diese bezaubernden und kostbaren Steinchen an deiner Freundin kommen mir irgendwie bekannt vor. Sie stammen nicht zufällig aus dem Schatz, den wir zusammen ausgebuddelt haben?«

»Doch, schon«, gab der breitschultrige Söldner zu. »Aber Artjom, wir haben Wichtigeres zu besprechen.«

»Sehr richtig. Nämlich die Frage, wie ich zu meinem Anteil an dem Schatz komme. Du wirst sicher verstehen, dass ich nicht an neue Unternehmungen denken kann, solange ich das Honorar für die letzte noch nicht in der Tasche habe.«

»Weißt du, Artjom«, warf Jana ein, »Cortes hat mir die Schmuckstücke aus dem Schatz gezeigt und ich finde sie alle sehr schön. Außerdem stehen sie mir gut.«

»Sie stehen dir sogar ausgezeichnet«, bestätigte der junge Söldner. »Ich habe es auch gar nicht auf deine Klunker abgesehen.«

»Und in welcher Form willst du deinen Anteil?«, erkundigte sich Cortes.

»Völlig egal. Hauptsache, ich kriege ihn.«

Cortes rieb sich nachdenklich das makellos glatt rasierte Kinn: »Hast du dir schon einen Wagen gekauft?«

»Nein, ich fahre immer noch mit deinem Land Cruiser herum.«

»Dann mache ich dir einen Vorschlag. Leg noch eine Kleinigkeit drauf, sagen wir: fünftausend, dann überlasse ich dir den Jeep.«

»Aber der Wagen hat schon etliche Kilometer auf dem Buckel. Außerdem sind die Sitzbezüge mit Morjanenblut versaut.«

»Das ist dein Problem. Bist du einverstanden oder nicht?«

»Zweitausend.«

»Dreitausend und das Geschäft ist perfekt.«

»Abgemacht!«

»Dann lasst uns jetzt endlich zur Sache kommen.«

Doch vorläufig wurde daraus nichts, denn ein ohrenbetäubender, vielkehliger Aufschrei kündete vom Ende des Rennens. Ein Aufschrei der Enttäuschung, denn weder *Silber des Ostens* noch *Schwarzer Wind* noch der klare Favorit *Buddhas Schmetterling* war als Erster ins Ziel gekommen, sondern ein wenig bekannter Wasserbüffel, der auf den schönen Namen *Frühlingsblume* hörte. Die Verlierer drängten zum Tresen, um ihren Frust herunterzuspülen, und schauten neidisch dabei zu, wie zwei zufrieden grinsende Schatyren einem großgewachsenen Nawen freudig die Hand schüttelten und dann geschäftig ihren Gewinn abholten.

»Domingo hat mitgemacht«, sagte Jana schmunzelnd. »Seltsam, dass die Buchmacher Wetteinsätze von ihm überhaupt annehmen.«

»Sie haben eine Abmachung mit ihm«, erläuterte Cortes. »Er wettet nur selten, setzt erst kurz vor dem Start und immer bei verschiedenen Buchmachern.«

Der schlaksige Naw Domingo, der meist Jeans und Sweatshirt trug, war ein begnadeter, auf Prognosen spezialisierter Magier und bildete zusammen mit dem Schatyren Tamir Cannabis das legendäre, auch als »die Vegasianer« bekannte Analytikerduo des Dunklen Hofs, das aufs Engste mit Santiago zusammenarbeitete. An den Wetten beteiligte er sich nicht aus Leidenschaft, sondern nur zu Trainingszwecken, um für seine Prognosen in Form zu bleiben, und die Buchmacher ließen ihn gewähren.

»Cortes, alter Betrüger, dass du dich überhaupt hierher traust?!« Nur wenige Bewohner der Verborgenen Stadt konnten es sich herausnehmen, ein Gespräch der Söldner auf so dreiste Weise zu stören. Jegor Bessjajew, der Vizepräsident der T-Grad-Com, gehörte zu diesen Privilegierten. »Ich dachte, du wärst vor Scham im Boden versunken und würdest dich für die nächsten zehn Jahre nicht mehr blickenlassen in der Verborgenen Stadt.« Der hochaufgeschossene Typ mit der Brille setzte sich ungefragt zu den Söldnern an den Tisch. »Wie hast du mir das nur antun können, Cortes? Du hattest doch ein starkes Blatt, das habe ich gespürt. Warum um alles in der Welt bist du ausgestiegen?«

»Ich habe keinen Vierling zusammengebracht«, antwortete Cortes ungerührt.

»Er hat keinen Vierling zusammengebracht!« Jegor schlug die Hände zusammen. »Ist ja rührend! Warum hast du dann nicht mit deinem Drilling geblufft? Bidjar hatte nur eine Straße, der hätte garantiert weggeschmissen!«

»Ich hatte aber keinen Drilling«, entgegnete Cortes lapidar.

»Du hast auf sechzigtausend erhöht und hattest nicht mal einen Drilling?« Bessjajew schüttelte den Kopf. »Mit was hast du überhaupt gespielt?«

»Ich hatte zwei Zehner.«

Der Vizepräsident seufzte und winkte ab.

»Weißt du eigentlich, wie viele Leute auf uns gewettet hatten? Ach, was kümmern mich die Leute! Aber weißt du, wie viel wir verloren haben?«

»Ungefähr hundertzwanzigtausend.«

»Hundertfünfzigtausend! Die ganze Verborgene Stadt lacht über uns!«

»Beim nächsten Mal gewinnen *wir*.«

»Bei welchem nächsten Mal?!«, erkundigte sich Jegor alarmiert.

»Gestern hat mich Karim angerufen. Wie du dir vorstellen kannst, war er bestens gelaunt.« Cortes trank einen Schluck Wein. »Er hat uns eine Revanche angeboten.«

»Wieso das? Hat er seinen Gewinn schon ausgegeben?«

»Quatsch. Das Spiel hat ihm einfach Spaß gemacht.«

»Der wollte sich nur über dich lustig machen.«

»Ich habe angenommen.«

Bessjajew starrte den Söldner fassungslos an.

»Weißt du Cortes, die Hacker, die Gottes Server geknackt haben, und sich unbegrenzt Geld und ewiges Leben verschaffen können, gibt es leider nur im Witz. Ich gehöre leider nicht zu diesen Leuten.«

»Wir spielen mit doppeltem Einsatz, ohne Joker und nur zwei Karten werden ausgetauscht.« Die braunen Augen des Söldners begannen herausfordernd zu funkeln. »Machst du mit?«

Jegor setzte seine Brille ab und putzte zerstreut die Gläser.

»Was bleibt mir denn anderes übrig?«

»Na siehst du! Karim wird einen von uns beiden anrufen, um einen Termin zu vereinbaren.« Der Söldner grinste. »Und jetzt müsste ich mit meinen Kollegen eine Kleinigkeit besprechen, wenn du nichts dagegen hast.«

»Versteht sich.« Bessjajew erhob sich. »Jana, einen schönen Abend noch, du siehst wieder einmal umwerfend aus!«

»Danke, Jegor.«

»Artjom.«

Die Männer gaben einander die Hand und der Vizepräsident der T-Grad-Com zog sich an die Bar zurück.

»Wir hätten uns woanders treffen sollen«, seufzte Jana. »Hier können wir uns nicht in Ruhe unterhalten.«

»Aber natürlich können wir das.« Cortes stellte eine kleine schwarze Pyramide auf den Tisch und warf Artjom einen vielsagenden Blick zu. »Hauptsache, wir halten uns nicht mit Nebensächlichkeiten auf.«

Die schwarze Pyramide war ein Talisman des Dunklen Hofs – ein mächtiges Artefakt, das zum Schutz von Verhandlungen diente. Nach seiner Aktivierung verhinderte es jegliche Art von Abhörmaßnahmen und selbst an den Nachbartischen hörte man das, was gesprochen wurde, nur als unverständliches Geplapper.

»Kommen wir zur Sache. Angesichts dessen, dass wir diesmal ohne Auftrag und auf eigene Rechnung arbeiten, müssen wir besonders vorsichtig sein. Und ...« – Cortes hob mahnend den Zeigefinger – »... besonders sparsam. Schließlich müssen wir alle Ausgaben selbst tragen.«

»Macht nichts, die Sache ist es wert«, sagte Artjom. »Da können wir ruhig ein wenig investieren.«

»Stimmt, die Investitionen werden sich lohnen«, pflichtete Cortes bei. »Wenn es uns gelingt, den Armreif der Fate Mara zu finden und in einer Auktion an die Herrscherhäuser zu verkaufen, winkt uns ein satter Gewinn.«

Cortes war ein kühler Rechner und pflegte zurückhaltend zu kalkulieren, doch auch Jana und Artjom war klar, dass sich mit dem rätselhaften Artefakt eine sieben- oder achtstellige Summe erzielen ließ.

»Wir sollten die Haut des Bären nicht verkaufen, bevor wir ihn erlegt haben«, maßregelte Jana ihre Kompagnons. »Wir müssen diesen Armreif erst einmal finden.«

Mit dem Armreif der Fate Mara hatte es eine historische Bewandtnis. Vor etwa zweihundert Jahren, als der Grüne Hof im Krieg gegen den Orden eine Niederlage nach der anderen einsteckte, schuf Mara die Morjanen, eine Sippe angriffslustiger Wandelwesen, die das Kriegsglück zugunsten des Grünen Hofs wendeten. Aus den ersten genetischen Experimenten der findigen Fate resultierten die Weißen Morjanen. Diese unterschieden sich äußerlich nicht von gewöhnlichen Frauen, verfügten jedoch über die Fähigkeit, eine Kampfmontur anzulegen, und verwandelten sich dann in bestialische Ungeheuer. Mit ihrer enormen Kampfkraft, Unerschrockenheit und erstaunlichen Resistenz gegen Magie hatten sie ideale Eigenschaften für den Kriegseinsatz. Doch Mara dachte nicht daran, sich auf ihren Lorbeeren auszuruhen. Schon wenig später entstanden in ihrem Labor die ersten Schwarzen Morjanen, noch stärkere, aggressivere und noch dazu giftige Wandelwesen. Mit ihren neuen Geschöpfen verfolgte die Fate eigene Ziele und steuerte deren Aktivitäten mit Hilfe eines speziellen Armreifs. Das plötzliche Ableben der Zauberin – sie fiel den berüchtigten Chamäleon-Marschällen in die Hände – hatte jedoch zur Folge, dass sowohl das Wissen über die Schöpfung der Morjanen als auch der Armreif verlorengingen.

Nach dem Tod der Fate Mara fügte sich das Schicksal der Wandelwesen in unterschiedlicher Weise. Die Weißen Morjanen, die sich auch in Kampfmontur unter Kontrolle hatten, wurden zu vollwertigen Mitgliedern des Grünen Hofs und dienten der Krone nach Kräften. Die Schwarzen Morjanen dagegen erwiesen sich als unberechenbare Bedrohung, da das Artefakt, mit dem man ihr Verhalten steuern konnte, nicht mehr auffindbar war. Sobald sie ihre Kampfmontur anlegten, gerieten sie völlig außer Rand und Band und töteten mit manischer Besessenheit jedes Lebewesen, das in ihre Nähe kam. Zu allem Überfluss hatten sie auch keinerlei Kontrolle über ihre unheilvolle Metamorphose. Schon beim geringsten Anflug von Ärger konnten sich die meist attraktiven Frauen in mordlustige Monster verwandeln. Schwarze Morjanen wurden deshalb wie Aussätzige behandelt. Sie durften sich nur in eng umgrenzten Gebieten der Verborgenen Stadt aufhalten, ihre Anzahl wurde streng reglementiert und die Tötung einer Schwarzen Morjane galt in der Regel als Notwehr.

Angesichts dieser Umstände wäre es für jedes Herrscherhaus ein Glücksfall gewesen, in den Besitz des Armreifs der Fate Mara zu kommen, denn damit hätte es seine Armee um eine beachtliche Streitmacht giftiger Wandelwesen verstärkt. Niemand rechnete jedoch mit einer solchen Entwicklung, da der Armreif als endgültig verschollen galt. Auch die Söldner hatten dies bis vor kurzem geglaubt – bis sie im Zuge ihres letzten Auftrags auf die Spur des Artefakts stießen. Dieser Spur galt es nun nachzugehen ...

»Wenn wir den Armreif auf einer Auktion anbieten, werden sich die Luden womöglich auf den Standpunkt stellen, dass sie als Urheber der Morjanen ein privilegiertes Anrecht darauf hätten«, argwöhnte Artjom. »Das könnte Ärger geben.«

»Wie Jana schon sagte«, erwiderte Cortes abwinkend. »Eins nach dem anderen. Außerdem hat das Recht auf Eigentum einen hohen Stellenwert in der Verborgenen Stadt. Auch der Grüne Hof kann es nicht einfach so außer Kraft setzen.«

»Zum Glück wissen die Luden nicht, dass wir den Armreif suchen – das erspart uns lästige Konkurrenz.«

»Wir müssen den Klunker also nur finden«, ergänzte Jana.

»Angesichts der Tatsache, dass der aktuelle Besitzer des Armreifs die Schwarzen Morjanen kontrolliert, müssen wir uns wappnen«, sagte Cortes. »Hat jeder von euch ein *Basiliskenauge*?«

Die Söldner nickten.

»Ich habe mir in *Burchans Schatztruhe* eines gekauft – ein verdammt teurer Spaß«, klagte Artjom. »Nach den letzten Eskapaden der Monster sind die Leute völlig hysterisch und reißen sich offenbar um die Artefakte. Burchan, der alte Halsabschneider, hat jedenfalls kurzerhand den Preis verdoppelt.«

Ein *Basiliskenauge* war das einzige Mittel, mit dem man eine Schwarze Morjane kurzfristig außer Gefecht setzen konnte. Jede andere Art von Magie zeigte keinerlei Wirkung auf die Wandelwesen.

»Warum hast du vom *aktuellen Besitzer gesprochen*?«, fragte Artjom. »Wir wissen doch, dass Kara den Armreif hat, oder nicht?«

»Wir vermuten das nur, von wissen kann keine Rede sein.«

»Aber alles spricht doch dafür.«

»Das schon«, räumte Cortes ein. »Trotzdem ist nicht ausgeschlossen, dass wir uns irren.«

»Was wissen wir über Kara?«, kam Jana auf den Punkt.

Cortes blickte nachdenklich in sein Weinglas: »Sie ist schon lange in der Verborgenen Stadt, kennt sich bestens darin aus und hat keine Hemmungen, sich mit Kriegskommandeuren zu treffen.«

»Sie ist also keine Unbekannte in der Verborgenen Stadt«, schlussfolgerte Jana. »Am ehesten könnten die Luden etwas über sie wissen, da menschliche Zauberer traditionell Kontakte zum Grünen Hof pflegen.«

»Diese Schiene werde ich bearbeiten«, entschied Cortes. »Ich habe da ein paar Beziehungen. Was wissen wir noch über Kara?«

»Als Zauberin scheint sie einiges auf dem Kasten zu haben«, sagte Artjom.

»Sie hat sich den Armreif der Fate Mara beschafft«, zählte Jana auf, »hat nicht registrierte Artefakte hergestellt und dafür eine unbekannte Magische Quelle benutzt.«

»Und das alles, ohne von den Herrscherhäusern behelligt zu werden«, ergänzte Artjom.

»Kara ist aber eindeutig ein Humo«, gab Cortes zu bedenken. »Und mächtige Zauberer unter uns Menschen sind die absolute Ausnahme.«

»Ich finde, wir sollten das magische Potenzial dieser Dame genauestens unter die Lupe nehmen«, schlug Jana vor. »Es wäre leichtsinnig, sich mit einer Magierin anzulegen, die womöglich das Niveau einer Priesterin hat.«

»Ganz meine Meinung«, pflichtete Cortes bei. »Das ist dein Job, Jana. Du trägst alle verfügbaren Informationen über menschliche Magier zusammen. Sollte sich herausstellen, dass wir der Hexe möglicherweise nicht gewachsen sind, müssen wir unser Vorhaben abblasen und unsere Freunde in den Herrscherhäusern um Hilfe bitten. Die Auktion müssten wir dann natürlich beerdigen.«

»Okay«, nickte Jana. »Ich kümmere mich darum.«

»Und was habe ich zu tun?«, erkundigte sich Artjom.

»Nach allem, was wir wissen, ist Kara unabhängig von den Herrscherhäusern und findet sich trotzdem mühelos in der Verborgenen Stadt zurecht«, räsonierte Cortes. »Es wäre doch naheliegend, dass der eine oder andere Humo-Zauberer etwas über sie weiß.«

»Stimmt.«

»Deshalb wirst du, Artjom, dich bei unseren Volksgenossen umhören. Nimm Kontakt auf, finde heraus, wer Kara kennt, und erkundige dich beiläufig über sie. Du bist noch nicht lange in der Verborgenen Stadt, man wird denken, dass du einfach neugierig bist. Hast du Bekannte unter den menschlichen Magiern?«

»Nicht viele.«

»Kennst du die *Verliererbar*?«

»Natürlich.«

»Dort treiben sich viele Humo-Zauberer herum. Verbringe einige Abende in dem Schuppen und halte die Ohren auf, dann wirst du bestimmt das eine oder andere über Kara erfahren. Mir irgendjemandem muss sie schließlich Kontakt haben, Geschäfte machen oder meinetwegen ins Bett gehen.«

Der Mittelsmann blickte verstohlen zu dem Tisch hinüber, an dem Cortes mit seinen Leuten saß, und wischte sich nervös mit einem Taschentuch über die Stirn. Die Anwesenheit der Söldner war ihm augenscheinlich unangenehm, doch er versuchte, sich nichts anmerken zu lassen. Erfolglos.

Der Mittelsmann war ein Humo. Nicht mehr ganz jung und offenbar auch nicht allzu erfolgreich. Jedenfalls hätte es in seinem Alter ruhig zu einem besseren Anzug reichen können, fand Muba, der dem Mittelsmann gegenübersaß. Andererseits konnte der Chwan durchaus nachvollziehen, dass seriöse Auftraggeber für einen solch heiklen Job nicht ihre besten Leute schickten, sondern lieber ein kleines Licht, das man im Bedarfsfall ohne Reue beseitigen konnte. Deshalb nippte Muba gelassen an seinem Kaffee und richtete den Blick seiner kalten blauen Augen auf den Mittelsmann.

»Jewgeni Grigorjewitsch, die Tatsache, dass Sie sich an mich wenden und mich auch noch gefunden haben, zeugt davon, dass Sie nicht schlecht informiert sind. Andererseits müssten Sie doch wissen, dass wir Chwanen nur in Ausnahmefällen Aufträge unmittelbar in der Verborgenen Stadt ausführen. Warum wenden Sie sich nicht an Söldner, die ausschließlich in der Stadt arbeiten? Zum Beispiel an Cortes, der dort drüben sitzt?«

»Cortes ist ein Allrounder.« Der Mittelsmann wischte sich abermals den Schweiß von der Stirn. »Wir suchen hingegen einen ausgewiesenen Spezialisten, der in der Lage ist, unseren Auftrag nicht nur zu erledigen, sondern ihn exakt so zu erledigen, wie wir es vorgeben. Bis ins kleinste Detail.«

Außerdem würde sich Cortes niemals dazu herablassen, einen ordinären Mordauftrag anzunehmen, dachte der Mittelsmann bei sich.

»Was meinen Sie mit der Formulierung *bis ins kleinste Detail*?«, erkundigte sich Muba.

Der Mittelsmann beugte sich verschwörerisch über den Tisch.

»Wir wünschen uns eine öffentliche Hinrichtung: spektakulär, stilvoll und erbarmungslos. Der Auftraggeber ist kein großer Freund von Gewalt, doch wenn geschäftliche Interessen ihren Einsatz unumgänglich machen, ist er darauf bedacht, mit der Aktion den größtmöglichen Showeffekt zu erzielen.«

»Sehr vernünftig«, nickte Muba, der von Gewalt eine Menge verstand.

Die kleine Sippe der Chwanen gehörte zum Herrscherhaus Tschud und verstärkte die Armee des Ordens mit den Chamäleon-Marschällen, einer berüchtigten Spezialeinheit, die sich vor allem auf Terror und Sabotage verstand. In Kriegszeiten fürchteten die übrigen Bewohner der Verborgenen Stadt die Vasallen der Tschuden wegen ihrer Skrupellosigkeit und ihrer angeborenen Brutalität. Selbst die Nawen hatten durchaus Respekt vor den vierarmigen Kriegern. In Friedenszeiten verdienten sich die Chwanen ihren Lebensunterhalt mit Spezialaufträgen von Geschäftsleuten, die ein gestörtes

Verhältnis zur freien Marktwirtschaft hatten. Im Klartext: Muba war ein erstklassiger und hochbezahlter Killer.

»Wie stellt sich der Auftraggeber die Operation vor?«

Der Mittelsmann leckte sich über die Lippen.

»Der Klient muss mit einem Messer, an einem belebten Ort und im Beisein seiner Leibwächter ins Jenseits befördert werden – je mehr Blut fließt, desto besser.«

»Nicht schlecht ausgedacht«, lobte der Chwan. »Das Opfer soll also möglichst effektvoll beseitigt werden. Wer ist denn der Glückliche?«

»Hier ist ein Foto.«

Muba betrachtete das Bild eine Weile, dann gähnte er.

»Ein Abkömmling aus euren südlichen Kolonien, etwa 130 Kilo schwer, drogensüchtig, spritzt sich seit zwei Jahren mindestens eine Dosis Heroin pro Tag.«

»Imponierende Beobachtungsgabe«, kommentierte der Mittelsmann beeindruckt.

»Jewgeni Grigorjewitsch«, sagte Muba und gähnte abermals. »Zur Ausführung des Auftrags brauche ich genauere Informationen.«

»Die finden Sie auf der Rückseite des Fotos.«

»Gut.« Der Chwan steckte das Foto mit der unteren linken Hand in die Tasche, griff unterdessen mit der oberen rechten nach seiner Kaffeetasse, trank einen Schluck und setzte hinzu: »Berichten Sie mit ihren eigenen Worten, um wen es sich handelt.«

Aufgrund ihrer außergewöhnlichen Physiognomie sorgten die Chwanen in jeder Gesellschaft für Aufsehen. Selbst in der Verborgenen Stadt gab es Gaffer, die sich nicht daran sattsehen konnten, wie sie mit ihren vier Armen hantierten. Aus diesem Grund verbarg Muba fast immer sein wahres Aussehen, indem er sich mit einem Trugbild tarnte. Das primitive Artefakt, das die Täuschung bewirkte, trug er als feine Goldkette um den Hals.

»Der Klient ist Waliko Garadse, unter seinesgleichen auch als Jumbo bekannt, die rechte Hand des frühzeitig dahingeschiedenen Wachtang Rioni«, verkündete Jewgeni Grigorjewitsch. »Glauben Sie mir, Herr Muba, indem Sie den Lebensfaden dieses – ähm – Subjekts durchtrennen, erweisen Sie der Menschheit einen unschätzbaren Dienst.«

»Und wie bemisst sich dieser Dienst in Geld?«

Der Mittelsmann zog einen Kugelschreiber aus der Innentasche seines Sakkos hervor und kritzelte eine lange Zahlenreihe auf eine Serviette. Der Chwan taxierte das großzügige Angebot, verzog keine Miene und nickte flüchtig.

»Die Hälfte im Voraus, dann benötige ich eine Woche Zeit für die Planung und Durchführung, der Rest wird innerhalb von drei Tagen nach Erledigung fällig.«

Jewgeni Grigorjewitsch lächelte: »Nun, angesichts Ihres ausgezeichneten Rufs ist der Auftraggeber bereit, die gesamte Summe vorab zu bezahlen. Doch das nur nebenbei. Entscheidend ist, dass die Hinrichtung genau zu der von uns vorgegebenen Zeit stattfindet – und keine Minute früher oder später. Den exakten Zeitpunkt erfahren Sie ungefähr drei Stunden vor der geplanten Aktion. Aus eben diesem Grund sind wir bereit, so viel Geld zu bezahlen.«

»Unter diesen Bedingungen ist das Angebot zu niedrig.«

»Sie sind also prinzipiell bereit, den Auftrag zu übernehmen?«

Der Chwan hatte sich bereits entschieden.

»Ja.«

»Nennen Sie Ihren Preis.«

»Ihr Angebot plus fünfzig Prozent. Das Geld muss morgen Mittag auf meinem Konto sein.«

»Das ist zeitlich kaum zu schaffen«, gab der Mittelsmann zu bedenken.

Der Chwan grinste und tippte mit dem Finger auf seine Uhr: »In Kürze beginnt das Bankengeschäft in New York. Auf der Rückseite dieser Karte finden Sie meine Kontonummer bei der *Chase Manhattan Bank*. Wenn Ihr Auftraggeber tatsächlich seriös ist, sollte meine Forderung kein ernsthaftes Problem für ihn darstellen. Über den Eingang der Zahlung werde ich unverzüglich informiert.«

Der Mittelsmann nahm die Visitenkarte an sich, stand auf und ging wortlos zum Ausgang.

Städtisches Mietshaus
Moskau, Taras-Schewtschenko-Nabereshnaja
Mittwoch, 27. September, 16:23 Uhr

Sie hatten sich nicht einmal die Mühe gemacht, das Bett freizuräumen. Ihre nackten, schwitzenden Körper wanden sich ekstatisch auf der zerknüllten Zudecke. Socken,

Slips und Spitzenhemdchen lagen chaotisch im Schlafzimmer verstreut. Offenbar hatten die Liebenden es extrem eilig gehabt, sich ihrer Wäsche zu entledigen, so als gäbe es kein nächstes Mal. Als hätte brennendes Verlangen sie völlig unvermittelt veranlasst, besinnungslos übereinander herzufallen, wie dies gelegentlich auch in Aufzügen und Besenkammern passiert.

Abermals wälzten sie sich herum und der Mann kam unten zu liegen.

»Schneller, Kara!«

Die intensiven, rhythmischen Bewegungen der erfahrenen Frau brachten ihn um den Verstand.

»Schneller!!!«

Kara stöhnte laut und ihre Fingernägel krallten sich in Ediks schmale Schultern. Immer heftiger ritt sie ihren Partner, bis die schwelende Lust der Liebenden sich am Siedepunkt entlud.

Eine Weile lagen sie reglos übereinander und kosteten die wohlige Ermattung aus, dann glitt Kara sanft von ihm herab. Er streckte sich und küsste sie auf den Mund.

»Zufrieden?«

Kara rollte sich auf den Rücken, schloss selig die Augen und nickte. Sie genoss die Treffen mit dem schmächtigen, äußerlich eher unscheinbaren Edik, der sich jedoch als versierter Liebhaber entpuppt hatte.

Zärtlich strich er eine blonde Strähne aus ihrer schweißbedeckten Stirn und küsste sie abermals – auf ihre vollen Lippen, auf die kleine Nase und auf den Hals. Dann stützte er sich auf und griff nach einem Glas Orangensaft auf dem Nachtkästchen.

»Du wirst's nicht glauben, aber ich hätte schon wieder Lust auf dich.«

»Wirklich?« Kara lächelte, ohne die Augen zu öffnen.

»Noch mehr als vorher.«

Edik streichelte mit der Hand über ihre prallen Brüste, über den flachen Bauch und über die üppigen, straffen Schenkel.

»Meine kleine Hexe«, flüsterte er. »Meine raffinierte Zauberin.«

»Ganz recht«, bestätigte Kara.

»Wer weiß, vielleicht hast du mich wirklich behext?«

Sie grinste listig und öffnete ihre veilchenblauen, von langen Wimpern umrahmten Augen: »Dann kämest du gar nicht auf diesen Gedanken.«

Kara entspannte sich und kostete seine Zärtlichkeiten in vollen Zügen aus. Tatsächlich hatte sie bei Edik keinerlei magische Tricks angewandt, obwohl sie durchaus in der Lage war, Männer durch einen Liebeszauber hörig zu machen. Auf diese heimtückische Kunst verstand sie sich mindestens so gut wie die Priesterinnen des Grünen Hofs. Schon beim ersten Treffen mit Edik hatte sich herausgestellt, dass ihr reifer, weicher Körper ihn heftig erregte. Er stand auf die feinen Fältchen um ihre Augen und auf die üppigen Rundungen ihrer Schenkel und Brüste. Kara gefiel ihm so, wie sie war, ganz ohne jede Hexerei. Auch der große Altersunterschied störte ihn nicht im Geringsten. Manchmal kicherte Kara in sich hinein und fragte sich, wie Edik wohl reagieren würde, wenn er erführe, wie groß dieser Altersunterschied tatsächlich war.

»Meine Zauberin«, flötete er abermals. »Am liebsten würde ich mit dir von hier weggehen ...«

»Und mich in einem kleinen Haus einsperren?«

»Warum in einem kleinen?«, entgegnete Edik und hob den Kopf. »Du musst nur Ja sagen, dann lasse ich hier alles liegen und stehen!«

Aus dem Munde eines ausgekochten Kriminellen muteten solcherlei romantische Anwandlungen befremdlich an. Edik war kein dahergelaufener Kleinganove, sondern die rechte Hand von Chamberlain, dem Boss der mächtigsten Mafiagruppierung der Stadt. Obwohl Kara genau wusste, dass Edik sich heftig in sie verliebt hatte, machte sie dieses Angebot im ersten Moment sprachlos.

»Sag Ja, such dir irgendeinen schönen Ort aus und dort werden wir dann leben. Wir bauen uns ein schönes, großes Haus und ...«

»Und dir wird die halbe Unterwelt im Nacken sitzen«, unterbrach ihn Kara. »Deine lieben Kollegen werden alles daransetzen, dich auf den rechten Weg zurückzubringen oder dich zu töten. Und die Polizei wird ein paar nützliche Informationen von dir wollen als Gegenleistung dafür, dass sie dich in Ruhe lässt.« Kara seufzte. »Man muss verdammt mächtig sein, um tun und lassen zu können, wozu man Lust hat. Ich möchte nicht in ständiger Angst leben.«

Sie klemmte sich ein Kissen unter den Rücken, setzte sich auf und streckte die Beine aus. Edik legte den Kopf auf ihre weichen Schenkel.

»Wir könnten doch einfach von der Bildfläche verschwinden.«

»Ich will aber nicht verschwinden«, erwiderte Kara und kraulte zärtlich das spärliche Haar ihres Liebhabers. »Ich möchte selbst entscheiden, wo ich hingehe und wo nicht, und die Macht haben, so zu leben, wie ich will.«

»Und dann?«

»Was und dann?«

»Was passiert, wenn du diese Macht hast?«

»Dann bekommen wir unser großes Haus und müssen uns vor niemandem verstecken. Wir werden unser Haus dort bauen, wo wir wollen, und nicht dort, wo man uns nicht findet. Dann gehen unsere Träume in Erfüllung.«

Edik presste sich noch heftiger an ihre Schenkel und sog den Rosenduft ein, den sie verströmten. Kara liebte diesen Duft und rieb ihren Körper regelmäßig mit Rosenöl ein. Ihre Haut war zart und straff. Edik wunderte sich stets aufs Neue darüber, wie eine Vierzigjährige sich so gut in Schuss halten konnte.

»Und der Schlüssel dazu liegt in der Verborgenen Stadt?«, fragte er.

»Ja. Wenn wir es schaffen, die Verborgene Stadt für unsere Zwecke einzuspannen, winkt uns eine goldene Zukunft. Du hast überhaupt keine Vorstellung davon, über welche Macht diese Völker verfügen.«

»Sie werden aber keine Lust haben, nach unserer Pfeife zu tanzen«, gab Edik zu bedenken und wirkte dabei ziemlich verzagt.

Jeder Mensch, egal wie sehr er in sich ruht und welche Heldentaten er schon vollbracht hat, erlebt hin und wieder Momente der Schwäche und des Zweifels. Und dies galt selbstverständlich auch für einen Banditen mit Universitätsabschluss, der unvermittelt vor der Aufgabe stand, sich mit einem mächtigen und zutiefst mysteriösen Gegner anzulegen. Der kleine Edik gegen die geheimnisvolle Verborgene Stadt!

Beinahe gerührt schmunzelte Kara über den Kleinmut ihres Liebhabers, der sein Gesicht in ihrem Schoß vergrub wie ein schutzbedürftiges Kind, und wiederholte gebetsmühlenartig das, was sie ihm schon so oft eingetrichtert hatte.

»Wir werden ihnen keine Wahl lassen. Im Augenblick herrscht ein relativ stabiles Gleichgewicht zwischen den Völkern der Verborgenen Stadt. Dieses Gleichgewicht werden wir zerstören, indem wir sie gegeneinander aufhetzen. Wir werden ihre Bewohner in Angst und Schrecken versetzen und Hass unter ihnen säen. Und dann, wenn sie am Rand eines großen Kriegs stehen, werden wir zum entscheidenden Schlag ausholen und der Verborgenen Stadt ein Ultimatum stellen. Es wird ihnen nichts anderes übrigbleiben, als unsere Forderungen zu erfüllen.«

»Und wenn sie es nicht tun?«

»Sie werden es tun. Die Völker der Verborgenen Stadt haben vor nichts mehr Angst als davor, entdeckt zu werden. Schließlich sind sie keine Menschen, sondern Fremdlinge, deren obskure Fähigkeiten für die Menschheit eine Bedrohung darstellen. Du kannst dir an fünf Fingern abzählen, was passieren wird, wenn die Regierung von ihrer Existenz erfährt. Bestenfalls wird man sie versklaven, schlimmstenfalls ausrotten. Die Scheiterhaufen der Inquisition sind in der Verborgenen Stadt noch in lebhafter Erinnerung. Deshalb bin ich davon überzeugt, dass sie von zwei Übeln das Geringere wählen werden.« Karas Augen verengten sich zu schmalen Schlitzen und ihr Mund verzog sich zu einem hämischen Grinsen. »Wir werden nicht zu gierig sein, sondern nur einen gebührenden Platz zwischen ihnen einnehmen und die entscheidenden Machtfaktoren unter unsere Kontrolle bringen – zum Beispiel die T-Grad-Com. Dann werden wir unter den Menschen Anhänger rekrutieren und allmählich eine Elite bilden, die letztlich die Herrschaft übernimmt, sowohl über die Menschheit als auch über die humanoiden Völker. Aber das ist alles noch Zukunftsmusik.« Sie kniff ihren Partner neckisch ins Ohr. »Übrigens, Edik, wir müssen mit unseren kleinen Provokationen noch heute beginnen.«

Der Mann hob den Kopf und sah sie erstaunt an.

»Du hattest doch gesagt, nicht vor nächster Woche?!«

»Die Pläne haben sich geändert.« Kara lächelte und streichelte ihm zärtlich über die Stirn. »Die erste Aktion muss noch heute Abend über die Bühne gehen. Kannst du das organisieren?«

»Sicher.«

Edik nahm sein Mobiltelefon vom Nachtkästchen und tippte eine Nummer ein.

»Zorro? Ich bin's. Wie viel Fußvolk kannst du heute noch zusammentrommeln? – Zwanzig Mann? Nicht schlecht.« Edik sah zu Kara und reckte den Daumen nach oben. »Unser Auftritt beginnt schon heute Abend. Geh nach der Liste vor, die ich dir gegeben habe. Danach erstattest du mir Bericht.« Edik schmunzelte amüsiert.

»Natürlich erfahre ich auch im Fernsehen davon. Trotzdem möchte ich, dass du mir persönlich berichtest. – Okay. Hau rein.«

Er legte das Telefon aufs Nachtkästchen zurück und wandte sich wieder an Kara: »Alles läuft nach deinen Wünschen.«

»Noch nicht ganz alles«, erwiderte die Frau und legte sich provozierend ins Hohlkreuz.

Edik beugte sich über sie und leckte gierig ihre harten Brustwarzen.

Wie gewöhnlich verließ Edik als Erster die Wohnung, die sie für ihre Treffen benutzten. Kara lud ihn niemals zu sich nach Hause ein. Er wusste nicht einmal, wo sich ihre Villa befand. Sie trafen sich entweder bei ihm oder in jener Wohnung, die sie extra für diesen Zweck gekauft hatten.

Als sie allein war, rekelte sich Kara noch eine Zeit lang im Bett und betrachtete zufrieden ihren Körper. Dann ließ sie sich ein heißes Bad ein, stieg genüsslich ins dampfende Wasser und überdachte die Lage.

Obwohl Ediks Schergen sich gerade daranmachten, mit der Umsetzung eines Plans zu beginnen, den sie in jahrelanger Vorbereitung ausgeheckt hatte, empfand sie nicht die geringste Nervosität. Sie war hochkonzentriert, doch innerlich vollkommen ruhig, denn sie hegte keinerlei Zweifel an ihrem Erfolg. Nicht den geringsten!

Zerstreut pustete sie den Schaum von ihrer Hand und beobachtete, wie die weißen Flocken gegen die schwarzen Fliesen des Badezimmers klatschten.

Edik und seine Banditen sollten lediglich für die Ouvertüre sorgen. Ihre Aufgabe bestand darin, unter den Bewohnern Moskaus und der Verborgenen Stadt Unruhe zu stiften, um den emotionalen Boden für die weiteren Schritte zu bereiten. Kara dachte gar nicht daran, den Mafioso für anspruchsvollere Aufgaben einzusetzen – Universitätsabschluss hin oder her. So wichtig sich Edik selbst auch nahm, ihm war nicht mehr als die Rolle eines Bauern zugedacht, bestenfalls die eines Springers.

Nun war es an der Zeit für den nächsten subtilen Schachzug mit einer unbedeutenden, doch vorläufig nützlichen Randfigur, einem weiteren Humo, der sich für unheimlich wichtig hielt. Die Zauberin griff zu ihrem Mobiltelefon, das auf einem Hocker neben der Wanne lag, und tippte die Nummer von Professor Serebrjanz ein.

»Nur wenn wir uns zusammentun, nur wenn jeder Einzelne seine Kräfte in den Dienst der gemeinsamen Sache stellt, wird es uns gelingen, die Humanoiden zu besiegen und den Planeten von ihrer bösartigen Gesinnung zu befreien! Nur so verhelfen wir den wahren russischen Werten zum Sieg und unsere Nachkommen werden es uns danken! Unsere Seele muss rein sein, aber unnachgiebig! Wir müssen handeln! Um der Menschheit willen! Es ist unsere heilige Pflicht!!!«

Lew Moisejewitsch Serebrjanz hielt inne und führte hastig das Wasserglas zum Mund.

»Unsere heilige Pflicht«, wiederholte die lispelnde junge Frau, die das Gesülze des Professors mitstenografierte. »Ein wahrlich großartiger Gedanke! Wie schon unsere Urväter gegen das üble Geschmeiß zu Felde zogen, so werden auch wir unser Leben geben und unsere heilige Pflicht erfüllen! Denn darin liegt die reine Wahrheit und das Vermächtnis unserer Vorfahren!«

»Sehr richtig, Sofotschka«, lobte Serebrjanz und ergötzte sich am Anblick der hübschen Knie, die unter dem Rock der Frau hervorlugten.

Lange genug hatte sich niemand für die Weisheiten des Professors interessiert, nun war er dankbar um jeden Zuhörer, der gebannt an seinen Lippen hing. Selbst um die etwas dümmliche Sofotschka, die an einem haarsträubenden Sprachfehler und darüber hinaus an pathologischer Slawophilie litt. Nun, immerhin konnte sie gut stenografieren.

Lew Moisejewitsch trank sein Wasser aus, wischte sich die Lippen ab und nahm den Gedankenfaden wieder auf. Er arbeitete an einer Vorlesung für die Universität.

»Die Wiederaufnahme der Inquisition ist für die Menschheit überlebenswichtig und untrennbarer Bestandteil unseres Existenzkampfes. Die Bevölkerung der Erde muss einer genetischen Säuberung unterzogen werden. Alle humanoiden Elemente müssen ausfindig gemacht und ...«

Welches Schicksal genau der Professor für die humanoiden Elemente vorgesehen hatte, würde Sofotschka erst beim nächsten Mal erfahren, denn in diesem Augenblick vibrierte und trällerte das Mobiltelefon auf dem Schreibtisch.

»Eine idiotische Erfindung«, schimpfte Serebrjanz und nahm den Anruf an. »Ja bitte?!«

»Lew Moisejewitsch?«

»Kara?« Das Gesicht des Professors verzog sich zu einer Fratze der Rührung und er verkrümmte unterwürfig sein klapperiges Gestell, so als könnte die Zauberin diese Demutsgeste tatsächlich sehen. »Ich habe Ihren Anruf voller Ungeduld erwartet.«

Auf eine unmissverständliche Geste hin verließ die verständige Sofotschka eilig das Büro.

»Wie geht es Ihnen, Lew Moisejewitsch?«

»Ich kann nicht klagen.« Serebrjanz besann sich. »Dank Ihnen, versteht sich, meine Wohltäterin.«

In seiner Stimme lag nicht der geringste Anflug von Ironie oder Spott. Der Professor wusste sehr gut, was er der rätselhaften und mächtigen Frau zu verdanken hatte.

»Wann kommt Ihr Buch heraus?«, erkundigte sich Kara. »Jetzt ist mir doch glatt der Titel entfallen ...«

»*Der Mensch. Die Philosophie des Sieges*«, antwortete Serebrjanz beflissen. »Es erscheint in drei Tagen. Der Verlag hat es hoch und heilig versprochen.«

Kein Wunder, dachte Kara bei sich, angesichts der horrenden Summe, die Edik für die Veröffentlichung hingeblättert hatte.

»Haben Sie in Sachen Werbung schon etwas unternommen?«

»Gestern waren die Leute von der Agentur hier«, bestätigte Serebrjanz. »Ab morgen läuft im Fernsehen und im Radio eine Werbekampagne für das Buch. Übermorgen erscheinen dann ganzseitige Anzeigen in allen großen Tageszeitungen und Zeitschriften. Eine Woche nach dem Erscheinen des Buches organisieren wir eine Rezension durch die Akademie der Wissenschaften.«

»Dann wird Ihr Buch bestimmt ein Bestseller.«

»Je länger ich Sie kenne, Kara, desto mehr habe ich den Eindruck, dass ich träume«, gestand der Professor wahrheitsgemäß. »Alles fügt sich genau so, wie ich es mir schon immer sehnlichst gewünscht habe.«

»So ist das Leben, Lew Moisejewitsch.« Kara lächelte. »Ich hoffe, ich kann auf eine kleine Gefälligkeit Ihrerseits rechnen?«

»Aber selbstverständlich, Kara, was immer Sie wollen!«

»In nächster Zeit kommt einiges an Arbeit auf Sie zu, Professor. Es stehen Ereignisse an, die Ihre Theorien bekräftigen werden, und Sie sollten der Erste sein, der die Bürger davon in Kenntnis setzt.«

»Es wird mir eine Freude sein, dies zu tun«, jubelte der Professor. »Wenn ich richtig verstanden habe, werden Sie also in Kürze damit beginnen, mit dem humanoiden Pack abzurechnen.«

»So ist es.«

»Ihr Vorhaben ist eine historische Mission, Kara, und es ehrt mich, dass ich in diesen Zeiten an Ihrer Seite stehen darf. Wir müssen diesen verkommenen Subjekten zeigen, wer Herr im Hause ist auf diesem Planeten.«

»Ganz meine Meinung, Professor. Man wird Ihnen entsprechendes Beweismaterial zuspielen – halten Sie sich bereit.«

Dieser Fanatiker wird ganze Arbeit leisten, dachte Kara zufrieden, legte das Handy beiseite und schloss die Augen.

Eine gefühlte Ewigkeit hatte der Professor ebenso besessen wie erfolglos nach Beweisen für die Existenz der Verborgenen Stadt gesucht und den beißenden Spott seiner Kollegen ertragen müssen. Nun, da der Erfolg zum Greifen nahe war, würde er sich wie ein Pitbull in jenes »humanoide Pack« verbeißen, das er für die Ausgeburt des Bösen hielt. Die Humanoiden sollten es bitter bereuen, dass sie den schrulligen Wissenschaftler seinerzeit nicht ernst genommen und über seine hilflosen Versuche, sie zu enttarnen, gelacht hatten. All die Misserfolge und Demütigungen, die er ihretwegen einstecken musste, würde er ihnen nun heimzahlen.

Als Kara auf Serebrjanz aufmerksam wurde, hatte sich dieser in einem beklagenswerten Zustand befunden: von niemandem Ernst genommen, von den Kollegen verlacht, verarmt und ohne Hoffnung auf eine bessere Zukunft. Doch schon damals war ihr seine beeindruckende Zähigkeit aufgefallen. Er war gescheitert, aber nicht gebrochen, und in seinen Augen leuchtete heiliger Zorn. Eine Weile behielt Kara den Professor einfach nur im Auge als potenziell nützliche Figur für ihr Vorhaben, und erst als sie sich davon überzeugt hatte, dass er genau der Richtige für ihre Zwecke war, nahm sie direkten Kontakt zu ihm auf. Es war ein Leichtes gewesen, den demoralisierten, nach Anerkennung lechzenden Wissenschaftler anzuwerben. Als er auf ihre Veranlassung finanzielle Unterstützung von Edik bekam, wäre er bereit gewesen, ihr die Füße zu küssen. Darauf konnte Kara indes getrost verzichten. Sie erwartete etwas ganz anderes von Serebrjanz, nämlich einen massiven Angriff auf die Verborgene Stadt über die Massenmedien. Niemand anderen als Lew Moisejewitsch hatte sie dafür vorgesehen, den Moskauer Bürgern die Augen zu öffnen und unter den Humanoiden Panik zu stiften. Diese Aufgabe war ein entscheidender Teil ihres Plans und sie war zuversichtlich, den richtigen Mann dafür gefunden zu haben.

Endlich!

Nach dem Telefonat mit Kara hüpfte der Professor euphorisch durch sein Büro.

Endlich trat ein, worauf er so lange gewartet hatte! Endlich hatte sich jemand gefunden, der in der Lage war, dem humanoiden Gesindel zu Leibe zu rücken. Und diese Person griff auf seine Unterstützung zurück! Diese Person brauchte Serebrjanz, schätzte seinen Verstand und sein Talent! Diese Person war ein Genie!

Lew Moisejewitsch Serebrjanz hatte noch nie im Leben einen Humanoiden gesehen. Genauer gesagt: Das hatte er wohl, er hatte es nur nicht mitbekommen. Der Professor verfügte über keinerlei magische Fähigkeiten und hatte auch nicht die leiseste Ahnung, dass Kara eine Zauberin war. Sein gesamtes Wissen über die Verborgene Stadt beruhte auf blanker Theorie. Die Informationen für seine gewagten Hypothesen hatte er aus Bibliotheken, Gerüchten und Legenden geschöpft und sie klug zu einem schlüssigen Gesamtbild zusammengefügt. Getrieben von einem ausgeprägten Sendungsbewusstsein, setzte er sich dabei über alle Zweifel und Widerstände hinweg. Er hätte es sich wahrlich auch leichter machen können ...

Nach dem Studium der Geschichte war der junge Lew als Aspirant an der Universität geblieben. Ein schnöder Routinejob interessierte ihn nicht, er strebte nach Höherem und nur die Wissenschaft bot ihm die Aussicht auf eine glanzvolle Karriere. So stürzte sich Lew mit Feuereifer in die Forschungsarbeit. Die ersten Veröffentlichungen des frischgebackenen Historikers waren relativ belanglos, doch immerhin verhalfen sie ihm zu einer eigenen Wohnung. Schritt für Schritt arbeitete sich Serebrjanz nach oben, wurde Doktor der Wissenschaften und Professor. Neben den akademischen Weihen erwarb er sich die für seinen Berufsstand typischen Attribute wie eine Glatze, Kurzsichtigkeit und ein Hämorrhoidalleiden ersten Grades.

Doch selbst als gestandener Professor war Lew Moisejewitsch noch lange nicht zufrieden und der graue Alltag des satten Universitätsbetriebes ödete ihn an. Serebrjanz dürstete nach Ruhm! Er wollte nicht als mittelmäßiger Wissenschaftler enden, sondern als Vordenker und Pionier in die Geschichte eingehen. Sein Porträt sollte die Lehrbücher zukünftiger Generationen schmücken und das nach Möglichkeit nicht nur in Russland ...

Ende der achtziger Jahre setzte Lew Moisejewitsch alles auf eine Karte. Zu jener Zeit hatte er die ersten Anhaltspunkte für die Existenz der Verborgenen Stadt zusammengetragen und verkündete dem überraschten wissenschaftlichen Publikum, es gäbe uralte Zivilisationen von Humanoiden, deren Nachkommen sich in Moskau eingenistet hätten. Leider konnte der Professor seine kühnen Theorien nicht mit stichhaltigen Beweisen untermauern und seine missgünstigen Kollegen – ebenso kurzsichtige und hämorrhoidengeplagte, aber weniger ehrgeizige Sesselfurzer wie er – zögerten nicht, sich diesen Umstand zunutze zu machen, und warfen die Frage auf, ob der Professor noch ganz richtig im Kopf sei. Serebrjanz blieb nichts anderes übrig, als die Universität zu verlassen und sich mit privaten Vorlesungen und Seminaren über Wasser zu halten. Dabei geriet er mehr und mehr in Vergessenheit.

Doch nun war all das Vergangenheit: der Spott, die Erniedrigung, die chronische Geldnot. Seine Ehefrau, die ihm vor sechs Jahren davongelaufen war, hatte bereits viermal bei ihm angerufen, doch Lew Moisejewitsch dachte überhaupt nicht daran, den Kontakt zu ihr wiederaufzunehmen. Sie gehörte zu einer düsteren Vergangenheit, während ihm eine großartige Zukunft bevorstand.

»Endlich«, flüsterte Serebrjanz. »Endlich Krieg!«

Der Krieg gegen die Humanoiden verhieß Anerkennung und Ruhm. Sicher, den Großteil der Lorbeeren würde Kara ernten und der Professor sah weder eine realistische Möglichkeit noch hätte er den Mut gehabt, ihr die Führungsrolle streitig zu machen. Doch ein Teil des Glanzes dieser erstaunlichen Frau würde gewiss auch auf ihn herabfallen und ihm endlich jenen Respekt einbringen, den er sich seiner Meinung nach schon immer verdient hatte.

Artefakthandlung Burchans Schatztruhe
Moskau, Ostoshenka-Straße
Mittwoch, 27. September, 18:47 Uhr

»Hat jeder von euch kapiert, was zu tun ist?«

Nur zu gern hätte Zorro die jungen Kerle mit einem Kraftausdruck belegt, um zu dokumentieren, wie er ihre geistigen Fähigkeiten einschätzte, doch er ließ sich nicht dazu hinreißen. Dass die in einer Seitenstraße versammelten Skinheads nur auf den ersten Blick ein gefügiger Haufen waren, wusste der Bandit nur zu gut. In Wirklichkeit verbarg sich unter ihren kahlrasierten Schädeln eine explosive Mischung aus blindwütiger Aggression, kindlicher Grausamkeit und maßlos übersteigertem Ehrgefühl. Es wäre deshalb ausgesprochen leichtsinnig gewesen, die jugendlichen Hitzköpfe zu reizen.

»Wir haben alles verstanden«, bestätigte der Anführer des Haufens, ein hoch aufgeschossener und für sein Alter außergewöhnlich breitschultriger Kerl, der eine schwarze Bomberjacke trug. »Aber vorher wollen wir unser Geld.«

»Die Hälfte kriegt ihr im Voraus, den Rest hinterher.«

»Und wo finde ich dich hinterher?«

»Cool bleiben, Junge«, brummte Zorro. »Ich melde mich selbst bei dir. Ihr habt jede Menge Arbeit vor euch.«

Das Glöckchen an der Eingangstür bimmelte leise und kündete vom Eintreffen eines Kunden. Der schwarzhaarige junge Mann, der hinter dem Ladentisch saß und friedlich in einem Buch las, blickte auf und erhob sich eilfertig.

»Frau Wald! Guten Tag! Wie schön, Sie bei bester Gesundheit zu sehen!«

Die korpulente rothaarige Frau im schwarzen Mantel lächelte.

»Guten Abend, Yussur. Wo ist denn dein Großvater?«

»Großvater Burchan fühlt sich heute nicht wohl«, verkündete der Jüngling und breitete entschuldigend die Arme aus. »Deshalb vertrete ich ihn heute im Geschäft. Womit kann ich Ihnen dienen?«

»Kannst du das überhaupt schon?«, fragte die Frau neckisch. »Mein Mann, der Ritter Wald, sagt immer, dass man sehr achtgeben muss, wem man sich in wichtigen Dingen anvertraut.«

»Großvater hätte mich nie zum Stellvertreter gemacht, wenn er nicht davon überzeugt wäre, dass ich das kann«, erwiderte Yussur gekränkt.

»Ich habe doch nur Spaß gemacht«, beschwichtigte die Frau. »Mein Mann, der Ritter Wald, sagt immer, dass die Schatyren schon als professionelle Verkäufer geboren werden und in jedem Alter tüchtige Geschäftsleute sind.« Die dicke Rittergattin kramte in ihrer Handtasche und zog eine filigrane schwarze Statuette hervor, die eine Stechmücke darstellte. »Ich würde gern meinen *Moskitokönig* neu einstellen lassen. Die Mistviecher sind wirklich eine Plage.«

»Funktioniert er nicht mehr richtig?«, erkundigte sich Burchans Enkel.

»Doch, aber die Reichweite ist zu gering. Im Moment beträgt sie dreißig Meter, es müssten aber fünfzig Meter sein, damit mein Mann, der Ritter Wald, in seiner geliebten Laube ungestört lesen kann. Wäre das möglich?«

»Wenn man will, ist alles möglich.« Yussur nahm die Figur in die Hände und begutachtete sie. Der Prägung nach zu schließen war sie in den Meisterwerkstätten des Grünen Hofs angefertigt worden. »Sollen wir das Artefakt gleich neu aufladen?«

»Wird es sich bis nächsten Sommer nicht entladen?«

Die Ehefrauen der Ordensritter waren in Magie nicht sonderlich bewandert und Yussur schüttelte vehement den Kopf.

»Keinesfalls. Magische Energie wird immer nur bei Aktivierung des Artefakts verbraucht.«

»Gut. Dann lade es gleich auf.«

Der junge Schatyr stellte die Statuette auf eine schwarze Platte, die über Kabel mit einem Computer verbunden war, und setzte sich vor den Bildschirm.

»Die Umprogrammierung wird etwa zehn Minuten in Anspruch nehmen, das Aufladen weitere fünf. Übrigens, bei vergrößerter Reichweite erhöht sich auch der Energieverbrauch. Wenn Sie möchten, kann ich leistungsstärkere Akkus einbauen, das ist überhaupt nicht teuer.«

»Ich sehe schon, dein Großvater wusste, was er tut, als er dir den Laden anvertraut hat«, sagte Frau Wald schmunzelnd. »Ich bin einverstanden mit deinem Vorschlag.«

Während Yussur sich am Computer zu schaffen machte, sah sich Frau Wald zerstreut um. Sie kam häufig in *Burchans Schatztruhe* – die Artefakthandlung erfreute sich großer Beliebtheit in der Verborgenen Stadt – und bewunderte jedes Mal die liebevolle Ausgestaltung des Verkaufsraums. Offiziell firmierte das Geschäft als Souvenirladen und deshalb kam der knausrige Burchan nicht darum herum, zwei ganze Regale mit allem möglichen Plunder vollzustellen: geschmacklosen Matrjoschkas, weißblauer Gscheler Keramik, bunt bemaltem Chochloma-Holzgeschirr, kitschigen Ansteckern und Ansichtskarten von Moskau. Die biederen Souvenirs wurden an Touristen verkauft, die sich zufällig in das Geschäft verirrten.

Der wesentlich interessantere Teil des Sortiments lagerte in den übrigen Regalen und war ausschließlich Bewohnern der Verborgenen Stadt vorbehalten: kunstvolle Statuetten, Figuren und sonstige Kleinodien aus Marmor, Gips oder Elfenbein, die mit Gold und Edelsteinen verziert waren. Die teils winzigen, teils bis zu einem Meter großen Objekte stellten Menschen, Tiere, Häuschen, komplizierte abstrakte Formen oder auch einfache, mit schnörkeligen Runen beschriftete Pyramiden dar. Bei all diesen Dingen handelte es sich um Artefakte, also magische Gegenstände, die ganz bestimmten Zwecken dienten. Der *Moskitokönig* zum Beispiel verscheuchte sämtliche Insekten aus seinem Wirkungskreis.

»Möchten Sie vielleicht ein *Basiliskenauge* erwerben?« Yussur wies mit einer Kopfbewegung auf einen großen blauen Kristall, der in einer separaten Vitrine lag. »Es ist sehr gefragt, nachdem in diesem Monat bereits zweimal Humos von einer schwarzen Morjane angegriffen wurden. Allein in dieser Woche habe ich fünfzehn Stück davon verkauft.«

»Ach, lass mal«, winkte Frau Wald ab. »Im Winter sind die Schwarzen Morjanen ja gar nicht aktiv.«

»Sie lassen aber doch auch ihren *Moskitokönig* neu einstellen, obwohl die nächsten Stechmücken erst in einem halben Jahr zu erwarten sind«, entgegnete der clevere Verkäufer.

»Jaja, ich richte den Schlitten immer schon im Sommer her, wie mein Mann, der Ritter Wald, immer zu sagen pflegt ...«

»Der Laden hier ist es!«, brüllte der breitschultrige Anführer und zeigte mit dem Finger auf das Schild mit der Aufschrift *Burchans Schatztruhe.* »Was fällt diesem Gesindel überhaupt ein?! Mit ihren ekligen Namen verschandeln sie die ganze Stadt!«

»Genau! Denen werden wir's zeigen!«, fielen die Skinheads begeistert ein. »Nieder mit dem ausländischen Gesocks.«

»Wir machen sie fertig, die Schweine!«

Und schon flog der erste Stein ins Schaufenster, dann noch einer. Klirrend zerbarst die Scheibe, die Alarmanlage eines am Bürgersteig geparkten Autos heulte auf und die Passanten in der Nähe verzogen sich eilig in die Seitenstraßen, um den tobenden Glatzen nicht ins Gehege zu kommen.

»Wir sind weiß! Wir sind weiß!!«
»Wir säubern die Stadt!«
»Tod den Schwarzen!«

»Was ist denn da draußen los?«, fragte Frau Wald und blickte besorgt zur Straße hinaus.

»Keine Ahnung.«

Yussur sah von seinem Monitor auf und fuhr zusammen: Der erste Stein krachte gegen das Schaufenster.

»Vandalen!«, kreischte die Rittergattin und flüchtete in den Nebenraum des Geschäfts.

Die Schaufensterscheibe zerbarst und Scherben regneten mit ohrenbetäubendem Klirren zu Boden. Kurz darauf flogen Molotowcocktails in den Verkaufsraum und Flammen schlugen hoch. Yussur griff hastig zum Feuerlöscher.

Burchans Schatztruhe brannte und die zerstörungswütigen Skinheads verwüsteten den Verkaufsraum. In ihr animalisches Gebrüll mischten sich die Sirenen herannahender Polizeistreifen.

Zorro grinste, zündete sich eine Zigarette an und ging in aller Ruhe zu seinem Jeep. Edik würde zufrieden sein.

KAPITEL ZWEI

»Wer schützt uns vor den Jugendbanden? Dutzende friedlicher Passanten wurden gestern Abend Zeugen eines barbarischen Überfalls, den Skinheads in der Innenstadt verübten. Die Polizei hat bei der Gelegenheit wieder einmal ihre Hilflosigkeit unter Beweis gestellt und viele Bürger stellen sich inzwischen ernsthaft die Frage: Brauchen wir eine solche Polizei überhaupt?«

MOSKOWSKI KOMSOMOLEZ

»Humo-Bande läuft Amok! Gestern Abend hat eine Gruppe aggressiver Halbstarker die bekannte Artefakthandlung Burchans Schatztruhe *verwüstet. Die herbeigeeilten Polizeikräfte konnten die jugendlichen Gewalttäter zwar vertreiben, nahmen jedoch keine Verhaftungen vor – ob aus Unfähigkeit, oder weil sie es nicht für nötig hielten, das sei einmal dahingestellt. Auf dem Schaden bleibt jedenfalls der ehrbare Geschäftseigentümer Burchan Turtschi sitzen. Sein Enkel, der zum Zeitpunkt des Überfalls den Laden hütete, landete mit schweren Verbrennungen in der Krankenstation der Moskauer Eremitage. Dieser bedauerliche Vorfall wirft die Frage auf, ob es*

nicht grob fahrlässig ist, sich in solchen Fällen auf die Humo-Polizei zu verlassen. Wäre es nicht vielmehr an der Zeit, den Schutz von Einrichtungen der Verborgenen Stadt selbst in die Hand zu nehmen?«

T-GRAD-COM

Städtisches Mietshaus
Moskau, Schirokaja-Straße
Donnerstag, 28. September, 09.09 Uhr

»Wow!« Antoine de Coulier, der Magister der Drachenloge, rollte sich auf den Rücken und streckte glückselig die Arme zur Seite. »Beim Dolch des Schlafenden, Inga, du bist wirklich eine Granate im Bett!«

»Und du warst heute ein richtiges Tier, Toni«, erwiderte lächelnd seine Gespielin, eine blutjunge Frau mit schulterlangem rotblondem Haar.

Die beiden Liebenden gaben ein bemerkenswert ungleiches Paar: Im Kontrast zu dem hünenhaften, üppig behaarten Ritter, der schon von Kindesbeinen an mit zweigriffigen Schwertern hantierte, wirkte die zierliche Inga mit ihren kleinen Brüsten und ihrem schmalen Gesicht wie ein kleines Mädchen. Ihr fragiles Äußeres indes trog: Hinter ihren dunklen, fast schwarzen Augen verbarg sich ein reicher Erfahrungsschatz und Antoine staunte stets aufs Neue, mit welcher Raffinesse das kleine Energiebündel in der Horizontalen zu Werke ging.

»Du hast mich völlig ausgepowert, Süßer.« Die junge Frau stützte sich mit dem Ellbogen auf dem mächtigen

Brustkorb ihres Liebhabers ab und strich sich das glatte Haar hinter die Ohren zurück, was ihr endgültig das Aussehen einer Einserschülerin verlieh.

»Hm«, grunzte Antoine selbstzufrieden. »Heut war ich gut drauf.«

»Bist du doch immer, Toni«, gurrte Inga und kraulte dem Ritter den Bart.

Wie alle Tschuden hatte Antoine eine immens hohe Meinung von sich und Inga versäumte es nicht, seiner Eitelkeit von Zeit zu Zeit ausgiebig zu schmeicheln.

Mit seinen kümmerlichen magischen Fähigkeiten konnte de Coulier zwar nicht hausieren gehen, doch mit Heldenmut und Machtbewusstsein hatte die Natur ihn reichlich bedacht. Dank dieser Eigenschaften firmierte Antoine seit über fünfzehn Jahren als Magister der Drachenloge und angesichts dessen, dass die Drachenritter als Speerspitze des Ordens galten, konnte er sich darauf durchaus etwas einbilden.

Zerstreut streichelte de Coulier mit seiner groben Pranke über Ingas zarten Rücken und badete im Gefühl sexuellen Überfliegertums, als ihm plötzlich in den Sinn kam, seiner Geliebten abermals ein Kompliment zu machen.

»Ehrlich, Inga«, begann der Ritter und räusperte sich. »So eine scharfe Frau wie dich hatte ich schon lange nicht mehr.«

Kunststück, dachte Inga und konnte es sich nur mit Mühe verkneifen, dem einfältigen Magister ins Gesicht zu lachen. In der ganzen Verborgenen Stadt war bekannt, dass die weiblichen Vertreter des Herrscherhauses

Tschud ihren männlichen Pendants in Sachen Heißblütigkeit – gelinde gesagt – nicht das Wasser reichen konnten. Um der Wahrheit die Ehre zu geben: Etwa neunzig Prozent der Frauen des Ordens konnte man getrost als frigide bezeichnen, ohne ihnen damit Unrecht zu tun. Die temperamentvollen Ritter heirateten sie zwar und zeugten Kinder mit ihnen, um ihre familiären Pflichten gegenüber dem Herrscherhaus zu erfüllen, doch danach suchten sie sich Liebhaberinnen aus anderen Volksgruppen, um ihre brachliegenden Gelüste auszuleben.

Antoine de Coulier hatte in dieser Hinsicht einen besonders großen Nachholbedarf, da er völlig unter dem Pantoffel seiner Gemahlin stand und durch den jahrelangen Verzicht auf Seitensprünge in einen schlimmen sexuellen Notstand geraten war. Auch Inga hatte ihr ganzes weibliches Geschick aufwenden müssen, um ihn ins Bett zu bekommen, denn der gefürchtete Magister hatte eine beinahe pathologische Angst vor seiner Ehefrau. Dafür zog er jetzt, da er sich endlich zum Fremdgehen aufgerafft hatte, alle Register und überschüttete seine neue Freundin mit Aufmerksamkeiten.

Ihre etwas blassen, aber wohlgeformten Lippen streichelten über Antoines Wange.

»Deine Augen sehen müde aus, Toni, was ist passiert?«

»Müde? Quatsch, was soll passiert sein?«, grummelte der Magister.

»Ist es wegen Bogdan le Sta?«

De Coulier sah seine Geliebte erstaunt an: »Worauf willst du hinaus?«

»Auf nichts Besonderes.« Inga zog die schmalen Schultern hoch. »Die T-Grad-Com hat gemeldet, dass Bogdan ums Leben gekommen ist. Über die Hintergründe seines Todes wurde jedoch nichts gesagt. Ich dachte, dass du deswegen vielleicht Kummer hättest.«

»Wie klug du bist ...«, spöttelte Antoine, der wie alle Tschuden der Meinung war, dass Frauen von Natur aus nicht zu logischem Denken befähigt seien.

Dieser eingebildete Pfau merkt nicht einmal, dass ich ihn nur benutze, dachte Inga hämisch und ignorierte die ironische Bemerkung. Im Gegensatz zu de Coulier verfügte das zierliche »Schulmädchen« über beachtliche magische Fähigkeiten und war durchaus in der Lage, die Gedanken des Ritters zu manipulieren.

»Ich will doch nur dein Bestes«, flötete sie. »Ich möchte, dass du glücklich bist.«

Inga traf genau den richtigen Ton, um Antoine aus der Reserve zu locken.

»Es stimmt schon«, pflichtete der Ritter bei. »Die Sache mit Bogdan bereitet mir Kopfzerbrechen. Niemand weiß, was hinter dem Tod des Kriegskommandeurs steckt. Genauer gesagt, der Großmagister und Franz de Geer wissen es bestimmt, aber sie rücken nicht heraus damit. Nelson Bard, der Magister der Schwerterloge, hat auch keine Ahnung. Beim Dolch des Schlafenden, das ist ein richtiger Skandal! Einer der ranghöchsten Kriegsmagier des Ordens wurde getötet und die obersten Führer des Herrscherhauses halten es nicht für nötig, die Magister der Logen detailliert über den Vorfall zu informieren!«

»Magier verheimlichen immer etwas vor gewöhnlichen Sterblichen«, streute Inga als gezielten Nadelstich ein.

De Couliers Miene verfinsterte sich. Wie alle »gewöhnlichen Sterblichen« der Herrscherhäuser beneidete er die Magier um ihre Fähigkeiten und schon beim geringsten Konflikt konnte dieser Neid in Hass umschlagen.

»Diesmal gehen sie entschieden zu weit, beim Dolch des Schlafenden! Ich werde darauf bestehen, dass sie eine Erklärung abgeben. Nelson Bard ist derselben Meinung, er steht hinter mir! Wir haben einen Anspruch darauf, zu erfahren, was in der Verborgenen Stadt vor sich geht.«

»Du hast völlig Recht! Immerhin bist du der Magister einer Loge und ein hochdekorierter Kriegsheld.« Zärtlich schmiegte sich Inga an den empörten Hünen und fragte dann beiläufig: »Übrigens, Toni, erinnerst du dich noch an Lisotschka?«

»Lisotschka?« Antoine sah seine Freundin verständnislos an. »Welche Lisotschka?«

»Die Blonde mit dem Cindy-Crawford-Leberfleck über dem Mundwinkel. Ich habe sie dir in der *Eidechse* vorgestellt, als wir uns kennenlernten.«

»Ach ja, ich erinnere mich«, erwiderte de Coulier beflissen, obwohl er sich an die erste Begegnung mit Inga nur sehr nebelhaft erinnern konnte.

Richtig, damals war er mit Bekannten in der *Eidechse* gewesen – der junge Chris feierte die Verleihung der Ritterwürde. Die ganze Gesellschaft war ziemlich betrunken, da sie schon in der Burg ordentlich vorgeglüht hatte.

Als sich dann später zwei hübsche Mädchen an den Nebentisch setzten, befand sich der Alkoholpegel der Ritter bereits jenseits von Gut und Böse. Eine der beiden Schönheiten war Inga gewesen, die andere – hm – schon möglich, dass sie Lisotschka hieß.

»Und was hat deine Freundin damit zu tun?«, wunderte sich Antoine.

»Lisotschka ist mit Turid Turtschi befreundet. Kennst du ihn?«

»Sicher«, nickte der Ritter. Die massive Gestalt eines der Direktoren der Handelsgilde war ihm schon bei diversen Veranstaltungen über den Weg gelaufen. Turid war Witwer und mehrfacher Vater, und deshalb drehten ihm die konservativen Schatyren keinen Strick daraus, dass er sich notorisch Affären mit Humo-Frauen leistete. »Ich verstehe aber immer noch nicht, was deine Freundin und die Tatsache, dass sie mit Turid Turtschi schläft, mit der Sache zu tun haben.«

»Eins nach dem anderen. Ich habe Lisotschka vorgestern getroffen – übrigens hat sie damit geprahlt, dass Turid ihr eine kostbare Perlenkette geschenkt hat.«

Eine Perlenkette? – Mist, dachte Antoine bei sich, da werde ich wohl in nächster Zeit mit ein paar Ohrringen nachlegen müssen.

»Turid hat Lisotschka im Vertrauen erzählt, dass Bogdan von Santiago getötet worden sei.«

»Das ist doch nichts Neues«, entgegnete de Coulier genervt. »Davon spricht doch die ganze Verborgene Stadt.«

»Schon. Aber niemand in der Verborgenen Stadt

spricht davon, dass Santiago Bogdan le Sta ein Manuskript mit einem verbotenem Zauber untergeschoben hat. Dabei handelte es sich offenbar um ein *Traumarkan*, und als der Kriegskommandeur sich daran machte, dieses Arkan in die Tat umzusetzen, hat Santiago ihn bezichtigt, einen verbotenen Zauber zu wirken, und ihn kurz darauf getötet. Turid behauptet, Santiago habe die Sache von langer Hand geplant und Bogdan bewusst in die Falle gelockt.«

Inga ging keinerlei Risiko ein: Sie wusste, dass Turid und Lisotschka die Stadt für längere Zeit verlassen hatten.

»Und warum sollte der Kriegskommandeur ein *Traumarkan* wirken?«, fragte Antoine. »Es hat ihm doch an nichts gefehlt.«

»Keine Ahnung«, erwiderte Inga achselzuckend. »Ich erzähle dir nur, was ich gehört habe.«

»Unsinn.« Der Ritter legte unschlüssig die Stirn in Falten. »Warum unternimmt dann der Kriegsmeister nichts? Wenn er wüsste, dass es sich um eine Intrige gehandelt hat, wäre er verpflichtet, den Ordensrat einzuberufen und dem Dunklen Hof ein Ultimatum zu stellen. Der Mord an einem Kriegskommandeur würde sogar eine Kriegserklärung rechtfertigen.«

»Sofern der Kriegsmeister überhaupt ein Interesse daran hat, die Sache aufzuklären.« Inga streckte sich aufreizend und ihre festen Brüste streiften über Antoines Haut.

»Wie meinst du das?«

»Es ist doch allgemein bekannt, dass Bogdan le Sta

äußerst talentiert war und mit dem Posten des Kriegsmeisters geliebäugelt hat.«

Es dauerte einige Momente, bis der Ritter verstand, worauf seine Liebhaberin hinauswollte, dann schüttelte er entrüstet den Kopf.

»Erzähl mir doch keinen Stuss! Bogdan war der beste Freund von Franz de Geer. Und überhaupt: Im Orden gibt es so etwas nicht!«

»Natürlich nicht«, entgegnete Inga ironisch. »Trotzdem gibt es nur einen Kriegsmeisterposten. Ein zweiter ist meines Wissens nicht vorgesehen.«

Wäre der Magister der Drachenloge nur ein wenig aufmerksamer gewesen, dann wäre ihm gewiss aufgefallen, wie verdächtig gut informiert seine Gespielin sich zeigte, wie berechnend ihre schwarzen Augen funkelten und wie leicht sie ihn um den Finger wickelte. Doch Antoine achtete nicht auf solche Äußerlichkeiten, sondern stand ganz im Bann der fürchterlichen Behauptung, die seine Freundin in den Raum gestellt hatte.

»Willst du damit sagen, dass der Kriegsmeister nichts unternommen hat, um Bogdans Tod zu verhindern?«

»Bilde dir selbst eine Meinung«, schlug Inga vor. »Andernfalls hätte er die Geheimniskrämerei doch nicht nötig, oder?«

»Unsinn«, zischte de Coulier, doch sein Widerstand bröckelte bereits.

»Vielleicht ist es tatsächlich Unsinn«, räumte die junge Frau ein und biss den Ritter neckisch in die Schulter. »Ich habe einfach eine interessante Neuigkeit erfahren und wollte dir nur nützlich sein.«

Du kannst nützlich sein, wie du willst, dachte Antoine bei sich, während er seine Pranke unter den schlanken Schenkel seiner Geliebten schob, die Ehefrau eines Magisters des Ordens wirst du trotzdem nie.

Doch selbst als sich Ingas biegsamer Körper abermals über ihn schwang und ihre spitzen Fingernägel sich in seine Brust bohrten, als er sich später ermattet auf dem breiten Bett ausstreckte und als er unter der Dusche stand, kreisten Antoines Gedanken nur um eine einzige Frage: Hatte diese rothaarige Teufelsbraut womöglich Recht? Hatte der Kriegsmeister Franz de Geer sämtliche Ehrenregeln mit Füßen getreten und den Kriegskommandeur Bogdan le Sta ins offene Messer laufen lassen?

Ingas zielsicher gestreute Unterstellungen fielen auf fruchtbaren Boden.

Nachdem ihr der Magister im Vorraum einen flüchtigen Kuss gegeben und die Wohnung in äußerst nachdenklicher Stimmung verlassen hatte, griff Inga unverzüglich zum Telefon und tippte eine ihr wohlbekannte Nummer ein.

»Kara? Hier ist Inga.«

»Hallo. Gibt's was Neues?«

»Selbstverständlich.« Inga machte eine dramatische Pause, doch dann sprudelte es voller Stolz aus ihr heraus: »Ich gehe jede Wette ein, dass Antoine beim nächsten Ordensrat für einigen Wirbel sorgen wird – genau so, wie wir uns das ausgerechnet haben.«

»Und der Ordensrat tritt morgen zusammen, nicht wahr?«

»Genau.«

»Ausgezeichnet.« Kara grinste zufrieden. »Gute Arbeit, meine Liebe.«

»Ich gebe eben immer mein Bestes, Kara.«

»Das sehe ich. Bis bald.«

»Bis bald.«

Inga legte den Hörer auf, trottete langsam ins Schlafzimmer zurück und betrachtete sich im Spiegel: Das grazile Mädchen mit den glatten rotblonden Haaren, dem schmalen Gesicht und den traurigen schwarzen Augen stand etwas verloren zwischen den verstreuten Kissen und zerknüllten Laken. Im Zimmer roch es nach teurem Parfum und Schweiß – nach seinem Schweiß.

Sie zündete sich eine Zigarette an und inhalierte tief – Zigarettenqualm war verpönt in der verborgenen Stadt, deshalb musste sie sich bei ihren Treffen mit dem Magister zurückhalten. Dann streifte sie den extrem kurzen Morgenmantel ab, klopfte die Asche in einer benutzten Kaffeetasse ab und begutachtete ihren Körper. Die Hände des Magisters waren zärtlich wie Schraubzwingen, doch diesmal war sie ohne blaue Flecken davongekommen.

Inga kickte den Morgenmantel achtlos in die Ecke, setzte sich aufs Bett, verschränkte die Arme vor den Knien, sah abermals in den Spiegel und wiederholte leise: »Ich gebe doch immer mein Bestes, Kara.«

Schon im frühen Kindesalter war Inga aufgefallen, dass sie über magische Fähigkeiten verfügte, und im Unterschied zu vielen anderen Humo-Zauberern begriff sie sofort, welch außergewöhnliche Kräfte in ihr schlummerten. Der Schritt aus dem Dunstkreis harmloser Kindermärchen in die mysteriöse Welt von Zauberformeln und Wundern gelang ihr spielend und sie zeigte keinerlei Berührungsängste gegenüber der Magie, was im Atomzeitalter keineswegs selbstverständlich war. Schon in der Grundschule war das kleine Mädchen in der Lage, einfache Trugbilder zu erzeugen, und mit zwölf Jahren trat sie in die Moskauer Zweigstelle der Sonnensee-Schule ein, wo sie die klassische Ausbildung einer Zauberin des Grünen Hofs absolvierte. Dort lernte sie auch, ihre Fähigkeiten gezielt einzusetzen.

Inga war keine außergewöhnlich begabte Magierin – ihr Level bewegte sich etwa im Bereich einer Fee des Grünen Hofs. Doch sie investierte viel Fleiß und Energie und schon mit neunzehn Jahren schöpfte sie ihr Potenzial zu hundert Prozent aus. Dabei spielte sie niemals mit dem Gedanken, die Magie professionell zu betreiben. Das hatte sie auch gar nicht nötig. Ihre Eltern, die eine gutgehende Privatklinik in Moskau betrieben, hatten eine völlig andere Zukunft für ihre Tochter vorgesehen und im Übrigen keine Ahnung von deren absonderlichem Talent. Inga bediente sich der Zauberei ausschließlich zum Vergnügen. Die Magie war für sie eine Art Spielzeug – sozusagen die Fortsetzung der Märchenwelt aus sorglosen Kindertagen auf gehobenem Niveau.

Die Bekanntschaft mit Kara markierte indes einen Wendepunkt auf Ingas Lebensweg. Die erfahrene Zauberin fand Gefallen an der temperamentvollen, resoluten und klugen jungen Frau. Sie konnte sie für ihre weitreichenden Ideen begeistern und für die glänzenden

Perspektiven, die sich durch einen tieferen Einstieg in die Welt der Magie eröffnen würden. Es musste nur gelingen, an das wertvolle Wissen der Humanoiden heranzukommen.

So wurde Inga zu Karas Anhängerin. Das gewagte Vorhaben der gewieften Zauberin bot die Aussicht auf ein spannendes Abenteuer und dieser Versuchung konnte Inga nicht widerstehen. Das durchgeplante, behütete Leben einer Tochter aus gutem Hause entsprach überhaupt nicht ihrer umtriebigen Natur. Sie dürstete nach neuen Herausforderungen, suchte das Risiko und deshalb waren Karas haarsträubende Pläne ganz nach ihrem Geschmack.

Nach dem Schulabschluss weigerte sich Inga kategorisch, zum Studium nach Harvard zu gehen, wie es ihre Eltern vorgesehen hatten. Stattdessen schrieb sie sich in Moskau für Psychologie ein und konzentrierte ihre ganze Aufmerksamkeit auf das faszinierende Intrigengeflecht, das Kara in der Verborgenen Stadt zu knüpfen begann. Inga war eine gelehrige Schülerin, erfüllte jeden Auftrag ihrer Lehrmeisterin und verdiente sich so ihr Vertrauen. Schon nach kurzer Zeit wurde Inga Karas engste Gehilfin und fühlte sich nicht zu Unrecht als deren rechte Hand.

Bis Larissa auftauchte …

Inga spürte, wie sehr Kara ihrer neuen Favoritin zugetan war, und sie ahnte, dass die noch unerfahrene Larissa das Zeug zu einer mächtigen Magierin hatte. So musste sie hilflos mit ansehen, wie ihre Felle davonschwammen.

»Gibt's was Neues?«

Einen so distanzierten und geschäftsmäßigen Ton hätte Kara sich früher niemals erlaubt!

Inga zündete sich noch eine Zigarette an und blickte abermals in die dunklen, traurigen Augen des schmalen, rotblonden Mädchens im Spiegel. Im Zimmer stand immer noch der Schweißgeruch des grobschlächtigen Drachenritters und Inga war mit einem Mal zum Heulen zumute.

Bar Rennsemmel
Moskau, Bolschaja-Dmitrowka-Straße
Donnerstag, 28. September, 11:41 Uhr

»Ich hatte auf Bessjajew gehofft«, seufzte Sargnagel, während er die letzten Tropfen aus der Whiskeyflasche schüttelte. »Bessjajew ist immerhin Stadtmeister im Poker. Und Cortes? Ein bekannter Söldner, der muss doch auch was auf dem Kasten haben. Da hatte ich mir eben gedacht: Der Bessjajew zieht den Schatyren locker die Hosen aus, und Cortes wird es schon nicht vermasseln.«

Mit kummervollen Blicken lauschten die um den Tisch versammelten Rothauben dem Bericht ihres Uibujen – so hießen die Truppführer der Rothauben. Nach der Ankündigung des Pokerduells zwischen den Humos und den Schatyren hatte Sargnagel seine Leute dazu überredet, zusammenzulegen und das ganze Geld des Trupps auf die Humos zu setzen. Aufgrund des Meistertitels von Jegor Bessjajew hielten seine einfältigen Kämpfer deren Sieg für eine ausgemachte Sache und zückten bereitwillig die Brieftaschen. Die hochkarätige Pokerrunde nahm bekanntlich einen anderen Ausgang und die verheerende Niederlage der Humos stürzte die kleinwüchsigen Pechvögel buchstäblich in den Ruin. Im Augenblick wussten sie nicht einmal, wovon sie die sechs Flaschen Whiskey bezahlen sollten, die sie soeben geleert hatten.

»Schade um das schöne Geld«, jammerte Amboss und die kahlgeschorenen, mit roten Bandanas umwickelten Köpfe der übrigen Kämpfer wackelten synchron auf und ab.

Indessen wagte es keiner von ihnen, dem Uibujen Vorwürfe zu machen oder gar seine geistigen Fähigkeiten infrage zu stellen. Sargnagel hatte seine Leute gut im Griff und pflegte mit Quertreibern kurzen Prozess zu machen.

Gonzo kam an den Tisch und räumte die leeren Flaschen auf sein Tablett. Um diese Tageszeit war die Bar fast völlig verwaist und der Barkeeper langweilte sich.

»Trinkt ihr noch was?«

Die Blicke der Rothauben richteten sich hoffnungsvoll auf Sargnagel. Der Uibuj lehnte sich zurück und wühlte zerstreut mit dem Finger in den Canyons zwischen seinen gelben Zähnen. Dann schien seine Entscheidung gereift.

»Noch zwei Flaschen.«

Die Blicke des Trupps wanderten zum Barkeeper und bekamen einen sorgenvollen Ausdruck. Wäre Gonzo in den Sinn gekommen, die erste Runde vorher abzukassieren, hätte das unweigerlich Ärger gegeben. Doch die Rothauben hatten Glück.

»Okay. Dann geht bitte einer von euch mit mir rüber.«

Gleich drei Kämpfer sprangen bereitwillig auf und eilten zum Tresen.

»Ich garantier's dir, Zorro, die Jungs kriegen das auch alleine hin.«

»Ich warne dich, Lolly, beleidige nicht meine Intelligenz.« Zorro hatte erst vor zwei Tagen den ersten Teil von *Der Pate* gesehen und fühlte sich nun bemüßigt, Zitate daraus anzubringen. »Behalte diese Schwachköpfe im Auge und pass auf, dass sie keinen Mist bauen. Edik hat klare Anweisungen gegeben, und wenn irgendwas schiefgeht, hältst du die Rübe dafür hin, klar?«

»Okay, okay, klar!« Lolly klappte sein Mobiltelefon ein und blickte genervt zu seinem Kompagnon auf dem Beifahrersitz. »Scheiße, Pitbull, sieht so aus, als müssten wir hier bis zum Schluss die Stellung halten.«

»Kein Thema, Lolly, was sein muss, muss sein.«

Der fette Pitbull drehte seinen Stiernacken zur Seite und spuckte geräuschvoll aus dem Fenster des Jeeps. Dann rollte sein schwerer Kopf wieder zurück und ein neuer Schwall üblen Mundgeruchs waberte durch den Fahrgastraum. Lolly war mit einem überaus robusten Organismus gesegnet, doch dieser bestialische Gestank nach Alkohol und Fäulnis löste selbst bei ihm Brechreiz aus. Um den nagelneuen Jeep nicht zu besudeln, stieg Lolly aus, atmete auf und trat gelangweilt mit dem Schuh gegen den dicken Reifen des Geländewagens.

Warum in aller Welt hatte Edik sie zu diesem Deppenjob abkommandiert? Die Glatzen würden das doch auch alleine hinbekommen. Als ob die noch nie eine Kneipe abgefackelt hätten. Reingehen, alles in Schutt und Asche legen und tschüss – fertig.

Verächtlich betrachtete Lolly das blankgewienerte Kneipenschild: *Rennsemmel* – was für ein idiotischer Name! Sicher eine Schwulenkneipe oder so. Und dazu noch teuer. Mitten in der Stadt und mit eigenem Parkplatz über die halbe Straße. Und alles picobello sauber. Sogar die Fassade sah aus wie frisch gestrichen.

Lolly rückte die Pistole in seinem Schulterholster zurecht und ging um den Wagen herum, als ihm plötzlich erneut Gestank entgegenschlug. Pitbull steckte den Kopf aus dem Fenster und atmete in seine Richtung.

»Wie sieht's aus, Brüderchen, kommen die bald? Ich müsste dringend mal ein Bier nachfüllen.«

Lolly blickte zur Uhr: »Sie müssten jeden Augenblick aufkreuzen. Aber wer weiß schon, ob man sich auf diese Missgeburten verlassen kann.«

Kurz darauf erschienen in einer Seitenstraße einige minderjährige Skinheads in schwarzen Bomberjacken.

Anstelle der bestellten zwei stellten die vom Tresen zurückgekehrten Kämpfer vier neue Flaschen auf den Tisch. Trotz des steigenden Schuldenbergs zauberte der Anblick des reichlichen Nachschubs ein Lächeln auf die von Natur aus grimmigen Visagen der Rothauben. Ihre Gehirne benötigten den Whiskey dringender als Sauerstoff, und nun, da jeder von ihnen fast eine Flasche *Jim*

Beam getankt hatte, näherten sie sich ihrer geistigen Höchstform.

»Irgendwie kommen wir schon zu Geld«, verkündete Sargnagel optimistisch. »Immerhin sind wir der beste Rothauben-Trupp! Jeder Schatyr würde uns bedenkenlos im Voraus bezahlen.«

»Im Voraus klingt gut. Aber wofür?«, erkundigte sich der vorlaute Amboss.

Es war allgemein bekannt, dass die Schatyren sich ihre Geschäftspartner sehr sorgfältig aussuchten.

»Für gute Arbeit«, erwiderte Sargnagel bestimmt. »Ich habe gehört, dass die Handelsgilde gerade eine Wachmannschaft für eines ihrer Lager sucht.«

Die Rothauben sahen den Uibujen voller Hochachtung an. Ein Auftrag der Handelsgilde versprach ein ordentliches Honorar.

»Wieso sollten die Schatyren es nötig haben, sich Wachleute zu suchen?«, warf abermals Amboss ein, wobei er das Wort *suchen* besonders betonte.

Der Uibuj bedachte den pedantischen Kämpfer mit einem vernichtenden Blick und räumte dann kleinlaut ein: »Es handelt sich um ein Sammellager in Sibirien, irgendwo bei Krasnojarsk.«

Die Rothauben machten lange Gesichter.

»Dem Barkeeper brechen wir sämtliche Knochen!«, krächzte der Anführer der Skinheads, die sich an der Eingangstür der *Rennsemmel* versammelt hatten. »Und verarztet mir auch die Gäste so, dass keiner von ihnen seinen Arsch hier aus eigener Kraft herausschleppt.«

Die Brutalität des Anführers erklärte sich dadurch, dass er große Hoffnungen mit diesem Auftrag verband. Im Falle einer tadellosen Erledigung des Jobs war damit zu rechnen, dass die Auftraggeber auf den Leader der Aktion aufmerksam würden. Und, wer weiß, mit ein bisschen Glück würden die Gangster ihm vielleicht sogar anbieten, ständig für sie zu arbeiten. In der Vorstellung des halbstarken Glatzkopfs waren dies paradiesische Aussichten: Geld im Überfluss, hübsche Mädchen, coole Autos. Er warf einen neidvollen Blick auf den dicken Mercedes-Jeep, mit dem die Auftraggeber vorgefahren waren, und wandte sich dann abermals an seine Gang.

»Alle klar soweit?«

»Sollen wir die Bude anzünden?«

»Logisch, aber erst kurz bevor wir wieder abziehen, nicht dass wir uns selber den Hintern anzünden.«

»Wir sind doch nicht doof.«

Die Skinheads zückten ihre Ketten, Baseballschläger, Messer und Eisenrohre und öffneten mit Fußtritten die Eingangstür der Bar.

Als Erster reagierte Sargnagel. Der Whiskey hatte sein Gehirn in Schwung gebracht und ...

Nein, in Wahrheit erfasste Gonzo als Erster die Situation. Als er das Gepolter an der Eingangstür vernahm, griff er sofort nach seiner Walther-Gaspistole, die er für solche Fälle unter dem Tresen deponiert hatte, und schoss auf die eindringenden Skinheads. Die antworteten mit Steinwürfen und erst jetzt reagierten die Rothauben.

»Vorwärts, wir müssen unserem Gläubiger helfen!«, brüllte Sargnagel und sprang auf.

»Aber bringt niemanden um!«, schrie Gonzo. »Ich kann hier keine Leichen brauchen!!«

Die Rothauben begriffen, welch erstklassige Gelegenheit sich ihnen bot, den bisher schwarz konsumierten Whiskey abzuarbeiten, und gingen mit größter Entschlossenheit zu Werke.

Die an Schlägereien gewöhnten Kämpfer zogen ihre Yatagane und stürzten sich auf die verdutzten Halbstarken, die auf Widerstand überhaupt nicht vorbereitet waren.

Anfangs versuchten die Skinheads noch, sich zu wehren, und schlugen hilflos mit ihren Ketten und Eisenstangen um sich. Doch die bulligen Zwerge mit den schwarzen Lederklamotten und roten Kopftüchern kauften ihnen schon bald den Schneid ab. Mit ihren rasiermesserscharfen Klingen zerfetzten sie die Bomberjacken der Eindringlinge und – was das Schlimmste war – hieben gezielt nach ihren Ohren. Der Tumult in der *Rennsemmel* dauerte nur wenige Sekunden, dann wandten sich die Skinheads zur Flucht.

»Ich hoffe, wir sind quitt, Gonzo?«, erkundigte sich Sargnagel, nachdem der letzte Halbstarke das Weite gesucht hatte.

Der Blick des Barkeepers schweifte prüfend über die kaum beschädigte Einrichtung seiner Bar, dann nickte er zufrieden mit dem Kopf.

»Ich schulde euch noch zwei Flaschen.«

Irgendetwas lief da schief …

Die Skinheads hatten wie vorgesehen die Tür eingetreten und waren in den Gastraum der *Rennsemmel* gestürmt. Es fiel ein Schuss. Offenbar versuchte der Barkeeper, Widerstand zu leisten – nach Lollys Einschätzung ein völlig normaler Vorgang. Doch die Geräusche, die dann aus der Bar drangen, machten ihn misstrauisch: weder das Krachen berstender Möbel noch die Schmerzensschreie verdroschener Gäste, sondern das kurze Zischen zerschnittener Luft, Gewimmer und erstickte Flüche. Dann taumelte ein kleingewachsener Glatzkopf aus der Bar. Seine Augen waren weit aufgerissen, als hätte er ein Gespenst gesehen. Der irre Blick des Halbstarken wäre ja noch irgendwie erklärbar gewesen, doch sein übriger Zustand gab zu denken: Die Bomberjacke sah aus wie ein fransiges Hippiegewand und sein blutendes rechtes Ohr stand im rechten Winkel ab.

Der junge Skinhead griff sich an die klaffende Wunde, starrte entsetzt auf seine blutverschmierte Hand und rannte davon. Dabei fiel ein Molotowcocktail aus seiner Hose und kullerte über den Asphalt.

Pitbull und Lolly tauschten argwöhnische Blicke.

»Was ist denn da drinnen los?«

In diesem Augenblick stürmten die übrigen Skinheads aus der Bar. Sie sahen genauso zerrupft aus wie der Erste und preschten in Panik davon.

»Ich raff's nicht, Brüderchen, aber irgendwer hat uns da die Tour vermasselt.«

Pitbulls Befürchtungen bestätigten sich umgehend.

Kurz nach den Skinheads kamen einige krummbeinige, mit säbelartigen Klingen bewaffnete Biker aus der *Rennsemmel* und nahmen die Verfolgung der Halbstarken auf. Sie holten die Skinheads mühelos ein und hetzten sie die Straße hinunter.

»Scheiße, Lolly, diesen Gnomen müssen wir eins überbraten!«, schlug Pitbull vor und tastete nach seiner Pistole.

»Hätte ich auch Lust zu«, pflichtete Lolly bei. »Aber wenn wir die Kneipe nicht abfackeln, hängt uns Zorro bei lebendigem Leibe zum Räuchern auf.«

»Da kannst du Recht haben. Dann kümmern wir uns erst mal um die Bar.«

Die beiden Banditen stiegen aus ihrem Jeep, horchten, ob sich noch keine Polizeisirenen näherten, zogen ihre Pistolen und marschierten auf die *Rennsemmel* zu.

Mit einem seligen Grinsen verließ Sargnagel die Bar und wiegte zufrieden die beiden Whiskeyflaschen in den Händen. Er gähnte und beobachtete, wie sein Trupp die verängstigten Halbstarken verfolgte. Dann kratzte er sich zerstreut unter dem noch nie gewaschenen Kopftuch, gähnte abermals und erstarrte mit offenem Mund. Aus einem geparkten schwarzen Jeep stiegen zwei Männer aus und kamen direkt auf ihn zu: Humos mit üblen Verbrechervisagen und Pistolen in den Händen, die offensichtlich keine friedlichen Absichten hegten.

»Flach auf den Boden, du Wicht!«, kommandierte der Dickere von beiden mit heiserer Stimme.

Sargnagel sah seinen weit entfernten Kämpfern wehmütig hinterher und traf die einzig richtige Entscheidung.

Noch nie zuvor hatte der Uibuj sich dazu hinreißen lassen, derart verschwenderisch mit Whiskey umzugehen, und jedes Mal, wenn er an diese Begebenheit zurückdachte, verzerrte sich sein Bulldoggengesicht zu einer Leidensmiene. Was er tat, war ein Unding, ein Tabubruch, ein Schlag ins Gesicht seiner in diesem Punkt empfindlichen Rothaubenseele.

Lolly und Pitbull waren auf alles Mögliche vorbereitet: Der zwergenhafte Biker konnte sich fügen, versuchen zu fliehen oder seine Kumpane zu Hilfe rufen. Doch stattdessen warf Sargnagel den beiden Gangstern völlig ansatzlos die Whiskeyflaschen an den Kopf, und zwar mit beiden Händen gleichzeitig und so blitzartig, dass sie nicht mehr reagieren konnten. Schon vor dreitausend Jahren galten die Rothauben als beste Schleuderer der Welt und die außergewöhnliche Wurfpräzision war ihnen angeboren. Beide Flaschen trafen ihr Ziel und bewirkten einen sofortigen Stromausfall im Gehirn der beiden Gangster. Lolly und Pitbull sanken wie nasse Säcke zu Boden und Scherben regneten auf den Asphalt. Vom Ende der Straße näherte sich Gejohle: Der Rothaubentrupp kehrte zur Bar zurück.

Nun war Eile angesagt. Sargnagel trat an die reglosen Körper heran, registrierte mit Bedauern den köstlichen Duft des verschütteten Whiskeys und durchsuchte sorgfältig die Taschen der Banditen.

»Bei denen war nichts zu holen!«, berichtete Amboss enttäuscht, während er seinen Yatagan an einem erbeuteten rotweißen Schal abwischte. »Irgendwelche halbwüchsigen Straßenräuber. Die paar Groschen, die wir ihnen abgenommen haben, reichen nicht mal für eine Fahrt mit der Straßenbahn.«

»Die beiden hier sind auch blank«, vermeldete der Kämpfer Container, nachdem er die Taschen der bewusstlosen Gangster abgetastet hatte.

»Vielleicht haben sie ihre Brieftaschen vergessen?«, mutmaßte Sargnagel scheinheilig.

»Schon möglich«, pflichtete Container widerstrebend bei, warf einen misstrauischen Blick auf das zufriedene Gesicht des Uibujen und fügte hinzu: »Aber beide gleichzeitig ...?«

Sargnagel hatte den Inhalt der dicken Brieftaschen, die er den Banditen abgenommen hatte, noch nicht untersucht, doch er dachte nicht daran, mit seinen Leuten zu teilen.

»So eine Pleite«, nölte Amboss. »Dann haben wir wegen zehn Flaschen Whiskey unseren Arsch riskiert? Ich fass es nicht.«

Das Gemurre der Rothauben wurde lauter und die Zeit drängte, da jeden Moment die Polizei eintreffen konnte. Sargnagel sah sich fieberhaft um und hatte einen rettenden Einfall.

»Diese Humos sind mir ein bisschen zu frech! Gestern haben sie *Burchans Schatztruhe* überfallen und heute die *Rennsemmel*. Wir werden ihnen einen Denkzettel verpassen!«

»Und wie?«

»Ganz einfach. Zwei Mann starten die Jeeps und halten sich bereit. Zwei Mann ans eine Ende der Straße, zwei Mann ans andere: Wache halten! Der Rest mir nach!«

Sargnagel deutete mit dem Arm auf ein Juweliergeschäft, das sich nur zwei Häuser weiter befand.

Villa Karavella
Moskau, Silberhain
Donnerstag, 28. September, 11:52 Uhr

»Und bis heute weiß niemand, woher der Dunkle Hof seine magische Energie bezieht?«, fragte Larissa erstaunt.

»Als die Nawen ihre Magische Quelle installierten, gab es noch gar keine anderen Völker auf der Erde«, antwortete Arnold. »Natürlich abgesehen von den Assuren, doch die spielen heute keine Rolle mehr. Der Dunkle Hof denkt nicht daran, das Geheimnis seiner Magischen Quelle preiszugeben, denn solange niemand etwas über sie weiß, können die Nawen sich ziemlich sicher fühlen.«

»Das verstehe ich nicht«, entgegnete Larissa. »Mir wurde beigebracht, dass Magier eines bestimmten Herrscherhauses die Magische Quelle eines fremden Herrscherhauses grundsätzlich weder nutzen noch blockieren noch vernichten können. Wie passt das mit dieser Geheimniskrämerei zusammen?«

»Nun, erstens gibt es zu jeder Regel eine Ausnahme«, erläuterte Arnold geduldig. »Das wissen Magier besser als jeder andere. Und zweitens ist es sehr schwierig, das aktuelle Energieniveau einer Magischen Quelle zu beurteilen, wenn man ihre Struktur nicht kennt. Im Kriegsfall sind solche Informationen jedoch von größter Wichtigkeit.«

»Das heißt, wenn man einen Krieg gegen den Dunklen Hof beginnt, weiß man nie, ob seine Magier gerade aus dem Vollen schöpfen oder nicht.«

»Vollkommen richtig.«

»Verstehe. Und handelt es sich bei den Magischen Quellen immer um Artefakte?«

»In der Regel ja«, bestätigte Arnold. »Die magische Energie wird von besonders leistungsfähigen Artefakten erzeugt. Nur sehr mächtige und speziell ausgebildete Magier können mit ihnen umgehen.«

»Du hast gesagt, dass es sich *in der Regel* um Artefakte handelt«, präzisierte Larissa. »Gibt es denn auch Ausnahmen?«

»Durchaus, aber nur in der Theorie. Es gibt bruchstückhafte Informationen darüber, dass in früheren Zeiten Zauberformeln existierten, mit denen sich magische Energie erzeugen ließ. Für eine solche Zauberformel würde jedes Herrscherhaus ein Vermögen hinblättern.«

»Wieso?«

»Die Technologie zur Herstellung von Magischen Quellen ist schon vor langer Zeit verlorengegangen. Die Quellen der Herrscherhäuser sind die letzten, die noch existieren, und dementsprechend hütet man sie wie den eigenen Augapfel. In Verbindung mit der Unmöglichkeit, fremde Quellen zu nutzen, garantieren sie ein gewisses Kräftegleichgewicht in der Verborgenen Stadt.«

»Mit einer zusätzlichen Magischen Quelle würde ein Herrscherhaus seine Position also erheblich stärken«, schlussfolgerte Larissa.

»Nicht nur das«, erwiderte Arnold mit einem hintergründigen Lächeln. »Eine Zauberformel als Magische Quelle ermöglicht es, die gewonnene Energie optimal an den genetischen Typ des Magiers anzupassen. Im Moment sind zum Beispiel Vasallenvölker wie die Schatyren oder die Erli darauf angewiesen, magische Energie zu nutzen, die ursprünglich für die Nawen bestimmt ist. Durch die erwähnten Zauberformeln hätten sie Zugang zu magischer Energie, die ihnen auf den Leib geschneidert wäre.«

»Und das würde ihr magisches Potenzial erhöhen«, erriet Larissa.

»Um ein Vielfaches.«

Larissa legte nachdenklich den Kopf zur Seite und setzte dann fort: »Wieso kommen die Herrscherhäuser an diese legendären Zauberformeln nicht mehr heran?«

»Es hat zu viele Kriege gegeben«, antwortete Arnold achselzuckend. »Zu viele Bibliotheken sind abgebrannt und zu viele talentierte Magier ums Leben gekommen. Ein enormer Wissensschatz wurde vernichtet. Niemand weiß mehr, wie man Magische Quellen herstellt oder wie man die Tore zu den Außerirdischen Welten öffnet.

Man konnte nicht einmal herausfinden, wie die Fate Mara die Wandelwesen erschaffen hat, obwohl dies nur ein paar Jahrhunderte zurückliegt. Inzwischen gehen die Herrscherhäuser sorgsamer mit dem vorhandenen Wissen um, doch Vieles ist für immer verloren.«

»Unwiederbringlich?«

»Wie schon gesagt«, erinnerte Arnold. »Keine Regel ohne Ausnahmen. So gibt es zum Beispiel die Bibliothek Iwans des Schrecklichen. In der würde man Antworten auf viele Fragen finden.«

»Nur weiß niemand, wo diese Bibliothek sich befindet«, ergänzte Larissa.

Arnold nickte und setzte abermals ein hintergründiges Lächeln auf.

Da Kara anderweitig beschäftigt war, hatte sie an diesem Tag Arnold, einen ihrer Anhänger, mit Larissas Unterweisung betraut und die Nachwuchsmagierin hatte kein Problem mit dieser Ersatzlösung. Ihr neuer Lehrer war fast zwei Meter groß und kräftig gebaut. Seine scharf modellierten Gesichtszüge muteten beinahe klassisch-griechisch an und das lange gelockte Haar wallte auf seine breiten Schultern herab. Dazu erwies sich Arnold als angenehmer Gesprächspartner, der sich in der Verborgenen Stadt bestens auskannte, viel von Magie verstand und auf jede noch so simple Frage geduldig Antwort gab. Arnold formulierte seine Gedanken klar und verständlich und je länger Larissa seinem samtigen Bariton lauschte, desto mehr gefiel ihr der hübsche Zauberer.

Und warum auch nicht? Seit sie Kara kennengelernt hatte, bestand ihr Leben ausschließlich aus Unterricht und Lernen, sei es in der Sonnensee-Schule, sei es bei Kara zu Hause. Für alles andere blieb keine Minute Zeit und sie hatte beinahe schon vergessen, wann zum letzten Mal die begehrlichen Blicke eines Mannes auf sie gerichtet waren. Mohammed zählte dabei natürlich nicht, denn der betrachtete sie – wenn überhaupt – wie ein Möbelstück.

Larissa schlug provozierend lässig die Beine übereinander und stellte zufrieden fest, dass diese Geste ihre Wirkung nicht verfehlte. Arnolds Blick fiel auf ihre schlanken Schenkel und wanderte schmachtend bis zum textilen Endpunkt hinauf.

»Da wir schon auf den Dunklen Hof zu sprechen gekommen sind«, begann Larissa erneut. »Könntest du mir seine Machtstrukturen näher erläutern? Ehrlich gesagt ist er das einzige Herrscherhaus, bei dem ich noch nicht so ganz durchblicke.«

»Die hierarchische Struktur des Dunklen Hofs ist denkbar einfach.« Arnold fuhr sich zerstreut durchs Haar. »Zumindest nach außen hin. Allerdings weiß niemand so genau, wie es bei den Nawen intern aussieht.«

»Die Geheimniskrämerei ist wohl ihr Markenzeichen?«

»Die Nawen verheimlichen nichts, aber sie tragen auch nicht mehr nach außen, als sie für nötig halten.«

»Na schön. An der Spitze des Herrscherhauses steht jedenfalls der Fürst.«

»Richtig. Die Nächsten in der Hierarchie sind die drei Ratsherren und danach folgt Santiago, der Kommissar und höchste Kriegsmagier des Dunklen Hofs.«

Den Namen Santiago hatte sich Larissa bereits eingeprägt. Den berüchtigten Kommissar kannten selbst Neulinge in der Verborgenen Stadt.

»Er ist nicht sonderlich beliebt, nicht wahr?«

»Die meisten Bewohner der Verborgenen Stadt hassen ihn aufrichtig«, pflichtete Arnold grinsend bei. »Und Kara hält ihn für den gefährlichsten Humanoiden überhaupt. Es heißt, er und der Fürst seien die ältesten Bewohner der Verborgenen Stadt.«

»Und wie alt sind sie?«

»Mindestens tausend Jahre alt, doch genau weiß das niemand.«

»Warum haben die obersten Führer des Dunklen Hofs keinen Namen?«

Die aufgeschlossene Schülerin gefiel Arnold – allerdings nicht wegen ihrer ausgeprägten Wissbegier. Eher schon wegen der endlos langen Beine, die sie – kaum verhüllt vom kurzen Minirock – aufreizend übereinanderschlug. Doch nicht nur Larissas aufregende Figur sprach Arnold an, auch ihre großen grünen Augen, das kurze, naturblonde Haar, die schmalen, scharf geranderen Lippen und das kesse Grübchen im Kinn. Nicht zu verachten auch die großen Brüste, die sich unter einem dünnen Top wölbten – sehr verführerisch! Kurzum, Arnold kam zu dem Schluss, dass diese attraktive Erscheinung hervorragend in seine Sammlung passen würde, und verschwendete keinen Gedanken daran, dass Larissa in diesem Punkt anderer Meinung sein könnte.

Im Übrigen war sich Arnold auch Karas Rückendeckung gewiss. Die schlüpfrigen Anspielungen, die sie gemacht hatte, als sie ihn mit der Unterweisung der Nachwuchszauberin betraute, ließen darauf schließen, dass sie kein Problem damit hätte, wenn er sich über das pädagogische Maß hinaus mit der jungen Dame befasste. Offenbar sah Kara diese Maßnahme als nützliches Mittel, um Larissa noch fester an sich und ihr Gefolge zu binden.

»Warum also haben die obersten Führer des Dunklen Hofs keine Namen?«, erinnerte Larissa, die den begehrlichen Blick ihres tüchtigen Lehrers zwar als angenehm empfand, aber dennoch eine Antwort auf ihre Frage erwartete.

»Der Preis der Macht«, erwiderte Arnold philosophisch. »Weißt du, die Nawen sind ein ziemlich widerborstiges Volk. Sie sind streitbar, dickköpfig, gefühlskalt und sehr freiheitsliebend. Es ist schwierig, sie unter Kontrolle zu halten, und sie würden niemals einen x-beliebigen Herrscher akzeptieren. Man muss sich ihr Vertrauen erst verdienen. Aus diesem Grund ordnen sich die obersten Würdenträger vollständig den Interessen des Herrscherhauses unter, verzichten auf jegliches Privatleben und sogar auf ihre Namen.«

»Ist das kein zu hoher Preis, den sie da bezahlen?«

»Das Volk dankt es ihnen.« Arnold strich sich eine lockige Strähne aus der Stirn. »Im Dunklen Hof herrschen Zucht und Ordnung. Kein Naw würde es wagen, Entscheidungen der Obrigkeit zur Diskussion zu stellen und innere Konflikte sind dort ein Fremdwort. Das Wort des Fürsten ist Gesetz, nicht nur für die Nawen, sondern auch für ihre Vasallenvölker, die Schatyren, Erli und Ossen. Der Dunkle Hof gilt deshalb als das verschworenste Herrscherhaus der Verborgenen Stadt.«

»Und wieso hat dann Santiago einen Namen?«

»Er hat es seinerzeit kategorisch abgelehnt, seinen Namen aufzugeben, und die Führungsspitze des Dunklen Hofs ließ ihn gewähren.«

»Tatsächlich?«, staunte Larissa. »Das passt aber nicht sehr gut mit dem zusammen, was du gerade erzählt hast.«

»Es war im Interesse des Herrscherhauses. Trotz seiner Selbstherrlichkeit gilt Santiago als der beste Kommissar in der Geschichte des Dunklen Hofs, deshalb tolerieren die Nawen seine Allüren.«

»Und du behauptest, sie seien streitbar.«

»Wenn es dem eigenen Nutzen dient, würden sie sogar mit Stinktieren auskommen. Santiago hat bewiesen, dass er für den Dunklen Hof unentbehrlich ist.«

»Das hätte ich nicht gedacht«, gab Larissa zu und musterte Arnold. »Du weißt eine Menge. Bist du schon lange in der Verborgenen Stadt?«

Larissas Blick war respektvoll, jedoch weit davon entfernt, ihn anzuhimmeln. An diesem Punkt dämmerte Arnold zum ersten Mal, dass es nicht ganz leicht sein würde, die blonde Zauberin zu erobern. Der solide Magier genoss nicht ganz zu Unrecht den Ruf eines Herzensbrechers. Er hatte ein feines Gespür für Frauen, setzte geschickt seinen Charme ein, ohne aufdringlich zu sein, und wusste stets, wann Draufgängertum und wann Zurückhaltung gefragt war.

In diesem Fall hielt es Arnold für ratsam, die Dinge nicht zu überstürzen. Larissa schien ihm gegenüber zwar nicht abgeneigt, doch andererseits war sie so auf die Verborgene Stadt fixiert, dass allzu stürmische Annäherungsversuche womöglich alles verdorben hätten. Folglich entfernte er seinen Blick aus Larissas Ausschnitt, bevor er ihre Frage beantwortete.

»Schon ziemlich lange, mehrere Jahre.« Er hielt kurz inne, würzte seine Stimme mit einer Prise Bitternis und fügte hinzu: »Ich bin in Bergkarabach geboren, mein Vater hat dort auf dem Bau gearbeitet. Du weißt ja selbst, was im Kaukasus los war, als das Imperium auseinanderfiel.«

Larissa nickte und erinnerte sich an die beklemmenden Fernsehreportagen über die blutigen Ausschreitungen in den ehemaligen Kolonien.

»Meine Eltern kamen bei einem Pogrom ums Leben. Mir gelang es zu fliehen, zuerst nach Rostow und dann weiter nach Moskau. Ich hatte nicht mal ein Dach über dem Kopf.« Arnold setzte seine kummervollste Miene auf. »Ein Glück, dass Kara auf mich aufmerksam wurde und meine Begabung für die Magie erkannte. Sie hat mich von der Straße geholt ...«

Die meisten Frauen sind gutgläubig und haben eine mitfühlende Ader. Es gehörte zu Arnolds Standardrepertoire, sie emotional einzulullen, indem er gehörig auf die Tränendrüse drückte.

In jedem Märchen steckt ein Körnchen Wahrheit. Und so war es auch bei Arnolds Rührstück vom Zwei-Meter-Waisen. Das Körnchen Wahrheit bestand darin, dass er nicht in Moskau geboren war. Aus dem Kaukasus stammte er indes keineswegs.

Der junge Müßiggänger war vor vier Jahren aus der Gegend von Charkow in die Hauptstadt gekommen, allerdings nicht etwa, um wie seine ambitionierten Landsleute an einer Moskauer Universität zu studieren, und schon gar nicht, um auf dem Bau zu schuften. Arnold wollte sich in den hauptstädtischen Spielcasinos gesundstoßen, um deren Reichtum sich in Charkow Legenden rankten. Seine bescheidenen magischen Fähigkeiten setzte er ausschließlich dazu ein, andere Leute beim Kartenspiel auszunehmen. Arnolds Vorhaben war ebenso dreist wie naiv. Schon nach zwei Wochen flog er auf und eines Morgens statteten ihm vier Kleiderschränke einen Besuch ab und erkundigten sich auf nachdrückliche Weise nach dem Grund für die bemerkenswerte Glückssträhne des Zugereisten. Da sie keine befriedigende Antwort erhielten, kamen sie zu dem Schluss, dass sie es mit einem gewöhnlichen Falschspieler zu tun hätten, und erwogen ernsthaft, den verängstigten Arnold an die Fische der Moskwa zu verfüttern. Doch dank eines glücklichen Zufalls hatte auch Kara von dem unverfrorenen Betrüger gehört. Ihr war natürlich sofort klar, warum der Ukrainer so viel Glück im Spiel hatte. Sie ließ ihre ausgezeichneten Beziehungen spielen, rettete Arnold den Hals und spannte ihn für ihre Zwecke ein.

»So so, du warst also ein Straßenkind«, resümierte Larissa kühl. Seine herzzerreißende Geschichte beeindruckte sie nur mäßig. »Hast du auch eine Schule des Grünen Hofs besucht?«

»Natürlich«, erwiderte Arnold, der nun endgültig wusste, dass er es mit einer harten Nuss zu tun hatte.

»Und wie lange?«

»Ein Jahr. Warum fragst du?«

»Ich langweile mich schrecklich dort«, seufzte die junge Frau. »Ich kann mir überhaupt nicht vorstellen, wie ich diesen Unterricht ein ganzes Jahr aushalten soll.«

Larissas Bekenntnis klang ehrlich. Offenbar fühlte sie sich in der Zaubereischule tatsächlich unterfordert. Arnold staunte.

Karas Anhänger ahnten, dass Larissa über bemerkenswertes Talent verfügte. Andernfalls hätte die Zauberin der Neuen nicht so große Aufmerksamkeit geschenkt. Bislang hatte sie niemanden an Larissa herangelassen, sondern sich höchstpersönlich ihrer Ausbildung gewidmet – und das mehrere Stunden am Tag. Diese Vorzugsbehandlung war der Nährboden für haarsträubende Gerüchte: Man erzählte sich zum Beispiel, Larissa könne selbstständig Portale erzeugen und sie sehe genauso gut in die Zukunft wie das Orakel von Degunino. Arnold beschloss, einem weiteren dieser Gerüchte auf den Grund zu gehen.

»Larissa!«

Die junge Frau sah auf.

»Ja?«

»Stimmt es, dass du schon mal einen Fernseher materialisiert hast?«

»Nein.« Larissas verlegenes Lächeln geriet bezaubernd. »Es war nur ein Federhalter. Ein goldener Parker.«

Von wegen – *nur* ein Federhalter! Arnold erblasste vor Neid. Die klassische Materialisation galt als schwierigste Disziplin der angewandten Magie und nur die besten Zauberer der Verborgenen Stadt beherrschten ihre komplizierten Techniken. Arnold selbst hätte nicht einmal einen Tropfen Tinte für den Parker zustande gebracht.

»Hast du lange dafür geübt?«

»Nein, ehrlich gesagt war das eher ein Zufallsprodukt«, bekannte Larissa. »Ich hatte die Zauberformeln für die Materialisation zwar mal durchgelesen und mir die eine oder andere gemerkt. Aber als es dann plötzlich geklappt hat, war ich selbst total überrascht.«

Warum nur war die Welt so ungerecht? Er, Arnold, musste das Letzte aus sich herausholen, um fremde Karten zu sehen, und diese dahergelaufene Blondine materialisierte aus dem Handgelenk, was ihr gerade in den Sinn kam.

»Ich brauche mal eine Pause«, verkündete Larissa. »Gehen wir was essen?«

»Gern«, erwiderte Arnold und besann sich: Nun war der Zeitpunkt gekommen, um die Dinge voranzutreiben. »Hör mal, du weißt doch noch so gut wie nichts über die Verborgene Stadt ...«

»Das stimmt nicht«, protestierte Larissa. »Ich weiß schon fast alles über sie.«

»In der Theorie – natürlich, das habe ich nicht gemeint. Aber vielleicht wäre es ja interessant für dich, die Verborgene Stadt aus der Nähe und den einen oder anderen Zauberer persönlich kennenzulernen. Es gibt da ein Lokal, in dem ausschließlich menschliche Magier verkehren. Hättest du Lust, mit mir dort hinzugehen?«

Arnolds Augen begannen zu leuchten und Larissa lächelte kokett.

»Lädst du mich denn ein?«

»Versteht sich!« Arnold beschloss, Nägel mit Köpfen zu machen. »Kara hat für heute Nachmittag ein Treffen ihrer Anhängerschaft anberaumt. Da bist du doch sicher dabei, oder?«

Larissa nickte.

»Und nach diesem Treffen gehen wir zusammen aus. Abgemacht?«

»Abgemacht!«

Arnold hatte eine völlig klare Vorstellung davon, wo und wie dieser Abend enden würde, und setzte insgeheim bereits einen Haken hinter die Akte Larissa.

Buchhandlung von Genbek Hamzi
Moskau, Alter Arbat
Donnerstag, 28. September, 12:04 Uhr

Genbek Hamzis Büchersammlung galt als eine der besten der Verborgenen Stadt und nur die Bibliotheken der Herrscherhäuser waren noch besser bestückt. Sein Leben lang erweiterte der alte Schatyr die wertvolle Kollektion, die bereits von seinen Vorfahren begründet worden war. Dabei beschränkte er sich nicht nur auf legale Mittel des Erwerbs, sondern schreckte auch vor ruchlosem Diebstahl nicht zurück. Bei den Magiern der Verborgenen Stadt erfreute sich Genbeks Buchhandlung größter Beliebtheit, da sie im Gegensatz zu den Bibliotheken der Herrscherhäuser jedermann offenstand.

Auch Jana machte sich unverzüglich auf den Weg zum Alten Arbat, nachdem sie den Auftrag erhalten hatte, in altem Schriftwerk zu recherchieren. Selbstverständlich dachte sie gar nicht daran, eines der astronomisch teuren Werke zu kaufen, denn gegen eine maßvolle Gebühr konnte man Genbeks Bücher wie in einer Bibliothek benutzen.

Es erwies sich indes schwieriger als gedacht, an die gewünschten Informationen heranzukommen. Das Lager der Buchhandlung erstreckte sich über mehrere Etagen und die Computersuche nach den Begriffen »Humo«, »Magie« und »Magier« ergab über viertausend Treffer. Genbek verschwand zahnlos kichernd in einem Nebenraum und ließ Jana inmitten der endlosen Regalreihen allein. Das Schlimmste war, das Jana selbst nicht so genau wusste, wonach konkret sie eigentlich suchen sollte. Cortes hatte die Aufgabe so verschwommen formuliert, dass eigentlich nichts anderes übrigblieb, als alle viertausend Bücher zu durchstöbern. Ein herkulisches Unterfangen.

Die Söldnerin nahm den ersten Band von *Civilisation H* aus dem Regal, einem Werk, das Schatyren im Auftrag des Dunklen Hofs verfasst hatten. Sie legte den dicken Schmöker auf den Tisch und blätterte unschlüssig darin. Im ersten Band wurde die Herkunft der Humos abgehandelt. In keinem anderen Werk wurden belastbare Fakten über die Herkunft der Menschheit so detailliert zusammengetragen, wobei die Schatyren zu völlig anderen Ergebnissen kamen als Sir Charles Darwin in seiner berühmten Theorie. Jana wusste, dass zwischen diesen vergilbten Buchdeckeln eine wissenschaftliche Sensation schlummerte, doch leider brachte sie diese Erkenntnis nicht weiter, denn eigentlich suchte sie nach etwas völlig anderem. Sie klappte das Buch zu und betrachtete frustriert die übrigen zweihundertzwölf Bände von *Civilisation H*, die über ihr im Regal standen.

»Sie interessieren sich für die Geschichte Ihres Volks?«

Jana wandte sich um. Im Gang stand ein junger Schatyr, der einige dünne Broschüren unter dem Arm trug.

»Ich war schon lange nicht mehr in einer Bibliothek«, erwiderte Jana zerstreut. »Offenbar habe ich verlernt, wie man gezielt recherchiert.«

»Und deshalb machen Sie so ein betrübtes Gesicht?«

»Ausschließlich deshalb.«

»Kann ich Ihnen vielleicht helfen?«

»Das wäre ein netter Zug.«

Der schwarzäugige Schatyr setzte sich neben Jana an den Tisch und stellte sich vor: »Ular Hamzi. Und Sie sind Jana, nicht wahr?«

»Kennen wir uns?«

»Mein Bruder hat mir von Ihnen erzählt.«

»Ihr Bruder?«

»Bidjar.« Bidjar Hamzi war der Geschäftsführer des größten Warenhauses der Handelsgilde und kannte die Söldner schon lange. »Außerdem habe ich Sie in der

Atomhenne gesehen, als mein Bruder eine Pokerrunde gegen Cortes spielte.«

»Und gewann.«

»Ja, er war sehr zufrieden.«

»Kein Wunder.«

»Ehrlich gesagt war sich mein Bruder sicher, dass er gewinnen würde. Er wusste, dass Cortes die Matchpraxis fehlte.«

»Das habe ich Cortes auch gesagt«, seufzte Jana. »Aber er wollte wieder mal nicht auf mich hören.«

»Cortes ...« Ular machte ein bedauerndes Gesicht. »Als ich Sie in der *Atomhenne* zum ersten Mal sah, war ich – offen gestanden – sehr angetan. Doch als ich Cortes als ihren Begleiter erkannte, wurde mir klar, dass ich wohl zu spät gekommen bin.«

Jana schwieg und ihr koketter Blick verriet weder eine Bestätigung noch ein Dementi.

»Stimmt doch, oder?«

Der Schatyr musterte Jana unverwandt. Das strenge, graue Kostüm betonte ihre schlanke Figur und bildete einen dezenten Kontrast zum langen schwarzen Haar, der sonnengebräunten Haut und den leuchtend blauen Augen der jungen Frau.

Jana war daran gewöhnt, von Verehrern belagert zu werden, und lächelte ebenso charmant wie routiniert: »Stimmt, ja. Sie haben mein Verhältnis zu Cortes richtig interpretiert.«

»Sie werden verstehen, dass ich sichergehen wollte«, sagte Ular und breitete entschuldigend die Arme aus.

»Natürlich. Sie hatten angeboten ...«

»Du ... Wenn es Ihnen recht ist.«

»Gern. Also Ular, du hattest angeboten, mir zu helfen.«

»Gewiss doch.« Ular hatte sich nicht ernsthaft ausgerechnet, dass er bei Jana würde landen können, und freute sich aufrichtig darüber, der bezaubernden Frau einen Gefallen tun zu können. »Du hattest gesagt, dass du Schwierigkeiten hast, bestimmte Informationen zu finden. Im Regelfall passiert das immer dann, wenn man nicht genau weiß, wonach man sucht.«

»Im Prinzip weiß ich das schon. Das Thema ist nur so allgemein, dass ich keinen Plan habe, wie ich es angehen soll.«

»Und um welches Thema handelt es sich?«

»Humo-Zauberer. Ich möchte herausfinden, ob es in der Geschichte unseres Volks mächtige Magier gegeben hat.«

»Du bist also sozusagen auf der Suche nach dem magischen Potenzial, das in deinem Volk steckt.«

»Genau. Ich halte es für zutiefst unbefriedigend, dass die Menschheit mit der Magie so auf Kriegsfuß steht.«

Ular lächelte: »Stimmt. Man hat sich inzwischen daran gewöhnt, dass die Humos keine ernst zu nehmenden Magier hervorbringen.«

»Aber früher einmal hat es sie doch gegeben.«

»Früher – ja. Doch dann habt ihr euch für einen anderen Weg entschieden und euch ausschließlich auf den technischen Fortschritt konzentriert. Und eure Magier habt ihr sogar hingerichtet.«

»In jedem Volk werden Fehler gemacht.«

»Das ist richtig«, pflichtete Ular bei und lehnte sich zurück. »In Wahrheit, Jana, steht es in Sachen Magie gar nicht so schlecht um dein Volk ...«

Nachdem Ular die Buchhandlung verlassen hatte, blieb Jana noch einige Minuten lang sitzen und dachte über das nach, was sie soeben erfahren hatte. Der Schatyr hatte sie weder auf irgendwelche Quellen verwiesen noch mit überflüssigen Details gefüttert, sondern ihr einfach einige Fakten aus der jüngeren Geschichte vermittelt. Doch diese Fakten bargen einigen Sprengstoff und sollte sich erweisen, dass sie tatsächlich mit den Nachforschungen der Söldner in Zusammenhang standen, so mussten Jana und ihre Kompagnons sich auf eine völlig neue Situation einstellen.

»Jana!« Genbek näherte sich mit schlurfenden Schritten. »Mir ist eingefallen, dass sie letzthin Bücher über die Schwarzen Morjanen gesucht haben.«

»Ganz recht«, bestätigte Jana. »Beim letzten Mal habe ich über die Wandelwesen recherchiert.«

»Und? Haben Sie alles herausgefunden, was Sie wissen wollten?«

»Alles findet man nie heraus.«

»Ganz meine Meinung.« Der Greis setzte sich neben Jana. »Bei der letzten Inventur habe ich ein weiteres Buch zu dem Thema entdeckt. Vielleicht interessiert es Sie?«

Da die Söldner den Armreif der Fate Mara suchten, konnte jede zusätzliche Information über die furchterregenden Wandelwesen von Nutzen sein. Jana nahm das

Buch zur Hand: *Morjanen und das Rätsel ihrer Reproduktion.*

»Das ist ein Gemeinschaftswerk von Priesterinnen des Grünen Hofs«, erläuterte Genbek. »Nach dem Tod der Fate Mara interessierten sich plötzlich sämtliche Herrscherhäuser brennend für ihre Errungenschaften.« Auf dem Runzelgesicht des Greises erschien ein bedauerndes Lächeln. »Wie üblich erkannte man das Genie der Fate erst post mortem, als sie selbst schon nichts mehr davon hatte.«

»Soweit ich weiß, wurde dieses Rätsel nie gelöst«, sagte Jana und deutete mit dem Finger auf den Buchtitel.

»Richtig«, bestätigte Genbek. »Es ist keinem der Herrscherhäuser gelungen, die Versuchsanordnungen der Fate zu kopieren und ein Wandelwesen zu erzeugen.«

»Erstaunlich. Dabei befassen sich die Herrscherhäuser doch schon seit Jahrtausenden mit Genetik.«

»Man kann sich auch Millionen von Jahren an einem Problem die Zähne ausbeißen«, entgegnete der Buchhändler. »Und dann kommt eines Tages ein kluger Kopf und löst es mit einem Fingerschnippen.« Genbek mümmelte mit den Lippen. »Eine Morjane zu erzeugen ist äußerst kompliziert. Erstens muss man DNA-Stränge generieren, die miteinander verbunden sind. Dabei dürfen Sie nicht vergessen, dass eine Morjane in Kampfmontur etwa dreimal so schwer ist wie im Ausgangszustand, und das überschüssige Gewicht muss ja irgendwo hin. Zweitens ...«

»Genbek, verzeihen Sie«, unterbrach ihn Jana, während sie in dem Buch blätterte. »Ich habe leider nicht die

Zeit, mich auch noch mit den Einzelheiten der Reproduktion von Morjanen zu beschäftigen. Aber das Thema interessiert mich natürlich. Könnten Sie mir die Quintessenz des Werks nicht in knappen Worten zusammenfassen?«

»In knappen Worten!«, entrüstete sich der Greis. »Ihr Humos habt es immer so schrecklich eilig.«

»Nehmen Sie mir's nicht übel, Genbek«, beschwichtige Jana und legte ihre zarten Finger auf die runzelige Hand des Buchhändlers.

Die sanfte Berührung stimmte den Schatyren sofort versöhnlich.

»Na meinetwegen. Das meiste wissen Sie ja ohnehin schon. Die Herrscherhäuser waren über die Existenz der Wandelwesen nicht gerade begeistert, doch niemand hatte ernsthaft vor, sie auszurotten. Man stufte sie als Vasallenvolk des Grünen Hofs ein und beließ alles beim Alten.«

»Und das Rätsel ihrer Reproduktion? Es müssen doch irgendwelche Aufzeichnungen der Fate Mara erhalten sein, anhand derer das Problem gelöst werden könnte.«

»Es sind auch Aufzeichnungen erhalten, sogar ziemlich viele.« Der Greis kicherte in sich hinein. »Seinerzeit gab es ja auch noch Maras Schüler und Helfer und selbst das *Wandlungsbecken*, das wichtigste Artefakt, das die Fate bei der Schaffung der Morjanen benutzte, stand zur Verfügung.« Genbek senkte die Stimme und beugte sich verschwörerisch zu Jana. »Es war einer der wenigen Anlässe, bei denen die Herrscherhäuser aktiv kooperierten. Aber das ist ein Geheimnis ...«

»Verstehe.« Die junge Frau rückte ebenfalls näher zu Genbek.

Der Greis blickte sich argwöhnisch um und setzte beinahe im Flüsterton fort: »Nachdem alle drei Herrscherhäuser daran gescheitert waren, im Alleingang herauszubekommen, wie die Fate Mara das mit den Morjanen bewerkstelligt hat, schlossen sie einen Pakt und ihre besten Magier versuchten jahrelang gemeinsam, die Experimente der Fate nachzustellen – alles vergebens. Danach wurden alle vorhandenen Erkenntnisse als Verschlusssache deklariert und das verbliebene Erbe unter den Herrscherhäusern aufgeteilt: Die Originalaufzeichnungen der Fate Mara blieben im Besitz des Grünen Hofs, alle neuen Erkenntnisse und Forschungsergebnisse hat man dem Orden zur Aufbewahrung übergeben und das *Wandlungsbecken* wurde zu einem verbotenen Artefakt erklärt und in die Zitadelle überführt.«

»Ist dieses *Wandlungsbecken* ein sehr altes Artefakt?«

»Eben nicht, das ist ja das Erstaunliche.« Genbek entblößte grinsend den zahnlosen Kiefer. »Die Fate Mara hatte es hergestellt, doch die Herrscherhäuser sind nicht dahintergekommen, wie die verdammte Badewanne funktioniert. Nur eines ist klar: Das *Wandlungsbecken* hatte eine Schlüsselfunktion bei der Geburt der Morjanen.«

Am Alten Arbat herrschte kein Mangel an schrägen Gestalten. Das rund um die Uhr pulsierende Leben auf einer der ältesten Straßen der Stadt war ein magnetischer Anziehungspunkt für alle, die anders und natürlich besonders sein wollten: Biker und Punks, Hippies und Rapper, fanatische Fans von Rockgruppen wie *Alisa* oder *Kino*, durchgeknallte Studentencliquen. Bisweilen führten unüberbrückbare Gegensätze zwischen den verschiedenen Gruppierungen zu handgreiflichen Auseinandersetzungen, doch sie wurden nie auf der altehrwürdigen Flaniermeile ausgetragen. Der Arbat bemühte sich um Friedfertigkeit und behandelte all seine schrillen Gäste gleichermaßen tolerant.

Die Männer kamen aus einer kleinen Seitenstraße. Offenbar war ihnen klar, dass die Polizei sie schon nach wenigen Metern aus dem Verkehr gezogen hätte, wenn sie einfach über den Arbat marschiert wären. Zu bedrohlich wirkten die schwarzen Bomberjacken, die Armeestiefel und die kahlgeschorenen Schädel, und zu aggressiv ihre aus den Höhlen tretenden, hasserfüllten Augen.

Die Skinheads hatten bereits von dem Fiasko gehört, das ihre Gesinnungsgenossen in der *Rennsemmel* erlebt hatten, und selbstverständlich sannen sie auf Rache. Widerstand stachelte sie nur zusätzlich an, mit doppelter Brutalität zu Werke zu gehen. Diesmal würde es kein Pardon für niemanden geben.

Die ersten Steine und Molotowcocktails krachten gegen die Schaufensterscheibe des Buchladens und die Passanten in der Nähe suchten erschrocken das Weite.

»Sturm!«, brüllte der Anführer und steuerte auf die Eingangstür zu.

Jana verabschiedete sich gerade von Genbek, als der erste Stein gegen das Schaufenster flog. Die beiden standen im offiziellen Verkaufsraum, den der Buchhändler zur Tarnung mit gewöhnlicher Lektüre bestückt hatte:

Aleister Crowley, der *Hexenhammer* und sonstige Machwerke, für die sich bestenfalls exaltierte Damen begeistern konnten.

Die von den bösen Jungs geworfenen Steine und Flaschen regneten zu Boden, ohne die Schaufensterscheibe zu beschädigen.

»Kugelsicheres Glas?«, erkundigte sich Jana.

»Kugelsicheres Glas hält doch nichts aus«, entgegnete Genbek seufzend. »Außerdem: Wissen Sie, was gutes Panzerglas kostet? Das würde mich ruinieren! Nein, ich habe die normale Schaufensterscheibe dringelassen und mit einem *Nibelungenschild* gesichert.«

Der *Nibelungenschild* war ein einfacher Zauber, der das damit belegte Objekt vor Geschossen jeglicher Art schützte.

Die Skinheads wunderten sich zwar, dass die Schaufensterscheibe nicht zu Bruch gegangen war, doch das bremste nicht ihren Elan.

»Die Schweine haben vorgebaut. Okay, dann nehmen wir eben den normalen Eingang«, knurrte der Anführer und trat unter dem Gejohle seiner Gang die Ladentür ein.

Die Glatzköpfe waren grimmig entschlossen und rechneten nicht mit der Möglichkeit, auf jemanden zu treffen, der nicht minder kompromisslos gestimmt war wie sie.

»Erlauben Sie mir, Ihnen zu helfen?«, fragte Jana, als sie das Gebrüll auf der Straße hörte. »Ich habe eine Waffe bei mir.«

»Das wird nicht nötig sein«, beschied Genbek souverän. »Ich habe entsprechende Maßnahmen getroffen. Das hat mich zwar beinahe an den Bettelstock gebracht, aber es kommt mich immer noch billiger als die Dienste von Söldnern.«

Den Seitenhieb auf Cortes' Preispolitik konnte sich der knausrige Buchhändler nicht verkneifen.

Der kleine Vorraum zwischen der schweren Eingangstür und einer dünnen Glastür, die in den eigentlichen Verkaufsraum führte, war für höchstens zwei Personen ausgelegt. Die entfesselten Skins quetschten sich zu viert hinein und traten zornig gegen die Glastür, hinter der die Silhouetten einer schlanken Schwarzhaarigen und eines kleinen Greises zu sehen waren. Doch die verdammte Tür erwies sich als unüberwindliches Hindernis.

»So eine Scheiße!!«, fluchte der Anführer und verstummte alsbald, da ihm ein Strahl heißen Dampfs ins Gesicht schoss.

»Eine *Drachendusche*«, kommentierte Genbek ungerührt und beobachtete, wie die verbrühten Skins verzweifelt versuchten, aus ihrer Falle zu entkommen. »In meinem Laden herrscht der reinste Kriegszustand«, lamentierte der Alte weiter. »Mal tötet Santiago ein paar Usurpatoren, mal randalieren glatzköpfige Hooligans. Diese Stadt ist ein Vulkan.«

»Ab und zu tut ein bisschen Krawall doch ganz gut«, gab Jana zu bedenken. »Hinterher weiß man das ruhige Leben dann wieder besser zu schätzen.«

»Mir ist es auch ohne Krawall nicht zu langweilig«,

versetzte Genbek stirnrunzelnd. »Wissen Sie, im Alter kann man auf solcherlei Nervenkitzel getrost verzichten.«

Durch den Laden hallten die Schmerzensschreie der Skins und von der Straße drangen schrille Pfiffe herein – Trillerpfeifen der Polizei.

»Tja, ich werde dann gehen«, sagte Jana. »Vielen Dank für Ihre Hilfe.«

»Keine Ursache«, erwiderte der Greis freundlich, während er die Gebühr für die Benutzung der Bibliothek entgegennahm. »Nehmen Sie den Hinterausgang?«

»Gern«, bestätigte Jana und fügte augenzwinkernd hinzu: »Wenn es nichts extra kostet ...«

KAPITEL DREI

»Hooligans buchstäblich abgekocht. Der Überfall auf eine bekannte Buchhandlung am Alten Arbat nahm für ein Bande von Skinheads ein fatales Ende. Beim Versuch, gewaltsam in das Geschäft einzudringen, beschädigten sie die Rohre der Zentralheizung und zogen sich schwere Verbrennungen durch kochend heißen Dampf zu. Vier der betroffenen Skins wurden ins Sklifosowski-Institut für Notfallmedizin *eingeliefert. Ihr Zustand ist nach Aussagen der behandelnden Ärzte kritisch, aber stabil.«*

ISWESTIJA

»Die dreisten Übergriffe von Humos auf Einrichtungen der Verborgenen Stadt werden allmählich zur Gewohnheit. In den vergangenen vierundzwanzig Stunden ereigneten sich nicht weniger als fünf solcher Anschläge! Die beispiellose Welle der Gewalt schürt die Angst bei den Bewohnern der Verborgenen Stadt, denn niemand kann sich mehr sicher fühlen. Die brutalen Gewaltakte können jeden treffen! Die Herrscherhäuser haben keine Erklärung für die jüngsten Geschehnisse und …«

T-GRAD-COM

Villa Karavella
Moskau, Silberhain
Donnerstag, 28. September, 15:22 Uhr

Mohammed hatte die Statur eines Bodybuilders. Mit seinen muskelbepackten Oberarmen und kräftigen Händen knetete er Karas Körper durch. In ihrem langen Leben hatte die Zauberin noch nie einen besseren Masseur gehabt. Unter seinen gekonnten Griffen schmolz sie förmlich dahin. Ihre samtige Haut begann zu glühen und die Verspannungen in der Muskulatur lösten sich nach und nach auf.

Während der Massagesitzungen ließ sich Kara normalerweise durch nichts ablenken, doch an diesem Tag machte sie eine Ausnahme. Während der Schwarze seine geschmeidigen Hände mit Rosenöl einrieb, griff sie zur Fernbedienung und schaltete den Fernseher ein.

»Das stört doch nur, Herrin«, rügte Mohammed, der es gewohnt war, dass die Zauberin ihm während der Massage ihre ungeteilte Aufmerksamkeit schenkte.

»Tut mir leid, aber diese Sendung muss ich unbedingt sehen«, entgegnete Kara und rekelte sich aufmunternd. »Du kannst aber ruhig weitermachen.«

Mohammed grummelte etwas Unverständliches und machte sich daran, die drallen Gesäßbacken der Frau durchzuwalken.

»Die Angreifer drangen am Vormittag ein«, verkündete der Moderator der T-Grad-Com mit bitterernster Miene, »als im Wartezimmer Hochbetrieb herrschte, und prügelten wahllos auf die Anwesenden ein, auch auf Frauen, Kinder und Alte. Das Wachpersonal hatte keine Chance gegen die bewaffnete Bande und die Polizei kam wie immer zu spät.«

Das leidenschaftslose Auge der Kamera schwenkte durch die verwüsteten Räume der Privatklinik von Bruder Nukleus: zertrümmerte Möbel, verkohlte Wände, zerfetzte Kleidung und Blutspuren.

»Mindestens fünfzehn Bewohner der Verborgenen Stadt wurden verletzt und wertvolle medizinische Geräte zerstört.«

Die Bildregie schaltete wieder ins Studio der T-Grad-Com.

»Der sinnlose Gewaltexzess hat die Verborgene Stadt zutiefst erschüttert«, kommentierte der Moderator sauertöpfisch. »Die Bevölkerung ist es leid, die sich häufenden Übergriffe hilflos mitanzusehen und erwartet Antworten von den Herrscherhäusern: Wer steckt hinter den Gewaltakten? Warum unternehmen die führenden Magier der Verborgenen Stadt nichts, um diesen Terror zu stoppen?«

Kara schaltete den Fernseher aus und grinste zufrieden: Alles lief genau nach Plan. In der Verborgenen Stadt machte sich Panik breit. Die Bewohner reagierten mit Unverständnis, Angst und der Forderung nach adäquaten Gegenmaßnahmen.

Im Prinzip hätte man erwarten können, dass die Anschläge der Humos die Humanoiden zusammenschweißen würden, doch zumindest auf den höchsten Ebenen der Macht war das Gegenteil der Fall. Die Herrscherhäuser verdächtigten sich gegenseitig, die Überfälle der Skinheads lanciert zu haben, um damit einen Krieg vom Zaun zu brechen. Jedes Herrscherhaus suchte nun im Verhalten der anderen Beweise für diesen Verdacht und so ging allen wertvolle Zeit verloren. Kara hatte sich nicht getäuscht: Egal wie viele Jahrtausende die Verborgene Stadt schon existierte, ihre Führungsfiguren folgten denselben Denkmustern wie die Menschen und ließen sich durch gezielte Intrigen mühelos auseinanderdividieren. Dies umso mehr, als Santiago, der als Einziger in der Lage gewesen wäre, die Herrscherhäuser auf eine gemeinsame Linie einzuschwören, vorläufig aus dem Spiel genommen war.

»Bring mir das Telefon.«

Mohammed gehorchte, quittierte die abermalige Störung jedoch mit einem Kopfschütteln. Kara tippte eine Nummer ein.

»Hallo? Ich bin's, Liebster.« Aus dem Augenwinkel sah Kara, wie sich Mohammeds Miene verdüsterte. Der Schwarze war höllisch eifersüchtig auf den studierten Mafioso.

»Na, wie gefallen dir die Auftritte meiner Jungs?«, erkundigte sich Edik munter.

»Gar nicht übel.«

»Es gab nur ein paar kleinere Probleme. Bei zwei Aktionen sind wir auf Widerstand gestoßen.«

»Das ist völlig normal.«

»Übrigens, man liegt mir bereits mit Fragen in den Ohren, warum ich Skinheads anheuere und wozu ich den ganzen Terror überhaupt angezettelt habe.«

»Du meinst, Chamberlain liegt dir in den Ohren?«

»Ja. Spike hat ihm offenbar gesteckt, dass die Attacken auf mein Konto gehen. Ich brauche Rückendeckung.«

Kara kannte Chamberlain bestens, doch als Handlanger für ihre Pläne hatte sie dennoch dem jungen, ambitionierten Edik den Vorzug gegeben. Der alte Gangsterboss war viel zu vorsichtig und zu schlau. Außerdem stand er ausschließlich auf blutjunge Frauen, weshalb der Zauberin ein äußerst effektives Mittel der Einflussnahme bei Chamberlain nicht zur Verfügung gestanden hätte.

»Erzähle ihm, was wir verabredet haben. Sag ihm, dass du beabsichtigst, einen Rachefeldzug der Humanoiden gegen Rionis Bande zu provozieren. Chamberlain interessiert sich schon lange für die Verborgene Stadt und wird es zu schätzen wissen, dass du sie in deine Pläne miteinbeziehst.«

»Um ihm das plausibel zu machen, brauche ich aber Unterstützung.«

»Die bekommst du«, erwiderte Kara gelassen. »In Kürze inszeniere ich in einem von Rionis Etablissements ein hübsches Spektakel, das in ganz Moskau für Aufsehen sorgen wird. Chamberlain wird dir glauben.«

»Ich kann's kaum erwarten, Liebste.« Edik besann sich. »Apropos kaum erwarten – wann sehen wir uns wieder?«

»Hast du denn schon wieder Sehnsucht nach mir?«

»Schon seit ich dich beim letzten Mal zum Abschied geküsst habe.«

»Ich denke auch oft an dich«, gurrte Kara ohne Rücksicht auf Mohammed, dessen Backen vor Wut vibrierten. »Wir werden uns bald sehen. Bis dann.«

Kara legte das Telefon beiseite und grinste triumphierend. Gewiss, sie würde ein hübsches Spektakel inszenieren, jedoch keineswegs, um Edik Argumente zu liefern. Das Ziel der Aktion bestand vielmehr darin, das friedliche Moskau in Angst und Schrecken zu versetzen. Unter den Humanoiden hatte sie bereits gehörige Unruhe gestiftet. Nun waren die Humos an der Reihe!

»Ich bin fertig, Herrin«, verkündete Mohammed immer noch verstimmt, während er sich die Hände abtrocknete.

»Gut. Hilf mir beim Anziehen für die Zeremonie.«

»Selbstverständlich, Herrin.«

Behände glitt Kara von der Massagebank herab, streckte sich lasziv, registrierte genüsslich, wie begehrlich der Schwarze ihre Brüste anstarrte, und hob langsam die Arme. Behutsam zog Mohammed das knöchellange Seidenhemd über den nackten Körper der Zauberin, dann ging er auf die Knie und schloss die Riemen ihrer Schuhe.

Kara prüfte ihre Frisur, korrigierte noch ein paar widerspenstige Strähnen und nickte Mohammed zu. Der setzte ihr das goldene Diadem auf den Kopf, wartete, bis sie es zurechtgerückt hatte, und reichte ihr den mit Smaragden besetzten Armreif. Bei den magischen Zeremonien beschränkte sich Kara auf diesen bescheidenen Schmuck. Alles andere hätte nur gestört.

»Wie sehe ich aus?«, fragte die Zauberin, während sie sich im Spiegel betrachtete.

Das mehr oder weniger durchsichtige, an ein Negligé erinnernde Seidenhemd, an dessen Saum Schriftzeichen aufgenäht waren, betonte eher Karas Reize, als dass es sie verbarg. Die Zauberin stemmte die Arme in die Hüften und vollführte einige atemberaubende Schwünge mit dem Gesäß.

»Du siehst fantastisch aus, Herrin«, bekannte Mohammed, bei dem allmählich die Sicherungen durchzubrennen drohten.

Kara drehte sich um, zupfte ihm neckisch die Pluderhose zurecht und lächelte frivol, als sie seine Erregung spürte. Sie weidete sich an seiner Geilheit, am animalischen Verlangen dieses starken Mannes, der einen jungen und heißen Körper begehrte. Ihren Körper! Kara wusste, es bedurfte nur einer flüchtigen Geste und er hätte sich wie ein wildes Tier auf sie gestürzt. Doch zum Leidwesen des Dieners ging sie mit solchen Gesten sehr sparsam um.

»Es ist Zeit, Mohammed, wir müssen gehen.«

Moskauer Polizeipräsidium
Moskau, Petrowka-Straße
Donnerstag, 28. September, 15:23 Uhr

Als Kapitän Schustow die Tür einen Spaltbreit öffnete und betont verstohlen ins Büro linste, legte Kornilow gerade einen dicken Aktenordner beiseite und griff nach seinen Zigaretten. Außer dem Major war niemand im Raum.

»Was guckst du?«, erkundigte sich Andrej, als er seinen herumalbernden Stellvertreter bemerkte.

»Ich überlege, ob ich reinkommen soll«, bekannte Schustow wahrheitsgemäß und grinste frech.

»Wieso? Was spricht dagegen?«

»Wenn ich reinkomme, bindest du mir vielleicht einen üblen Job ans Bein.«

»Schon möglich«, erwiderte Kornilow und schmunzelte.

Die Sonderermittlungsgruppe des Polizeipräsidiums war erst vor wenigen Jahren gegründet worden. Ihre Hauptaufgabe bestand in der Bekämpfung des organisierten Verbrechens, das nach dem Zerfall der Sowjetunion eine Blütezeit erlebte, und man muss sagen, dass sie diese Mission mit Bravour erfüllte. Der Ermittlungsgruppe gelang es in wenigen Jahren, den gefährlichsten Moskauer Verbrecherbanden das Handwerk zu legen, und ihr gefeierter Leiter, Major Kornilow, erwarb sich dabei den Ruf, der beste Polizist des Landes zu sein. Der Major löste jeden Fall, den er auf den Schreibtisch bekam, und hatte für seine Verdienste die Goldene Dienstmarke aus der Hand des Präsidenten erhalten.

Der schwergewichtige Komiker an der Tür, Kapitän Sergej Schustow, war Kornilows Stellvertreter, und für seinen theatralischen Auftritt gab es eine einfache Erklärung. Kornilow arbeitete gerade an der Zerschlagung eines Moskauer Drogenhändlerrings und hatte vor zwei Tagen einen Hinweis erhalten, dass ein vor kurzem verurteilter Bandit, der zu Strafarbeiten irgendwo in Jakutien weilte, in diesem Zusammenhang nützliche Informationen liefern könnte. In der Ermittlungsgruppe suchte man seither fieberhaft nach einem Freiwilligen für eine dreitägige Dienstreise nach Sibirien, und Schustow, der eine naheliegende Besetzung für diesen Job gewesen wäre, tat alles, damit dieser Krug an ihm vorüberging.

»Du wirst es nicht glauben, Andrej«, plapperte Schustow, als er endlich eintrat, »aber ich habe da etwas herausgefunden, das mich zu sofortigen Ermittlungen zwingt und es mir völlig unmöglich macht, zur Strafarbeit nach Sibirien zu fahren.«

»Ehrlich gesagt spiele ich tatsächlich mit dem Gedanken, dich dorthin zu schicken«, gab Kornilow zu.

»Das kannst du nicht machen!«, versetzte Schustow, während er sich auf seinen Stuhl plumpsen ließ. »Ich bin dein einziger Draht zum Präsidium. Wenn ich auch nur für drei Tage von der Bildfläche verschwinde, bist du von sämtlichen Informationen abgeschnitten und würdest selbst von deiner eigenen Entlassung erst aus der Zeitung erfahren.«

Im Plädoyer des Kapitäns steckte ein Körnchen Wahrheit. Der lebensfrohe Schustow ging in den Vorzimmern des Polizeipräsidiums ein und aus, war mit sämtlichen Sekretärinnen befreundet und über alle Neuigkeiten und Gerüchte informiert, die in den Büros an der Petrowka-Straße kursierten. Dank seines gut vernetzten Stellvertreters blieb Kornilow stets auf dem Laufenden und überraschte seine Kollegen im Präsidium immer wieder damit, dass er über Dinge Bescheid wusste, von denen er eigentlich gar nichts wissen hätte sollen.

»Du hast wieder irgendwas erfahren«, begriff Andrej, dem das listige Funkeln in den Augen des Kapitäns nicht entgangen war. »Raus mit der Sprache.«

Schustow grinste zufrieden: »Schwöre zuerst, dass du mich nicht nach Sibirien abschiebst.«

»Sind deine Neuigkeiten denn wirklich interessant?«

»Sensationell!«

»Meinetwegen, dann schwöre ich.«

Sergej kramte einige lose Blätter aus seiner Aktentasche und legte sie seinem Chef auf den Tisch.

»Die neuesten Berichte – ich habe sie dir extra kopiert.«

Kornilow überflog die Meldungen:

»Eine Bande von Skinheads hat den Souvenirladen *Burchans Schatztruhe* überfallen. Der Schaden beläuft sich nach ersten Schätzungen auf ...«

»Eine Bande von Skinheads hat die Bar *Rennsemmel* überfallen, kurz darauf wurde ein Juweliergeschäft ausgeraubt ...«

»Eine Bande von Skinheads hat versucht, die Buchhandlung *Genbeks Buchladen* zu überfallen ...«

»Eine Bande von Skinheads hat das Privatklinikum *Möwe* überfallen, dabei wurden zahlreiche Menschen verletzt ...«

Der Major warf die Kopien auf den Tisch und sah seinen Stellvertreter verständnislos an: »Na und? Soweit ich weiß, haben wir eine eigene Abteilung für Jugendkriminalität im Präsidium. Damit sollen *die* sich herumschlagen.«

»Das tun sie ja auch«, bestätigte Sergej. »Aber die Kollegen sind völlig überfordert. Sie sagen, eine solche Flut von Skinhead-Überfällen hätten sie noch nie erlebt, nicht mal im Frühjahr.«

»Wann ist denn Hitlers Geburtstag?«

»Eben im Frühjahr. Da ist noch ein halbes Jahr hin.«

»Dann ist das wirklich seltsam.« Kornilow rieb sich die Nasenspitze. »Vielleicht hat sie jemand für diese Anschläge bezahlt?«

»Daran hatte ich auch schon gedacht.«

»Dann sag das den Kollegen von der Jugendkriminalität und fahr nach Sibirien.«

»Ganz so einfach ist die Sache nicht.« Sergej tippte mit dem Finger auf eine der Kopien. »Schau dir mal die Liste mit den betroffenen Einrichtungen und ihren Inhabern an.«

Der Major nahm die tabellarische Aufstellung zur Hand.

»*Burchans Schatztruhe*, Inhaber: Burchan Turtschi; *Genbeks Buchladen*, Inhaber: Genbek Hamzi; Privatklinikum *Möwe*, Inhaber: Nukleus Spiritus; Bar *Rennsemmel*, Inhaber: Murzo Chase ...«

Andrej legte die Liste auf den Tisch zurück und auf seiner Stirn bildeten sich tiefe Furchen.

»Die Verborgene Stadt?«

Der Kapitän nickte: »Irgendwer scheint sich unsere Freunde im Untergrund als Zielscheibe ausgesucht zu haben.«

Schustows Scharfblick hätte selbst Sherlock Holmes zur Ehre gereicht.

Von der Existenz einer Verborgenen Stadt, deren Bewohner Nachfahren längst vergessener, humanoider Völker waren, hatten Kornilow und Schustow im Zuge ihrer Ermittlungen im Vivisektor-Fall erfahren – natürlich inoffiziell. Der von Machtgier besessene Vivisektor, ein verstoßener Magier des Grünen Hofs, hatte mit einer Serie von Morden die Moskauer Polizei auf den Plan gerufen, woraufhin sich Santiago genötigt sah, Kontakt zur Sonderermittlungsgruppe aufzunehmen, um ein völliges Auffliegen der Verborgenen Stadt zu verhindern. Seit jener Zeit gab es eine lose Zusammenarbeit zwischen dem Kommissar des Dunklen Hofs und Kornilow.

»Wann hat der Terror begonnen?«

»Vorgestern.«

»Puh, da haben die Skins aber ordentlich hingelangt in der kurzen Zeit.« Andrej drückte seine Zigarette aus und spielte zerstreut mit dem Feuerzeug herum. »Offenbar sind sie sehr großzügig bezahlt worden. Gibt es irgendwelche Anhaltspunkte?«

»Aber natürlich«, verkündete Schustow gutgelaunt. »Und was für welche! Im Zuge des Überfalls auf die *Rennsemmel* haben ein gewisser Nikolaj Polenow, kurz Lolly genannt, sowie Fedot Uchtomzew, besser bekannt unter dem Namen Pitbull, Verletzungen davongetragen.«

»Die gehören zu Chamberlains Leuten«, kommentierte Kornilow. »Wie sind die Verletzungen zustande gekommen? Zufällig?«

»Das behaupten sie natürlich.«

»Und wie ist unsere Version der Ereignisse?«

»Augenzeugen haben ausgesagt, dass Lolly und Pitbull sich in der Nähe der *Rennsemmel* aufgehalten haben, während die Skinheads drin waren. Danach, als die Glatzen von seltsamen Bikergestalten mit roten Kopftüchern verjagt wurden …«

»Rothauben«, warf der Major ein, dem diese vogelwilde Sippschaft bestens bekannt war.

»Genau. Rothauben. Jedenfalls marschierten Lolly und Pitbull auf den Eingang der Bar zu und verfolgten dabei offenbar keine friedlichen Absichten, denn laut Zeugenaussagen hatten sie ihre Pistolen gezogen. Sie kamen jedoch nicht weit. Ein weiterer Kopftuchträger, der gerade aus der *Rennsemmel* kam, überwältigte sie, raubte sie aus und riss sich zu guter Letzt noch ihren Wagen unter den Nagel – einen schwarzen Mercedes-Jeep. Die Diebstahlanzeige der Geschädigten liegt bei der Verkehrspolizei.«

»Und wer hat den Juwelierladen ausgeräumt?«

»Die Rothauben.«

»Das sieht diesen Krawallbrüdern ähnlich. Und wo sind Lolly und Pitbull jetzt?«

»Im *Sklif*. Beide mit schwerem Schädel-Hirn-Trauma.«

»Witzige Geschichte.« Kornilow zündete sich eine neue Zigarette an. »Dann hat also unser Freund Edik die Finger im Spiel.«

»Sieht ganz danach aus.«

»Wir gehen folgendermaßen vor.« Andrej dachte kurz nach. »Du schreibst eine Aktennotiz, in der du eine Verbindung zwischen all diesen Fällen herstellst.«

»Soll ich die Verborgene Stadt auch erwähnen?«, erkundigte sich Sergej launig.

»Unbedingt«, beschied Kornilow sarkastisch.

Schustow wurde klar, dass sein Chef nicht zu Scherzen aufgelegt war und wurde sofort wieder ernst.

»Sorry, Andrej.«

»Schreib, dass es nach vorläufigen Ermittlungsergebnissen Hinweise darauf gibt, dass Chamberlains Bande hinter diesen Überfällen steckt. Denk dir irgendwas aus, von wegen Neuverteilung der Einflusssphären im Milieu der organisierten Kriminalität. Auf dieser Grundlage können wir die Fälle übernehmen, dann bist du für die nächste Zeit mit Arbeit versorgt.«

»Himmlisch. Ist mir alles lieber als eine Dienstreise nach Sibirien.« Sergej atmete auf. »Du bist doch auch der Meinung, dass ich hier mehr gebraucht werde als in Sibirien, oder nicht?«

»Waskin wird ins Straflager fahren«, erwiderte Kornilow knapp, griff zum Telefon und wählte eine Nummer.

Andrej zweifelte nicht daran, dass Santiago über die massiven Angriffe der Skinheads längst im Bilde war. Der Kommissar des Dunklen Hofs nahm stets regen Anteil an Ereignissen, die eine potenzielle Gefahr für die Verborgene Stadt darstellten. Möglicherweise befasste er sich bereits mit der Lösung des Problems und deshalb schien es ratsam, das eigene Vorgehen mit ihm abzustimmen.

»Hallo, Kommissar?«

»Major Kornilow!«, Santiago erkannte seinen Gesprächspartner sofort an der Stimme. »Schön, von Ihnen zu hören. Haben Sie ein Problem?«

»Ich würde eher sagen, dass *wir* ein Problem haben. Wissen Sie schon, was in der Stadt vor sich geht?«

»Nein, noch nicht«, erwiderte der Naw. »Sie müssen entschuldigen, Major, aber ich bin gerade nicht in Moskau.«

»Sind Sie schon lange weg?«

»Seit gestern früh.«

»Seit Ihrer Abreise wurde eine ganze Serie von Anschlägen auf Einrichtungen der Verborgenen Stadt verübt«, teilte Andrej mit. »Die Überfälle galten verschiedenen Lokalen, Geschäften und einer Klinik. Keine großen Geschichten, aber in der Summe doch unangenehm.«

»Wer hat die Angriffe verübt?«

»Skins. Ähm, Skinheads. Das sind Jugendbanden.« Der Major schob diese Erklärung nach, weil er sich nicht sicher war, ob der Kommissar mit diesen Begriffen etwas anfangen konnte.

Doch Santiago zeigte sich erstaunlich gut informiert.

»Soweit ich den geistigen Horizont dieser glatzköpfigen Randalierer einschätzen kann, würden sie unter normalen Umständen niemals so zielgerichtet und organisiert vorgehen. Glauben Sie, dass jemand dahintersteckt, der ihre Aktionen steuert?«

»Ja. Ich habe auch schon eine Spur, die auf organisierte Verbrecherbanden hinweist«, antwortete Kornilow und fügte leicht vorwurfsvoll hinzu: »Wissen Sie noch? Ich hatte Ihnen erzählt, dass bei einer der Banden eine Hexe mitmischt.«

»Ich erinnere mich«, gab der Kommissar zu. »Sie

müssen entschuldigen, Major, dass ich Ihren Worten damals nicht die nötige Beachtung geschenkt habe. Leider kann ich Ihnen im Moment keine große Hilfe sein.«

»Stecken Sie in Schwierigkeiten?«

»In ziemlich ernsten Schwierigkeiten sogar. Ich kann frühestens in vierundzwanzig Stunden in die Stadt zurückkehren.«

»Und Ihre Gefolgsleute?«

»Leider betreffen die ernsten Schwierigkeiten, von denen ich sprach, unser gesamtes Volk. Deshalb müssen auch meine Gefolgsleute im Moment zurückhaltend agieren. Sollten jedoch außergewöhnliche Umstände eintreten, zögern Sie nicht, mich anzurufen, ich werde tun, was ich kann, um Ihnen zu helfen.«

»Danke, Kommissar.«

Kornilow legte auf und empfand eine gewisse Erleichterung. Seit er Santiago kannte, hatte er in ihrem Verhältnis immer nur die zweite Geige gespielt und dem scharfsinnigen Nawen die Initiative überlassen müssen. Die Ermittlungserfolge, die aus der Zusammenarbeit resultierten, hatte ihm Santiago quasi auf dem Silbertablett serviert. Nun eröffnete sich dem Major die Gelegenheit zu beweisen, dass diese Rollenverteilung ihm nicht gerecht wurde und seine Fähigkeiten größeren Respekt verdienten.

»Sergej!«

Schustow sah von seinem Bildschirm auf.

»Ja?«

»Wir haben völlige Handlungsfreiheit«, verkündete der Major. »Santiago sind im Moment die Hände gebunden. Wir werden ihm zeigen, dass wir einen solchen Fall auch allein lösen können.«

Villa Karavella
Moskau, Silberhain
Donnerstag, 28. September, 16:00 Uhr

Die Zeremonie fand in einem Kellergewölbe statt, das von offenen Öllampen erleuchtet wurde. Ihr charakteristischer Geruch erfüllte den Raum und an der groben Mauerung der Wände tanzten bizarre Schatten. Auf dem Marmorboden waren flauschige Felle ausgelegt, zwischen denen auf niedrigen Tischen Wein, Früchte und allerlei Häppchen kredenzt wurden. In der Mitte des Raums erhob sich ein kleines, etwa zwei Fuß hohes Podium.

»Hier versammeln sich nur Auserwählte«, flüsterte Arnold Larissa zu. »Nur Karas engste Gefolgsleute.«

»Und zu welchem Zweck versammeln sie sich?«

»Das wirst du gleich sehen.«

Arnold und Larissa trafen als Letzte ein, genauer gesagt, als Letzte der geladenen Gäste, denn Kara selbst ließ noch auf sich warten. Fünf Auserwählte hatten sich bereits eingefunden und sprachen rege den Köstlichkeiten zu, die auf den Tischen serviert waren. Als Larissa hereinkam, sahen sie von ihren Weingläsern auf und starrten die Neue unverwandt an.

»Liebe Freunde!«, rief Arnold. »Darf ich euch unsere neue Mitstreiterin, Freundin und Gesinnungsgenossin vorstellen: Larissa!«

Larissa senkte verlegen den Blick und Arnold legte ihr gönnerhaft den Arm um die Schulter.

»Nur nicht so schüchtern! Mach dich bekannt! Das hier ist Mischa.«

Der höchstens neunzehn Jahre alte Jüngling mit dem Pickelgesicht streckte ihr zögerlich die Hand entgegen.

»Freut mich sehr.«

»Und das sind unsere Zwillinge: Wanja und Wassja, frag mich bloß nicht, wer welcher ist.«

Die beiden schwarzhaarigen, breitschultrigen Brüder nickten nur flüchtig und widmeten sich sofort wieder ihren Weingläsern.

»Sie sind nicht sehr gesprächig, aber nette Jungs.«

»Der mit Abstand Netteste hier bin aber ich«, verkündete ein munterer Dicker mit schütterem Haar und fettigen Lippen. »Darf ich mich vorstellen, Larissa, ich bin Gleb.«

Seine Hand war weich und schwitzig.

»Hat der liebe Arnold Ihnen von mir erzählt?«

»Kein Wort.«

»Dieser vermaledeite Intrigant!«, meckerte Gleb und kicherte schrill. »Nicht genug damit, dass er eine so schöne Frau vor uns versteckt hat, er hat ihr noch nicht mal von seinen Freunden erzählt. Wissen Sie, in der Verborgenen Stadt nennt man mich ...«

»Anständige Menschen prahlen nicht mit solchen Spitznamen«, unterbrach ihn die letzte Auserwählte, eine zierliche junge Frau mit glattem, rotblondem Haar und einem schmalen Gesicht. Sie sah noch sehr jung aus, fast wie eine Oberschülerin, und im ersten Moment wunderte sich Larissa darüber, dass Kara auch Halbwüchsige einlud.

Die Rothaarige betrachtete Larissa mit einer Mischung aus Neugier und Argwohn, trank zerstreut einen kleinen Schluck Wein und stellte das Kristallglas auf den Tisch zurück.

»Wie, hattest du gesagt, war ihr Name?«

»Larissa.« Die Neue kam Arnold mit der Antwort zuvor.

»Ach ja«, nickte die Oberschülerin und taxierte Larissa abermals mit ihren dunklen, wachen Augen. »Das hatte ich mir schon gedacht.«

Alle Anwesenden waren gleich angezogen: Die Männer trugen leichte Hemden mit weitem Kragen und helle Pluderhosen, die Frauen knöchellange, durchsichtige Seidenhemden. Während Larissa entgegen Arnolds Ratschlag BH und Slip anbelassen hatte, schimmerte der geschmeidige Körper der Rothaarigen in unverhüllter Nacktheit unter dem dünnen Stoff hindurch.

»Larissa, das ist Inga«, besann sich Arnold. »Ich hoffe, ihr werdet Freundinnen.«

»Aber sicher doch«, bestätigte Inga frostig, wandte sich ab und zupfte einen der Zwillinge am Arm. »Wassja, ich möchte noch Wein.«

Der schwarzhaarige Zwilling griff bereitwillig zur Karaffe.

»Von Kara abgesehen war Inga bislang die einzige Frau in unserem Kreis«, flüsterte Arnold, während er Larissa an den Nachbartisch führte. »Sie wird sich an deine Anwesenheit erst gewöhnen müssen.«

»Ja klar.«

»Ich habe mich jetzt schon an dich gewöhnt«, turtelte Gleb und manövrierte seinen massigen Körper auf das Fell neben der jungen Frau. »Und nicht nur das, ich könnte mir sogar vorstellen, was mit dir anzufangen!«

»Was du nicht sagst.«

»Sachte, sachte, Gleb«, intervenierte Arnold und pumpte seinen mächtigen Brustkorb auf. »Sie ist zum ersten Mal dabei und kennt deine albernen Scherze noch nicht.«

»Wieso Scherze?« Der Dicke leckte sich über die Lippen und zog Larissa buchstäblich mit den Augen aus. »Wir sind Auserwählte, wir sind Magier und wir sind frei. Stimmt's etwa nicht, schöne Frau?«

»Frei wovon?«

»Frei in unserer Wahl.«

»Das gilt dann aber auch für mich, nicht wahr? Und du solltest mir deine Wahl nicht aufdrängen.«

Die ganz in der Nähe sitzende Inga nickte beifällig, während es Gleb die Sprache verschlug. Larissa angelte sich einen Zweig Weintrauben vom Tisch.

»Nachdem unser Verhältnis nun geklärt ist – könntest du so nett sein und mir erklären, was hier überhaupt stattfinden wird?«

»Hast du es ihr nicht gesagt?« Gleb sah Arnold verwundert an.

Der hellblonde Hüne schüttelte den Kopf. Larissas souveräne Art beeindruckte ihn. Abermals keimten Zweifel in ihm auf, ob es ihm gelingen würde, die selbstbewusste Blondine zu verführen.

»Wir nennen diese Zusammenkunft Zeremonie der Kraft«, erläuterte Gleb.

»Und was wird bei dieser Zeremonie gemacht?«

Der Dicke kam nicht mehr dazu, zu antworten.

Plötzlich stand Mohammed in der Tür, schlug einen Gong und die Magier erhoben sich von ihren Fellen.

»Seid ihr bereit für die Ankunft der Hüterin?«, fragte der Schwarze salbungsvoll.

»Wir sind bereit«, antworteten die Magier im Chor.

»Seid ihr bereit, der Hüterin eure Ehrerbietung zu erweisen?«

»Sie kann sich unserer Ehrerbietung gewiss sein.«

Beim nächsten Gongschlag sanken die Magier auf die Knie und neigten die Köpfe. Larissa machte es den anderen einfach nach.

Das Feuer in den Öllampen loderte auf, Flammenzungen schlugen gegen die Gewölbedecke und über dem Podium bildete sich der Wirbel eines Portals.

»Freie Menschen haben es nicht nötig, auf die Knie zu gehen.«

Larissa hob den Kopf. Auf dem Podium stand die ebenfalls mit einem durchsichtigen Seidenhemd bekleidete Kara und sah auf die unterwürfige Pose ihre Anhänger herab. Als die Neue bemerkte, dass sie zu früh aufgeschaut hatte, senkte sie rasch wieder den Kopf.

»Wir sind nicht auf die Knie gegangen«, sprach der Chor der Magier. »Wir sind frei.«

»Was sehe ich dann?«

»Du siehst unsere Ehrerbietung, Hüterin, und unseren tiefen Respekt. Wir sind frei in unserer Wahl.«

»Wer sind wir?«

»Wir sind Auserwählte des Lichts!«

»Was liegt hinter uns?«

»Ruhm!«

»Was steht uns bevor?«

»Ewigkeit!«

»Worin besteht unsere Tugend?«

»In der Kraft!«

»Worin liegt unsere Kraft?«

»In uns selbst!«

»Erhebt euch, freie Menschen!«

Die Magier standen auf und richteten ihre Blicke auf Kara. Die Feuer in den Öllampen schrumpften auf kleinste Flamme und im Halbdunkel konnte man erkennen, das die Gestalt der Zauberin einen schwachen Lichtschein ausstrahlte.

»Diese Energie!«, flüsterte Gleb begeistert. »Sie strotzt vor Energie!«

Larissa konnte es selbst spüren, dass rund um die Zauberin ein Feld hochkonzentrierter magischer Energie entstand.

Doch woher kam diese Energie?

»Nur freie Menschen können Auserwählte des Lichts sein!«, rief Kara feierlich. »Wir schwören, unser Leben dem Licht und der Freiheit zu widmen!«

»Wir schwören!«

»Wir schwören, dem Menschen zu dienen!«

»Wir schwören!«

Die Energiekonzentration rund um die Zauberin stieg noch weiter an und plötzlich erschien direkt vor ihr ein dickes Buch mit schwarzem Einband, das in der Luft schwebte.

»Ehre sei dir, Hüterin!«

Flüchtigen Handbewegungen der Zauberin gehorchend öffnete sich das Buch, sank langsam herab und verharrte etwa in Höhe der Brust der Zauberin. Kara hielt eine dramaturgische Pause ein, genoss die auf sie gerichtete Aufmerksamkeit und ließ den Blick langsam über ihre Gefolgschaft schweifen.

»Vor uns liegt die Ewigkeit, und diese Ewigkeit darf nur uns und unseren Kindern gehören. In unserer Zukunft ist für niemand anderen Platz! Nur für uns und unsere Kinder!«

»Nur für uns und unsere Kinder!«, wiederholten die Versammelten.

»Was sind wir bereit, für die Zukunft zu tun?«

»Alles!«

»Ich glaube euch!« Kara erhob die Hände. »Kraft meines Amts als Hüterin des Schwarzen Buches schenke ich euch die wahre Kraft des Lichts! Im Namen des Lichts! Im Namen der Ewigkeit!!! Seid ihr bereit, dem Licht gleichermaßen zu dienen wie ich?«

»Wir schwören es!«

»Dann sei es!«

Das Schwarze Buch erzitterte und der Lichtschein um die Zauberin verstärkte sich.

»Diese Kraft ist unser Geheimnis!«

Die Magier reckten die Arme dem Podium entgegen und Larissa spürte sofort ein leichtes Kribbeln in den Fingerspitzen. Das Kribbeln verstärkte sich, wanderte langsam durch die Arme, erfasste allmählich ihren ganzen Körper und lud jede einzelne Zelle mit Energie auf.

»Kraft für die Menschen!«

Die Öllampen erloschen nun vollends und in der Dunkelheit konnte man die Bewegung der Energieströme gut beobachten. Ihre Intensität war so hoch wie bei einer Magischen Quelle, doch sie entsprangen gleichsam aus dem Nichts, im schmalen Zwischenraum zwischen der Zauberin und dem Schwarzen Buch. Kurz nach ihrer Entstehung formten sie leuchtende Wirbel, die scheinbar chaotisch ums Podium kreisten. Doch Kara hatte sie völlig unter Kontrolle. Sie dirigierte sie nicht nur gezielt zu ihren Gefolgsleuten, sondern passte auch ihre Stärke an den jeweiligen Magier an.

»Spürt ihr die Kraft?«

»Wir spüren die Kraft!«

Als Erster ließ der junge Mischa die Arme sinken. Die Aufnahmefähigkeit des pickelgesichtigen Magiers war erschöpft und er sank wie vom Blitz getroffen zu Boden. Als Nächste fielen die Zwillinge um, dann Gleb, der unverzüglich zur nächsten Weinkaraffe robbte, und Arnold, der hinschlug wie ein gefällter Baum.

Die leuchtenden Energiewirbel, die ihr Werk verrichtet hatten, kehrten zum Podium zurück, wo sie die Zauberin wie ein Schwarm von Planeten umkreisten.

Jetzt war Mohammed an der Reihe, der sich zu Larissas Überraschung auch als Magier erwies. Er fiel rücklings auf sein Fell und streckte schwer atmend die mächtigen Arme zur Seite. Nur wenige Augenblicke später kippte auch Inga um.

Nun war nur noch Larissa übrig, die nach wie vor von einem heftig rotierenden Wirbel unter Strom gesetzt wurde. Doch die junge Frau spürte, dass sie noch jede Menge Energie aufnehmen konnte.

Die Zauberin sah sie verwundert an: »Spürst du die Kraft?«

Larissa nickte nur.

»Du musst die Energie in dich eindringen lassen!«

»Das tue ich doch!«

Kara war fassungslos. Die Blondine schluckte die magische Energie wie ein Staubsauger und schien überhaupt nicht genug davon zu bekommen.

Erst jetzt offenbarte sich, über welch kolossales Potenzial Larissa tatsächlich verfügte und allmählich wurde die Sache der Zauberin unheimlich. Das Schlimmste war, dass ihre übrigen Gefolgsleute, die sich inzwischen wieder aufgerappelt hatten, die Szenerie mit wachsendem Interesse verfolgten. Was sollten sie denken? Doch Kara konnte nun nicht mehr zurück und legte noch mehr Kraft in den Wirbel über den Armen der jungen Magierin.

Larissa spürte sofort, dass sich der Energiestrom noch verstärkte, so als hätte jemand an einem unsichtbaren Trafo gedreht. Das angenehme Kribbeln, das sie bislang verspürt hatte, intensivierte sich zu einem fast stechenden Schmerz. Gleichzeitig fühlte sie sich so energiegeladen wie noch nie zuvor in ihrem Leben und spürte, dass nichts auf der Welt sich dieser geballten Kraft widersetzen konnte. Nichts auf der Welt!

»Das genügt!« Larissa drehte die Handflächen nach

außen und lenkte die auf sie einströmende Energie mit einer flüchtigen Geste in die Gegenrichtung. »Mehr geht nicht.«

Als der leuchtende Wirbel zurückschwebte und begann, um das Podium zu kreisen, fiel Karas Gesicht völlig in sich zusammen. Konsterniert verfolgte sie die Bewegung des rotierenden Balls, als hätte sie es mit einem UFO zu tun. Dann wandte sie den Blick zu Larissa zurück. Die Neue dachte überhaupt nicht daran, umzufallen. Stattdessen stand sie ungerührt da und schien förmlich zu platzen vor Stolz.

»Ich fürchte, es war keine gute Idee, die Göre bis zum Rand mit Energie vollzupumpen, Herrin«, sagte Mohammed nach dem Ende der Zeremonie, als die beiden wieder allein waren. »Sie hat gespürt, über welche Macht sie verfügt. Das macht sie womöglich übermütig.«

»Du sprichst mir aus der Seele, Mohammed«, erwiderte Kara mit hängenden Schultern. »Ich hätte es niemals für möglich gehalten, dass Larissa so stark ist.«

Die alte Zauberin war erschöpft. Die Energieübertragung hatte sie viel Kraft gekostet. Sie setzte sich aufs Bett und beobachtete mit einem Lächeln, wie ihr muskulöser Diener sich zu ihren Füßen herabbeugte.

»Ist sie genauso stark wie du, Herrin?«

»Fast«, antwortete Kara, sinnierte einen Augenblick und wiederholte noch einmal: »Fast.«

Selbst ihrem treuen Diener Mohammed gegenüber hätte Kara niemals zugegeben, wie sehr sie Larissas Auftritt aus der Fassung gebracht hatte. Das Erstaunlichste dabei war noch nicht einmal die Tatsache, welch unglaubliche Mengen Energie die junge Magierin aufnehmen konnte, sondern die spielerische Leichtigkeit, mit der sie den Energiewirbel gegen ihren, Karas, Widerstand umgelenkt hatte.

Die alte Zauberin wusste, dass es keinen Sinn hatte, sich in die eigene Tasche zu lügen. Wenn sie ehrlich war, musste sie sich eingestehen, dass ihr Larissa vom magischen Potenzial her überlegen war, obwohl es ihr noch an Wissen und Erfahrung fehlte.

»Wie auch immer, Herrin«, sagte der Schwarze tröstend, während er Kara die Schuhe auszog, »ihre Zukunft liegt allein in deiner Hand. Larissa hat doch überhaupt keine Ahnung, was in ihr steckt, und ist darauf angewiesen, dass ihr jemand den Weg weist.«

»Aber was ist, wenn sie die zukünftige Hüterin des Schwarzen Buches ist?«

»Das hängt doch ganz von dir ab, Herrin«, erwiderte Mohammed. »Du allein entscheidest, was aus ihr wird.«

Die aufmunternden Worte des treuen Dieners gaben Kara ein wenig die Zuversicht zurück. In der Tat, was hatte sie schon zu befürchten? Wenn alles nach Plan lief, blieb nicht mehr viel Zeit. Larissa würde gar nicht mehr dazu kommen, ihr Schwierigkeiten zu bereiten, und ihre exorbitanten magischen Fähigkeiten konnten unterdessen nur von Nutzen sein.

»Du gibst mir selten Ratschläge, Mohammed«, sagte Kara und streichelte ihrem Diener mit der Hand übers krause Haar. »Aber sie kommen immer zur rechten Zeit und sind mir teuer.«

Die Mundwinkel des Schwarzen wanderten zu den Ohren und seine Lippen legten die schneeweißen Zähne frei.

»Ich bin immer froh, wenn ich dir nützlich sein kann, Herrin«, sagte er geschmeichelt.

Kara erwiderte sein Lächeln und zog seinen Kopf an sich heran. Mohammed verstand ohne Worte. Mit seinen starken Händen drückte er Kara auf den Rücken, zerriss den dünnen Stoff des Seidenhemds und beugte sich über seine Herrin.

»Du vergisst doch hoffentlich nicht, dass du heute noch einen Auftrag zu erledigen hast?«, flüsterte die Frau.

»Natürlich nicht, Herrin«, hauchte der Schwarze, während er gierig Karas volle Brüste leckte. »Ich werde tun, was du befohlen hast.«

Mohammed war nun nicht mehr zu halten. Mit einem Ruck zog er Kara weiter aufs Bett und drückte mit den Knien ihre Schenkel auseinander. Die Zauberin hatte es gern ein bisschen grob und nahm das wilde Tier bereitwillig in sich auf.

Warenhaus der Handelsgilde
Moskau, Bolschaja-Lubjanka-Straße
Donnerstag, 28. September, 16:08 Uhr

»Nein, nein und nochmals nein! Du brauchst gar nicht versuchen, mich zu überreden!!!« Bidjar Hamzi, der Geschäftsführer des größten Warenhauses der Handelsgilde, schüttelte vehement den Kopf. »Das mache ich aus Prinzip nicht. Eher lasse ich mich erschießen!«

»Warum? Was ist denn so schlimm daran?«, fragte Cortes und breitete verständnislos die Arme aus. »Du hast eine Ware und ich will sie kaufen. Das ist doch das Normalste auf der Welt!«

»Normal?!«, ereiferte sich der kleingewachsene, drahtige Schatyr. »Weißt du, was mit meinem Geschäft passiert, wenn ich mich darauf einlasse?«

»Gar nichts passiert!«, entgegnete Cortes bissig. »Außer dass du einen Haufen Geld verdienst. Du weißt doch in letzter Zeit sowieso nicht, wohin damit. Das Geschäft läuft blendend und beim Kartenspielen hast du auch noch Glück.«

»Willst du mir daraus etwa einen Strick drehen?« Bidjar grinste verschmitzt. »Schließlich habe nicht ich dich überredet, bei der Pokerpartie mitzumachen.«

»Wer mich dazu überredet hat, ist jetzt auch schon egal«, seufzte Cortes wehmütig.

»Du wirst mir doch nicht weismachen wollen, dass fünfundsiebzigtausend viel Geld für dich sind?!« Der Geschäftsführer schlug dem Söldner freundschaftlich auf die Schulter. »Ihr habt den Verlust doch halbe-halbe bezahlt, du und Bessjajew, nicht wahr?«

»Halbe-halbe«, bestätigte Cortes.

»Na also. Versuche also nicht, mich für dumm zu verkaufen. Trink lieber einen Schluck guten Cognac.«

Der hitzige Dialog entspann sich in der Tiefgarage des Warenhauses, wo die zum Verkauf stehenden Automobile ausgestellt waren. Auf ein Handzeichen von Bidjar rollte ein geschniegelter Kellner einen Serviertisch zu den beiden Männern, öffnete eine Flasche Hennessy und schenkte den bernsteinfarbenen Weinbrand in die Schwenkgläser.

»Und nun?« Mit seinen listigen, schwarzen Krämeraugen sah Bidjar den Söldner herausfordernd an. »Bist du bereit, ernsthaft zu verhandeln?«

»Naja, fünfundsiebzigtausend sind natürlich nicht die Welt«, räumte Cortes ein, während er genüsslich die Nase ins Glas tauchte. »Aber es waren meine letzten flüssigen Barmittel. Mein übriges Geld habe ich entweder angelegt oder ich brauche es für anstehende Operationen.«

»Deine laufenden Kosten übernimmt doch immer dein Auftraggeber«, wandte Bidjar misstrauisch ein.

»Im Augenblick nicht. Wir arbeiten auf eigene Rechnung.« Cortes nippte am Cognac. »Deshalb kann ich nicht so viel Geld für ein Auto hinblättern.«

»Und wo ist dein alter Jeep?«

»Den habe ich Artjom gegeben.«

»Dann verlange ihn doch zurück.«

»Geht nicht«, sagte Cortes zerknirscht. »Ich habe Schulden damit beglichen.«

»Schulden bei deinem Kompagnon?« Der Schatyr schaute den Söldner ungläubig an.

»Ich habe doch eben erklärt, dass ich mein ganzes Bargeld verspielt habe«, nölte Cortes. »Darunter auch Artjoms Anteil an einem Geschäft. Deshalb musste ich ihm den Wagen überlassen.«

»Dann kauf dir den Neuen doch auf Kredit.«

»Bidjar!« Der Söldner quittierte diesen Vorschlag mit einem müden Lächeln. »Für wen hältst du mich? Ich bin ein risikofreudiger Mensch, aber nicht verrückt. Ich habe keine Lust, mich wegen eines neuen Autos in die Leibeigenschaft der Schatyren zu begeben.«

»Du übertreibst maßlos. Das ganze Gerede über die Wucherzinsen, die wir angeblich verlangen, beruht doch nur auf Verleumdungen unserer Konkurrenz«, behauptete Bidjar. »Obwohl es wahrscheinlich nichts bringt, wenn ich dir das erzähle.«

»Du hast's erfasst.«

Die beiden Männer schenkten sich Cognac nach und betrachteten eine Zeit lang schweigend die fabrikneuen Jeeps und Limousinen.

»Cortes«, begann abermals Bidjar. »Versuch dich einmal in meine Lage zu versetzen. Wenn irgendjemand erfährt – ich betone: irgendjemand –, dass ich dem bestbezahlten Söldner einen Gebrauchtwagen verkauft habe und er diesen Wagen nicht dazu braucht, um ihn in die Luft zu sprengen oder von einer Brücke zu stürzen, sondern um damit spazieren zu fahren, dann lacht die gesamte Verborgene Stadt über mich, einschließlich der Ratten in der Kanalisation. Und wenn die Spitze der Handelsgilde davon erfährt, werden die Herrschaften sich verwundert die Augen reiben und die Frage aufwerfen, ober der gute Bidjar noch ganz richtig im Kopf ist.«

»Du bist doch selber die Spitze der Handelsgilde«, wandte Cortes ein.

»Ich bin nur einer von vielen.«

»Einer von sieben.«

»Von neun«, verbesserte Bidjar den Söldner. »Aber darauf kommt es auch gar nicht an. Jedenfalls werde ich dir keinen Gebrauchtwagen verkaufen. Punktum!«

»Und ich habe für einen Neuwagen kein Geld«, versetzte Cortes. »Auch Punktum!«

»Dann nimm einen Kredit bei mir auf«, sagte der Schatyr beschwörend.«

»Kommt nicht infrage.« Der Söldner schenkte sich in aller Ruhe Cognac nach. »Lieber kaufe ich mir irgendeine Schrottkiste bei den Humos.«

»Du verdammter Geizkragen«, schimpfte Bidjar entnervt.

Aus dem Mund eines Schatyren klang dieser Vorwurf wie ein Kompliment.

»Wie sieht's aus, hast du mir ein Angebot zu machen oder nicht?«, erkundigte sich Cortes kühl. »Ich muss übrigens gleich zu einem Termin.«

»Du meinst wohl, du kannst mich erpressen?«

»Erpressen? Was für ein böses Wort. Ich habe dir lediglich eine klare Frage gestellt.«

Bidjar blies die Backen auf und seufzte. Dann stellte er sein Cognacglas ab, verschränkte die Arme im Rücken und begann fieberhaft auf und ab zu gehen. In der Seele des Schatyren tobte ein erbitterter Kampf.

»Was hältst du von einem kleinen Zahlungsaufschub?«, schlug er schließlich vor.

»Was heißt das konkret?«

»Reichen dir zwei Tage?«

»Du willst mich wohl auf den Arm nehmen? Zwei Wochen Minimum.«

»Das ist indiskutabel«, entgegnete Bidjar. »Fünfzig Prozent Anzahlung und den Rest innerhalb einer Woche.«

»Daraus wird nichts, mein Lieber. Ich kann bestenfalls zweitausend anzahlen. Den Rest – okay, meinetwegen – den Rest kratze ich innerhalb einer Woche zusammen.«

»Zweitausend?«, entrüstete sich der Geschäftsführer. »Und was mache ich, wenn dich morgen einer umlegt und das Auto in die Luft jagt?«

»Bidjar.« Cortes hob beschwichtigend die Hände. »Du weißt doch genau, dass ich über genügend Vermögen verfüge und du auch im Falle meines Todes an dein Geld kommst. Nur jetzt im Moment kann ich dir eben nicht mehr als zweitausend geben. Abgemacht?«

»Also gut, abgemacht«, willigte der Schatyr ein und besiegelte das Geschäft per Handschlag. »Sag mal, mein Freund, bist du sicher, dass du nicht doch einen Schatyren in der Verwandtschaft hast?«

»Schon möglich, dass sich einer aus eurer Sippschaft mit meinen Vorfahren vermischt hat«, mutmaßte Cortes grinsend. »Übrigens, denkst du an unsere Revanchepartie? Karim Tomba hat mich angerufen und darauf bestanden, dass wir nochmal spielen.«

»Du bist doch pleite.«

»Bessjajew wird mir schon was leihen«, sagte Cortes schulterzuckend.

Bidjar Hamzi musterte den Söldner kopfschüttelnd und schmunzelte. »Mich hat Karim auch angerufen. Ich denke, in ein paar Tagen können wir spielen.«

»Na wunderbar.« Cortes stellte sein Glas ab und ließ den Blick über den noblen Fuhrpark schweifen. »Welchen kann ich nehmen?«

»Welchen du willst«, winkte der Schatyr ab.

»Dann nehme ich den Lincoln Navigator.« Der Söldner zeigte auf einen monströsen Jeep. »Mach die Papiere fertig.«

Die Burg, Hauptquartier des Herrscherhauses Tschud
Moskau, Wernadski-Prospekt
Donnerstag, 28. September, 16:18 Uhr

Die Sitzungen des Ordensrats, des höchsten Entscheidungsgremiums des Herrscherhauses Tschud, fanden stets im Thronsaal der Burg statt. Ein weniger prunkvoller Ort wäre dem Anlass nicht gerecht geworden, denn im Rat versammelten sich einem uralten Gesetz gemäß nur die höchsten Würdenträger des Ordens. Der elitäre Kreis, der mit seinen Entscheidungen die Geschicke des Herrscherhauses lenkte, wirkte fast ein wenig verloren in dem riesigen Saal. Marmorreliefs an den Wänden ließen die ruhmreiche Geschichte der Ritter Revue passieren und auf massiven Schilden prangten die Wappen der verschiedenen Logen.

Auf dem wuchtigen, goldenen Thron saß Leonard de Saint-Carré, der Vorsitzende des Rats und Großmagister des Ordens, ein beleibter, graubärtiger Greis, der einen purpurnen, mit Hermelinfell gefütterten Mantel trug. Seine rechte Hand stützte sich auf ein zweigriffiges

Schwert und über seinem Kopf hing ein überdimensionaler Schild mit dem Wappen des Herrscherhauses – einem sich aufbäumenden Einhorn.

Alle übrigen Mitglieder des Rats mussten stehen. Rechter Hand vor dem Thron hatte sich der Kriegsmeister Franz de Geer aufgebaut, seines Zeichens Kapitän der Garde und höchster Kriegsmagier des Ordens. Der breitschultrige Mann mit dem kurzen Kinnbart, der ein schwarzgoldenes Kamisol trug, spielte seelenruhig mit seiner Ritterkette herum und blickte zerstreut zur anderen Seite hinüber, wo sich die Magister der Logen aufgereiht hatten: Antoine de Coulier, der Magister der Drachenloge, dessen massiger Körper in ein schwarz-rotes Kamisol gewandet war; Nelson Bard, der Magister der Schwerterloge, der die traditionellen blau-roten Farben trug; Waldemar Balota, der grimmige Magister der Salamanderloge, der aus irgendeinem Grund nervös zu sein schien und ständig an seinem rot-gelben Kamisol herumzupfte; und zuletzt Sebastian de Lock, der Magister der Hermelinloge, der im Gegensatz zu Balota betont ruhig wirkte. Die Hermelinritter galten als besonders gewieft und zielstrebig, und es war kein Zufall, dass sich die übrigen Mitglieder des Rats – die höchsten Magier des Ordens – aus Abkömmlingen dieser Loge rekrutierten.

Die Magier trugen allesamt bordeauxrote Mäntel, auf denen die Wappen der Meistereien aufgenäht waren, und bildeten ein schweigsames Grüppchen, das sich hinter Franz de Geer geschart hatte: der Meister der Vorhersage, der Meister der Illusionen, der Meister der Elemente, der Meister der Verwandlung, der Meister der Heilung und der Meister der Wissens.

Die Entscheidungen in dem zwölfköpfigen Gremium wurden per Mehrheitsbeschluss gefällt, wobei jedes Mitglied eine Stimme hatte. Nur Leonard de Saint-Carré verfügte in seiner Eigenschaft als Ratsvorsitzender über ein zusätzliches Votum.

»Meine Herren«, eröffnete der Großmagister die Sitzung. »Ursprünglich war ich davon ausgegangen, dass wir uns heute auf ein paar Formalitäten beschränken können. Doch die Ereignisse der letzten Tage haben uns leider einen Strich durch die Rechnung gemacht. Aggressive Humo-Banden terrorisieren unsere Vasallen und wir müssen uns darüber klarwerden, was dahintersteckt: Handelt es sich um eine zufällige Häufung solcher Vorkommnisse?« De Saint-Carré hielt kurz inne. »Oder werden die Übergriffe von einem Herrscherhaus lanciert, um einen großen Krieg vorzubereiten?«

»Um ehrlich zu sein, hatten wir für diese Sitzung andere Pläne«, schaltete sich überraschend laut Antoine de Coulier ein. »Die Ausschreitungen der halbwüchsigen Humos interessieren uns nicht.«

»Und welches Thema hätten die Magister der Logen gern auf der Tagesordnung gesehen?«, erkundigte sich de Saint-Carré süffisant.

»Wir erwarten uns Aufklärung über die Hintergründe der Ermordung des Kriegskommandeurs Bogdan le Sta.« Der donnernde Bass des Drachenritters hallte durch den halbleeren Raum. »Unserer Meinung nach haben die Magister der Logen einen Anspruch darauf, umfassend informiert zu werden, wenn ein so hochrangiger Kriegsmagier des Ordens in Friedenszeiten getötet wird.«

Der Großmagister schwieg.

Franz de Geer ließ von seiner Kette ab und sein Gesicht versteinerte. »Der Tod des Kriegskommandeurs le Sta war nicht gerade ein Ruhmesblatt für das Herrscherhaus Tschud«, sagte er ausweichend.

»Dennoch würden wir gern über die Hintergründe aufgeklärt«, sprang Nelson Bard seinem Kollegen bei. »Ich bin sicher, dass die höchsten Magier des Ordens über entsprechende Informationen verfügen.«

Franz tauschte einen Blick mit de Saint-Carré, und als der nickte, atmete er tief durch und gab widerwillig eine Erklärung ab: »Bogdan le Sta hat einen verbotenen Zauber gewirkt und damit bewusst gegen die Konvention von Kitai-Gorod verstoßen.« Franz hielt kurz inne und überlegte. »Der Kriegskommandeur hat Humos als Opfer dargebracht und ist deshalb ins Visier der Moskauer Polizei geraten, was wiederum eine unmittelbare Bedrohung der Sicherheit der Verborgenen Stadt zur Folge hatte. Aus diesem Grund wurde er getötet.«

»Von wem?«

»Ähm ...«

»Der Kriegskommandeur le Sta wurde von Santiago, dem Kommissar des Dunklen Hofs getötet«, kam de Saint-Carré seinem Kriegsmeister zu Hilfe. »Genauer gesagt, von dessen Söldnern. Habe ich Ihre Neugier damit befriedigt, werte Magister?«

»Fast zur Gänze«, bestätigte Nelson Bard mit einer

Verbeugung. »Sie werden sicher in Kürze bekanntgeben, dass eine offizielle Untersuchung des Falls stattfinden wird, nicht wahr?«

»Diese Untersuchung läuft bereits.«

»Und wer führt sie durch?«, bohrte Antoine de Coulier nach. »Soweit mir bekannt ist, wird bei Verstößen gegen die Konvention von Kitai-Gorod eine Untersuchungskommission mit Vertretern aller Herrscherhäuser eingesetzt.«

»Im Augenblick findet eine Voruntersuchung statt, die vom Kriegsmeister Franz de Geer geleitet wird«, antwortete der Großmagister. »Sobald sie abgeschlossen ist, wird die Kommission mit Vertretern aller Herrscherhäuser eingesetzt.«

»Welchem Zweck soll diese Voruntersuchung dienen?«

»Bogdan le Stas Verhalten hat den Orden mit Schande befleckt und wir bemühen uns, die negativen Folgen seines unüberlegten Handelns abzumildern.«

»Steht diese sogenannte Voruntersuchung nicht zufällig in Zusammenhang mit dem Umstand, dass in Bogdans Sachen ein Manuskript gefunden wurde, das Santiago gehört? Ein Manuskript, das die Regeln für das verbotene *Traumarkan* enthält?«

Franz fiel die Kinnlade herunter.

»Woher haben Sie diese Informationen, Magister?«

»Das spielt überhaupt keine Rolle!«, versetzte Antoine de Coulier. »Ich möchte wissen, ob dieses Dokument tatsächlich existiert, und wenn ja, warum wissen wir nichts davon?«

Der Kriegsmeister geriet in Verlegenheit: »Das Dokument existiert, aber ...«

»Dann wurde hier ein Kriegsmagier des Ordens heimtückisch in die Falle gelockt!«, brüllte der Drachenritter.

»Wir prüfen gerade, ob das so ist.«

»Was heißt *wir*?«

»Ich und ...«

»Sie und Santiago?!«

Franz schwieg und ertrug stoisch de Couliers zornigen Blick.

»Warum wurde Santiago nicht verhaftet?«, mischte sich Nelson Bard ein.

»Im Ernst, Franz«, sagte Waldemar Balota streng, »Warum läuft ein Magier, der sich der Verbreitung verbotener Zauber verdächtig gemacht hat, frei herum?«

»Warum geben Sie ihm Gelegenheit, seine Spuren zu verwischen?«, setzte Antoine hinzu.

»Soll das eine Anschuldigung sein?«, erkundigte sich der Kriegsmeister unwirsch.

»Das hängt ganz davon ab, was Sie, verehrter Kriegsmeister de Geer, zu Ihrer Rechtfertigung vorzubringen haben.«

Im Thronsaal machte sich angespannte Stille breit. Noch niemals zuvor hatten die Magister der Logen den höchsten Kriegsmagier des Ordens derart scharf attackiert, und nun warteten alle gespannt darauf, was Franz de Geer antworten würde.

Angesichts der gereizten Stimmung unter den Logenführern wählte der Kriegsmeister einen sachlichen Ton, um die Situation nicht unnötig eskalieren zu lassen.

»Der Fall Bogdan le Sta ist wesentlich komplizierter, als er auf den ersten Blick erscheinen mag, und muss sorgfältig untersucht werden. Mir ist bekannt, dass in den Sachen des Kriegskommandeurs ein Manuskript mit den Regeln des verbotenen *Traumarkans* gefunden wurde. Und dieses Manuskript gehört zweifelsfrei Santiago. Doch gleichzeitig bin ich der Überzeugung, dass hier nicht nur Bogdan le Sta, sondern auch der Kommissar des Dunklen Hofs in die Falle gelockt wurde. Aus meiner Sicht handelt es sich um eine Intrige, mit der unsere beiden Herrscherhäuser gegeneinander aufgehetzt werden sollen, und aus diesem Grund habe ich vorläufig nicht auf eine Verhaftung Santiagos bestanden.«

»Das ist empörend!«, explodierte Antoine de Coulier. »Eine so jämmerliche Rechtfertigung aus dem Munde des Kriegsmeisters ist geradezu skandalös! Aus dem Munde des höchsten Kriegsmagiers des Ordens! Aus dem Munde eines Ritters, dem wir unser Leben anvertrauen und der dazu berufen ist, die Interessen des Herrscherhauses Tschud zu wahren! Selbst wenn Santiago unschuldig ist, läge es in unserem Interesse, ihn aus dem Verkehr zu ziehen, bis die Hintergründe der Sache restlos aufgeklärt sind. Im Übrigen würde es überhaupt nicht schaden, den dreisten Nawen auf diese Weise eine Lektion zu erteilen. Wenn der Kommissar diese Intrige dagegen selbst ausgeheckt hat und Sie, Kriegsmeister de Geer, ihm ermöglicht haben abzutauchen, so stellt dies ein Verbrechen gegen den Orden dar!«

»Von einem Verbrechen kann keine Rede sein«, beschwichtigte der Großmagister. »Wie Sie richtig gesagt haben, Antoine, ist Franz de Geer den Interessen des Ordens verpflichtet. Und ich denke nicht, dass es in unserem Interesse liegt, einen Krieg gegen den Dunklen Hof vom Zaun zu brechen!«

»Ach?! Sie sind also der Meinung, dass wir Santiagos miese Intrigen einfach unter den Tisch kehren sollten?«, stichelte Antoine.

»Bei allem Respekt, Großmagister«, schaltete sich Nelson Bard ein. »Aus meiner Sicht hat der Kriegsmeister de Geer in diesem Fall eine durch nichts zu rechtfertigende Nachsicht an den Tag gelegt. Ich denke, ich spreche für die Mehrheit, wenn ich fordere, Franz de Geer bis zur Klärung aller Details von seinem Posten zu entbinden.« Der Magister der Schwerterloge ließ den Blick über die Anwesenden schweifen. »Gleichzeitig bestehe ich darauf, dass der Kommissar des Dunklen Hofs wegen des Verdachts der Verbreitung verbotener Zauber unverzüglich verhaftet wird. Sollte er tatsächlich in eine Falle gelockt worden sein, woran ich persönlich nicht wirklich glaube, so mögen die Nawen dies beweisen.«

Ein zustimmendes Geraune im Rat offenbarte, dass Franz de Geer diese Runde verloren hatte.

»Wer ist derselben Meinung wie der Magister der Schwerterloge?«, fragte de Saint-Carré nach einer kurzen Pause.

Antoine de Coulier und Waldemar Balota nickten. Der schlaue de Lock schüttelte den Kopf und presste die Lippen zusammen – Franz war ein entfernter Neffe von ihm. Die Meinungen der Magier gingen auseinander, doch die meisten schlugen sich auf Nelson Bards Seite.

Die Amtsenthebung des Kriegsmeisters war damit so gut wie besiegelt.

Sibirien
An den Ufern des Jenissej

Einen so paradiesischen Flecken unberührter Natur gab es im Zeitalter des technischen Fortschritts nur noch in den entlegensten Regionen der Erde. Hier, wo eine unzugängliche Landschaft und ein raues Klima sich verbissen gegen das Vordringen der Zivilisation stemmten, konnte man noch frische Luft atmen und das Wasser aus Bächen und Seen trinken. Diese letzten Oasen der Natur waren erfüllt von der archaischen Kraft der Erde und gewisse Magier, die über ein besonderes Talent verfügten, brauchten hier keine Magische Quelle, um sich mit Energie aufzuladen. Sie schöpften sie auf natürliche Weise, indem sie mit der Seele des Planeten zu einer Einheit verschmolzen.

Dieses besondere Talent besaßen nur die Weißen Damen, eine kleine Kaste von Zauberinnen des Grünen Hofs, die sich so gut wie nie in der Verborgenen Stadt sehen ließen.

In erhabener Langsamkeit flossen die Wasser des breiten Stroms gen Norden, eingerahmt von schroffen Bergrücken, die mit undurchdringlichem Wald bewachsen waren. Die Strahlen der aufgehenden Sonne tanzten über die trägen Wellen und irgendwo in der Ferne rauschte ein Wasserfall. Zivilisatorische Errungenschaften wie

Atomkraftwerke, rußqualmende Industrieschlote und Autobahnen erschienen vor dem Hintergrund dieses Idylls als Ausgeburt einer kranken Fantasie, als apokalyptische Wahnvorstellung eines Irren.

Sie planschte ausgelassen in einer kleinen Bucht, die von mächtigen Findlingen abgeteilt war, und ihre spitzen Wonneschreie wurden weit über das Wasser getragen. Mal verschwand sie von der Oberfläche, um auf den Grund ihres Flussbades zu tauchen, mal sprang sie weit aus dem brusthohen Wasser, umspielt von glitzernden Tropfengirlanden. Mit ihrer kraftvollen, weiblichen Figur und dem langen goldblonden Haar erinnerte sie an eine Meerjungfrau. Sie erfreute sich an der Morgensonne, am satten Grün der moosbedeckten Findlinge, an den diskreten Geräuschen des Waldes und am eiskalten Wasser. An diesem Ort war sie ein Teil des Ganzen, eine Facette der Natur, die sich harmonisch in ihre Umgebung fügte, wie es nur eine Weiße Dame vermochte.

Nachdem er das muntere Treiben der schönen Wassernixe schon eine Weile beobachtet hatte, setzte sich Santiago auf einen kleinen Felsblock am Ufer und stützte gerührt das Kinn in die Hand. Er wusste nicht, wie lange sie damit beschäftigt sein würde, die Frische des erwachenden Tages in sich aufzusaugen, doch er dachte nicht daran, die Weiße Dame zu stören.

Sie bemerkte ihn selbst.

Zuerst ließ sie sich nichts anmerken und tauchte abermals in die Fluten. Dann stützte sie sich auf einen der Findlinge, blickte versonnen in die Weiten der Bergwelt, um sich dann unversehens nach ihm umzudrehen.

»Für einen Waldspaziergang hast du die falsche Kleidung an!«

Santiago betrachtete seinen piekfeinen Anzug und schmunzelte.

»Ich bin nicht hier, um im Wald spazieren zu gehen, sondern um dir, meine Liebe, einen Besuch abzustatten.« Der Kommissar hob flüchtig die Hand. »Schön, dich zu sehen, Susa.«

Wäre irgendein anderer Bewohner der Verborgenen Stadt in die Verlegenheit geraten, die romantische Szene am Fluss zu beobachten, so hätte er den ungewöhnlich warmherzigen Auftritt des Nawen mit ungläubigem Staunen quittiert. In der Stimme des gefürchteten Kommissars, der die Interessen des Dunklen Hofs rücksichtslos durchzusetzen pflegte, lag tatsächlich so etwas wie Zärtlichkeit. Die Frau indes kannte Santiago nicht anders.

Sie stieg anmutig aus dem Wasser, schüttelte das nasse Haar aus und reckte ihren nackten Körper den wärmenden Sonnenstrahlen entgegen. Aufs Neue berauschte sich Santiago an der außergewöhnlich attraktiven Figur der Weißen Dame: lange, ebenmäßige Beine, schmale Taille, volle Brüste, ein schlanker Hals und als Krönung der wohlgeformte Kopf, von dem die goldblonde Mähne herabwallte. Sie sah tatsächlich aus wie eine Wassernymphe aus den Legenden der Humos – bezaubernd, sinnlich und sehr verführerisch.

Nachdem sie sich in der Sonne aufgewärmt hatte, bückte sie sich kurz, zog mit einer flinken Bewegung ein einfaches grünes Kleid über, hob ihre Sandalen auf, ging federnden Schrittes zu Santiago und setzte sich neben ihn auf den Felsblock.

»Hallo, Susa«, sagte der Naw liebevoll.

»Hallo, Santa.« Sie warf ihre Sandalen auf den Boden und strich ihr prachtvolles Haar in den Nacken. »Ich wusste, dass du kommen würdest.«

Aus der Nähe betrachtet sah die Weiße Dame nicht mehr ganz so jung aus. Ein dichtes Netz von Fältchen durchzog ihr schmales, schönes Gesicht, ins goldblonde Haar hatten sich graue Strähnen gemischt und die filigranen Hände waren spröde geworden. Die Weiße Dame hatte ihren Zenit überschritten. Santiago musterte sie nur flüchtig, fast verstohlen, doch sein Blick blieb nicht unbemerkt.

»Tjaja, Santa, es ist viel Zeit ins Land gegangen, seit wir uns zum letzten Mal gesehen haben«, sagte die Zauberin wehmütig.

»Du bist immer noch schön, Susa.«

»Immer galant – der Herr Kommissar«, schmunzelte die Weiße Dame. »Es ist nett von dir, aber du musst mir keine falschen Komplimente machen.«

»Ich war dir gegenüber immer ehrlich, Susa«, erwiderte Santiago. »Und ich sage auch jetzt, was ich denke: Du bist schön.«

»Jetzt vielleicht noch, mag sein«, räumte die Zauberin ein. »Aber nicht mehr lange.«

Santiago erinnerte sich noch bis ins kleinste Detail an jenen Tag im Jahre 1934, als er Susanna, die bezaubernde junge Fate des Grünen Hofs, zum ersten Mal sah; ihre strahlenden, smaragdgrünen Augen, das hübsche, kesse

Gesicht mit der kleinen, süßen Nase, ihre feurig roten Lippen. Die skandalträchtige Affäre des unerbittlichen Kommissars mit einer der talentiertesten Zauberinnen des Herrscherhauses Lud sorgte damals für erhebliches Aufsehen in der Verborgenen Stadt.

Susanna kostete die Liaison mit Santiago letztendlich die Karriere. Man drängte sie aus verantwortungsvollen Positionen, verwehrte ihr den Zugang zu geheimen Archiven und niemand verschwendete mehr einen Gedanken daran, dass Susanna durchaus das Zeug zur Priesterin gehabt hätte. Dabei hatten nicht wenige von denen, die sie damals fallenließen, ihr zuvor sogar den Thron prophezeit. Ihr Misstrauen und ihren Hass gegenüber Santiago projizierten die meisten Luden auch auf seine Auserwählte, doch Susanna war das egal. Sie liebte und wurde geliebt. Und das zählte für sie mehr als alles andere.

Fünfzig Jahre blieben die beiden zusammen.

Dann ging Susanna. Von einem Tag auf den anderen. Für immer.

Selbst die verliebteste Frau der Welt würde es nicht ertragen, vor den Augen eines ewig jungen Liebhabers dahinzuwelken.

Auch an diesen Tag, als Susanna ihn verließ, konnte sich Santiago noch gut erinnern. Er hatte damit gerechnet, dass es früher oder später passieren würde, und diesem Ereignis ohnmächtig entgegengesehen. Solche Tage hatte er schon viele erlebt in seinem langen Leben.

»Weißt du, Santa«, sagte Susanna leise, »ich bereue absolut nichts. Ich war glücklich mit dir.« Ein Lächeln spielte um ihre Lippen. »Und außerdem: Nicht mal du könntest dich damit brüsten, mehr als ein Leben gehabt zu haben. Ich dagegen hatte drei: das vor dir, das mit dir und das nach dir. Aber das verstehst du sicher nicht.«

»Ich würde es gern verstehen«, erwiderte Santiago ebenso leise.

»Lassen wir das, das bringt nichts.« Susanna streichelte dem Nawen zärtlich mit dem Handrücken über die Wange. »Du wolltest mich sehen, Santa. Warum? Es muss etwas Ernstes dahinterstecken, sonst wärest du niemals hergekommen.«

»Ja, etwas sehr Ernstes«, bestätigte Santiago. »Erinnerst du dich noch an unser Haus, das im Krieg zerstört wurde?«

»Natürlich erinnere ich mich daran.« Die Zauberin lächelte nostalgisch, als sie sich das kleine Anwesen ins Gedächtnis rief, das Santiago damals in einem idyllischen Waldstück nahe Moskau für sie gebaut hatte. »Es war wundervoll.«

»Ich hatte dort etliche Unterlagen aufbewahrt.«

»In der schwarzen Schatulle.«

»Die du ständig öffnen wolltest, neugierig, wie du warst.«

»Die ich aber nicht aufgebracht habe«, ergänzte Susanna kichernd.

»Ich war mir sicher, dass die Schatulle nicht mehr existiert. Du hattest mir erzählt, das Haus sei bis auf die Grundmauern zerstört worden.«

»Das stimmt auch«, bestätigte die Zauberin. »Als ich auf deinen Wunsch dorthin zurückkehrte, war an der

Stelle unseres Hauses nur noch ein Krater. – Was ist denn passiert?«

»Jemand hat diese Schatulle geöffnet.«

»Und du hast Schwierigkeiten deswegen?«

»Ja«, gab der Naw freimütig zu und beobachtete zerstreut einen Käfer, der einen Grashalm hinaufkletterte. »Ist dir damals vielleicht irgendetwas Ungewöhnliches aufgefallen? Irgendetwas Verdächtiges? Besonders in den letzen beiden Wochen vor Kriegsausbruch, als ich kaum mehr zu Hause war.«

Die Zauberin dachte nach.

»Eigentlich nicht, obwohl …« Susanna warf den Kopf in den Nacken und blickte sinnierend zum Himmel. »Nicht weit von dort befand sich die *Waldklause*, eine Einsiedelei.«

»Die mit den christlichen Eremiten?«

»Genau. Kurz vor Kriegsausbruch sind plötzlich immer wieder Mönche von dort aufgetaucht. Ich habe mir noch gedacht, dass die Humos das Unheil wohl auch kommen sehen.«

»Hast du sie auch in der Nähe unseres Anwesens getroffen?«

»Mehrmals.«

»Haben sie dich angesprochen, Fragen gestellt?«

»Nein, ich habe sie einfach nur öfter gesehen.«

»Mit deinen schönen grünen Augen …«

Die *Waldklause* also? Das war eine Spur. Eine schwache zwar, aber immerhin eine Spur.

Südliches Fort, Hauptquartier der Rothauben
Moskau, Butowo
Donnerstag, 28. September, 16:19 Uhr

Die Bar *Delirium* befand sich in einem Ziegelbau des Südlichen Forts und erfreute sich bei den Rothauben größter Beliebtheit. Da die bulligen Zwerge mit den roten Kopftüchern nicht zum Vergnügen tranken, sondern den Alkohol zur Aufrechterhaltung ihrer Gehirnfunktionen brauchten, wurde das *Delirium* niemals geschlossen. Zu jeder Tages- und Nachtzeit konnten Rothauben dort einkehren, um den unerfreulichen Ausfallerscheinungen des Whiskeyentzugs zu entgehen.

Die liberalen Öffnungszeiten der Bar wiederum hatten zur Folge, dass dort niemals geputzt wurde, und der bestialische Gestank im Gastraum konnte einem Fremden, der daran nicht gewöhnt war, buchstäblich den Atem verschlagen. Das *Delirium* war zweifellos einer der übelriechendsten Orte der Verborgenen Stadt. Im linken Flügel des Hauptquartiers, wo sich die Kasernen der Odoros befanden, stank es jedoch noch viel erbärmlicher. Die Odoros waren einer der drei Rothaubenclans und brüsteten sich stets damit, besser zu riechen als ihre Volksgenossen.

Eine weitere Attraktion des *Deliriums* war ein Rocksong, der dort Tag und Nacht gespielt wurde:

Tränk ich einen See leer,
würd ein anderer Mensch aus mir …

Der Hit der Rockband *Sinnhalluzinationen* passte wie die Faust aufs Auge in das Lokal und wurde nun schon seit einem halben Jahr im Schnitt alle zwanzig Minuten aufgelegt.

Für immer jung,
für immer blau ...

Vor allem die nicht allzu komplizierte zweite Strophe lud zum fröhlichen Mitgrölen ein und immer öfter wurde die Forderung laut, den Song zur Volkshymne zu erklären. Doch der Imperator der Rothauben hielt einstweilen am alten Lied fest, das noch in den Westlichen Wäldern entstanden war. Sein primitiver Marschrhythmus gefiel einerseits den Kämpfern, die nicht gerade mit Musikalität geschlagen waren, und ermöglichte andererseits eine problemlose Anpassung des Texts – je nach den Erfordernissen der Zeit. Alle paar Jahre wurde die Hymne umgeschrieben. Die neueste Version begann mit den Zeilen:

Unser großes Volk ist von Dank erfüllt
Unser gütiger Imperator weist uns allen den Weg ...

»Beschissene Zeiten«, jammerte der Uibuj Schlinge und starrte deprimiert auf die halbleere Whiskeyflasche. »Kein Krieg, keine Plünderungen, keine Kohle ... Ich seh's kommen, dass Säbel unser Volk ins Elend führt. Am Ende werden wir alle im Labyrinth landen und uns mit den Ratten der Ossen um ein paar Brotkrümel streiten.«

Als der Uibuj Paddel, der am Nachbartisch vor sich hindämmerte, die Litanei hörte, öffnete sich plötzlich sein linkes Auge und spähte argwöhnisch zu Schlinge hinüber.

»Wohin, sagst du, führt uns der große Imperator?«, erkundigte er sich.

Schlinge presste die schmalen Lippen zusammen. Paddel gehörte dem Fötido-Clan an, dessen Boss Säbel gleichzeitig Imperator aller Rothauben war, und spitzte deshalb stets die Ohren, wenn irgendwo Unzufriedenheit aufkeimte. Die in Clans organisierten, kleinwüchsigen Glatzköpfe hatten einen notorischen Hang zu inneren Fehden, deshalb zogen führungstreue Kämpfer es vor, potenzielle Unruhestifter vorsorglich aufzuhängen, ehe sie mit ihrer zersetzenden Gesinnung ernsthaften Schaden anrichten konnten.

»Der Imperator ist klug und weitblickend«, besann sich Schlinge, der dem Desastro-Clan angehörte. »Er weiß, was er tut, und wird unser großartiges Volk in eine glanzvolle Zukunft führen.«

Zur Bekräftigung seiner Worte schüttete Schlinge ein volles Glas Whiskey in sich hinein und rülpste untertänig.

»Schon besser so«, grummelte Paddel, der freudlos an einem Stück Dosenschinken kaute.

Obwohl der Uibuj Paddel dem einäugigen Säbel die Treue hielt, verfolgte er dessen politische Strategie mit sehr gemischten Gefühlen. Dies galt im Übrigen für fast alle Rothauben.

Nachdem Säbel seine Konkurrenten aus dem Weg geräumt und sich selbst zum Imperator ernannt hatte, hielt er die Macht über ein Volk in Händen, das bei anständigen Bewohnern der Verborgenen Stadt wegen seiner kleinkriminellen Umtriebe höchst unbeliebt war. Darüber hinaus hatten sich die Rothauben den Zorn der Herrscherhäuser zugezogen, als sie während der letzten großen Krise auf der Seite des Boten kämpften. Nur ein Wunder bewahrte sie damals vor der totalen Auslöschung.

Säbel hatte den Ernst der Lage erkannt. Er beschloss, mit seinen Kämpfern für eine Weile von der Bildfläche zu verschwinden und die schwierigen Zeiten einfach auszusitzen. Zu diesem Zweck erließ er ein Verdikt, das seinen Untertanen willkürliche Diebeszüge und Raubüberfälle strengstens verbot. Das Ergebnis dieser Strategie war zweischneidig. Einerseits erreichte er sein Ziel, denn die Herrscherhäuser zeigten sich zufrieden über das erstaunlich handzahme Verhalten der berüchtigten Krawallbrüder. Andererseits hatten die Rothauben nun ihre wichtigste Einnahmequelle verloren und drohten in bittere Armut abzurutschen.

Die Kämpfer des Uibujen Sargnagel fühlten sich wenn nicht reich, so doch zumindest für eine Weile versorgt. Den erbeuteten Schmuck hatten sie Urbek Cannabis, einem bekannten Hehler der Verborgenen Stadt, verkauft und den Erlös gerecht untereinander aufgeteilt. Die deftige Abreibung, die sie den Skinheads verpasst hatten, und der erfolgreiche Raubzug im Juweliergeschäft versetzten Sargnagels Männer in Hochstimmung und ließen sie den Frust über den katastrophalen Wettverlust vergessen.

»Einen Kasten Whiskey, aber zackzack!!«, bellte Sargnagel, als er mit seinen Leuten ins *Delirium* stürmte. »Und eine Flasche auf meine Rechnung für Paddel, das alte Faultier!«

»Seit wann hast du denn die Spendierhosen an?«, wunderte sich Paddel nicht ohne Neid, während er sich das erste Glas der unverhofften Gratisdröhnung eingoss. »Hast du etwa einen Job bei der Handelsgilde ergattert?«

»Nö. Aber während ihr Versager hier rumsitzt und Däumchen dreht, haben wir einen einträglichen Coup gelandet«, verkündete Sargnagel großspurig. »Und noch dazu der Verborgenen Stadt einen Dienst erwiesen.«

»Nun lass schon hören, was ihr verbrochen habt, du Angeber.«

»Wahrscheinlich haben sie ein paar von ihren verfaulten Organen an die Erli verscherbelt«, mutmaßte Schlinge boshaft.

Sargnagel trank einen kräftigen Schluck Whiskey und sah die Anwesenden von oben herab an.

»Habt ihr schon von den Überfällen gehört?«

»Sicher«, erwiderte Paddel genervt. »Na und? Da toben sich ein paar Humo-Kinder aus.«

»Von wegen Kinder«, entrüstete sich Sargnagel. »Das sind bis zu den Zähnen bewaffnete Banden. Wir saßen gerade in der *Rennsemmel*, als so eine tollwütige Meute den Laden stürmte.«

»Und mit Baseballschlägern auf Gonzo losging«, ergänzte Amboss.

»Wie schön für euch, aber woher habt ihr den Zaster?«, bohrte Paddel nach. »Gonzo hat bestimmt nicht mehr als zehn Flaschen Whiskey springenlassen.«

»Das Geld ...« Sargnagel legte die fliehende Stirn in Falten. »Na ja, wir haben uns gedacht: Warum sollen wir es uns eigentlich gefallen lassen, dass die Humos unsere Lokale zertrümmern und unsere Geschäfte abfackeln. Wir müssen ihnen einen Denkzettel verpassen und uns für die Schweinereien rächen, die sie angestellt haben!«

Es dauerte einige Sekunden, bis die anderen Rothauben begriffen, worauf Sargnagel hinauswollte. Dann hüstelte Schlinge und zog die Augenbrauen hoch.

»Und, was habt ihr ausgeräumt?«

»Ein Juweliergeschäft«, verkündete Sargnagel stolz. »Und ein Auto haben wir geklaut. Es steht im Hof. Ein cooler Kübel, übrigens. Der wird erst mal nicht verkauft.«

Schlinge bemühte sich zum Fenster und inspizierte neidisch den schweren Mercedes-Jeep. Er hätte sich in den Hintern beißen können, dass er nicht selbst auf eine solche Idee gekommen war.

»Wir brechen auf«, verkündete er knapp und seine Kämpfer schnellten bereitwillig von ihren Stühlen hoch.

»Diesen dreisten Humos haben wir's aber gezeigt, was Leute?!«, posaunte Sargnagel, der inzwischen gut getankt hatte, wandte sich an seine Männer und stimmte grölend den Schlachtruf der Fötidos an: »Wir und ihr, und der Fötido-Clan!!«

»Wir und ihr, und der Fötido-Clan!!!«, skandierten seine Kämpfer, und während auch Paddels Leute eilig aus dem Lokal drängten, begannen sie selig zu singen:

Für immer jung,
für immer blau ...

Filiale der Sparbank
Moskau, Nowotuschinski Projesd
Donnerstag, 28. September, 16:20 Uhr

»Ich würde gern diesen Scheck einlösen.«

»Selbstverständlich«, erwiderte die Angestellte am Schalter mit einem routinierten Lächeln. »Haben Sie auch nicht vergessen zu unterschreiben?«

Den weißhaarigen alten Mann kannte sie schon lang. Er kam einmal im Monat, um seine kleine Rente abzuholen, und vergaß regelmäßig, zu unterschreiben.

»Diesmal nicht, Marinotschka«, triumphierte der Greis. »Diesmal habe ich alles richtig gemacht.«

»Na wunderbar.« Die junge Frau nahm den Scheck entgegen und tippte wie immer die Daten in ihren Computer.

Im kühlen Schalterraum der Bank herrschte wenig Betrieb. Außer dem alten Rentner standen nur fünf oder sechs andere Kunden an den Schaltern und am Eingang ein schläfriger Polizist. Im Zeitalter von Online-Banking und Plastikkarten waren Bankbesuche fast zu einem Anachronismus geworden und Schlangen an den Schaltern gehörten längst der Vergangenheit an.

»Wir haben übrigens eine neue Edition Sammlermünzen hereinbekommen«, verkündete Marina. »Sie interessieren sich doch dafür?«

»Oh ja, sehr«, bestätigte der Rentner und seine alten Augen begannen zu glänzen. »Wären Sie so nett, mir die Münzen zu zeigen? Na hoffentlich kann ich meine Frau überreden ...«

»Gibt's noch Fragen?«

»Nein.«

»Irgendwelche Bedenken?«

»Null Bedenken«, entgegnete Inga flapsig. »Fangen wir endlich an.«

»Keine Sorge, wir fangen schon rechtzeitig an.«

Mohammed inspizierte noch einmal seine Truppe. Gleb fuhr ununterbrochen mit der Zunge über seine dicken Lippen und klammerte sich mit schwitzigen Händen an seine kurze Kalaschnikow. Der Dicke hatte immer heftiges Lampenfieber vor einem Einsatz, doch wenn es dann zur Sache ging, wurde er ruhiger und man konnte auf ihn zählen – davon hatte sich Mohammed schon mehrfach überzeugt. Der Schwarze gab ihm einen Klaps auf den Rücken und wandte sich den Zwillingen zu.

Wanja und Wassja reckten synchron den Daumen nach oben. Die beiden kannten keine Nervosität, weder vor noch während noch nach einer Aktion. Die Wackelkandidaten waren die letzten beiden: der pickelgesichtige Mischa, der aufgeregt an seiner schusssicheren Weste herumzupfte, und die völlig überdrehte Inga. Mohammed kontrollierte die Ausrüstung des jungen Zauberers, legte ihm aufmunternd die Pranke auf die Schulter und wandte sich dann Inga zu, die wie ein Rennpferd vor dem Start auf der Stelle trat.

»Keine Mätzchen!«

»Mach dir nicht ins Hemd, Alter«, giftete Inga und drückte demonstrativ eine Kaugummiblase aus ihrem Schmollmund.

Die rosa Blase platzte geräuschvoll und die riesigen Augen des Schwarzen rollten zornig aus ihren Höhlen. Doch Mohammed beherrschte sich. Die bevorstehende Operation sollte vor allem für Aufsehen sorgen und dafür konnte er die hemmungslose Göre gut brauchen.

»Die Aktion ist auf die Minute genau durchgeplant, wir dürfen auf keinen Fall länger brauchen«, dozierte Mohammed mit einem strengen Seitenblick auf Inga. »Es geht uns nicht um die Beute, sondern um den Showeffekt. Und das Wichtigste: Wir müssen da alle wieder rauskommen. Ist das klar?«

»Ja.«

»Und kein falsches Heldentum.«

Mohammed rückte sein rotes Kopftuch zurecht, lud seine Flinte durch und aktivierte das Portal.

»Was ist *das* denn?«

Marina schaute aus dem Schalterfenster und traute ihren Augen nicht. Mitten im Raum drehte sich ein schwarzer Wirbel, der allmählich größer wurde.

»Vielleicht ist die Lüftung kaputt«, mutmaßte der Rentner und sah Marina schulterzuckend an.

Als der alte Mann sich jedoch abermals nach dem

Wirbel umdrehte, riss er entgeistert die Augen auf und griff mechanisch nach seinen Baldriantropfen. Der mysteriösen, rotierenden Wolke entstieg eine schwarz gekleidete Gestalt, die eine Schrotflinte in der Hand hielt.

»Das ist ein Überfall! Alle auf den Boden!«

Die Leute waren so perplex, dass sie im ersten Moment überhaupt nicht reagierten. Mohammed half mit einem krachenden Schuss nach. Die Kunden, die Angestellten, der Polizist – alle warfen sich auf den Boden. Beim zweiten und beim dritten Schuss kniffen sie die Augen zusammen und drückten den Kopf gegen den Boden.

»Schön liegen bleiben!«

Die Alarmanlage heulte los, auf die am Boden Liegenden regnete Putz herab und aus dem Wirbel sprangen neue Gestalten heraus.

Mohammed war zufrieden. Selbst der nervöse Mischa und die ungestüme Inga agierten exakt nach Plan.

Mit katzenhafter Leichtigkeit, die in krassem Gegensatz zu seiner schwergewichtigen Konstitution stand, sprang der fette Gleb auf einen Schaltertisch und feuerte in eine Glasvitrine.

»Alle liegen bleiben und keine Bewegung! Wenn einer den Kopf hebt, schieße ich ohne Vorwarnung!!!«

Gleb arbeitete gern mit Menschen zusammen, deshalb hatte ihn Mohammed mit der Bewachung der Geiseln betraut.

»Und kein Wort! Schnauze halten!!«, kommandierte der Dicke, der seine Rolle sichtlich genoss.

Der Schwarze schmunzelte.

Der pickelgesichtige Mischa bezog am Eingang Stellung. Er drehte das Schild *Geschlossen* nach außen und ließ die Jalousien herunter. In regelmäßigen Abständen spähte er durch die Lamellen, um die Lage auf der Straße zu sondieren. Der schwere Revolver, den Mohammed ihm in die Hand gedrückt hatte, zitterte nicht und sein Lauf zeigte geradewegs zur Decke. Mischa hatte sich augenscheinlich gut unter Kontrolle und der Schwarze nahm sich vor, die Waffe des jungen Mannes beim nächsten Mal mit scharfer Munition zu laden und nicht mit Platzpatronen wie diesmal.

Inga machte sich mit Hilfe eines Baseballschlägers um die Büroeinrichtung verdient. Computer, Bildschirme, Tastaturen, Trennscheiben – nichts entging ihrer rasenden Zerstörungswut. Jeder ihrer klirrenden Schläge ließ die am Boden liegenden Geiseln zusammenzucken.

Die Zwillinge drangen indes ungestört in den Tresorraum vor und kurz darauf ertönte von dort ein gedämpfter Knall.

Mohammed, der über dem entwaffneten Polizisten stand, schaute auf die Uhr.

»Noch eine Minute!«

Angesichts der heulenden Alarmanlage und der unversehrten Überwachungskameras, die den Überfall brühwarm auf die Bildschirme des nächstgelegenen Reviers übertrugen, bestand kein Zweifel daran, dass die Polizei bereits im Anmarsch war.

»Noch vierzig Sekunden!«

»Liegen bleiben, du alter Sack!!«, donnerte Mischa den Rentner an, der es gewagt hatte, sich zu bewegen.

Der junge Magier schien allmählich Gefallen an seinen Einsätzen zu finden. Jeder genießt es, Macht auszuüben – Schwächlinge mit angekratztem Selbstbewusstsein ganz besonders.

»Noch zwanzig Sekunden!«

Die schweigsamen Zwillinge schleppten die gefüllten Säcke zum Portal.

»So, jetzt raus hier!«, kommandierte Mohammed.

Gleb sprang vom Schaltertisch und verschwand kurz nach den Zwillingen im Portal, ihm folgten Mischa und dann Inga, nachdem sie den letzten Kopierer zertrümmert hatte. Unberechenbares Biest, dachte Mohammed kopfschüttelnd. Für sie war das Ganze nur ein Spiel.

Der Schwarze warf eine Rauchbombe in den Schalterraum, registrierte zufrieden die sich nähernden Polizeisirenen und verschwand durch das Portal.

Städtisches Mietshaus
Moskau, Sewastopolski Prospekt
Donnerstag, 28. September, 17:45 Uhr

»Wir unterbrechen unser Programm für eine wichtige Meldung.« Der T-Grad-Com-Sprecher bemühte sich um einen geschäftsmäßigen Ton, doch seine Stimme klang aufgeregt. »Vor wenigen Minuten veröffentlichte der Pressedienst des Herrscherhauses Tschud eine Erklärung, in der das Herrscherhaus Naw aufgefordert wird, Santiago auszuliefern. Der Orden beschuldigt den Kommissar der Verbreitung verbotener Zauber, verlangt seine unverzügliche Verhaftung und die Einsetzung einer Untersuchungskommission. Zur selben Zeit erreichten uns unbestätigte Meldungen, denen zufolge Franz de Geer, der Kriegsmeister des Ordens, von seinem Posten entbunden wurde. Eine offizielle Stellungnahme des Dunklen Hofs steht noch aus, doch man kann ohne Übertreibung sagen, dass die gesamte Verborgene Stadt der Antwort der Nawen mit Bangen entgegensieht. Denn von dieser Antwort hängt ab, ob es Krieg geben wird ...«

Cortes schaltete das Autoradio aus und trommelte nachdenklich mit den Händen aufs Lenkrad.

Ob die gegen Santiago erhobenen Vorwürfe in Zusammenhang mit Bogdan le Stas Ermordung standen? Vermutlich ja und dies bedeutete, dass die Untersuchungskommission der Herrscherhäuser sich früher oder später auch die Söldner vorknöpfen würde. Möglicherweise stand ihnen sogar eine Anklage wegen Mittäterschaft ins Haus. Vor dem Hintergrund eines drohenden Kriegs waren das keine erfreulichen Aussichten und der gesunde Menschenverstand flüsterte Cortes ein, dass es wohl ratsam wäre, sich in einen kleinen Urlaub zu verabschieden, möglichst weit weg von den Turbulenzen in der Verborgenen Stadt.

Andererseits hätte man die Suche nach dem wertvollen Armreif der Fate Mara dann aufgeben müssen und – nicht zu vergessen: Im Falle einer Flucht hätte man auch Santiago sträflich im Stich gelassen. Denn wenn Cortes mit seiner Vermutung richtig lag und hinter Bogdans Tod eine Intrige der Hexe Kara steckte, dann verfolgten die Söldner als Einzige die richtige Spur. Und da der Kommissar angesichts der drohenden Verhaftung gezwungen sein würde, sich aus der Stadt abzusetzen, konnte nur er, Cortes, diese Spur zu Ende verfolgen und Santiago damit aus der Bredouille helfen.

Der Söldner parkte seinen Lincoln Navigator vor der Hausnummer, die er sich notiert hatte, und stieg aus.

Ein rotbackiger, etwa sechzigjähriger Mann mit munteren blauen Augen öffnete die Tür.

»Zu wem möchten Sie?«

Der Hausherr trug einen glucksenden Wonneproppen auf dem Arm und Cortes lächelte.

»Guten Abend. Ist Barbara Iljinitschna zu Hause?«

»Ja, sie ist hier.«

»Ich würde gern mit ihr sprechen.«

»Barbara!«, rief der Mann und wandte sich um. »Es ist für dich! Kommen Sie doch herein.« Er trat zurück und ließ den Söldner in die Wohnung. »Entschuldigen Sie, wenn es etwas lauter wird, aber die Kinder haben uns heute zum Babysitten eingespannt und unser Enkel kräht schon mal, wenn ihm was nicht passt.«

»Das macht überhaupt nichts«, flötete Cortes. »Wie alt ist er denn, der Kleine?«

»Ein knappes Jahr.«

»Ich liebe Kinder.«

»Ach wirklich?« Aus der Küche kam eine füllige alte Frau mit einem runden Gesicht und blauschwarzen Haaren.

»Ehrlich«, erwiderte Cortes sanft.

Barbara Iljinitschna sah aus wie die Güte selbst. Gewiss pflegte sie stets einen warmherzigen Umgang mit ihren Mitmenschen, doch für den Söldner schien sie eine Ausnahme zu machen.

»Gehen Sie bitte ins Arbeitszimmer«, verfügte sie kühl, und während Cortes vorausging, hörte er sie zu ihrem Mann sagen: »Es wird nicht lange dauern, Petja. Pass du solange auf Nikita auf und nachher geben wir ihm seinen Brei.«

Die Tür des Arbeitszimmers schloss sich.

»Ich habe Sie erkannt«, teilte Barbara mit, während sie sich auf einen Stuhl neben dem Schreibtisch setzte. »Es überrascht mich, Sie hier zu sehen.«

Die alte Dame mit dem bläulich schimmernden Haar war eine erfahrene Magierin und verfügte über eine außergewöhnlich seltene Gabe: Sie spürte die Veranlagung eines Zauberers. In weniger als einer Minute konnte sie die magischen Fähigkeiten eines Kandidaten mit hundertprozentiger Sicherheit einschätzen. Und das unabhängig davon, ob es sich um einen Humo, einen Tschuden, einen Luden, einen Schatyren oder sonst jemanden handelte. Da sie keine anderen bemerkenswerten Fähigkeiten besaß und nicht übermäßig ehrgeizig war, arbeitete Barbara Iljinitschna schon seit über vierzig Jahren als stellvertretende Rektorin der Moskauer Zweigstelle der Sonnensee-Schule. Dort widmete sie sich der Auswahl und Grundausbildung angehender Magier und darüber hinaus war sie für deren offizielle Registrierung zuständig. Aus eben diesem Grund hatte Cortes beschlossen, der alten Dame einen Besuch abzustatten.

»In ein paar Minuten muss ich meinen Enkel füttern, ich würde Sie also bitten, möglichst rasch zur Sache zu kommen.«

»Ist Ihnen mein Besuch unangenehm?«, fragte der Söldner ohne Umschweife.

»Offen gestanden – ja. Und sprechen Sie bitte leise, meine Verwandtschaft weiß nichts von der Verborgenen Stadt.«

»Nun denn«, seufzte Cortes und schlug lässig die Beine übereinander. »Da Sie offenbar nicht erpicht darauf sind, meinen Besuch in die Länge zu ziehen, machen wir gleich Nägel mit Köpfen. Ich benötige ausführliche Informationen über eine Humo-Hexe namens Kara. Angesichts dessen, dass Sie über immense Erfahrung verfügen und seit Jahrzehnten in einer Schule des Grünen Hofs arbeiten, ist Ihnen diese Frau mit Sicherheit ein Begriff. Falls Sie für ihre Informationen ein Honorar oder sonst eine Gegenleistung wünschen, genieren Sie sich nicht, ich bin gern bereit, Ihnen in diesem Punkt entgegenzukommen.«

»Sind Sie gegenüber allen Leuten so direkt?«

»Nur gegenüber Leuten, denen mein Besuch unangenehm ist.«

»Verstehe.« Barbara senkte den Blick und überlegte eine Weile, ehe sie antwortete: »Ich habe seinerzeit tatsächlich eine Zauberin namens Kara kennengelernt. Das war vor zwanzig ... oder eher vor dreißig Jahren. Sie besuchte die Sonnensee-Schule. Eine junge Frau, die vom Potenzial her nicht ganz an eine Fee des Grünen Hofs heranreichte. Danach habe ich nichts mehr von ihr gehört.« Die alte Dame sah den Söldner herausfordernd an. »Mehr gibt es dazu nicht zu sagen. Wenn Sie genauere Informationen brauchen, schreiben Sie ein offizielles Gesuch an den Grünen Hof. Auf Wiedersehen.«

Der Söldner schüttelte den Kopf.

»So einfach ist das nicht, Barbara Iljinitschna.«

»Wie meinen Sie das?«

»So, wie ich es sage. Ich glaube nicht, dass Sie auf Ihre alten Tage aus Loyalität gegenüber dieser Hexe Ihren guten Ruf aufs Spiel setzen sollten. Kara ist in eine ziemlich üble Intrige verstrickt, und wenn Sie glauben, Sie müssten sie decken, dann kann es passieren, dass man Ihre dreisten Lügen als Beihilfe zu einem Verbrechen bewertet.«

»Ich lasse mich nicht einschüchtern, Söldner.«

»Ich bin nicht Steven King, gute Frau«, entgegnete Cortes gelassen. »Ich werde für Resultate bezahlt und nicht dafür, dass ich Leuten Angst einjage. Wir beide führen lediglich Verhandlungen und ich versuche, Ihnen meine Argumente plausibel zu machen. Sie können mich vor die Tür setzen, gewiss, aber Sie können sich nicht ewig in dieser Wohnung einsperren und sich vor aller Welt verstecken. Eine solche Intrige hat eine gewaltige Eigendynamik, Barbara. Immer neue Akteure werden auf den Plan treten und versuchen, der Sache auf den Grund zu gehen. Sie alle werden Ihnen Fragen stellen wollen. Ich bin nur der Erste von ihnen, und es liegt in Ihrer Hand, Barbara, dafür zu sorgen, dass ich auch der Letzte bin.«

»Für wen arbeitest du, Söldner?«

»Das spielt keine Rolle.«

»In der Tat, es spielt keine Rolle«, entgegnete die alte Frau giftig. »Ob du nun für den Dunkeln Hof arbeitest wie gewöhnlich oder zur Abwechslung einmal für den Orden – entscheidend ist: Du arbeitest für Humanoiden! Du lässt dich von ihrem schmutzigen Gold kaufen! Du und deinesgleichen – ihr seid Verräter am eigenen Volk! Ihr hasst die Menschen so sehr, dass ihr sie Humos nennt! Kara dagegen ist sich als Mensch treu geblieben. Sie verfolgt ein Ziel! Sie hat ein Ideal, für das sie lebt! Sie ...«

Cortes schnäuzte sich laut und faltete langsam sein Taschentuch zusammen.

»Hören Sie mir auf damit, Barbara Iljinitschna. Leute, die für ein Ideal leben, waren mir schon immer suspekt.«

»Weil du nie eines hattest!«, konterte die alte Dame und zeigte vorwurfsvoll mit dem Finger auf den Söldner. »Obwohl ... Ich habe gehört, dass du zu Zeiten der Sowjetunion beim Militärgeheimdienst warst. Hast du da nicht auch für ein Ideal gekämpft?«

»Seien Sie nicht naiv, Barbara«, winkte Cortes ab. »Fanatismus und Professionalismus sind nicht miteinander vereinbar. Aber wenn Sie schon auf meine Vergangenheit zu sprechen kommen, dann nehmen Sie bitte zur Kenntnis, dass ich für den Militärgeheimdienst nicht zum Vergnügen gearbeitet habe. Meine Tätigkeit dort wurde angemessen entlohnt.«

»Das ist ja das Schlimme«, seufzte die alte Dame. »Leuten wie dir geht es immer nur ums Geld.«

»Ich mache keinen Hehl daraus, worum es mir geht. Dafür weiß jeder, woran er bei mir ist.«

»Deine Motive sind nieder, Kara dagegen erkennt die wahre Größe des Menschen. Sie verfolgt idealistische Ziele, die dir vollständig fremd sind. Du tust mir leid!«

»Dann erzählen Sie mir doch aus Mitleid, was Sie über Kara wissen.«

»Ich habe dir nichts mehr zu sagen, Söldner«, versetzte Barbara. »Verschwinde jetzt!«

Die alte Dame wollte sich erheben, doch Cortes drückte sie mit sanfter Gewalt auf den Stuhl zurück und wurde laut.

»Ich bin noch nicht fertig mit dir!«

»Was erlaubst du dir?!«

»Einen anderen Ton verstehst du offenbar nicht, du sture alte Gans!«

Die braunen Augen des Söldners funkelten so zornig, dass Barbara Iljinitschna es mit der Angst bekam. Noch nie zuvor hatte jemand so grob mit ihr gesprochen.

»Das Gesülze über die moralische Größe der Humos kannst du dir für deine Enkel aufsparen! Wenn du auch nur einen Funken Verstand hättest, dann würdest du einsehen, dass ich dir sogar einen Gefallen tue! Du lebst in deiner kleinen heilen Welt und kriegst überhaupt nicht mit, was um dich herum passiert! Deine tolle Kara ist eine verdammte Brandstifterin! Sie hat eine verheerende Krise provoziert und wird sich bei der erstbesten Gelegenheit absetzen. Du und die anderen Naivlinge, die ihr auf den Leim gehen, ihr dürft das Ganze dann ausbaden und glaubt auch noch ernsthaft, dass es hier um höhere Ziele geht!«

»Ich werde nichts sagen!«, beharrte die Alte.

»Gut, wenn du mir nichts erzählen willst – deine Entscheidung«, sagte Cortes achselzuckend. »Die Ermittler der Herrscherhäuser werden dich schon zum Sprechen bringen, verlass dich drauf. Sie werden kein langes Federlesen mit dir machen. Weder mit dir noch mit deinen Kindern noch mit deinem Enkel.«

»Niemand wird sie anrühren.«

»Da täuschen Sie sich gewaltig, Barbara«, entgegnete Cortes, der plötzlich wieder auf einen höflichen Ton umschwenkte und milde auf die alte Dame einsprach. »Sie haben doch sicher gehört, dass Santiago unter Verdacht steht. Steckt Kara dahinter?« Barbara Iljinitschna schwieg. »Natürlich steckt Kara dahinter. Und jetzt überlegen Sie mal, was passieren wird, wenn sie mit ihrer Intrige Erfolg hat und der Dunkle Hof nicht verhindern kann, dass der Kommissar zum Tod verurteilt wird.« Der Söldner sah die versteinerte Alte eindringlich an. »Glauben Sie etwa ernsthaft, der Dunkle Hof würde es dabei bewenden lassen? Da kennen Sie die Nawen aber schlecht. Santiago ist ihr Idol, eine lebende Legende. Sie würden nicht eher ruhen, bis die Hintergründe seines Todes vollständig aufgeklärt sind. Meinen Sie nicht auch?« Barbara Iljinitschna wusste, dass der Söldner Recht hatte. »Früher oder später würden sie herausfinden, wer der Schuldige ist, und dann dürfen Sie keine Gnade erwarten. Sie kennen die Gepflogenheiten des Dunklen Hofs: Die Nawen bringen jeden um, der auch nur im Entferntesten eine Mitschuld am Tod eines ihrer Volksgenossen trägt. Einschließlich seiner Familie. Bis zur siebten Generation. Besonders irgendwelche Humos.«

Der Dunkle Hof war das mit Abstand bevölkerungsärmste Herrscherhaus der Verborgenen Stadt und nicht zuletzt deshalb wurde der gewaltsame Tod eines Nawen erbarmungslos gerächt.

»Sie werden doch nicht Kinder ...«

»Doch, das werden sie.«

Die Tür zum Arbeitszimmer öffnete sich.

»Ist alles in Ordnung, Barbara?«, erkundigte sich der Hausherr besorgt. »Die lauten Stimmen haben Nikita erschreckt.«

»Alles in Ordnung«, erwiderte Barbara Iljinitschna und lächelte gequält. »Nur ein Streit über Sachfragen. Wir sind bald fertig.«

Die Tür schloss sich wieder.

»Wie stark ist Kara als Magierin wirklich?«, fragte Cortes. »Meiner Einschätzung nach verfügt sie über außergewöhnliche Fähigkeiten, aber ich hätte gern die Meinung eines Experten gehört.«

»Sie ist mindestens so stark wie eine Fate des Grünen Hofs«, flüsterte die alte Frau fast unhörbar.

»Bitte? Sprechen Sie lauter.«

Barbara Iljinitschna seufzte und rückte endlich mit der Wahrheit heraus: »Ihre magischen Fähigkeiten sind höher einzuschätzen als die einer Priesterin des Grünen Hofs.«

Diese Einschätzung stellte Kara auf eine Stufe mit den mächtigsten Magiern der Verborgenen Stadt. Cortes trommelte mit den Fingern auf dem Schreibtisch.

»Woher hat sie das?«

»Ich weiß es nicht. Als wir uns kennenlernten, war

Kara bereits eine komplette Zauberin. Sie ist älter als ich. Viel älter sogar, doch sie setzt Himmel und Hölle in Bewegung, um ihre Jugend zu erhalten.«

»Sie ist also erst vor dreißig Jahren in der Verborgenen Stadt aufgetaucht?«

»Nein. Sie verbirgt ihre wahren Fähigkeiten vor den Herrscherhäusern und hat ihren eigenen Tod vorgetäuscht. Sie musste sich deshalb neu registrieren lassen, die Ausbildung noch einmal absolvieren, eine Lizenz beantragen und so weiter.«

»Und dabei haben Sie ihr geholfen?«

»Ja.«

»Wo wohnt sie?«

»Das weiß ich nicht.« Die alte Dame registrierte des Söldners skeptischen Blick. »Ich weiß es wirklich nicht. Sie vertraut nur sehr wenigen Leuten.«

»Eine kluge Frau.« Cortes fuhr sich zerstreut durchs Haar. »Was wissen Sie noch über Kara? Mich interessiert jedes noch so unbedeutende Detail.«

»Wir haben nicht viel Kontakt.« Barbara Iljinitschna zuckte mit den Schultern. »In letzter Zeit haben wir nur telefoniert.«

»Nun rücken Sie schon heraus damit ...«

»Sie scheint ein Problem mit den Humanoiden zu haben, vielleicht alte Wunden aus der Vergangenheit.«

»Hat sie nie darüber gesprochen?«

»Nein. Aber den Hass, den sie für Angehörige nichtmenschlicher Völker empfindet, kann man beinahe physisch spüren.«

»Das ist interessant. Was wissen Sie noch?«

»Sie hat mit Professor Wawilow zusammengearbeitet.«

»Mit dem berühmten Genetiker?«

»Ja.«

»Aber wozu? In der Verborgenen Stadt wird doch schon seit Jahrhunderten mit den Genen experimentiert.«

»Wawilow war außergewöhnlich begabt. Vielleicht hat sie sich neue Anregungen von ihm erhofft.«

»Gut. Was wissen Sie über Karas derzeitige Aktivitäten?«

»Sie hat eine Gruppe von Anhängern um sich geschart, die an sie glauben und sich in den Dienst ihrer Sache stellen. Hin und wieder habe ich begabte Zauberer aus der Sonnensee-Schule zu ihr geschickt.«

»Können Sie sich an Namen erinnern?«

»Nein. Da müsste ich im Archiv nachsehen.« Die alte Frau seufzte. »Vor ungefähr drei Wochen habe ich eine sehr talentierte junge Frau zu Kara geschickt, eine gewisse Larissa Kusnezowa.«

»Was bedeutet *sehr talentiert*?«

»Sie ist vom Potenzial her mit Kara vergleichbar.« Barbara Iljinitschna spielte mit einem Federhalter herum und besann sich. »Möglicherweise ist sie sogar höher einzuschätzen. Viel höher.«

»Na so was«, wunderte sich Cortes. »Seit wann bringen Humos reihenweise fähige Magier hervor?«

Die alte Dame setzte ihre dicke Brille ab und sofort wieder auf. Ihre Augen bekamen plötzlich einen wehmütigen Glanz.

»Sie können sich darüber lustig machen, Cortes, und sich meinetwegen an die Herrscherhäuser verdingen, aber bedenken Sie eines: Unsere Zauberer waren über Jahrhunderte schwersten Verfolgungen ausgesetzt. Sie litten nicht nur unter den Humanoiden, sondern auch unter ihresgleichen. Sie wurden auf Scheiterhaufen verbrannt und bei magischen Duellen getötet. Nur wenige haben überlebt. Doch diesen Wenigen ist es zu verdanken, dass die Verborgene Stadt nur ein Schattendasein im Untergrund führt! Ihnen ist es zu verdanken, dass der Mensch den Planeten beherrscht! Das wird aber nicht so bleiben, wenn Sie diese letzten menschlichen Magier vernichten.«

Nachdem die alte Dame ihr Plädoyer beendet hatte, nahm sie abermals die Brille ab und sah den Söldner mit ernster Miene an. Dessen Antwort ließ nicht lange auf sich warten.

»Sie kennen sich hervorragend mit Magiern aus, Barbara«, räumte Cortes bereitwillig ein. »Doch mit ihrer Menschenkenntnis ist es leider nicht weit her. Sie sind romantisch und gutgläubig – ein willkommenes Opfer für Betrüger und Intriganten. Außerdem sind Sie aus irgendwelchen Gründen der Meinung, dass der Mensch aufgrund seiner Ausnahmestellung auf dem Planeten oder aufgrund der hehren Ziele, die er angeblich verfolgt, das Recht habe, sich alles zu erlauben. Das ist ein Irrtum. Kein Mensch, wie mächtig und dreist er auch sein mag, hat einen Freibrief. Spätestens wenn ein noch mächtigerer Akteur auf den Plan tritt, der ihm die alten Rechnungen präsentiert, wird er sich seiner Verantwortung stellen müssen. So war es immer und so wird es auch bleiben. Glauben Sie mir.«

Nachdem Cortes gegangen war, saß Barbara Iljinitschna noch eine halbe Stunde schweigend an ihrem Schreibtisch und starrte unentwegt auf das Telefon. Einige Male kam ihr Mann herein, doch er zog sich jedes Mal diskret wieder zurück, weil er spürte, dass Barbara im Augenblick nicht ansprechbar war.

Sollte sie nun anrufen oder nicht?

Noch nie im Leben stand Barbara Iljinitschna vor einer so schweren Entscheidung. Und zum ersten Mal im Leben hatte sie richtiggehend Angst. Die kleinen Nöte ihres beschaulichen Alltags verblassten vor dem Hintergrund des lähmenden Entsetzens, das sie während des Gesprächs mit Cortes erfasste.

Gewiss, Barbara Iljinitschna hatte davon gehört, wie brutal und skrupellos Kriegsmagier und Söldner bisweilen zu Werke gingen und welch blutige Auseinandersetzungen zwischen den Herrscherhäusern ausgetragen wurden. Doch das alles wusste sie nur vom Hörensagen, es schien weit weg von ihr zu sein und sie nichts anzugehen. Nun hatte sich das auf einen Schlag geändert. Der Söldner hatte Recht: Bislang hatte sie in einer kleinen heilen Welt gelebt, in der ihr kein Unheil drohte. Nun war diese heile Welt ernsthaft bedroht und sie musste eine Entscheidung von großer Tragweite treffen.

Barbara erinnerte sich noch einmal an die kalten, braunen Augen des Söldners und seufzte. Kein Zweifel, dieser brutale Mensch würde nicht davor zurückschrecken, sie zu töten – sie und ihren Mann und ihren Enkel.

Anrufen oder ...

Nicht anrufen!

»Eilmeldung aus dem Moskauer Polizeipräsidium! Soeben wurde eine Filiale der Sparbank *ausgeraubt. Mehrere Täter, die schwarze Lederkleidung und rote Kopftücher trugen, stürmten in den Schalterraum und ...«*

INTERFAX

»Rothauben wieder auf Beutezug! Während die Herrscherhäuser sich noch den Kopf darüber zerbrechen, wie man den marodierenden Humo-Banden das Handwerk legen könnte, sind unsere hauseigenen Unruhestifter, die Rothauben, wieder aktiv geworden. Die wandelnden Whiskeyflaschen nutzten offenbar das Chaos in der Verborgenen Stadt, um mehrere Geschäfte von Humos auszurauben. Erst vor wenigen Minuten wurde ein Überfall auf eine Filiale der Sparbank *gemeldet, der zweifellos ebenfalls auf das Konto der Rothauben geht. Es muss die Frage erlaubt sein, ob der Grüne Hof seine Vasallen noch unter Kontrolle hat. Andernfalls wären die anderen Herrscherhäuser gezwungen, ...«*

T-GRAD-COM

Villa Karavella
Moskau, Silberhain
Donnerstag, 28. September, 17:46 Uhr

Endlose Zahlenreihen, komplizierte Monsterformeln, grob skizzierte DNA-Ketten, Anmerkungen, Pfeile, kurze Zwischenergebnisse und wieder Zahlen, Zahlen, Zahlen … Die chaotische Datenflut hätte wohl auch einen leistungsstarken Computer zum Absturz gebracht, doch Kara behielt stets den Durchblick und ihr Bleistift tanzte behände über den auf dem Schreibtisch verstreuten Papierwust.

Die langwierigen Berechnungen waren für die Zauberin keine Belastung, sondern – im Gegenteil – ein Quell der Freude. Sie liebte die Forschungsarbeit, die kreative Suche nach Lösungen und das aufregende Gefühl, wissenschaftliches Neuland zu betreten. Obgleich Kara sich schon seit geraumer Zeit mit Genetik beschäftigte, wurde ihr dabei nie langweilig und ihr rastloser Forschergeist dürstete nach immer neuen Entdeckungen. Der Ursprung dieser Leidenschaft lag in den Labors des genialen Wissenschaftlers Wawilow, der während des Zweiten Weltkriegs in den Gefängnissen des Imperiums zugrunde gegangen war.

Wawilow. Kara sah von ihren Berechnungen auf und rieb ihren Nasenrücken.

Als die Zauberin damals von den Experimenten des Professors erfahren hatte, setzte sie alles daran, in sein Umfeld zu gelangen, und wurde schließlich sogar seine Assistentin. Wawilow konnte ihr nichts prinzipiell

Neues vermitteln, denn die Fragen, mit denen er sich beschäftigte, hatte man in der Verborgenen Stadt schon längst abgehandelt. Doch der Professor hatte die seltene Gabe, vorauszublicken und Erkenntnisse vorwegzunehmen, die sich erst viele Jahre später in der Praxis bestätigen sollten. Deshalb legte Kara größten Wert auf seine Ratschläge, wenn sie an ihren eigenen Problemlösungen arbeitete. Der Professor schätzte die junge, engagierte Assistentin und ahnte nicht, dass die blonde und attraktive Kara beinahe so alt war wie er selbst.

Den Professor gab es nicht mehr und auch von den Kollegen, mit denen sie unter seiner Ägide zusammengearbeitet hatte, war niemand mehr da. Nur sie lebte immer noch und trotzte den Mühlen der Zeit.

Kara erhob sich und trat vor den Spiegel.

Die Natur hat kein Mitleid mit Schwächlingen und Dummköpfen. Wawilow war klug, aber schwach. Bei Kara selbst paarte sich die Klugheit mit Kraft und Zähigkeit, und dennoch ging der unerbittliche Zahn der Zeit auch an ihr nicht ganz spurlos vorüber.

Die Zauberin streifte das Seidenkleid ab, das schwerelos auf ihre Füße niedersank, und besah sich kritisch im Spiegel. Sie verbrachte überhaupt viel Zeit damit, ihren Körper zu betrachten. Ein paar Fältchen um die Augen, die Hände ein wenig spröde – kaum erwähnenswert. Und das im Alter von einhundertacht Jahren! Noch immer war sie begehrenswert und ein schlüpfriger Augenaufschlag genügte ihr meist, um einen Mann in paarungsbereite Stimmung zu versetzen. Kara dachte an Ediks zärtliche Liebkosungen, an Mohammeds stürmische Lust und streichelte mit einem verklärten Lächeln über ihre großen, schweren, aber immer noch straffen Brüste.

Bislang war es der Zauberin gelungen, dem Alter ein Schnippchen zu schlagen, doch andererseits machte sie sich nichts vor. Ihre hervorragende körperliche Verfassung war das Resultat findiger Tricks, hingebungsvoller Pflege und eiserner Disziplin. Viel Sport, bewusste Ernährung, Heilkosmetik und nicht zuletzt die Magie des Schwarzen Buches verzögerten ihren Alterungsprozess, wenn sie ihn auch nicht verhindern konnten. Doch das genügte Kara nicht. Sie wollte ewig jung bleiben und dachte überhaupt nicht daran, sich mit dem scheinbar Unvermeidlichen abzufinden.

Man soll das Glück aus der Gegenwart schöpfen und nicht aus der Erinnerung an Vergangenes!

Kara schob die blonde Mähne in den Nacken und betrachtete ihren schlanken Hals, an dem sich noch keinerlei Fältchen zeigten. Im Kampf gegen das unerbittliche Rad der Zeit stand der Zauberin eine weitere Schlacht bevor. Diese galt es zu gewinnen, und dann würde sie weitersehen.

Sie zog das Seidenhemd wieder über und bequemte sich langsam zum Telefon, das schon seit geraumer Zeit klingelte.

»Hallo?«

»Herrin? Ich bin's, Mohammed.«

»Du rufst doch hoffentlich nicht aus dem Polizeirevier an?«, flachste Kara launig. Die Erinnerung an ihr letztes Rendezvous mit dem Schwarzen versetzte sie in eine schalkhafte Stimmung. »Oder muss ich dich gegen Kaution rausholen?«

»Natürlich nicht«, erwiderte Mohammed grinsend.

»Alles klar bei dir?«

»Alles klar«, bestätigte der Diener. »Einen ausführlichen Bericht über unsere Aktion kannst du dir in den Nachrichten ansehen.«

»Ich wusste, dass ich mich auf dich verlassen kann, Mohammed«, lobte die Zauberin und spürte, wie der Schwarze vor Stolz förmlich platzte. »Kommt zurück in die Villa.«

»Sehr wohl, Herrin.«

Kara legte den Hörer auf, ging am Tisch entlang und griff nach dem massiven goldenen Armreif, der einst der Fate Mara gehört hatte.

Der von den Magiern inszenierte Banküberfall war lediglich ein erster Schritt. Die aus dem Portal springenden, notdürftig als Rothauben verkleideten Gestalten sollten nur die Aufmerksamkeit der Moskauer Bürger erregen und den Boden bereiten für wesentlich spektakulärere Ereignisse, mit denen Kara die Metropole zu erschüttern gedachte.

Mit größter Sorgfalt versteckte die Verborgene Stadt ihre Existenz vor den Blicken der Menschen. Dies gelang nicht zuletzt deshalb, weil niemand nach ihr suchte. Kara fand es an der Zeit, diese Spielregeln zu ändern.

Die Zauberin streifte den Armreif übers Handgelenk und begeisterte sich an der Schönheit des kostbaren Schmuckstücks. Er war das Werk eines genialen Juweliers, der die Smaragde so meisterhaft platziert hatte, dass sie mit den geschwungenen Linien des Edelmetalls ein harmonisches Ganzes bildeten.

Der Armreif war ein Kunstwerk, gewiss, doch sein eigentlicher Wert lag in etwas anderem, nämlich in der absoluten Macht, die er über die Schwarzen Morjanen, die gefürchteten, von der Fate Mara geschaffenen Wandelwesen verlieh.

Die Zauberin aktivierte den Armreif und rieb mit dem Finger über die Edelsteine.

»Dita, kannst du mich hören?«

Bei den Schwarzen Morjanen gab es keinen Namen doppelt, deshalb wusste die Angesprochene sofort, dass sie gemeint war.

»Ja, Kara.«

»Wo bist du gerade?«

»Dort, wo du mich hinbeordert hast.«

»Sehr gut. Wie spät ist es?«

»Ungefähr zehn vor.«

Kara setzte sich auf einen Stuhl, flüsterte eine Zauberformel und rieb abermals über die Smaragde. Ihr wurde schwarz vor Augen und stechender Schmerz pulsierte in ihrem Kopf. Doch schon wenige Sekunden später ließ der Druck nach und vor Karas Augen erschien dieselbe Szenerie, die Dita in diesem Augenblick sah.

Nachtclub Schaukel
Moskau, Twerskaja-Straße
Freitag, 29. September, 02:11 Uhr

Der künstlerische Leiter des Nachtclubs *Schaukel* verzichtete darauf, das Publikum mit anspruchsvollen Darbietungen zu verwöhnen. Damit hätte er auch Perlen vor die Säue geworfen. Die Gäste des Etablissements waren zum Großteil gestandene Banditen, in deren ausrasierten Stiernacken schwere Goldketten funkelten, oder gescheiterte Sportler, die noch am Beginn ihrer kriminellen Karriere standen. Das Unterhaltungsprogramm des Nachtclubs gestaltete sich entsprechend: nonstop Striptease, aufgelockert durch Auftritte der bekanntesten Interpreten kneipentauglicher Gangsterlyrik.

Dem Publikum gefiel es so.

»Wir sitzen im Zentralzuchthaus
im fernen Jaroslawl,
das Leben dort ist elendig,
die Wächter machen Trouble«,

intonierte Grischa Kwadratowski auf der Bühne und die betrunkene Menge stimmte beschwingt ein:

»Es lebe das Zentralzuchthaus
im fernen Jaroslawl ...«

»Wie heißt deine Nummer gleich wieder?«, erkundigte sich die vollbusige Blondine, während sie ihre Nylonstrümpfe zurechtzog. »Ich hab's schon wieder vergessen.«

Die kleine Schwarzhaarige, der die Frage galt, reagierte nicht. Sie saß auf einem Schemel vor dem Spiegel und schminkte sich ungerührt die Lippen.

»Hey du, Neue, ich rede mit dir!«

Wie hieß sie gleich wieder?

Die Schwarzhaarige legte den Lippenstift beiseite und wandte sich langsam um. Der winzige Schminkraum der *Schaukel* bot kaum zwei Frauen Platz. Deshalb zogen sich die Stripperinnen erst kurz vor dem Auftritt um und verbrachten die Zeit davor in einer trostlosen Kammer zwischen Küche und Kühlraum.

»Hast du was gesagt?«

Die herben Gesichtszüge der Neuen gemahnten an die eisigen Stürme des Fernen Ostens: tiefgründige schwarze Mandelaugen, hohe Wangenknochen und volle, schön geschwungene Lippen. Ihr seidig-glattes schwarzes Haar reichte bis über die Schultern. Wenn sie lächelte, was eher selten vorkam, entblößte sie zwei makellose Zahnreihen, wobei die zwei vorderen, ungewöhnlich großen Schneidezähne, diesem Lächeln einen bezaubernden Charme verliehen. Nur das viel zu dick aufgetragene Make-up passte nicht ins Bild. Der clubeigene Stylist bestand jedoch auf dieser schminktechnischen Geschmacklosigkeit, denn dem Publikum gefiel's.

Wie war doch gleich ihr Name?

»Es lebe das Zentralzuchthaus
im fernen Jaroslawl ...«

»Wie heißt deine Nummer?«

»Drachentango.«

Die Neue war nicht gerade gesprächig. Nach der knappen Antwort stand sie auf, rückte den Schemel beiseite und legte ihren Hausmantel ab. Die Blondine stellte verwundert fest, dass die Schwarzhaarige keineswegs so zerbrechlich war, wie sie angezogen gewirkt hatte. Zwar besaß sie eine zierliche Figur, doch unter ihrer braungebrannten Haut zeigte sich eine kräftig ausgeprägte Muskulatur. Sie hatte kleine, feste Brüste und bewegte sich mit federnder Leichtigkeit.

Wie hieß sie doch gleich?

»Machst du Sport? Schwimmen oder so?«

»Drachentango, sagte ich doch schon«, erwiderte die Neue, während sie ihr knappes Bühnenkostüm anlegte.

Die Blondine zog einen Schmollmund. Dummes Flittchen, dachte sie beleidigt. Tango als Sport, bei der piept's doch. Flach wie eine Flunder und dabei eingebildet, als könnte sie sich vor Männern nicht retten. Es würde wohl nicht schaden, sich mit den anderen Mädels zusammenzutun und der arroganten Gans eins auszuwischen: ihr ein paar Klamotten zerschneiden, zum Beispiel, hihi! Das würde sie von ihrem hohen Ross herunterbringen.

Der niederträchtige Plan gefiel der Blonden außerordentlich und ihre Laune wurde schlagartig besser.

Plötzlich öffnete sich die Tür des Schminkraums und der Conférencier steckte den Kopf herein.

»Hey du, Neue, wie war dein Name gleich – Dita! Marsch auf die Bühne! Du bist als Nächste dran.«

Dita, natürlich – sie hieß Dita.

Damit hatte Kara nicht gerechnet. Besser gesagt, sie hatte sich keine Gedanken darüber gemacht. Ganze Batterien von Scheinwerfern blendeten Dita und schnitten sie gleichsam von der Außenwelt ab. Die Morjane sah nur einen kleinen Ausschnitt des Raums, und die Menschen, die sich dort aufhielten, konnte sie nicht erkennen. Weit von ihr entfernt fluchte die Zauberin und murmelte einen weiteren Zauberspruch, um besser sehen zu können. Kurz darauf reduzierte sich die Lichtempfindlichkeit von Ditas Augen und Kara konnte den ganzen Gastraum überblicken.

Wie ein kurviger Laufsteg schlängelte sich die niedrige Tanzbühne zwischen den Tischen hindurch. Diese praktische Einrichtung ermöglichte es fast allen Besuchern, die entblößten Körper der Stripperinnen aus nächster Nähe zu begaffen und sie im Bedarfsfall auch zu betatschen. Die breitschultrigen, kurzgeschorenen Männer, die den Großteil des Publikums stellten, nutzten diese Möglichkeit auch großzügig aus, kniffen die Tänzerinnen in den Hintern oder steckten ihnen zusammengefaltete Geldscheine in den Slip.

Der Raum war dunkel und verraucht, deshalb dauerte es eine Weile, bis Kara Arnolds hünenhafte Gestalt im Publikum entdeckte. Der langhaarige Magier saß allein an einem Tisch und schlürfte einen alkoholarmen Cocktail.

Sehr gut, nun konnte es losgehen!

Die Zauberin rieb sich die Hände, und als die Musik einsetzte, flüsterte sie: »Dein Auftritt, Dita. Zeig ihnen, was du kannst.«

Schon der eigenwillig gebrochene Rhythmus der Musik ließ das Publikum aufhorchen, und als die Darbietung endlich begann, schauten sämtliche Augenpaare wie gebannt auf die Bühne. Mit dem halbprofessionellen Erotikgehopse, das man in der *Schaukel* gewohnt war, hatte dieser energiegeladene, leidenschaftliche Tanz nichts, aber auch schon gar nichts gemein. Die zierliche Schwarzhaarige erwies sich als wahre Meisterin ihres Metiers und fesselte mit ihren sinnlichen Bewegungen das Publikum. Die grobschlächtigen Muskelprotze schnalzten begeistert mit der Zunge und begannen heftig zu schwitzen. Es schien ihnen nicht einmal aufzufallen, dass die famose Tänzerin noch kein einziges Stück Stoff abgelegt hatte.

Arnold schaute auf die Uhr. Der Drachentango sollte vier Minuten dauern und drei davon waren bereits um. Höchste Zeit!

»Runter mit dem BH, du Schlampe!«, brüllte Arnold. »Komm endlich zur Sache!«

»Jawohl, ausziehen!«, sprang ein Betrunkener am Nachbartisch dem Magier bei.

»Zeig uns deine Muschi!«

»Wofür zahlen wir überhaupt?!«

»Lass deine Titten sehen!«

»Ich will dich bumsen!«

Arnolds Rechnung ging auf. Mit ihrem erotischen Tanz hatte Dita das Publikum so aufgeheizt, dass sein Zwischenruf genügte, um die Stimmung zum Kippen zu bringen. Archaische Triebe brachen sich Bahn und die

Begeisterung über die raffinierten Bewegungen der Tänzerin wurde von sexueller Gier in den Hintergrund gedrängt. Nun legten auch die notorischen Grapscher ihre Zurückhaltung ab, zwickten die junge Frau in die Wade und zerrten an ihrem Kostüm.

»Zieh dich aus!«

»Ist das womöglich ein Typ?!«

»Zeig uns, was du hast!«

Die Musik brach ab. Dita hielt inne und schaute verstört in die tobende Menge, als sie plötzlich ein Apfel am Kopf traf. Sofort stürzten Ordner zum Tisch des Übeltäters, doch der Bann war nun gebrochen. Schon flogen Aschenbecher und leere Flaschen.

»Zieh die Fetzen aus, du Hure!«

»Zeig, was du draufhast!«

»Mach's dir mit ner Flasche!«

»Hatte die womöglich gar nicht vor, sich auszuziehen?«, kicherte die Blondine, die schadenfroh hinter den Kulissen hervorspähte. »Die dumme Kuh hat wahrscheinlich gedacht, das sei hier ein Konservatorium.«

»Oder das Bolschoi Theater«, flüsterte der Conférencier. »So eine wie Dita müsste eigentlich im Bolschoi The…«

»Sie wollen dir ans Leder«, sagte Kara eindringlich. »Wehr dich!«

Einem Befehl, der über den Armreif der Fate Mara erteilt wurde, konnte sich eine Schwarze Morjane nicht widersetzen. Dita legte gehorsam ihre Kampfmontur an.

Der Conférencier erstarrte mit offenem Mund und mit der in seinem Mundwinkel hängenden, qualmenden Zigarette. Die Stille, die plötzlich über dem Gastraum lag, zerschnitt ein gellender Schrei der zu Tode erschrockenen Blondine.

Niemand hatte richtig mitbekommen, wie das zugegangen war. Die zierliche Frau, deren Körper von den Resten ihres Kostüms nur mehr spärlich verhüllt war, vollzog innerhalb weniger Sekunden eine bizarre Metamorphose. Ihre schlanken Arme verwandelten sich in kurze, kräftige Klauen, die mit furchterregenden Krallen bestückt waren. Ihre fernöstlichen Gesichtszüge zerfielen zu einer entsetzlichen Fratze: Die Nase verschwand, die vollen Lippen bildeten sich zurück und zwischen ihnen wuchsen zwei lange spitze Hauer hervor. Die Augenbrauenbögen wölbten sich vor und in den tiefen Augenhöhlen entzündeten sich grüne Feuer. Aus dem haarlosen Kopf ragten zwei spitze Hörner und am verlängerten Rücken wuchs ein kräftiger, dornenbewehrter Schwanz.

Infernalisches Gebrüll erschütterte den Club und der stinkende Zigarettenqualm wurde vom Duft überreifer Pfirsiche übertüncht.

Der einzige Mensch, der bei alledem die Ruhe bewahrte – Arnold –, verließ in aller Ruhe den Raum und begab sich in die Wachstube, um nach der Vorstellung, die nun folgen würde, die Kassetten der Überwachungskameras zu entnehmen. Das hatte ihm Kara so aufgetragen.

Es war ein fürchterliches Blutbad.

Kara weidete sich daran, wie die krallenbewehrten Klauen des Monsters wehrlose Körper zerfetzten, wie sein peitschender Schwanz Wirbelsäulen wie Streichhölzer knickte und wie die Münder der Gäste sich in Todesangst verzerrten. Die vor Zorn rasende Morjane fegte wie ein verheerender Orkan durch den Raum und säte Tod und Verderben. Sie bewegte sich mindestens viermal so schnell wie ein Mensch und deshalb hatte niemand den Hauch einer Chance sich zu retten. An Gegenwehr war überhaupt nicht zu denken.

Ein kräftiger Wachmann sank mit aufgeschlitztem Brustkorb zu Boden, der Kopf des Conférenciers, in dessen Mundwinkel immer noch die Kippe klebte, rollte makaber über den Boden. Die vollbusige Blondine in ihrem frivolen Kleidchen wurde von einem Schwanzhieb getroffen, flog meterweit durch den Raum und landete mit grotesk verrenkten, zerschmetterten Gliedmaßen auf dem Tresen.

»Gut so, Dita, gut so!«, lobte Kara, die eifrig mit dem Finger über die Smaragde rieb. »Du machst das ausgezeichnet.«

Die Stimme der Zauberin zitterte vor Erregung und auf ihrer Oberlippe traten kleine Schweißperlen aus.

KAPITEL VIER

»Blutbad im Moskauer Nachtclub Schaukel! *Erste Gerüchte über die Tragödie verbreiteten sich am frühen Morgen, nachdem ein rekordverdächtiges Polizeiaufgebot und Dutzende von Rettungswagen am Ort des Geschehens vorgefahren waren. Die offiziellen Stellen schwiegen sich zunächst über den Vorfall aus, doch vor wenigen Minuten gab der Pressesprecher des Polizeipräsidiums bekannt, dass sich in der* Schaukel *ein brutaler Überfall ereignet hat. Die Polizei weigert sich zwar, Einzelheiten bekanntzugeben und schirmt die wenigen Zeugen von der Öffentlichkeit ab, doch allein schon die Tatsache, dass hochrangige Polizeivertreter wie General Schwedow vor Ort gesehen wurden, lässt das Ausmaß der Katastrophe erahnen. Nach unbestätigten Meldungen kamen bei dem Überfall auf den Nachtclub etwa fünfzig Menschen ums Leben.«*

TVZ

»Wie wir soeben erfuhren, hat sich vor wenigen Stunden im Nachtclub Schaukel *ein Massaker ereignet. Eine Schwarze Morjane, die sich dort während einer Striptease-Show aufhielt, legte die Kampfmontur an und griff*

die Besucher des Clubs an. Die genaue Anzahl der Opfer ist nicht bekannt, doch es dürften mehrere Dutzend sein. Dieser schockierende Vorfall bedroht die Sicherheit der Verborgenen Stadt, denn wenn die Humo-Polizei herausfindet, dass ...«

T-GRAD-COM

Nachtclub Schaukel
Moskau, Twerskaja-Straße
Freitag, 29. September, 05:12 Uhr

»Ich würde lieber nicht reingehen«, empfahl Kapitän Koslow, der Leiter der örtlichen Mordkommission.

»Und wieso?«, erkundigte sich Kornilow.

»Ist kein schöner Anblick«, erwiderte der Kapitän und spuckte aus. »Der Einzige, dem das nichts ausmacht, ist Sergeant Petschorin und der hat in Afghanistan gedient.«

Andrej zuckte mit den Schultern und ging auf die Eingangstür des Gastraums zu. Der Major hatte zwar nicht an den Kolonialkriegen des Imperiums teilgenommen, doch an Abgebrühtheit konnte er es mit dem ein oder anderen Veteranen durchaus aufnehmen.

Man hatte Kornilow zum Tatort gerufen, da der Nachtclub *Schaukel* dem Gangsterclan des kürzlich ermordeten Rioni gehörte. Im missvergnügten und unausgeschlafenen Gesicht des Majors war unschwer abzulesen, was er von Einsätzen am frühen Morgen hielt. Immerhin war es ihm gelungen, den nervigen Journalisten zu entgehen, indem er das abgesperrte Gebäude von der Rückseite her betrat. Selbst dort, am Hintereingang, hatte er fünf Streifenjeeps und sieben Notarztwagen gezählt. Die Gesichter der Polizisten, die den Tatort bereits in Augenschein genommen hatten, ließen sich mit Worten nur schwer beschreiben. Den meisten von ihnen schien speiübel zu sein.

»Wie viele Tote sind es?«, erkundigte sich Kornilow und schaute angewidert auf den blutverschmierten Boden. Er hatte neue Schuhe an und war darauf bedacht, sie nicht schmutzig zu machen.

»Den Fragmenten nach zu schließen etwa dreißig«, antwortete Koslow, der seinen Mund mit einem Taschentuch bedeckte, wodurch seine Stimme etwas dumpf klang. »Die genaue Anzahl werden unsere Experten voraussichtlich erst in ein paar Tagen wissen.«

»Wir werden die Sachverständigen des Präsidiums hinzuziehen«, verkündete Andrej und blieb auf einem einigermaßen sauberen Fleckchen in der Mitte des Raumes stehen.

»Übernehmen Sie den Fall?« Koslow sah den Major hoffnungsvoll an.

»Ja«, nickte Kornilow. »Sieht ganz nach einem Bandenkrieg aus. Offenbar sind die Gangster nach Rionis Tod immer noch damit beschäftigt, ihre Claims neu abzustecken.«

Das runde Gesicht des Kapitäns Koslow strahlte tief empfundene Erleichterung aus. Die Aussicht, einen Massenmord aufklären zu müssen, hatte ihm schwer im Magen gelegen und er war nur zu gerne bereit, diese Ehre einem anderen zu überlassen.

Der Major zündete sich eine Zigarette an und ließ den Blick über das Inferno schweifen. Im Gastraum des Nachtclubs sah es aus wie in einem Schlachthof. Oder wie in einem Lehrsaal für Anatomie, in dem eine Bombe eingeschlagen hatte. Am ehesten wie in einer Mischung aus beidem. Der Boden, die Wände und die zertrümmerten Möbel waren mit Blut besudelt und überall lag verstreut, was Koslow diskret als Fragmente bezeichnet hatte: Arme, Beine, Köpfe und Eingeweide. Vollständige Leichen waren eher die Ausnahme. Zwischen den menschlichen Überresten lagen die Scherben von Geschirr und Flaschen, Bestecke und Zigarettenkippen in den Blutlachen.

Über der grausigen Szenerie mischten sich die Gerüche von Blut, Alkohol, kaltem Rauch und Erbrochenem zu einem schwer erträglichen Cocktail. Außer Kornilow und Koslow waren nur Spurensicherer im Raum und ein grimmiger Sergeant, der für Ordnung sorgte: offenbar der legendäre Afghanistanveteran Petschorin.

»Böse Sache«, resümierte Andrej und zog an seiner Zigarette. »Gibt es Überlebende?«

»Dreizehn Schwerverletzte liegen im *Sklif*, die meisten in einem kritischen Zustand.«

»Werden sie entsprechend abgeschirmt?«

»Ja, ihre Kollegen aus dem Präsidium haben veranlasst, dass in der Klinik Wachposten aufgestellt werden.«

»Sehr gut.«

Gewiss hatte sich der umsichtige Schustow darum gekümmert. Kornilows Stellvertreter wusste nur zu gut, dass einer neugierigen Journalistenmeute alles zuzutrauen war.

»Sieht so aus, als hätte da jemand zu viele Horrorfilme geguckt.« Der Major schielte auf einen abgetrennten Kopf, der unter einem wie durch ein Wunder heil gebliebenem Tisch lag, und wandte sich an Koslow: »Was meinen Sie, Kapitän, war da jemand mit einer Motorsäge am Werk?«

»Wir haben zwei Zeugen hier, drüben im Nebenraum«, erwiderte Koslow. »Die Notärzte haben ihnen Beruhigungsmittel gespritzt und empfohlen, sie vorläufig in Ruhe zu lassen. Aber wenn Sie wollen, können wir versuchen, mit ihnen zu sprechen.«

»Geht's ihnen denn wirklich so schlecht?«

»Der eine Zeuge gehört offenbar zum Sicherheitspersonal des Clubs. Wir haben ihn in der Toilette gefunden. Dort hatte er sich eingeschlossen und jedes Mal das Feuer eröffnet, wenn sich jemand der Tür näherte. Wir konnten ihn erst rausholen, nachdem ihm die Patronen ausgegangen waren.«

»Und der zweite Zeuge?«

»Eine junge Frau aus dem Publikum, sie hatte sich unter einem umgedrehten Korbsessel versteckt.«

»Waren die beiden während des Überfalls im Gastraum?«

»Ja.«

»Gut«, sagte Andrej. »Um die beiden kümmere ich mich persönlich.«

Die junge Frau hieß Lena. Lena Sacharowa.

Im ersten Moment hielt Kornilow sie für eine Prostituierte aus der Gegend; das grelle Make-up und das provozierend offenherzige Kleid legten diesen Schluss nahe. In Wahrheit bewegte sich die Zeugin in einem anderen, etwas weniger übel beleumundeten Milieu. Lena Sacharowa arbeitete als Kassiererin in der Wechselstube einer Bank und pflegte ein intimes Verhältnis zum stellvertretenden Chef der Security des Geldinstituts – einem gewissen Wolodja. Andrej verzichtete darauf nachzufragen, wie lange diese Liaison bereits anhielt. Den Abend in der *Schaukel* jedenfalls verbrachten Lena und Wolodja in Begleitung zweier weiterer Pärchen, die beim selben Arbeitgeber beschäftigt waren: der *Rioni Finance Bank*.

»Zuerst hat Wera geschrien«, erzählte Lena mit tonloser Stimme und starrte dabei auf den Boden. »Wie am Spieß! Man hörte nicht einmal mehr die Musik. Dann ist Wolodja aufgesprungen und hat mich an der Hand genommen.«

Die Augen der jungen Frau füllten sich mit Tränen, sie machte jedoch nicht den Eindruck, im nächsten Augenblick einen hysterischen Anfall zu bekommen.

»Wolodja hat nach vorne geschaut, zur Bühne, und dann geschrien: *Weg hier!* Aber in dem Moment sind alle losgerannt und es brach totale Panik aus. Vor dem Ausgang stauten sich die Menschen und es gab ein fürchterliches Gedränge. Alle schrien durcheinander, schlugen um sich und viele stürzten zu Boden. Es fielen auch Schüsse, aber das war nicht Wolodja, der hatte keine Waffe dabei. Auf einmal bekam ich einen Schlag ins Gesicht.« Lena griff mechanisch an den blutunterlaufenen blauen Fleck unter ihrem Auge. »Ich bin hingefallen und habe Wolodja aus den Augen verloren. Ich hatte Angst, dass man mich tottrampelt, und bin deshalb unter den umgestürzten Korbsessel gekrochen.«

»Haben Sie die Angreifer gesehen?«, fragte Kornilow möglichst unaufdringlich.

»Nein, aber gehört.« Lena schniefte stoßweise. »Als alles wieder ruhig war, ist jemand ganz dicht an dem Korbsessel vorbeigegangen, unter dem ich mich versteckt hatte. Ich habe mich ganz stillgehalten und er hat mich nicht gesehen.«

»Und Sie ihn?«

»Nein, ich habe nur seine Schritte gehört.« Lenas Lippen begannen zu zittern, als sie die beklemmende Szene noch einmal durchlebte. »Wissen Sie, das waren ganz schwere, bedrohliche Schritte. Und dann dieser Geruch ...«

»Was für ein Geruch?«

»Reife Pfirsiche.« Die Zeugin sah den Major an. »Vielleicht bilde ich mir das nur ein, aber ich hatte den Eindruck, dass die Schritte und der Geruch zusammengehören.«

Um den zweiten Zeugen war es wesentlich schlechter bestellt. Das traumatische Erlebnis hatte seinen Verstand völlig zerrüttet. Als Andrej in den Raum kam, lächelte der schwarzhaarige, kräftig gebaute Mann und streckte ihm die Hand entgegen.

»Hallo Surab, mein Lieber«, grüßte er freudig. »Sag mal, muss ich mir noch lange das Genöle von diesen Polizeitrotteln anhören?«

Kornilow wusste bereits, dass Surab Kuraschwili der Leiter des Sicherheitsdienstes der *Schaukel* war und der Zeuge dessen leiblicher Bruder. Man hatte Andrej vorgewarnt, dass der verwirrte Mann wildfremde Leute für seinen Bruder hielt.

»Gedulde dich noch ein wenig, Georgi.« Der Major hielt es für das Beste, das Spiel mitzuspielen. »Wie geht's dir?«

»Schlecht, Surab«, erwiderte der Wachmann, schaute sich ängstlich um und fügte hinzu: »Ich habe den Teufel gesehen.«

»Bist du dir da sicher, Georgi?«

»Ganz sicher.« Nach kurzem Zögern fügte er hinzu: »Du glaubst mir doch, Surab?«

»Aber natürlich.«

»Oder hältst du mich auch für verrückt?«

»Aber nein, Georgi, warum sollte ich?« Kornilow seufzte. »Wie sah er denn aus, der Teufel?«

»Furchterregend«, flüsterte der Wachmann. »Er ist stark und pfeilschnell. Er hat Hörner und einen Schwanz und seine Augen leuchten grün.« Die Lippen des hünenhaften Georgi Kuraschwili verzerrten sich zu einem irren Lächeln. »Und der Teufel riecht nach Pfirsichen.«

Die Schwarzen Morjanen in der Verborgenen Stadt rochen nach Pfirsich. Andrej hatte von diesen unberechenbaren Monstern schon gehört, und die Schilderungen der Zeugen bestätigten seinen Verdacht: Das Blutbad in der *Schaukel* hatte eines dieser Wandelwesen angerichtet.

Die Tür zum Büro des Geschäftsführers der *Schaukel*

wurde von zwei monströsen Kaukasiern bewacht, deren aufgepumpte Physiognomie nur durch massiven Anabolikamissbrauch erklärbar war. Die beiden trugen schicke Anzüge in der Stilrichtung »Al Capone im Familienkreis am Swimmingpool«. Der gestreifte Stoff dieser putzigen Uniformen harmonierte hervorragend mit den weißen Socken und unrasierten Visagen der Bodyguards.

Der Geschäftsführer selbst weilte fragmentiert im Gastraum und in seinem nunmehr herrenlosen Büro erwarteten Kornilow die Eigentümer des Etablissements, die Nachfolger des legendären Wachtang Rioni.

Der schmächtige Major ging grußlos an den beiden Gorillas vorbei und trat mit dem Fuß gegen die schwere Tür.

»Hey, wohin?«, bellte einer der Leibwächter.

Kornilow gab ihm keine Antwort. Der Kaukasier überlegte kurz und beschloss, lieber keinen Ärger zu riskieren.

Im Büro traf der Major zwei Männer an: den hoch aufgeschossenen, ganz in Schwarz gekleideten Kacha Gori und den fetten Waliko Garadse, der auf den Spitznamen Jumbo hörte und einen zerknitterten Anzug aus englischem Tuch trug. Während Kacha mit einer Zigarette in der Hand auf und ab ging, lümmelte sein korpulenter Kompagnon im Chefsessel des Geschäftsführers und schlürfte von Zeit zu Zeit an einer Tasse Kaffee. Das Erscheinen des Majors löste bei den Gangstern naturgemäß keine überschwängliche Freude aus, und Waliko zögerte nicht, seinen angestauten Groll zu artikulieren.

»Hör mal, Kornilow, wieso lässt man uns nicht mit Kuraschwili sprechen, hä? Das ist unser Mann, oder nicht?

Wir müssen mit ihm sprechen, klar? Und wieso lässt man uns nicht in den Gastraum, hä? Das ist schließlich unser Club, oder nicht? Wir wollen wissen, was dort drin passiert ist …«

»Das würde ich auch gern wissen«, warf der Major ein. »Fällt euch was dazu ein?«

»Und ob uns dazu was einfällt!«, bestätigte Waliko. »Soll ich dir mal was sagen …«

»Warte, Jumbo«, unterbrach Gori seinen aufgebrachten Kompagnon. »Kornilow, was ist mit Georgi?«

»Er lebt«, erwiderte Andrej lapidar. »Und in ein paar Tagen erinnert er sich vielleicht auch wieder an seine Verwandtschaft.«

»Geht's ihm wirklich so schlecht?«

»Durchwachsen, würde ich sagen.« Der Major setzte sich aufs Sofa und zündete sich eine Zigarette an. »Und überhaupt, Kacha, ihr solltet den Laden umbenennen. Was hältst du von Nachtclub *Schlachthaus*? Enthauptungen und Vierteilungen mit Stripteaseeinlagen. Das wäre doch was …«

»Findest du das witzig?«, entrüstete sich Waliko.

»Er hat das wohl noch nicht ganz verdaut, was er dort drüben gesehen hat«, sprang Gori dem Major bei. »Selbst ein hartgesottener Polizist hat keine Nerven aus Stahl.« Kacha ging zur Bar und schenkte zwei Fingerbreit Gin in ein Glas. »Trink, Major.«

Andrej überlegte kurz und nickte.

»Den kann ich jetzt wirklich vertragen.«

Der in einem Zug geleerte Schnaps verströmte eine angenehme Wärme in Kornilows Bauch.

»Sieht's arg übel aus, dort drüben?«

Kornilow nickte.

»Und, was meinst du dazu?«

»Was ich meine?« Andrej stellte das leere Glas neben sich auf das Sofa und klopfte die Asche seiner Zigarette hinein. »Ich meine, ihr hättet hier lieber nicht mit Rauschgift handeln sollen. Irgend so ein Junkie hat sich damit vollgepumpt, bis er nur noch grüne Männchen sah, und dann beschlossen, sie mit der Motorsäge zu bekämpfen. Danach sieht es jedenfalls aus nebenan.«

»Quatsch, wir verhökern hier kein Dope. Erzähl keinen Scheiß, Major«, empörte sich abermals Waliko.

Andrej lächelte ironisch.

»Komm schon, Kornilow, lass uns ernsthaft reden«, schlug der besonnene Gori vor. »Du weißt doch genau, dass deine Version mit dem Rauschgift Humbug ist. Ein völlig zugedröhnter Zombie hätte so ein Gemetzel nicht anrichten können. Das war eine geplante Aktion.«

»Was für eine Aktion?«

»Du weißt schon, was ich meine. Seit Wachtang tot ist, spechten Chamberlains Leute auf unser Geschäft. Ich bin davon überzeugt, dass dieser Überfall von langer Hand geplant war. Und zwar bis ins kleinste Detail.«

»An welche Details denkst du konkret?«

»Diese Typen haben nicht nur alles niedergemacht und sind dann wieder gegangen«, erläuterte Kacha. »Sie haben sogar die Videokassetten aus der Wachstube mitgenommen.«

»Von den Überwachungskameras im Gastraum?«

»Ja.«

»Ich dachte, eure Leute hätten die rausgenommen?«

»Nein, Kornilow, ich schwör's dir. Als meine Leute nachsahen, waren die Kassetten schon weg.«

»Hast du deine Leute befragt?«

»Keiner von ihnen hat irgendwas gesehen.«

Kornilow glaubte Gori. Der Bandit war selbst an einer schnellen Aufklärung der Sache interessiert.

»Das ist schlecht.«

»Kassetten, Disketten – ist doch völlig egal«, wetterte Waliko. »Auf jeden Fall steckt Chamberlain dahinter und seine miese Fresse würden wir auf den Kassetten sowieso nicht finden.«

Der dicke Bandit stand auf und marschierte zur Tür.

»Wo willst du hin?«, fragte Kacha und versuchte, ihn zurückzuhalten.

»Dieser Missgeburt werde ich's zeigen!«, versetzte Waliko. »Wenn *du* keine Lust hast, dann mach's eben *ich*! Das bedeutet Krieg! Du kannst dich auf turbulente Zeiten einstellen, Kornilow.«

Waliko stürmte entschlossen aus dem Büro.

»Ich hoffe, du kannst ihn aufhalten?«, erkundigte sich Andrej und wedelte besorgt mit der Hand.

»Ich werde mein Bestes tun, aber leicht wird es nicht«, erwiderte Kacha. »Erst Rioni, jetzt dieser Überfall. Ist doch klar, dass die Jungs auf Rache sinnen.«

»Derjenige, der hinter diesem Überfall steckt, hat es nicht auf euer Geschäft abgesehen, Gori«, sagte Andrej bedächtig. »Er verfolgt andere Ziele. Und eines davon besteht darin, euch und Chamberlain gegeneinander aufzuhetzen.«

»Wie willst du das beweisen?«, fragte Kacha skeptisch.

»Ich brauche zwei Tage, um den Dreckskerl, der das angerichtet hat, zu verhaften. Und ich möchte, dass deine Leute sich in dieser Zeit ruhig verhalten. General Schwedow hat dem Bürgermeister versprochen, dass es keinen neuen Bandenkrieg geben wird.«

»Und was wird in zwei Tagen?«

»In zwei Tagen wird es keinen Grund mehr für einen Bandenkrieg geben.«

»Okay, Kornilow«, willigte Kacha ein. »Ich werde mit meinen Leuten reden. Aber du hast nur zwei Tage Zeit.«

Zitadelle, Hauptquartier des Herrscherhauses Naw
Moskau, Leningradski-Prospekt
Freitag, 29. September, 10:01 Uhr

In seinem Privatkabinett empfing der Fürst des Dunklen Hofs nur ausgewählten Besuch. Der Gebieter des Herrscherhauses Naw schätzte Beratungen im kleinen Kreis. Größere Zusammenkünfte im eigens dafür vorgesehenen Saal waren ihm dagegen ein Graus – nicht zuletzt wegen der übertriebenen Meinungsvielfalt.

Auch an diesem Tag verloren sich im Halbdunkel um den Stuhl des Fürsten nur vier Silhouetten: Drei davon gehörten den Ratsherren, die in dunkelblaue Mäntel gehüllt waren, die letzte Ortega, der als Santiagos Stellvertreter an den Beratungen teilnahm. Im Unterschied zu seinem Chef wagte es Ortega nicht, dem Gebieter des Dunklen Hofs in einem Humo-Anzug gegenüberzutreten, sondern trug einen dem Anlass angemessenen schwarzen Umhang.

Ortega war es auch, der die Besprechung eröffnete, indem er die offizielle Presseerklärung des Herrscherhauses Tschud verlas. Nachdem er geendet hatte, schwiegen die Ratsherren eine Weile, da sie gewohnheitsmäßig einen Kommentar des Kommissars erwarteten. Erst als die eingetretene Stille daran erinnerte, dass Santiago diesmal nicht unter ihnen weilte, gaben sie die ersten Stellungnahmen ab.

»Das ist empörend!« Die Stimme des ersten Ratsherrn bebte vor Zorn. »Wie können die Tschuden es wagen, die Auslieferung des Kommissars zu verlangen?!«

»Beim Verdacht auf die Verbreitung verbotener Zauber ist eine solche Forderung durchaus angemessen«, widersprach sein wesentlich besonnenerer Amtskollege. »Schließlich hat auch der Dunkle Hof die Konvention von Kitai-Gorod unterzeichnet, in der solche Aktivitäten als schweres Verbrechen gebrandmarkt werden.«

»Es geht aber doch um unseren Kommissar!«

»Leider ist in der Konvention keine Extrawurst für unseren Kommissar vorgesehen. Die Tschuden haben allen Grund, Santiagos Auslieferung zu fordern. Im Prinzip könnten sie uns sogar den Krieg erklären, wenn wir uns weigern.«

»Ich glaube nicht, dass sie so weit gehen würden.«

»Und ich glaube nicht, dass es sinnvoll wäre, es darauf ankommen zu lassen.« Der Ratsherr wandte sich an Ortega. »Habe ich nicht Recht?«

»Absolut. Der Rauswurf des Kriegsmeisters de Geer,

der Santiago eine Frist einräumen wollte, damit er seine Unschuld beweisen kann, zeigt, dass die Tschuden zu allem entschlossen sind.«

»Sind wir auf einen Krieg denn vorbereitet?«

»Ein Krieg steht überhaupt nicht zur Debatte!«, intervenierte der Fürst, der Santiagos listiges Grinsen in der Runde schwer vermisste. »Wenn das alles ist, was euch dazu einfällt, hätte ich mir diesen Termin auch sparen und sofort die Mobilmachung bekanntgeben können.«

»Das Herrscherhaus ist in Aufruhr«, rechtfertigte sich einer der Ratsherren. »Unser Volk ist empört über die Dreistigkeit der Tschuden, und wenn wir keine Härte zeigen ...«

»Es geht aber nicht darum, dem Volk nach dem Mund zu reden, sondern einen vernünftigen Ausweg aus der Misere zu finden!«, donnerte der Fürst.

Der Ratsherr senkte beschämt den Kopf.

Die verfahrene Situation entbehrte nicht einer gewissen Kuriosität. Zum ersten Mal seit Jahrhunderten mussten sich die höchsten Kriegsmagier des Dunklen Hofs in Abwesenheit von Santiago mit einer Intrige in der Verborgenen Stadt auseinandersetzen. Die Ratsherren fühlten sich wie im falschen Film und der brave Ortega konnte den ausgefuchsten Kommissar nicht einmal ansatzweise ersetzen.

»Haben die Anschuldigungen, die gegen Santiago vorgebracht werden, überhaupt Hand und Fuß?«, schaltete sich der dritte Ratsherr ein, der bisher geschwiegen hatte.

»Guter Gedanke!«, sprang ihm sein aggressiver Kollege bei. »Wir veröffentlichen einfach eine Erklärung, in der wir die Vorwürfe als lächerlich bezeichnen. Sollen die Tschuden doch erst mal Beweise vorlegen! Sie können nicht erwarten, dass wir den Kommissar einfach so ausliefern.«

»Der Orden verfügt sicher über entsprechende Beweisstücke«, gab Ortega zu bedenken. »Sonst hätten sie sich nicht so weit aus dem Fenster gelehnt.«

»Dann muss man uns Gelegenheit geben, diese Beweise zu prüfen, und bis dahin steht der Kommissar unter dem Schutz des Dunklen Hofs!«

»Wo ist übrigens Santiago?«

Alle schauten Ortega an, genauer gesagt: Drei Kapuzen drehten sich in seine Richtung.

»Santiago befindet sich außerhalb der Verborgenen Stadt«, antwortete der Fürst für Ortega.

»Und wo?«

»Das wissen wir nicht.«

»Sehr praktisch«, kommentierte der zurückhaltende Ratsherr. »Aber können wir auch beweisen, dass wir nicht wissen, wo der Kommissar sich aufhält?«

»Wozu denn?«, kam der Fürst Ortega zuvor. »Wir spielen einfach auf Zeit, indem wir die Anschuldigungen des Ordens im Prinzip akzeptieren, aber auf die Einsetzung einer Untersuchungskommission bestehen.«

»Und wenn es dem Kommissar nicht gelingt, die Vorwürfe zu entkräften?«

»Dieser Fall wird nicht eintreten«, versicherte Ortega mit einem souveränen Lächeln. »Santiago hat die Lage ziemlich nüchtern analysiert und ist optimistisch, dass er das Problem in den Griff bekommt.«

»Dann ist diese Intrige also seine eigene?«

»Leider nein, aber der Kommissar wird mit Sicherheit eine Lösung finden.«

Sonderausgabe der Sendung Redefreiheit

Die Überwachungskamera hatte die Geschehnisse im Gastraum schonungslos aufgezeichnet. Man sah, wie die Menschen panisch zum Ausgang drängten, wie sie um sich schlugen und übereinanderfielen, wie sie verzweifelt versuchten, aus der tödlichen Falle zu entkommen, in die sich die *Schaukel* verwandelt hatte. Der Film lief ohne Ton, doch an den grotesk verzerrten Gesichtern konnten die Fernsehzuschauer die beklemmende Todesangst der Clubgäste nachvollziehen. Nur verschwommen sah man die Ursache der Panik: ein bizarres Geschöpf mit Hörnern und dornenbewehrtem Schwanz, das wie ein Wirbelwind durch den Raum fegte. Das Monster bewegte sich so schnell, dass die Kamera kein scharfes Bild von ihm zustande brachte.

»Wir haben Ihnen diese Aufzeichnung bewusst unkommentiert gezeigt, meine Damen und Herren.« Die Regie schaltete zurück ins *NTW*-Studio und im Bild erschien das Gesicht des Moderators Slawik Toster, der betroffen in die Kamera guckte. »Die Videokassetten aus dem Nachtclub *Schaukel* wurden uns vor wenigen Stunden anonym zugespielt. Wir hielten es für unsere Pflicht, Ihnen diese unglaublichen Bilder zu zeigen.«

Slawik Tosters Stern am Fernsehhimmel war aufgegangen, kurz nachdem *NTW* in einem aufsehenerregenden Manöver von *Gazprom* übernommen worden war und die besten Journalisten den Sender verlassen hatten. Slawik sprach zwar nur mäßig gut russisch, doch seinem Drang nach Popularität tat dies keinen Abbruch. Mit seiner medialen Allgegenwart wurde er zu einer Art Gesicht des Senders und trat häufig in zeitkritischen Magazinen auf, für deren Qualität *NTW* in früheren Zeiten berühmt gewesen war.

»Nach reiflicher Überlegung haben wir uns entschieden, nicht den kompletten Mitschnitt zu zeigen – die Bilder sind einfach zu grauenvoll, meine Damen und Herren. Doch eine Szene, die aus einer anderen Perspektive gefilmt wurde, möchten wir Ihnen noch zeigen, ehe wir die Kassetten der Polizei übergeben.«

Die Kameraeinstellung zeigte die Bühne. Man sah eine schwarzhaarige Tänzerin, die mit Flaschen und Früchten beworfen wurde und entgeistert ins Publikum schaute. Man sah die Hinterköpfe der kurzgeschorenen Typen, die sich in vorderster Reihe drängten und der Stripperin an die Wäsche griffen. Was dann mit der Tänzerin geschah, ging so rasend schnell, dass die Kamera den Ablauf selbst nicht festhalten konnte, doch es bestand kein Zweifel daran, dass eine blitzartige Veränderung mit ihr vonstattengegangen war. Innerhalb von Sekundenbruchteilen hatte sich die attraktive junge Frau in ein Monster verwandelt, das in einem Horrorstreifen hollywoodscher Prägung eine gute Figur gemacht hätte: kahler Kopf, dicke Augenbrauenwulste, unter denen glasige Augen gespenstisch leuchteten, eingefallene Nase, überlange, hervorstehende Eckzähne, wuchtige gekrümmte Hörner und ein dornenbewehrter, sich bedrohlich windender Schwanz.

Die Regie stoppte die Aufnahme, um dem Fernsehpublikum Gelegenheit zu geben, sich an dem bizarren Anblick sattzusehen.

»Was nach dieser Szene geschah, haben Sie in Auszügen ja bereits gesehen«, setzte Slawik fort. »Nach vorsichtigen Schätzungen der Polizei sind mindestens dreißig Menschen ums Leben gekommen. Ein Schock für die ganze Stadt! Aber was ist in der *Schaukel* eigentlich passiert? Wer ist dieses grauenvolle Monster? Die Polizei bleibt bislang eine Antwort schuldig, während in der Stadt wilde Gerüchte kursieren. Wir haben den bekannten Wissenschaftler Lew Serebrjanz gebeten, die Ereignisse zu kommentieren. Bitte, Lew Moisejewitsch, Sie haben das Wort.«

Die Kamera zoomte aus und links neben Toster erschien die schmächtige Gestalt des Professors.

»Zunächst möchte ich vorausschicken, dass mich diese furchtbare Tragödie zutiefst erschüttert«, begann Serebrjanz mit Grabesstimme. »Meine Gedanken in diesen Stunden sind bei all jenen, die Freunde und Verwandte verloren haben. Gleichzeitig möchte ich nicht unerwähnt lassen, dass ich vor einem solchen Ereignis eindringlich gewarnt habe. Leider sind meine Warnungen ungehört verhallt. Ich war der einsame Rufer in der Wüste.«

»Wollen Sie damit sagen, dass Sie einen Anschlag in der *Schaukel* vorausgesehen haben?«

»Diese Katastrophe hätte sich überall ereignen können«, erwiderte der Professor kopfschüttelnd. »In jedem Theater, in jedem Einkaufszentrum oder einfach auf der Straße. Jederzeit. Schon seit Jahren weise ich darauf hin, dass in unserer Stadt Humanoide ihr Unwesen treiben! Bestialische, gnadenlose Monster! Aber die zuständigen Behörden haben immer nur abgewiegelt, sie haben die Augen vor der Wahrheit verschlossen und meine Warnungen in den Wind geschlagen. Ihre Fahrlässigkeit hat dieses Drama erst möglich gemacht.«

»Hu-ma-no-i-de?« Toster konnte mit dem Begriff nicht viel anfangen und legte die Stirn in Falten. »Sie sprechen von Mutanten? X-Men?«

»Ich spreche von alten Völkern, die lange vor dem Menschen auf der Erde gelebt haben. Die Heilige Kirche bezeichnet sie als Ausgeburten des Teufels. Ihre Existenz spiegelt sich in Märchen und Legenden, deren wahrer Kern uns nicht mehr bewusst ist. Mit wohligem Schauer sehen wir uns Gruselfilme über sie an, ohne zu ahnen, dass sie neben uns im Kino sitzen! Humanoide haben viele Gesichter, aber eines ist ihnen allen gemeinsam: der Hass, den sie gegenüber uns Menschen hegen!«

»Das sind äußerst mutige Aussagen.«

»Diese Aussagen beruhen auf Fakten, die ich in jahrelanger Kleinarbeit zusammengetragen habe«, tönte der Professor. »Früher hat man mich ausgelacht, aber jetzt ist der Zeitpunkt gekommen, da man mir zuhören muss! Das Blutbad in der *Schaukel* hat ein Wandelwesen angerichtet!«

»Ein Wandelwesen? Sie meinen ein Werwolf?«

»Werwölfe sind Mischwesen aus Mensch und Wolf, die nur im Märchen existieren. Echte Wandelwesen haben mit dem Menschen nichts gemein. Sie verfügen über eine völlig anders strukturierte, äußerst komplizierte DNA, auf der ihre Wandlungsfähigkeit beruht. Das Tückische ist: Im normalen Leben unterscheiden sie sich nicht von uns Menschen. Dabei können sie sich jederzeit in grausame Bestien verwandeln. Die soeben ausgestrahlten Bilder haben das ja eindrucksvoll gezeigt.«

»Das ist zweifellos starker Tobak«, gab Toster zu. »Doch nach Ansicht der Videoaufnahmen fällt es mir schwer, unserem Gast zu widersprechen.«

»Die Ergebnisse meiner Recherchen werden Sie davon überzeugen, dass ich Recht habe«, verkündete Lew Moisejewitsch siegessicher. »Sehen wir uns doch einen kurzen Film an, den ich vor einiger Zeit im Nationalpark Lossiny Ostrow aufgenommen habe.«

Das Studiobild verschwand und die Regie spielte ein laienhaft gefilmtes Video ab.

»Früher habe ich hier als Förster gearbeitet«, berichtete ein stattlicher Mann, der eine Uniformjacke trug, und schaute nachdenklich in den rauschenden Wald. »Ich dachte, dass ich hier jeden Stein kenne.«

»Haben Sie die Arbeit gern gemacht?« Im Bild erschien Serebrjanz in einem legeren Freizeitanzug.

»Natürlich. Ich bin doch mit der Försterei aufgewachsen. Mein Vater auch, die ganze Familie.«

»Stellen Sie sich doch bitte einmal vor.«

»Fedortschuk Ilja Grigorjewitsch«, sagte der Mann schüchtern und schaute linkisch in die Kamera.

»Erzählen Sie, was Ihnen hier widerfahren ist.«

»Ich kam gerade von einem Rundgang zurück, hatte die Futterstellen fürs Rehwild kontrolliert.« Der Mann seufzte. »Plötzlich hörte ich Schritte, genau hier, an dieser Stelle. Besser gesagt, es waren keine Schritte, sondern eher so ein Rascheln. Und im Augenwinkel sah ich einen Schatten vorüberhuschen. Eine riesige Gestalt, die sich unglaublich schnell bewegte. Ich habe sie gar nicht richtig sehen können.«

»Sind Sie erschrocken?«

»Ja«, bekannte der Förster nach einigem Zögern. »Ich kenne den Wald wie meine Westentasche, habe Wildschweine und Bären gejagt, aber so etwas hatte ich noch nie gesehen. Ich nahm mein Gewehr ...«

»Sie haben geschossen?«

»Ja. Inzwischen glaube ich, dass das ein Fehler war. Aber damals bin ich eben erschrocken und habe blind draufgehalten. Dann folgte Gebrüll und ich wollte weglaufen. Doch dann stand es plötzlich vor mir.«

»Es?«

»Das Monster. Es war riesig, solche Hörner, ein langer Schwanz ... Ich habe geschrien und bin davongerannt. Plötzlich spürte ich einen Schlag und stürzte zu Boden. Dann sprang das Monster über mich hinweg und verschwand im Wald.«

»Zeigen Sie doch mal Ihren Rücken.«

Fedortschuk legte seine Jacke ab, drehte sich um und

schob das Hemd hoch. Seinen Rücken zierten drei lange, vernarbte Risswunden, die durchaus von den Krallen eines Ungeheuers stammen konnten.

»Was haben die Polizisten dazu gesagt?«

»Was hätten sie schon groß sagen sollen? Sie haben behauptet, dass die Risswunden genauso gut von irgendeinem Tier stammen könnten.« Fedortschuk zog sich wieder an. »Aber ich weiß genau, dass es in diesem Wald keine Tiere mit dreikralligen Klaucn gibt. Das wird Ihnen jeder bestätigen, der sich in diesem Wald auskennt.«

Das Bild schaltete nun wieder ins *NTW*-Studio.

»Ilja Fedortschuk arbeitet derzeit im Forstamt Podolsk«, berichtete Serebrjanz. »Es hat mich einige Mühe gekostet, ihn zu überreden, in den Wald von Lossiny Ostrow zurückzukehren. Er hatte einfach Angst.«

»Das ist nicht weiter verwunderlich«, pflichtete Toster bei.

»Ein zweiter Fall hat sich erst kürzlich ereignet«, sagte der Professor. »Fahren Sie doch bitte das Video mit dem Bericht des Zeugen ab.«

Diesmal trug der Zeuge den Freizeitanzug, während sich Lew Moisejewitsch in einem teuren Dreiteiler sehen ließ. Die beiden Männer standen auf dem Balkon eines gewöhnlichen Mietshauses und im Hintergrund wiegte sich üppiges Laubwerk im Wind.

»Georgi Iwanowitsch Frolow hat beobachtet, wie ein Wandelwesen in die Wohnung seiner Nachbarin einstieg«, sagte der Professor in die Kamera und wandte sich dann an den Zeugen. »Georgi, berichten Sie bitte, was Sie gesehen haben.«

»Ich war gerade damit beschäftigt, die Maße für die Verglasung des Balkons zu nehmen, da hörte ich am Nachbarbalkon plötzlich ein komisches Geräusch, so als wäre jemand dort nach einem Sprung gelandet. Aber schließlich sind wir hier nicht im Erdgeschoss. Also habe ich kurz rübergeschaut und dann habe ich es gesehen.«

»Es?«

»Das Ungeheuer.« Der Zeuge machte ein Gesicht, als sähe er das Monster abermals vor sich, und schüttelte den Kopf. »Es war riesig, hatte kurze, gebogene Hörner auf dem Kopf, lange Krallen an den Klauen und einen dicken, dornenbesetzten Schwanz. Und dann dieser Geruch ...« Georgi Iwanowitsch schmunzelte plötzlich. »Es roch seltsamerweise nach Pfirsichen.«

»Nach Pfirsichen?«

»Ja. Nach Pfirsichen. Und im Fenster der Nachbarwohnung hat sich sein Gesicht gespiegelt, eine grauenhafte Fratze mit langen Eckzähnen und leuchtend grünen Augen.«

»Da haben Sie aber genau hingeschaut.«

»Das Monster hat mich ja nicht gesehen«, erläuterte der Zeuge und blies die Backen auf. »Gott sei Dank.«

»Und was ist dann passiert?«

»Es hat die Balkontür aus dem Rahmen gedrückt und ist in die Wohnung eingedrungen. Daraufhin hat jemand von drinnen auf das Monster geschossen. Das habe ich alles schon der Polizei erzählt.«

»Hat man Ihnen geglaubt?«

»Das bezweifle ich.«

Die Aufzeichnung war zu Ende und Serebrjanz blickte triumphierend in die Studiokamera.

»Ein weiterer Beweis für die Existenz von Wandelwesen. Wir müssen uns dieser Realität stellen, wenn wir weiteres Blutvergießen verhindern wollen. Wir müssen diese Monster bekämpfen!«

»Ich muss zugegeben, dass ich sehr beeindruckt bin.« Toster nahm zerstreut die Brille ab und setzte sie wieder auf. »Die Behauptungen unseres Studiogastes muten gelinde gesagt exotisch an. Doch es gibt Zeugen und Fakten. Und wir haben mit eigenen Augen gesehen, was in der *Schaukel* passiert ist. Dieses Video wirft eine Menge Fragen auf. Wir danken Herrn Lew Serebrjanz für seine Einschätzung und wollen nun hören, was die Polizei zu der Sache sagt.«

Im Bild erschien die hagere Gestalt des Majors Kornilow, der vor dem Hintergrund des Nachtclubs gequält in die Kamera schaute.

»Das Polizeipräsidium wird alles unternehmen, um dieses Verbrechen so schnell wie möglich aufzuklären.«

»Können Sie uns schon Genaueres sagen, Herr Major?«

»Im Augenblick nicht. Bitte gedulden Sie sich bis zur offiziellen Pressekonferenz, die in wenigen Stunden stattfinden wird.«

Villa Karavella
Moskau, Silberhain
Freitag, 29. September, 11:57 Uhr

Kara schaltete den Fernseher aus und rieb sich zufrieden die Hände. Ein hübscher kleiner Schocker, diese Sendung! Die Investitionen in Serebrjanz schienen sich zu lohnen. Nun war es an der Zeit, dem staunenden Publikum neuen Stoff zum Nachdenken zu liefern.

Die Zauberin verschränkte die Hände im Nacken und ging langsam im Zimmer auf und ab, um zu entspannen und sich neu zu konzentrieren. Die bevorstehende Aufgabe gehörte nicht gerade zu den leichtesten Übungen der Magierin, doch die Sache war den Aufwand wert. Die geschickt inszenierte Häufung unerklärlicher, ja bedrohlicher Ereignisse würde zwangsläufig Ängste bei den Moskauer Bürgern schüren und die Behörden zu einer angemessenen Reaktion zwingen. Für die Verborgene Stadt bedeutete dies eine massive Bedrohung, da sie mehr und mehr in den Fokus der Aufmerksamkeit rückte.

Die nötigen Vorbereitungen waren bereits getroffen. Auf einem kleinen Tischchen brannten fünf kreisförmig angeordnete Kerzen. In die Mitte des Kreises legte die Zauberin vorsichtig eine große Kristallkugel, wartete, bis die Flammen sie ein wenig erwärmt hatten, und flüsterte einen Zauberspruch. Die Luft über dem Tischchen verdichtete sich und vor Kara erschien ein dreidimensionales Bild vom Ort des kommenden Geschehens. Die Zauberin blickte zur Uhr: nur noch wenige Minuten ...

Den Stau auf dem Blumenboulevard konnte man getrost zu den Moskauer Sehenswürdigkeiten rechnen. Nicht zu den beliebtesten vielleicht, doch seine immerwährende Präsenz schien für die Stadt ebenso schicksalhaft wie die des Kreml. Egal, zu welcher Tages- und Nachtzeit – auf der schmalen Fahrbahn, die in den Gartenring mündete, staute sich eine endlose Blechlawine und nebelte die kränklichen Bäumchen des Boulevard mit ihren Abgasen ein.

Wassja, ein rothaariger Techniker vom *Otis*-Service, brachte seinen 4er Lada hinter dem wuchtigen Heck eines Saab zum Stehen, hielt resigniert nach der Ampel Ausschau, die irgendwo in weiter Ferne leuchtete, zündete sich eine Zigarette an und suchte im Autoradio nach einem unterhaltsamen Sender. Das konnte länger dauern!

Neben Wassjas 4er hielt plötzlich ein dicker schwarzer Mercedes am Straßenrand, der von einem Jeep eskortiert wurde. Der Jeep stand noch gar nicht richtig, als sich seine Türen öffneten und ein ganzer Trupp von monströsen Leibwächtern auf die Straße sprang. Solche Bilder gehörten längst zum Moskauer Lokalkolorit, deshalb warf Wassja nur einen gelangweilten Blick auf die Limousine und wandte sich wieder seinem Autoradio zu.

Gestützt auf die Hand des Chefs seiner Leibwache, schwang Waliko Garadse seinen gewaltigen Schaschlikfriedhof aus dem Mercedes und inspizierte mit seinen kleinen schwarzen Äuglein den Boulevard.

»Was rennt denn dort für ein Penner rum?!«, empörte sich der Bandit, als er einen einsamen, weißhaarigen alten Mann entdeckte, der mit einem Einkaufsnetz in der Hand über den Bürgersteig trippelte. »Wie oft muss ich euch das denn noch sagen?! Wenn ich aus dem Auto steige, will ich kein solches Gesindel sehen! Es beleidigt meine Augen!«

Der Chef der Leibwache schnitt eine schuldbewusste Grimasse und ging auf den greisen Störenfried zu. Die übrigen Bodyguards schauten betreten zu. Der Boss war heute wieder einmal miserabel gelaunt.

Muba empfand die Wortwahl des dickbäuchigen Gangsters als zutiefst ehrenrührig. Bei der Auswahl des Trugbilds für diesen Auftrag hatte er sich einige Mühe gemacht und nun sahen die Passanten den Chwanen als gepflegten alten Herrn, der würdevoll seines Weges ging, um im nächsten Lebensmittelladen seinen Kefir zu kaufen. Gewiss, seine Kleidung war ein wenig ärmlich, aber immerhin sauber. Nur ein unerzogener, blasierter Humo konnte die Frechheit haben, diesen braven Rentner als Penner und Gesindel zu verunglimpfen.

Muba ignorierte den drohenden Blick des Leibwächters und ging einen weiteren Schritt auf sein Opfer zu.

»Gossenvolk, wo man hinschaut!«, wetterte Waliko weiter. »Wo leben wir überhaupt, in der Hauptstadt oder wo? Man könnte, meinen, dass die Penner hier extra gezüchtet werden ...«

Das waren die letzten Worte von Waliko Garadse alias

Jumbo und sie gingen gar nicht weit an der Wahrheit vorbei.

Gespannt beobachtete Kara, wie der Chwan sich Waliko näherte. Die Zauberin hatte bereits bemerkt, dass Muba das Trugbild mit Hilfe eines Artefakts bewerkstelligt hatte, das als unauffälliges Amulett um seinen Hals hing. Dieses Artefakt musste sie nur entladen, dann würden die Passanten sofort sehen, wer sich hinter der Maske des weißhaarigen Mannes verbarg. Die entsprechende Zauberformel war nicht kompliziert, aber ziemlich lang. Zum größten Teil hatte die Zauberin sie bereits gesprochen und wartete nun auf den entscheidenden Moment, um das letzte Wort hinzuzufügen.

Wassja warf die Zigarettenkippe aus dem Fenster, überlegte kurz und spuckte ihr hinterher. Auf dem Bürgersteig hörte man laute Stimmen. Die Leibwächter des Fettwanstes, der aus dem schwarzen Mercedes gestiegen war, verscheuchten einen alten Mann, der ein Einkaufsnetz in der Hand hielt.

Diese Flegel meinen, sie könnten sich alles erlauben, dachte der rothaarige Techniker kopfschüttelnd. Aber die Polizei unternimmt ja auch nichts.

»Scher dich weg hier, aber ein bisschen plötzlich!«, schnauzte der Leibwächter den Rentner an, der direkt auf Waliko zumarschierte, und fügte ganz leise hinzu: »Mach dich lieber vom Acker, Alterchen, sonst müssen wir leider grob werden.«

Nun handelte es sich nur noch um Sekunden. Der durchtrainierte Chwan agierte pfeilschnell. Nicht so schnell wie eine Morjane natürlich, aber allemal schneller, als Jumbos Bodyguards das für möglich gehalten hätten. Ihnen blieb nicht mehr als eine Statistenrolle.

Mit einer blitzartigen Bewegung versetzte Muba dem kaukasischen Gorilla einen so heftigen Tritt, dass dieser gegen den Kühler des Jeeps krachte und benommen zu Boden sank. Nur Sekundenbruchteile später attackierte der Chwan den verdutzten Waliko. Mit dem oberen Armpaar drückte er ihn gegen die Flanke des Mercedes, während er ihm mit dem unteren gnadenlos den Bauch aufschlitzte. Dabei benutzte er zwei schwarze Nawenmesser und schnitt kunstvoll eine *Rote Altairose* – das Markenzeichen der Chamäleon-Marschälle. Unter normalen Umständen hätte Muba dem Banditen wohl einfach die Kehle durchgeschnitten, doch Walikos üble Schmähungen hatten den Chwanen ernsthaft erzürnt.

Der dicke Mafioso begriff überhaupt nicht, wie ihm geschah, und starrte entgeistert auf seinen Bauch, aus dem langsam die Eingeweide hervorquollen.

Jetzt! Kara sprach das letzte Wort der Zauberformel und ein mächtiger Impuls magischer Energie traf das Artefakt des Killers.

Muba wandte sich von dem sterbenden Waliko ab und setzte einen hinzugeeilten Leibwächter mit einem Kinnhaken außer Gefecht. In diesem Augenblick bemerkte der Chwan den heftigen Energiestoß, der sein Trugbild-

Artefakt außer Kraft setzte. Und nicht nur das: Kurz darauf spürte Muba, dass ihn ein *Fischernetz* umhüllte, ein mächtiger Zauber, der seine magische Energie blockierte.

Der Chwan konnte nichts machen. Sein Trugbild zerfiel und vor den nunmehr herrenlosen Bodyguards stand anstelle des gebrechlichen Greises auf einmal ein kräftiger vierarmiger Mann, der mit einem schwarzen Overall bekleidet war und in den unteren beiden Händen zwei blutverschmierte Messer hielt. Die verbliebenen Leibwächter, die ohnehin noch unter dem Schock von Walikos brutaler Ermordung standen, trauten ihren Augen nicht und eröffneten panisch das Feuer. Muba hatte zwar keine magische Energie mehr, doch seine physische Kraft und Schnelligkeit waren ihm geblieben. Mit einem einzigen Satz sprang er über den schwarzen Mercedes hinweg und rettete sich vor dem Kugelhagel.

Wassja begriff nicht sofort, was geschah. Zu den lauten Stimmen in der Nähe des geparkten Mercedes gesellten sich Schreie und dann fielen Schüsse. Eine Schießerei? Wassja kam nicht einmal auf die Idee, den Kopf einzuziehen. Stattdessen beobachtete er konsterniert, wie die randalierenden Leibwächter wild um sich schossen und über dem schwarzen Mercedes plötzlich ein Mann angeflogen kam. Der schwarz gekleidete Typ landete auf der Motorhaube seines Ladas, fluchte derb und verschwand in der Autoschlange. Das Ganze ging unheimlich schnell, doch eines hatte Wassja genau gesehen: Der Flüchtende besaß vier Arme.

Verliererbar

Moskau, Nikolojamskaja Nabereshnaja

Freitag, 29. September, 21:44

Warum Artjom die *Verliererbar* nicht mochte, hätte er wohl selbst nicht erklären können. Vielleicht lag es am wenig schmeichelhaften Namen, vielleicht auch an der Einrichtung im Stile eines heruntergekommenen Wild-West-Saloons, am ehesten jedoch lag es am Publikum. Die Bar war der bevorzugte Treffpunkt von Humos, die von der Existenz der Verborgenen Stadt wussten. Zweitklassige Magier, dubiose Wahrsager und sogar gewöhnliche Scharlatane gaben sich hier ein Stelldichein.

Die auf technischen Fortschritt ausgerichtete menschliche Zivilisation konnte den Humanoiden in Sachen Magie nicht das Wasser reichen. Aus diesem Grund spielten die Gäste der *Verliererbar* innerhalb der Verborgenen Stadt nur eine Außenseiterrolle und diese latente Demütigung schlug nicht selten auf die Stimmung und die Gesprächsthemen durch.

Darüber hinaus störte sich der Söldner daran, dass in der *Verliererbar* als einzigem Lokal der Verborgenen Stadt kein Rauchverbot galt. Die liberale Regelung hatte zur Folge, dass die Luft im völlig verqualmten Gastraum noch schlechter war als im Moskauer Dauersmog, was selbst für einen Ex-Raucher wie Artjom gewöhnungsbedürftig war.

»Die Luden sind Halsabschneider!«, schimpfte Silanti Sirakusowitsch, ein betagter, vom Leben gezeichneter Magier, und schlürfte den Schaum von dem Bier, das ihm der Söldner soeben spendiert hatte. »Die Dreckskerle wissen genau, dass wir keine Alternative haben, und erhöhen ständig den Preis für die magische Energie.«

»Wie viel haben sie denn diesmal draufgeschlagen?«, erkundigte sich Artjom beiläufig, während er seinen Bierkrug uninspiriert am Tresen hin und her schob.

»Drei Prozent«, antwortete Silanti Sirakusowitsch und fischte sich eine Handvoll gesalzene Erdnüsse aus dem Schälchen. »Das ist schon die zweite Erhöhung in diesem Monat.«

Silanti Sirakusowitsch verdiente seinen Lebensunterhalt mit Liebeszaubern und mit der Anbahnung von Ehen mit garantierter Mindesthaltbarkeit. Zu seiner Kundschaft gehörten in erster Linie alte Jungfern, die es leid waren, im Jammertal der Einsamkeit zu schmachten. Für sein Gewerbe benötigte Silanti zwar weder Werkzeug noch Arbeitskleidung, doch dafür erhebliche Mengen an magischer Energie. In diesen Zeiten war es schon schwierig genug, einen ledigen Mann, der eine Arbeit hatte und nicht soff, überhaupt aufzutreiben. Einen solchen mit einer alten Fregatte zu verkuppeln, erschien nachgerade unmöglich. Silanti Sirakusowitsch musste sich also mächtig ins Zeug legen, um das maue Privatleben seiner überreifen Klientinnen in erquicklichere Bahnen zu lenken.

»Wieso, gibt es etwa nur beim Grünen Hof magische Energie für Humos?«, fragte Artjom demonstrativ gähnend.

Silanti Sirakusowitsch stellte die Kaubewegungen ein und taxierte den Söldner mit seinem routinierten Zaubererblick. Artjom gab sich unbeeindruckt und warf seinerseits einige Erdnüsse ein.

»Junger Mann, ich wusste, dass Sie mich aus eigennützigen Gründen eingeladen haben«, sagte der Liebesmagier streng. »Sie wollen mir bestimmte Informationen entlocken.«

»Eigennutz ist der Motor unserer Gesellschaft, mein lieber Silanti Sirakusowitsch«, entgegnete Artjom grinsend. »Die sinnlose Verschwendung von Mitteln würde zu einer Systemkrise führen, die letztlich im Untergang mündet.«

»Wo haben Sie denn *das* gelesen?«

»Das ist meine persönliche Beobachtung.«

Der Ehestifter trank seinen Krug leer und nahm sich unaufgefordert den vollen von Artjom.

»Nun ja, so viele Mittel haben Sie nun auch wieder nicht an mich verschwendet.«

»Sie haben ja auch noch nichts gesagt«, gab Artjom zu bedenken. Dabei gab er dem Barkeeper ein Zeichen und im Nu standen zwei frische Krüge Bier und ein neues Schälchen Nüsse vor den beiden Gesprächspartnern.

Hinter dem Tresen der *Verliererbar* arbeitete Lampo, ein junger Eulin, den man wegen ungebührlichen Verhaltens gegenüber einer Priesterin des Grünen Hofs in das Humo-Lokal verbannt hatte. Lampos Verfehlung bestand darin, dass er der hübschen Magierin mitten auf dem Königinball und in volltrunkenem Zustand völlig ungeniert eine gemeinsame Exkursion ins nächste freie Schlafzimmer vorschlug. Unter anderen Umständen hätte sich die Priesterin auf das Abenteuer womöglich sogar eingelassen – um die Liebeskünste der kleinwüchsigen und glatzköpfigen Eulins rankten sich Legenden –, doch in Anwesenheit des gesamten Hofadels blieb ihr nichts anderes übrig, als sich über Lampos unverschämte Avancen zu empören. Die Sippschaft der Eulins wurde über die Zügellosigkeit einiger ihre Angehöriger informiert und der unglückliche Lampo landete zur Strafarbeit in der *Verliererbar*, von wo er den Grünen Hof mit Gnadengesuchen bombardierte.

»Was wollen Sie denn wissen?«, fragte Silanti Sirakusowitsch, nachdem der Barkeeper sich zurückgezogen hatte.

»Das habe ich doch bereits angedeutet.«

»Ach, Sie meinen wegen der magischen Energie für die Humos?« Der Heiratsvermittler druckste ein wenig herum. »Gerüchten zufolge hat jemand eine unabhängige Magische Quelle aufgetan.«

»Wird in diesen Gerüchten zufällig der Name Kara erwähnt?«

»Sie kennen diese Frau?«

»Ich möchte, dass *Sie* mir von ihr erzählen.«

»Hatten wir nicht vorhin über die Verschwendung von Mitteln gesprochen …?«

Ein paar zerknitterte Geldscheine wanderten aus Artjoms Geldbeutel in die Brusttasche des Spezialisten für alte Jungfern und beschleunigten merklich den Informationsfluss.

»Kara ist eine Legende, junger Mann. Eine Legende und zugleich ein Rätsel. Man sagt, dass ihre magischen

Fähigkeiten an die der mächtigsten Zauberer der Verborgenen Stadt heranreichen.«

»Ist sie ein Halbblut?«

»Das ist ja das Erstaunliche – eben nicht. Sie ist eine reinblütige Humo-Frau und verfügt trotzdem über dieses kolossale Potenzial.« Der Liebesmagier senkte die Stimme und beugte sich näher zu Artjom. »Ich weiß sicher, dass sie ihre eigentlichen Fähigkeiten verheimlicht und eine Gruppe von Anhängern um sich schart. Sie wählt nur die besten menschlichen Magier aus und versucht, sie an sich zu binden. Es würde mich nicht wundern, wenn dieser Zirkel demnächst für einige Aufregung bei den Herrscherhäusern sorgen würde.«

»Woher wissen Sie von diesem Zirkel?«

»Ich wollte mich ihnen anschließen.« Silanti Sirakusowitsch lächelte bitter. »Aber sie haben mir höflich zu verstehen gegeben, dass ich nicht das erforderliche Niveau habe und schon zum alten Eisen gehöre.«

»Wissen Sie, wo Kara wohnt?«

»Nein, natürlich nicht. Sie lebt im Verborgenen. Aber ich weiß einige andere interessante Dinge über sie.«

Abermals wechselten einige Geldscheine den Besitzer.

»Was wissen Sie?«

»Kara ist mit Edik verbandelt.«

»Mit welchem Edik denn?«, wunderte sich Artjom.

»Na mit *dem* Edik.« Silanti Sirakusowitsch sah den Söldner verständnislos an. »Er ist die rechte Hand von Chamberlain, dem mächtigsten Mafioso von ganz Moskau.«

»Ist es hier auch bestimmt nicht langweilig?«

»Es ist das coolste Lokal der Verborgenen Stadt«, versprach Arnold. »Hier treffen sich die besten Magier. Wir sind hier unter uns und können reden, worüber wir wollen!«

Er hielt ihr galant die Eingangstür auf und Larissa tauchte in den dicken Zigarettenqualm der *Verliererbar* ein.

Arnold war wie aufgezogen. Je näher die Nacht rückte, desto heftiger begehrte er die Blondine. Ihre schlanke Figur, der volle Busen – dezent verhüllt vom engen Top, die langen Beine – betont vom kurzen Minirock, die zarte Haut, die grünen, feurigen Augen, einfach alles an Larissa machte Arnold an.

»Hier sind wir, Freunde!« Gleb winkte ihnen von einem Ecktisch. »Kommt zu uns!«

»Sind wir eine größere Runde?«, erkundigte sich Larissa ein wenig pikiert.

»Hier ist immer eine größere Runde«, erwiderte Arnold achselzuckend. »Man kennt sich eben.«

Na meinetwegen – dann eben eine größere Runde, dachte Larissa bei sich, obwohl sie gut darauf verzichten hätte können. Sie nickte Inga zu, die an einem Tequila Sunrise saugte, erntete eine gleichermaßen wortreiche Begrüßung, gab Arnold ihre Jacke und setzte sich an den Tisch.

»Na, was trinkst du, meine Liebe?!«, erkundigte sich Gleb. »Hier gibt's keine Kellner, aber ich hole dir natürlich was an der Bar.«

»Rum-Cola eins zu drei.«

»Und verschütte nichts unterwegs«, lästerte Inga.

»Mit viel Eis, bitte.« Larissa fasste Gleb kurz am Arm. »Vielen Dank.«

»Alles, was du willst, meine Liebe!«

»Bringst du mir auch was mit?«, fragte Arnold, der von der Garderobe zurückkam.

»Fällt mir nicht ein!«, versetzte der Dicke und entschwand zur Bar.

Arnold schickte Larissa einen Luftkuss und folgte Gleb. Inga kommentierte den Flirt mit einem genervten Augenrollen.

Larissa war klar, dass die Rothaarige, die wie ein Teenager aussah, sie nicht mochte. Auch jetzt wieder wandte die zierliche Frau, die eine schwarze Lederhose und ein knappes weißes Top trug, sich demonstrativ von ihr ab. Inga sah offensichtlich eine Konkurrentin in ihr. Aber aus welchem Grund? Doch wohl kaum wegen Gleb. Der gefiel Larissa nicht: zu alt, zu fett, außerdem nervte seine schmierige Aufdringlichkeit. Auch Inga schien ihn nicht sonderlich zu mögen. Die herablassende Art, mit der sie den Dickwanst behandelte, sprach Bände. Wegen Arnold? Auf dem Weg zur Bar hatte Larissa ihrem Kavalier bereits auf den Zahn gefühlt und der langhaarige Magier hatte geschworen, dass zwischen ihm und Inga nichts sei. Und wenn sie richtig verstanden hatte, dann lag das nicht an dem sinnenfrohen Arnold. Es blieb also nur ein anderer Grund: Inga war eifersüchtig, weil Larissa das weitaus größere magische Talent besaß. Dagegen konnte man nun wirklich nichts machen.

»Seid ihr schon lange hier?« Larissa bemühte sich, wenigstens einen Smalltalk in Gang zu bringen.

»Seit einer Stunde.« Inga stellte ihren Cocktail ab, nahm eine lange dünne Zigarette aus der Packung und kicherte plötzlich. »Wir haben etwas zu feiern.«

»Hat jemand Geburtstag?«

»Nö.« Inga wurde sofort wieder kühl und zündete ihre Zigarette an.

»Inga, Schatz, Larissa ist doch in unsere Pläne noch gar nicht eingeweiht«, säuselte Gleb, der zum Tisch zurückgekehrt war.

Die Rothaarige zuckte mit den Schultern.

»Alles klar bei euch?«, erkundigte sich Arnold.

»Logo«, erwiderte Inga und aschte lässig auf den Boden.

Larissa nippte an ihrem Rum-Cola und bewunderte die gemeißelten Gesichtszüge ihres Begleiters, seinen mächtigen Brustkorb, die breiten Schultern – ein richtiger Wikinger. Der blondmähnige Magier ragte wie ein Fels aus den übrigen Besuchern der Bar.

Wenn ich jetzt noch ein paar Cocktails trinke, ist's um mich geschehen, dachte Larissa vergnügt und bewegte sich auf die Tanzfläche zu.

Dieser Heiratsschwindler hat tatsächlich einen Heidenrespekt vor Kara, dachte Artjom, während er sich mechanisch eine Erdnuss nach der anderen in den Mund schob.

Silanti Sirakusowitsch hatte die Bar – zufrieden und um ein erkleckliches Sümmchen reicher als zuvor – verlassen, und der Söldner ließ die informative Unterhaltung mit ihm noch einmal Revue passieren.

Der Magier wusste, wovon er sprach. Kara war also ungleich gefährlicher als vermutet. Gar nicht auszudenken, über welche Macht sie verfügte, sollte sie tatsächlich Zugang zu einer eigenen Magischen Quelle erlangt haben. Bei den Herrscherhäusern hätte eine solche Nachricht wie eine Bombe eingeschlagen ...

Bei diesem Gedanken schaute Artjom unwillkürlich zum Fernseher über dem Tresen, wo ein T-Grad-Com-Sprecher gerade die neuesten Nachrichten über das Massaker in der *Schaukel* verkündete. Der Anschlag traf die Herrscherhäuser ins Mark: Offenbar drohte jemand damit, die Existenz der Verborgenen Stadt auffliegen zu lassen. Die Humanoiden hatten kein gesteigertes Interesse an einer Wiederkehr der Inquisition. Mit dem Druckmittel der Enttarnung konnte man sie trefflich erpressen.

»Die Fahndung nach der Schwarzen Morjane, die das Blutbad in der *Schaukel* angerichtet hat, geht weiter, bislang gibt es jedoch noch keine konkrete Spur«, meldete der Sprecher der T-Grad-Com.

Der Banküberfall, die Tragödie im Nachtclub, die Überfälle der Skinheads – standen all diese Ereignisse in einem Zusammenhang? Waren sie Teil einer einzigen großen Intrige? Wenn ja, dann mussten die Söldner ihren Plan, sich in den Besitz des Armreifs der Fate Mara zu bringen, noch einmal überdenken.

Wie auch immer, entscheiden werden wir sowieso gemeinsam, dachte Artjom. Außerdem blieb abzuwarten, was Jana und Cortes herausgefunden hatten.

»Trinkst du noch was?«, erkundigte sich der Barkeeper.

»Nein danke, Lampo. Ich zahle dann.« Artjom drehte sich mit dem Rücken zum Tresen und schaute zerstreut über die voll besetzten Tische. »Eine Menge Humos hast du hier.«

»Ja, und mit einem von ihnen unterhalte ich mich gerade«, witzelte der Eulin.

»Wie hältst du es hier nur eine ganze Schicht lang aus?«

»Du weißt doch, dass ich nicht freiwillig hier bin«, seufzte Lampo. »Gestern hat der Grüne Hof offiziell mitgeteilt, dass er den Fall als erledigt betrachtet, aber Wambo hat es nicht eilig damit, mich wieder zurückzuholen.«

Wambo war der Geschäftsführer der *Eidechse*, wo Lampo vor seinem peinlichen Ausrutscher am Königinball gearbeitet hatte.

»Und wieso?«

»Er will mir eine Lehre erteilen. Ich werde mir in dieser Qualmhölle noch einen Lungenkrebs holen.« Der Barkeeper hustete röchelnd. »Hörst du's?«

»Ja, man hört's«, bestätigte der Söldner.

»Alles wegen eurer albernen Angewohnheit, alles Mögliche in den Mund zu stecken und anzuzünden.«

»Kauf dir doch eine neue Lunge bei den Erli.«

»Bin ich Krösus? Außerdem bräuchte ich nicht nur eine Lunge. In letzter Zeit zwickt's mich auch im ...«

Artjom begriff, dass er gute Chancen hatte, sich einen endlosen Sermon über die Wehwehchen des Eulins anhören zu dürfen. Deshalb beschloss er, unverzüglich das Weite zu suchen. Er reichte dem Barkeeper wortlos seine T-Grad-Com-Karte und erstarrte: Eine atemberaubend hübsche, vielleicht zwanzigjährige Blondine mit knallengem Top und aufregend kurzem Minirock manövrierte ihre langen Beine anmutig in Richtung Bar.

»Lampo!« Der Söldner zupfte den Eulin am Ärmel. »Wer ist denn dieses Naturwunder?«

»Sehe ich heute auch zum ersten Mal«, erwiderte der Eulin. »Ich glaube, du bist der Einzige, dem sie jetzt erst aufgefallen ist. Der ganze Laden glotzt ihr hinterher.«

»Ich war abgelenkt«, rechtfertigte sich Artjom und trommelte mit den Fingern auf dem Tresen. »Was trinkt sie?«

»Rum-Cola eins zu drei. Zwei Stück hat sie schon gekippt in den Tanzpausen. Sie ist mit diesem Schrank dort drüben hier und ...«

»Über Möbel sprechen wir später«, unterbrach der Söldner den Barkeeper. »Mach mir schnell zwei Rum-Cola eins zu drei.«

Lampo schmunzelte belustigt und beeilte sich mit der Bestellung.

»Das wollten Sie doch bestellen, nicht wahr?«

Larissa wandte sich um. Neben ihr stand ein schlanker junger Mann mit Igelschnitt und stahlgrauen Augen, die erfreulicherweise auf ihrem Gesicht ruhten und nicht in ihrem Dekolleté.

»Rum-Cola eins zu drei.«

»Woher wissen Sie, was ich trinke?«

»Ich beobachte Sie schon, seit sie die Bar betreten haben.«

»Das ist mir gar nicht aufgefallen.«

»Ich kann mein Interesse ganz gut verbergen.«

»Warum verbergen Sie es dann nicht auch weiterhin?«

Der Mann lächelte – weder verlegen noch enttäuscht – er amüsierte sich einfach über die gelungene Replik.

»Ich würde gern das Lokal wechseln. Hier ist es langweilig. Und es wäre mir eine Freude, wenn Sie mich in irgendein anständiges Etablissement begleiten würden.«

»Und wozu?«

»Um zu plaudern. Ich glaube, ich könnte mich die ganze Nacht mit Ihnen unterhalten. Ich heiße übrigens Artjom.«

»Larissa.«

Artjom Hand war nicht so groß wie Arnolds Schaufeln, aber eisenhart und kräftig, sein Händedruck nicht grob, aber fest. Larissa nippte an ihrem Cocktail und musterte ihren neuen Verehrer unverwandt. Sein Gesicht wirkte sympathisch, hatte jedoch nichts Außergewöhnliches. Auch seine Kleidung – eher unauffällig: schwarze Lederjacke, schwarzes T-Shirt, schwarze Hose. Bemerkenswert an diesem Mann war etwas anderes: sein äußerst souveränes Auftreten. Selbst an dem hünenhaften Arnold, dem es gewiss nicht an Selbstbewusstsein mangelte, bemerkte Larissa eine gewisse Affektiertheit, ein etwas gekünsteltes Gehabe, das den Wunsch, zu gefallen, verriet. Dieser Artjom dagegen schien völlig in sich zu ruhen wie jemand, der seinen Wert kennt und darauf pfeift, was andere über ihn denken.

»Freut mich sehr, Larissa. Darf ich *du* sagen?«

»Natürlich. Und wohin möchtest du mich einladen?«

»Es gibt da ein wunderbares Lokal, wo uns niemand stören wird und wo selbst Freunde von mir, wenn sie sehen, dass ich nicht allein bin, sich dezent abwenden würden.«

»Und keine größeren Runden wie hier?«

»Was für größere Runden?«, fragte Artjom verständnislos. »Kommt überhaupt nicht infrage. Ich schwör's dir beim Lächeln des Schlafenden, ich will nur mit dir zusammen sein.«

Der neue Verehrer gefiel Larissa immer besser, doch da war ja schließlich noch der Wikinger ...

»Das klingt verführerisch, aber heute bin ich leider schon vergeben. Ich habe den Abend schon jemand anderem versprochen.«

»Man sollte sich nicht zum Sklaven seiner Versprechen machen. Man kann es sich doch auch mal anders überlegen und jeder wird dafür Verständnis haben.« Artjom lächelte. »Und außerdem: Aus einer größeren Runde kann man sich doch geräuschlos absetzen, das fällt doch niemandem auf.«

»Niemandem außer meinem Begleiter«, erwiderte die junge Frau und hob warnend den Zeigefinger.

»Wenn du in einer größeren Runde bist, kannst du gar keinen Begleiter haben, höchstens Trinkgenossen.«

Da hatte dieser Artjom nicht ganz Unrecht.

»Gibt's irgendwelche Probleme, Darling?« Der herbeigeeilte Arnold legte Larissa ungeniert den Arm um die Schulter.

»Auf deinen Coup in der Bank, Gleb«, sagte Arnold und erhob das Wodkaglas. »Du musst ja einen ziemlich coolen Auftritt hingelegt haben.«

»Dein Job in der *Schaukel* war aber auch nicht von schlechten Eltern«, erwiderte der Dicke das Kompliment.

»Ich habe doch nur aufgepasst, dass nichts schiefläuft«, gab Arnold zu. »Das hat alles Kara gemacht.«

»Genauer gesagt, Dita.«

»Eben.«

»Aber du hast die Kassetten geklaut.«

»Und *NTW* zugespielt«, bestätigte der Wikinger. »Aber das war ja nicht weiter schwer. Auf dein Wohl, Gleb.«

»Zum Wohl, Arnold.«

Der gut gekühlte Wodka floss durch die Kehlen der Magier und inspirierte sie zu einem detaillierten Austausch über ihre Heldentaten.

Angeber, dachte Inga genervt und wandte sich ab. Wo ist denn eigentlich unsere neue Superhexe abgeblieben?

Sie entdeckte Larissa an der Bar, wo sie sich angeregt mit einem ausgesprochen sympathischen Mann in schwarzer Lederjacke unterhielt. Dieser Typ sah überhaupt nicht wie ein Stammgast der *Verliererbar* aus. Das selbstbewusste Auftreten, das kurzgeschnittene braune Haar – irgendwo hatte sie ihn schon einmal gesehen ...

»Da ist ein Söldner!«

»Was?« Die Männer geruhten, ihre selbstverliebte Unterhaltung zu unterbrechen und sich nach ihrer Begleiterin umzusehen.

»Guck mal, Arnold«, sagte Inga und deutete mit einem Kopfnicken zur Bar. »Während du dich hier mit Wodka abfüllst, baggert Cortes' Kompagnon deine vollbusige Schülerin an.«

»Arnold, das ist Artjom.« Larissa entwand sich der Umarmung des Wikingers und trat einen Schritt zur Seite. »Wir haben uns gerade erst kennengelernt.«

»Ich kenne den Typ.« Der langhaarige Muskelprotz dachte überhaupt nicht daran, Artjom die Hand zu geben. »Was hast du hier verloren, Söldner? Das ist eine Bar für Magier.«

Larissa sah ihren Kavalier erstaunt an. Dass der Wikinger über das Auftauchen eines Konkurrenten nicht begeistert sein würde, war zu erwarten gewesen. Eine so unwirsche und aggressive Reaktion hätte sie indes nicht erwartet. Schließlich hatte sie sich mit dem Mann ja nur unterhalten.

»Larissa und ich wollten sowieso gerade gehen«, beschied Artjom kühl und sah der jungen Frau in die Augen. »Nicht wahr?«

Larissa schwieg.

»Es hat doch niemand was dagegen, oder?« Artjom wandte sich wieder an den Hünen. »Du kannst sie ja bei deinen Freunden entschuldigen.«

Arnold war hin und her gerissen. Wenn er Larissa mit

diesem Söldner abziehen ließ, dann Gnade ihm Gott, wenn Kara davon erführe. Artjom war der Kompagnon von Cortes, dem besten Söldner der Verborgenen Stadt, und dummerweise arbeiteten die beiden für den Dunklen Hof, also für die Humanoiden. Noch dazu galt Cortes als guter Freund von Santiago. Andererseits waren die beiden Söldner nicht gerade als Weicheier bekannt. Was tun?

Arnold nahm all seinen Mut zusammen.

»Ich habe etwas dagegen.«

»Ach wirklich?«

Mit einiger Verwunderung registrierte Larissa die wachsende Verunsicherung des breitschultrigen Zwei-Meter-Mannes. Der vergleichsweise schmächtige Artjom strahlte dagegen eine unerschütterliche Gelassenheit aus. Eine Eskalation des Streits schien unvermeidlich.

»Jungs, falls ihr euch prügeln wollt, der Ausgang ist direkt gegenüber«, warf Lampo ein und räumte vorsorglich die leeren Gläser aus der Gefahrenzone.

»Das geht dich nichts an, du glatzköpfiger Humanoide«, bellte Arnold. »Zieh Leine!«

»Wie Sie meinen, werter Herr.« Der Barkeeper verriet mit keinem Wort und mit keiner Geste, dass ihn die Beschimpfung des Wikingers in irgendeiner Weise gekränkt hätte. »Sie denken aber hoffentlich daran, dass Kampfzauber in Lokalen der Verborgenen Stadt verboten sind.«

»Keine Sorge, ich komme auch ohne zurecht«, grummelte der Hüne. »Hast du nicht gehört? Du sollst verschwinden.«

»Schon recht. Artjom, du hattest einen Martini bestellt.«

Lampo stellte eine Flasche Wermut auf den Tresen und verzog sich zur Kasse.

»Brauchst du Unterstützung?« Hinter Arnolds Rücken erschien Glebs schwabbelige Physiognomie. »Sollen wir diesen Nawen-Schergen in eine Ratte verwandeln?«

Larissa wurde klar, dass die beiden Magier auf ihren neuen Bekannten generell nicht gut zu sprechen waren – nicht nur wegen ihr. Das machte Artjom noch interessanter für sie. Wer war dieser Mann? Arnold hatte ihn einen Söldner genannt. Jedenfalls schien er es faustdick hinter den Ohren zu haben, denn Gleb und Arnold wirkten immer noch recht zögerlich, obwohl sie ihrem Gegenüber zahlenmäßig und physisch überlegen waren. Artjom schien es dagegen nicht im Geringsten zu irritieren, dass er es nunmehr mit zwei Kontrahenten zu tun hatte.

»Kommst du mit, Larissa?«

Diesmal nickte die junge Frau.

»Dann mach dich fertig.«

»Sie bleibt hier!«, versetzte Arnold und fuhr seine mächtigen Krakenarme aus.

Wie alle schönen Frauen hatte Larissa schon so manche Prügelei mit angesehen. Nicht dass sie sich besonders gut damit auskannte, doch in diesem Fall sah es nach einem äußerst ungleichen Kampf aus, dessen Ausgang absolut absehbar war. Artjom belehrte sie eines Besseren.

In dem Augenblick, als Arnolds Pranken sich in die

Jacke des Söldners krallen wollten, griff sich dieser blitzschnell die Flasche Martini vom Tresen und zog sie dem Hünen über den Schädel. Der Wikinger rollte aberwitzig mit den Augen und sank wie ein nasser Sack zu Boden.

»Eins zu null«, kommentierte Lampo lapidar und stellte umsichtig eine weitere Flasche Martini bereit.

Diese erwies sich indes als entbehrlich. Während Gleb fieberhaft einen Kampfzauber murmelte, fing er sich eine rechte Gerade ein und landete in Gesellschaft eines unbeteiligten Barhockers, den er dabei zermalmte, im Parterre. Artjom nutzte die Indisponiertheit seines Gegners und versetzte ihm mit einem kurzen Haken den Knock-out.

»Willst du sie umbringen?«, erkundigte sich der Barkeeper.

»Quatsch.« Der Söldner war nicht einmal außer Atem. Er kehrte zum Tresen zurück und zückte abermals seine T-Grad-Com-Karte. »Was bin ich schuldig, Lampo?«

»Den Wermut und den Barhocker zahlen die, die angefangen haben«, sagte der Eulin grinsend. »Sobald sie wieder zu sich kommen.«

»Warte mit dem Eimer Wasser, bis wir weg sind«, feixte Artjom und wandte sich wieder an Larissa: »Tut mir leid, das wollte ich nicht.«

»Ich hab's gesehen«, bestätigte die Blondine und fügte beeindruckt hinzu: »Du bist ganz schön rabiat.«

»Das hindert uns doch hoffentlich nicht, in das gemütliche Lokal zu fahren, von dem ich gesprochen habe?«

»Natürlich nicht.«

Warum ist die Welt nur so ungerecht?, fragte sich Inga frustriert, während Larissa und Artjom die *Verliererbar* verließen.

Dieser grünäugigen Hexe fiel einfach alles in den Schoß. Das magische Talent, Karas Aufmerksamkeit und jetzt auch noch dieser imponierende Mann. Und was blieb ihr? Sollte sie sich damit etwa abfinden? Niemals!

Im Unterschied zu Larissa hatte Inga schon geahnt, wie die Auseinandersetzung enden würde. Artjom war zwar noch nicht allzu lange in der Verborgenen Stadt, doch einen einschlägigen Ruf hatte er sich bereits erworben. Wenn an den Gerüchten, die man sich über ihn erzählte, etwas dran war, dann hatte er im Zweikampf eine Schwarze Morjane erledigt, beim Tod Bogdan le Stas seine Hände im Spiel gehabt und war offenbar auch in die Affäre verwickelt, als die Rothauben die Burg des Ordens stürmten. Das Emblem des Dunklen Hofs auf seiner Schulter sprach ohnehin für sich.

Die rothaarige Zauberin fand den verwegenen Söldner äußerst attraktiv und hätte sich sehr gut vorstellen können, ihn näher kennenzulernen. Umso bitterer war es für sie, dass Larissa nun mit ihm von dannen zog.

Angewidert betrachtete Inga ihre besiegten Begleiter, die immer noch reglos auf dem Boden lagen. Diese verdammten Idioten! Sie hätten diesen Artjom ohne viel Federlesens mit einem *Elfenpfeil* erledigen sollen – Verbot hin oder her. Aber nein, sie mussten ja unbedingt vor der blonden Gans gockeln und die große Show abziehen. Das hatten sie nun davon. Mal sehen, was Kara dazu sagen würde.

Inga holte ihr Mobiltelefon aus der Handtasche.

Zitadelle, Hauptquartier des Herrscherhauses Naw
Moskau, Leningradski-Prospekt
Freitag, 29. September, 22:00 Uhr

Die Delegation, die sich zu später Stunde im Hauptquartier des Dunklen Hofs einfand, war klein, aber hochrangig.

Die jüngsten Zwischenfälle in der Verborgenen Stadt hatten ihre Bewohner in helle Aufregung versetzt, doch die meisten von ihnen warteten mehr oder weniger geduldig auf eine angemessene Reaktion der Herrscherhäuser. Nicht so die Angehörigen des Dunklen Hofs: Es entsprach nicht ihrem umtriebigen Naturell, tatenlos auf bessere Zeiten zu warten. Und so war es keine Überraschung für die Nawen, als ihre Vasallen nachdrücklich eine Audienz verlangten. Pünktlich zur verabredeten Stunde öffnete sich das Tor der Zitadelle für die Limousinen der Delegation.

Als Erste entstiegen die beiden schwarzhaarigen Vertreter des Volks der Schatyren in würdevoller Langsamkeit ihrem silberfunkelnden Rolls-Royce: der ehrenwerte Jurbek Tomba und der ehrenwerte Nugar Cannabis. Beide waren Direktoren der Handelsgilde, jenes von sagenhaftem Reichtum umwölkten Konzerns, der den Warenumschlag in der Verborgenen Stadt zu annähernd hundert Prozent kontrollierte. Die beiden Herren trugen sündteure Maßanzüge, nicht weniger sündteure Krawatten und schneeweiße Hemden, nur dass Jurbek für Sakko und Beinkleid einen schwarzen Stoff gewählt hatte, während Nurbek einem freudigen Dunkelgrau den Vorzug gab.

Aus der zweiten Limousine, einer monströsen Spezialanfertigung aus dem Hause Volvo, trat Pater Dynamus, das Oberhaupt der Erli-Mönche, auf den Innenhof der Zitadelle. Die Moskauer Eremitage, das Hauptquartier der Erli und gleichzeitig die größte Klinik der Verborgenen Stadt, war berühmt für ihre hervorragenden medizinischen Leistungen und berüchtigt für die Wucherpreise, die man dafür berappen musste. Pater Dynamus, dem hageren Prior der Erli, sagte man einen gutmütigen, lebensfrohen Charakter und eine gewisse Neigung zur Geschwätzigkeit nach.

Als die Wache das Tor bereits wieder schließen wollte, bat noch ein kleinwüchsiger Oss um Einlass, der Vertreter einer zahlenmäßig unbedeutenden Jägersippschaft, die in den unterirdischen Gefilden der Stadt hauste. Den Weg vom nächsten Kanaldeckel zum Tor der Zitadelle hatte der Abgesandte namens Tschuja zu Fuß bewältigt und bat nun schüchtern um die Erlaubnis, sein Volk bei der anstehenden Audienz vertreten zu dürfen. Die Wachen ließen ihn bereitwillig ein, nachdem sie sich davon überzeugt hatten, dass ihm keine Ratten gefolgt waren.

Die Ankömmlinge wurden in einen großen Saal mit spitzbogigen Fenstern geleitet und an einen massiven, geschnitzten Tisch gebeten. Die Rolle des Gastgebers übernahm Ortega, den die Führung des Herrscherhauses dazu verdonnert hatte, den unliebsamen Termin an ihrer statt wahrzunehmen. Und dieser Umstand war auch gleich der erste Ansatzpunkt für Kritik.

»Wieso werden wir eigentlich nicht vom Fürsten empfangen?«, monierte Jurbek. »Oder wenigstens von den Ratsherren?«

»Oder von Santiago«, warf Pater Dynamus ein und auf seinem Gesicht erschien ein spitzbübisches Grinsen. »Doch wie man hört, ist der hochverehrte Herr Kommissar wegen kleinerer juristischer Schwierigkeiten vorübergehend abgetaucht.«

»Es tut mir leid«, seufzte Ortega, »aber der Fürst und die höchsten Magier sind im Augenblick sehr beschäftigt.«

»Ich will schwer hoffen, dass sie mit unseren Problemen beschäftigt sind«, stichelte Jurbek.

»Spielt doch keine Rolle«, wiegelte Nugar ab. »Wenn sie sich um ihre eigenen Angelegenheiten kümmern, heißt das, dass die jüngsten Ereignisse *so* bedrohlich nicht sein können. Wenn sie dagegen mit der Krise befasst sind, wird sie auch bald vorüber sein. Beides wäre in unserem Sinne.«

»Apropos Krise«, schaltete sich Pater Dynamus ein. »Ich möchte meine Freude mit Ihnen teilen. Die Moskauer Eremitage verzeichnet derzeit einen erheblichen Patientenzuwachs und ich gehe davon aus, dass auch die Nachfrage nach Kriegsartefakten gestiegen ist. Die Krise wirkt sich also durchaus belebend auf unsere Geschäfte aus und deshalb würde ich gern wissen, welche

Schritte der Dunkle Hof zu unternehmen gedenkt, um diese positive Entwicklung weiter zu fördern. Wie wäre es zum Beispiel, einen Krieg zwischen den Herrscherhäusern ins Auge zu fassen? Wir müssten uns auf ein solches Szenario natürlich vorbereiten, neue Krankenstationen einrichten und vielleicht das ein oder andere Feldlazarett bereitstellen.«

Ortega wollte gerade zu einer empörten Replik ansetzen, doch Jurbek kam ihm zuvor.

»Die Ausführungen des verehrten Pater Dynamus haben tatsächlich einen wahren Kern: Schutz- und Kriegsartefakte sind derzeit sehr gefragt ...«

»Und Sie haben natürlich unverzüglich die Preise um fünfzig Prozent erhöht!«, schimpfte der Prior.

»Der Preis wird von Angebot und Nachfrage geregelt«, rechtfertigte sich Nugar. »Und überhaupt: Ich mache Ihnen schließlich auch keine Vorschriften, wie Sie Ihre Einläufe zu machen haben.«

»Einläufe machen wir schon seit fünftausend Jahren nicht mehr.«

»Sie werden es doch nicht verlernt haben?«, ätzte Nugar.

»Wir leisten qualifizierte medizinische Hilfe – das ist ein Gebot der Moral«, dozierte Pater Dynamus salbungsvoll. »Sie dagegen schlagen schamlos Profit aus der Angst verschreckter Bürger.«

»Sie und Moral! Dass ich nicht lache!«

»Meine Herren!«, intervenierte Ortega. »Lassen wir doch den ehrenwerten Jurbek seinen Gedanken zu Ende führen.«

Nugar und Pater Dynamus verstummten.

»Wenn wir schon über die Vorzüge der Krise sprechen«, setzte Jurbek an Dynamus gewandt fort, »dann dürfen wir auch über ihre Nachteile nicht hinwegsehen. Ich erinnere hier nur an den verheerenden Überfall der Humos auf *Burchans Schatztruhe*, das beste Artefaktgeschäft der Verborgenen Stadt. Der alte Burchan ist ruiniert! Er sitzt auf einem Haufen Asche und rauft sich die Haare!«

»Soweit ich mich erinnere, ging dort gerade mal eine Schaufensterscheibe zu Bruch«, erwiderte Ortega überrascht. »Und na ja, der Verkaufsraum wurde ein wenig in Mitleidenschaft gezogen ...«

»Das ist – mit Verlaub – eine beschönigende Darstellung«, ereiferte sich Jurbek. »Der Laden bietet ein Bild der Zerstörung und der finanzielle Schaden ist immens.«

»Den bezahlt doch sowieso die Versicherung«, winkte Pater Dynamus ab. »Wenn einer sich die Haare rauft, dann die Versicherungsfritzen.«

»Dennoch ist der Überfall auf Burchan ein Beispiel für die Schattenseiten der jüngsten Entwicklung«, konstatierte Jurbek betont sachlich. »Diese Krise ist unkalkulierbar, weil sie außer Kontrolle geraten ist! Wie lange sollen wir noch dabei zusehen, wie gewaltbereite Humos unsere Geschäfte plündern? Wir wollen wissen, welche Maßnahmen der Dunkle Hof unternimmt, um diesen Terror zu beenden.«

»Warum denn beenden?« In Pater Dynamus' Miene spiegelte sich abgrundtiefe Verständnislosigkeit. »Wir sollten nichts übers Knie brechen. Das Geschäft geht doch gerade erst los. Verstärken Sie doch einfach die Sicherheitsvorkehrungen!«

»Können Sie sich überhaupt vorstellen, was es kosten würde, unsere sämtlichen Geschäfte entsprechend zu schützen?« Nugar zog einen Notizblock aus der Tasche und kritzelte mit dem Kugelschreiber einige Zahlen darauf. »Das würde für jeden einzelnen Betrieb Investitionskosten von ...«

Für solcherlei Berechnungen brauchten die Schatyren keinen Taschenrechner, das mathematische Genie war ihnen angeboren.

»Ach, der Erli hat doch keine Ahnung«, sprang Jurbek dem Kollegen bei. »Der sitzt gemütlich in seiner Eremitage hinter dicken Klostermauern und macht sich keinen Kopf.«

»Ihr Schatyren denkt immer nur ans Geld!«, konterte Pater Dynamus.

»Geld ist nicht alles«, räumte Jurbek ein. »Aber es beruhigt ungemein.«

»Kann ich auch mal was sagen?«, erkundigte sich der kleine Oss und hob zaghaft den Finger. »Ich hätte auch ein Anliegen vorzubringen. Ich und die anderen Kämpfer im Labyrinth, wir haben uns gefragt, warum eigentlich nur die Rothauben die Humos ausrauben. Das könnten wir doch auch. Wir hätten da auch schon eine Idee: Wir stoppen eine U-Bahn und ...«

»Kommt nicht infrage!«, donnerte Ortega.

»Von wegen gemütlich hinter dicken Klostermauern«, entrüstete sich der Prior. »Wir arbeiten rund um die Uhr für die Volksgesundheit, und wenn wir mal einen Kredit brauchen für neue medizinische Geräte, dann gibt es gewisse Herrschaften, die dafür astronomische Zinsen verlangen!«

»Wir halten eine U-Bahn an und rauben die Passagiere aus!«

»Irgendwie müssen wir ja Geld verdienen, sonst könnten wir uns die Wucherpreise nicht leisten, die gewisse andere Herrschaften für ein simples Kopfschmerzmittel verlangen.«

»Ihr solltet eben weniger saufen!«

»Ruhe jetzt!« Ortega verlor den Überblick.

»Wir tun den Humos auch gar nichts, wir nehmen ihnen nur ihr Geld ab.«

»Weniger saufen – sehr witzig, am Ende empfiehlst du uns noch, weniger zu altern.«

»Schaut lieber auf die Preise in euren Läden. Da wird es einem schon beim Vorbeigehen schlecht!«

»Aber warum dürfen es die Rothauben und wir nicht?«

»Ruhe!!«

»Wir haben eine minimale Gewinnspanne – da können wir uns so hohe Investitionen in die Sicherheit nicht leisten.«

»Mir kommen die Tränen. Ihr lasst doch die Hälfte eurer Waren von Billiglöhnern in illegalen vietnamesischen Fabriken herstellen und verhökert das Zeug für das Dreifache!«

»Und in eurer Klinik ist die Sterberate höher als im letzten Krieg zwischen den Herrscherhäusern.«

»Nur eine einzige klitzekleine U-Bahn ...«

»Schluss jetzt!!!«

Ortega platzte der Kragen. In seiner Hand funkelte plötzlich ein riesiges, gerades Schwert. Der zornige Naw sprang auf und hieb mit voller Wucht auf die Tischplatte ein. Das antike Möbelstück zerbarst krachend und die hohen Gäste verstummten erstaunt.

Jedem anderen Bewohner der Verborgenen Stadt hätte der Wutausbruch des Nawen einen gehörigen Schrecken eingejagt, denn die Herrscher des Dunklen Hofs waren berüchtigt für ihren Jähzorn. Doch sowohl die Schatyren als auch die Erli lebten bereits seit Jahrtausenden Seite an Seite mit den furchterregenden Nawen. Sie waren daran gewöhnt und nahmen es gelassen.

»War ein schöner Tisch«, konstatierte Nugar bedauernd, während er seinen Notizblock wegsteckte. »So was bekommt man heutzutage nicht mehr in der Qualität.«

»Eine echte Antiquität«, bestätigte Jurbek, der fachmännisch eines der Bruchstücke begutachtete. »Massive Eiche, etwa sechshundert Jahre alt. Was meinen Sie, Pater Dynamus?«

»So alt nun auch wieder nicht«, erwiderte der Erli kopfschüttelnd. »Maximal vierhundert Jahre.«

»Einspruch«, beharrte Jurbek Tomba, dem ein bekanntes Antiquitätengeschäft gehörte. »Die Schnitzereien sind im Stil von Lakir Cannabis ausgeführt und dieser Stil ist vor sechshundert Jahren aus der Mode gekommen.«

»Tja, Sie sind der Fachmann, Jurbek.«

»Jedenfalls war es ein sehr wertvoller Tisch«, resümierte Nugar und alle Blicke richteten sich auf Ortega.

Das Schwert in der Hand des Nawen schrumpfte auf die Maße eines Yatagans, dann auf die eines Dolches und verschwand schließlich ganz.

Ortega seufzte: »Also dann fassen wir mal die Ergebnisse unserer Beratungen zusammen ...«

»Wir haben uns nett unterhalten, finde ich«, sagte Pater Dynamus versöhnlich.

»Zweifelsohne ...« Ortega fand es unpassend, vor dem zerschmetterten Tisch zu sitzen, deshalb erhob er sich und rückte seine Krawatte zurecht. »Der Dunkle Hof sieht in der jüngsten Krise keine ernsthafte Bedrohung für die Verborgene Stadt und insbesondere nicht für unser Herrscherhaus. Aber selbstverständlich werden wir alles Nötige unternehmen, um die lästigen Überfälle zu stoppen.«

Die Schatyren machten ein hochzufriedenes Gesicht.

»Andererseits ist uns natürlich klar, dass wir die Krise nicht von heute auf morgen beenden können und in der Zwischenzeit kann alles Mögliche passieren.«

Diesmal nickte Pater Dynamus zufrieden.

»Und noch etwas!« An dieser Stelle bedachte Ortega den Abgesandten der Unterwelt mit einem durchbohrenden Blick. »Eine weitere Destabilisierung der Humo-Gesellschaft auf Kosten der Sicherheit der Verborgenen Stadt werden wir unter keinen Umständen dulden!«

Der kleine Oss Tschuja ließ enttäuscht den Kopf hängen.

Städtisches Mietshaus
Moskau, Miklucho-Maklaja-Straße
Samstag, 30. September, 04:49 Uhr

»Nein, nein, schön liegen bleiben!« Larissa drückte Artjoms Kopf sanft ins Kissen zurück.

»Aber dann kann ich dich nicht anschauen«, protestierte der Söldner, der auf dem Bauch lag.

»Dafür ich dich um so besser.«

Artjom gab sich geschlagen.

Larissa betrachtete den Körper des Söldners. Im Gegensatz zu dem athletischen Arnold mit seiner ausgeprägten, fast protzigen Muskulatur war Artjom ein schmaler, drahtiger Typ, der sich eher durch Flinkheit und Zähigkeit auszeichnete als durch rohe Kraft. Unscheinbare Menschen wie er wurden leicht unterschätzt.

Sie streichelte Artjom über den Rücken.

»Und was sind das für Tätowierungen? Halt, nicht sagen, ich will selber raten.«

Dieses typische Schwarz-Weiß mit den roten Einsprengseln, die feinen Linien ...

»*Nawsche Skizzen*?«

»Volltreffer.«

Magische Tätowierungen waren in der Verborgenen Stadt weit verbreitet, vor allem unter jüngeren Magiern. Die auf die Haut aufgetragenen Zauberformeln ließen sich schneller als gesprochene aktivieren und außerdem leichter kombinieren, um komplexere Arkane zu wirken. Erfahrene Magier griffen selten auf solche »Spickzettel« zurück und verließen sich lieber auf ihr gutes Gedächtnis, doch zum Beispiel Anhänger der Gestenmagie ließen sich die Hände fast vollständig tätowieren.

Die *Nawschen Skizzen* nahmen unter den magischen Tätowierungen eine Sonderstellung ein. Dabei handelte es sich nicht um simple Zauberformeln, sondern um richtige Artefakte, die speziell auf ihren Besitzer abgestimmt waren, selbsttätig aktiv wurden und sich sogar automatisch aufluden. Die Kunst, solche Artefakte zu tätowieren, beherrschten nur vier Nawen, die sich ihr Handwerk teuer bezahlen ließen und auf Jahre hinaus ausgebucht waren. Die *Nawschen Skizzen* auf Artjoms Rücken verrieten also einiges über seine Einkünfte und über sein Verhältnis zum Dunklen Hof.

Auf dem rechten Schulterblatt war ein Habicht mit gespreizten Schwingen dargestellt.

»Ein *Wachsamer Habicht*?«

»Ja.«

Dieses Artefakt konnte feindselige Emotionen spüren und warnte Artjom vor unmittelbar bevorstehenden Angriffen.

»Und das ist ein *Ring der Gleichmut*?«

Die verschnörkelten Linien umspannten ringförmig die linke Schulter des Söldners.

»Genau.«

Ein Schmerzblocker – angesichts des komplizierten Musters gewiss einer der höchsten Kategorie.

»Und was ist das?«

Ausgehend von der Schulter erstreckte sich über den Arm des Söldners eine weitere Tätowierung, die ein im *Ring der Gleichmut* aufgehängtes Medaillon darstellte.

»Das ist ein *Erli-Kreuz*.«

»Und wozu ist das gut?«

»Es wirkt als Stimulantium. Selbst wenn ich mir in Australien sechs Kugeln einfangen sollte, würde ich es dank des *Erli-Kreuzes* noch bis zur Moskauer Eremitage schaffen und die Operation überleben.«

»Was du nicht sagst.«

»Das war natürlich ein Scherz«, gab Artjom zu. »Aber eine gewisse Zeit würde es mich auf jeden Fall am Leben erhalten.«

Die letzte Tätowierung zierte die rechte Schulter des Söldners: ein Eichhörnchen, das eine Nuss frisst. Das Wappen des Herrscherhauses Naw. Es reagierte auf magische Energie, bedeutete seinem Besitzer die Anwesenheit von Magiern und Artefakten und ermöglichte es, die Realität hinter Trugbildern zu erkennen. Wesentlich wichtiger war der symbolische Wert des Emblems: Es bedeutete eine Auszeichnung für Verdienste um den Dunklen Hof. Die Tätowierung hatte der Fürst höchstselbst durch eine Berührung aufgetragen.

»Mehr hast du noch nicht?«, erkundigte sich Larissa provokant.

»Selbst diese wenigen *Nawschen Skizzen* haben mich ein Vermögen gekostet«, entgegnete Artjom. »Außer dem Wappen des Dunklen Hofs natürlich. Das habe ich umsonst bekommen.«

»War es das Eichhörnchen, das Arnold so eingeschüchtert hat?«

»Woraus schließt du, dass ihn etwas eingeschüchtert hat?«, fragte der Söldner verwundert.

»Er hat lange gezögert, sich auf einen Kampf einzulassen.«

»Er war nicht eingeschüchtert«, entgegnete Artjom. »Er hat einfach seine Chancen abgewägt.«

»Hast du das etwa nicht getan?«

»Ich hatte mich schon vorher entschieden.«

»Und wozu?«

»Dazu, dass ich die Bar unter allen Umständen mit dir zusammen verlassen werde.«

Dieses Statement schmeichelte Larissa natürlich, doch sie gab sich nicht damit zufrieden.

»Immerhin ist Arnold ein Magier und du nicht.«

»Was hat das damit zu tun? Wir sind doch alle sterblich.«

Die junge Frau stutzte und erinnerte sich plötzlich an die beiläufige Frage des Barkeepers, ob Artjom vorhabe, seine Gegner umzubringen. Erst jetzt wurde ihr klar, dass der glatzköpfige Eulin diese Frage völlig ernst gemeint hatte. Der Söldner wäre tatsächlich bis zum Äußersten gegangen.

»Du hättest ihn möglicherweise getötet wegen mir?«

»Wenn er mich dazu genötigt hätte, ja.«

Nun verstand die Blondine, warum Arnold gezögert hatte. Für eine Nebensächlichkeit wie das Herz einer Frau wollte der Wikinger nicht seinen Hals riskieren. Artjom dagegen war dazu wild entschlossen gewesen und wäre notfalls über Leichen gegangen. Larissa durchfuhr ein kalter, aber angenehmer Schauer und sie beschloss, ihren neuen Freund ein wenig zu provozieren.

»Vielleicht hatte Arnold einfach Angst vor Cortes?«

»Durchaus möglich«, räumte der Söldner ohne zu zögern ein. »Vergeltungsakte sind keine Seltenheit in der Verborgenen Stadt und Cortes hätte es bestimmt nicht gefallen, wenn Arnold Hackfleisch aus mir gemacht hätte.«

»Aber Arnold ist ein Magier und Cortes nicht.«

»Das ändert doch nichts«, antwortete Artjom ernst. »Wie ich schon sagte: Wir sind alle sterblich.«

»Hast du schon mal einen Magier getötet?«, fragte Larissa nach kurzem Zögern.

»Ja.«

»Und wie ist das?«

»Etwas schwieriger als bei normalen Leuten, aber einfacher als bei Schwarzen Morjanen.«

Larissa war hingerissen.

Ihr Begleiter gefiel ihr von Minute zu Minute mehr, obwohl oder vielleicht gerade weil er so widersprüchlich war: unaufdringlich und rabiat, höflich und kompromisslos, undurchschaubar und geradeheraus. Glebs schmierige und Arnolds aufgesetzte Art schienen diesem Mann vollkommen fremd zu sein. Er hatte Larissa freimütig zu verstehen gegeben, dass er sich für sie interessierte, trotzdem verhielt er sich völlig ungekünstelt und versuchte zu keinem Zeitpunkt, Eindruck zu schinden. Er war einfach er selbst, und die beeindruckte junge Frau dachte den ganzen Abend nicht mehr an ihre bedauernswerten Freunde.

Nachdem Larissa und Artjom die *Verliererbar* verlassen hatten, begaben sie sich in das gemütliche Restaurant *Magenbalsam*. Die exotischen Spezialitäten, die der Söldner dort bestellte, bedeuteten für Larissa kulinarisches Neuland: eine Crêpe à la Tschud, die förmlich auf der Zunge zerging, ein herzhafter, süßsaurer Kuchen nach Schatyrenart, umwerfend süße Kloster-Medowucha aus der Eremitage der Erli und ein Espresso Inferno, wie nur ein Eulin ihn zu kochen verstand.

Obwohl Artjom in dem Restaurant kein Unbekannter war, wurden sie tatsächlich von niemandem gestört und Larissa hörte den ganzen Abend mehr oder weniger unterhaltsame Geschichten aus dem Leben der Verborgenen Stadt. Dabei erschloss sich ihr ein völlig neues Weltbild. Im Gegensatz zu Kara und ihren Gefolgsleuten hegte Artjom keine rassistischen Vorurteile gegenüber Humanoiden. Stattdessen betonte er in seinen Erzählungen mit scharfer Beobachtungsgabe die typischen Eigenschaften, Stärken und Schwächen eines jeden Volks einschließlich der Menschen. Beziehungsweise der Humos, wie der Söldner sich auszudrücken pflegte, und diese Despektierlichkeit gegenüber den eigenen Volksgenossen war das Einzige, was der jungen Frau an ihrem Begleiter missfiel.

Larissa überlegte, ob Artjoms tolerante Einstellung womöglich damit zusammenhing, dass er nie mit der Arroganz der Lehrer in den Zaubereischulen des Grünen Hofs konfrontiert worden war. Andererseits hätte er als Nichtmagier auch so allen Grund gehabt, sich in der Verborgenen Stadt als Außenseiter zu fühlen. Doch das Gegenteil war der Fall: Die Söldner wurden von allen Herrscherhäusern respektiert.

Larissa musste sich eingestehen, dass das Weltbild, das Kara ihr eingeimpft hatte, erste Risse bekam. Artjom hatte sie dazu gebracht, ihre Umgebung mit anderen Augen zu sehen ...

Doch dieser Abend war nicht der richtige Moment, um sich darüber den Kopf zu zerbrechen. Nach dem Abendessen tanzten die beiden bis zwei Uhr nachts und dann brachte Artjom Larissa zu sich nach Hause, in die kleine Junggesellenwohnung in der Miklucho-Maklaja-Straße.

Artjom versank in Larissas grünen Augen.

Ihre anmutige Art sich zu bewegen, die angenehme Stimme, die langen Beine, das kesse Grübchen im Kinn ... Die zufällige Begegnung mit der naturblonden Zauberin warf den Söldner gehörig aus der Bahn, und wenn er in diesen Stunden in der Lage gewesen wäre, einen klaren Gedanken zu fassen, dann hätte er sich wohl eingestehen müssen, dass Larissa drauf und dran war, sein Leben auf den Kopf zu stellen.

Artjom versank ...

»Und dann bin ich wieder zu mir gekommen, ähm, wir beide sind wieder zu uns gekommen, Gleb und ich, ähm, Inga hat uns ...« Arnold verlor endgültig den Faden und senkte den Blick.

Der langhaarige Magier wäre am liebsten im Boden versunken. Wie ein begossener Pudel stand der Hüne vor den beiden Frauen und rang um Worte für die Schmach, die ihm in der *Verliererbar* zugefügt worden war. Arnold stand die Schamesröte im Gesicht und bildete einen hübschen Kontrast zu dem weißen Verband auf seinem lädierten Haupt.

Kara stand am französischen Fenster des Wintergartens und musterte den Magier voller Verachtung.

»Ich fasse zusammen: Ein Söldner mittlerer Größe hat zwei gut ausgebildete Magier bewusstlos geschlagen und sich dann mit ihrer Frau aus dem Staub gemacht. Großartig, ich bin begeistert!«

»Alles ging sehr schnell ...«, stammelte Arnold.

Wahnsinn, und ich stand mal auf diesen Idioten, ging es der Zauberin plötzlich durch den Kopf.

»Ich werde alles wiedergutmachen«, versprach der gefallene Held.

»Lass das lieber bleiben«, versetzte Kara. »Beim nächsten Mal wird Artjom dich töten.«

»Aber ich ...«

»Weißt du, was du morgen zu tun hast?«

Arnold nickte.

»Ich hoffe, du vermasselst es nicht wieder. Das ist nun wirklich keine schwierige Aufgabe.«

»Ich werde alles zu deiner Zufriedenheit erledigen«, versprach der Wikinger kleinlaut. »Ich habe schon mit Fima und Elvira gesprochen, sie erwarten mich morgen ...«

»Dann geh und bring dich auf Vordermann!« Die Zauberin zeigte auf Arnolds Verband.

»Mit physischer Kraft kommt man eben nicht weit, wenn der Mumm fehlt«, resümierte Inga, nachdem sich die Tür hinter dem unglückseligen Magier geschlossen hatte.

»Was soll man machen, er ist eben ein Feigling«, pflichtete die Zauberin bei und breitete resignierend die Arme aus. Dann wandte sie sich an die rotblonde Magierin und sah sie streng an. »Und wieso hast du nicht eingegriffen? Wenn ich das recht verstanden habe, wurden Gleb und Arnold vor deinen Augen niedergeschlagen.«

»Vor den Augen der ganzen Bar«, präzisierte Inga mit einem kühlen Lächeln. »Kara, glaubst du allen Ernstes, dass ich mich mit einem Söldner angelegt hätte wegen dieser Kuh? Wegen deiner Larissa?«

Die Zauberin seufzte. Der hasserfüllte Tonfall, mit dem Inga *wegen deiner Larissa* gesagt hatte, ließ keinen Zweifel daran, was sie von der Blondine hielt.

»Deine Eifersucht ist völlig unangebracht«, sagte Kara ruhig.

Inga erwiderte nichts.

»Du hast keinen Grund zur Eifersucht«, wiederholte die Zauberin. »Du bist die Einzige, auf die ich mich blind verlassen kann.«

»Und Larissa?«

»Für dieses Mädchen habe ich besondere Pläne«, sagte Kara nach kurzem Zögern. »Glaub mir, du machst einen Fehler, wenn du in ihr eine Rivalin siehst.«

»Besondere Pläne?«

Kara trat näher an die Rothaarige heran und sah ihr unverwandt in die Augen.

»Larissa ist keine Konkurrentin für dich. Du wirst dich bald selbst davon überzeugen können, aber bis dahin musst du mir das einfach glauben.«

Inga hielt Karas Blick stand, ohne auch nur mit der Wimper zu zucken.

»Bald? Das bedeutet wann?«

»In ein paar Tagen.«

»Gut. Du hast mich überzeugt.«

Kara lächelte versöhnlich: »Ich bin wirklich ernsthaft beunruhigt über die Situation. Artjom und Cortes arbeiten normalerweise für den Dunklen Hof und ich würde schon gern wissen, ob der Söldner Larissa zufällig kennengelernt hat oder ob er uns hinterherspioniert.«

»Und was soll ich tun?«

»Fühle Artjom mal auf den Zahn. Egal wie, mach ihm meinetwegen schöne Augen.«

»Du meinst, ich soll mit ihm ins Bett gehen?«

»Ich bitte dich einfach nur um deine Hilfe«, entgegnete die Zauberin ungehalten. »Ich habe keine Zeit, mich selbst um diesen Söldner zu kümmern.«

Inga erhob sich jäh und marschierte grußlos zur Tür.

»Inga?!«

»Jaja, schon recht!«, blaffte die zierliche Rothaarige, ohne sich umzudrehen, und verließ im Sturmschritt den Wintergarten.

»Freches Luder!« Die Zauberin ließ sich auf einen Polsterstuhl plumpsen und fegte zornig ein Kristallglas vom Tisch. »Biest, verdammtes!«

Ingas Launen trieben Kara des Öfteren zur Weißglut, doch die Zauberin wusste nur zu gut, dass die freche und dickköpfige Magierin ihre wichtigste Helferin war. Ihre Klugheit und Kaltschnäuzigkeit machten sie zu einer virtuosen Intrigantin und Kara hatte nicht kokettiert, als sie beteuerte, dass sie ihr blind vertraue. Doch ungeachtet dessen dachte die Zauberin nicht daran, Inga in ihre Pläne bezüglich Larissa einzuweihen.

Soll ruhig ein bisschen eifersüchtig sein, die sture Göre, dachte Kara bei sich, und wissen, dass sie auch nicht unersetzlich ist.

»Es wird schon hell draußen«, flüsterte Larissa verträumt. »Ein neuer Tag, neues Glück ...« Sie hielt kurz inne und fügte hinzu: »Und neue Freunde.«

Artjom lächelte, zog seine Geliebte an sich heran und küsste sie auf den Hals. Larissa streckte sich und genoss die kraftvolle Umarmung des Söldners.

»Es ist schön mit dir«, sagte sie und schaute ihm verliebt in die Augen.

Artjoms Reaktion auf das Kompliment verriet weder Selbstzufriedenheit noch geschmeichelten männlichen Stolz, in seinen Augen lag nichts als Zärtlichkeit.

»Wie schön, dass du nicht in der Vergangenheit sprichst«, erwiderte der Söldner leise.

»Ich hoffe eben, dass es noch ein bisschen weitergeht.«

Über Larissas Gesicht huschte ein aufreizendes Grinsen und sie küsste Artjom auf den Mund.

KAPITEL FÜNF

»Er wird schön.« Peter betrachtete die auf dem Tisch ausgebreiteten Pläne und schaute dann wieder zu Bruce. »Respekt, Jakob, er wird unglaublich schön.«

»Es wäre nicht sehr klug von mir, einen hässlichen zu bauen, Peter«, erwiderte der Schotte kühl. »Mein Ruf bei deinen Untertanen ist ohnehin nicht der beste. Würde ich in Moskau ein unansehnliches Bauwerk errichten, wären sie imstande, es niederzubrennen.«

»Zweifellos«, bestätigte Peter schmunzelnd. »Trotzdem hätte ich nicht damit gerechnet, dass du ein solches Kunstwerk ersinnen würdest.«

Jakob verstand den Zaren. Er wusste, dass Peter seine Hauptstadt nicht besonders schätzte und schon mehrfach davon gesprochen hatte, eine neue, großartige Stadt zu erbauen, deren Schönheit das etwas angestaubte Dritte Rom in den Schatten stellen sollte. Aus diesem Grund sah der Zar das fantastische Bauprojekt, das der Schotte ihm vorgelegt hatte, mit einem lachenden und mit einem weinenden Auge. Denn der formvollendete Turm hätte auch seiner neuen Wunderstadt gut zu Gesicht gestanden.

»Ich hätte da noch eine Frage, Peter«, sagte Bruce vorsichtig.

Peter legte die Pläne beiseite und seine großen hervorquellenden Augen richteten sich auf den Schotten.

»Ich höre, Zauberer.«

Bruce verzog das Gesicht. Er mochte es nicht, wenn man ihn Zauberer nannte und Peter wusste das. Doch dem Zaren konnte er natürlich keine Vorschriften machen.

»Wenn ich den Turm erbaut habe und ihn mit jener Macht ausstatte, über die wir gesprochen haben, dann soll er für Angehörige nichtmenschlicher Völker unzugänglich sein. Kein Dämon der Verborgenen Stadt darf in der Lage sein, ihn zu betreten.«

»Und? Zweifelst du etwa daran, dass dir das gelingen wird?«

»Keineswegs«, entgegnete Bruce im Brustton der Überzeugung. »Im Gegenteil. Ich bin absolut sicher, dass es so kommen wird. Und daher meine Frage: Wäre es nicht vernünftig, die Bibliothek Iwan des Schrecklichen in den Turm zu verbringen? Er wäre der sicherste Ort in ganz Moskau.«

Peter sah seinen Magier eine Weile nachdenklich an, dann zwirbelte er zerstreut seinen Schnauzbart.

»Ich dachte eigentlich, du seist ein kluger Mensch, Jakob. Du lebst doch schon von Kindesbeinen auf in Moskowien und solltest es besser wissen.«

Die Miene des Schotten verdüsterte ich.

»Worin liegt denn mein Irrtum, Peter?«

»Das werde ich dir sagen«, antwortete der Zar lachend. »Du hast etwas Entscheidendes nicht bedacht: Macht kann erobern, aber nicht bewahren. Früher oder später wird dein Turm fallen.« Bruce reckte entrüstet das Kinn. »Er wird fallen, Zauberer, glaub mir. Sobald wir ihn errichtet haben, werden die Dämonen mit aller Kraft versuchen, deinen Prachtbau zu zerstören. Denn aus der Tatsache, dass sie ihn nicht betreten können, werden sie unschwer den Schluss ziehen, dass auch Iwans Bibliothek und das Schwarze Buch dort versteckt sind.« Peter zog eine Tonpfeife aus der Tasche hervor. »Kannst du mir folgen?«

»Gewiss«, brummte der Schotte.

Obwohl er am Kukuj geboren war, setzte ihn die asiatische Schläue der Moskowiter immer wieder in Erstaunen.

»Na also.« Flink stopften die gelben Finger des Zaren den Tabak in die Pfeife. »Bewahren kann nur ein Geheimnis, Jakob, nur ein Geheimnis. Solange niemand weiß, wo die Bibliothek versteckt ist, und solange mein Geschlecht für ihren Erhalt bürgt, ist sie in Sicherheit. Und du, Bruce, vergiss niemals, dass du ein Hüter bist, aber nicht mehr als das. Dir ist große Macht gegeben, aber du trägst auch große Verantwortung. Nicht nur mir gegenüber, sondern gegenüber uns allen. Denke immer daran.«

»Das werde ich tun, Peter«, versicherte der Zauberer leise und warf einen Blick auf das dicke Buch im schwarzen Einband, das bescheiden im Regal lag.

»Mutanten? Außerirdische? Die sensationelle Sonderausgabe von Slawik Tosters Magazin Redefreiheit *schlug ein wie eine Bombe. Polizeivertreter kündigten an, das in der*

Sendung gezeigte Videomaterial sorgfältig zu prüfen und erst danach ...«

INTERFAX

»Droht eine zweite Inquisition? Man könnte viele Fragen stellen in diesen Tagen. Warum haben die Herrscherhäuser den bescheidenen Professor Serebrjanz nicht ernst genommen? Warum haben sie keine Abschusslizenzen für Schwarze Morjanen mehr ausgegeben? Warum wurden Spuren so schlecht verwischt? Doch es ist müßig, diesen Fragen nachzugehen. In einer Situation, in der am Horizont bereits die Feuer einer neuen Inquisition lodern und die Bevölkerung der Verborgenen Stadt allmählich in Panik gerät, stellt sich nur eine einzige Frage: Was unternehmen die Herrscherhäuser, um uns zu schützen? ...«

T-GRAD-COM

Moskauer Polizeipräsidium
Moskau, Petrowka-Straße
Samstag, 30. September, 09:11 Uhr

»Wie bereits berichtet, wurde gestern in der Moskauer Innenstadt Waliko Garadse – in gewissen Kreisen auch als Jumbo bekannt – in der Nähe seines Büros am Blumenboulevard ermordet. Dabei ging der Killer mit erschütternder Brutalität zu Werke. Waliko Garadse wurde vor den Augen seiner Leibwache und etlicher Passanten mit Messern buchstäblich abgeschlachtet. Bereits unmittelbar nach Bekanntwerden der Tat stellte sich natürlich die Frage nach der Identität des Mörders. Wer hat dieses Verbrechen begangen und wie hat er es geschafft, Garadse praktisch vor der Nase von dessen gut ausgebildeten Bodyguards zu töten?« Der Moderator machte eine dramaturgische Pause. »Meine Damen und Herren, wir zeigen ihnen nun Videomaterial, das unserer Redaktion zugespielt wurde. Diese sensationellen Bilder beweisen, dass es sich bei dem Auftragsmord an Garadse um keine gewöhnliche interne Auseinandersetzung im kriminellen Milieu handelt.«

Auf dem Bildschirm erschien vor dem Hintergrund des *Nikulin-Zirkus* eine nett anzuschauende, etwa vierzigjährige Frau.

»Dieses Video hat der französische Tourist Jean-Louis Pleau gedreht, der sich gestern mit seiner Gattin zufällig am Ort des Geschehens aufhielt.«

Die Frau ging um den Filmenden herum und die Kamera schwenkte um hundertachtzig Grad. Nun sah man im Hintergrund einen protzigen Mercedes, um den mehrere Leibwächter herumstanden.

»Waliko Garadse ist vor seinem Büro vorgefahren«, kommentierte der Moderator. »Seine Leibwache überprüft die Lage, es zeigen sich keine Anzeichen von Gefahr. Doch nun achten Sie bitte auf den alten Mann, der gerade den Bürgersteig entlanggeht.«

Ein übers Bild gelegter Pfeil markierte den weißhaarigen, ordentlich gekleideten Greis, der sich dem Mercedes näherte.

Die Kamera schwenkte mal nach links, mal nach rechts, je nachdem, wie die Frau im Vordergrund sich bewegte, doch was sich auf dem Bürgersteig abspielte, konnte man stets gut verfolgen. Der schwergewichtige Bandit stieg aus seiner Limousine aus, blinzelte kurz in die Herbstsonne und gab dann mit mürrischer Miene Anweisungen an einen seiner Leibwächter. Daraufhin gingen die Bodyguards auf den alten Mann zu.

»Was nun folgt, werden Sie so schnell nicht wieder vergessen, meine Damen und Herren.«

Kaum hatte der erste Bodyguard den weißhaarigen Passanten erreicht, überschlugen sich die Ereignisse. Der alte Mann räumte den hünenhaften Leibwächter mit einem blitzartigen Tritt aus dem Weg und stand dann plötzlich vor Waliko Garadse. Wie er so schnell dort hingekommen war, hatte die Kamera nicht festgehalten. Jean-Louis Pleau war inzwischen auf das Geschehen aufmerksam geworden und zoomte den Ausschnitt mit dem Mercedes näher heran. Doch als das Bild näher kam, hatte der alte Mann sein Werk bereits vollendet. Waliko sank mit aufgeschlitztem Bauch zu Boden und seine Leibwächter schauten entgeistert dabei zu.

»Nun folgt der interessanteste Moment!«

Das Bild des grauhaarigen Mörders verschwamm plötzlich, und als es wieder scharf wurde, befand sich an der Stelle des buckligen Greises ein kräftiger, schwarzhaariger Mann in einem schwarzen Overall! Und dieser Mann hatte vier Arme!

»Das ist keine Montage, meine Damen und Herren! Es ist keine Montage!!«

Als der Mörder bemerkt hatte, dass seine Maske gefallen war, handelte er blitzschnell. Viel zu schnell für einen Menschen.

Doch der französische Tourist filmte unverdrossen weiter und die Fernsehzuschauer konnten den Vierarmigen noch ein paar Augenblicke beobachten. Zuerst streckte er den nächsten Bodyguard mit einem Kinnhaken nieder und sprang dann mit einem gewaltigen Satz über den Mercedes des getöteten Banditen. Er landete auf der Motorhaube eines im Stau stehenden 4er Ladas, rannte sofort weiter und verschwand in der Autoschlange.

»Leider konnte die Kamera den Mörder nicht weiter verfolgen«, resümierte der Moderator, »aber das, was wir gesehen haben, ist ja wohl erstaunlich genug.«

Kornilow schaltete den Ton ab, schüttelte den Kopf und zündete sich eine Zigarette an, während der Moderator am Bildschirm tonlos vor sich hinplapperte und dabei sehr albern aussah.

Dem Major war klar, dass zwischen der Tragödie in der *Schaukel*, den Überfällen der Skinheads und dem rätselhaften Überfall auf die *Sparbank* ein Zusammenhang bestand, und er hatte damit gerechnet, dass weitere Taten folgen würden, doch der Mord an Waliko Garadse war auch für ihn eine Überraschung.

Offenbar hatte sich derjenige, der hinter alledem steckte, vorgenommen, jeden gegen jeden aufzuhetzen: die Polizeibehörden, die Herrscherhäuser, normale Bürger und nun auch noch Kriminelle. Das Bild fügte sich zu einer hochkomplexen Intrige, die von dem unbekannten Strippenzieher geradezu virtuos gesponnen wurde. Doch worauf wollte dieser Intrigant hinaus? Was war sein Ziel? Die Vernichtung der Verborgenen Stadt? Angesichts der laufenden Pressekampagne sah es ganz danach aus. Es konnte kein Zufall sein, dass die Bilder von Monstern, Vierarmigen und aus dem Nichts auftauchenden Bankräubern jedes Mal zielsicher beim Fernsehen landeten. Der Plan war plausibel: Die verschreckten Bürger verlangen von den Behörden ein entschlossenes Handeln, die Polizei ermittelt und stößt auf die Verborgene Stadt, die Nachricht verbreitet sich wie ein Lauffeuer und dann beginnt die Hexenjagd. Im wahrsten Sinne des Wortes.

Andrej drückte seine Zigarette aus und zündete sich sofort eine neue an.

Die Theorie klang nicht schlecht, doch sie hatte auch Schwächen. Denn die Verborgene Stadt war ja nun beileibe nicht wehrlos. Sie verfügte über die Macht der Magie und praktisch unbegrenzte finanzielle Ressourcen. Außerdem war damit zu rechnen, dass die Herrscherhäuser sich angesichts der Bedrohung von außen zu einem gemeinsamen Vorgehen durchringen würden.

Gewiss suchten die Kriegsmagier der Verborgenen Stadt bereits fieberhaft nach Erklärungen für die entlarvenden Geschehnisse. Anfangs hatte der unbekannte Intrigant noch den Überraschungseffekt auf seiner Seite, doch nun waren die Humanoiden am Zug und was sie zu tun hatten, war klar: weitere Provokationen verhindern, die Wogen bei den Humos glätten, und demjenigen das Handwerk legen, der das Schlamassel angerichtet hatte.

Ging man von der Hypothese aus, dass die Verborgene Stadt durchaus in der Lage war, eine Enttarnung letztlich zu verhindern, dann führte dies zu folgendem Schluss: Der Urheber der Intrige hatte es auf etwas ganz Konkretes abgesehen, das er sich verschaffen konnte, solange die Krise noch am Kochen war und die Herrscherhäuser entsprechend unter Druck standen. Und danach würde er versuchen, von der Bildfläche zu verschwinden.

Diese Theorie gefiel Kornilow schon viel besser als seine erste, denn der unbekannte Intrigant war mit Sicherheit zu klug, als dass er auf eine völlige Auslöschung der Verborgenen Stadt spekuliert hätte.

Der Major schnippte mit dem Feuerzeug und wollte gerade den Fernseher ausschalten, als er auf dem Bildschirm neben dem Moderator ein bekanntes Gesicht entdeckte. Es blieb nichts anderes übrig, als den Ton wieder einzuschalten.

»Nach Ansicht des Videos, das der französische Tourist von der Ermordung Waliko Garadses gedreht hat, haben wir uns natürlich sofort an die heiß diskutierten Theorien von Professor Lew Moisejewitsch Serebrjanz erinnert, von denen Sie, verehrte Damen und Herren, mit Sicherheit schon gehört haben. Der bekannte Wissenschaftler hat sich freundlicherweise bereiterklärt, die spektakulären Bilder für uns zu kommentieren.«

»Das ist doch selbstverständlich«, bestätigte Lew Moisejewitsch und nickte wichtig mit dem Kopf.

»Das Video, das wir soeben gesehen haben, wirft natürlich einige Fragen auf, Herr Professor«, sagte der Moderator.

»Keineswegs«, versetzte Serebrjanz. »Wer meine Arbeiten aufmerksam gelesen hat, für den sind diese Bilder keine Überraschung. Die Erklärung ist einfach: Unsere Stadt erlebt derzeit eine Phase, in der die Humanoiden besonders aktiv sind. Auf den altehrwürdigen Moskauer Straßen treiben dunkle Mächte ihr Unwesen, die sich gegen die Menschheit verschworen haben. Das, was wir gerade gesehen haben, ist nur ein harmloses Beispiel für das, wozu sie imstande sind. Die Humanoiden manipulieren unsere Gedanken und Gefühle und sie dürsten danach, uns zu töten! Manchmal versagt ihre Tarnung und dann sehen wir ihr wahres Antlitz.«

»Das heißt, der Mann hat tatsächlich vier Arme?«

»Natürlich.« Serebrjanz grinste sauertöpfisch. »Sie haben doch selbst gesagt, dass es sich um keine Montage handelt.«

»Aber ...«

»Trauen Sie etwa Ihren eigenen Augen nicht? Genau das ist die Krux unserer Gesellschaft: Wir sind verknöchert und dogmatisch, immer nach dem Motto: Es kann nicht sein, was nicht sein darf!«

»Guten Morgen, Patron!«, rief Leutnant Waskin, der gerade ins Büro kam.

»Wladik«, grummelte Kornilow, ohne den Blick vom Bildschirm zu wenden. »Wann habe ich dir aufgetragen, Serebrjanz hierher zu bringen?«

»Ich, ähm, ich kann ihn nicht finden, Patron«, stammelte der junge Leutnant.

»Er sitzt in der Koroljowa-Straße 12 im Studio und gibt Interviews.«

»Verdammt!« Waskin starrte konsterniert auf den Bildschirm.

»Abmarsch!«, kommandierte Kornilow. »Und dass du mir nicht ohne den Professor zurückkommst!«

Waskin stürmte aus dem Büro und der Major ging ans Telefon, das gerade zu klingeln begonnen hatte.

»Kornilow.«

»In zwei Minuten bei mir.« General Schwedow, der Chef des Moskauer Polizeipräsidiums, fasste sich wie immer kurz.

Arkadi Lwowitsch Schwedow hatte noch nie im Leben geraucht und seinen Untergebenen, die diesem Laster zum Großteil verfallen waren, untersagte er strikt, in seinem Büro die Luft zu verpesten. Dies war der Hauptgrund, warum Kornilow die Audienzen bei seinem Chef nicht besonders schätzte.

»Was sagst du zu der Sache, Andrej?«

»Jemand hat Jumbo beseitigt«, konstatierte der Major achselzuckend. »Nichts Außergewöhnliches.«

»Das kannst du den Journalisten erzählen«, wetterte Schwedow. »Aber ich muss in einer Stunde beim Bürgermeister antreten. Könntest du mir freundlicherweise sagen, wie ich mich dort verhalten soll?«

»Nun, am besten so tun, als ob alles unter Kontrolle wäre.«

»Toller Tipp! Zuerst das Blutbad in der *Schaukel* und jetzt der Mord an Garadse – es liegt doch auf der Hand, dass der Stadt ein neuer Bandenkrieg bevorsteht.«

»Es wird keinen Bandenkrieg geben«, versicherte Kornilow.

»Und woher willst du das wissen?«

»Ich habe mit Kacha Gori geredet. Er hat mir versprochen, dass sich seine Leute zwei Tage ruhig verhalten werden.«

Dass das Gespräch mit Gori schon vor Jumbos Ermordung stattgefunden hatte, kehrte Kornilow diskret unter den Tisch.

»Und was wird nach den zwei Tagen?«

»Ich werde die Schuldigen finden«, antwortete der Major lapidar. »Das ist schließlich mein Job.«

»Nun gut, wenn du dir da so sicher bist.« Der General war ein wenig beruhigt. »Aber warum hast du das den Journalisten nicht gesagt? Die schüren Panik in der Stadt.«

»Im Moment könnte ich ihnen nichts Konkretes sagen.«

»Sieht es so schlecht aus?«

»Ziemlich vertrackter Fall, ja.«

»Okay, um die Journalisten soll sich einstweilen der Pressesprecher des Präsidiums kümmern«, entschied Schwedow. »Und was ist mit diesen Gerüchten über Humanoiden?«

Dass diese Frage kommen würde, hatte Kornilow schon befürchtet.

»Wie Sie schon sagten, es handelt sich um Gerüchte.«

»Du warst doch in der *Schaukel* und hast alles gesehen.«

»Sie waren auch dort, Chef.«

»Ich bin aber nicht in den Gastraum gegangen«, gab der General zu. »Ich weiß, dort hat ein fürchterliches Gemetzel stattgefunden ... Aber dieses Videomaterial – ist da was dran?«

»Arkadi Lwowitsch«, seufzte der Major. »Wenn Sie wissen wollen, ob ich glaube, dass das Blutbad in der *Schaukel* von einem außerirdischen Monster angerichtet wurde, dann lautet meine Antwort: nein.«

»Und der Vierarmige?«

»Ich werde für alle Fälle ein zweites Paar Handschellen bereithalten«, erwiderte Kornilow verschmitzt. »Aber nur für alle Fälle.«

»Und der Banküberfall? Die Räuber sind praktisch aus dem Nichts aufgetaucht!«

»Das ist noch das Harmloseste«, winkte der Major ab. »Da gibt es im Zirkus bessere Nummern. Und überhaupt, Arkadi Lwowitsch, das sieht alles sehr nach einer Inszenierung aus.«

»Wie kommst du darauf?«

»Ein Banküberfall, bei dem die Überwachungskameras nicht mitbekommen, wie die Räuber türmen. Ein Gemetzel in einem Nachtclub, nach dem die Videoaufzeichnungen zunächst verschwinden und dann auf wundersame Weise wieder auftauchen. Ein vierarmiger Mörder in der Innenstadt, den ein Tourist zufällig in nahezu professioneller Qualität gefilmt hat. Ich habe den Eindruck, dass uns da jemand bewusst an der Nase herumführt.«

»Aber zu welchem Zweck?«

»Um selbst unbehelligt zu bleiben«, erwiderte Kornilow grinsend. »Wenn die Steuerzahler von uns verlangen, nach Dämonen zu suchen, wann sollen wir dann noch richtige Kriminelle jagen?«

»Soll ich das dem Bürgermeister so weitergeben?«

»Tun Sie das. Die Presse lebt von Sensationen, dafür habe ich vollstes Verständnis. Aber die Reporter haben sich nicht in die Ermittlungen einzumischen. Das ist *mein* Job.«

Büro der Firma Chwan-Consulting –
Innovative Verhandlungsführung
Moskau, Bereshkowskaja Nabereshnaja
Samstag, 30. September, 09:17

»Es gibt also verschiedene Typen von Humanoiden?«

»Natürlich. Man sollte aber nicht von Typen sprechen, sondern von Völkern oder Sippen«, belehrte Serebrjanz den Moderator. »Natürlich haben wir es hier nicht mit Menschen zu tun, aber immerhin mit vernunftbegabten Wesen.«

»Und worin unterscheiden sich die verschiedenen Humanoiden?«

»In der Physiologie, im Verhalten.« Der Professor zuckte mit den Achseln. »Sie kennen das doch aus der Mythologie: Vampire, Werwölfe, Waldgeister und so weiter. Mythen haben immer eine reale Grundlage.«

»Und die Vierarmigen? Womit könnte man die vergleichen? Mit Goblins? Mit Trollen? Oder mit Vampiren?«

»Man sollte keine direkten Parallelen zur Mythologie

ziehen. In den Legenden, Sagen und Märchen spiegelt sich unsere Angst vor dem Feind. Vieles darin geht an der Realität vorbei.«

»Dennoch haben sie – wie wir gesehen haben – einen wahren Kern«, resümierte der Moderator. »Wer hätte sich vorstellen können, dass in der Moskauer Innenstadt ein solches Monster herumläuft?«

Auf dem Fernsehschirm erschien zum x-ten Mal ein Standbild des vierarmigen Manns im schwarzen Overall.

Fet schaltete den Fernseher aus und fixierte Muba mit einem vernichtenden Blick: »Cool siehst du aus. Wie ein richtiger Fernsehstar.«

Muba ließ demoralisiert den Kopf hängen und linste zu seinem Partner Leka. Der hätte ihm bei der Aktion am Blumenboulevard Deckung geben sollen. Doch das hatte nicht so richtig geklappt. Und nun musste Muba beim Chef zum Rapport antreten – das war ihm schon ewig nicht mehr passiert.

Die Chwanen, Vasallen des Herrscherhauses Tschud, lebten zum größeren Teil außerhalb der Verborgenen Stadt. Frauen, Kinder, Alte und ein Teil der Männer siedelten immer noch – wie schon seit Jahrhunderten – im Altaigebirge und zeigten wenig Neigung, ihr beschauliches Leben in der Natur gegen das zweifelhafte Vergnügen einzutauschen, in Moskau den Asphalt zu polieren. Die Haupteinnahmequellen der Chwanen waren der Anbau der *Goldenen Wurzel* und Auftragsmorde.

Fet, der Boss der Moskauer Chwanen-Gemeinde, trug gegenüber dem Orden die Verantwortung für seine aggressiven Volksgenossen. Untergebene, die in der Stadt etwas ausgefressen hatten, pflegte er in den Altai zu verbannen, wo sie auf den Drogen-Plantagen schädliche Nachtfalter jagen mussten. Für Muba und Leka, die sich an das Leben in der Stadt längst gewöhnt hatten, waren das alles andere als rosige Aussichten.

»Ich bin fassungslos!«, bekannte Fet, nachdem die beiden Delinquenten kein Wort herausbrachten. »Bei Leka wundert es mich ja nicht ...«

»Wieso?«, entrüstete sich der junge Chwan.

»Mund halten!« Leka zog erschrocken den Kopf ein. »Aber du, Muba? Wie konnte dir so etwas passieren?«

»Ich war zu gierig«, gab der erfahrene Killer reumütig zu. »Ich hatte auf die Humos gesetzt, auf Cortes und Bessjajew, und ein Vermögen dabei verloren. Ich dachte, mit dem Job könnte ich die Kohle auf einen Schlag wieder hereinholen.«

»Und was hast du sonst noch gedacht?«

»Nichts.«

»Und was denkst du jetzt darüber?«

»Jetzt?« Muba verschränkte die unteren Arme über dem Bauch und kratzte sich mit der oberen rechten Hand im Nacken. »Man hat uns reingelegt, Fet, richtig übel reingelegt. Es ging überhaupt nicht darum, den fetten Mafioso kaltzumachen, sondern darum, meine vier Pfoten im Fernsehen zur Schau zu stellen.«

»So ist es«, pflichtete das Gemeindeoberhaupt bei.

»Aber das konnten wir doch nicht wissen!«, jammerte Leka.

»Natürlich kann man nicht alles wissen, aber man

muss auf der Hut sein.« Fet begann im Zimmer auf und ab zu gehen. »Ich habe bereits einen bitterbösen Anruf aus dem Orden erhalten. Die Ritter wollen ein paar Takte mit euch reden. Sie sind offenbar der Meinung, dass ihr der Verborgenen Stadt erheblichen Schaden zugefügt habt. Deinen Fernsehauftritt fanden sie überhaupt nicht komisch, Muba.«

»Bei den Zähnen des Schlafenden, ich auch nicht!« Die Aussicht, für eine Gefährdung der Verborgenen Stadt zur Rechenschaft gezogen zu werden, behagte Muba noch weniger als die Verbannung in den Altai. Dann doch lieber Nachtfalter jagen. »Was soll ich denn jetzt machen, Fet?«

»Jaja, ich darf es wieder richten«, schimpfte der Gemeindevorsteher und kratzte sich mit der linken unteren Hand nachdenklich am Kinn. »Ich habe den Rittern erzählt, dass du die Stadt aus Angst verlassen hast und niemand weiß, wo du bist.«

»Danke.« Muba atmete sichtlich auf.

»Freu dich nicht zu früh«, erwiderte Fet und hob drohend den rechten oberen Zeigefinger. »Ihr beide habt einen, höchstens zwei Tage Zeit, um denjenigen, der euch reingelegt hat, zu finden und den Herrscherhäusern zu übergeben. Wenn euch das gelingt, kommt ihr mit einem einmonatigen Ausflug zu den Plantagen davon. Wenn nicht ...«

»Wir finden ihn, Fet!«, jubelten Muba und Leka unisono.

Der Chef der Moskauer Chwanen-Gemeinde quittierte die Erleichterung der Übeltäter mit einem mürrischen Blick und beschloss, dass ein wenig Wasser in den Wein nicht schaden könne.

»Diese Schande kann nur mit Blut getilgt werden. Ich hoffe nicht, dass es eures sein wird.«

»Ganz bestimmt nicht.«

Fet blies die Backen auf. »Ihr habt euch wirklich den dümmsten Zeitpunkt für diesen Fauxpas ausgesucht.«

»Stimmt es, dass Franz de Geer verhaftet wurde?«, erkundigte sich Muba.

»Nicht verhaftet. Er wurde bis zum Abschluss der Ermittlungen von seinem Posten entbunden.«

»Und was wirft man ihm vor?«

»Damit halten die Ritter hinter dem Berg.«

»Der Orden fordert Santiagos Auslieferung«, warf Leka ein.

»Da braut sich irgendwas zusammen«, orakelte Fet und seufzte. »Der Orden hat sich bereits erkundigt, wie viele Chamäleon-Marschälle ich aufbieten kann, falls es ernsthaften Ärger geben sollte.«

Moskauer Polizeipräsidium
Moskau, Petrowka-Straße
Samstag, 30. September, 09:52 Uhr

»Kornilow, das geht nun wirklich zu weit! Ich hatte mich auf dich verlassen! Hast du gehört, was mit Waliko passiert ist?« Kacha Gori war außer sich. »Chamberlain hat sie doch nicht mehr alle! Ich warne dich ...«

»Du kannst deiner Frau drohen, aber nicht mir!«, fuhr Kornilow dem Banditen über den Mund.

Gori verstummte verdutzt.

»Also pass auf: Was ich dir in der *Schaukel* gesagt habe, gilt nach wie vor. Ich brauche zwei Tage, um die Sache aufzuklären.«

»Willst du Chamberlain den Hals retten?«, fragte Kacha grimmig. »Die zwei Tage reichen ihm, um meine ganzen Leute abzuknallen.«

»Ich rette euch beiden den Hals!«, versetzte Andrej. »Dir und Chamberlain. Du bist doch ein heller Kopf, Kacha. Kapierst du nicht, dass jemand versucht, euch gegeneinander aufzuhetzen?«

»Warum solltest ausgerechnet du uns einen Gefallen tun?«

»Ich habe andere Pläne für euch«, erwiderte der Major augenzwinkernd. »In Sibirien wird sich bestimmt ein hübsches Plätzchen für euch finden. Dort könnt ihr meinetwegen auch eure internen Fehden austragen, aber nicht hier in Moskau.«

Gori maulte etwas Unverständliches vor sich hin.

»Sollten deine kaukasischen Gorillas in den nächsten beiden Tagen an irgendeinem öffentlichen Ort auch nur die Luft verpesten, dann hetze ich dir höchstpersönlich Klim an den Hals. Haben wir uns verstanden?«

Kacha hatte durchaus verstanden. Oberst Klim Washenin kommandierte das knallharte Spezialeinsatzkommando des Moskauer Polizeipräsidiums, das sich während der blutigen Gangsterkriege Anfang der neunziger Jahre einen Namen gemacht hatte. Zu jener Zeit wurden die Banditen durch das entschlossene Durchgreifen der Staatsgewalt gezwungen, ihre Meinungsverschiedenheiten entweder friedlich oder außerhalb der Stadtgrenzen auszutragen. In der Wahl ihrer Mittel war die Polizei damals nicht zimperlich – es genügt wohl zu erwähnen, dass die SEKler nur selten Handschellen dabeihatten –, doch die Mafiosi verstanden diese Sprache. Nachdem die schlimmsten Auswüchse der Kriminalität eingedämmt waren, kehrte die Polizei wieder zu traditionellen Methoden der Verbrechensbekämpfung zurück. Kornilow führte Ermittlungen durch, suchte nach Beweismaterial und brachte die Fälle dann vor Gericht, doch natürlich dachte man gar nicht daran, das Spezialeinsatzkommando aufzulösen.

»Versuch nicht, mir zu drohen, Kornilow«, entgegnete Gori.

»Ich drohe dir nicht, Kacha. Ich möchte dich nur daran erinnern, dass wir eine Abmachung haben. Und ich will, dass diese Abmachung eingehalten wird.« Kornilow zündete sich eine Zigarette an. »Ich habe einen Job, Kacha, und der besteht darin, dafür zu sorgen, dass die Steuerzahler am Abend zu Hause oder in einer Bar sitzen und friedlich ihr Bierchen zischen können und nicht um ihr Leben zittern müssen, weil auf der Straße herumgeballert wird. Ich würde dir nicht empfehlen, mir dabei in die Quere zu kommen.«

»Meine Jungs sind wütend. Sie sind davon überzeugt, dass Chamberlain Waliko liquidiert hat.«

»Dann ruf deine Leute zusammen, erzähl ihnen eine hübsche Geschichte, kurzum: Schinde irgendwie Zeit.«

»Garantierst du mir, dass Chamberlain nicht dahintersteckt?«

»Das fehlte noch, dass ich dir irgendwelche Garantien ausspreche«, erwiderte Andrej und grinste schief. »Du hast die Wahl: Entweder du hältst dich an die Abmachung oder die Sache geht schlecht für dich aus.«

Grüner Hof, Hauptquartier
des Herrscherhauses Lud
Moskau, Lossiny Ostrow
Samstag, 30. September, 10:24 Uhr

Kara schätzte die Macht, die der Armreif der Fate Mara verlieh.

Wie jeder gute Magier war Kara in der Lage, einen *Sluagh-Bann* zu verhängen, einen Zauber, der die Zielperson vollständig dem Willen des Zauberers unterwirft. Doch der Armreif war ein völlig anderes Kaliber. Wer mit einem *Sluagh-Bann* belegt war, wurde seines Bewusstseins und seiner Gefühle beraubt und konnte sich im Nachhinein nicht mehr an das erinnern, was während der Wirkung des Zaubers mit ihm geschehen war. Die dem Armreif unterworfenen Schwarzen Morjanen dagegen blieben stets Herr ihrer Sinne, konnten sich gegen die erteilten Anweisungen jedoch nicht wehren, auch wenn sie es noch so sehr wollten. Kara berauschte sich am Gefühl der uneingeschränkten Macht über die furchterregenden Monster – und im konkreten Fall galt dies ganz besonders.

Der Hass, den Tapira für Kara empfand, hätte für eine ganze Armee religiöser Fanatiker gereicht, deshalb bereitete es der Zauberin große Genugtuung, die Morjane zu demütigen. Doch am heutigen Tag sollte Tapira eine wichtige Rolle spielen.

Kara nippte genüsslich an ihrem Beaujolais und rieb über die Smaragde des Armreifs.

»Du weißt, was du zu tun hast, Tapira?«

»Natürlich«, erwiderte die Morjane blutleer.

»Ich verlasse mich auf dich, mein Goldstück«, kicherte die Zauberin. »Wenn du schön brav bist, suche ich dir vielleicht einen Mann. Arnold zum Beispiel.«

Die Zauberin krähte vor Vergnügen über ihren boshaften Scherz. Wirklich eine ulkige Idee, den langhaarigen Magier mit dem schwarzhaarigen Biest ins Bett zu stecken. Das wäre eine gerechte Strafe für seinen feigen Auftritt in der *Verliererbar* gewesen.

Die Baumkronen gaben den Himmel frei und vor Tapira öffnete sich eine riesige Lichtung, auf der sich der märchenhaft anmutende Palast erhob: der Grüne Hof, das Hauptquartier des Herrscherhauses Lud. Hier im Park Lossiny Ostrow wirkte die aus Stein und Holz erbaute, stolze Festung wie ein Phantom aus einer anderen Welt und hätte jeden ortsunkundigen Spaziergänger in höchstes Erstaunen versetzt. Doch hier gab es keine Spaziergänger. Kriegsmagier des Herrscherhauses, kräftig gebaute Drushina-Soldaten und Patrouillen Weißer Morjanen sorgten dafür, dass kein Unbefugter seinen Fuß auf das Gelände setzte.

Tapira gehörte gleichsam zur Familie, auch wenn ihr Volk in gewisser Weise ausgegrenzt wurde. Deshalb hatten die Drushina-Soldaten sie anstandslos durchgelassen. Lediglich die Tatsache, dass das Wandelwesen zu Fuß in den Park gekommen war, hatte die Wachen ein wenig erstaunt. Doch angesichts der berüchtigten Reizbarkeit der Schwarzen Morjanen verzichteten sie auf diesbezügliche Nachfragen.

Den verbleibenden Weg hatte Tapira durch den Wald abgekürzt und stand nun vor der Lichtung, nur noch knappe zweihundert Meter vom Palast entfernt.

»Dein Kummer muss so natürlich wie möglich wirken, mein Goldstück«, hörte die Morjane die Zauberin sagen. »Andernfalls setzt es was heute Abend.«

»Fahr zur Hölle!«, hätte Tapira am liebsten geantwortet, doch stattdessen sagte sie: »Ich werde mir alle Mühe geben, Kara.«

Die Morjane trat auf die Lichtung hinaus und ging auf das Eingangstor zu.

»Können wir dir einen Schluck Wasser anbieten?«

Tapira schüttelte den gesenkten Kopf.

Die Fate Krasawa konnte ihr Glück kaum fassen. Im ganzen Grünen Hof war sie die Einzige gewesen, die aus der gesteigerten Aktivität der Schwarzen Morjanen den Schluss gezogen hatte, dass der verschollene Armreif der Fate Mara wieder aufgetaucht sein könnte. Sie, die kluge Fate Krasawa, hatte darauf bestanden, der Sache auf den Grund zu gehen, und sich mit Feuereifer an die Arbeit gemacht. Doch alle Mühen waren vergebens gewesen. Selbst nach wochenlanger, akribischer Spurensuche hatte sie nichts in der Hand – und nun so ein Glücksfall! Am liebsten wäre sie der Morjane um den Hals gefallen.

»Oder vielleicht möchtest du ein Gläschen Powerkräuter-Schnaps?«, erkundigte sich der Woiwode Bronislaw. »Das würde dir guttun.«

Zuvorkommende Höflichkeit war dem griesgrämigen Woiwoden eigentlich zutiefst fremd, doch die gute Laune der Fate hatte offenbar auch ihn angesteckt.

»Danke, mir fehlt nichts«, seufzte Tapira. »Kommen wir lieber wieder zur Sache. Ich muss in jedem Augenblick damit rechnen, dass sie mich wieder unter Kontrolle nehmen.«

»Du hast natürlich vollkommen Recht, meine Liebe«, gurrte die Fate und scharwenzelte aufgeregt um die Morjane herum. »Verlass dich drauf, der Grüne Hof weiß deine Loyalität zu schätzen.«

Ihr dürft mir nicht glauben!, dachte Tapira bei sich.

»Wir waren an dem Punkt stehengeblieben, als du Bogdan le Stas Geliebte wurdest«, erinnerte Krasawa.

»Ich war seine Frau.« Tapira schloss wehmütig die Augen. »Aber das versteht ihr nicht.«

»Wir versuchen es«, heuchelte die Fate.

»Wir gelten als Ausgestoßene, als Abschaum der Gesellschaft – und das zu Recht, denn wenn wir unsere Kampfmontur anlegen, sind wir unzurechnungsfähig. Aber Bogdan ...« Bei der Erwähnung des kühnen Kriegskommandeurs wurde Tapiras Stimme zärtlich. »Ich habe ihn so geliebt, dass ich ihm selbst in Kampfmontur nichts zuleide tun konnte. Er hat mir alles bedeutet.« Die Morjane sah Krasawa in die Augen. »Und ich ihm.«

»Wie lange dauerte eure Liaison?«

»Mehrere Jahre.« Tapira lächelte. Die Erinnerung an bessere Zeiten lenkte sie von der leidvollen Gegenwart ab. »Vor einigen Monaten wurde ich schwanger von ihm.«

»Du? ...« Die Fate machte zunächst ein ungläubiges Gesicht, doch dann fiel ihr wieder ein, dass man Morjanen eine Schwangerschaft äußerlich lange Zeit nicht ansieht.

»Ja, ich trage ein Kind von Bogdan im Leib.« Tapira warf trotzig den Kopf in den Nacken.

»Ach du mein armes Mädchen ...«

So kühl und berechnend Krasawa auch war, diesen Anflug von Zärtlichkeit hatte sie nicht gespielt. Um die Geburt neuen Lebens wurde in allen Herrscherhäusern stets ein großes Gewese gemacht. Die Fate setzte sich näher zu Tapira und legte ihr den Arm auf die Schulter. Bronislaw verstand ohne Worte und verließ diskret den Raum.

»Und wie ging es weiter?«

»Als Bogdan von dem Kind erfuhr, war er glücklich und deprimiert zugleich.« Tapira seufzte. »Er wollte das Kind unbedingt, doch andererseits konnte er sich nicht vorstellen, dass sein Kind eine Schwarze Morjane sein würde.«

»Weil ihr Ausgestoßene seid.«

»Ja. Als Schwarze Morjane hätten die Tschuden das Kind nie akzeptiert.«

»Die Kinder von Morjanen sind aber immer Morjanen, egal von wem sie gezeugt wurden«, entgegnete Krasawa.

»Genau. Und deshalb hat Bogdan den Großmagister gebeten, ihm die Regeln für das *Traumarkan* zugänglich zu machen.«

»Die Regeln für einen verbotenen Zauber?«

»Er hat keinen anderen Ausweg gesehen.«

Ihr dürft mir nicht glauben!, dachte Tapira abermals.

»Der Großmagister erklärte sich bereit, Bogdan die Regeln des *Traumarkans* zu verschaffen, doch als Gegenleistung forderte er den Armreif der Fate Mara. Es gelang uns, ihn aufzutreiben, und Bogdan begann, die Rituale des Arkans zu vollziehen. Doch dann bekam Santiago Wind von der Sache und tötete Bogdan. Der Großmagister Leonard de Saint-Carré und der Kriegsmeister Franz de Geer beschlossen daraufhin, alles Santiago in die Schuhe zu schieben, um den Verdacht von sich abzulenken.«

»Dann ist der Armreif der Fate Mara also im Besitz des Ordens?«

»Ja.«

Kara lehnte sich zufrieden zurück. Was Krasawa nun tun würde, konnte sie sich an fünf Fingern abzählen. Kein Zweifel, dem Grünen Hof standen turbulente Diskussionen ins Haus.

Entspannt führte die Zauberin das Weinglas zum Mund, als sie plötzlich im Augenwinkel eine der Überwachungskugeln blinken sah. In ihren Kristallen erschien ein schwarzer Jeep, der am Tor der Villa vorgefahren war.

Villa Karavella
Moskau, Silberhain
Samstag, 30. September, 12:41 Uhr

»Ist das dein Haus?«, erkundigte sich Artjom, nachdem er vor dem Tor einer allein stehenden Villa im *Silberhain* angehalten hatte.

Obwohl eine hohe Mauer den Garten und den größten Teil des Hauses vor neugierigen Blicken verbarg, erkannte man sofort, dass es sich um ein luxuriöses Anwesen handelte.

»Schön wär's«, erwiderte Larissa lächelnd. »Aber leider gehört es meiner ... hm ... Lehrmeisterin.«

»Eine Zauberin?«

»Ja.«

Larissa beugte sich zu Artjom und küsste ihn auf den Mund. Als sie sich von ihm lösen wollte, hielt er sie sanft zurück.

»Sehen wir uns heute?«

»Was steht denn auf dem Programm?«

»Alles, was du möchtest, und noch viel mehr.«

»Ruf mich an.«

»Gut.«

Während Artjom beobachtete, wie Larissa graziös durch das automatisch öffnende Gartentor schritt, klingelte sein Mobiltelefon.

»Ja bitte?«

»Wo steckst du denn die ganze Zeit, Partner? Man hört, du hättest gestern mit einer Fee gespeist?«

»Blond ist sie schon«, entgegnete Artjom. »Aber sie ist ein Mensch. Cortes ... Sie ist ...« Der Söldner hatte Schmetterlinge im Bauch. »Sie ist einfach umwerfend!«

»Ich hoffe doch sehr, dass die verhinderte Fee deinen Verstand nicht vernebelt«, nörgelte der praktisch orientierte Cortes. »Hast du irgendwas Brauchbares herausgefunden?«

»Selbstverständlich«, bestätigte Artjom und bemühte sich um einen sachlichen Ton.

»Dann treffen wir uns in der *Rennsemmel.*«

»Wo warst du?«

Die Frage an sich war ja noch irgendwie verständlich, obwohl Kara kein Recht hatte, sich in ihr Privatleben einzumischen. Doch der ruppige Tonfall der Zauberin gefiel Larissa überhaupt nicht.

»Wo warst du die ganze Nacht?«

»Mit meinem Freund zusammen.«

»Mit was für einem Freund?«

»Das ist meine Sache.«

»Warum hast du Arnold in der *Verliererbar* einfach stehenlassen?«

»Aus welchem Grund hätte ich denn bei ihm bleiben sollen?«

Kara stutzte. Die junge Magierin schien gereizt. Die herausfordernde Pose, der Schmollmund, die zornblitzenden, wenn auch nach schlafloser Nacht etwas müden Augen – es war nicht zu übersehen, dass Larissa eine Einmischung in ihr Privatleben nicht hinzunehmen gedachte.

Na meinetwegen, sinnierte die Zauberin. Wollen wir mal hoffen, dass es wirklich nur um ihr Privatleben geht. Bevor wir den Bogen überspannen ...

»Entschuldige, Larissa.« Kara ließ die Schultern sinken und breitete die Arme aus. »Ich habe mir Sorgen gemacht. Du bist einfach verschwunden und hast mir nichts gesagt.«

Larissa staunte: Sie wird doch keine Muttergefühle für mich empfinden? Aber wer wird schon aus alten Weibern schlau?

»Hat Arnold dir denn nicht erzählt, mit wem ich gegangen bin?«, fragte sie unschuldig.

»Doch, hat er«, nickte Kara nach kurzem Zögern. »Der windige Kneipenschläger hat wohl mächtig Eindruck auf dich gemacht.«

»Du wirst's nicht glauben, aber die Eindrücke danach waren noch besser.«

Die Zauberin beschloss, den provokanten Ton zu ignorieren.

»Ich an deiner Stelle wäre ein bisschen vorsichtiger mit Söldnern. Wer weiß, wozu sie imstande sind.«

»Zu einigem. Mir hat's gefallen.«

»Hör auf, in einem solchen Ton mit mir zu sprechen!«, entrüstete sich Kara. »Ich bin nicht deine Mutter!«

»Dann benimm dich auch nicht so! Ich entscheide selbst, mit wem ich meine Zeit verbringe!«

»Trotzdem finde ich nicht, dass du mit einem Lakaien der Nawen ins Bett steigen solltest.«

»Ich habe dazu nichts mehr zu sagen!«

Larissa drehte sich um und stöckelte mit hoch erhobenem Kopf aus dem Zimmer.

Verdammte Zicke!

Die um sich greifende Renitenz der jugendlichen weiblichen Anhängerschaft ging Kara allmählich auf die Nerven. Die eine ließ sich von einem Typen abschleppen, der bei den Nawen im Sold stand, und die andere hielt sich für so unersetzlich, dass sie seelenruhig zuschaute, wie zwei Mann aus dem engsten Kreis verdroschen wurden. Was für eine Jugend?! Egoismus, Aggressionen, Sittenverfall – früher hätte es so etwas nicht gegeben.

Andererseits war sich Kara darüber im Klaren, dass sie selbstbewusste Charaktere wie Larissa und Inga mit Bedacht ausgesucht hatte. Duckmäuserische graue Mäuse konnte sie schließlich am wenigsten brauchen.

Wie auch immer, dachte die Zauberin, die Zeit läuft für mich. Wenn mein Plan aufgeht und die darauffolgenden Ereignisse sich günstig fügen, wird Inga mit ihrer Eifersucht aufhören und wieder eine treue und zuverlässige Anhängerin sein. Wenn mein Plan aufgeht und die darauffolgenden Ereignisse sich ungünstig fügen, wird mich Inga nie wieder sehen – vorausgesetzt, dass sie überhaupt überlebt.

Kara zweifelte nicht dran, dass ihr Plan aufgehen würde. Sie beruhigte sich, kehrte in ihr Arbeitszimmer zurück und setzte sich an den Computer. Wie auch immer die Dinge sich fügen würden, eine neue Identität brauchte sie so oder so.

Die Beschaffung von Papieren war kein Problem. Da die Bewohner der Verborgenen Stadt wesentlich älter als Menschen wurden, lebte ein ganzer Wirtschaftszweig davon, sie mit den nötigen Dokumenten und Legenden auszustatten. Kara hatte sich nicht an den Marktführer *Schatyr-Print* gewandt, der für ihren Geschmack etwas zu penibel Buch führte, sondern – natürlich über Strohmänner – an ein kleines Kontor, wo keine überflüssigen Fragen gestellt wurden.

Die Zauberin blätterte in einem abgegriffenen Heftchen. Wawilowa Jekaterina Sergejewna, ledig, keine Kinder, kein Foto. Vorläufig. Das war das geringste Problem.

Nun musste man aus dieser Jekaterina Wawilowa noch eine reiche Frau machen, damit sie sich um Kleinigkeiten wie Hotelzimmer oder ein neues Auto keine Gedanken machen musste. Die Finger der Zauberin wirbelten über die Tastatur und schickten Kara auf eine Reise durch das elektronische Bankensystem.

Wie einfach das heutzutage alles war! Noch nie hatten ihre Ersparnisse so leicht den Besitzer gewechselt! Ein paar Passwörter, ein paar Mausklicks und schon wanderten die Reichtümer auf die Konten ihrer neuen Besitzerin.

Nachdenklich betrachtete Kara die langen Ziffernreihen. Reichtum bedeutete ihr nichts, doch sie schätzte seinen Nutzen. Eine solide Vermögensbasis verschaffte nun mal gewisse Freiheiten – in jeder Gesellschaft, selbst im Kommunismus. Und diese Basis hatte sie sich verschafft. In ihrer Anfangszeit, indem sie gutgläubige Kleinbürger betrog, Kleinkriminelle protegierte und selbst hergestellte Artefakte verkaufte. Später, mit wachsendem Können, begann sie, das große Rad zu drehen: Termingeschäfte an den Börsen, private Investitionsprojekte, Zusammenarbeit mit mächtigen Figuren der Schattenwirtschaft. Die hervorragende Kenntnis der Magie der Vorhersage leistete ihr dabei nützliche Dienste. Kara betrieb ihre Geschäfte mit Erfolg, doch ohne große Leidenschaft.

Grüner Hof, Hauptquartier
des Herrscherhauses Lud
Moskau, Lossiny Ostrow
Samstag, 30. September, 13:00 Uhr

Während der gesamten Regierungszeit der Königin Wseslawa war der Priesterinnen-Rat des Grünen Hofs noch nie so überstürzt zusammengekommen. Der Befehl zur sofortigen Einberufung des Rats der höchsten Magier des Herrscherhauses Lud erging, kurz nachdem Tapira sich im Palast offenbart hatte. Die Priesterinnen ließen alles liegen und stehen und folgten dem Ruf der Königin.

Im riesigen Thronsaal des Grünen Hofs flackerten in kurzen Abständen leuchtende Wirbel auf – sieben Portale für sieben Priesterinnen. Als Letzte erschien Milana, die hochaufgeschossene Woiwode der Drushina der Kranichtöchter, der Elitekampfeinheit des Herrscherhauses. Ihre Anwesenheit war ein sicheres Zeichen dafür, dass alles andere als ein Kaffeekränzchen anstand.

Die Königin Wseslawa erwartete ihre Untergebenen

auf dem goldenen Thron, hinter dem auf einem großen Schild der Tanzende Kranich seine Flügel ausbreitete – das Wappen des Herscherhauses. Die Regentin wirkte nachdenklich und missgelaunt, doch obwohl die Zeit für die königliche Toilette äußerst knapp bemessen gewesen war, sah sie wie immer blendend aus. Ihr dichtes blondes Haar war zu einer raffinierten Frisur geflochten, die von einem goldenen Diadem gekrönt wurde. Ein dezentes Make-up betonte ihre herben, aber bestechend wohlproportionierten Gesichtszüge und ihre schlanke Figur umhüllte ein offenherziges Kleid. Wseslawa galt als schönste Königin in der Geschichte des Herrscherhauses Lud und darüber hinaus als schönste Frau der Verborgenen Stadt.

Rechts von der Monarchin stand die Fate Krasawa, die die Einberufung des Rats ausgelöst hatte, und links von ihr der Baron Metscheslaw, der einzige Mann im Thronsaal. Im Herrscherhaus Lud besaßen ausschließlich die Frauen magische Fähigkeiten, deshalb wurden die Barone – die Gebieter über die Domänen des Grünen Hofs – bei wichtigen Entscheidungen nur gelegentlich zurate gezogen. Die machtbewussten Damen hielten die Mitwirkung des vermeintlich starken Geschlechts für weitgehend verzichtbar. Die Anwesenheit des Barons Metscheslaw, des Gebieters über die Domäne Sokolniki, erfüllte zum einen den Zweck, den Schein zu wahren. Zum anderen war allgemein bekannt, dass der reichste Baron des Herrscherhauses ein intimes Verhältnis zur Königin pflegte, aus dem zwangsläufig gewisse Privilegien resultierten.

Die Versammelten warteten untertänig schweigend auf die Eröffnung des Rats und die Königin spannte sie auch nicht länger als nötig auf die Folter. Nachdem sie sich vom vollzähligen Erscheinen der Priesterinnen überzeugt hatte, erwiderte sie kurz die Verneigung ihrer Untertanen und begann zu sprechen.

»Sicher wundert ihr euch über die überstürzte Einberufung des Rats, doch die Fakten, die uns vor wenigen Minuten zur Kenntnis gebracht wurden, sind von solcher Wichtigkeit, dass es mir nicht ratsam schien, mit der Versendung von offiziellen Einladungsschreiben wertvolle Zeit zu verschwenden. Die neuen Erkenntnisse könnten gravierende Auswirkungen auf die Situation in der Verborgenen Stadt haben.«

Wseslawas an sich leise Stimme hallte effektvoll durch den halbleeren Saal. Die Priesterinnen horchten auf und die älteste von ihnen, Miroslawa, erlaubte sich eine Zwischenbemerkung.

»Hängen diese Erkenntnisse womöglich mit den skandalösen Geschehnissen zusammen, die sich seit einiger Zeit in der Verborgenen Stadt zutragen? In den Domänen wächst die Besorgnis über die ungewöhnlich massiven Ausschreitungen von Humos. Der Massenmord in der *Schaukel*, die von den Rothauben verübten Plünderungen einschließlich des spektakulären Banküberfalls und – nicht zu vergessen – die Sache mit dem Chwanen – all das gibt zu denken. Die Humos werden allmählich misstrauisch. In den Domänen sieht man die Sicherheit der Verborgenen Stadt ernsthaft bedroht.«

»Ich bin davon überzeugt, dass alle von dir erwähnten Ereignisse mit unseren neuen Erkenntnissen in Zusammenhang stehen«, bestätigte die Königin und nickte dabei gravitätisch mit dem Kopf. »Das ist meine vorläufige Meinung, endgültige Schlüsse werden wir gemeinsam ziehen.«

Die alte Priesterin verneigte sich und die Fate Krasawa, der die Aufregung anzumerken war, trat einen Schritt nach vorn.

»Wie dem geschätzten Priesterinnen-Rat bekannt ist, habe ich Nachforschungen in Bezug auf den Armreif der Fate Mara angestellt. Das Aufflammen der Aktivitäten der Schwarzen Morjanen in jüngster Zeit hatte mich auf den Gedanken gebracht, dass es irgendjemandem gelungen sein könnte, das verschollen geglaubte Artefakt wiederzufinden. Meine Vermutung hat sich nun bewahrheitet.«

»Haben die Nachforschungen nach den Ereignissen in dem Humo-Club begonnen?«, erkundigte sich Milana.

»Nein, schon wesentlich früher. Den Anstoß dazu gab eine Serie von Attacken Schwarzer Morjanen vor etwa drei Wochen.«

»Komm zur Sache, Fate«, befahl die Königin.

»Sehr wohl.« Krasawa errötete leicht. »Vor wenigen Stunden hat sich eine Schwarze Morjane namens Tapira im Grünen Hof eingefunden und um Schutz gebeten. Sie war die Geliebte des getöteten Bogdan le Sta.«

»Ein Wandelwesen die Geliebte eines Kriegskommandeurs?«, wunderte sich die junge Sneshana mit ihrer piepsigen Stimme.

»In der Tat«, bestätigte Krasawa. »Sie erwartet sogar ein Kind von ihm.«

»Unglaublich!« Sneshana hatte ein Faible für skandalträchtige Affären.

»Allerdings, und damit sind wir auch schon beim Thema. Tapira hat erzählt, dass der Kriegskommandeur le Sta sich nicht damit abfinden wollte, dass sein Kind eine Schwarze Morjane sein wird. Deshalb wandte er sich an den Großmagister mit der Bitte, ihm Zugang zum *Traumarkan* zu verschaffen. Auf diese Weise wollte er erreichen, dass sein Kind ein Tschud wird.«

»Wie konnte er das nur tun? Das *Traumarkan* steht auf dem Index!«

»Der Großmagister hat dem Wunsch des Kriegskommandeurs entsprochen«, setzte Krasawa ungerührt fort.

»Das ist ein Verbrechen!«

»Doch als Gegenleistung hat er den Armreif der Fate Mara verlangt. Bogdan ist es gelungen, das verschollene Artefakt wiederzufinden, und er hat es dem Orden zur Verfügung gestellt. Zur Belohnung verriet man ihm die Regeln des verbotenen Zaubers. Allerdings hatte er nicht viel Freude damit, denn kurz vor der Vollendung des Arkans wurde er von Santiago getötet. Der Großmagister nützte diese Situation, um die Schuld für die Verbreitung des verbotenen Zaubers auf den Kommissar abzuwälzen, indem er entsprechendes Beweismaterial beschaffte. Der Orden ist nun fein heraus: Er ist im Besitz des Armreifs und fordert darüber hinaus Santiagos Verhaftung.«

Die Fate verstummte und über den Saal legte sich angespannte Stille. Die Priesterinnen mussten diese sensationellen Neuigkeiten erst einmal verdauen.

»Wenn das alles wahr ist«, durchbrach Miroslawa das Schweigen, »dann hat sich der Orden der Verbreitung verbotener Zauber schuldig gemacht.«

»Das können wir aber nicht beweisen«, gab die Königin zu bedenken. »Gehen wir doch von den Fakten aus: der Armreif.«

»Der Armreif der Fate Mara gehört dem Grünen Hof«, stellte Sneshana trotzig fest. »Wenn er tatsächlich wiedergefunden wurde, dann steht er *uns* zu und niemandem sonst.«

»Der Orden hat sein Wort gebrochen«, warf die energische Milana ein. »Als die Herrscherhäuser das Erbe der Fate Mara untereinander aufteilten, wurde vereinbart, dass im Falle neuer Erkenntnisse unverzüglich alle Beteiligten informiert werden.«

»Oder die Ritter leiden an kollektivem Gedächtnisschwund«, mutmaßte Miroslawa ironisch. »Immerhin ist seither viel Zeit vergangen.«

»Aber wie passt diese Geschichte mit den Vorkommnissen in der Verborgenen Stadt zusammen?«, fragte Metscheslaw.

Die Augen der Damen richteten sich auf den Baron.

»Was meint Ihr damit«, fragte die alte Priesterin unwirsch.

»Das, wovon Ihr selbst gesprochen hattet«, erwiderte der breitschultrige Baron mit seinem charmantesten Lächeln. »Das Gemetzel im Nachtclub, den Banküberfall, die Enttarnung des Chwanen im Humo-Fernsehen.«

»Das passt hervorragend zusammen«, polterte die Woiwode der Drushina der Kranichtöchter mit ihrer Kommandeursstimme. »Die unverhoffte Verstärkung durch den Armreif der Fate Mara hat offenbar den Kampfgeist der Tschuden geweckt und den Großmagister zum Zündeln veranlasst. Das Schüren von Angst unter den Humos ist in meinen Augen eine Maßnahme zur Vorbereitung eines großen Kriegs. Die Ritter setzen sicher darauf, dass wir den Schulterschluss mit ihnen suchen, um die Sicherheit der Verborgenen Stadt zu gewährleisten, während sie planen, uns das Messer in den Rücken zu stoßen!«

Unter den Priesterinnen erhob sich zustimmendes Gemurmel.

»Bis jetzt gibt es aber keinerlei Anzeichen dafür«, gab der Baron zu bedenken. »Im Gegenteil, sie nehmen den Dunklen Hof aufs Korn.«

»Na und? Das eine schließt doch das andere nicht aus«, versetzte Milana. »Der Dunkle Hof ist eben zuerst an der Reihe. Und wen wundert's – die Nawen kann doch keiner leiden.«

»Allerdings, die Vernichtung des Herrscherhauses Naw käme dem Grünen Hof nicht ungelegen«, pflichtete Miroslawa bei. »Wir könnten sehr gut ohne den Dunklen Hof auskommen.«

»Dann wäre es doch klug, die Ritter nicht zu behelligen, solange sie mit den Nawen beschäftigt sind«, stellte Milana augenzwinkernd in den Raum.

»Wir warten einfach ab, wie sich die Dinge entwickeln«, nickte die alte Priesterin. »Einmischen können wir uns immer noch. Wenn die Ritter in die Defensive geraten, geben wir ihnen zusammen mit den Nawen den Rest, wenn es gut für sie läuft, helfen wir ihnen, den Dunklen Hof zu vernichten. Im günstigsten Fall werden wir die einen wie die anderen los.«

»Also ich weiß nicht«, widersprach der Baron. »Die Ritter sind so geradeheraus wie ein zweigriffiges Schwert. Es sieht ihnen überhaupt nicht ähnlich, Santiago eine so raffinierte und heimtückische Falle zu stellen.«

»Jeder kann mal Pech haben«, kicherte Sneshana. »Diesmal hat es eben den Kommissar erwischt. Es ist doch nicht schade um ihn oder gibt es im Saal irgendjemanden, der Santiago sonderlich schätzt?«

Die Priesterinnen lachten sich schadenfroh ins Fäustchen – der umtriebige Naw war ihnen schon lange ein Dorn im Auge. Nur Wseslawa, die dem Kommissar den Thron verdankte, nestelte nachdenklich an ihrer Halskette.

»Keine von uns hätte ein Problem damit, wenn Santiago zur Hölle fährt«, resümierte Milana.

Metscheslaw legte die Stirn in Falten. Er mochte den Kommissar auch nicht besonders, betrachtete die Situation jedoch objektiv: Santiago hatte dem Grünen Hof vor kurzem einen großen Dienst erwiesen und es wäre nur recht und billig gewesen, ihn zumindest in bescheidenem Umfang zu unterstützen. Das eisige Flackern in Wseslawas Augen ließ erahnen, dass sie ebenso dachte.

Die Königin ließ den Blick über ihre Untergebenen schweifen: »Wie lautet also die Empfehlung des Priesterinnen-Rats?«

Die Frauen wechselten entschlossene Blicke und Milana trat vor.

»Der Priesterinnen-Rat empfiehlt, sich auf einen Krieg vorzubereiten, aber vorläufig eine abwartende Haltung einzunehmen. Zwischen dem Orden und dem Dunklen Hof bahnt sich eine bewaffnete Auseinandersetzung an und wir müssen die Chancen, die sich daraus für uns ergeben, bestmöglich nutzen.«

»Und was wird aus dem Armreif der Fate Mara?«

»Das behalten wir selbstverständlich im Hinterkopf, doch wir empfehlen, den Orden vorläufig gewähren zu lassen, solange sich seine Operationen gegen die Nawen richten.«

Die Königin nickte nachdenklich mit dem Kopf. »Auf den ersten Blick ist das eine weise Entscheidung. Aber!« Wseslawa wurde unvermittelt laut. »Ihr vergesst, dass die Armee des Ordens neuerdings von den Schwarzen Morjanen verstärkt wird! Wenn die Ritter tatsächlich einen Krieg gegen den Dunklen Hof planen und dabei keine Verbündeten suchen, dann bedeutet dies, dass sie sich ihrer Sache sehr sicher sind. Eine abwartende Haltung unsererseits könnte sich in diesem Fall bitter rächen. Sollte der Orden das Herrscherhaus Naw vernichten, wird er unbesiegbar sein.«

»Oder geschwächt!«

»Vergesst die Trophäen nicht! Mit dem Sieger könnten wir uns nicht messen. Ich bin der Ansicht, dass der Grüne Hof einen Krieg mit allen Mitteln verhindern muss! Bei den Humos herrscht schon genug Unruhe. Ein bewaffneter Konflikt in der jetzigen Situation würde die Existenz der Verborgenen Stadt gefährden! Wir werden dem Großmagister noch heute ein Ultimatum stellen!« Wseslawa hielt inne und ließ die Stille im versteinerten Saal für ein paar Augenblicke wirken, dann setzte sie fort: »Kraft meiner Königswürde verhänge ich hiermit den Ausnahmezustand!«

»Die Priesterinnen waren von deiner Entscheidung nicht sonderlich begeistert«, sagte Metscheslaw, nachdem die letzte Zauberin den Thronsaal verlassen hatte. »Sie hatten keine schlechten Argumente für ihre Empfehlung.«

Die Königin zupfte zerstreut ihre Frisur zurecht.

»Glaubst du wirklich, dass der Orden sehenden Auges die Humos aufscheucht? Und dass er damit einen Krieg vorbereitet?«

Der Selbsterhaltungstrieb gebot den Bewohnern der Verborgenen Stadt, ihre Aktivitäten vor den Menschen geheim zu halten. Egal was geschah, oberste Priorität besaß stets die gemeinsame Sicherheit und kein Herrscherhaus hatte je gegen diese Maxime verstoßen. Deshalb mutete das Verhalten der Ritter zumindest sonderbar an.

»Es erscheint ziemlich unwahrscheinlich«, pflichtete Metscheslaw bei.

»Das denke ich auch.« Die Königin stützte das Kinn in die Hand. »Sollten die Ritter sich dennoch zu einem solchen Schritt entschlossen haben, droht Gefahr und wir müssen sie schleunigst in die Schranken weisen.«

»Richtig.« Metscheslaw schaute die Königin fragend

an und streichelte ihr zärtlich über den nackten Arm. »Aber gibt es dafür nicht noch einen anderen Grund?«

»Ich weiß, worauf du hinaus willst«, bestätigte die Königin und lächelte. »Im Konflikt um den Boten ist mir Santiago zu Hilfe gekommen und hat keinerlei Gegenleistung verlangt. Ich habe durchaus die Absicht, mich dafür zu revanchieren. Bereite unverzüglich das Ultimatum vor.«

Das Portal des Thronsaals öffnete sich einen Spalt und ein junges Hoffräulein steckte vorsichtig den Kopf herein.

»Eure Majestät, Säbel, der Imperator der Rothauben, ist soeben zur Audienz erschienen.«

Der einäugige Säbel hatte panische Angst vor der Audienz bei der Königin. Er konnte sich an fünf Fingern abzählen, dass seine dringende Einbestellung in den Palast mit den Plünderungen zusammenhing, die seine einfältigen Volksgenossen verübt hatten. Wseslawa war über diese Aktionen gewiss wenig amüsiert und der Imperator rechnete mit dem Schlimmsten. Während der bangen Minuten, die er im Empfangsraum warten musste, sank der Whiskeypegel in seiner Reserveflasche beträchtlich und nun umhüllte den Einäugigen intensiver Fuseldunst. Dies war indes das geringste Problem des Rothaubenführers, denn die Luden zeigten selbst bei Hofe großes Verständnis für den überlebenswichtigen Alkoholmissbrauch ihrer nichtsnutzigen Vasallen.

»Ihr werdet erwartet.«

Der Imperator schüttete sich den letzten Schluck

Whiskey in die Kehle, befestigte hastig die Flasche am Gürtel und trottete mit weichen Knien in den Thronsaal.

»Tritt näher.«

»Sehr wohl, meine Königin.«

Säbel sagte fehr wohl statt sehr wohl. Der angeborene Sprachfehler der Fötidos war bei ihrem Clanführer besonders stark ausgeprägt. Er zog sich das rote Bandana vom kahlen Schädel und näherte sich in gebückter Haltung dem Thron.

»Ich grüße dich, meine Königin, wünsche dir ein langes Leben und eine glückliche Hand für deine Regentschaft.« Der Imperator hatte einen Kloß im Hals. »Was kann ich für dich tun?«

»Uns ist zu Ohren gekommen, dass die Rothauben bei den Unruhen in der Verborgenen Stadt als Anstifter auffällig wurden«, verkündete Wseslawa mit drohender Stimme. »Deine Kämpfer rauben die Geschäfte von Humos aus.«

»Wir sind keineswegs die Anstifter«, stammelte Säbel alarmiert. »Das hat sich zufällig so ergeben. Angefangen haben die Humos. Du hast sicher davon gehört, meine Königin, dass halbwüchsige Humos Einrichtungen der Verborgenen Stadt überfallen haben!«

»Und ihr habt euch gedacht: Was *die* können, können wir schon lange? Wer gibt euch das Recht, die Sicherheit der Verborgenen Stadt zu gefährden?!«

»Vielleicht sollten wir die Rothauben auf die Tschukotka verbannen?«, schlug der Baron vor. »Dort könnten sie keinen nennenswerten Schaden anrichten.«

»Nein, bitte nicht auf die Tschukotka«, jammerte Säbel. »Dort würden wir aussterben. Meine Königin, wir haben uns doch noch nie etwas zuschulden kommen lassen! Das alles ist ein Missverständnis!«

Dem Imperator schlotterten so heftig die Knie, dass der Baron sich ein Schmunzeln nicht verkneifen konnte.

»Warum habt ihr die Bank überfallen, ihr Idioten? Noch dazu, ohne die Portale zu tarnen!«

»Wir haben keine Bank überfallen«, entrüstete sich der Einäugige. »Da könnt ihr jeden fragen. Jeden! In unserem Volk gab es noch nie Neger!«

»Was für Neger denn?«, staunte der Baron. »Binde mir keinen Bären auf, Säbel, die roten Lumpen auf eurem Kopf sind auf den Bildern der Überwachungskameras nicht zu übersehen.«

»Wir waren nicht in der Bank! Ich schwöre, wir ...«

»Wie auch immer«, unterbrach die Königin den Einäugigen barsch. »Zu eurem Glück habe ich keine Zeit, mich näher mit eurem großartigen Auftritt zu befassen. Die Rothauben haben jetzt eine gute Gelegenheit, sich für ihre Verfehlungen zu rehabilitieren.«

»Wir tun, was immer du willst, meine Königin!«

»Erstens: Die Überfälle sind unverzüglich einzustellen!«

»Ich habe bereits wirksame Maßnahmen getroffen, um meine Kämpfer von unbedachten Schritten abzuhalten«, plapperte der Imperator und nickte heftig mit dem Kopf. »Wir werden noch heute zwei oder drei Rädelsführer aufhängen.«

»Ausgezeichnet«, lobte die Königin. »Aber das genügt

nicht. Ruf deine Kämpfer zusammen, Säbel. Der Grüne Hof verhängt den Ausnahmezustand und die Rothauben werden dem Kommando von Baron Metscheslaw unterstellt.«

»Gibt es Krieg?«

»Noch nicht, aber es ist nicht ausgeschlossen. Ab heute erhalten alle deine zum Dienst erschienenen Kämpfer den für den Ausnahmezustand festgesetzten Sold.«

»Die ersten Trupps werden innerhalb einer Stunde eintreffen«, versprach Säbel, der sein Glück kaum fassen konnte. »Wir sind bereit, zum Ruhme des Herrscherhauses Lud unser Leben zu geben.«

Villensiedlung Wunderland
Moskauer Umland
Samstag, 30. September, 13:02 Uhr

Sein unerwarteter Besuch löste erhebliche Verwunderung aus, doch Kacha ignorierte die ungläubigen Blicke der Bodyguards, die ihn am Eingang empfingen. Auch seine eigenen Leibwächter, die er vor dem Tor zurückgelassen hatte, konnten es kaum fassen, dass ihr Boss eine derart haarsträubende Dummheit beging. Niemand hätte damit gerechnet, dass Wachtang Rionis Nachfolger Kacha Gori allein und zu Fuß vor Chamberlains Haus aufkreuzt, sich arglos beim Wachpersonal vorstellt und darum bittet, dem Hausherrn seinen Besuch zu melden.

Chamberlain empfing seinen Konkurrenten im Gästezimmer.

Er gab Kacha nicht die Hand, schenkte ihm kein verlogenes Lächeln und sprach ihm auch nicht sein Beileid für Waliko Garadses tragisches Ableben aus. Stattdessen wies er mit einer flüchtigen Kopfbewegung wortlos auf zwei Polsterstühle am knisternden Kamin, nahm selbst in einem davon Platz und zog fröstelnd seinen asiatisch anmutenden Hausmantel zurecht, der mit echtem Fell gefüttert war.

»Im Herbst friere ich immer«, konstatierte er verdrießlich. »Im Winter nie, im Frühjahr auch nicht, aber im Herbst ständig.«

»Das kommt wohl von der Feuchtigkeit im Herbst«, mutmaßte Gori nach kurzem Zögern.

»Nein, es hat einen anderen Grund.« Chamberlain setzte sich bequemer. »Eine Spätfolge der Zwangsarbeit.«

In den Straflagern des Imperiums hatte der alte Bandit seinerzeit sechzehn Jahre verbracht und wusste, wovon er sprach.

Gori streckte die Beine zum Feuer aus, genoss die archaische Wärme der lodernden Scheite und kam zur Sache.

»Hast du Waliko Garadse beseitigen lassen?«

Auf Chamberlains Gesicht erschien ein amüsiertes Lächeln.

»Wenn du das glaubst, warum bist du dann hier? Möchtest du ihm in der Hölle Gesellschaft leisten?«

Goris Wangen pulsierten, doch er riss sich zusammen.

»Geht die *Schaukel* auf dein Konto?«

»Kacha«, seufzte der alte Mafioso. »Du hast Probleme. Große Probleme. Und du scheinst nicht zu wissen, wie du mit diesen Problemen umgehen musst. Verletzter Stolz ist hier jedenfalls völlig fehl am Platz. Wenn du mit mir verhandeln willst, benimm dich entsprechend. Wenn nicht – du weißt, wo der Ausgang ist. Aus Respekt vor deinem Mut lasse ich dich in Frieden gehen.«

»Vor sechs Jahren –«, begann Gori nachdenklich, »du zogst es damals vor, in Amerika zu weilen – sind zwölf meiner Leute zu einem Treffen mit der Lobnensker Bande gefahren. Wir hatten Meinungsverschiedenheiten mit denen. Alles war wie immer: drei Autos, Waffen, die Jungs haben sogar noch Witze gerissen, als sie losfuhren. Die in Lobnja haben sich sicher genauso vorbereitet.«

»Und?«

»Die Polizei hatte Wind bekommen von dem Treffen und Klim Washenin mit seiner Spezialeinheit hinbeordert.« Kacha zog ein Taschentuch hervor und schnäuzte sich. »Sie haben keinen übriggelassen, weder von meinen Leuten noch von den Lobnensker Jungs. Zwei Cousins von mir waren dabei.«

»Warum erzählst du mir das?«, fragte Chamberlain knurrig.

»Ich habe heute mit Kornilow gesprochen. Er hat gesagt, dass ein neuer Bandenkrieg nicht hingenommen würde, und dezent an den Oberst Washenin erinnert.«

»Wenn deine Kaukasier meinen, sie müssten alles mir in die Schuhe schieben, dann ist das dein Problem«, entgegnete Chamberlain lapidar. »Erzähl *ihnen* von Washenin, nicht mir. Hast du sonst noch was?«

»Ich weiß nicht, welches Spiel du spielst«, entgegnete Gori ungerührt. »Aber wenn wir einen Bandenkrieg entfachen, werden die Bullen keinen Unterschied machen, wer angefangen hat. Bestenfalls kannst du dich dann wieder nach Amerika zurückziehen.«

Der alte Gangster schwieg.

»Außerdem hat Kornilow gesagt, dass jemand versucht, uns gegeneinander auszuspielen.« Gori schnäuzte sich abermals. »Ich glaube ihm das. Und deswegen bin ich hier. Streck deine Fühler aus, Chamberlain. Du kennst doch Kornilow – der weiß über unsere Angelegenheiten fast so gut Bescheid wie wir selbst.«

Für zwei oder drei Minuten herrschte Schweigen im Gästezimmer, nur die brennenden Holzscheite knackten heimelig, dann erhob sich der alte Bandit und sagte mit dem Rücken zu Gori gewandt: »Ich werde meine Fühler ausstrecken, Kacha. Und wenn ich das Schwein finde, hörst du von mir.« Er machte einen Schritt in Richtung Tür, dann blieb er nochmals stehen und setzte hinzu: »Jumbo und die *Schaukel* – damit habe ich nichts zu tun. Aber ich kann mir schon vorstellen, wer dahintersteckt.«

KAPITEL SECHS

»Die Auftritte von Professor Serebrjanz in beinahe allen größeren Fernsehsendern haben die Gesellschaft zweifellos erschüttert. Der Moskauer Bürgermeister und General Schwedow haben nun in einer gemeinsamen Erklärung äußerst zurückhaltend auf die Darstellungen des Professors reagiert. Polizei und Stadtregierung fordern die Bevölkerung auf, Ruhe zu bewahren, und betonen, dass Serebrjanz' Kompetenz in Fachkreisen äußerst umstritten sei …«

PERWY KANAL

»Das Herrscherhaus Tschud hat die Behauptung des Grünen Hofs, wonach sich der Armreif der Fate Mara im Besitz des Ordens befindet, offiziell zurückgewiesen: ›Diese Behauptung ist absurd und verantwortungslos. Wir behalten uns angemessene Schritte vor‹ …«

T-GRAD-COM

Bar Rennsemmel
Moskau, Bolschaja-Dmitrowka-Straße
Samstag, 30. September, 13:33 Uhr

Zum Gast der Woche in der *Rennsemmel* wurde diesmal Sargnagel erkoren. Ein vergrößertes Porträtfoto des Helden vom vorvergangenen Tag schmückte eine freie Stelle an der Wand hinter dem Tresen und die Besucher tranken fleißig auf das Wohl des heldenhaften Kämpfers. Das einzige Foto, das Gonzo in der Kürze der Zeit hatte auftreiben können, stammte allerdings aus dem Polizeiarchiv, deshalb strahlte der Gesichtsausdruck des schneidigen Uibujen ein gewisses Missvergnügen aus. Den Sympathiekundgebungen für den Retter der *Rennsemmel* tat dies indes keinen Abbruch.

Die nahezu gleichzeitig eintreffenden Söldner nahmen am hintersten Tisch des Lokals Platz und bestellten sich Kaffee. Um Gonzos Koffeinbomben rankten sich Legenden.

»Dann tauschen wir mal aus, was wir herausgefunden haben«, schlug Cortes vor, als der Kellner sich entfernt hatte und das schwarze Gebräu seine delikaten Röstaromen verströmte. »Wer fängt an?«

»Immer der, der fragt«, witzelte Artjom.

»Na gut.« Cortes nippte an seinem Kaffee. »Ich habe mich mit Barbara Iljinitschna Morkowina unterhalten. Die Dame ist euch sicher bekannt.«

»Natürlich«, nickte Jana. »Sie arbeitet in einer Zaubereischule des Grünen Hofs. Es heißt, dass sie beinahe alle Humo-Magier kennt.«

»So ist es«, bestätigte Cortes. »Zumindest all jene, die sich in den letzten vierzig Jahren in der Verborgenen Stadt registrieren ließen. Die alte Frau wusste interessante Dinge zu berichten.«

»Stimmt es, dass die Morkowina keine Söldner mag?«, erkundigte sich Jana. »Das habe ich mal gehört.«

»Kann man so sagen«, erwiderte Cortes zerstreut. »Sie war nicht gerade beglückt über meinen Besuch. Um euch nicht mit überflüssigen Details zu langweilen, komme ich gleich zum Wesentlichen. Barbara Iljinitschna hat unsere Befürchtungen bestätigt: Kara ist tatsächlich eine mächtige Zauberin. Nach Ansicht der alten Dame hat sie mindestens das Niveau einer Priesterin des Grünen Hofs.«

»Ups!«, entfuhr es Artjom.

Die Einstufung Karas auf einer Ebene mit den höchsten Magierinnen des Herrscherhauses Lud war trotz allem eine Überraschung, zumal wenn man bedachte, dass unter den Humos selbst mittelmäßige Zauberer schon zu den Ausnahmen gehörten.

»Außerdem kennt sie sich in vielen Spezialbereichen der Magie hervorragend aus und erweitert ständig ihr Wissen.«

»Wie konnte sie es in der kurzen Zeit so weit bringen?«, wunderte sich Artjom. »Diese Kara ist doch – nach allem was wir wissen – höchstens ...«

»Inzwischen wissen wir mehr über sie«, unterbrach Cortes seinen Kompagnon. »Äußerlich sieht Kara tatsächlich nicht älter als vierzig aus. Sie hat sich aber schon vor dreißig Jahren an Barbara Iljinitschna gewandt, um sich eine neue Identität für die Verborgene Stadt zu besorgen. Und die alte Dame glaubt, dass sie das nicht zum ersten Mal so gemacht hat.«

»Ewige Jugend?« Jana verzog skeptisch das Gesicht.

»Glaube ich nicht«, entgegnete Cortes kopfschüttelnd. »Gegen das Altern gibt es kein Rezept. Alle sind sterblich.«

»Außer den Nawen anscheinend«, sagte Jana. »Wie alt mag Santiago sein?«

»Da täuschst du dich«, widersprach der Söldner. »Auch die Nawen werden älter und dafür gibt es Beweise. Ihr Alterungsprozess läuft nur sehr langsam ab.«

»Vielleicht ist Kara ein Halbblut?«, mutmaßte Artjom.

»Das weiß niemand.« Cortes hob die Schultern. »Jedenfalls sprechen ihr hohes Alter und ihr jugendliches Aussehen Bände über ihre magischen Fähigkeiten. Wirklich sehr unpraktisch, dass wahrscheinlich ausgerechnet sie den Armreif der Fate Mara hat.«

»Und die Herrscherhäuser wissen natürlich nichts über Kara, oder?«, fragte Artjom.

»So wie ich es verstanden habe, hängt sie ihre magischen Fähigkeiten nicht an die große Glocke.«

»Sehr vernünftig«, flocht Jana ein. »In ihrer Situation ist es besser, keine Aufmerksamkeit zu erregen.«

»In ihrer Situation?« Cortes horchte auf. »Hast du etwas Interessantes herausgefunden?«

»Ja. Und es deckt sich perfekt mit dem, was du erfahren hast.« Jana öffnete ihr Notizbuch. »Wie ihr euch sicher erinnert, werte Kompagnons, hattet ihr mich dazu verdonnert, die Archive zu durchstöbern.«

»Du kannst mit alten Büchern eben am besten umgehen.«

»Es gibt viele Dinge, die ich besser kann als das«, entgegnete Jana und dabei funkelte in ihren blauen Augen der Schalk. »Trotzdem bin ich zu einem Ergebnis gekommen.«

»Nun rücke schon heraus damit«, drängte Artjom.

»Nach dem Zeitalter der Inquisition lag die Magie bei den Humos völlig am Boden«, begann die Söldnerin bedächtig. »Der Großteil der menschlichen Magier landete damals auf dem Scheiterhaufen. Deshalb liegen die Zeiten, in denen es fähige Humo-Zauberer gab, in ferner Vergangenheit und heutzutage muss man sie mit der Lupe suchen.« Jana hielt kurz inne und sah ihre Kompagnons vorwurfsvoll an. »Humos und Magie – das ist ein weites Feld. Könnt ihr euch überhaupt vorstellen, was ihr mir da aufgehalst habt? Welche Unmengen von belanglosen Büchern ich durchstöbern musste, um auf die Informationen zu stoßen, die uns interessieren?«

»Wir haben schon gewusst, wem wir diese schwierige Aufgabe anvertrauen können«, schmeichelte Cortes.

»Darüber wird noch zu reden sein.« Jana bedachte den Söldner mit einem vieldeutigen Blick. »Aber zur Sache. Es gibt nur eine einzige Erklärung für Karas enormes Wissen über Zauberei und ihre exorbitanten magischen Fähigkeiten: das Schwarze Buch.«

»Sie ist seine Hüterin?« Cortes blickte auf.

»Ich nehme es an.«

»Verdammt«, fluchte der Söldner. »Dann können wir

es uns abschminken, ihr den Armreif im Handstreich abzuluchsen.«

»So ist es.«

»Ähm, wovon redet ihr überhaupt?«, erkundigte sich Artjom, der vom Schwarzen Buch noch nie etwas gehört hatte.

»Das ist schon fast eine Legende.« Jana richtete den Blick auf den jungen Söldner. »Hast du schon mal was von der Bibliothek Iwan des Schrecklichen gehört?«

»Selbstverständlich.«

»In ihr schlummert ein riesiger Fundus magischen Wissens. Weißt du, wie viel die Herrscherhäuser dafür ausgelobt haben?«

»Eine Milliarde – als Verhandlungsbasis.«

»Du bist gut informiert«, schmunzelte Jana. »Die Bibliothek enthält uralte Bücher, angeblich sogar Schriften der Assuren. Außerdem sämtliche magischen Errungenschaften der Menschheit. Dieses Wissen hat es unseren Vorfahren ermöglicht, den Planeten für uns zu erobern.« Jana schob ihre leere Tasse beiseite. »Angesichts der heraufdämmernden Inquisition haben die Magier die Bibliothek nach Moskau gebracht und sicher versteckt.«

»Ausgerechnet im Einflussbereich der Verborgenen Stadt?«, wunderte sich Artjom.

»Das geschah ganz bewusst. Erstens waren für die Sicherheit der Bibliothek die russischen Zaren verantwortlich. Und zweitens zeigten die Humos der Verborgenen Stadt damit ihr Selbstbewusstsein.«

»Eine Machtdemonstration«, warf Cortes ein.

»Genau«, bestätigte Jana. »Iwan der Schreckliche beauftragte Maxim Grek, ein Buch zu verfassen, das die wichtigsten Inhalte der Bibliothek enthält. Grek hat fast sein ganzes Leben an diesem Werk gearbeitet.«

»Das Schwarze Buch.«

»Die Hüter, die mächtigsten Humo-Magier, haben dieses Buch über Jahrhunderte von Hand zu Hand weitergegeben und aufbewahrt.«

»Und sich von Zeit zu Zeit kleinere Gemeinheiten für die Verborgene Stadt ausgedacht«, ergänzte abermals Cortes. »Damit niemand vergisst, wer der Herr im Haus ist.«

»Die bekannteste Gemeinheit hat sich der Schotte Jakob Bruce ausgedacht, der letzte bekannte Hüter des Schwarzen Buches. Er hat es fertiggebracht, mitten in der Verborgenen Stadt einen Turm zu errichten, den nur Humos betreten können.«

»Den Sucharew-Turm.«

»Die Herrscherhäuser hat das seinerzeit mächtig beeindruckt.«

»Kann ich mir vorstellen«, sagte Artjom. »Warum wurde der Turm zerstört?«

»Die Kommunisten«, seufzte Jana. »Dieses ungebildete Gesindel war noch schlimmer als heutzutage die Rothauben. Sie haben alles ruiniert, was ihnen in die Finger kam, und der Dunkle Hof hat das geschickt ausgenutzt.«

»Hat er die Kommunisten bezahlt?«

»Vielleicht.« Die Söldnerin zuckte mit den Achseln. »Spielt auch keine Rolle. Der Turm wurde bis auf den letzten Ziegelstein zerlegt, aber gefunden wurde nichts. Das Schwarze Buch war verschwunden.«

»Weiß man denn sicher, dass es im Turm aufbewahrt wurde?«

»Es war der sicherste Ort in ganz Moskau.«

»Die Bibliothek Iwans des Schrecklichen wird an einem noch sichereren Ort aufbewahrt«, wandte Artjom ein.

»Da hast du allerdings Recht«, gab Jana zu. »Wie auch immer, das Buch wurde nicht gefunden. Und die Möglichkeiten, über die Kara verfügt, kann sie nur aus dem Schwarzen Buch schöpfen.«

»Die Hüterin des Schwarzen Buches«, wiederholte Cortes nachdenklich und wandte sich an seinen jungen Partner. »Hast du auch irgendwas herausgefunden, Artjom, oder ist deine ganze Energie beim Abendessen mit der hübschen Fee draufgegangen?«

»Du hast dir im Grünen Hof eine Freundin angelacht?« In Janas blauen Augen leuchtete glühende Neugier.

»Sie ist ein Humo«, winkte Artjom ab. »Verdammt hübsch und naturblond, deshalb denken alle, sie sei eine Fee.«

»Also, was hast du herausgefunden?«, kam Cortes zum Thema zurück.

»Ich habe mit einigen zweitklassigen Zauberern gesprochen«, berichtete Artjom. »Sie kennen Kara, verspüren aber offenbar wenig Neigung, sich über sie auszulassen.«

»Haben sie Angst vor ihr?«

»Angst würde ich nicht sagen ...« Artjom rieb Daumen und Zeigefinger aneinander auf der Suche nach dem richtigen Wort. »Eher Respekt. Die Humos ahnen, dass Kara eine sehr mächtige Zauberin ist, und sprechen fast schon ehrfürchtig über sie. Außerdem kümmert sich Kara persönlich um die Ausbildung talentierter Nachwuchszauberer und baut sich schrittweise eine verlässliche Anhängerschaft auf. Unter den Humos wächst die Überzeugung, dass sie sich damit auf einen Kampf gegen die Verborgene Stadt vorbereitet.«

»Nur vorbereitet?«, flocht Jana ein. »Und was ist mit den jüngsten Vorfällen?«

»Willst du damit andeuten, dass Kara dahintersteckt?«, fragte Cortes.

»Du hast doch selbst gesagt, dass die Hüter die Verborgene Stadt von Zeit zu Zeit aufs Korn nehmen.«

»Schon. Dabei geht es aber um eine Machtdemonstration und nicht um Kriegshandlungen.«

»Der trottelige Serebrjanz ruft in allen Fernsehsendern zum Kampf gegen die Humanoiden auf«, sagte Jana. »Wenn hinter ihm Kara steht, dann handelt es sich tatsächlich um einen Frontalangriff auf die Verborgene Stadt.«

»Aber was will sie damit erreichen?«, rätselte Artjom. »Die Kontrolle über die Verborgene Stadt? Das macht keinen Sinn.«

»Kara verfolgt mit Sicherheit ein ganz konkretes Ziel.« Cortes runzelte die Stirn. »Aber dieses Ziel ist gewiss nicht die Vernichtung der Verborgenen Stadt.«

»Wer weiß?«, spekulierte Jana. »Vielleicht waren die früheren Hüter einfach nur weiser und friedliebender, während Kara einen Genozid anstrebt.«

»Das glaube ich nicht.« Cortes schüttelte den Kopf. »Alle bisherigen Hüter haben die Verborgene Stadt stets in ihre Schranken gewiesen, jedoch niemals Maßnahmen darüber hinaus ergriffen, so als wäre dies ein ungeschriebenes Gesetz. Man kann davon ausgehen, dass die Bibliothek Iwan des Schrecklichen Wissen enthält, das es ermöglichen würde, die Verborgene Stadt zu vernichten. Doch dieses Wissen wurde bewusst unzugänglich gemacht, indem man die Bibliothek versteckte und nur das Schwarze Buch weitergab. Das Ziel des Status quo, besser gesagt eines Gleichgewichts der Kräfte, war also von Anfang an angelegt. Die Krise, die Kara jetzt heraufbeschwört, zielt nicht darauf ab, die Verborgene Stadt zu unterwerfen oder zu vernichten. Es steckt eine andere Absicht dahinter.«

»Das ist ja alles sehr interessant«, resümierte Artjom ungeduldig. »Warum suchen wir nicht einfach nach dieser Kara und nehmen ihr den Armreif ab? Bei der Gelegenheit können wir sie dann auch fragen, was sie eigentlich vorhat.«

»Genialer Plan«, spottete Cortes. »Wir wissen noch nicht einmal, wo sie ist. Haben deine Informanten vielleicht irgendeinen Hinweis darauf geliefert?«

»Nein«, gestand Artjom. »Die Zauberer, mit denen ich gesprochen habe, sind nur kleine Lichter.«

»Und Barbara Iljinitschna?« Jana sah Cortes erwartungsvoll an.

»In den letzten Jahren hatte sie nur telefonisch Kontakt zu Kara«, seufzte der Söldner. »Die alte Dame weiß auch nicht, wo sie wohnt.«

»Dann haben wir also keinerlei Anhaltspunkte?«

»Man müsste jemanden aus Karas Anhängerschaft befragen.«

»Wir wissen aber nicht, wer dazugehört.«

»Doch, es gibt einen Hinweis!«, triumphierte Cortes. »Barbara Iljinitschna hat mir erzählt, dass sie erst vor kurzem eine begabte junge Frau namens Larissa zu Kara geschickt hat. Ich habe ihre Adresse und Telefonnummer, wir haben nur leider keine Zeit, ihr Vertrauen zu gewinnen.«

»Die alte Dame hat nicht zufällig erzählt, wie das Mädel aussieht?«, fragte Artjom alarmiert.

Cortes hob verwundert die Brauen: »Sie ist zwanzig.«

»Große grüne Augen?«

»Kurzes blondes Haar.«

»Und sie hat erst vor knapp einem Monat von der Verborgenen Stadt erfahren?«

Cortes schüttelte fassungslos den Kopf: »Deine Fee?«

»Heute früh habe ich Larissa zur Villa ihrer Lehrmeisterin gebracht, einer erfahrenen und fähigen Zauberin.«

Eine Zeit lang spielte Cortes zerstreut mit seiner leeren Tasse herum, dann schaute er seinen Kompagnon respektvoll an: »Sieht ganz danach aus, dass deine sexuelle Umtriebigkeit nicht nur Nachteile hat, mein lieber Artjom.«

»Das hat nichts mit Umtriebigkeit zu tun«, entrüstete sich Artjom. »Das ist Liebe. Sie ist wirklich eine faszinierende Frau.«

»Ein Glück, dass dir das aufgefallen ist.«

»Jedenfalls wissen wir jetzt, wo Kara wohnt«, resümierte Jana zufrieden. »Nun können wir einen Plan schmieden. Ich schlage vor …«

Ein Telefonanruf unterbrach die Söldnerin.

»Entschuldigt mich.« Artjom zog sein Mobiltelefon aus der Hosentasche und hielt es sich ans Ohr. »Hallo?«

»Artjom Golowin?«, fragte eine angenehme Frauenstimme.

»Am Apparat.«

»Ich heiße Inga.«

»Kennen wir uns?«

»Noch nicht.« Die Unbekannte schwieg für einen Moment. »Ich habe gehört, dass Sie sich für eine Magierin namens Kara interessieren.«

»Ich fürchte, ich verstehe nicht, worauf Sie hinauswollen«, erwiderte der Söldner zurückhaltend.

»Sie haben ganz Recht«, pflichtete Inga bei. »So etwas bespricht man nicht am Telefon. Formulieren wir es doch anders: Ich verfüge über Informationen, die möglicherweise von Interesse für Sie sind. Können wir uns treffen? Heute?«

»Warum nicht? Mit attraktiven Frauen treffe ich mich immer gern«, antwortete Artjom nach kurzem Zögern.

»Wie kommen Sie darauf, dass ich eine attraktive Frau bin?«

»Irre ich mich denn?«

»Nein«, lachte die Frau. »Schreiben Sie sich die Adresse auf.«

Als der Söldner sein Handy wegsteckte, schüttelte Cortes vorwurfsvoll den Kopf: »Also wirklich Liebe?«

»Gewiss«, bestätigte Artjom. »Aber das war jetzt nur

ein geschäftliches Gespräch. Mich hat eine unbekannte Schönheit namens Inga angerufen und mir eröffnet, dass sie Informationen über Kara liefern kann.«

»Gehört sie zu deinen Informanten?«

»Nein.«

Die Söldner dachten angestrengt nach.

»Da steckt Kara dahinter«, schlussfolgerte Cortes. »Jetzt wissen wir auch, dass deine Larissa dieselbe ist wie die von Barbara Iljinitschna.«

»Bestimmt will Kara jetzt herausfinden, ob Artjom Larissa zufällig kennengelernt hat oder nicht«, pflichtete Jana bei. »Sehr umsichtig. Aber was haben wir von der Verabredung?«

»Ein paar zusätzliche Informationen können nie schaden«, befand Cortes. »Schau dir diese Inga mal an, Artjom.«

Moskau, Obrutschewa-Straße
Samstag, 30. September, 13:41 Uhr

»Trotzdem glaube ich nicht, dass Franz de Geer die Interessen des Ordens verraten hat«, erregte sich Ludwig Okla. Der hitzköpfige Abkömmling der Schwerterloge konnte sich überhaupt nicht beruhigen und kam immer wieder auf das Thema zu sprechen, das im gesamten Herrscherhaus Tschud heiß diskutiert wurde. »Nie im Leben! Ich habe Franz kämpfen sehen, er wäre bereit, für den Orden zu sterben.«

»Deshalb hat man ihn auch nicht eingesperrt, sondern nur vorläufig von seinem Posten entbunden«, erwiderte Graham de Mar brummig. Der Korporal entstammte der Drachenloge und galt als wandelndes Phlegma. »Der Ordensrat wird die Angelegenheit untersuchen, und wenn sich herausstellt, dass er unschuldig ist, wird er wieder als Kriegsmeister eingesetzt.«

»Aber das ist rufschädigend! Franz wurde öffentlich demontiert!«

»Der Ordensrat ist verpflichtet, die Interessen des Herrscherhauses zu wahren, und darf dabei keine Rücksicht auf Einzelpersonen nehmen.«

»Um welche Interessen soll es denn hier bitte schön gehen? Was haben die Herrschaften vom Ordensrat denn erreicht?«, wetterte Ludwig weiter. »Ich werde dir mal was sagen: Die Luden haben mitbekommen, dass es bei uns interne Zwistigkeiten gibt, und glauben jetzt, sie könnten frech werden. Das ist das Einzige, was der Ordensrat damit erreicht hat! Man darf sich niemals eine Blöße geben!«

Der bordeauxrote Lincoln der Gardisten rollte langsam durch die Obrutschewa-Straße. Vor dem Hintergrund der jüngsten Ereignisse und der alarmierenden Verlautbarungen des Herrscherhauses Lud hatte der Ordensrat beschlossen, die Patrouillen im Sektor der Tschuden zu verstärken, um mögliche Provokationen im Keim zu ersticken.

»Ich glaube nicht, dass die Erklärung der Luden etwas mit Franz de Geers Entlassung zu tun hat«, sagte de Mar.

»Und ob!«

»Reg dich ab, Gardist«, wiegelte der Korporal ab.

»Mach lieber ordentlich deinen Dienst und überlass das Denken anderen.«

Okla presste schmollend die Lippen zusammen.

»Vielleicht sollten wir es lieber doch sein lassen?«, regte Spreißel an, der gewiss nicht zu den mutigsten Rothauben gehörte.

»Hast du zu viel Geld oder was?«, spottete der Uibuj Peitsche und leerte seine Whiskeyflasche in einem Zug. »Alle plündern doch, warum sollten wir es nicht tun?«

»Aber Säbel hat doch strengstens ...«

»Hast du die Hosen voll?«, blaffte der Uibuj und sah Spreißel feindselig an.

Peitsche Desastro hatte als einer der letzten Uibujen mitbekommen, dass etliche Rothauben-Trupps dazu übergegangen waren, ihre chronischen Finanzprobleme durch Überfälle auf Humo-Geschäfte zu lindern, und gerade als er sich daranmachen wollte, dem Beispiel seiner Volksgenossen zu folgen, erließ der Imperator Säbel ein Dekret, das solcherlei Umtriebe strengstens untersagte. Der Desastro dachte nicht daran, diese himmelschreiende Ungerechtigkeit hinzunehmen, und beschloss, den kleinen Überfall, den er ins Auge gefasst hatte, trotz des Verbots durchzuziehen. Und dieser Schwächling Spreißel wagte es doch tatsächlich, zu widersprechen!

»Aber Säbel hat doch befohlen, die Überfälle unverzüglich einzustellen!«

»Wir sagen einfach, dass wir davon nichts mitbekommen haben«, entgegnete Peitsche und fletschte seine vergilbten Zahnruinen zu einem listigen Grinsen. »Aber wenn du nicht mitmachen willst, brauchst du es nur zu sagen.«

Die übrigen Kämpfer des Trupps sahen den hasenfüßigen Spreißel vorwurfsvoll an.

»Nein nein«, ruderte der Kämpfer zurück. »Ich bin dabei.«

»Na also.«

»Was ist denn dort vorne los?«

Aus einem kleinen Laden trugen einige Männer Getränkekisten heraus und verfrachteten sie geschäftig in einen am Bürgersteig geparkten Lieferwagen. Kaufte da jemand Wodka für die nächsten zwei Monate?

Die Gardisten sahen einander fragend an.

»Denkst du dasselbe wie ich?«, erkundigte sich de Mar.

Okla nickte und zog ein *Magoskop* aus der Tasche. Dabei handelte es sich um eine Brille mit dunkel getönten Gläsern, mit deren Hilfe man die Realität hinter einem Trugbild sehen konnte. Der Verdacht der Tschuden bestätigte sich vollumfänglich: Die fleißigen Männer erwiesen sich als Rothauben, die allem Anschein nach dabei waren, das nächste Humo-Geschäft auszurauben.

»Diese nichtsnutzigen Idioten«, schimpfte de Mar. »Wenigstens haben sie sich mit einem Trugbild getarnt.«

»Was sollen wir tun?«

»Sie sind in unserem Sektor«, räsonierte der Korporal

achselzuckend. »Und soweit ich weiß, können wir keinen Ärger mit den Humos brauchen.«

»Alles klar.«

Die Tschuden stiegen aus und marschierten entschlossen zum Ort des Geschehens.

Alles lief wie am Schnürchen. Peitsche kam es beinahe so vor, als hätte er einen schönen Traum. Die Humos – eine dicke Verkäuferin und ein betagter Hilfsarbeiter – lagen verängstigt hinter dem Ladentisch und winselten, während der Uibuj sich einen Spaß daraus machte, sie mit dem Lauf seiner Pumpgun in die Rippen zu puffen.

An der Ladentür hing das Schild *Mittagspause* und der Bedenkenträger Spreißel schleppte im Schweiße seines Angesichts kistenweise Schnaps und Bier zum Lieferwagen. Peitsche lächelte zufrieden und streichelte zärtlich über seine Brusttasche, in die er die Scheine aus der Ladenkasse gestopft hatte.

»Uibuj!«

Spreißels spitzer Ruf riss Peitsche aus seiner kontemplativen Stimmung. Der ängstliche Kämpfer stand mit erhobenen Händen in der Tür des Nebenraums.

»Was soll das, spinnst du?«, erkundigte sich der Uibuj.

Anstatt zu antworten, klapperte Spreißel mit den Zähnen und deutete mit einer Kopfbewegung hinter sich.

»Lass doch den Unsinn!«

In diesem Moment stürmten zwei breitschultrige, rothaarige Männer aus dem Nebenraum.

»Die Ritter!«

»Knarre wegwerfen, du Missgeburt!«

»Dir gebe ich gleich eine Missgeburt!«, bellte Peitsche und schoss.

»Wie wir soeben erfahren, hat vor etwa einer Stunde eine Patrouille des Großmagisters einen Trupp Rothauben beim Überfall auf ein Humo-Geschäft erwischt. In der Folge kam es zu einem Schusswechsel, bei dem drei Rothauben ums Leben kamen. Die Führung des Grünen Hofs hat bemerkenswert dünnhäutig auf den Vorfall reagiert. Ein Pressesprecher des Herrscherhauses Lud verlautbarte, der Grüne Hof werte die Tötung seiner Vasallen als feindseligen Akt. Darüber hinaus erneuerte er die Forderung nach Rückgabe des Armreifs der Fate Mara …«

T-GRAD-COM

Moskauer Polizeipräsidium
Moskau, Petrowka-Straße
Samstag, 30. September, 13:54 Uhr

Kornilow legte eine Akte beiseite, die mit dem Fall überhaupt nichts zu tun hatte, zündete sich eine Zigarette an und richtete den Blick auf Professor Serebrjanz, der ihm schon seit einigen Minuten gegenübersaß.

»Entschuldigen Sie, ich habe viel zu tun.«

»Macht nichts«, erwiderte Serebrjanz und lächelte höflich. »Mein Anwalt ist sowieso noch nicht hier.«

»Das sehe ich.« Andrej blies den Rauch seiner Zigarette beiläufig in das Gesicht des Professors. »Erlauben Sie mir trotzdem eine Frage?«

»Nicht fürs Protokoll?«

»Sie müssen ja nicht antworten.«

»Also bitte, fragen Sie.«

»Als wir uns das letzte Mal gesehen haben, kostete alles, was sie am Leibe trugen, etwa so viel wie jetzt ihre Krawatte. Und das ist noch gar nicht lange her.« Kornilow pochte mit dem Feuerzeug auf den Tisch. »Erstaunlich, oder?«

»Meine Honorare sind gestiegen.«

»Ihre derzeitige Popularität geht mit einer Reihe von Verbrechen einher, die in letzter Zeit in der Stadt verübt wurden. Das ist doch auffallend, finden Sie nicht?«

»Früher oder später musste so etwas passieren«, entgegnete Serebrjanz achselzuckend. »Ich mache keinen Hehl daraus, dass ich diese tragischen Ereignisse vorausgesehen habe, und ich muss mir nicht vorwerfen lassen, dass ich zufällig davon profitiere.«

»Sie sollten mich nicht für dumm verkaufen, Lew Moisejewitsch«, sagte Andrej milde. »In meinem Beruf gewöhnt man sich ab, an solche Zufälle zu glauben. Aber ich muss sagen, die Sache ist wirklich klug eingefädelt. Die geistigen Brandstifter machen sich die Hände nicht schmutzig und die Täter haben ein reines Gewissen. So sind alle zufrieden.«

»Wie viel zahlen Ihnen die Humanoiden?«, fragte Serebrjanz mit unverhohlener Verachtung. »Wie viele Silberlinge hat man Ihnen dafür geboten, dass Sie ihr eigenes Volk verraten?«

»Lew Moisejewitsch«, erwiderte der Major betont jovial, »Sie sind doch ein vernünftiger Mensch. Woher haben Sie nur diesen Hang zu absurden Verschwörungstheorien?«

»Dem Menschen gebührt die uneingeschränkte Vorrangstellung!«

Offenbar ahnte der Professor, dass Kornilow von der Existenz der Verborgenen Stadt wusste. Andrej nahm deshalb kein Blatt vor den Mund.

»Es rüttelt doch niemand an dieser Vorrangstellung der Menschheit. Wir können völlig unbehelligt leben und unsere Gesellschaft entwickeln. Der Planet gehört uns und die Verborgene Stadt hat sich damit abgefunden.«

»Die Humanoiden lauern auf ihre Chance!«

»Mag sein, dass sie auf Fehler unsererseits warten«, räumte Kornilow ein. »Aber man kann nun wirklich nicht davon sprechen, dass sie einen Kreuzzug gegen die Menschheit führen.«

»Warum wollen Sie denn unbedingt alles beim Alten belassen?«

»Jeder normale Polizist ist im Grunde konservativ«, erläuterte Andrej. »Wir werden dafür bezahlt, dass wir die bestehende Ordnung aufrechterhalten. Bevor Sie aufgetaucht sind, hatte ich keinerlei Ärger mit den Humanoiden.«

»Wenn meine Mission beendet ist, werden sie überhaupt verschwinden«, prophezeite Serebrjanz. »Das ist doch noch viel besser für Sie.«

»Sie werden nicht verschwinden«, widersprach der

Major und runzelte die Stirn. »Ich weiß nicht, ob Ihnen das klar ist, Professor, aber es wird Ihnen nicht gelingen, die Verborgene Stadt völlig auszulöschen.«

»Wir werden die Humanoiden angemessen dezimieren, so dass sie keine Gefahr mehr für uns darstellen und dann ...«

»Was hat man Ihnen denn in Aussicht gestellt?«, fiel Andrej dem Professor ins Wort. »Wollen Sie der Göbbels einer neuen Epoche werden?«

»Auf diesem Niveau rede ich nicht mehr mit Ihnen!«, empörte sich Serebrjanz, lief rot an und starrte demonstrativ aus dem Fenster.

»Entschuldigen Sie.« Kornilow zündete sich eine neue Zigarette an. »Wir sind in der Tat völlig vom Thema abgekommen. Wir sollten zum Ausgangspunkt unseres Gesprächs zurückkehren.«

»Und das wäre?«, erkundigte sich der Professor argwöhnisch.

»Ihr teurer Anzug.«

»Ich sagte doch bereits: Meine Honorare sind gestiegen.«

»Fünfzehn Jahre lang hat kein Hahn nach Ihren Theorien gekräht. Woher kommt auf einmal das Interesse daran?«

»Dahinter steckt eine effektive Öffentlichkeitsarbeit«, dozierte Serebrjanz. »Sie investieren Geld, um Ihre Ideen unters Volk zu bringen. Die Leute kaufen Ihre Bücher, besuchen Ihre Seminare, und das Geld, das Sie damit verdienen, investieren Sie wiederum in die Werbung für Ihre Sache.«

»Ich habe gehört, dass Ihre Seminare kostenlos sind.«

»Bis jetzt – ja. Aber das wird sich in Zukunft ändern.«

»Sie haben also einen Sponsor gefunden?«

»Ja.«

»Sehen Sie, deswegen hatte ich vorhin auch gefragt, was man Ihnen in Aussicht gestellt hat«, sagte Kornilow mit einem listigen Grinsen. »Sie haben einen schlechten Sponsor gefunden, Lew Moisejewitsch, einen niederträchtigen Sponsor.«

»Wenn Sie erlauben, bilde ich mir dazu selbst eine Meinung.«

»Selbstverständlich.« Andrej wandte sich demonstrativ ab und schaute auf seinen Computerbildschirm.

»Was wollen Sie überhaupt? Es spielt doch keine Rolle, wer den Kampf gegen die Humanoiden finanziert. Hauptsache, es hat sich endlich jemand gefunden, dem die Zukunft unserer Zivilisation nicht gleichgültig ist. Leute, die im Unterschied zu Ihnen bereit sind, sich für die Menschheit einzusetzen und nicht für ihre Feinde.«

»Vielleicht finden Sie das zynisch, aber ich stelle mir dann doch die Frage, welches Interesse diese Leute eigentlich verfolgen. Was haben sie von diesem Krieg?«

»Das ist kein Krieg, sondern der Kampf für die Reinheit unserer Welt! Für die Zukunft unserer Kinder!«

»Glauben Sie im Ernst, dass sich Edik um die Zukunft meiner Kinder sorgt?«

»Ich kenne keinen Edik.«

»Sehr interessant. Wieso haben Sie sich dann im letzten Monat dreimal mit diesem Banditen getroffen? Sie wissen doch ganz genau, dass ihre umtriebigen Aktivitäten von Firmen finanziert werden, die Chamberlain kontrolliert.«

Dem Professor klappte der Mund auf. »Sie hatten kein Recht, mir hinterherzuspionieren!«

»Das habe ich auch nicht getan, lieber Lew Moisejewitsch«, entgegnete Andrej äußerst verbindlich. »Meine Mitarbeiter haben lediglich Edik überwacht, der dringend verdächtig ist, Mitglied einer organisierten kriminellen Vereinigung zu sein. Sie sind rein zufällig in den Fokus unserer Ermittlungen geraten, weil Sie sich in ein mafiöses Milieu begeben haben.«

»Ich habe es nicht nötig, mir eine Moralpredigt von Ihnen anzuhören.«

»Offenbar doch. Erpressung, Waffen- und Drogenhandel, illegale Prostitution – das sind die Quellen, aus denen sich Ihre Kampagne finanziert, mein lieber Lew Moisejewitsch.«

»Davon weiß ich nichts!«

»Möglich. Trotzdem muss ich ein Ermittlungsverfahren gegen Sie einleiten, die Steuerfahndung einschalten und Ihre Finanzen unter die Lupe nehmen. Überflüssig zu erwähnen, dass Sie Ihre Aktivitäten einstweilen einstellen müssen.«

»Meine Anwälte werden Ihre Anschuldigungen als infame Unterstellungen entlarven.«

»Sie können so lange Sie wollen für die Reinheit dieser Welt kämpfen, Professor, aber das Strafgesetzbuch wird deshalb nicht außer Kraft gesetzt.« Völlig emotionslos setzte Kornilow Nadelstich um Nadelstich und trieb Serebrjanz gnadenlos in die Enge. »Am Ende der Ermittlungen wird sich dann herausstellen, ob Sie sich möglicherweise wegen Geldwäsche verantworten müssen.«

»Ich sage kein Wort mehr!«

»Die Tatsache, dass Ihre sogenannte Öffentlichkeitsarbeit von äußerst zwielichtigen Firmen bezahlt wird, zeigt, wie wenig Ihre Sponsoren von Ihnen halten, Lew Moisejewitsch. Chamberlain besitzt durchaus Firmen, die eine reine Weste haben, doch für Sie hat man sich die schmutzigsten ausgesucht. Ich an Ihrer Stelle, Professor, würde daraus den Schluss ziehen, dass man Sie nur vorübergehend benutzt. Für schmutziges Geld machen Sie sich zum Moderator eines schmutzigen Kriegs. Sie lassen sich als Sprachrohr kaltblütiger Mörder missbrauchen. An dem Massaker in der *Schaukel* tragen Sie indirekt eine Mitschuld!«

»Hören Sie endlich auf damit!« Der Professor war mit seinen Nerven am Ende.

»Edik und Chamberlain stehen schon lange auf meiner Liste. Früher oder später werden sie die Gelegenheit bekommen, die endlosen Weiten Sibiriens zu erkunden, und ich werde dafür sorgen, dass möglichst viele ihrer Mittäter sie dorthin begleiten werden. Doch ich bin ein Mensch mit Augenmaß.« Kornilow stand plötzlich auf, beugte sich über den Tisch und schob sein Gesicht bis auf wenige Zentimeter vor das von Serebrjanz. »Ich kann sehr wohl unterscheiden zwischen eingefleischten Kriminellen und Leuten, die unverschuldet in schlechte Gesellschaft geraten sind – sei es, dass sie gezwungen wurden, oder aus Unwissenheit. Auch das ist meine Aufgabe, Lew Moisejewitsch. Im Grunde anständige Menschen, die auf die schiefe Bahn gekommen sind, würde ich niemals ins Straflager schicken.«

»Ich war immer ein anständiger Mensch«, beteuerte der Professor. »Mit Verbrechern würde ich nie gemeinsame Sache machen.«

»Das müssen Sie beweisen, Lew Moisejewitsch. Sie haben hier und jetzt die Gelegenheit dazu.«

Andrej setzte sich wieder, lehnte sich zurück und zündete sich eine neue Zigarette an. Er hatte erst zweimal gezogen, als Serebrjanz kleinlaut die Stimme erhob.

»Was wollen Sie wissen?«

Kornilow ließ den demoralisierten Professor noch einen weiteren Zigarettenzug lang schmoren, bevor er antwortete.

»Welche Rolle bei all diesen Geschehnissen spielt eine Frau namens Kara?«

»Kara.« Lew Moisejewitsch atmete tief durch. »Treffen Sie immer sofort ins Schwarze?«

Kornilow schwieg.

»Kara ist der Kopf der ganzen Operation. Edik ist ihr vollkommen hörig. Sie hat ihm befohlen, meine Kampagne zu finanzieren.«

»Und Chamberlain?«

»Keine Ahnung, ich habe ihn nie getroffen.«

»Ich glaube Ihnen.« Andrej drückte seine Zigarette aus. »Lassen Sie uns über diese Frau reden ...«

Büro der Firma JFK
Moskau, Maly Afanasjewski Pereulok
Samstag, 30. September, 13:56 Uhr

»Mein lieber Edik!«, begann Chamberlain mit triefender Herzlichkeit. »Ich bin offen gestanden beunruhigt.«

»Völlig zu Unrecht, Chef«, entgegnete Edik und schluckte.

»Unterbrich mich nicht!«

Diese Mahnung war ein schlechtes Zeichen. Ein sehr schlechtes Zeichen. Normalerweise gestattete Chamberlain seinem schmächtigen Gehilfen einen relativ ungezwungenen Umgangston. Edik schluckte abermals und in seiner Magengrube verbreitete sich ein widerwärtig flaues Gefühl.

»In dem Plan, den du mit Kara ausgearbeitet hast, war ursprünglich vorgesehen, dass Rionis Leute von den Humanoiden liquidiert werden. Es war klar, dass es einigen Wirbel geben würde, aber letzten Endes sollten wir unsere Konkurrenten loswerden und Zugang zur ... ähm ... Magie erhalten.« Chamberlain mümmelte mit den Lippen, bevor er das Wort *Magie* aussprach. Der alte Mafioso war mit diesem Begriff immer noch nicht warmgeworden.

»Chef, wir ...«

»Wirbel hat es tatsächlich einigen gegeben, ich erinnere nur an die Nummer in der *Schaukel*, ganz zu schweigen von dem vierarmigen Killer. Serebrjanz, in den du viel Geld gesteckt hast – unser Geld! – hat seinen Job brav erledigt und den Leuten Schauergeschichten von den Humanoiden erzählt. Er ist ein richtiger Star geworden. Jetzt müssen wir nur noch eines klären, mein Sohn: Was habe eigentlich ich von der ganzen Sache?«

Was hast du dir denn erwartet, du alter Trottel, dachte Edik gehässig, die Schlüssel der Verborgenen Stadt auf dem goldenen Tablett?

»Chef, die Operation ist noch nicht beendet«, erwiderte Edik vorsichtig. »Unser Plan sieht vor, in einer ersten Etappe ...«

»Der Plan ist mir bekannt«, unterbrach ihn Chamberlain brüsk. »In diesem Plan war nicht vorgesehen, dass Rionis Leute mir mit Krieg drohen. Sondern es war vorgesehen, diesen Kaukasiern Wandelwesen, Teufel, Vampire und sonstige Bestien auf den Hals zu hetzen, die dieser Kara angeblich aus der Hand fressen. Die Krummnasen sollten eliminiert werden, stattdessen darf ich mich jetzt erst recht mit ihnen herumärgern!«

Edik hatte ein solches Gespräch kommen sehen. Doch den Gedanken daran hatte er verdrängt und gehofft, dass Karas entscheidende Attacke vorher stattfinden würde. Danach wäre Chamberlains Meinung unerheblich gewesen. Doch Kara hatte es nicht rechtzeitig geschafft und jetzt musste er sich irgendwie herausreden.

»Chef, selbst genau durchdachte Pläne können nicht immer zu hundert Prozent glattlaufen. Die Humanoiden sind vorsichtiger, als wir gedacht hatten. Sie haben sich nicht dazu provozieren lassen, Rionis Leute zu verfolgen. Das ändert jedoch nichts an unserem eigentlichen Ziel: Wir werden die Humanoiden unter unsere Kontrolle bringen. Wir brauchen noch einen Tag.«

»Garantierst du mir das, mein Sohn?«

Chamberlains liebenswürdiger Ton führte Edik nicht in die Irre. Er wusste genau, wie ernst es dem alten Mafioso war, und das flaue Gefühl im Magen plagte ihn nach wie vor. Doch er dachte nicht daran, eine Niederlage einzugestehen, und war felsenfest davon überzeugt, dass Kara sich durchsetzen würde. Und danach würde ihm Chamberlain nichts mehr anhaben können. Nicht einmal eine ganze Armee von Chamberlains. Edik atmete tief durch und setzte alles auf eine Karte.

»Es wird klappen – garantiert.«

Grüner Hof, Hauptquartier des Herrscherhauses Lud
Moskau, Lossiny Ostrow
Samstag, 30. September, 13:58 Uhr

Der Raum, in dem Tapira befragt worden war, erwies sich als lupenreine Gefängniszelle: keine Fenster, spartanische Ausstattung, und die gepanzerte Tür ließ sich nur von außen öffnen.

»Ich hoffe, dir ist klar, dass das zu deiner eigenen Sicherheit ist?«, hatte die Fate Krasawa zur Verabschiedung gefragt.

Die Morjane hatte nur schweigend genickt, während Kara, an deren Fäden das Wandelwesen wie eine Marionette hing, sich kochend vor Wut die Haare raufte.

Nachdem die Luden gegangen waren, inspizierte Tapira ihr Verließ gründlich, doch der erste Eindruck hatte nicht getrogen: An Flucht war überhaupt nicht zu denken – nicht einmal in Kampfmontur.

Kara war bedient. Ursprünglich hatte sie vorgehabt, Tapira schon bald wieder aus dem Palast abzuziehen, doch nun hatten ihr die überraschend umsichtigen Luden einen Strich durch die Rechnung gemacht. Minutenlang ging die Zauberin mit finsterer Miene im Zimmer umher und überdachte die Situation, doch dann zuckte sie mit den Achseln und regte sich wieder ab. Schließlich stand Tapira nach wie vor unter ihrer Kontrolle und konnte eigentlich keinen Schaden anrichten.

Kara legte den Armreif ab und streckte sich. Sie hatte fürwahr Wichtigeres zu tun, als sich wegen eines eingesperrten Wandelwesens den Kopf zu zerbrechen.

»Schläfst du?«

Tapira schrak zusammen, öffnete die Augen und sprang von der harten Pritsche auf.

Im Raum standen zwei schlanke junge Frauen mit wasserstoffblondem, gelocktem Haar und hellblauen Augen. Die eine trug ein strenges Kostüm mit einem engen, knielangen Rock und einer hochgeschlossenen Jacke und auf ihrer Nase saß eine elegante Brille. Ihre Begleiterin, die etwas jünger aussah, bevorzugte eine leichte weiße Hose und eine dünne Strickbluse.

Dafür, dass die beiden unbemerkt von den scharfen Sinnen einer Schwarzen Morjane in den Raum gelangen konnten, gab es nur eine einzige Erklärung: Sie waren selbst Wandelwesen.

»Ich heiße Bjana«, stellte sich die Frau im Kostüm vor. »Und das« – sie wies mit einer Kopfbewegung auf ihre Begleiterin – »ist Jamana.« Nach einer kurzen Pause fügte sie hinzu: »Wir sind Weiße.«

»Das habe ich mir schon gedacht.« Tapira setzte sich auf ihre Pritsche. »Warum hat man euch denn hergeschickt?«

»Niemand hat uns geschickt«, antwortete Bjana milde und setzte sich neben Tapira. »Als wir erfahren haben, dass du hier bist, haben wir uns selbst entschlossen, dich zu besuchen.«

Aus den blauen, minimal schielenden Augen der Weißen Morjane sprach tief empfundene Anteilnahme.

»Man hat uns deine Geschichte erzählt, Schwester«, flocht Jamana ein. »Wir sind völlig aus dem Häuschen.«

»Du hast viel durchgemacht, aber du warst glücklich.«

»Du bist die erste Schwarze Morjane, die erfahren hat, was Liebe ist.«

»Wir mussten dich einfach sehen.«

Endlich lächelte Tapira. Sie spürte Karas Anwesenheit nicht. Offenbar ließ die Zauberin sie für eine Weile in Ruhe. Die ihr auferlegten Verbote und Anweisungen galten zwar weiterhin, doch Tapira hatte das Gefühl, sich frei unterhalten zu können.

Das Verhältnis zwischen Schwarzen und Weißen Morjanen war nicht immer ungetrübt. Häufig blickten die von Anfang an freien Weißen Morjanen auf ihre durch den Armreif versklavten Schwestern herab. Dennoch standen die Wandelwesen sich sehr nahe. Die einen wie die anderen waren von der genialen Fate Mara erschaffen worden und beide wurden von den übrigen Bewohnern der Verborgenen Stadt wegen ihrer bedrohlichen zweiten Natur nicht sonderlich geschätzt.

»Wie geht's deinem Baby?«

»In einem Monat kommt es zur Welt.«

»Ich bin sicher, dass du ihm eine gute Mutter sein wirst.« Bjana fasste Tapira zärtlich an der Hand. »Würdest du uns erlauben, dir zu helfen?«

»Helfen wobei?«

»Wir glauben, dass dich jemand kontrolliert, Schwester«, sagte Jamana leise.

»Das stimmt nicht.«

»Wenn du einverstanden bist, würden wir da gern auf Nummer sicher gehen.«

Wie ein stiller Beobachter funkelte der Armreif der Fate Mara auf dem Tisch, während Kara fieberhaft am Computer arbeitete. Die Zauberin war völlig versunken in ihre Studien und auf dem Bildschirm erschienen immer neue DNA-Ketten. Unterdessen geschahen zum wiederholten Mal Dinge, die in ihrem minuziös ausgetüftelten Plan nicht vorgesehen waren.

Kara hatte die Morjanen eingehend studiert, kannte ihr Genom in- und auswendig, wusste genauestens über ihre Stärken und Schwächen Bescheid und hatte ihr Verhalten in den verschiedensten Situationen analysiert. Doch ein kleines Detail war der Zauberin entgangen: Die Verbindung zwischen den Morjanen ging wesentlich tiefer, als sie gedacht hätte.

»Hast du das schon mal gemacht?«, fragte Bjana.

»Nein«, gestand Tapira verunsichert. »Ist es auch sicher nicht gefährlich für das Kind?«

»Keinesfalls.« Die Weiße Morjane nahm die Brille ab. »Fass mich an den Händen, Schwester, und schau mir in die Augen.«

»Aber wenn ich die Kampfmontur anlege, greife ich dich bestimmt an«, gab Tapira zu bedenken. »Ich habe mich dann nicht mehr unter Kontrolle.«

»So weit wird es nicht kommen«, beruhigte sie Bjana. »Sobald wir die Kampfmonturen anlegen, wird Jamana ein *Basiliskenauge* aktivieren.«

»Und wozu soll das gut sein?«

»Vertrau mir einfach.«

Tapira atmete tief durch und fasste die Weiße Morjane bei den Händen.

»Ganz ruhig.«

Die zierliche schwarzhaarige Tapira schaute in Bjanas blaue, schielende Augen. Jamana stand daneben und hielt an einer dünnen Goldkette einen großen blauen Kristall.

»Schau genau in meine Pupillen«, befahl Bjana fordernd und doch sanft.

»Eins«, zählte Jamana.

»Eins«, wiederholte Tapira.

»Zwei ...«

Während ihr Blick in Bjanas himmelblauen Augen versank, spürte Tapira, wie sie allmählich in Trance fiel. Die Macht des Armreifs konnte die Hypnose zwar nicht brechen, doch das hatten die Weißen Morjanen auch gar nicht vor. Es ging ihnen vielmehr darum, in das Gedächtnis ihrer schwarzen Schwester vorzudringen.

»Acht. Irgendetwas stimmt nicht!«

Tapira wurde von einer seltsamen Unruhe erfasst. Jamana hatte sie darauf vorbereitet, trotzdem fühlte sie sich bedroht.

»Neun. Vorsicht!«

Sie hatte es doch gewusst!

»Attackc!«

Beide Morjanen, die Weiße und die Schwarze, reagierten blitzschnell. Noch während sie in Bjanas Augen schaute, spürte Tapira, wie ihr Körper sich veränderte, wie das in ihr schlummernde Monster sich nach außen stülpte, wie ihre zarten Hände sich in scharfkrallige Klauen verwandelten, wie ihr Haar verschwand und aus ihrem Kopf mächtige Hörner sprossen. In der Zelle verbreitete sich der Duft reifer Pfirsiche.

Mit Bjana geschah dasselbe wie mit Tapira, nur dass Weiße Morjanen in Kampfmontur nicht ganz so grauenhaft aussehen wie Schwarze.

Ein infernalisches Gebrüll erschütterte den Raum, als die von Mordlust geblendete Tapira den blauäugigen Feind vor sich erblickte. Doch im selben Moment leuchtete das *Basiliskenauge* auf und sein mächtiger Impuls erfasste die Morjanen. Jamana wurde gegen die Wand geschleudert. Tapira fuhr ein unerträglicher Schmerz in die Glieder, doch im letzten Moment, bevor sie das Bewusstsein verlor, bemerkte sie, dass Bjanas blaue Augen in ihr Innerstes blickten. Und diese Augen wollten ihr helfen.

Als Erste erlangte Bjana das Bewusstsein zurück.

Die Weiße Morjane rappelte sich mühsam vom Boden auf und zog benommen ihren verrutschten Rock zurecht. Von einem *Basiliskenauge* betäubte Morjanen kommen nur sehr langsam wieder zu sich. Bjanas Kopf fühlte sich an wie ein Klumpen Blei. Sie rieb sich die Schläfen, setzte ihre Brille auf und sah nach der rücklings am Boden liegenden Tapira.

»Arme Schwester.«

Ganz vorsichtig, um sie nicht aufzuwecken, legte sie die Schwarze Morjane auf die Pritsche. Dann tätschelte sie ihrer Begleiterin die Backen.

»Jamana!«

Diese öffnete dösig die Augen.

»Wir müssen gehen.«

»Und Tapira?«

»Es ist besser, wenn sie nichts erfährt.«

Die Weißen Morjanen verließen den Raum und sperrten ihn sorgfältig ab.

»Wird sie von jemandem kontrolliert?« Jamana lehnte an der Wand und versuchte unbeholfen, das *Basiliskenauge* in ihrer Handtasche zu verstauen. Sie hatte noch einige Schwierigkeiten mit der Koordination.

»Ja.« Bjana richtete ihre zerzauste Frisur. »Alles, was sie der Fate Krasawa erzählt hat, war gelogen. Sie wird benutzt. Und zwar von der Zauberin, die ihren Mann, den Kriegskommandeur le Sta, getötet hat.«

»Hat nicht Santiago Bogdan getötet?«

»Das ist eine lange Geschichte.« Bjana seufzte. »Entscheidend ist, dass diese Zauberin, Kara, den Armreif der Fate Mara besitzt.«

»Sollen wir das der Königin melden?«

Die ältere Morjane schüttelte den Kopf: »Dann krallt sich der Grüne Hof den Armreif und unsere schwarzen Schwestern werden endgültig versklavt.«

»Sind sie denn nicht schon jetzt Sklavinnen?«

»Das schon, aber dann wäre ihr Sklavendasein für immer besiegelt.«

»Die Fate Mara hatte das für die Schwarzen Morjanen doch so vorgesehen.«

»Ich kann nicht zulassen, dass Tapira als Sklavin missbraucht wird.« Bjana sah ihre Freundin eindringlich an. »Sie hat auch so schon genug durchgemacht. Wir nehmen Kara den Armreif ab und geben ihn den Schwarzen Morjanen, oder noch besser: Wir vernichten ihn. Alle Morjanen sollen in Freiheit leben!«

»Und wie finden wir diese Kara?«

»Bogdan le Sta wusste, wo sie wohnt, und hat es Tapira erzählt.« Bjana zog ihre Jacke zurecht und ihre blauen Augen funkelten wild entschlossen. »Wir werden diese Kanaille töten!«

Waldklause
Moskauer Umland
Samstag, 30. September, 13:59 Uhr

Bis zum nächsten Dorf waren es fünf Kilometer, bis zum nächsten Sumpf nur vierhundert Meter. Die verwitterten Gebäude der *Waldklause* standen auf einer kleinen, von dichtem Wald umschlossenen Lichtung. Unter den wenigen, niedrigen Holzhäuschen ragten nur ein großer Vorratsschuppen und eine kleine Kapelle heraus. Das Ensemble bot ein pastorales Bild entrückter Einsamkeit und inneren Friedens.

Das Erscheinungsbild der *Waldklause* hatte sich in Jahrhunderten nicht verändert und die verheerenden Stürme der Geschichte waren nahezu spurlos an der abgelegenen Einsiedelei vorbeigegangen. Wer auch immer in diese Ländereien vordrang, seien es Polen, Franzosen oder Deutsche, niemand behelligte die bescheidenen Eremiten. Entweder man fand sie nicht in den Tiefen des Waldes oder man hielt bewusst Abstand, weil man davon gehört hatte, zu welchen Wunderdingen die Mönche imstande waren. Selbst die Kommunisten, denen ansonsten nichts heilig war, ließen die *Waldklause* in Ruhe, nachdem einige ihrer Banden in den umliegenden Sümpfen unter mysteriösen Umständen verschwunden waren.

Santiago trat auf die Lichtung hinaus, wischte sich angewidert die Überreste eines Spinnennetzes vom Sakko und blickte verdrießlich auf den schmutzigen Erdweg, der zum Tor der *Waldklause* führte.

»Wollen Sie zum Prior?«, erkundigte sich ein alter Mann mit sorgfältig gestutztem Bart, der unter einem Baum auf einer Bank saß. »Seien Sie gegrüßt.«

»Guten Tag«, erwiderte der Kommissar höflich und bestätigte: »Zum Prior.«

»Dann müssen Sie sich aber beeilen«, mahnte der Mann. »Der Prior ist krank. Den nächsten Winter wird er wohl nicht mehr erleben.«

»Deswegen komme ich ja«, erwiderte Santiago zerstreut, während er mit sorgenvoller Miene abwechselnd auf seine piekfeinen Schuhe und den von Schlammlöchern durchsetzten Weg blickte und überlegte, was wohl einfacher sei: ein Expressportal bis zum Tor zu legen oder diesem freundlichen Mann seine Gummistiefel abzunehmen.

»Ein solcher Anzug ist nicht eben praktisch im Wald«, bemerkte der Greis scharfsinnig.

»Ich habe mein Auto dort hinten stehen lassen.« Der Kommissar winkte uninspiriert in Richtung Wald. »Ich bin stecken geblieben.« Plötzlich besann er sich. »Ach, Sie meinen, Nikodim stirbt?«

»Nun ja, wenn Sie rechnen, er ist sechsundneunzig«, erwiderte der Mann augenzwinkernd. »Selbst Wundertäter müssen irgendwann sterben.«

»Ist Nikodim denn ein Wundertäter?«

»Wussten Sie das nicht? Wenn man ein Leiden hat, geht man zu ihm. Wenn man etwas im Voraus wissen will, geht man zu ihm. Sein Glauben ist stark. Aber jetzt ist er am Ende seiner Kräfte.«

Tatsächlich war Nikodim ein tiefgläubiger Mensch. Und kein schlechter Magier. Doch seine Fähigkeiten hielt der Prior für ein Geschenk Gottes und deshalb stellte er sie vollständig in den Dienst seiner Glaubensgenossen.

»Ich werde dann gehen«, sagte Santiago schließlich. »Auf Wiedersehen.«

Mit vorsichtigen Schritten ging der Kommissar auf die *Waldklause* zu.

»Geh nur, geh nur«, murmelte der Alte in seinen Bart. »Schau einer an, was für Gäste hier aus dem Wald kommen.«

In der Richtung, in die Santiago gewunken hatte, gab es nichts außer undurchdringlichem Sumpf, ganz zu schweigen von einer Straße. Der Schnösel in dem teuren Anzug hatte also gelogen, von wegen, er sei mit dem Auto gekommen. Doch der alte Mann machte sich nichts daraus: Wenn der Unbekannte etwas zu verbergen hatte, bitte schön, Gott möge sein Richter sein.

In der kühlen Mönchszelle herrschte völlige Stille. Durch das kleine Fenster drang kaum Licht herein und im Halbdunkel flackerte eine Öllampe, die vor einer antiken Ikone aufgestellt war. Nikodim, der mit einem bis zu den Füßen reichenden weißen Hemd bekleidet war, lag auf einer Holzbank und starrte reglos an die niedrige Decke. Der gepflegte, weiße Bart des Priors wogte weit auf seine Brust herab und seine dürren Arme lagen kraftlos am Körper ausgestreckt.

Seine Zeit lief ab.

»Bist du's, Alexej?«, fragte Nikodim mit schwacher Stimme, als er das leise Quietschen der Tür hörte.

»Ich habe den Jungen gebeten, uns nicht zu stören«, antwortete der Gast. »Guten Tag, Nikodim.«

Die Miene des Priors verdüsterte sich.

»Ich wusste, dass du kommen würdest, Dämon, ich wusste es«, seufzte Nikodim. »Aber ich hatte gehofft, dass ich vorher sterben würde.« Er hielt kurz inne und sprach dann weiter: »Richte mir das Kissen.«

»Gern.«

Santiago, der mit dem Kopf beinahe an der niedrigen Zellendecke anstieß, beugte sich herab und schob dem Prior das Kissen unter den Rücken.

»Wie ich hörte, sind Sie im Begriff, das Zeitliche zu segnen?«, erkundigte sich der Kommissar, nachdem Nikodim sich ein wenig aufgesetzt hatte.

»Das bleibt niemandem erspart.« Die verblichenen Augen des Priors bedachten den Nawen mit einem eiskalten Blick. »Nicht einmal dir, Dämon.«

»Ich weiß«, nickte der Kommissar. Er rückte einen Hocker vor die Bank und setzte sich. »Ich muss mit Ihnen reden.«

»Ich wüsste nicht, worüber wir beide zu reden hätten.«

»Doch, da ist eine Sache ...« Der Naw lächelte. »Vor über sechzig Jahren hatte ich hier in der Gegend ein kleines Haus.«

»Dein Haus wurde zerstört«, erwiderte Nikodim hustend. »Die Deutschen haben es zerstört. Ich dachte, du wüsstest das.«

»Einige von meinen Sachen sind damals verschwunden«, sagte Santiago hintergründig. »Zum Beispiel eine Schatulle.«

Der Prior blickte zunächst schweigend in die schwarzen Augen des Kommissars, dann sagte er leise: »Gib mir Wasser.«

Santiago reichte Nikodim die Schöpfkelle und wartete geduldig, bis der Prior getrunken hatte.

»Passt man so auf seine Sachen auf, dass man sie erst nach etlichen Jahrzehnten sucht?«

»Für Sie ist das vielleicht eine lange Zeit«, entgegnete der Kommissar. »Für mich ist es gerade so, als wäre es gestern gewesen.«

Nikodim ließ sich von Santiagos Spitze nicht aus der Fassung bringen.

»Dann hättest du auch noch bis morgen warten können und mich nicht auf meine alten Tage behelligen müssen.«

»Morgen wäre es vielleicht schon zu spät gewesen.«

Der Prior gab Santiago die leere Schöpfkelle zurück und lehnte sich wieder zurück.

»Ich weiß nicht, was du von mir willst, Dämon. Es ist nicht meine Aufgabe, auf deine Sachen aufzupassen.«

»Das nicht«, pflichtete Santiago bei. »Aber Sie sind auch ein schlechter Lügner, Nikodim. Ich kann mir an fünf Fingern abzählen, dass Ihre Mönche meine Schatulle gestohlen haben. Sonst hatte niemand Zugang zu meinem Haus.«

»Und wenn es so wäre? Ich sterbe sowieso bald«, erwiderte der Prior ungerührt. »Geh jetzt, Dämon.«

»So einfach ist es nicht«, seufzte Santiago. »Ob Sie wollen oder nicht, Nikodim, Sie werden sich damit abfinden müssen, dass es mich gibt. Dass es *uns* gibt. Und dass wir auch nach Ihrem Tod noch da sein werden. Ich weiß, dass Sie uns für Feinde halten. Man hat Ihnen das so eingeimpft. Das ist zweifellos schade. Doch solange Sie uns nicht in die Quere gekommen sind, hatte ich mit dieser Abneigung Ihrerseits kein Problem. Das hat sich nun geändert.« Santiagos Ton wurde eisig. »Sie haben sich mir in den Weg gestellt, Nikodim, haben sich mit meinen Feinden gemeingemacht, und dafür müssen Sie jetzt geradestehen.«

»Deine Drohungen überraschen mich nicht, Dämon. Aber ich habe keine Angst vor dir.«

»Ich muss herausfinden, wer in den Besitz meiner Schatulle gekommen ist«, stellte der Kommissar unmissverständlich fest. »Und Sie täuschen sich, wenn Sie glauben, dass Ihr bedauernswerter Zustand Sie vor unangenehmen Fragen schützt.«

»Von mir erfährst du nichts, Dämon.« Der Prior strich mit der Hand über seinen Bart. »Selbst wenn du mich folterst.«

»Ich habe nicht die Absicht, Sie zu foltern.« Der Kommissar grinste und dieses in der Tat dämonische Grinsen verhieß nichts Gutes. »Sie sind todgeweiht, Nikodim. Ein Verhör der besonderen Art würde Ihr Ende nur beschleunigen. Es gibt hier genug andere Versuchsobjekte. Zum Beispiel den Jungen draußen.«

»Lass Alexej in Ruhe, Dämon! Er weiß nichts!«

»Das werden wir dann schon sehen«, versetzte der Naw. »Womöglich haben Sie ihm mal etwas zugeflüstert und er hat es sich gemerkt. Er ist doch noch so jung und hat gewiss ein gutes Gedächtnis.«

»Lass die Finger von Alexej, Dämon!« Die Hände des Priors begannen zu zittern.

»Es geht nicht nur um diesen jungen Mann.« Die schwarzen Augen des Nawen begannen unheilvoll zu funkeln und seine Ohren spitzten sich zu. »Sie reißen alle, die hier leben, mit in den Abgrund. Ich muss wissen, wer meine Schatulle hat, und ich werde es herausfinden. Und dann werde ich dieses Nest hier niederbrennen! Nikodim, Sie haben völlig zu Recht bedauert, dass Sie nicht vor meinem Erscheinen gestorben sind.«

Der Prior begann schwer zu atmen und seine Hände krallten sich krampfhaft in sein Hemd. Sein Gesicht wurde rot, die Augen traten aus den Höhlen und sein eingefallener Mund schnappte nach Luft.

»Verdammt!« Santiago wurde klar, dass Nikodim sein Leben aushauchte.

Damit hatte der Kommissar nicht gerechnet. Er hatte überhaupt nicht vorgehabt, seine Drohungen wahrzumachen, sondern darauf gehofft, dass der Alte vernünftig wird und auspackt.

Der Naw reagierte blitzschnell. Nikodim hatte bereits das Bewusstsein verloren, doch sein Gehirn lebte noch. Mit einem raschen Zugriff auf sein Gedächtnis konnte es vielleicht noch gelingen, die nötigen Informationen aus ihm herauszubekommen. Ein solcher Eingriff konnte einen Humo geistig zerrütten oder gar töten, doch bei dem sterbenden Prior kam es darauf nicht mehr an.

»Eljar ...« Santiago sprach das erste Wort der Zauberformel und legte die Hand auf Nikodims Kopf. »Aldyk ...«

Plötzlich legte sich eine jugendliche Hand auf die Schulter des Kommissars.

»Lassen Sie ihn in Frieden sterben, Dämon, versündigen Sie sich nicht an seiner Seele.«

Neben dem Nawen stand der Novize Alexej.

»Das wird leider nicht möglich sein, mein Freund«, entgegnete Santiago milde. »Ich muss Antwort auf meine Fragen bekommen. Urgan kektoai ...«

»Ich werde Ihnen alles erzählen, Dämon.« Die Hand des Novizen drückte stärker auf die Schulter des Kommissars. »Lassen Sie den Prior in Frieden.«

»Wissen Sie denn etwas? Urum zitaj ...«

»Sie heißt Kara«, sagte Alexej hastig. »So weit ich mich zurückerinnern kann, hat sie Nikodim viermal besucht. Er hat ihr die Schatulle gegeben, die aus Ihrem Haus stammte.«

Santiago nahm die Hand vom Kopf des Sterbenden und seine kalten schwarzen Augen richteten sich auf den jungen Mann. Nikodim hatte sich große Sorgen um den Novizen gemacht, sah er in ihm seinen Nachfolger? Der Kommissar taxierte Alexej flüchtig: Eine Veranlagung zur Magie hatte er durchaus. Nicht weltbewegend, aber für einen Humo nicht schlecht.

»Sie sind sehr mutig, junger Mann.«

Alexej konnte den bohrenden Blick des Nawen kaum ertragen, doch er zwang sich, ihm standzuhalten.

»Können Sie diese Frau beschreiben?«

»Ja.«

»Warum war sie hier?«

»Sie hat den Prior davon überzeugt, dass sie einen Kampf gegen die Dämonen führt.« Alexej überlegte kurz. »Nikodim hat gesagt, dass Kara die Hüterin sei.«

Santiago ließ sich seine Überraschung nicht anmerken.

Die Hüterin! Der Kommissar wusste, dass er es mit einem mächtigen Gegner zu tun hatte, doch dass es sich dabei um den höchsten Magier der Humos handelte, hätte er nicht für möglich gehalten. Endlich hatte er die Spur des Schwarzen Buches wiedergefunden, die er im Jahre vierunddreißig verloren hatte! Der sonst so fischblütige Naw spürte, wie der Jagdinstinkt in ihm erwachte.

»Sie haben mich überzeugt, Alexej, ich werde Nikodim in Frieden lassen.« Der Kommissar sah den Novizen prüfend an. »Aber warum haben Sie mir das erzählt? Der Prior hat Sie doch gewiss vor der Gerissenheit und Heimtücke der Dämonen gewarnt, oder nicht?«

»Der Prior hat Kara geglaubt – das war ein Irrweg«, antwortete der Novize mit einer unerschütterlichen Gewissheit, die für sein Alter ungewöhnlich war. »Kara ist eine Lügnerin. In der *Waldklause* wird sie keine Unterstützung mehr finden.«

Auf demselben schmutzigen Erdweg ging Santiago zum Waldrand zurück. Der Kommissar betrachtete missmutig seine dreckverschmierten Schuhe und schüttelte den Kopf. Natürlich hatte das einfache Landleben, in dem es keine asphaltierten Straßen gab, einen gewissen Charme, doch der Naw konnte damit nicht viel anfangen. Eine hochentwickelte Zivilisation, in der kniehohe Gummistiefel ein unverzichtbares Utensil waren, hielt er schlichtweg für absurd.

Santiago holte sein Mobiltelefon aus der Tasche und wählte eine Nummer.

»Ortega?«

»Kommissar, schön von Ihnen zu hören«, meldete sich der Stellvertreter hocherfreut. »Ich ...«

»Was gibt's Neues in der Stadt?«

»Die Lage wird allmählich kompliziert«, verkündete Ortega wahrheitsgemäß. »Der Orden ist ziemlich ungehalten über Ihre Abwesenheit und wirft uns halbherzig vor, wir würden Sie verstecken.«

»Wieso halbherzig?«

»Sie haben gerade andere Sorgen. Der Grüne Hof hat dem Orden ein Ultimatum gestellt. Die Luden fordern die Herausgabe des Armreifs der Fate Mara.«

»Ein kluger Schachzug«, kommentierte Santiago und meinte damit Karas Aktivitäten. »Ich hätte erwartet, dass sich der Grüne Hof den Forderungen des Ordens anschließt.«

»Das hatten wir auch erwartet«, bestätigte Ortega. »Aber die Königin Wseslawa hat anders entschieden.«

Die schöne Wseslawa, dachte der Kommissar schmunzelnd bei sich, sie weiß, was sie mir zu verdanken hat und unterstützt mich in schwerer Stunde – schade, es wäre besser, sie würde sich nicht mit den Rittern anlegen.

»Was treiben die Humos?«

»Sie veranstalten einigen Wirbel. Zum Glück hat es keine weiteren Provokationen mehr gegeben.«

Santiago durchschaute allmählich die Hintergründe des Geschehens: Zunächst hatte Kara die Humos in helle Aufregung versetzt und nun hetzte sie die Herrscherhäuser gegeneinander auf. Sie war in der Tat ein äußerst gefährlicher Gegner.

»Bleiben Sie bei der bisherigen Linie, Ortega. Das Herrscherhaus Naw muss kühlen Kopf bewahren und versuchen, die Lage zu beruhigen. Bestätigen Sie offiziell, dass der Dunkle Hof bereit ist, mich an eine Kommission der Herrscherhäuser auszuliefern, sobald ich in die Stadt zurückkehre. Von meinem derzeitigen Aufenthaltsort wissen Sie jedoch nichts.«

»Wir wissen ja tatsächlich nicht, wo Sie sind, Kommissar«, entgegnete der Stellvertreter.

»Und das ist auch gut so.«

Santiago legte auf und tippte die Nummer von Cortes ein.

Artefakthandlung Burchans Schatztruhe
Moskau, Ostoshenka-Straße
Samstag, 30. September, 14:56 Uhr

Für die Schatyren war es eine Selbstverständlichkeit, die unschönen Spuren des Skinheadüberfalls in kürzester Zeit zu beseitigen. Das Geschäft musste schließlich weitergehen. Buchstäblich über Nacht wurde *Burchans Schatztruhe* generalrenoviert und ein wenig umgebaut. Schon am nächsten Morgen prangte ein nagelneues Ladenschild über der Eingangstür und lockte die Kunden zum Kauf. Selbst Yussur, den die Ärzte der Erli gegen ein gesalzenes Honorar wieder zusammengeflickt hatten, stand hinter dem Ladentisch, als wäre nichts gewesen.

»Dieses da! Bitte sehr!« Ein wuseliger japanischer Tourist, um dessen Hals eine ganze Batterie von Fotoapparaten hing, zeigte mit dem Finger auf eine filigrane Gipsfigur, die einen lustigen Gnom mit einem Glöckchen in der Hand darstellte. »Wie viel kostet?«

Die übrigen Japaner zwitscherten munter durcheinander, offenbar lobten sie die Wahl ihres Begleiters. Yussur dagegen seufzte. Obwohl *Burchans Schatztruhe* offiziell als Souvenirladen firmierte, waren Touristen hier keine allzu gerngesehene Kundschaft. Verstaubtes Kunsthandwerk und geschmacklose Ansichtskarten waren denn auch das Einzige, was der alte Burchan den Gästen der Hauptstadt anzubieten hatte. Doch deren Aufmerksamkeit fiel verständlicherweise auch auf das übrige Sortiment: auf die einzigartige Auswahl von handgemachten Statuetten und Figuren, die den Großteil der Regale füllten.

»Wie viel kostet?«, wiederholte der Japaner und betrachtete fasziniert den *Lächelnden Glöckner*, ein kleines Artefakt, das den Zauber *Silberglöckchen* enthielt.

Die witzige Zwergenfigur alarmierte ihren Besitzer mit einem Glöckchenklingeln, sobald ein Unbefugter das jeweils überwachte Territorium betrat. Das Artefakt wurde in den Werkstätten des Grünen Hofs hergestellt und verfügte über eine einjährige Funktionsgarantie. In den Händen des japanischen Touristen war es dagegen völlig nutzlos.

»Das steht nicht zum Verkauf«, beschied Yussur kopfschüttelnd. »Nur gucken.«

Der Tourist klimperte verdutzt mit den Augen und raunte seinem Dolmetscher etwas zu. Dieser machte ein nicht minder erstauntes Gesicht und wandte sich an den Verkäufer.

»Herr Nakamoto versteht nicht, warum die wunderbaren Figuren ausgestellt werden, wenn man sie nicht kaufen kann.«

»Die Sammlung gehört dem Geschäftseigentümer«, erläuterte Yussur. »Zur Erbauung der Kunden stellt er die Gegenstände aus, verkauft sie jedoch nicht.«

»Herr Nakamoto ist sehr betucht und wäre bereit, einen guten Preis für die Figur zu bezahlen.«

Der junge Schatyr wurde hellhörig. »Und wie viel wäre ein guter Preis?«

»Hundert.«

Das Artefakt kostete das Fünffache. Yussur gähnte.

»Selbst für zweihundert kann ich Ihnen nur eine Kopie anbieten.«

»Eine Kopie?«, wunderte sich der Dolmetscher.

Der Schatyr zog einen Hochglanzkatalog unter dem Ladentisch hervor und schlug ihn auf der entsprechenden Seite auf.

»Was Sie hier sehen, ist die einzigartige, weltbekannte Figurensammlung von Burchan Turtschi, die von der UNESCO als Weltkulturerbe anerkannt wurde. Jede Figur ist ein handgefertigtes Unikat, das seine eigene Geschichte hat. Einige der Exponate datieren aus dem achten Jahrhundert vor Christus. Sie werden sicher verstehen, dass die Originale mit Geld nicht zu bezahlen sind.«

Die Touristen blätterten beeindruckt in dem Katalog und tuschelten in ihrer Landessprache.

»Herr Nakamoto bittet vielmals um Entschuldigung«, sagte schließlich der Dolmetscher. »Er möchte je eine Kopie von drei Statuetten und außerdem diesen Katalog erwerben.«

»Das macht dann insgesamt siebenhundertfünfzig,

beim Kauf von mehr als zwei Figuren bekommen Sie zehn Prozent Rabatt.«

Yussur nahm das Geld entgegen und beugte sich zu einer Kiste, in der die Kopien der Artefakte lagen. Die Duplikate wurden in einer Podolsker Behindertenwerkstatt hergestellt und kosteten den geschäftstüchtigen Schatyren nur einen Bruchteil des Preises, den er dafür verlangte.

»Du würdest sogar Dreck zu Gold machen, Yussur«, kommentierte Cortes schmunzelnd, nachdem der letzte Tourist den Laden verlassen hatte. »Weiß dein Großvater von dem kleinen Nebenerwerb?«

»Er ist daran beteiligt«, bestätigte Yussur. »Für sechzig Prozent vom Gewinn hat er sich bereiterklärt, seine Sammlung bei der UNESCO anzumelden.«

»Wie hast du es geschafft, ihn auf eine so niedrige Beteiligung herunterzuhandeln?«

»Großvater Burchan mag mich eben«, erwiderte Yussur achselzuckend. »Sind Sie geschäftlich hier?«

»Ja. Nimm's nicht persönlich, aber ich muss zu deinem Großvater.« Der Söldner stützte sich auf den Ladentisch. »Ist er da?«

»Im Hinterzimmer«, antwortete Yussur und wandte sich mit einem charmanten Lächeln drei bezaubernden Feen zu, die gerade den Laden betraten. »Womit kann ich dienen?«

»Deine Volksgenossen haben verheerende Schäden in meinem Geschäft angerichtet, mein lieber Cortes.« Burchan, ein rundlicher, munterer Greis mit einer schlichten Brille auf der Nase, sah den Söldner mit seinen listigen Augen an. »Zum Glück zeigen die Bewohner der Verborgenen Stadt große Anteilnahme. Seit sie von meinem Elend erfahren haben, kommen sie in Scharen, um die Folgen des Überfalls zu begutachten.«

»Und nun blüht dein Geschäft, weil jeder etwas kauft«, ergänzte Cortes.

»Nun, so euphorisch würde ich es nicht ausdrücken«, erwiderte der Händler grinsend. »Sagen wir einmal so: Ich werde nicht am Bettelstock enden.«

»Angesichts der Notlage, in der sich der Laden befindet, bin ich bereit, Stammkunde zu werden«, verkündete Cortes und trank einen Schluck von dem Aprikosensaft, den ihm der Schatyr angeboten hatte. »Meinen Nächsten helfe ich doch immer gern.«

»Es wäre eine große Ehre für mein Geschäft«, antwortete Burchan und seine dicken Wurstfinger nestelten nervös an seiner Gebetskette. Der Schatyr wusste natürlich, dass der Söldner nicht aus reiner Nächstenliebe gekommen war. »Wofür interessierst du dich konkret?«

»Ich habe eine kleinere Aktion geplant und bin gerade dabei, mir die nötige Ausrüstung zu beschaffen.«

»Die Auswahl an Artefakten in *Buchans Schatztruhe* ist größer als in den Warenhäusern der Handelsgilde«, tönte der Alte stolz und fügte beiläufig hinzu: »Sogar größer als in dem an der Lubjanka.«

Jeder wusste, dass Cortes mit Bidjar Hamzi, dem Geschäftsführer des Einkaufstempels an der Bolschaja-Lubjanka-Straße, befreundet war und seine Ausrüstung normalerweise bei ihm kaufte. Cortes schmunzelte über die dezente Anspielung und trank einen weiteren Schluck Aprikosensaft.

»Vor allem brauche ich eine Maschinenpistole, verpackt in eine Armbanduhr.«

»Welche Uhrenmarke?«, erkundigte sich Burchan.

»Spielt keine Rolle«, winkte Cortes ab.

»Ich hätte eine Bison mit zwei Ersatzmagazinen, integriert in eine billige Seiko. Wenn dich die Uhrenmarke nicht stört ...«

»Absolut nicht. Und eine Bison ist genau das, was ich brauche.«

In der Verborgenen Stadt hatte man Technologien entwickelt, mit deren Hilfe sich Dinge mit doppeltem Boden herstellen ließen. Äußerlich sahen sie völlig gewöhnlich und harmlos aus, bargen jedoch ein erstaunliches Innenleben. So gab es zum Beispiel Granaten in Fingerringen, Pistolen in Halsketten oder Dolche in Zahnkronen. Und auch die Armbanduhr mit der eingebauten 9-mm-Maschinenpistole unterschied sich in nichts von den gewöhnlichen Modellen, sie tickte sogar genauso. Normalerweise wurden solcherlei Geheimwaffen nur auf Bestellung gefertigt, doch der Söldner verzichtete darauf, nachzufragen, wieso das gute Stück auf Vorrat im Laden lag, zumal die Bison ganz nach seinem Geschmack war: eine nicht zu schwere, kompakte Maschinenpistole mit hoher Schussfrequenz und großem Magazin.

»Dann also eine Bison mit zwei Magazinen«, wiederholte Burchan.

»Des weiteren ...« – Cortes trank seinen Saft aus und

blickte sinnierend zur Decke – »... bräuchte ich zwei *Nebelumhänge.*«

Die selbstanpassenden Mäntel machten ihre Besitzer unsichtbar für Überwachungseinrichtungen jeglicher Art. Nicht nur simple Bewegungsmelder, sondern auch Infrarot- und Laserdetektoren konnte man damit mühelos unterlaufen.

»Kein Problem.«

Der alte Händler griff zu seinem Rechnungsblock und schrieb geschäftig einige Zahlen untereinander.

»Und zwei *Störche.*«

»Habe ich auf Lager.«

Als *Storch* bezeichnete man im Magierjargon ein pfiffiges Artefakt, das auf einfache Weise zusätzliche Körpergröße verlieh. Es bestand aus zwei unscheinbaren Generatoren, die an den Knöcheln befestigt wurden. Bei der Aktivierung erzeugte es hölzerne Stelzen, deren Länge man je nach Bedarf verändern konnte. Die *Störche* waren besonders bei Kindern (vorgeschriebenes Mindestalter: zwölf Jahre), Zirkusartisten und Fensterputzern beliebt.

»Ist das dann alles?«, erkundigte sich Burchan lächelnd, wobei seine dicken Bäckchen die Brille grotesk in die Stirn schoben.

»Noch nicht ganz alles.« Cortes erwiderte das zufriedene Lächeln das Schatyren mit einem diabolischen Grinsen. »Ich brauche noch ein *Superhirn.*«

Burchans Brille rutschte augenblicklich wieder auf die Nase herab.

Entgegen einem sehr verbreiteten Irrtum waren bei

weitem nicht alle Bewohner der Verborgenen Stadt Magier. Während die Nawen ausnahmslos über magische Fähigkeiten verfügten, beschränkte sich dies bei den Luden auf die Frauen. Bei den Tschuden wiederum konnten nur die Männer zaubern und auch diese nur zu einem gewissen Teil. Im Kriegsfall konnten derartige Defizite über Sieg und Niederlage entscheiden. Aus diesem Grund ersannen die betroffenen Herrscherhäuser allerlei Artefakte, um die Kampfkraft ihrer nicht zur Zauberei befähigten Truppen zu erhöhen. Andererseits konnten Magier im Verborgenen agieren und bemerkten die Aktivität von Artefakten schon aus großer Entfernung. Aus diesem Grund stand auch ein noch so gut ausgerüsteter Kämpfer gegen einen Kriegsmagier auf verlorenem Posten. Dies änderte sich erst mit der Erfindung des *Superhirns*.

Dieser kompakte und leistungsfähige Computer bestand aus drei Teilen: einem Rechner, den man in einem gepanzerten Gehäuse wie einen Rucksack trug; einem Helm, dessen Visier gleichzeitig als Bildschirm diente; und Handschuhen, die zur Steuerung dienten. Das zugehörige Computerprogramm hatte die T-Grad-Com entwickelt und ermöglichte das parallele Abarbeiten diverser Aufgaben. Die kluge Maschine scannte ununterbrochen die Umgebung und meldete ihrem Benutzer alles, was auch nur im Entferntesten mit magischer Energie zu tun hatte, zum Beispiel die Anwesenheit von Zauberern und Wandelwesen, die Aktivität von Artefakten und deren Typ, die Ausdehnung magischer Felder und von einem möglichen Gegner bewirkte Zauber. Wenn das *Superhirn* seinen Besitzer auch nicht auf eine

Stufe mit einem Kriegsmagier hob, so verlieh es ihm doch zumindest annähernd vergleichbare Fähigkeiten. Im Grünen Hof und im Orden wurde die geniale Erfindung mit Begeisterung aufgenommen. Auch gewöhnliche Bewohner der Verborgenen Stadt träumten bereits davon, sich die Macht eines Kriegsmagiers zu verschaffen. Auf sie wartete indes eine herbe Enttäuschung, denn die *Superhirne* gelangten nie in den freien Verkauf. Nur die Herrscherhäuser hatten Zugriff auf die raffinierten Computer und ihre Stückzahl wurde streng reglementiert.

Cortes hatte sich bereits zweimal eines *Superhirns* bedient. In beiden Fällen war ihm der Computer von den Nawen zur Verfügung gestellt worden. Im Sortiment von *Burchans Schatztruhe* hatte eine solche Maschine jedenfalls nichts verloren.

»Ich brauche ein *Superhirn*«, wiederholte Cortes, als der Alte nicht reagierte. »Natürlich zahle ich bar.«

Burchan versuchte seine Überraschung zu verbergen, doch seine schwitzigen Hände, die die Gebetskette wie verrückt malträtierten, verrieten ihn.

»Woher sollte ich ein *Superhirn* nehmen?«

»Als die Rothauben seinerzeit die Burg stürmten, verschwanden unter anderem auch zwei *Superhirne*«, entgegnete der Söldner ruhig. »Die Überreste von einem davon wurden gefunden. Bei ihren Nachforschungen verhörten die Ritter jeden, der bei dem Überfall dabei war, sogar Urbek Cannabis, an den solcherlei Beutestücke gern weiterverkauft werden. Doch der zweite Computer blieb verschollen.«

»Siehst du«, sagte der Schatyr treuherzig. »Damit hast du doch schon alles gesagt.«

»Nicht ganz«, widersprach Cortes. »Vor ein paar Tagen war ich in der *Eidechse* und habe zufällig zugehört, als sich zwei Tschuden am Nachbartisch unterhielten. Einer von ihnen hat erzählt, dass er ein antikes Schwert der Loge der Goldenen Leoparden bei dir gekauft hat, das auch bei dem Sturm auf die Burg geraubt worden war. Deshalb drängt sich doch der Gedanke auf, dass du den Rothauben damals die gesamte Beute abgekauft hast.«

»Du irrst dich«, behauptete Burchan. »Ich habe ein Gentlemen's-Agreement mit Urbek, dass ich mich aus seinem Geschäftsfeld heraushalte.«

»Gentlemen? Ihr beide? Wenn es um Geld geht? Ein guter Witz! Im Ernst, Burchan. Einen besseren Käufer für das *Superhirn* als mich wirst du nicht finden.«

»Wenn ich es denn habe …«

»Ich kann meine Vermutung natürlich auch den Tschuden mitteilen«, sagte der Söldner achselzuckend. »Die würden sich gewiss brennend dafür interessieren. Was steht gleich wieder auf Hehlerei mit *Superhirnen*?«

»Eine Menge Unannehmlichkeiten, gelinde gesagt.«

»Da könnte dich wahrscheinlich nicht mal der Dunkle Hof heraushauen.«

»Du setzt mir die Pistole auf die Brust?«

»Du kennst mich doch, Burchan. Im Grunde bin ich die Güte selbst, aber manchmal kann ich es nicht so richtig umsetzen.«

Der Alte nahm die Brille ab, rieb sich die Augen und setzte sie wieder auf.

»Ich wusste, dass du etwas Besonderes brauchst, Cortes. Andernfalls wärest du nicht in mein Geschäft gekommen.«

»Immerhin habe ich dir in Aussicht gestellt, Stammkunde zu werden.«

»Dafür kann ich mir nichts kaufen«, grummelte Burchan. Er nahm abermals die Brille ab und blies seufzend die Backen auf. »Also gut, Cortes. Das *Superhirn* hat mir der Uibuj Stecker gebracht. Er wurde kurze Zeit später bei einer internen Fehde erstochen, deshalb haben die Ritter auch nichts herausbekommen.«

»Und warum hast du dem Orden den Computer nicht zurückgegeben?«

Der Alte sah Cortes verständnislos an. »Denkst du etwa, sie hätten dafür bezahlt?«

»Wohl kaum.«

»Eben. Warum fragst du dann? Diese Trottel haben für die Rückgabe des *Superhirns* nicht mal eine Belohnung ausgelobt. Wahrscheinlich hatten sie erwartet, dass man es ihnen auf dem goldenen Tablett serviert, da es sich um eine verbotene Ware handelt. Da haben sie sich aber getäuscht.«

»Hast du es schon ausprobiert?«

»Selbstverständlich.« Der Schatyr grinste verschmitzt. »Ich kann doch meinen Kunden keine ungeprüfte Ware andrehen.«

»Du kannst das gute Stück ja auch nicht an den Erstbesten verscherbeln.«

»Allerdings«, pflichtete Burchan bei. »Das wäre viel zu riskant.« Der Schatyr stand auf und setzte seine Brille wieder auf. »Vermutlich bist du tatsächlich der beste Kunde für das *Superhirn*, Cortes. Bei jedem anderen müsste ich mir Sorgen machen, dass herauskommt, woher er es hat. Bei dir nicht.«

»Na siehst du«, freute sich der Söldner. »Wie viel willst du dafür?«

Burchan überlegte kurz und nannte einen Betrag. Hätte Cortes eine Brille aufgehabt, wäre sie ihm in diesem Moment gewiss von der Nase gerutscht.

»Möchten Sie vielleicht noch einen dritten Generator für den *Storch*?«, erkundigte sich Yussur, während er die Einkäufe des Söldners in eine Tüte packte.

Eine zweite, schwarze, fest verschlossene Tragetüte hatte Cortes aus dem Hinterzimmer mitgebracht und der junge Schatyr warf immer wieder neugierige Blicke darauf.

»Nein, nicht nötig.« Der Söldner holte sein klingelndes Mobiltelefon aus der Tasche hervor. »Ja bitte?«

»Cortes? Ich weiß nicht, wo Sie sich gerade aufhalten, aber nennen Sie keine Namen. Ich hätte einen Auftrag für Sie. Es ist dringend.«

Santiago gehörte zu den besten Kunden des Söldners, deshalb ließ Cortes sich nicht lange bitten.

»Jederzeit, worum geht's?«

»Ich möchte, dass Sie so schnell wie möglich eine Humo-Hexe namens Kara finden und alle einschlägigen Informationen über diese Frau zusammentragen. Eine Observation ist nicht erforderlich.«

Cortes schwieg.

»Haben Sie irgendwelche Probleme damit?«, fragte der Kommissar irritiert. »Wenn Sie beschäftigt sind ...«

»Nein nein, alles in Ordnung«, lenkte Cortes ein. »Aber wir müssen uns kurz unter vier Augen unterhalten. Ich hätte gerade eine *Schleuse* bei der Hand«, – der Söldner zeigte mit dem Finger auf das Portal-Artefakt und Yussur nahm es aus dem Regal – »können Sie einen Zielpunkt angeben?«

»Steuern Sie das Portal per Handy-Ortung.«

»Diese Nummer«, sagte der Söldner und hielt Yussur sein Mobiltelefon unter die Nase.

Der Schatyr nickte, stellte die *Schleuse* auf eine schwarze Platte vor seinem Computer und tippte etwas in die Tastatur.

»In vier Sekunden ...«

Mitten im Ladenraum entstand ein kleiner schwarzer Wirbel.

»Entschuldigen Sie die misslichen Begleitumstände«, sagte Santiago, während er amüsiert beobachtete, wie Cortes sich aus dem Laubhaufen befreite, in dem er nach Verlassen des Portals regelrecht versunken war.

»Leben Sie neuerdings auf dem Land?«, erkundigte sich der Söldner ironisch.

»Die Einöde hat einen ganz besonderen Reiz«, philosophierte Santiago lächelnd. »Die frische Luft, die Stille, der innere Frieden ...«

»Stechmücken, Schlammlöcher, Toilette hinter dem nächsten Baum«, setzte Cortes die Aufzählung fort.

»Haben Sie denn beim Militärgeheimdienst nie ein

Überlebenstraining mitgemacht?«, wunderte sich der Kommissar.

»Mehrmals. Und eben deshalb weiß ich einen gewissen Komfort zu schätzen.« Der Söldner klopfte sich missmutig das Laub von der Hose.

»Aus welchem Grund hielten Sie ein persönliches Treffen für notwendig?«, fragte Santiago.

Cortes zog die Schultern hoch: »Es hat sich so ergeben, dass ich über diese Kara bereits einiges weiß.«

»Was für ein Zufall«, kommentierte der Kommissar. »Und für wen arbeiten Sie in dieser Sache?«

»Für niemanden.«

»Aus welchem Grund haben Sie sich dann über Kara informiert?«

Cortes riss zerstreut einen langen Grashalm aus und antwortete mit einer Gegenfrage: »Könnten Sie mir in groben Zügen erläutern, aus welchem Grund Sie sich für diese Frau interessieren?«

»Ich bin davon überzeugt, dass Kara hinter den Anschlägen steckt, die in letzter Zeit für Aufregung in der Verborgenen Stadt sorgten«, antwortete der Kommissar ohne Umschweife. »Und zwar hinter ausnahmslos allen!«

Söldner in der Verborgenen Stadt nahmen sich in aller Regel nicht das Recht heraus, sich nach den Hintergründen ihrer Aufträge zu erkundigen. Cortes dagegen tat das immer. Er lehnte es ab, ins Blaue hinein zu arbeiten, und Santiago respektierte diese Haltung.

»Die gekonnte Inszenierung der Ereignisse lässt vermuten, dass ein erfahrener Magier dahintersteckt«, räsonierte Cortes. »Kara ist aber eine Humo-Frau, was bedeutet ...«

»Ich bin auch der Meinung, dass Kara die Hüterin des Schwarzen Buches ist«, erriet Santiago den Gedanken des Söldners. »Bereitet Ihnen das Kopfzerbrechen?«

»Allerdings«, gab der Söldner zu. »Ich bin nicht erpicht darauf, als derjenige in die Geschichte einzugehen, der der Menschheit den Weg zur Magie endgültig verbaut hat.«

»Kann ich verstehen.« Der Kommissar steckte die Hände in die Hosentaschen und ging ein paar Schritte zwischen den Bäumen umher. »Aber den Krieg hat diese Kara begonnen! Nicht wir, sondern Kara!«

»Ich weiß«, nickte Cortes. »Als Hüterin des Schwarzen Buches ist Kara eine glatte Fehlbesetzung.«

»Und?«

»Wir müssen sie durch jemand anderen ersetzen.«

Santiago verschränkte die Arme hinter dem Rücken und ging nachdenklich um den Söldner herum. »Wie sind Sie an diese Kara geraten?«

»Die Geschichte mit Bogdan le Sta kam mir irgendwie spanisch vor – unabgeschlossen.« Cortes kaute nachdenklich an seinem Grashalm. »So wie die Sache gelaufen ist, blieben doch einige Fragen offen.«

»Darüber hätten Sie sich doch einfach mit mir austauschen können«, erwiderte der Kommissar milde. »Stattdessen haben Sie eigene Nachforschungen angestellt.«

»Bei der Geschichte mit Bogdan haben Sie ein kleines Detail außer Acht gelassen.« Der Söldner warf den abgekauten Halm weg und riss einen neuen aus. »Die Rolle der Schwarzen Morjanen.«

»Der Armreif der Fate Mara!«, platzte Santiago heraus, der abermals erriet, worauf Cortes hinauswollte.

»Genau. Bogdan le Sta hat ihn gefunden und aus irgendeinem Grund dieser Kara gegeben.«

»Im Tausch gegen die Regeln des *Traumarkans.*« Santiago presste die Lippen zusammen. »Und ich werde jetzt der Verbreitung verbotener Zauber beschuldigt. Kara ist es gelungen, an alte Unterlagen von mir heranzukommen und sie Bogdan le Sta unterzuschieben.«

»Nun, und wir sind bei unseren Nachforschungen über Kara zu der Überzeugung gekommen, dass sie im Besitz des Schwarzen Buches sein muss.«

»Damit ist die Sache klar«, schlussfolgerte der Kommissar.

Es entstand eine Pause, in der die beiden Männer schwiegen und ihren Gedanken nachhingen. Cortes lehnte sich rücklings gegen einen Baum und schaute versonnen zu den Gebäuden der *Waldklause*, deren Umrisse zwischen den Bäumen hindurchschienen. Santiago schlenderte unschlüssig umher und kickte morsche Zweige beiseite.

Der Kommissar brach als Erster das Schweigen: »Wie weit ist Ihre Suche nach Kara schon gediehen?«

»Ich habe vor, ihr in nächster Zeit einen Besuch abzustatten.«

»Ich kann mir vorstellen, dass sie sich gut versteckt hält.«

»Auf die Schnelle würden Sie Kara wohl kaum finden«, bestätigte Cortes. »Sie ist sehr vorsichtig.«

Santiagos schwarze Augen sahen den Söldner prüfend an: »Was Ihren Besuch bei Kara betrifft – gehe ich recht in der Annahme, dass Sie ihr ursprünglich nur den Armreif der Fate Mara abnehmen wollten?«

»Ja.«

»Und nun?«

»Und nun habe ich vor, Kara zu beseitigen«, verkündete Cortes trocken. »Sie ist gefährlich.«

»Und das Schwarze Buch?«

»Das Schwarze Buch muss im Besitz der Humos bleiben.« Der Söldner sah dem Kommissar gerade in die Augen. »Das ist eine innere Angelegenheit unseres Volks.«

»Kara ist eine sehr mächtige Magierin. Es wird nicht leicht sein, mit ihr fertigzuwerden.«

»Ich werde mein Bestes geben.«

»Warum tun Sie das?«

»Weil ich es für richtig halte.«

»Ich bin von dieser Lösung überhaupt nicht begeistert. Stört Sie das nicht?«

»In Ihrem tiefsten Inneren verstehen Sie sehr gut, warum ich so handeln muss.« Cortes schaute auf die Uhr. »Ich muss jetzt los, Kommissar.«

Nicht weit von den Gesprächspartnern entfernt entstand zwischen zwei Bäumen ein Portal.

»Falls Sie Ihren Entschluss ändern sollten ...«, sagte Santiago leise, »... das Honorar für den Auftrag könnten Sie selbst bestimmen.«

Der Söldner erwiderte nichts und verschwand in dem schwarzen Wirbel.

Allein zurückgeblieben trat Santiago wütend gegen einen unschuldigen Baum. Er hatte große Hoffnungen an Cortes' Beauftragung geknüpft. Als Humos hatten die Söldner die besten Chancen, an Kara heranzukommen, und der Kommissar war sich sicher gewesen, dass Cortes Kara in kürzester Zeit finden würde. Wie sich erwies, lag er mit dieser Einschätzung auch vollkommen richtig. Dass der Söldner jedoch eigene Wege gehen würde – damit hatte er nicht gerechnet.

Andererseits konnte Santiago die Humo-Söldner verstehen. Sie sorgten sich um ihr Volk und stellten ihre eigenen Interessen gegenüber jenen ihres Gemeinwohls hintan. An ihrer Stelle hätte er genauso gehandelt. Doch der Kommissar war nicht daran gewöhnt, dass Humos so dachten, und deshalb fiel es ihm schwer, sich mit dieser neuen Wendung abzufinden. Zumal die Eigenmächtigkeit der Söldner den Interessen seines Herrscherhauses zuwiderlief.

Santiago griff zu seinem Mobiltelefon.

»Ortega?«

»Ja, Kommissar!«

»Stellen Sie unverzüglich Nachforschungen über eine Humo-Hexe namens Kara an. Es ist äußerst dringend. Und seien Sie in der Wahl Ihrer Mittel nicht zimperlich.«

»Verstanden, Kommissar«, seufzte Ortega. »Gemessen an dem, was sich hier zusammenbraut, kommt es auf die Wahl der Mittel nun wirklich nicht mehr an …«

Moskau, Ismailowskoje Chaussee
Samstag, 30. September, 14:57 Uhr

Kara gab die letzte Zahlenkolonne in den Computer ein, der Rechner kaute zum letzten Mal die Ausgangsdaten durch und auf dem Bildschirm erschien die Doppelhelix eines DNA-Moleküls.

Es hatte geklappt!

Kara lehnte sich zufrieden zurück und rieb sich die geröteten Augen.

Es hatte geklappt!

Zu Anfang war die Zauberin sich sicher gewesen, dass ihre Berechnungen präzise stimmten, doch dann war ihr eine minimale Abweichung aufgefallen, die sich verheerend auf das Resultat auswirken hätte können. Kara war nichts anderes übriggeblieben, als ihre Untersuchungen in fieberhafter Eile noch einmal zu überprüfen. Zum Glück hatte sie den Fehler rechtzeitig gefunden.

Die Zauberin schaltete den Computer aus und ihr Blick fiel auf den funkelnden Armreif der Fate Mara, der vor ihr auf dem Tisch lag. Nun war es an der Zeit, nach Tapira zu sehen.

Kara streifte sich den Armreif über, berauschte sich am Glanz der Smaragde an ihrem zarten Handgelenk und rieb dann mit den Fingern der anderen Hand über die Edelsteine.

»Tapira, kannst du mich hören?«

»Ja, Kara.«

Die Stimme der Morjane klang seltsam erschöpft.

»Stimmt irgendwas nicht bei dir?«, fragte die Zauberin alarmiert.

»Ich habe meine Kampfmontur angelegt und wurde dann mit einem *Basiliskenauge* außer Gefecht gesetzt.«

»Aus welchem Grund hast du denn die Kampfmontur angelegt?«

»Weiße Morjanen sind zu mir gekommen, um etwas von mir in Erfahrung zu bringen. Möglicherweise habe ich auf ihre feindselige Gesinnung reagiert.« Tapira dachte nicht daran, mit der Wahrheit herauszurücken.

Weiße Morjanen? Hatten die Luden etwa versucht, Tapira auf den Zahn zu fühlen? Wie auch immer – nicht weiter tragisch.

»Schon in Ordnung, Tapira, ruh dich aus.«

Kara brach den Kontakt zur Morjane ab und tippte eine Nummer in ihr Mobiltelefon.

»Mohammed? Wie sieht's aus bei dir?«

»Alles bestens, Herrin«, vermeldete der dunkelhäutige Diener. »Nach unseren Informationen nähert sich eine kleine Abordnung von Drushina-Soldaten dem Park.«

»Ausgezeichnet. Bist du bereit?«

»Selbstverständlich, Herrin.«

»Ich verlasse mich auf dich, Mohammed!«

Kara rieb abermals über die Smaragde des Armreifs.

»Dita! Dita!«

»Ich höre dich, Kara.«

»Seid ihr schon vor Ort?«

Über eine ausgewählte Anführerin konnte Kara mit Hilfe des Armreifs auch eine ganze Gruppe von Morjanen steuern. In diesem Augenblick warteten im Ismailow-Park sechs Morjanen auf ihre Anweisungen.

»Ja, wir sind vollzählig hier«, bestätigte Dita.

»Begebt euch zum Einsatzpunkt. Es geht in wenigen Minuten los!«

Der als Polizist verkleidete Mohammed stieg aus dem Auto aus und ging ohne Eile zum Schaltkasten der Ampel an der Kreuzung. Die Maskerade war ihm ein wenig peinlich, denn ein farbiger Polizist bot in Moskau einen – gelinde gesagt – exotischen Anblick. Kara hatte ihm jedoch verboten, ein Trugbild einzusetzen, denn sie wollte nicht riskieren, dass die Luden durch das magische Energiefeld vorgewarnt werden. Mohammed blieb deshalb nichts anderes übrig, als die gaffenden Blicke der Autofahrer und Passanten über sich ergehen zu lassen. Er öffnete den Schaltkasten und untersuchte geschäftig dessen Innenleben. Roter Knopf, grüner Knopf – ein Kinderspiel!

»Das gibt Krieg!«, verkündete der Truppführer Grosometsch und spuckte aus dem geöffneten Fenster des Frontfahrzeugs der Kolonne. »Wir werden dem Orden zeigen, wo der Hammer hängt, beim Barte des Schlafenden!«

Der junge Grosometsch brannte drauf, sich auszuzeichnen, und sah in einem Krieg seine einzige Chance, auf der Karriereleiter nach oben zu klettern. Die Beziehungen seiner Eltern und seine eigenen Fähigkeiten reichten gerade einmal dafür, einen mittleren Kommandeursposten in der Drushina der Domäne Ismailowo zu bekleiden. Doch nun dräute ein Krieg am Horizont und verschaffte ihm völlig neue Perspektiven: Einerseits konnte er mit Heldentaten auf sich aufmerksam machen und andererseits würden gewiss etliche Posten freiwerden. Nicht von ungefähr erzählte man sich, dass während des letzten Kriegs zwischen den Herrscherhäusern mehr als die Hälfte der Kommandeure dahingerafft worden sei. Selbst junge Gefreite hatten es damals innerhalb eines Monats zum Woiwoden, oder gar zum Oberwoiwoden gebracht!

»Es gibt Gerüchte, dass der Orden den Armreif der Fate Mara in die Finger bekommen hat«, gab Wolepolk zu bedenken, der auf dem Rücksitz saß.

»Na und?«, ereiferte sich der Truppführer. »Wir besiegen die Ritter, holen uns unser Artefakt zurück und zwingen die schwarzen Bestien, dem Herrscherhaus Lud zu dienen!«

»Selbstverständlich, Truppführer«, kommentierte Wolepolk sarkastisch und rollte mit den Augen.

Der von Narben übersäte alte Haudegen Wolepolk diente in der Drushina des Barons Metscheslaw und dem jungen Truppführer hatte man ihn quasi als Kindermädchen zur Seite gestellt. Wolepolk war durch die Höllen mehrerer Kriege gegangen, hatte während der Belagerung des Grünen Hofs an der Verteidigung des Palasts mitgewirkt und am berühmten Nördlichen Durchbruch – einem gescheiterten Angriff auf die Festung Mitino – teilgenommen. Der Baron zählte auf die Abgebrühtheit und Erfahrung des Veteranen.

»Und was hat das überhaupt mit den Morjanen zu tun?«, wunderte sich Grosometsch.

»Ganz einfach, solange der Orden den Armreif hat, werden die Wandelwesen auf der Seite der Ritter kämpfen.«

Grosometsch wurde bleich im Gesicht und schluckte. Daran hatte er überhaupt nicht gedacht.

Die Einmündung der Ismailowskoje Chaussee in die Schtscherbakow-Straße eignete sich hervorragend für einen Hinterhalt. Die Kurve am Ende der Chaussee zwang zum Abbremsen und die Ampel an der Kreuzung vor der Eisenbahnbrücke unter Umständen sogar zum Anhalten. Außerdem musste man sich wegen des Rückzugswegs keine Sorgen machen: Links von der Straße rauschten die Bäume des Ismailow-Parks im Wind und boten den Schwarzen Morjanen eine perfekte Deckung.

»Fertigmachen!«

Kara spürte, wie ihr angesichts des bevorstehenden Kampfes das Adrenalin in den Körper schoss. Die Vorfreude auf das grausame Gemetzel berauschte sie mehr als jede Droge.

»Und dass ihr mir keinen von denen übrig lasst!«

Sechs zierliche schwarzhaarige junge Frauen verharrten reglos im Hinterhalt.

»Warum sind wir stehen geblieben?«, nörgelte Grosometsch, als ihn das abrupte Bremsen aus seinen Karriereträumen riss.

»Hast du Angst, zu spät zum Krieg zu kommen?«, lästerte Wolepolk.

Der junge Truppführer würdigte den Veteranen keiner Antwort.

»Ich will wissen, warum wir hier halten!«

»Die Ampel ist rot«, verkündete der Fahrer genervt.

»Ach so, na dann ...«

»Seit wann stellt die Humo-Polizei Neger ein?«, wunderte sich Wolepolk, während er misstrauisch den hünenhaften Schwarzen betrachtete, der am Ampelmast stand.

»Aus diesen Humos wird man eben nicht schlau ...«

»Los!!!«

Eine mächtige Klaue zerschmetterte die Windschutzscheibe, bohrte sich mit ihren scharfen Krallen in die Brust des Truppführers und riss ihm das Herz heraus.

»Morjanen!«

Der Fahrer hielt sich entsetzt die Hände vors Gesicht und vom Rücksitz her krachten Schüsse. Der erfahrene Wolepolk reagierte blitzschnell und zielte kaltblütig auf die grünen Augen des Monsters. Die getroffene Bestie stürzte brüllend von der Motorhaube, baute sich jedoch schon Sekunden später wieder vor dem Wagen auf.

»Weg hier!«

Diese lapidare Empfehlung war das Einzige, was der Veteran für den Fahrer tun konnte. Der Angriff der Morjanen kam so überraschend, dass eine organisierte Verteidigung nicht möglich war und jeder selbst sehen musste, wie er seinen Hals retten konnte.

Wolepolk riss die Seitentür auf, sprang mit einer Hechtrolle aus dem Fahrzeug und hielt schon beim Aufstehen ein *Basiliskenauge* in der Hand. Etliche Kriege hatten ihn gelehrt, auf Überraschungen jeder Art vorbereitet zu sein. Die Schwarze Morjane begriff sofort, welch gefährliches Artefakt der Veteran in der Hand hielt. Sie schaute ihn mit ihren grünen Augen böse an, griff jedoch nicht an. Im Rückwärtsgang zog sich Wolepolk vorsichtig Schritt für Schritt zurück. Gut, dass diese verfluchte Mara ihnen nicht beigebracht hat, mit Gift zu spucken, dachte Wolepolk.

Was die Morjane in diesem Augenblick dachte, ist leider nicht überliefert. Jedenfalls verschwendete sie keine Zeit mit dem zähen Wolepolk, sondern stürzte sich auf den Fahrer und riss ihm mit spielerischer Leichtigkeit den Kopf ab. Der Veteran hatte sich inzwischen bis zum Brückenpfeiler abgesetzt. Erst jetzt traute er sich, das Monster für einen Moment aus den Augen zu lassen, und sah sich nach dem Rest der Kolonne um.

Es war ein totales Desaster. Alle fünf Fahrzeuge wurden von Wandelwesen attackiert und niemand außer ihm war in der Lage, ernsthaften Widerstand zu leisten. Ziellose Schüsse, panische Maschinengewehrsalven, klirrende Schwerter – doch die Drushina-Soldaten hatten keine Chance. Die Morjanen zerrissen die Fahrzeuge, als wären sie aus Papier und zerrten ihre Opfer ganz oder in Stücken heraus. Blut suppte auf die Straße und einige Humos, zufällige Beobachter der grausigen Szenerie, rannten schreiend davon. Mit zusammengebissenen Zähnen betrachtete Wolepolk die auf dem Asphalt herumliegenden Köpfe und Gliedmaßen, hörte die Schreie der Sterbenden und das Gebrüll der Monster. In der einen Hand hielt er seine Pistole, mit der anderen klammerte er sich förmlich an das *Basiliskenauge*. Seinen rasenden Herzschlag übertönte das gleichmäßige Pochen eines vorüberfahrenden Güterzuges.

KAPITEL SIEBEN

»Was ist in Ismailowo tatsächlich passiert? In diesen Minuten erreichen uns widersprüchliche Meldungen über die Ereignisse in der Ismailowskoje Chaussee. In den einen ist von einem schweren Verkehrsunfall die Rede, in den anderen von einer Auseinandersetzung rivalisierender Banden. Übereinstimmung herrscht nur in einem Punkt: Es soll mehr als zehn Tote gegeben haben …«

NTW

»Eilmeldung! Soeben haben in der Ismailowskoje Chaussee Schwarze Morjanen eine Fahrzeugkolonne von Drushina-Soldaten der Domäne Ismailowskoje überfallen! Nach unseren Informationen sind dabei mindestens zwölf Drushina-Soldaten ums Leben gekommen! Etliche Schwerverletzte wurden in die Moskauer Eremitage eingeliefert. Der Grüne Hof hat den Orden offiziell für den Angriff verantwortlich gemacht und gleichzeitig die sofortige Mobilmachung angekündigt. Angehörige des Herrscherhauses Tschud verlassen überstürzt den Sektor der Luden.«

T-GRAD-COM

Villa Karavella
Moskau, Silberhain
Samstag, 30. September, 14:58 Uhr

»Soeben hat das Herrscherhaus Tschud eine Erklärung veröffentlicht, die wir aufgrund ihrer Wichtigkeit vollständig verlesen.« Der T-Grad-Com-Sprecher nahm ein Blatt Papier zur Hand. »Angesichts der unverhohlenen Feindseligkeit und Aggressivität, von der die letzten Äußerungen von Vertretern des Grünen Hofs geprägt waren, erklärt das Herrscherhaus Tschud offiziell, dass es seine Interessen mit allen verfügbaren Mitteln zu schützen gedenkt. Vor zehn Minuten hat der Großmagister die sofortige Mobilmachung angeordnet ...«

Kara schaltete den Fernseher aus und schlug sich vor Vergnügen auf die Schenkel: dicke Luft in der Verborgenen Stadt! Die Herrscherhäuser verhielten sich genau so, wie sie das beabsichtigt hatte. Und nun, während der Orden, der Grüne Hof und der Dunkle Hof sich gegenseitig beharkten, konnte sie, Kara, ungestört zum entscheidenden Schlag ausholen, der die Humanoiden ins Herz treffen würde.

Die Zauberin griff zum Telefon.

»Hallo? Ich bin's.«

»Kara, hallo. Von der Sache in Ismailowo habe ich schon gehört.« Edik war völlig aus dem Häuschen. »Das war dein Werk! Und, wie haben unsere Freunde reagiert?«

Der Mafioso musste im Fernsehen oder im Radio von dem Überfall erfahren haben. Die Zauberin schmunzelte.

»Genau, wie wir es geplant hatten. Die Humanoiden rüsten zum Krieg gegeneinander. Jetzt müssen wir nachlegen.«

»Ich bin bereit, Liebste. Unser Kandidat ahnt nichts Böses und ist im Begriff, das Büro zu verlassen. In einer Stunde hat er eine wichtige geschäftliche Verabredung.« Edik prustete vor Lachen. »Er denkt, es hätte ihn einer der Direktoren von Microsoft angerufen.«

»Wird er das nicht überprüfen?«, fragte Kara.

»Das hat er schon.« Der Mafioso kicherte abermals. »Im Microsoft-Büro sitzt einer von unseren Leuten.«

»Ausgezeichnet«, lobte die Zauberin.

»Kara.« Ediks Stimme wurde plötzlich ernst. »Ich hatte eine ziemlich unangenehme Unterredung mit Chamberlain.«

»Was wollte er denn?«

»Der alte Sack hat sich darüber beklagt, dass Rionis Leute ihm im Nacken sitzen. Wir hatten ihm doch versprochen, dass wir ihm dieses Problem vom Leibe schaffen.«

»Ich habe jetzt keine Zeit, mich mit den Kaukasiern herumzuschlagen«, versetzte die Zauberin. »Und das weißt du auch ganz genau. Was hast du Chamberlain denn gesagt?«

»Ich habe ihm garantiert, dass dein Plan aufgeht.«

»Gut gemacht, Süßer«, gurrte Kara. »Hauptsache, wir halten irgendwie durch, bis wir die Verborgene Stadt auf die Knie gezwungen haben. Versprich Chamberlain, was du willst, hinterher spielt das keine Rolle mehr.«

»Okay.« Edik hielt kurz inne. »Ich liebe dich, Kara.«
»Ich liebe dich auch.«

Verliererbar
Moskau, Nikolojamskaja Nabereshnaja
Samstag, 30. September, 15:14

Eigentlich widerstrebte es Arnold zutiefst, sich in der *Verliererbar* sehen zu lassen, so kurz nach der demütigenden Niederlage, die ihm Artjom vor den Augen sämtlicher Stammgäste dort beigebracht hatte. Doch dieses Treffen hatte er schon längerfristig vereinbart, und zwar im Auftrag von Kara. Er konnte es deshalb unmöglich wieder absagen. Wozu die Zauberin die beiden dummen Ziegen brauchte, wusste der langhaarige Schönling nicht, und da Kara ohnehin nicht gut auf ihn zu sprechen war, hatte er sich auch nicht getraut, danach zu fragen.

Was soll's, dachte Arnold, irgendwas wird sie sich schon dabei gedacht haben. Ich werde den Damen also ein bisschen Honig ums Maul schmieren, werde ihnen etwas von glänzenden Perspektiven vorschwafeln und sie schließlich in Karas Villa bringen.

Seit der schlimmen Pleite mit Larissa und Artjom benahm sich der Wikinger außergewöhnlich fügsam. Er bemühte sich nach Kräften, die Scharte auszuwetzen, um vor Kara wieder besser dazustehen.

»Ihr werdet sicher Verständnis dafür haben, dass wir euch genau unter die Lupe nehmen mussten, bevor wir euch ein so weitreichendes Angebot machen«, verkündete Arnold mit wichtiger Miene und musterte seine beiden Gesprächspartnerinnen streng. »Wir sind dabei, ein Spitzenteam zusammenzustellen, und dürfen uns dabei keine Fehler leisten. Ihr zwei Hübschen habt nun die einmalige Chance, zur Magierelite der Menschheit zu gehören.«

Die beiden Hübschen waren nicht wirklich nach Arnolds Geschmack. Die schwarzhaarige und schwarzäugige Elvira galt mit ihren neununddreißig Jahren als ewiges Talent. Immerhin war sie in der Lage, brauchbare magische Artefakte herzustellen und Gerüchten zufolge hatte sie sogar einmal einen Auftrag von der Handelsgilde bekommen. Ihre Freundin, die eingebildete Fima, in deren gelangweiltem Gesichtsausdruck die Herablassung für immer festgefroren schien, galt als eine der besten Absolventinnen der Zaubereischulen des Grünen Hofs. Sonst hatte Fima nichts Besonderes vorzuweisen, einmal abgesehen von ihrer überdimensionalen Hakennase. Ihre unheimlich hohe Meinung von sich selbst nährte sie mit mehr oder weniger zufälligen Erfolgen bei der Heilung harmloser Krankheiten.

Weder sie noch Elvira hatten in der Verborgenen Stadt ernsthafte Perspektiven, weshalb die Frauen sich gern zum Treffen mit Arnold bereiterklärt hatten. Immerhin galt der langhaarige Magier als reich und geschäftstüchtig, selbst wenn sein Ruf seit neuestem ein wenig ramponiert war.

»Die Magierelite der Menschheit«, wiederholte Elvira gedehnt. »Gehörst du da auch dazu?«

Arnold nickte vielsagend.

»Eigenartig, dass ein Elitemagier sich von einem gewöhnlichen Söldner so vermöbeln lässt.«

Die Miene des langhaarigen Hünen verfinsterte sich. »Ich wollte ihn nicht töten. Im Moment ist nicht der richtige Zeitpunkt, sich unnötig in den Fokus der Aufmerksamkeit zu rücken.«

»Und was wird von uns erwartet?«, erkundigte sich Fima.

»Vor allem müsst ihr lernen«, antwortete Arnold, der über den raschen Themenwechsel sichtlich erleichtert war. »Wir haben ein spezielles Schulungsprogramm entwickelt, mit dem sich die magischen Fähigkeiten eines Menschen um ein Vielfaches verbessern lassen.«

»Wen meinst du eigentlich mit *wir*?« Elvira war immer noch ein wenig misstrauisch.

Arnold nippte an seinem Glas Wein und sog ausdauernd an seiner Zigarette.

»Ist euch der Name Kara ein Begriff?«

Die Frauen tauschten überraschte Blicke: Über diese rätselhafte Zauberin erzählte man sich in Humo-Kreisen die abenteuerlichsten Geschichten.

»Sie soll sehr mächtig sein, was man so hört ...«

»In der Tat«, bestätigte Arnold. »Und nun ist sie bereit, ihr enormes Wissen mit den besten Magiern zu teilen. Mit den besten Magiern unter uns Menschen.«

»Und was müssen wir dafür tun?«

»Wir haben große Pläne«, erwiderte der Wikinger kryptisch.

»Geht es auch ein wenig konkreter?«

»Hier ist nicht der richtige Ort, um darüber zu sprechen.« Arnold drückte seine Zigarette aus und fixierte die beiden Frauen. »Kara ist bereit, sich mit euch zu treffen. Sie wird euch selbst von ihren Plänen berichten. Kommt ihr mit?«

Die Zauberinnen sahen einander unschlüssig an.

»Können wir hinterher immer noch absagen?«

»Ein solches Angebot lehnt man nicht ab.« Arnold erhob sich. »Wir werden in einer Stunde erwartet.«

Die Burg, Hauptquartier des Herrscherhauses Tschud
Moskau, Wernadski-Prospekt
Samstag, 30. September, 15:15 Uhr

»Und, was hat er gesagt?«, fragte Antoine de Coulier mit finsterer Miene.

»Vergiss nicht, mein Freund, alles, was ich dir erzähle, weiß ich nur vom Hörensagen.« Der normalerweise hitzköpfige Nelson Bard äußerte sich erstaunlich zurückhaltend. »Ich war bei dem Gespräch nicht selbst dabei.«

»Das ist mir schon klar, Nelson«, erwiderte de Coulier. »Also, was hat er gesagt?«

»Sebastian de Lock, der hochverehrte Gebieter der Hermelinloge, hat dem Großmagister zu verstehen gegeben, dass du – seiner bescheidenen Meinung nach – verdächtig gut informiert gewesen seist. Kurzum, er hat Leonard de Saint-Carré darauf hingewiesen, dass die Informationen, die du beim letzten Ordensrat ans Licht gezerrt hast, streng geheim gewesen seien und eigentlich niemand so genau über die Situation Bescheid wissen konnte.«

»Worauf spielst du an?«, fragte Antoine heiser.

»Nicht ich, mein Freund, sondern der schlaue Hermelinritter«, präzisierte Nelson. »Und worauf er anspielte, ist doch sonnenklar: Er ist der Meinung, du müsstest darlegen, woher du diese Informationen hast, wer sie dir verschafft hat, und ...«

»Und was?« De Coulier wurde hellhörig.

»Und du müsstest beweisen, dass du nicht im Auftrag von Feinden des Ordens gehandelt hast. Sebastian hat mit allen Mitteln versucht, den Großmagister davon zu überzeugen, dass Franz de Geers Suspendierung, auf die wir beide bestanden hatten, ein schwerer Fehler war.«

Antoine dachte nach. Auch er hatte seine Informationen schließlich nicht aus erster Hand, sondern am Rande eines Schäferstündchens von seiner rotblonden Gespielin erfahren. Er konnte sich nicht vorstellen, dass die naive Göre ihn belogen hatte – andererseits: Bei Frauen wusste man nie ...

»Gut, ich nehme es zur Kenntnis«, erwiderte Antoine schließlich. »Danke für die Warnung, mein Freund.«

Nachdem er aufgelegt hatte, schlug der Magister der Drachenloge mit voller Wucht die Faust auf den Tisch. Dieser verdammte Hermelinritter! Wir rührend er sich um seinen Neffen sorgte! Alle wussten, dass Sebastian de Lock mit Franz de Geer verwandt war. Und nun versuchte er, ihm dabei zu helfen, seinen Kriegsmeisterposten zurückzubekommen.

Intrigen! Nichts als Intrigen! Aber bitte schön, wenn

die Herrschaften darauf bestanden, sollten sie ruhig erfahren, woher er, Antoine, seine Informationen hatte.

De Coulier griff abermals zum Telefon.

»Chris?«

»Ja, Herr Magister?«, meldete sich der persönliche Adjutant von Antoine.

»Such drei kräftige Ritter aus, die die Klappe halten können, wir müssen etwas erledigen.«

Städtisches Mietshaus
Moskau, Schirokaja-Straße
Samstag, 30. September, 15:16 Uhr

Das Einfachste wäre natürlich gewesen, dem Söldner einen *Lustschleier* umzuhängen. Dieser Liebeszauber war zwar nicht ganz so effektiv wie ein *Kuss der Rusalka*, doch die beiden Arkane erfüllten auch unterschiedliche Zwecke. Während der *Kuss der Rusalka* explizit dazu gedacht war, dem Opfer Informationen zu entlocken, sollte der *Lustschleier* in erster Linie sexuelles Verlangen wecken. Andererseits wirkte auch die Euphorie der Lust so ähnlich wie eine Wahrheitsdroge und in aller Regel plauderte der mit dem *Lustschleier* Behexte bereitwillig seine geheimsten Geheimnisse aus. Außerdem war Inga zu einem *Kuss der Rusalka* gar nicht befähigt – die Hexen des Grünen Hofs dachten nicht daran, ihren mächtigsten Liebeszauber mit anderen Magierinnen zu teilen.

Die junge Frau betrachtete sich aufmerksam im Spiegel. Für das Treffen mit dem Söldner hatte sie ihren Schulmädchen-Look parat: das rotblonde, glatte Haar sorgfältig hinter die Ohren gekämmt, makellose hohe Stirn, große, entzückend naiv blickende Rehaugen, zurückhaltendes Make-up und ein schwarzes Minikleid, das die schlanken, langen Beine betonte und die kleinen, festen Brüste eng umspannte. Die Ausstrahlung unschuldiger Teenie-Erotik brachte die Männer stets um den Verstand und Inga war davon überzeugt, dass sie ihre Wirkung auch diesmal nicht verfehlen würde.

Die Magierin überlegte. War es nicht besser, auf den Einsatz des Liebeszaubers zu verzichten? Denn erstens konnte es ja sein, dass Artjom tatsächlich nichts wusste. Und zweitens reizte es sie, diesen Mann aus eigener Kraft zu verführen. Der drahtige, selbstbewusste und in der Verborgenen Stadt hochangesehene Söldner gefiel der Rothaarigen außerordentlich gut. Deshalb war sie auch gar nicht sonderlich böse gewesen, als Kara ihr nahelegte, ihm schöne Augen zu machen.

Nicht zuletzt konnte Inga damit auch Larissa eins auswischen. Der Gedanke, der dummen Kuh den Söldner auszuspannen, erfüllte sie mit diebischer Vorfreude. Umso mehr ein Grund, auf den Einsatz von Magie zu verzichten, denn mit einem Liebeszauber war es schließlich kein Kunststück, einen Mann zu erobern. Auch Larissa hatte in der *Verliererbar* auf Zaubertricks verzichtet. Wenn es Inga gelänge, ohne Magie ans Ziel zu kommen, würde ihr das diesen Sieg doppelt versüßen.

Und wenn es schiefgehen sollte? Unvorstellbar! Aber wenn doch? Was, wenn Artjom ausschließlich auf vollbusige Blondinen stand und nicht auf zierliche rothaarige Lolitas?

Inga lächelte kühl. Wenn es ihr tatsächlich nicht gelingen sollte, den Söldner zu bezirzen, konnte sie ihn immer noch mit einem Liebeszauber behexen.

Die Adresse, die ihm diese dubiose Inga gegeben hatte, führte Artjom zu einem gewöhnlichen Plattenbau im Stadtbezirk Medwedkowo. Dritter Aufgang, sechstes Stockwerk. Die mit massivem Eichenholz verkleidete Wohnungstür hob sich positiv von den windigen Nullachtfünfzehn-Modellen der Nachbarwohnungen ab und deutete auf einen gewissen Wohlstand hin. Vermutlich war Inga eine recht erfolgreiche Magierin oder Kara bezahlte sie einfach gut.

Der Söldner schmunzelte, als das Emblem des Dunklen Hofs auf seiner Schulter zu kribbeln begann: Die Tür war mit einem mittelstarken Zauber gegen Einbrüche gesichert. Beim Drücken der Türklingel ertönte ein wohlklingender Gong.

»Artjom?«, erkundigte sich eine schöne Frauenstimme.

»Ja, der bin ich«, bestätigte der Söldner.

Mehrere Schlösser klackten und die Tür wurde geöffnet. Auf der Schwelle stand eine rotblonde junge Frau in einem kurzen schwarzen Kleid. Sie war zierlich, etwa einen Kopf kleiner als Artjom und sah gar nicht wie eine erfahrene Magierin aus, sondern eher wie eine Oberschülerin. Einige Augenblicke lang musterten die beiden einander schweigend.

»Ist Mama auch zu Hause?«, fragte schließlich Artjom.

»Sehr witzig.« Ihre fast schwarzen Augen funkelten. Mit einer solchen Frechheit hatte die Rothaarige offenbar nicht gerechnet. »Ich bin Inga.«

»Kann ich reinkommen?«

Inga trat einen Schritt zurück und winkte den Söldner mit einer flüchtigen Kopfbewegung herein.

»Gehen wir ins Wohnzimmer.«

Das Dreizimmer-Appartement war stilvoll eingerichtet: dunkle Tapeten, dunkle Möbel, Ledersitzgruppe, flauschiger Teppichboden, einige geschmackvoll ausgewählte Gemälde mit mystischen Sujets, rätselhafte Bronzekonstruktionen in den Regalen, auf dem runden Wohnzimmertisch eine Kristallkugel und dazu ein dezenter Duft, der an Räucherstäbchen erinnerte. Kein Zweifel: die Behausung einer praktizierenden Magierin.

»Lass dich von den seltsamen Gegenständen nicht irritieren, die brauche ich für meine Arbeit.« Die Hausherrin ließ sich anmutig auf dem Sofa nieder. »Setz dich doch.«

Die schwarze Farbe des Kleids verschmolz mit dem schwarzen Leder des Sofas, wodurch die braungebrannten Beine und nackten Schultern der Rothaarigen besonders vorteilhaft zur Geltung kamen.

Die wird mich doch nicht verführen wollen?, fragte sich der Söldner erstaunt. Doch der *Wachsame Habicht* auf seinem Schulterblatt gab kein Lebenszeichen von sich. Die junge Dame schien zumindest keine feindseligen Absichten zu verfolgen.

»Möchtest du ein Glas Wein oder einen Kaffee?« Inga wies auf den Wohnzimmertisch, auf dem zwei Kristallgläser und eine Flasche Wein standen.

Jetzt fiel Artjom wieder ein, wo er dieses rotblonde Mädel schon einmal gesehen hatte: in der *Verliererbar*. Die letzten Zweifel des Söldners verflogen und er setzte sich neben sie auf das Sofa.

»Ich möchte nicht unhöflich sein, aber in erster Linie würde ich gern übers Geschäftliche sprechen. Wenn du nichts dagegen hast, natürlich.«

»Du bist genau so, wie ich mir dich vorgestellt habe.« Die Rothaarige beugte sich vor und goss sich Rotwein in eines der Gläser. »Ihr Söldner seid gewiss abenteuerlustig und mutig, doch vor allem geht es euch ums Geschäft. Immer schön nüchtern, immer schön zielstrebig.«

»Da kann ich dir nicht einmal widersprechen.«

»Und wahnsinnig ernsthaft.« In ihren dunklen Augen erschien ein Anflug von Koketterie. »Hat sich deine Vorahnung übrigens bestätigt?«

»Welche Vorahnung denn?«

»Am Telefon hattest du vermutet, ich sei attraktiv.«

An mangelnder Zielstrebigkeit schien auch diese Göre nicht zu leiden. Lässig setzte sie einen Fuß auf die Tischkante und sah Artjom herausfordernd an. Sehr lebendige Augen, eine wohlgeformte gerade Nase, scharf gezogene Lippen, die freimütige Pose – der Söldner musste nicht lügen.

»Sehr attraktiv sogar.«

Die Rothaarige nickte zufrieden.

»Ich hasse es, Leute zu enttäuschen.«

Sie griff nach ihrem Weinglas und nippte genüsslich daran.

»Bedien dich, wenn du willst.«

»In jenem Telefongespräch hattest du von wichtigen Informationen gesprochen«, erinnerte Artjom.

»Deine Hartnäckigkeit fasziniert mich.«

»Normalerweise finden Magier Söldner alles andere als faszinierend.«

»Du und Cortes – ihr seid anders«, bekannte die Rothaarige lächelnd. »Ihr seid ja schon fast legendär. Wenn jemand anderes sich mit dieser Sache befassen würde, hätte ich mich nie dazu entschlossen, zu erzählen, was ich weiß.«

»Von welcher Sache sprichst du eigentlich?«, erkundigte sich Artjom argwöhnisch.

»Seid ihr etwa nicht auf der Suche nach Kara?«, fragte Inga mit aufgesetzter Verwunderung.

»Ich?« Nun war der Söldner an der Reihe mit dem Schauspielern. »Wie kommst du darauf?« Die junge Frau zuckte nur mit den Achseln und reagierte nicht, als sich die Hand des Söldners plötzlich auf ihren Oberschenkel verirrte. »Weißt du, das Leben als Söldner ist keineswegs so angenehm, wie es auf den ersten Blick erscheinen mag. Die Gewinnspannen bei unseren Aufträgen sind extrem niedrig, den Großteil des Honorars fressen die hohen Nebenkosten auf. Und wenn der Kompagnon dann auch noch fast die gesamte Kriegskasse beim Pokern verspielt, denkt man schon mal über einen Berufswechsel nach.« Artjom seufzte und streichelte

Ingas schlankes Bein. Ihre Haut fühlte sich unglaublich zart an. »Das klingt vielleicht seltsam, aber Cortes und ich haben im Moment ernsthafte finanzielle Schwierigkeiten. Wir sind auf jeden noch so kleinen Auftrag angewiesen. Deshalb bin ich auch sofort gekommen, als du erzähltest, du hättest brisante Informationen.«

»Nur aus diesem Grund?«

»Ich fand auch deine Stimme sympathisch«, gab der Söldner zu. »Aber in erster Linie geht es mir leider darum, ein bisschen Geld zu verdienen.«

»Seltsam, dass ihr es so nötig habt.« Inga glaubte dem Söldner kein Wort.

»Wer ist denn diese Kara, von der du gesprochen hattest?«

»Eine Zauberin.«

»Und warum könnte sie für uns interessant sein?«

»Nun ja ...« Inga geriet ein wenig aus dem Konzept. Sie hatte sich den Fortgang des Gesprächs völlig anders vorgestellt und rang um die richtigen Worte. »Kara ist eine sehr mächtige Zauberin, obwohl sie ein Mensch ist.«

»In der Verborgenen Stadt gibt es etliche mächtige Zauberer. Du zum Beispiel bist eine ganz schön gewiefte Hexe, nicht wahr?« Artjoms Hand glitt unversehens über die kleinen Brüste der Frau. »Sicher hast du mir mit irgendwelchen Zaubern den Kopf verdreht, stimmt's?«

»Da täuschst du dich, es ist keine Zauberei im Spiel.«

Wusste dieser Söldner womöglich tatsächlich nichts über Kara?

»Kaum zu glauben.« Artjom küsste Inga zärtlich auf den Hals und ließ nicht locker: »Und diese Dings, wie heißt sie noch? Kara. Wieso meinst du, dass sie für uns interessant sein könnte?«

Nun war es aber genug! Inga musste sich eingestehen, dass die Unterhaltung alles andere als planmäßig verlief. Die Zärtlichkeiten des Söldners waren offenkundig aufgesetzt, denn er blieb völlig emotionslos dabei und fragte sie auch noch ungeniert aus.

Anscheinend findet er tatsächlich nichts an mir, dachte Inga frustriert. Na gut, mein Lieber, dann müssen wir eben zu anderen Mitteln greifen.

Nachdem es mit dem Verführen nicht geklappt hatte, trat nun Plan B in Kraft: Ein *Lustschleier* würde seine Wirkung gewiss nicht verfehlen.

Die Krallen des *Wachsamen Habichts* kribbelten auf Artjoms Schulterblatt und bedeuteten ihm, dass die junge Dame unschöne Dinge mit ihm vorhatte. Auch das Emblem des Dunklen Hof reagierte auf den Impuls magischer Energie. Die Spielchen waren nun vorbei.

Inga murmelte einige unverständliche Worte.

»Hast du was gesagt, Inga?«

Das sauertöpfische Gesicht des Söldners verriet nicht den geringsten Anflug sexueller Erregung. Was war denn mit *dem* los? Impotent womöglich?

»Halt mich fester, Artjom.« Inga rekelte sich lasziv. »Du hast doch Lust auf mich, nicht wahr?!«

»Netter Versuch, das mit dem *Lustschleier*«, spottete Artjom. »Guck mal ein Stück an dir runter.«

Inga war konsterniert und blickte ungläubig an sich

herab. An ihrer Brust, wo Artjom sie gerade noch zärtlich gestreichelt hatte, war ein Anstecker in Form eines Haifischs befestigt.

»Du Mistkerl!«

Das kleine Artefakt war mit einem *Fischernetz* aufgeladen, einem mächtigen Zauber, der den Fluss magischer Energie blockierte. Inga hätte in diesem Moment keinen noch so primitiven Zauber wirken können. Wenn man das Artefakt jedoch entfernte ...

»Tut mir leid, Inga.« Artjom drehte ihr geschickt die Arme auf den Rücken und legte ihr Handschellen an. »Eine reine Vorsichtsmaßnahme.«

»Das hattest du von Anfang an geplant!« Inga war vor Wut und Enttäuschung den Tränen nah.

»Die Wohnungstür ist gesichert«, sagte der Söldner geschäftig. »Mit welchem Zauber?«

»Rutsch mir doch den Buckel runter!«

»Wie du willst.« Artjom packte sie und stellte sie auf die Beine.

»Was hast du vor?«

»Ich öffne die Tür und schubse dich ins Treppenhaus hinaus. Womöglich ist dort ein *Salamanderring* aktiviert.«

Die rotblonde Lolita ließ die Schultern hängen.

»Du hast's erfasst. Ein *Salamanderring* der dritten Kategorie.«

»Und wie kann man ihn deaktivieren?«

»Erst das obere Schloss öffnen, dann das untere, dann die Klinke drücken. Er deaktiviert sich automatisch.«

Artjom verschwand im Flur. Inga hörte Schlösser klacken, das Quietschen der sich öffnenden Tür und dann eine kichernde Frauenstimme, die Artjom nachäffte: »Ich fand auch deine Stimme sympathisch ...«

Inga wurde klar, dass man sie die ganze Zeit belauscht hatte, und die Zornesröte stieg ihr ins Gesicht. Wie hatte sie sich nur so hereinlegen lassen können!

»Hallo, Inga!«

Eine schwarzhaarige Frau in einem teuren Geschäftskleid stöckelte ins Zimmer herein. Kurz darauf kam auch Artjom wieder zurück. Er trug einen großen Metallkoffer.

»Räum den Tisch frei«, kommandierte die Schwarzhaarige. »Und zeig mir, wo hier das Bad ist.«

»Einen Moment.« Der Söldner stellte den Koffer ab und räumte die Weingläser weg.

»Ich heiße Jana«, stellte die Schwarzhaarige sich vor. »Ich fürchte, wir werden dir ein paar unangenehme Fragen stellen müssen, meine Liebe.«

Moskauer Polizeipräsidium
Moskau, Petrowka-Straße
Samstag, 30. September, 15:20 Uhr

»Ich hätte nicht gedacht, dass Edik an Größenwahn leidet«, sagte Schustow nachdenklich, nachdem ihm Kornilow in knappen Worten die Ergebnisse von Professor Serebrjanz' Vernehmung mitgeteilt hatte. »Ich hielt ihn immer für den besonnensten und klügsten Mafioso der Stadt.«

»Offenbar haben ihn Karas Versprechungen dazu verleitet, unvorsichtig zu werden«, mutmaßte Andrej.

»Du meinst, es geht ihm um Macht?« Schustow schüttelte den Kopf. »Davon hat er doch mehr als genug.«

»Das würde ich so nicht sagen.« Kornilow zündete sich eine Zigarette an. »Jeder Kriminelle spürt einen Makel auf sich lasten. Die Gesellschaft verachtet ihn, und egal wie viel Geld er zusammenrafft, er wird immer ein Ausgestoßener bleiben. Edik ist da keine Ausnahme. Er möchte sich rehabilitieren und gleichzeitig nicht auf seinen Einfluss verzichten.«

»Glaubst du wirklich, dass es ihm darum geht?«

»Unter anderem darum. Der Kampf für das Wohl der Menschheit bedeutet für ihn eine Art Ablasshandel.«

»Und Kara benutzt ihn für ihre Zwecke?«

»Zweifellos.«

»Wann möchtest du Edik vernehmen?«, erkundigte sich Schustow.

»Wir werden noch heute zu ihm fahren.« Der Major drückte seine Zigarette aus und sah Sergej an. »Zusammen.«

Der Dicke nickte und kratzte sich am Nacken. »Nehmen wir ein SEK mit?«

»Edik ist ein vernünftiger Mensch«, erwiderte Kornilow schmunzelnd. »Er wird eine gewisse Höflichkeit zu schätzen wissen.«

»Dann also ohne SEK«, seufzte Schustow und blies die Backen auf.

Das Telefon klingelte und Andrej nahm den Hörer ab.

»Ja bitte?!«

»Major Kornilow?«

Es war Santiago!

»Entschuldigen Sie, dass ich mich so lange nicht mehr gemeldet habe, Major Kornilow, ich war sehr beschäftigt.«

»Kein Problem«, erwiderte Andrej. »Wie geht es Ihnen?«

»Allmählich bekomme ich die Dinge in den Griff. Und was machen Ihre Ermittlungen?«

»Sie machen Fortschritte«, antwortete der Polizist. »Ich bin auf eine sehr interessante Spur gestoßen.«

»Das freut mich für Sie.« Der Kommissar hielt kurz inne. »Sagen Sie, Major Kornilow, gibt es in Ihren Ermittlungen irgendeinen Bezug zu einer Zauberin namens Kara?«

»Wie kommen Sie darauf?«, fragte Andrej vorsichtig.

»Also ja?«

»Arbeitet Kara für Sie?«

Kornilows Miene verfinsterte sich. Santiago hatte ihn schon früher einmal dazu aufgefordert, gewisse Leute nicht zu behelligen. Diesmal würde er ihm diesen Gefallen nicht tun können. Des Majors Befürchtung erwies sich indes als unbegründet.

»Kara arbeitet gegen mich«, verkündete Santiago. »Und ich bin sehr daran interessiert, sie zu neutralisieren. Wissen Sie, wo sie wohnt?«

»Nein, aber es könnte sein, dass ich es in Kürze herausfinde.«

»Und dann werden Sie ihr einen Besuch abstatten?«

»Unbedingt«, bestätigte Andrej. »Ich kann es kaum erwarten, die Dame kennenzulernen.«

»Ich verstehe Ihre Ungeduld«, bekannte Santiago lachend. »Nun denn, da wir abermals gemeinsame Interessen verfolgen, werde ich Ihnen bei Ihren Plänen nicht im Wege stehen, Major Kornilow. Dennoch möchte ich Sie darauf hinweisen, dass Kara äußerst gefährlich ist. Sie ist eine außergewöhnlich mächtige Magierin. Außerdem hat sie keinerlei Respekt vor den Ordnungskräften. Ihre Polizeimarke dürfte sie wohl kaum beeindrucken.«

»Machen wir es doch so«, schlug Andrej nach kurzem Nachdenken vor. »Ich werde Kara zunächst allein aufsuchen und sollte ich feststellen, dass ich nicht mit ihr fertigwerde, wende ich mich vertrauensvoll an Sie. In Ordnung?«

Santiago überlegte einige Augenblicke, dann stimmte er zu: »In Ordnung, Major Kornilow, das ist ein vernünftiger Vorschlag. Allerdings ...« Der Kommissar stockte.

»Was allerdings?«, fragte Andrej nach.

»Es wäre dennoch klug, wenn Sie eine kleine Absicherung meinerseits akzeptieren würden«, sagte Santiago milde. »Kara wird nicht davor zurückschrecken, ihre magischen Fähigkeiten skrupellos einzusetzen. Darauf sollten Sie vorbereitet sein. Einige einfache Sicherheitsmaßnahmen würden Ihnen eine große Hilfe sein und ich wäre beruhigt.«

»Ihre Unterstützung ist mir willkommen«, erwiderte Andrej.

»Ausgezeichnet!« Mit Verwunderung registrierte der

Major eine regelrechte Erleichterung in Santiagos Stimme. »Man wird Ihnen unverzüglich einige Artefakte bringen und Ihnen erklären, wie Sie damit umzugehen haben.«

Moskau, Konjuschkowskaja-Straße
Samstag, 30. September, 15:21 Uhr

Burchan hatte nicht zu viel versprochen: Sämtliche Benutzersperren des *Superhirns* waren außer Kraft gesetzt. Den Vollprofi, dem es gelungen war, den Computer zu knacken, hätte die T-Grad-Com gewiss mit Handkuss eingestellt. Cortes kontrollierte noch einmal die Funktion sämtlicher Programme, verstaute das Gerät in seiner Tasche und stieg aus seinem Lincoln Navigator aus.

Burchan hatte einen astronomisch hohen Preis für das *Superhirn* verlangt, und Cortes war es selbst nach zähen Verhandlungen nicht gelungen, ihn auf eine maßvolle Summe herunterzuhandeln. Trotzdem war ihm nichts anderes übriggeblieben, als den Computer zu kaufen, denn ohne diese Wunderwaffe hätte er sich den Weg zu Kara von vorneherein sparen können.

Die Investitionen in das Vorhaben der Söldner nahmen inzwischen bedenkliche Ausmaße an. Schließlich hatten sie nach wie vor keinen Auftraggeber und es kam überhaupt nicht infrage, das Schwarze Buch zu verkaufen. Um Gewinn zu machen, mussten sie also unter allen Umständen in den Besitz des Armreifs der Fate Mara gelangen. Cortes hatte nicht die Absicht, sein Leben für nichts und wieder nichts aufs Spiel zu setzen.

Das Geträller seines Mobiltelefons riss den Söldner aus seinen sorgenvollen Gedanken. Argwöhnisch betrachtete er das Display, auf dem wie so oft keine Nummer angezeigt wurde. Gut möglich, dass es Santiago war, doch Cortes spürte kein Verlangen, mit dem Kommissar zu sprechen.

Das Handy gab keine Ruhe. Der Söldner seufzte und drückte schließlich doch auf den grünen Annahmeknopf.

»Cortes.«

»Hallo, Humo.«

»Säbel?« Cortes war überrascht. »Mit einem Anruf von dir hatte ich nicht gerechnet.«

»Kann ich mir fon denken«, lispelte der einäugige Rothaubenboss. »Humos vergessen leicht, wem sie dankbar sein sollten.«

»Dankbar wofür?«

»Seinerzeit hatte ich dir doch von dieser seltsamen Humo-Hexe namens Kara erzählt«, erinnerte ihn Säbel. »Das ist noch gar nicht so lange her.«

Cortes schwante Übles. Was führte die Rothaube im Schilde?

»Stimmt, ich kann mich an diese abenteuerliche Geschichte noch gut erinnern.«

»Nun, ich habe mir mal ein paar Gedanken gemacht«, setzte Säbel fort. »Kara war in die Geschichte mit Bogdan le Sta verwickelt. Und auch damals waren Schwarze Morjanen beteiligt. Meinst du nicht, dass diese Hexe auch bei den jüngsten Vorkommnissen ihre Finger im Spiel hat?«

»Kann sein, kann auch nicht sein«, erwiderte Cortes zurückhaltend. »Ich hatte dir doch versprochen, dass ich mich für deine Hilfe revanchieren werde. Die Herrscherhäuser werden sich erkenntlich zeigen.«

»Gerade mit den Herrscherhäusern habe ich in letzter Zeit Scherereien«, berichtete der Einäugige seufzend. »Es gefällt ihnen nicht, dass meine Leute die Geschäfte von Humos ausrauben. Und da habe ich mir gedacht, dass es vielleicht nützlich wäre, wenn wir Rothauben uns daran beteiligen würden, dieser Kara das Handwerk zu legen. Was meinst du dazu?«

»Ich glaube nicht, dass das eine gute Idee ist.«

»Es gibt natürlich auch eine Alternative«, gab Säbel zu bedenken. »Ich kann alles, was ich weiß, auch der Königin erzählen. Dann trifft sie die Entscheidung, wie zu verfahren ist. So wäre mir wenigstens die Dankbarkeit eines Herrscherhauses gewiss.«

Dass die ganze Verborgene Stadt Jagd auf das Schwarze Buch macht, hätte gerade noch gefehlt, dachte der Söldner alarmiert und überlegte fieberhaft, wie er reagieren sollte. Eine besondere Hilfe würden die Rothauben gewiss nicht sein, denn außer Rauben, Plündern und Saufen konnten sie nichts. Andererseits würden sie fraglos jede Menge Staub aufwirbeln und dadurch konnten sie unter Umständen von Nutzen sein – sozusagen als Störtrupp, der die Aufmerksamkeit von den Söldnern ablenkt.

Nachdem Cortes das Für und Wider sorgfältig abgewägt hatte, beschloss er, die Bedingungen des Rothaubenführers auszuloten.

»Gehe ich recht in der Annahme, dass du für deine Mithilfe nicht nur Dankbarkeit erwartest?«

»Hast du denn diese Kara überhaupt schon aufgespürt?«, antwortete Säbel mit einer Gegenfrage.

»Ja.«

»Und du wärst im Prinzip einverstanden damit, dass wir mitmachen?«

»Was bleibt mir anderes übrig? Der Schlafende möge dich für diese Erpressung strafen.«

»Der Schlafende hat andere Sorgen«, lachte Säbel und zwinkerte mit seinem einzigen Auge. »Gibt es in Karas Haus denn was zu holen?«

»Davon gehe ich aus.«

»Dann räumen wir es mit Vergnügen aus.«

Dieser geniale Einfall des Rothaubenführers kam nicht unbedingt überraschend.

»Kann ich mir lebhaft vorstellen.« Der Söldner seufzte. »Hör mir mal zu, Säbel. Im Prinzip spricht nichts dagegen, aber unter einer Bedingung: Es gibt da etwas in Karas Haus, das brauche ich selbst. Ein kleines, unscheinbares Schmuckstück.«

»Kein Problem«, willigte der Einäugige ein. »Wir nehmen dann eben den Rest.«

»Nicht den ganzen Rest, Säbel. Die Herrscherhäuser interessieren sich für Karas Bibliothek. Die Bücher müssen wir ihnen überlassen.«

»Überlassen oder verkaufen?«, erkundigte sich Säbel, der die Geschäftspraktiken des Söldners bestens kannte.

»In diesem Fall leider überlassen.«

»Okay, die Bibliothek überlassen wir den Herrscherhäusern, du bekommst ein Schmuckstück deiner Wahl und wir den ganzen Rest«, resümierte der Imperator der Rothauben. »Wo treffen wir uns, Partner?«

Zähneknirschend besiegelte der Söldner den Pakt: »Schreib dir die Adresse auf ... Partner.«

Moskauer Polizeipräsidium
Moskau, Petrowka-Straße
Samstag, 30. September, 15:39 Uhr

Santiagos Abgesandter erwies sich als großgewachsener schwarzhaariger Mann, der einen dezenten, aber augenscheinlich teuren Anzug trug. Die Manschettenknöpfe seines weißen Hemds waren mit schwarzen Brillanten bestückt und seine handgefertigte Krawatte hatte vermutlich mehr gekostet als die komplette Computerausrüstung der Sonderermittlungsgruppe.

Nichtsdestoweniger benahm sich der Gast ausgesprochen höflich. Er klopfte an, wartete, bis man ihn hereinbat, und öffnete erst dann die Tür des Büros. Dann grüßte er freundlich, allerdings ohne Händedruck.

»Ortega.«

Die Polizisten stellten sich ihrerseits vor, und um die herzliche Atmosphäre nicht zu stören, verzichteten sie darauf, danach zu fragen, wie es dem Besucher gelungen war, in das gut bewachte Gebäude des Polizeipräsidiums einzudringen.

Ortega nahm auf dem Stuhl Platz, den ihm Kornilow zuvorkommend anbot, warf einen Seitenblick auf

Schustow und hüstelte: »Andrej Kirillowitsch, man hat mir mitgeteilt, dass Sie im Begriff stehen, einer ... ähm ... einer Person, die über außergewöhnliche Fähigkeiten verfügt, einen Besuch abzustatten und ...«

»Ortega«, unterbrach ihn der Major. »Lassen Sie uns doch offen reden. Ich habe kein Problem mit der Terminologie der Magie.«

»Um so besser«, sagte der Naw erleichtert und blickte abermals zu Schustow. »Bitte, Kapitän, setzen Sie sich doch näher zu uns.« Ortega wartete, bis Schustow seinen schweren Körper auf einen Stuhl an Kornilows Schreibtisch verfrachtet hatte, und setzte dann in geschäftsmäßigem Ton fort: »Meine Herren, der Kommissar hat mir mitgeteilt, dass Sie einen erfahrenen und außerordentlich beschlagenen Magier aufsuchen werden. Ist das korrekt?«

»Richtig.«

»Und Ihr Entschluss steht definitiv fest? Der Kommissar hat in den Raum gestellt, dass Sie diesen nicht gerade einfachen Gang möglicherweise jemandem von uns überlassen könnten.«

»Der Entschluss steht fest«, bestätigte Andrej und amüsierte sich innerlich über Santiagos Hartnäckigkeit. »Wir werden das selbst übernehmen.«

»In diesem Fall prägen Sie sich bitte gut ein, was ich Ihnen nun sagen werde.« Der strenge Blick des Nawen wanderte von Kornilow zu Schustow und wieder zurück. »Das Spielzeug, das ich Ihnen mitgebracht habe, garantiert keineswegs Ihre Sicherheit. Sie haben keine Übung im Umgang damit, wissen nicht, wie Sie sich Magiern gegenüber verhalten müssen, und sind nicht in der Lage, Ihre Emotionen vor einem erfahrenen Zauberer zu verbergen. Aus diesem Grund wird Ihr Kontrahent zu jeder Zeit im Vorteil sein. Ich betone: zu jeder Zeit.«

»Warum sind Sie dann gekommen?«, erkundigte sich Kornilow unverblümt.

»Es wäre völlig unverantwortlich, Sie ohne Artefakte in dieses Abenteuer zu schicken.« Ortega zuckte mit den Achseln und öffnete seine Tasche. »Das erste Hilfsmittel, das Sie benötigen, ist ein sogenanntes *Magoskop*.«

Auf Kornilows Schreibtisch landeten zwei Brillen mit getönten Gläsern.

»Und wozu ist das gut?«, erkundigte sich der Major.

»Jeder Magier ist in der Lage, Trugbilder zu erzeugen. Das bedeutet: Er zwingt Sie, Dinge zu sehen, die überhaupt nicht da sind. Es handelt sich um einen primitiven Zauber, der alle Sinne gleichzeitig täuscht: den Tastsinn, den Geruchssinn und den Gesichtssinn. Es kann passieren, dass Sie den Magier als wildes Tier sehen, als Polizeigeneral, als kleines Kind, als was auch immer. Oder Sie sehen ihn überhaupt nicht – auch das ist möglich. Mit Hilfe dieser Brillen können Sie die Realität hinter dem Trugbild erkennen. Ich würde Ihnen empfehlen, sie in Anwesenheit eines Magiers ständig zu tragen.«

Schustow setzte sich das Magoskop unverzüglich auf die Nase und starrte Ortega albern an.

»Ich habe nichts zu verbergen«, sagte der Naw freundlich lächelnd.

»Tatsächlich«, pflichtete der Kapitän bei, behielt die Brille aber dennoch auf.

»Beim zweiten Hilfsmittel möchte ich gleich darauf hinweisen, dass es nicht ganz unproblematisch ist«, sagte Ortega etwas kryptisch. »Es birgt nämlich die Gefahr, dass Sie Ihre Möglichkeiten überschätzen.«

Der Naw holte vier identische Anstecker aus der Tasche und legte sie auf den Tisch.

»Was für niedliche Fischchen«, kommentierte Kornilow, als er die kunstvoll geschnitzten Haifischfiguren betrachtete.

»In diesen Artefakten verbirgt sich ein Zauber, den man *Fischernetz* nennt«, erläuterte der Naw. »Es blockiert die Fähigkeiten eines Magiers, genauer gesagt, es verhindert, dass seine magische Energie ihre Wirkung entfaltet. Dazu genügt es, dass Sie den Anstecker an seiner Kleidung befestigen – das Artefakt wird automatisch aktiviert. Das Beste daran ist, dass der Magier die Wirkung des *Fischernetzes* erst bemerkt, wenn es zu spät ist, nämlich dann, wenn seine beabsichtigten Zauber versagen.«

»Kann er denn den Anstecker nicht einfach abnehmen?«, wandte der Major ein.

»Selbstverständlich«, räumte Ortega bereitwillig ein. »Deshalb empfiehlt es sich, das Artefakt in Kombination mit Fesseln oder Handschellen zum Einsatz zu bringen.«

»Das heißt, wenn wir dem Zauberer diesen Anstecker verpassen, wird er zu einem völlig normalen Menschen?«, präzisierte Schustow. »Wir können ihm einfach Handschellen anlegen und ihn in aller Ruhe ins Präsidium bringen?«

»Genau vor dieser Sorglosigkeit muss ich Sie warnen«, antwortete der Naw ernst. »Erstens brauchen Sie sehr viel Glück, um den Anstecker überhaupt anzubringen. Das funktioniert nur, wenn der Zauberer äußerst unaufmerksam ist. Und zweitens lässt sich die Frau, um die es im konkreten Falle geht, von einem solchen Artefakt nicht aufhalten.«

»Ist das alles, was Sie mitgebracht haben?«

»Ja«, nickte Ortega.

»Und wenn der Magier uns angreift?«, fragte Kornilow. »Wie können wir uns gegen ihn zur Wehr setzen?«

»Wenn ein Kriegsmagier Sie angreift, haben Sie keine Chance«, gab Ortega unumwunden zu. »Er macht mit Ihnen, was er will.«

»Kann man ihn denn nicht irgendwie töten?«, warf Schustow ein.

Angesichts dessen, dass Kornilow und Schustow sich normalerweise nicht an bewaffneten Einsätzen beteiligten, war das eine eher rhetorische Frage. Doch da Ortega von den eher subtilen Arbeitsmethoden der beiden Polizisten nichts wusste, antwortete er in vollem Ernst.

»Töten kann man jeden Magier. Sie werden es mit Humos ... ähm ... mit Menschen zu tun bekommen. Sie können also das ganze übliche Arsenal zum Einsatz bringen: Schusswaffen, Stichwaffen, Gift, Gas, die blanken Fäuste, was Sie wollen. Dass ein Magier sehr schmerzunempfindlich ist, lange den Atem anhalten und Giftstoffe aus seinem Körper entfernen kann, steht auf einem anderen Blatt. Überlegen Sie es sich deshalb sehr gut, bevor Sie sich auf eine Auseinandersetzung einlassen.«

»Aber eine Kugel im Kopf würde ihn aufhalten, nicht wahr?«, beharrte der Kapitän.

»Eine Kugel im Kopf hält jeden auf«, bestätigte Ortega und erhob sich. »Mit Ihrer Erlaubnis werde ich mich nun zurückziehen. Es war mir eine Freude, Sie kennenzulernen.«

»Ganz unsererseits«, rief der Major dem Nawen hinterher, der sich bereits zum Gehen gewandt hatte.

Was den Schusswaffengebrauch betrifft, hatte Ortega den Polizisten nicht die ganze Wahrheit erzählt. Für Morjanen, Panopten und Chwanen waren Bleigeschosse im Kopf nicht viel schlimmer als ein lästiger Mückenstich. Und nicht zuletzt die Nawen selbst ließen sich mit Kugeln nur sehr vorübergehend außer Gefecht setzen.

Und noch eine Kleinigkeit hatte der Naw verschwiegen. In den Artefakten, die er den Polizisten ausgehändigt hatte, waren Überwachungsmodule eingebaut und die Inneneinrichtung der Sonderermittlungsgruppe flimmerte bereits auf den Bildschirmen der legendären Vegasianer, jener beiden berühmten Computerspezialisten, die als persönliche Analytiker für den Kommissar des Dunklen Hofs arbeiteten.

Städtisches Mietshaus
Moskau, Baikalskaja-Straße
Samstag, 30. September, 15:40 Uhr

Die Eingangstür der kleinen Wohnung öffneten die Chwanen mit Hilfe von *Sprengwurzextrakt*. Die ätzende

Flüssigkeit aus der Sprühdose verwandelte das billige Schloss im Handumdrehen in rostige Brösel und die Vierarmigen gelangten rasch in den winzigen Flur. Andere Hausbewohner bekamen von alledem nichts mit. Die Chwanen hatten zur Sicherheit ein Trugbild erzeugt, das sie vollständig unsichtbar machte.

»Wahrscheinlich hat er sich längst abgesetzt«, mutmaßte Leka, als der abgestanden-muffige Geruch in seine Nase stieg. »Diese Wohnung hat seit mindestens vierundzwanzig Stunden niemand mehr betreten.«

»Hier muss irgendwo ein Artefakt sein«, flüsterte Muba, der einen schwachen Impuls magischer Energie spürte. »Und sieh mal, wer da kommt ...«

Leka senkte den Blick. In der Wohnzimmertür erschien eine halbverhungerte, schwarze Katze, die jämmerlich miaute.

»Die hat schon lange niemand mehr gefüttert«, konstatierte der junge Chwan.

»Ihr Herrchen ist auch gar nicht mehr in der Lage dazu.« Muba sprach jetzt in normaler Lautstärke und betrat das Wohnzimmer. »Wir sind zu spät gekommen.«

Jewgeni Grigorjewitsch, der Mittelsmann, der Muba für den Mord an Waliko Garadse angeheuert hatte, saß mit hängendem Kopf leblos auf einem Lehnstuhl. Seine dürren Arme hingen herab und seine Stirn zierte ein makelloses Einschussloch.

»Ist er schon lange tot?«, erkundigte sich Leka geschäftig.

»Etwa dreißig Stunden.« Mit dem Kennerblick des erfahrenen Killers begutachtete Muba den Leichnam.

»Ein Magier hat ihn umgebracht. Er hat ihn auf konventionelle Weise getötet und dann einen selbstzerstörenden *Mumifikator* aktiviert, um seine Spuren zu verwischen.«

Unter dem Lehnstuhl lag ein kleiner schwarzer Würfel, von dem magische Energie abstrahlte. Der *Mumifikator* verhinderte die Verwesung des Leichnams und machte es so unmöglich, den genauen Todeszeitpunkt festzustellen. Normalerweise wurde er auf fünf bis sieben Tage eingestellt und nach Ablauf dieser Zeit löste sich das Artefakt in Staub auf. Alternativ konnte man den Selbstzerstörungsprozess mit einem externen Sender auslösen.

»Auf welche Zeit ist der *Mumifikator* eingestellt?«

»Auf gar keine mehr«, brummte Muba. »Der Mörder hat einen Sender an der Tür installiert, und als wir die Wohnung betraten, wurde die Selbstzerstörung ausgelöst.«

Der Würfel zerfiel vor den Augen der Chwanen.

»Jetzt wird es schwierig, unseren Auftraggeber zu finden«, bedauerte Leka zerknirscht. »Der Dreckskerl hat offenbar an alles gedacht.«

Die Perspektive der Nachtfalterjagd auf den Drogenplantagen im Altai rückte näher denn je.

»Wir können nur hoffen, dass dieser Humo kein völliger Trottel war.« Muba deutete mit einer Kopfbewegung auf den Toten. »Als Mittelsmann bei solchen Mordkomplotten steht man immer schon mit einem Bein in der Grube. Wenn er klug war, hat er sich irgendwie abgesichert.«

»Aber dann hätte man ihn doch nicht umgelegt«, wandte Leka ein.

»Er wurde direkt an der Türschwelle erschossen.« Muba hatte die Spuren längst analysiert. »Erst danach hat man ihn ins Wohnzimmer geschleift und auf den Stuhl gesetzt. Der Mann hatte keine Zeit mehr zum Verhandeln.«

»Oder er hatte kein Faustpfand in der Hand.«

»Hoffen wir das Beste.« Der ältere Chwan sah sich im Zimmer um. »Wir werden die Bude hier völlig auseinandernehmen, und wenn wir Glück haben, finden wir doch noch einen Hinweis.« Muba legte seine Jacke ab. »Vorwärts, Leka, beeilen wir uns, in ein paar Stunden wird es hier ziemlich übel zu riechen beginnen.«

Lautlos und flink durchsuchten die Vierarmigen die Wohnung. Sie rissen die Kleidung aus den Schränken, blätterten die wenigen Bücher durch, klopften die Möbel und den Parkettboden ab. Nachdem sie im Wohnzimmer nichts gefunden hatten, nahmen sie sich auch den Flur und die Küche vor.

Das Versteck fanden sie schließlich in einem Lüftungsschacht. Dort hatte man säuberlich einen Nagel eingeschlagen, an dem ein zusammengefalteter Zettel in einer Schutzfolie hing.

»Da ist was!«, verkündete Leka freudestrahlend, als er das Fundstück hustend aus dem staubigen Schacht fischte und es Muba in die Hand drückte. »Du hattest Recht.«

Der Chwan faltete das Papier auseinander:

»Wenn ihr diese Zeilen lest, bedeutet dies, dass ich nicht mehr am Leben bin. Ich weiß, wer mich auf dem

Gewissen hat. Mein letzter Auftrag hatte mit dem Mord an dem Schwerkriminellen Waliko Garadse zu tun, ich sollte einen Killer für ihn anheuern. Ein Bandit namens Zorro hat mich dazu beauftragt, doch ich weiß genau, dass hinter diesem Zorro ein gewisser Edik steht – ein stadtbekannter Mafioso.«

»Wir haben den Auftraggeber!« Muba ging in den Flur hinaus. »Hier haben wir nichts mehr verloren!«

»Warte doch!«

»Was denn?«

Leka bückte sich und nahm die schwarze Katze auf den Arm. »Sie hat doch kein Herrchen mehr.«

»Und was willst du mit ihr?«

»Wir schenken sie Fet. Das stimmt ihn vielleicht milde.«

»Das glaube ich kaum«, winkte Muba augenzwinkernd ab. »Aber nimm sie trotzdem mit, bevor das arme Tier hier elend verhungert.«

Städtisches Mietshaus
Moskau, Schirokaja-Straße
Samstag, 30. September, 15:56 Uhr

»Ich weiß es wirklich nicht!«, beteuerte Inga und man hatte den Eindruck, als würde sie im nächsten Moment in Tränen ausbrechen.

»Glaubst du ihr?«, fragte Jana.

Artjom zuckte mit den Achseln: »Vielleicht müssten wir die Frage anders stellen. Womöglich versteht sie gar nicht, was wir wissen wollen?«

»So dumm sieht sie eigentlich gar nicht aus«, entgegnete Jana.

»Aber sie ist aufgeregt«, gab Artjom grinsend zu bedenken.

Inga leistete hartnäckigen Widerstand.

Anfangs fauchte sie die Söldner böse an, vollführte abenteuerliche Verrenkungen, um den verwunschenen Anstecker irgendwie loszuwerden, und drohte mit fürchterlichen Konsequenzen. Doch all das beeindruckte Jana und Artjom herzlich wenig. Sie hatten Inga ein paar unangenehme Fragen versprochen und dieses Versprechen lösten sie mit aller Konsequenz ein.

Für den Anfang hängte Artjom im Wohnzimmer die Lampe ab, befestigte am freigewordenen Haken eine Rolle und schob den Tisch darunter beiseite. Dann zerrte er die tobende und keifende Inga in die Mitte des Zimmers, befestigte an ihren Handschellen einen Strick, warf diesen über die Rolle an der Decke und zog kräftig an. Als ihre Schuhspitzen sich vom Boden abhoben, stellte Inga die Verwünschungen abrupt ein. Ihre Lage wurde langsam ungemütlich.

Artjom befestigte den Strick am Heizungskörper, zog Inga kommentarlos die Schuhe aus, fesselte ihr die Füße mit einem weiteren Strick und befestigte das freie Ende an einem Bein des schweren Sofas. Auf diese Weise hing Inga in einem Winkel von etwa dreißig Grad zum Boden schräg in der Luft. Ihr Gesicht lief rot an und auf ihrer hohen Stirn traten erste Schweißtropfen hervor.

»Das tut weh«, jammerte sie leise.

Artjom schwieg.

Nun folgte der Auftritt von Jana, die gerade aus dem Bad kam. Als sie das Wohnzimmer betrat, zuckte die Rothaarige zusammen. Das schwarze Haar der hübschen Söldnerin war sorgfältig unter einer unvorteilhaften Plastikhaube verstaut, während sich ihr teures Kleid unter einem weißen Arbeitskittel und einer groben Schürze verbarg. Vervollständigt wurde das chirurgisch anmutende Outfit durch Latexhandschuhe und billige Überpantoffeln.

»Artjom!«, mäkelte Jana gedehnt und schnitt eine vorwurfsvolle Grimasse. »Ich hatte dich doch extra gebeten …«

»Ja, ja, ich mache ja schon!«

Der Söldner breitete sorgfältig eine Plastikfolie unter Inga aus.

»Es ist nur wegen der Nachbarn unten«, erläuterte Jana. »Nicht dass sie noch die Polizei rufen.«

»Meine Wohnung ist vollständig schallisoliert«, presste Inga hervor, deren Lippen allmählich austrockneten.

»Ach du meine Güte, es ist doch nicht wegen des Geschreis«, entgegnete Jana kühl. »Ich will nur vermeiden, dass bei den Nachbarn unten Blut von der Decke tropft.«

»Ihr blufft doch«, sagte Inga halbherzig.

»Würdest du darauf wetten?« Jana öffnete den Metallkoffer auf dem Tisch und vor den entsetzten Augen der Rothaarigen funkelte das einschlägige chirurgische Arsenal: Skalpelle, Zangen, Scheren und Klammern – alles noch unbenutzt und möglicherweise sogar steril, doch Ingas lebhafte Fantasie tauchte das schaurige Instrumentar bereits in Ströme von Blut und veranlasste die junge Frau zu einem spitzen Schrei.

»Gefällt dir unsere Ausrüstung?«, erkundigte sich Jana mit einem diabolischen Grinsen. »Du weißt ja sicher, dass Cortes im Militärgeheimdienst gedient hat. Artjom und ich haben eine Menge von ihm gelernt.«

»Warum ...« Inga brachte kaum noch ein Wort heraus. »Warum spritzt ihr mir nicht einfach ein *Wahrheitsserum*?«

»Das Serum ist ganz praktisch, wenn man genau weiß, wonach man fragen muss«, erwiderte Artjom fachmännisch. »Wir können die Situation jedoch nur sehr vage einschätzen und deshalb versuchen wir, dich zur konstruktiven Zusammenarbeit zu überreden.«

»Das könnt ihr vergessen«, entgegnete Inga trotzig, doch aus ihrer Stimme war alle Selbstsicherheit gewichen.

»Fangen wir am besten gleich mit den Zähnen an«, schlug Jana vor und nahm eine Feile aus dem Koffer. »Wir können es uns nicht leisten, mit Weicheiermethoden Zeit zu verschwenden.«

Artjom nickte zustimmend mit dem Kopf und stopfte sich demonstrativ Ohrenstöpsel in die Ohren.

»Also gut, fragen wir einmal anders.« Jana schlug die Beine übereinander und presste nachdenklich den Kugelschreiber gegen die Oberlippe. »Wie viele Humos gehören Karas Gruppierung dauerhaft an?«

»Sechs außer mir.«

»Zähle sie auf.«

»Mohammed, der Schwarze«, begann Inga. »Er ist ihr Liebhaber und ein guter Zauberer.«

»Ein wie guter Zauberer?«

»Er hat ungefähr das Niveau einer Fee des Grünen Hofs und ist auf Kampfzauber spezialisiert. Dann Gleb, so ein Dicker, und Arnold, ein Riese ...«

»Die beiden kenne ich schon«, kommentierte Artjom kichernd.

»Sie sind ziemliche Feiglinge«, setzte die Rothaarige fort. »Angeber, aber nichts dahinter. Dann die Zwillinge Wanja und Wassja, zwei ziemlich aggressive und gefährliche Typen. Und dann ist da noch Mischa, aber der ist ja fast noch ein Kind.«

»Und Larissa?«

Inga bedachte Artjom mit einem zornigen Blick. »Weißt du das etwa nicht?«

»Antworte auf die Frage«, befahl Jana.

»Larissa ist neu bei uns«, lenkte die Rothaarige ein. »Sie ist eine sehr begabte Magierin, aber Kara hat sie noch nicht in unsere Pläne eingebunden.«

»Dann seid ihr also insgesamt sieben«, resümierte Jana. »Wer von euch wohnt ständig bei Kara?«

»Karas Villa ist seit einiger Zeit unser Stützpunkt. Sie verlangt, dass wir unsere gesamte Freizeit dort verbringen.«

»Das heißt, dass maximal sechs Leute im Haus sein werden«, rechnete Artjom vor. »Dazu kommen noch Kara und Larissa. Damit kommen wir klar.«

Inga prustete abschätzig, sagte jedoch nichts.

»Wie wird das Haus bewacht?«

»Mit einer gewöhnlichen Alarmanlage und Videoüberwachung«, berichtete die Gefangene resigniert.

»Und was ist mit Schutzzaubern?«, wunderte sich Jana.

»Die würden die Aufmerksamkeit der Humanoiden erregen«, erläuterte Inga. »Es sind nur ein paar magische Fallen im Park installiert, die kaum Energie abstrahlen.«

»Sehr vernünftig.«

Die Söldner sahen einander beeindruckt an.

»Sind wir dann fertig?«, erkundigte sich Inga. »Bindet mich endlich los, ich kann meine Arme nicht mehr spüren.«

»Du weißt nicht zufällig, wo das Schwarze Buch aufbewahrt wird?«, fragte Jana.

Die Gefangene fuhr zusammen.

»Was für ein Buch?«

»Inga«, sagte Jana betont milde. »Wir haben doch vereinbart, dass wir offen miteinander sprechen.« Die Söldnerin blätterte einige Seiten in ihrem Notizbuch zurück. »Hier sind die Angaben aus dem Grünen Hof: Du kaufst seit einem Jahr keine magische Energie mehr und hast das damit begründet, dass du eine gut bezahlte Arbeit gefunden hast und als Zauberin nicht mehr praktizierst.«

»Das entspricht auch den Tatsachen«, erwiderte die Rothaarige leise.

»Du bist aber randvoll mit magischer Energie.«

Inga schwieg.

»Bekommst du die Energie von Kara?«

Die Gefangene nickte flüchtig.

»Und die Quelle ist das Schwarze Buch?«

Inga senkte den Blick und nickte abermals.

»Wo bewahrt Kara es auf?«

Die Rothaarige explodierte: »Das weiß ich nicht! Und wenn ich es wüsste, würde ich es euch nicht verraten! Ihr werdet das Buch nicht bekommen! Niemals! Es gehört der Menschheit! Ihr dagegen verdingt euch an die Humanoiden, während ihr euresgleichen als Humos beschimpft! Dass ihr euch nicht schämt! Ihr verscherbelt eure Seelen für ein Butterbrot! Habt ihr euch schon ausgerechnet, wie viel euch der Dunkle Hof für das Schwarze Buch bezahlt?«

Jana schüttelte den Kopf: »Das Schwarze Buch ist dazu da, die Menschen zu beschützen. Und was macht Kara? Richtet ein Blutbad in der *Schaukel* an. Wie viele Unschuldige haben dabei ihr Leben verloren?«

»Es ist eben Krieg.« Inga zog die Schultern hoch. »Wir gegen die Humanoiden! Da bleiben Opfer nicht aus.«

»Du bist doch ein kluges Mädchen«, schaltete sich Artjom ein. »Wie kannst du so einen bodenlosen Unsinn erzählen? Ist dir eigentlich klar, welch gewaltige Macht vonnöten wäre, um die Verborgene Stadt zu vernichten?«

»Kara wird es schaffen«, prophezeite Inga im Brustton der Überzeugung. »Sie denkt an die Zukunft der gesamten Menschheit!«

»Da wäre ich mir nicht so sicher«, erwiderte Jana zerstreut.

Nachdem die schwarzhaarige Söldnerin sich wieder ins Bad zurückgezogen hatte, befreite Artjom Inga aus ihrer misslichen Lage und trug das völlig entkräftete Leichtgewicht ins Schlafzimmer.

»Bleib schön hier und versuche nicht, dich loszureißen«, empfahl der Söldner, während er die Hände der jungen Frau am Bettgestell festband. »Sobald alles vorbei ist, komme ich hierher zurück und befreie dich. Versprochen!«

Inga sah ihren Peiniger wenig begeistert an und schwieg. Seltsam, trotz allem, was vorgefallen war, empfand sie keinen Hass für Artjom. Wut und Enttäuschung – das ja, aber gleichzeitig auch eine gewisse Bewunderung. Der Ruf, den die Söldner in der Verborgenen Stadt genossen, kam nicht von ungefähr. Sie waren tatsächlich gefährlich, selbst für Magier.

»Und noch etwas«, setzte Artjom unverdrossen hinzu. »Solltest du dich wider Erwarten doch befreien können, fahr nicht zu Kara. Ihre Zeit ist vorbei.«

»Ihr werdet keine Chance gegen sie haben«, murmelte Inga.

»Wir werden ja sehen.«

Inga sah den Söldner fasziniert an. Seine Zuversicht wirkte nicht im Geringsten gespielt. Er strahlte eine innere Ruhe aus, als stünde ihm nicht mehr als eine harmlose Wirtshausschlägerei mit betrunkenen Gästen der *Verliererbar* bevor. Dabei war er im Begriff, sich mit einer der mächtigsten Magierinnen der Verborgenen Stadt anzulegen! Nun verstand Inga, warum Larissa nicht gezögert hatte, die Bar mit Artjom zu verlassen.

Mit einem solchen Mann konnte man bis ans Ende der Welt gehen. Auch Inga wäre dazu bereit gewesen ...

»Artjom«, wandte sich die Rothaarige leise an den Söldner.

Der zog überrascht die Brauen hoch: »Ja?«

»Dein zukünftiger Weg ist von Blut gesäumt, Artjom. Ich kann das sehen. Und es ist dein eigenes Blut. Geh nicht zu Kara!«

»Es muss leider sein«, erwiderte der Söldner nach kurzem Zögern. »Aber danke für die Warnung.«

»Ich versuche nicht, dir Angst einzujagen, du Idiot! Sie wird dich töten!«

»Das besprechen wir, wenn ich zurückkomme, um dich loszubinden.«

Artjom lächelte und schloss die Schlafzimmertür.

Villa Karavella
Moskau, Silberhain
Samstag, 30. September, 16:00 Uhr

Was fällt ihr überhaupt ein, sich in mein Privatleben einzumischen?!

Obwohl der Streit nun schon einige Stunden zurücklag und Larissa Kara seither nicht mehr gesehen hatte, war sie immer noch wütend. Immer wieder dachte sie an die Auseinandersetzung zurück, die ihr ziemlich nahegegangen war. Die kluge, starke und freiheitsliebende Kara ... Niemals hätte sie ein so intolerantes Verhalten von der erfahrenen Zauberin erwartet.

Ist sie etwa meine Mutter? Oder meine Aufpasserin? Was geht *sie* es an, mit wem ich ins Bett gehe?!

Der Gedanke an die vergangene Nacht dämpfte Larissas Zorn und auf ihrem Gesicht erschien unwillkürlich ein verklärtes Lächeln. Artjom hatte versprochen anzurufen und in der Zwischenzeit hatte sie noch jede Menge zu tun.

Larissa klappte ein dickes Buch zu und schlenderte nachdenklich an den Regalen von Karas reich bestückter Bibliothek entlang. Seit ihrer Rückkehr in die Villa hatte sie die ganze Zeit hier verbracht, abgesehen von einem kurzen Abstecher in die Küche, um den größten Hunger zu stillen. Und niemand störte sie. Weder Kara, die vermutlich in ihrem Arbeitszimmer weilte, noch Arnold, dessen Stimme hin und wieder durchs gekippte Fenster drang.

Der langhaarige Magier war offenbar böse auf sie. Sollte er ruhig! Selbst schuld! Möchtegern-Apollon! Larissa rief sich ins Gedächtnis zurück, mit welcher Leichtigkeit Artjom den muskulösen Magier ausgeknockt hatte und konnte sich ein Schmunzeln nicht verkneifen.

Magie, Zauberei, Arkane – alles schön und gut, doch das Entscheidende war immer noch der Charakter eines Menschen. Das Feuer, das in seiner Seele brannte. Wenn ein Mensch aufrecht durchs Leben ging, dann spielte es keine Rolle, woher er seine Kraft schöpfte. Hauptsache, er war authentisch – so wie Artjom.

Nachdenklich fuhr sich Larissa durchs kurze blonde Haar.

Mensch, du hast dich verliebt!

Na und?

Es hält dich vom Lernen ab!

Quatsch! Im Gegenteil! Artjom ist ein erstklassiger Söldner und ich werde eine erstklassige Hexe! Wo ist das Problem?

Entschlossen wandte sich Larissa dem nächsten Bücherregal zu. Es kam ihr gar nicht ungelegen, dass sämtliche Lehrmeister böse auf sie waren. So konnte sie sich endlich einmal ungestört umsehen.

Larissa ließ den Blick über die dicken Buchrücken schweifen. *Morjanen – Tagebuchaufzeichnungen*. Noch vor wenigen Tagen hätte sie diesem Titel wohl keine Beachtung geschenkt, doch heute fiel er ihr sofort ins Auge.

Einige jüngst gewonnene Eindrücke von den Wandelwesen hafteten noch frisch in ihrem Gedächtnis. Das Blutbad in der *Schaukel*, die Ermordung der Drushina-Soldaten der Domäne Ismailowo, die scharf formulierte Erklärung des Grünen Hofs und – nicht zu vergessen – Artjoms achtlos hingeworfene Bemerkung, es sei leichter, einen Magier zu töten als eine Schwarze Morjane.

Larissa schlug das Buch auf und studierte das Inhaltsverzeichnis:

»Die Bekanntschaft mit der Fate Mara.

Die ersten Experimente der Fate.

Überraschende Erkenntnisse ...«

Es handelte sich um die Memoiren der Fee Kamilla, einer Wegbegleiterin der berühmten Fate Mara. Offenbar interessierte sich Kara für Morjanen, denn das Buch sah stark abgenutzt aus und an den Seitenrändern fanden sich überall handschriftliche Bemerkungen der Zauberin.

»Kapitel 5: Die Schritte zur Erzeugung einer Schwarzen Morjane.«

Larissa begann zu lesen:

»Die genetischen Manipulationen führte die Fate Mara stets alleine in ihrem Arbeitsraum durch. An dieses Geheimnis ließ sie niemanden heran. Uns blieb nichts anderes übrig, als zu warten, und wir durften ihr nur dann zur Hand gehen, wenn sie ohne unsere Hilfe nicht auskam.«

Handschriftliche Anmerkung von Kara:

»Die genetischen Experimente sind nicht das Entscheidende. Mara hat ihren Gehilfinnen nicht vertraut.«

Larissa staunte nicht schlecht und blätterte um.

»Das vorbereitete Material wurde ins *Wandlungsbecken* verbracht. Der Prozess der Ausformung eines einzigen Organismus lief unterschiedlich ab, je nach Komplexität des genetischen Ausgangmaterials. In der Regel dauerte er neun bis elf Minuten. Die Fate Mara überwachte den Vorgang stets persönlich ...«

Die Textstelle »je nach Komplexität des genetischen Ausgangsmaterials« war doppelt unterstrichen und am Rand stand abermals eine Anmerkung:

»Komplexität des Materials? Magische Fähigkeiten? Mara beraubte die Wandelwesen ihrer Fähigkeiten zugunsten der Immunität gegen Magie, man müsste sie erhalten! Oder verstärken? Ist es also eine Frage der Gene? Oder ist das *Wandlungsbecken* entscheidend?«

Larissa klappte das Buch zu und betrachtete den Einband. Erst jetzt wurde ihr klar, was das Wappen des Herrscherhauses Lud zu bedeuten hatte: Die Memoiren waren aus der Bibliothek des Grünen Hofs gestohlen worden!

Doch wozu brauchte die Zauberin detaillierte Informationen über die Erschaffung von Wandelwesen? Larissa hatte davon gehört, dass dieses Wissen seit Maras Tod als verloren galt und die Herrscherhäuser neue Forschungen auf dem Gebiet untersagt hatten.

Das Wesentliche wusste sie: Morjanen waren eine gefährliche Kriegswaffe, weitgehend immun gegen Magie, außergewöhnlich schnell, stark, extrem regenerationsfähig und hatten zwei Herzen. Schwarze Morjanen verfügten darüber hinaus über Giftdrüsen und konnten an die hundertfünfzig Jahre alt werden.

Hatte Kara vor, Wandelwesen zu erschaffen? Aber wozu?

Noch eine weitere Frage beschäftigte Larissa. Sie suchte das entsprechende Kapitel im Inhaltsverzeichnis heraus und vertiefte sich abermals in Kamillas Aufzeichnungen. Unter »genetischem Material« verstand die Fee des Grünen Hofs menschliche Frauen. Aus jeweils zwei Frauen erzeugte die Fate Mara eine Morjane!

Larissa lief es kalt den Rücken herunter. Sie schloss das Buch und stellte es mit versteinerter Miene ins Regal zurück. In ihr keimte ein schlimmer Verdacht. Kara hatte einen verschworenen Kreis treuer Anhänger um sich geschart. Das war Punkt eins. Dann die Bemerkung von Gleb in der *Verliererbar*: »Larissa ist doch in unsere Pläne noch gar nicht eingeweiht.« Das war Punkt zwei.

Und Karas unverhohlen feindselige Haltung gegenüber den Humanoiden. Das war Punkt drei. Steckte womöglich Kara hinter all den dramatischen Ereignissen in der Verborgenen Stadt?

Was zum Teufel hatte die alte Hexe vor? Wozu hatte sie all das nötig?

Städtisches Mietshaus
Moskau, Kastanajewskaja-Straße
Samstag, 30. September, 16:02 Uhr

»Wer möchte Kaffee?«, fragte Mitja, der gerade mit einem dampfenden Wasserkocher ins Zimmer kam.

»Alle«, antwortete Admin, ohne von seinem Bildschirm aufzusehen. »Schenk ein.«

Mitja rückte die Tassen zurecht, die auf einem kleinen, schmutzigen Tischchen standen, goss das heiße Wasser ein und öffnete eine Dose löslichen Kaffees.

Admin, ein dürrer Typ mit fettigem, schulterlangem Haar, trottete zum Tisch und schüttete drei Löffel Kaffeepulver in seine Tasse. Zucker verabscheute er.

»Doktor, hör endlich mit der Spielerei auf!«

Seinerzeit hatte Admin als Systemadministrator bei einer großen Bank gearbeitet und war es von daher gewohnt, Leute herumzukommandieren.

»Stör mich nicht!« Der Dritte im Bunde, ein bebrillter junger Mann mit urwaldartiger Haartracht, trommelte fieberhaft auf seine Tastatur ein. »Ich bin gleich fertig.«

»Was machst du denn überhaupt?« Mitja trat an Doktors Schreibtisch heran. »Wo treibst du dich rum?«

»Lass mich in Ruhe!«

»Du Idiot!« Mitja stieß den Brillenträger vom Computer weg. »Hast du das immer noch nicht kapiert? Es wird nicht gehackt!«

»Was soll ich denn sonst machen?«, fuhr Doktor den breitschultrigen Mitja an. »Auf Pornoseiten surfen so wie ihr?«

»Wenn du keinen Bock auf Pornoseiten hast, dann lies ein Buch oder mach sonst was!«, versetzte Mitja. »Uns ist doch auch langweilig! Aber der Boss hat uns ausdrücklich verboten, in irgendwelche Systeme einzudringen, wir dürfen nicht auffallen! Ich habe keine Lust, mir wegen dir eine Kugel einzufangen!«

»Nicht auffallen! Und wozu?«, ereiferte sich Doktor. »Wo ist denn der Superhack, den der Boss angekündigt hat? Jetzt sitzen wir schon die zweite Woche nur herum und surfen im Internet. Bis der mal zu Potte kommt, sind unsere Kisten verrostet.«

»Mach mal halblang, Doktor«, sprang Admin Mitja bei. »Die Kisten hast schließlich nicht du bezahlt und für einen Tausender am Tag kann man sich auch mal langweilen.«

Missmutig blickte der Strubbelkopf im Raum umher, der mit Computern vollgestopft war. Der Boss hatte sich tatsächlich nicht lumpen lassen und den Hackern die beste, schnellste und teuerste Ausrüstung zur Verfügung gestellt. Mit diesen Superrechnern hätte man auch ins Netzwerk der FAPSI eindringen können. Schon zu Beginn des Projekts hatte sich Doktor über die Freigiebigkeit des Auftraggebers gewundert. Was hatten er und

Mitja für große Augen gemacht, als sich herausstellte, dass außer ihnen auch Admin zum Team stoßen würde, der legendäre Hacker, den der mächtige Boss extra aus Samara abgeworben hatte! Und dann erst das Ziel der Aktion! Jedes Mal, wenn er daran dachte, begannen ihm die Hände zu zittern.

In den ersten Tagen hatten die Hacker in stiller Vorfreude ihre Ausrüstung zusammengebaut und einsatzbereit gemacht. Sie waren darauf vorbereitet, dass jeden Moment das Kommando zum Angriff erfolgen könnte. Doch dann verzögerte sich die Sache unerwartet und nun hockten sie schon seit über einer Woche ununterbrochen in der jämmerlichen Dreizimmerwohnung am Moskauer Stadtrand. Sie trauten sich nicht einmal, ins Freie zu gehen, surften gelangweilt im Internet und reagierten von Zeit zu Zeit ihren Frust aneinander ab.

Das einzige Gute daran war die Bezahlung – drei dicke Umschläge, die ein Bote jeden Morgen in die Wohnung brachte. Für den Hackerangriff selbst hatte der Boss jedem Teammitglied zweihunderttausend versprochen und für jeden Tag erzwungener Untätigkeit bezahlte er einen Tausender pro Mann. Dafür konnte man sich auch mal eine Weile einsperren lassen.

»Trink lieber deinen Kaffee«, empfahl Admin.

»Formatier dir doch die Festplatte«, konterte Doktor und griff nach seiner Tasse.

KAPITEL ACHT

Städtisches Mietshaus
Moskau, Kastanajewskaja-Straße
Samstag, 30. September, 16:12 Uhr

Der Zielpunkt des Portals befand sich im Treppenhaus. Zuerst hatte Kara ihn direkt in die Wohnung legen wollen, doch von dieser Idee war sie rasch wieder abgekommen, um bei den Hackern keine Irritationen auszulösen. Der große Respekt, den die Computerspezialisten für ihren neuen Boss empfanden, wäre womöglich in religiöse Verehrung umgeschlagen.

Die Zauberin stellte eine Schüssel Wasser auf den Tisch und sprach eine Zauberformel. Auf der Wasseroberfläche erschien das leere Treppenhaus. Nun konnte es losgehen. Kara aktivierte das Portal, trat einen Schritt nach vorn und stand im selben Augenblick vor der Wohnungstür der Hacker. Nun musste sie nur noch ihr äußeres Erscheinungsbild korrigieren. Die jungen Männer hätten sonst nicht schlecht gestaunt, ihren großzügigen und anspruchsvollen Boss in einem knappen Kleidchen zu sehen. Nicht dass sie prinzipiell ein Problem mit Karas tiefem Ausschnitt gehabt hätten, sie waren jedoch der Meinung, für einen Mann zu arbeiten.

Kara murmelte einen weiteren Zauber, überzeugte

sich von der erfolgreichen Verwandlung und betätigte den Klingelknopf.

»Der Boss!« Mitja öffnete die Tür und ließ den Chef herein. »Wir haben Sie schon sehnsüchtig erwartet.«

Die übrigen Hacker sprangen beflissen auf und wandten sich ehrerbietig zu dem großgewachsenen Mann im eleganten grauen Anzug. Das schwarze Haar des Auftraggebers war zu einem Seitenscheitel gekämmt und seine ebenso schwarzen, tief eingesenkten Augen bedachten die jungen Männer mit strengen Blicken.

»Die Aktion beginnt in Kürze«, sagte Kara mit Santiagos Stimme. »Halten Sie sich bereit!«

Villa Karavella
Moskau, Silberhain
Samstag, 30. September, 16:18 Uhr

Larissa wusste, dass ihr Vorhaben eine schwerwiegende Indiskretion bedeutete, doch sie konnte nicht anders. Die Fragen, die ihre Entdeckung in der Bibliothek aufgeworfen hatte, brannten ihr unter den Nägeln. Und eine Antwort darauf konnte sie nur in Karas Arbeitszimmer finden. Aus welchem Grund beschäftigte sich die Zauberin so intensiv mit der Herkunft der Wandelwesen? Hatte sie etwa vor, die Verborgene Stadt mit einer ganzen Armee dieser Monster auszulöschen? Hirngespinste! Völliger Unsinn! So hätte Larissa noch vor einem Monat gedacht. Mittlerweile war sie da nicht mehr so sicher.

Selbstverständlich hielt Kara ihre Schülerin über ihren jeweiligen Aufenthaltsort nicht auf dem Laufenden, doch das war auch gar nicht erforderlich. Larissa hatte inzwischen so große Fortschritte gemacht, dass es sie keine Mühe kostete, die Villa unbemerkt zu scannen, um festzustellen, ob die Zauberin anwesend war.

Kurz nachdem Kara sich via Portal in die Kastanajewskaja-Straße aufgemacht hatte, schlich Larissa auf leisen Sohlen zum Arbeitszimmer ihrer Lehrmeisterin. Während das Anwesen selbst nur durch gewöhnliche Überwachungseinrichtungen gesichert war, hatte Kara diesen privaten Raum mit Schutzzaubern buchstäblich verbarrikadiert.

Als Larissa sich der Tür näherte, registrierte sie die magischen Sperren sofort: Ein *Silberglöckchen* warnte die Zauberin, sobald ein Unbefugter sich erfrechte, ihr Allerheiligstes zu betreten. Zur Vernichtung ungebetener Gäste hatte sich Kara für einen *Salamanderring* der vierten Kategorie entschieden. Dieser mächtige Schutzzauber verbrannte jeden Eindringling kurzerhand zu einem Häufchen Asche. Zur Abrundung diente ein *Zelt der Stille*. Dieses raffinierte Arkan machte den Raum völlig abhörsicher. So blockierte es zum Beispiel die Funktion von Richtmikrofonen und Wanzen und verzerrte zudem die nach außen dringenden Stimmen der Anwesenden. Wenn im Raum jemand sprach, hörte man das vor der Tür nur als unverständliches Gemurmel.

Kara schützte ihre Geheimnisse mit den wirksamsten und zuverlässigsten Zaubern, die in der Verborgenen Stadt je ersonnen wurden. Es war völlig ausgeschlossen, dass jemand gegen ihren Willen ihr Arbeitszimmer betrat. Doch dies hatte Larissa auch gar nicht vor.

Sie interessierte sich ausschließlich für das, was auf Karas persönlichem Computer abgespeichert war. Über ein Netzwerk konnte sie diese Informationen nicht abgreifen, das verhinderten entsprechende Sicherheitsvorkehrungen. Doch es gab einen anderen Weg.

Larissa stellte ihr Notebook auf den Boden, öffnete die Tür einen Spaltbreit und schob vorsichtig ein Kabel in den Raum.

Keinerlei magische Impulse! Die Zauberin atmete auf. Die Schutzzauber sprachen nicht darauf an. Wie sie vermutet hatte, waren die Arkane nur auf lebende Objekte programmiert. Kara war gar nicht auf die Idee gekommen, dass jemand an ihre Geheimnisse gelangen könnte, ohne den Raum zu betreten.

Der Rest war ein Kinderspiel – vorausgesetzt man beherrschte ein bisschen Telekinese. Das von Larissa gesteuerte Kabel kroch bis zum Schreibtisch, auf dem der Computer stand, schraubte sich wie eine dressierte Schlange auf die nötige Höhe empor und dockte zielsicher an der richtigen Buchse des Rechners an.

Larissa startete Karas Computer von ihrem Notebook aus und auf dem Bildschirm erschienen die geheimsten Geheimnisse der Magierin.

Zentrale des Konzerns T-Grad-Com
Moskau, 1. Brestskaja-Straße
Samstag, 30. September, 16:21 Uhr

Schon seit vielen Tausend Jahren existierte die Verborgene Stadt an den Ufern der Moskwa. Sie hatte vieles gesehen und vieles erlebt. Mal waren ihre Gebäude aus Holz, mal aus Stein, mal wirkte sie verwahrlost, mal blühend, immer so, wie das Moskau der Humos, in das sie diskret eingebettet war. Sie durfte nicht auffallen und war deshalb immer auf der Höhe der Zeit.

Trotz ihrer Vorliebe für altehrwürdige Gebäude und trotz der Allgegenwart der Magie im täglichen Leben nutzten die Bewohner der Verborgenen Stadt bereitwillig die Errungenschaften der menschlichen Zivilisation. Sie fuhren Auto und U-Bahn, unterhielten sich am Telefon und begrüßten die Einführung asphaltierter Straßen. Lediglich für die Raumfahrt zeigten sie wenig Interesse und das auch nur deshalb, weil die Erschließung der Außerirdischen Welten nach dem aktuellen Stand der Technik noch in weiter Ferne lag.

Selbstverständlich ging auch die rasante Entwicklung der Computertechnik nicht spurlos an der Verborgenen Stadt vorbei. Die Handelsgilde und später auch die Herrscherhäuser entdeckten die ungeahnten Perspektiven, die eine Kombination von Magie und moderner Mikroelektronik eröffneten. Am Anfang stand die detaillierte Erforschung der Struktur magischer Energie, danach folgten die ersten Gehversuche bei der Verknüpfung von Zauberei und Computertechnik und schon bald wurden die ersten Programme für Magier geschrieben. Innerhalb weniger Jahre eroberte sich der PC einen festen Platz in den Arbeitsräumen der meisten Zauberer. Mit dem Computer wurden Artefakte eingestellt, die Wirkung von Zaubern optimiert, Zukunftsprognosen erstellt und sogar die Nutzung Magischer Quellen gesteuert. Der Einsatz schneller Rechner machte magische Dienstleistungen erschwinglicher und erhöhte den Umsatz der Herrscherhäuser beträchtlich.

Andererseits barg die zunehmende informationstechnische Vernetzung auch eine nicht zu unterschätzende Gefahr für die Verborgene Stadt. In Zeiten von Chipkarten und elektronischer Bezahlung wurde es nahezu unmöglich, die gigantischen Geldströme vor den wachsamen Augen der Finanzämter zu verbergen. Doch niemand in der Verborgenen Stadt hatte ernsthaft die Absicht, Steuern zu bezahlen, zum Beispiel für den Verkauf magischer Energie. Man suchte nach einem Ausweg und man fand ihn.

Mitte der Neunzigerjahre gründeten die Herrscherhäuser gemeinsam den inzwischen weithin bekannten Telekommunikationskonzern T-Grad Communication, abgekürzt T-Grad-Com. Durch die Synthese von Magie und Computertechnik stieg das Unternehmen rasch zum Marktführer auf, doch das Erstaunlichste an dieser Erfolgsgeschichte war etwas anderes: Die meisten Mitarbeiter rekrutierte der Konzern unter den Humos. Diese auf den ersten Blick überraschende Tatsache hatte einen plausiblen Grund: Die Bewohner der Verborgenen Stadt waren technisch nur leidlich begabt.

Offiziell firmierte die T-Grad-Com als größter russischer Internetprovider und war auf diesem Sektor einer der Pioniere im Land. In der Verborgenen Stadt beackerte der Konzern ein wesentlich breiteres Geschäftsfeld: Verlegung von Kabelnetzen, Webhosting, E-Banking, Telefondienstleistungen jeglicher Art, Rundfunk und digitales Fernsehen, kurzum – auf dem Gebiet der Telekommunikation erarbeitete sich die T-Grad-Com eine Monopolstellung. Neunzig Prozent des Zahlungsverkehrs liefen über ihre Rechner und auf ihren Servern waren sämtliche Informationen über die Bewohner der Verborgenen Stadt und die Herrscherhäuser gespeichert – eine Datenbank von unschätzbarem Wert.

Aus diesem Grund galt der massive Ziegelbau an der 1. Brestskaja-Straße als eines der bestbewachten Objekte der Verborgenen Stadt. Allerdings handelte es sich dabei nicht um einen Objektschutz im üblichen Sinne. Zwar machten sich zahlreiche hübsch uniformierte Humos, Überwachungskameras, Alarmanlagen und Metalldetektoren um die Sicherheit des Gebäudes verdient, doch im Prinzip waren sie kaum mehr als schmückendes Beiwerk. Um den eigentlichen Schutz der T-Grad-Com kümmerten sich erstklassige Kriegsmagier, wobei stets Vertreter aller drei Herrscherhäuser gleichzeitig Dienst taten. Diese Regelung hatte man untereinander vereinbart, da kein Herrscherhaus auch nur im Traum daran dachte, die sensiblen Datenbanken der Konkurrenz anzuvertrauen.

Das zweistufige Sicherheitssystem wurde von zwei Dreierteams realisiert. Das erste Trio, dem in der Regel ein Leutnant der Garde des Ordens, ein Woiwode des Grünen Hofs und irgendein Naw angehörten, kontrollierte die konventionellen Sicherheitseinrichtungen, dirigierte die Arbeit des Humo-Wachpersonals und überwachte den Zutritt zu den sensiblen Unternehmensbereichen. Das Büro des Trios befand sich unmittelbar am Eingang zu jenem streng abgeschotteten Teil der T-Grad-Com-Zentrale, der nur von ausgewählten Mitarbeitern und Bewohnern der Verborgenen Stadt betreten werden durfte. Eben dort, versteckt zwischen dem VIP-Raum, den Technikräumen und den Büros der Konzernleitung befand sich die Kommandozentrale der T-Grad-Com-Security, wo drei erfahrene Kriegsmagier für die Sicherheit der wichtigsten Datenbank der Verborgenen Stadt sorgten.

»Hat sonst noch jemand Hunger?«, fragte Boga, als er zum Telefonhörer griff. »Oder soll ich nur für mich selbst bestellen?«

Niemand antwortete dem Nawen. Der breitschultrige Dunkan Glor, ein grimmiger Kriegskommandeur, blickte stoisch auf seine Bildschirme und gähnte demonstrativ. Die Fate Lada runzelte die Stirn und sah versonnen aus dem Fenster.

»Na gut, dann eben nur für mich«, konstatierte Boga achselzuckend und gab seine Bestellung an den Kantinenmitarbeiter durch: »Das zweigängige Mittagsmenü, dazu Erdbeerdessert und eine große Portion Kaffee.« Er legte den Hörer auf und machte ein zufriedenes Gesicht. »Wenn sich der Magen meldet, muss ich sofort etwas essen, sonst bekomme ich Unterzucker und werde unausstehlich.«

»Wenn ich so viel essen würde, würde ich platzen«, kommentierte die mollige Fate Lada mit einem neidischen Seitenblick auf die schlanke Figur des Nawen.

»Das ist ja das Geheimnis«, erklärte Boga und lächelte der hübschen Zauberin freundlich zu. »Man muss immer rechtzeitig und das Richtige essen, dann wird die Mahlzeit auch vollständig in Energie umgewandelt.«

Die gute Laune des Nawen fand indes wenig Widerhall. Die Fate drehte den Kopf wieder zum Fenster und Dunkan brummelte nur etwas Unverständliches vor sich hin.

Angesichts der dramatischen Ereignisse in der Verborgenen Stadt reduzierte sich die Kommunikation zwischen den drei Kollegen auf ein Minimum. Die Fate Lada war davon überzeugt, dass der Orden das Blutbad an der Ismailowskoje Chaussee zu verantworten hatte, und hätte dem breitschultrigen Kriegskommandeur am liebsten einen hübschen kleinen *Kugelblitz* in die rotbärtige Visage geschleudert.

Dunkan Glor seinerseits hegte durchaus feindselige Gefühle gegenüber dem schwarzhaarigen Nawen, der immer nur ans Essen dachte, und gegenüber der weißblonden Hexe, die schon beim Gedanken an Nahrungsaufnahme dick zu werden schien.

Klare Sache, dachte Dunkan, der Dunkle Hof steckt mit den grünen Hexen unter einer Decke. Sie haben Franz de Geer reingelegt und sich gegen den Orden verbündet. Aber wartet nur, euch werden wir's zeigen!

Was genau es den mutmaßlichen Feinden zu zeigen galt, hätte der Kriegskommandeur wohl nicht zu sagen vermocht, doch dies minderte nicht sein Misstrauen gegenüber den beiden.

»Kollegen, wäre es nicht besser wir würden uns vertragen?«, sagte Boga versöhnlich. »Wir sind schließlich im Dienst.«

»Eben, um so mehr ein Grund, sich auf die Arbeit zu konzentrieren«, presste Dunkan zwischen den Zähnen hervor und trommelte missmutig mit den Fingern auf dem Tisch.

Der Tschud hatte die nervtötendste Aufgabe: Er war für die magische Abschirmung der Glasfaserkabel zuständig und musste verhindern, dass Unbefugte ins Leitungsnetz eindrangen. Auf seinen vier Bildschirmen flimmerten bunte Schaltpläne, die er nach Möglichkeit nicht aus den Augen lassen durfte. Die Fate Lada hatte einen vergleichsweise übersichtlichen Job: Sie überwachte die Server der T-Grad-Com. Der meist heiter gestimmte Naw Boga war für die magische Absicherung des Gebäudes verantwortlich. Er kontrollierte ein dichtes Netzwerk von Schutzzaubern, das jeden Versuch, ins mediale Herz der Verborgenen Stadt einzudringen, bereits im Keim ersticken sollte.

»Aber ja, Bidjar, ich leihe Cortes Geld für die Pokerrunde«, sagte Jegor Bessjajew schmunzelnd. »Oder zweifelst du an meiner Liquidität? – Was? An meinem gesunden Menschenverstand?« Der Vizepräsident der T-Grad-Com nahm dem Schatyren seine Skepsis nicht krumm.

»Kann schon sein, dass es schiefgeht, aber ich denke nicht daran zu kneifen. Cortes hat gesagt, dass es eine Revanche gibt, und ich bin dabei. Habt ihr schon einen Termin ausgemacht? – Okay, ich warte auf deinen Anruf.«

Bessjajew verließ sein Büro und steckte im Gehen sein Mobiltelefon in die Tasche.

»Falls jemand nach mir fragt – ich bin im Büro von Microsoft. Ich habe dort in vierzig Minuten einen Termin und weiß noch nicht, wie lange es dauern wird. Ich komme aber auf jeden Fall nochmal ins Büro zurück.«

»Jegor, soll ich Ihnen nicht eine Leibwache organisieren?«, fragte Marina vorsichtig. »In der Stadt herrschen kriegsähnliche Zustände, haben Sie die Nachrichten gesehen?«

»Liebe Marina!«, Jegor blieb in der Tür stehen. »Das ist ja nett gemeint, aber wer sollte schon etwas von mir wollen?«

Die Sekretärin zuckte mit den Achseln. »Wer hatte es denn nötig, den Chwanen reinzulegen?«

»Dann frage ich mal andersherum«, lächelte der Vizepräsident. »Wer wäre so verrückt, mich anzugreifen?«

»Es laufen offenbar genug Irre in der Stadt herum.«

»Ach was!«

Der Vizepräsident der T-Grad-Com, des größten russischen Internetproviders und gleichzeitig des wichtigsten und einzigen Telekommunikationskonzerns der Verborgenen Stadt, hatte noch nie die Dienste von Bodyguards in Anspruch genommen.

»Achtung! An alle! Er wird jeden Augenblick herauskommen!«

»Verstanden, Zorro, wir sind bereit«, bestätigte Bajan, ein hünenhafter Gangster, der am Steuer eines nagelneuen Audis saß.

»Schnitzel, wie sieht's bei euch aus?«

»Alles klar, Zorro. Wir warten.«

»Er fährt los!«, rief der Bandit, der die Tiefgaragenausfahrt der T-Grad-Com beobachtete. »Er fährt los!!!«

»Action!«, brüllte Zorro in sein Funkgerät und bekreuzigte sich. »Und macht mir keine Schande, Jungs!«

»Es geht los!«, rief Kara, als sie Zorros Stimme über Funk hörte. »Wir haben nur ein paar Minuten Zeit. Volle Konzentration!«

Die Hacker klemmten sich hinter die Monitore und ihre Gesichter wurden ernst.

»Ich komme nicht durch«, vermeldete Admin nach einiger Zeit. »Die haben dort irgendeine zusätzliche Firewall installiert und mir ist nicht mal klar, um welche Art von Schutz es sich dabei handelt.«

»Das ist nicht dein Problem«, versetzte die Zauberin. »Darum werde ich mich kümmern.«

Kara lehnte sich zurück und vor ihrem geistigen Auge erschienen die komplizierten Netzwerke der T-Grad-Com. Die Zauberin hatte sich sorgfältig auf die Aktion vorbereitet und die Barrieren, mit denen die Humanoiden ihre Datenbank schützten, genauestens analysiert. Für gewöhnliche Hacker waren diese magischen Schranken unüberwindlich, wie Admin richtig bemerkt hatte, doch für Kara keineswegs. Den ersten Schritt dazu hatte sie schon vor längerer Zeit getan, indem sie unbemerkt eine Datenleitung der T-Grad-Com unter ihre Kontrolle brachte. Diese Operation hatte sie Unmengen von magischer Energie, Zeit und Geduld gekostet, doch der Aufwand wurde belohnt. Die Humanoiden hatten von ihrem Eindringen nichts mitbekommen.

In der 1. Brestskaja-Straße bildete sich um diese Zeit zuverlässig ein Stau. Deshalb hatte Jegor vor, über die 2. Brestskaja-Straße bis zur Kreuzung mit der Wassiljewskaja-Straße zu fahren und dort in Richtung Twerskaja-Jamskaja-Straße links abzubiegen. Es war kein Kunststück, diese Route vorherzusagen, zumal wenn man das Ziel des Vizepräsidenten der T-Grad-Com kannte.

Wie eine blaue Rakete schoss der BMW Z3 aus dem sich öffnenden Tiefgaragentor heraus und preschte mit röhrendem Motor davon. Jegor fuhr gerne schnell und selbst auf kurzen Strecken holte er das Maximum aus seinem hübschen Flitzer heraus.

Es war nicht mehr weit bis zur Ampel. Ein vor Bessjajew fahrender Audi beschleunigte, offenbar um gerade noch bei Grün über die Kreuzung zu fahren. Jegor nickte zufrieden und drückte ebenfalls das Gaspedal durch. Was dann geschah, war eine unmittelbare Folge der notorischen Raserei des Vizepräsidenten. Der Audi blieb an der Ampel plötzlich stehen und der Z3 krachte ihm ins Heck. Die Bremslichter des Audi hatten nicht funktioniert.

»Idiot!«, fluchte Jegor und stieg mit einem besorgten Blick auf die Uhr aus seinem ramponierten Wagen. »Warum bremst du denn auf einmal?«

»Es war doch rot«, rechtfertigte sich grinsend der Audifahrer, ein kurzgeschorener Koloss. »Hast du keine Augen im Kopf?«

»So so, es war rot. Und warum hast du dann zuerst noch Gas gegeben?«

»Da war ja noch grün.«

Bessjajew schüttelte den Kopf. »Hör mal, Junge, ich hab's eilig, lass uns das auf die Schnelle regeln. Ist deine Karre versichert?«

»Klar ist die versichert«, erwiderte der Koloss und rammte Jegor unvermittelt seine monströse Faust unters linke Auge.

Die weiteren Ereignisse bekam Bessjajew nur nebelhaft mit. Zuerst landete er bäuchlings auf der zerknitterten Motorhaube seines Z3, dann fasste man ihn unter den Achseln und zerrte ihn in einen Ford, der an der Unfallstelle angehalten hatte.

»Da versucht jemand, in unser Netzwerk einzudringen«, meldete Dunkan.

»Humo-Hacker, die sich einen Spaß erlauben?« Boga streckte sich. »Denen wird der Spaß vergehen. Stell fest, woher der Angriff kommt und schick unsere Leute hin.«

»Das geht nicht«, entgegnete der Ritter alarmiert. »Ich kann nicht feststellen, woher der Angriff kommt!«

»Was?!«

»Sie haben eine unserer Datenleitungen gekapert!«

»Aber dort ist doch die magische Firewall aktiv!« Boga sprang aus seinem Stuhl auf.

»Sie sind daran vorbeigekommen! Der Zauber wirkt nicht!«

»Sie hacken den Server!«, schrie plötzlich Lada. »Boga, ruf Hilfe, wir haben ein Problem!«

»Wo ist Bessjajew?«, donnerte Dunkan. »Wir müssen sofort Bessjajew informieren!«

Jegor war ein wahres Computergenie und ohne seine technische Anleitung fühlten die Magier sich verloren.

Mitja saß dem Boss schräg gegenüber und spähte von Zeit zu Zeit verstohlen zu ihm hinüber. Der großgewachsene schwarzhaarige Mann im teuren Anzug biss sich auf die Lippen und krallte sich krampfhaft an den Armlehnen seines Stuhls fest. Seine Augen waren halb geschlossen und an seiner Stirn traten große Schweißperlen aus.

Was zum Teufel machte der Mann? Was ging hier eigentlich vor?

Doch was auch immer der rätselhafte Auftraggeber anstellte, es zeigte Wirkung. Mitja stellte erstaunt fest, dass die selbst für Admin unüberwindliche Firewall der T-Grad-Com mit einem Mal überwunden war.

»Halt durch, Lada, wenigstens noch ein bisschen!«

»Ich brauche mehr Energie«, flüsterte die Fate und Dunkan drückte ihr ein Artefakt in die Hand. Ladas Gesicht rötete sich vor Anstrengung. »Das ist ein verdammt heftiger Angriff! Ich werde förmlich zerquetscht. Keine Ahnung, woher diese Energie kommt ...«

»Sie sind drin!«, schrie Boga. »Wir müssen den Strom abschalten!«

Die Humanoiden verteidigten ihre Datenbank verbissen.

Aber nicht gut genug.

Den eingesetzten Arkanen nach zu schließen bewachte eine Hexe des Grünen Hofs die Server. Doch die hatte sich eine Blöße gegeben. Kara war es gelungen, den magischen Schutzwall zu durchbrechen und ihren Hackern so den Weg freizuräumen. Jetzt musste sie nur noch verhindern, dass das grüne Biest die Initiative übernahm. Doch dies bereitete der Zauberin keine Mühe – die Fate konnte ihr nicht das Wasser reichen.

Schlag um Schlag setzte Kara ihre magischen Attacken und schon bald spürte sie, dass der Widerstand auf der Gegenseite erlahmte. Ihre Kontrahentin zapfte bereits externe Energiequellen an.

Endlich erfolgte die langersehnte Meldung von Admin:

»Wir können jetzt die Datenbank runterladen!«

»Ausgezeichnet!«

Nach den Berechnungen der Zauberin verblieben ihnen noch drei Minuten.

»Wie lange braucht ihr dazu?«

»Noch zwei Minuten.«

»Das reicht! Und vergesst nicht, danach den Virus zu aktivieren.«

Im Technikraum der T-Grad-Com heulten die Alarmsirenen auf. Die für gewöhnlich schläfrigen Programmierer hämmerten wie verrückt auf ihre Tastaturen ein, um den Angriff abzuwehren, doch ohne Erfolg. Die Hacker erwiesen sich als ausgebuffte Profis.

»Wir schaffen es nicht!«

»Sie übernehmen die Kontrolle!«

»Wir können sie nicht abwehren!«

»Sie greifen schon auf die Datenbank zu!«

Die völlig auf ihre Bildschirme fixierten Programmierer bekamen überhaupt nicht mit, wie Boga in den Raum stürmte und den Verteilerkästen mit einem Feuerwehrbeil zu Leibe rückte.

»Sie nehmen die Server vom Stromnetz!«, schrie Doktor. »Wir schaffen es nicht!«

»*Sie* schaffen es nicht!«, versetzte Kara. »Weitermachen!«

»Aber sie schalten den Strom ab!«

»Weitermachen!!!«

»Wie haben sie das nur geschafft?«, fragte einer der Programmierer und starrte resigniert auf seinen erloschenen Monitor.

»Das ist jetzt auch schon egal.« Boga warf das Beil weg und rückte das Mikrofon seines Funkgeräts zurecht. »Dunkan, haben Sie Bessjajew gefunden?«

»Er geht nicht an sein Handy!«

»Beim Gold der Schatyren, Dunkan, Sie stehen wirklich völlig neben sich! Sie brauchen doch kein Telefon, um festzustellen, wo er ist! Lokalisieren sie ihn und bauen Sie sofort ein Portal dorthin auf!«

»Er ist nicht dort, wo er sein sollte«, meldete der Ritter nach einer kurzen Pause. »Er fährt in die entgegengesetzte Richtung.«

Boga knirschte mit den Zähnen und griff zum Telefon.

»Ortega, wir haben ein Problem: Bessjajew wurde entführt. Stell fest, wo er ist, und dann nichts wie hin!« Boga legte auf und wählte sofort eine andere Nummer. »Domingo? Bist du's? Wir brauchen dringend eure Hilfe. – Ich pfeif auf deinen Auftrag! Die T-Grad-Com-Server wurden soeben von Hackern geknackt. Stellt fest, wo die Angreifer sitzen! – Nein, können wir nicht. Alle Computer sind tot.«

Der Telekommunikationskonzern zählte gewissermaßen zu den Lebensadern der Verborgenen Stadt, und im Gefahrenfall hatte die T-Grad-Com-Security die Befugnis, allen relevanten Personen Befehle zu erteilen und auf deren unverzüglicher Ausführung zu bestehen. Deshalb stellte Domingo Kornilows Beschattung kurzfristig hintan und machte sich daran, die Spur der dreisten Hacker zu verfolgen.

Als Jegor wieder zu Bewusstsein kam, fuhr der Ford, in den man ihn verfrachtet hatte, auf der linken Spur des Gartenrings in Richtung Krimbrücke. Die vier Entführer waren furchterregende Gestalten mit wulstigen Stiernacken und hatten betonharte Schultern – jedenfalls die beiden, zwischen denen Jegor auf der Rückbank eingeklemmt war.

Zum Erstaunen des Vizepräsidenten der T-Grad-Com wiegten sich die Kidnapper in völliger Sicherheit. Sie hatten es nicht einmal für nötig befunden, ihm einen Sack über den Kopf zu ziehen, und Bessjajew konnte in aller Ruhe die Sehenswürdigkeiten des modernen Moskaus genießen.

»Überrascht?«, erkundigte sich der Bandit auf dem Beifahrersitz.

»Worüber sollte ich überrascht sein?« Jegor zog die Augenbrauen hoch. »Oder bringt ihr mich zur Verkehrspolizei?«

»Nein, das nicht«, entgegnete der Bandit wiehernd. »Aber du hast Recht, es gibt keinen Grund, überrascht zu sein. Das kann schließlich jedem passieren.«

Auf der Ablage über dem Armaturenbrett lagen die bescheidenen Habseligkeiten des Vizepräsidenten – die Brille, ein kleines Mobiltelefon, die Brieftasche – und der Bandit untersuchte gerade den übrigen Inhalt seiner Tasche.

Im sinnlosen Bemühen, sich zwischen den Kleiderschränken an seiner Seite mehr Luft zu verschaffen, streckte sich Jegor und seufzte: »Weswegen habt ihr das gemacht?«

»Wegen der Kohle natürlich«, beschied der Rädelsführer auf dem Beifahrersitz. »Du bist schließlich kein armer Mensch, nicht wahr?«

»Stimmt«, räumte Jegor bereitwillig ein. »Aber ich bin auch nicht besonders reich. Ich bin nur ein Angestellter, die Firma gehört mir nicht.«

»Macht nichts.« Der Bandit räumte das Eigentum des

Vizepräsidenten wieder in die Tasche zurück. »Keine Angst, wir werden keine unbescheidenen Forderungen stellen.«

»Ich habe keine Angst.«

»Der hat anscheinend wirklich keine Angst«, konstatierte der rechts neben Bessjajew sitzende Gangster ein wenig verwundert.

»So ist eben das Leben«, sagte Jegor achselzuckend. »Es ist so eine Art Spiel. Nicht besonders gut ausgedacht, aber immerhin spannend.«

»Scherzkeks!«

Der Vizepräsident versuchte abermals, sich mehr Platz zu verschaffen.

»Wie viel wollt ihr denn für mich haben?«

»Das geht dich nichts an«, antwortete der Rädelsführer knapp.

»Wieso geht mich das nichts an?«, entrüstete sich Jegor. »Schließlich muss ich doch bezahlen.«

»Deine Freunde werden für dich bezahlen. Die kannst du dann später fragen, wie teuer du warst.«

»Ach, ihr habt doch keine Ahnung!«, erriet Bessjajew. »Jemand hat euch beauftragt, mich zu verschleppen, und euch in die Einzelheiten überhaupt nicht eingeweiht, stimmt's?«

»Wenn du nicht bald deinen Mund hältst, gibt's nochmal eins auf die Mütze«, erwiderte Zorro gereizt.

»Nicht nötig.« Das Veilchen unter dem linken Auge des Vizepräsidenten schmerzte heftig. »Ich wollte doch nur wissen, wie viel ich wert bin.«

»Ziemlich viel«, antwortete der Bandit vage.

»Aber wie viel?«, insistierte Jegor. »Du persönlich zum Beispiel. Wie viel bekommst du für meine Entführung?«

»Halt die Fresse!«

Zorro wurde allmählich böse. Edik hatte ihn strikt angewiesen, Bessjajew kein Haar zu krümmen und ihn möglichst korrekt zu behandeln. Ein leicht zu erfüllender Auftrag, sollte man meinen. Entführte verhielten sich normalerweise demütig und schweigsam, um sich nicht selbst zu gefährden, und Zorro war davon ausgegangen, dass es auch diesmal so sein würde. Doch da hatte er sich getäuscht. Der geschwätzige Vizepräsident zeigte nicht den geringsten Respekt vor den breitschultrigen Banditen und schien seine Lage als vorübergehende Unpässlichkeit zu begreifen. Stimmte da irgendetwas nicht?

»Na gut, wenn du nichts sagen willst ...«, winkte Bessjajew ab und wandte sich an seine Sitznachbarn. »Na, und wie viel hat man euch versprochen? Einen Hunderter pro Nase?«

»Was geht dich das an?«, knurrte Zorro.

»Es interessiert mich eben!«

»Na gut, eine Million hat man für dich ausgelobt. Bist du nun zufrieden?«

»Eine Million für euch alle vier?«, fragte Jegor skeptisch.

»Genau.«

»Ich habe das Gefühl, dass du lügst«, sagte der Vizepräsident nachdenklich. »Aber sei's drum.« Er hielt kurz inne. »Wenn ihr mir mein Handy gebt und mich einen

Anruf machen lasst, bekommt ihr innerhalb von zwanzig Minuten eine Million in bar. Es würde im Prinzip sogar schneller gehen, aber es dauert eben seine Zeit, das Geld abzuzählen.«

»Mann, spuckt der Töne!«, kommentierte einer der Muskelmänner an Jegors Seite.

»Und außerdem gebe ich euch mein Wort, dass man euch nicht verfolgen wird«, setzte Jegor ungerührt fort. »Euch persönlich. Eure Hintermänner werden wir uns natürlich vorknöpfen, aber ihr selbst habt nichts zu befürchten.«

Eine Zeit lang überdachten die Banditen das unverfrorene Angebot, dann schüttelte Zorro den Kopf.

»Wen meinst du überhaupt mit *wir*?«

»Meine Freunde und ich«, entgegnete Bessjajew kühl. »Wenn du glaubst, sie würden Lösegeld für mich zahlen, dann hast du dich geschnitten. Sie werden euch umlegen.«

»Dann bist du aber als Erster dran.«

»Dazu werdet ihr nicht mehr kommen.« Der Vizepräsident war nun endgültig bester Stimmung. »Ihr werdet nicht einmal dazukommen, euer Testament zu machen. Was glaubt ihr eigentlich, mit wem ihr euch da angelegt habt? Ich weiß auch ohne meine Rolex, die ihr mir abgenommen habt, dass ich innerhalb der nächsten drei bis fünf Minuten befreit werde. Pech für euch, Jungs. Aber wenn ihr mir mein Handy zurückgebt, werde ich mich für euch einsetzen, versprochen.«

»Und wie willst du dich für uns einsetzen?«, fragte Zorro amüsiert.

»Ich werde meine Freunde bitten, euch keinen allzu qualvollen Tod zu bereiten«, antwortete Bessjajew in vollem Ernst. »Wisst ihr, mit Humanismus haben sie nicht viel am Hut.«

»Ach, hör doch auf mit dem Gefasel …«

Der schwarze Wirbel des Portals bildete sich nur wenige Meter vor dem Ford. Der Fahrer schrie vor Schreck auf und stieg in die Eisen, doch es war schon zu spät. Und vor allem überflüssig, denn der Wagen wäre ohnehin gestoppt worden. Der erste Naw, der aus dem Portal stieg, schlug mit der linken, mit einem Stahlhandschuh bewehrten Faust, gegen den Kühler des Wagens. Die Abkömmlinge des Dunklen Hofs zeichneten sich ohnedies durch eine enorme Körperkraft aus, in ihrer Kampfausrüstung waren sie unbezwingbar. In diesem Fall war der Stahlhandschuh mit einem *Schmiedehammer* verstärkt, einem primitiven, aber wirkungsvollen Kampfzauber. Durch den heftigen Schlag wurde die Frontpartie des Fords wie eine Ziehharmonika zusammengeschoben. Reifen quietschten. Ins Heck des Havaristen rutschte ein 9er Lada und in diesen wiederum ein Kleintransporter vom Typ Gazelle. Ein gellendes Hupkonzert und wütende Schreie schallten über die Straße.

In der Zwischenzeit sprangen drei weitere Nawen aus dem Portal, darunter Ortega. Im Kampfgetümmel fühlte sich Santiagos Stellvertreter wesentlich wohler als bei Verhandlungen mit streitsüchtigen Vasallen oder bei hochoffiziellen Besprechungen im Kabinett des Fürsten.

»Tötet nicht alle, einen brauchen wir lebend«, kommandierte Santiagos Stellvertreter.

Die Kämpfer des Dunklen Hofs agierten blitzartig und professionell. Drei dumpfe *Plopps* – ihre Pistolen waren mit Schalldämpfern bestückt – und drei der Banditen sanken leblos auf ihren Sitzen zusammen. Der konsternierte Zorro wurde aus dem Wagen gezerrt und ins Portal gestoßen, während Jegor unversehrt aus dem Ford kletterte.

»Ortega, mein Freund, Sie haben sich aber ganz schön Zeit gelassen!«

»Sind Sie okay?«

»Absolut«, versicherte Bessjajew. »Wieso wurde ich eigentlich entführt?«

»Die T-Grad-Com-Server wurden gehackt«, verkündete Ortega trocken. »Kurz nach Ihrer Entführung.«

Jegors Miene versteinerte.

»Ich muss sofort ins Büro!«

Bessjajew eilte zum Portal und Ortega zog sein trällerndes Handy aus der Tasche.

»Ja bitte?!«

»Hallo Alter, hier ist Domingo«, meldete sich der Vegasianer vergnügt. »Wir haben deine Hacker geortet. Schreib dir die Adresse auf!«

»Gute Arbeit, Leute!« Kara rieb sich die Hände. »Darauf könnt ihr euch etwas einbilden.«

»Wow!« Der junge Doktor sprang von seinem Stuhl auf und warf übermütig seine Tastatur an die Wand. »Wir haben es tatsächlich geschafft!«

Über sechs Jahre lang hatten die Server der T-Grad-Com allen Angriffen von Hackern widerstanden und ihre Sicherheitsstandards galten in der Computerszene als vorbildlich. Nun war diese Festung gefallen.

»Wir müssen zusehen, dass wir hier wegkommen«, dämpfte Admin die Euphorie und wandte sich dem Boss zu. »Wie sieht's mit unserem Honorar aus?«

»Es ist hier«, erwiderte Kara lächelnd. »In dem staubigen Koffer, dort oben auf dem Schrank.«

Die Hacker tauschten verwunderte Blicke und Mitja stellte sich sofort auf einen Stuhl, um nach dem Koffer zu sehen.

»Tatsächlich!«

»Sie hatten es schon vorher hier deponiert?« Admin sah den Boss ungläubig und gleichzeitig beeindruckt an.

»Ich handle immer vorausschauend.«

»Und wenn wir das Geld gefunden hätten?«

»Wärt ihr dann getürmt?«

Der Hacker musterte den elegant gekleideten, großgewachsenen Mann mit den kalten schwarzen Augen und schüttelte dann den Kopf: »Wohl kaum.«

»Na also. Man hätte euch ohnehin innerhalb einer Woche gefunden.«

»Darum geht es gar nicht«, entgegnete Admin. »Die Server der T-Grad-Com zu knacken – das ist der Traum eines jeden Hackers. Dieses Husarenstück wird in die Geschichte eingehen.«

Über die Geschichtsträchtigkeit der Aktion wollte Kara nicht spekulieren, doch das weitere Schicksal der erfolgreichen Hacker war nicht schwer vorherzusehen: Mit Störenfrieden machte die Verborgene Stadt in der Regel kurzen Prozess.

»In dem Koffer befinden sich das Geld, Papiere und Flugtickets mit offenem Datum.« Kara schlug einen geschäftsmäßigen Ton an. »Ich möchte, dass ihr das Land so schnell wie möglich verlasst und für ein halbes Jahr von der Bildfläche verschwindet.«

»Nichts lieber als das!«, rief Doktor euphorisch.

»Packt eure Sachen und macht euch aus dem Staub.«

Kara nahm die Datenträger mit der brisanten Beute vom Tisch, verließ den Raum und zückte ihr Mobiltelefon.

»Mohammed?« Die Hacker konnten sie nicht hören, deshalb sprach die Zauberin mit ihrer normalen Stimme. »Wie sieht's aus bei dir?«

»Bestens, Herrin, ich bin bereit«, meldete der Schwarze und konnte sich nicht verkneifen zu fragen: »Hat es geklappt?«

»Was hast du denn gedacht?« Kara grinste zufrieden. »Ich habe soeben die Datenbank der T-Grad-Com an mich genommen.«

»Wunderbar!«

»Jetzt bist du an der Reihe.«

»Mit dem größten Vergnügen!«

Karas Diener klappte sein Mobiltelefon zusammen und ballte die Faust. Einen schöneren Auftrag hätte sich seine Herrin gar nicht für ihn ausdenken können. Diesen schmierigen Edik, der es noch dazu gewagt hatte, Karas Liebhaber zu werden, hasste Mohammed voller Inbrunst und er konnte es kaum erwarten, ihm die Kehle durchzuschneiden.

Mit Ediks Tod würde eine weitere Indizienkette, die zu Kara führte, durchtrennt. Die Zauberin schmunzelte, als sie sich an die Zärtlichkeiten und das unstillbare Verlangen des schmächtigen Mafiosos erinnerte. Dieser Mann hatte sich tatsächlich in sie verliebt. Und sie hatte jetzt den Auftrag erteilt, ihn zu töten. Das Leben steckte voller Unwägbarkeiten. Eine fremde Liebe, fremde Gefühle, was hatte das mit ihr zu tun? Im Leben ging es nur darum, sein Ziel zu erreichen und seine Träume zu verwirklichen, koste es, was es wolle ...

Aus dem anderen Zimmer drangen die gedämpften Stimmen der Hacker, die ihre Sachen zusammenpackten. Auch diese armen Irren waren nur ein Mittel zum Zweck und sie waren nur deshalb noch am Leben, weil sie denjenigen, die in Kürze hier auftauchen würden, ihren Auftraggeber beschreiben mussten.

Kara war sicher, dass sie kommen würden. Die Spuren, die sie für die Computerspezialisten der Verborgenen Stadt hinterlassen hatte, waren kinderleicht zu finden. Es lag in ihrem Interesse, dass die Hacker so schnell wie möglich aufgespürt würden. Und noch etwas sollte gefunden werden: ein unscheinbarer Fetzen Papier. Die Zauberin deponierte das Beweisstück mit dem unverwechselbaren Siegel sorgfältig auf dem Boden und aktivierte ihr Portal.

Macht's gut, Jungs.

Die Portale in der Wohnung der Hacker erschienen nahezu gleichzeitig. Das erste, ein Expressportal für eine Person, hatte Kara in der Küche aktiviert. Es verschwand sofort, nachdem die Umrisse der Zauberin sich darin aufgelöst hatten.

Das zweite Portal, ein bedrohlicher, schwarzer Wirbel, entstand im Wohnzimmer.

»Alle auf den Boden und Hände hinter den Kopf!«

Um seinem Kommando Nachdruck zu verleihen, schoss Ortega in die Decke. Doch das wäre nicht nötig gewesen. Allein die Tatsache, dass urplötzlich bewaffnete Männer im Zimmer standen, versetzte die Hacker in eine Art Schockstarre. Man fesselte sie, stülpte ihnen Säcke über den Kopf und stieß sie unsanft ins Portal. Dortselbst landeten auch ihre Gerätschaften. Bessjajew hatte angeordnet, die gesamte Ausrüstung der Hacker in die T-Grad-Com-Zentrale zu verbringen. Die ganze Aktion dauerte kaum fünf Minuten.

»Haben wir auch nichts vergessen?«

»Das hier haben wir in der Küche gefunden.« Einer der Kämpfer trat an Ortega heran und überreichte ihm einen Fetzen Papier. »War denn der Kommissar hier?«

Santiagos Stellvertreter betrachtete das fragmentarische Dokument und seufzte. Zwei einander gegenübersitzende Eichhörnchen. Das persönliche Siegel des Kommissars!

»Die Nachricht von dem erfolgreichen Hackerangriff auf die T-Grad-Com verbreitet sich wie ein Lauffeuer in der Internetgemeinde. Vertreter des für unverwundbar gehaltenen Providers erklärten, dass …«

ROSBUSINESSCONSULTING

»Wir haben Verständnis dafür, dass die Nachricht vom vorübergehenden Ausfall unserer Dienstleistungen für Irritationen in der Verborgenen Stadt gesorgt hat, doch wir versichern all unseren Kunden, dass die technischen Probleme innerhalb weniger Stunden behoben sein werden. Außerdem möchten wir klarstellen, dass die Gerüchte über einen angeblichen Diebstahl unserer Datenbanken jeglicher Grundlage entbehren.«

T-GRAD-COM,
offizielle Erklärung in eigener Sache

Städtisches Mietshaus
Moskau, Schirokaja-Straße
Samstag, 30. September, 16:33 Uhr

Nachdem die Söldner gegangen waren, versuchte Inga verzweifelt, sich auf den Bauch zu drehen, um den vermaledeiten Haifischanstecker loszuwerden. Ihre Bemühungen waren indes vergeblich – Artjom hatte sie geschickt gefesselt. Nach zwanzig Minuten gab Inga auf und ließ den Tränen der Wut freien Lauf.

Diese verdammten Söldner! Und Artjom, dieser Fiesling! Er würde ihren Zorn noch zu spüren bekommen!

Oder auch nicht, sagte Inga eine innere Stimme. Schließlich hatte sie ihm selbst vorhergesagt, dass er sterben würde. Sie hatte sein Blut in der Zukunft gesehen. Den Besuch in Karas Villa würde Artjom nicht überleben.

Sie wollten zu Kara! Um das Schwarze Buch zu stehlen!

Die junge Frau riss hysterisch an ihren Fesseln. Irgendwie musste sich dieser Strick doch zerreißen lassen!

Ruhig bleiben, sagte sie zu sich selbst. Ruhig bleiben und nachdenken.

Inga seufzte und zog noch einmal vorsichtig die Arme an. Die Fesseln schienen sich ein wenig gelockert zu haben. Artjom hatte sie tatsächlich nicht allzu fest angezogen, um ihr nicht die Venen abzudrücken. Inga witterte eine kleine Chance. Ihre schmalen, fast kindlichen Hände waren kaum breiter als ihre Unterarme, und mit entsprechender Willenskraft ...

Sie biss sich auf die Lippe und zog mit aller Kraft an. Der grobe Strick schnitt in ihre zarte Haut. Die Schmerzen waren unerträglich, doch Inga gab nicht auf. Sie rastete kurz und versuchte es erneut.

Ich werde es schaffen! Ich bin stark!

Ihre Hände brannten und der Schmerz strahlte in den gesamten Körper aus.

Ich werde es schaffen!

Aus ihrer zerbissenen Lippe quoll in dünnem Rinnsal Blut.

Ich bin stark!

Ein letzter verzweifelter Ruck verursachte ihr solche Schmerzen, dass sie beinahe das Bewusstsein verloren hätte. Vor ihren Augen flimmerten rote Punkte und ihr Handgelenk war fast bis zum Knochen aufgerieben – doch sie hatte es tatsächlich geschafft!

Erschöpft riss sie sich den Anstecker von der Brust und warf ihn in die Ecke.

Endlich frei!

Eine Weile blieb Inga einfach liegen, um wieder zu Kräften zu kommen. Erleichtert spürte sie, wie die magische Energie wieder durch ihre Adern floss. Was für ein Glücksgefühl! Zum ersten Mal seit vielen Jahren war sie ihrer magischen Fähigkeiten beraubt gewesen und der jungen Frau wurde klar, wie sehr sie davon abhängig war. Während der gesamten Zeit, als das Artefakt sie lähmte, hatte sie sich nur als halber Mensch gefühlt – ohnmächtig, minderwertig und schwach. Doch nun ...

Sie stützte sich auf den Ellbogen und sprach eine kurze Zauberformel. Ihre Fesseln gingen in Flammen auf und fielen von ihr ab. Da das magische Feuer nicht auf andere Gegenstände übergriff, kümmerte sie sich nicht weiter darum, sondern sprang entschlossen aus dem Bett. Im ersten Moment taumelte sie, denn ihre Beine waren eingeschlafen, dann fing sie sich und nahm eine Tube Erli-Balsam aus dem Nachtkästchen. Die kühle, zähe Masse verschaffte ihren zerschundenen Händen sofort Linderung. In ein bis zwei Tagen würden die Wunden heilen – nicht zu Unrecht galten die Erli als beste Ärzte der Welt.

Nun war es höchste Zeit, Kara zu warnen! Inga griff zum Telefon, doch als sie den Hörer ans Ohr legte, gefror ihre Miene. Die umsichtigen Söldner hatten die Leitung durchtrennt. Wie es um ihr Mobiltelefon stand, war nicht schwer zu erraten. Sie fand es in vier Bruchstücken auf dem Küchentisch. Abermals kullerten ihr Tränen über die Wangen, doch sie riss sich zusammen.

Es geht auch ohne Telefon!

Inga warf sich eine kurze Lederjacke über, riss die Wohnungstür auf und ...

... rannte einem rothaarigen Hünen in die Arme, der ihren Bewegungsdrang mit einem festen Griff bremste.

»Hiergeblieben!«

»Lass mich los!«

»Du siehst aber gar nicht gut aus, meine Liebe.« Hinter dem Rücken des Ritters erschien Antoine de Coulier und betrachtete die blutverschmierten Handgelenke der Frau. »Hast du ein Problem?«

»Toni, Liebster ...« Während Inga versuchte, sich ein Lächeln abzuringen, stellte sie entsetzt fest, dass an ihrem Kleid schon wieder ein Hai die Zähne fletschte. Der rothaarige Hüne hatte offenbar ein flinkes Händchen. »Was machst du denn hier? Du hattest gar nicht angekündigt, dass du kommst. Und wieso hast du deine Freunde mitgebracht?«

»Es gibt etwas zu bereden.«

Antoines Begleiter, es waren ihrer vier, stießen Inga unsanft in die Wohnung zurück und schlossen die Tür. Sie passten allesamt so gerade unter dem Türstock hindurch, trugen schwarze Lederjacken, schwarze Hosen und Schuhe mit riesigen Schnallen. Der eine hatte sich Inga wenig liebevoll unter den Arm geklemmt, zwei inspizierten die Wohnung und der vierte stellte einen großen Metallkoffer auf den Tisch. Nicht schon wieder!, dachte Inga entsetzt.

»Toni, findest du nicht, dass es ohne Zuschauer schöner wäre?«

»Was war ich nur für ein Idiot!« Der Magister der Drachenloge ging auf Inga zu und versetzte ihr umstandslos eine schallende Ohrfeige. »Und jetzt erzähle mal schön!«

Ingas Kopf wurde heftig zur Seite geworfen und ihre Wange brannte wie Feuer. Antoine hatte ordentlich zugelangt.

»Was soll ich denn erzählen?«

»Du Hexe! Du verdammte, durchtriebene Hexe!« De Coulier ließ sich aufs Sofa plumpsen. »Du hast mich nur benutzt!«

»Ich weiß überhaupt nicht, wovon du sprichst.«

»Wir werden deinem Gedächtnis schon auf die Sprünge helfen«, drohte der Magister und auf sein Handzeichen öffnete Chris den Metallkoffer. »Wir haben ein paar hübsche Überraschungen für dich dabei.«

Angst und ohnmächtige Wut trieben Inga die Tränen in die Augen. Die ganze Mühe mit den Fesseln war umsonst gewesen. Jetzt saß sie erst recht in der Tinte.

»Heraus mit der Sprache!«

Die Zeit drängte. Was tun? Was? Inga zweifelte nicht daran, dass der betrogene de Coulier ernst machen und sie notfalls auch foltern würde. Und danach würde er sie in die Burg verschleppen und dem Richterspruch des Ordens überantworten. Es blieb ihr nur eine einzige, wenn auch kleine Chance.

Inga hatte längst registriert, dass sich unter den Tschuden in ihrer Wohnung kein einziger Magier befand. De Coulier war naturgemäß nicht daran interessiert, seine amourösen Abenteuer an die große Glocke zu hängen, und hatte nur seine ergebensten Leute aus der Loge mitgebracht. Der Trottel hatte Angst vor seiner Frau. Wenn es Inga gelänge, die Tschuden in Karas Villa zu locken, würde die Zauberin kurzen Prozess mit ihnen machen.

»Man hat mir befohlen, dich zu hintergehen.«

»Wer?«

»Ich wurde dafür bezahlt, Toni.« Inga entlockte ihren dunklen Augen den treuherzigsten Blick, zu dem sie fähig war: »Ich schwör's dir, Toni, als ich dich besser kennenlernte, wollte ich das nicht mehr, aber man hat mich gezwungen.«

»Wer?« Die Stimme des Magisters klang eisig. »Name und Adresse.«

»Die Adresse weiß ich nicht, aber ich kann dir das Haus zeigen. Ich wurde einmal dorthin gebracht.« Inga brach abermals in Tränen aus.

De Coulier legte die Stirn in Falten. Er konnte Frauen nicht weinen sehen. Womöglich sagte Inga sogar die Wahrheit. Jemand hatte das Mädel eingespannt, um an ihn heranzukommen. Seltsam, dass man sie nicht umgebracht hatte ...

»Woher hast du diese Wunden?«

»Ich wollte dir alles erzählen, aber sie haben mich gefesselt«, schluchzte Inga. »Und sie haben gedroht, dass sie zurückkommen werden, um mich zu töten. Toni, Liebster, ich habe solche Angst ...«

Chris prustete abschätzig und wandte sich zum Fenster. Die übrigen Ritter wagten es nicht, so unverblümt kundzutun, was sie vom Techtelmechtel des Magisters hielten.

»Wenn es tatsächlich so ist, wie du gesagt hast« – Antoine zögerte – »dann … ähm, dann lasse ich vielleicht nochmal Gnade vor Recht ergehen und bestrafe dich weniger hart als ursprünglich geplant.« Er stand auf. »Wir fahren jetzt alle zusammen zu deinem Auftraggeber! Dann werden wir ja sehen.«

Büro der Firma JFK
Moskau, Maly Afanasjewski Pereulok
Samstag, 30. September, 16:34 Uhr

»Denis Romanowitsch Frolow, dreiunddreißig Jahre alt, Russe, Rotes Diplom der Lomonossow-Universität, Spitzname Edik.« Leka blätterte um. »Dringend verdächtig der Geldwäsche sowie des Waffen- und Drogenhandels. Stand viermal vor Gericht und wurde jedes Mal aus Mangel an Beweisen freigesprochen.«

»Ein gewieftes Kerlchen«, konstatierte Muba.

»Herr Frolow gilt als rechte Hand des bekannten Mafiosos Chamberlain. Er hat Einreiseverbot in die USA, Großbritannien, sämtliche Commonwealth-Staaten und Japan.« Leka schloss das Dossier und sah seinen Partner fragend an. »Daraus werde ich nicht schlau. Wozu hat der Humo-Bandit uns bloßgestellt? Wie hat er überhaupt von der Verborgenen Stadt erfahren?«

»Jedenfalls glaube ich nicht, dass er ein Magier ist«, erwiderte Muba. »Vermutlich wird dieser Edik selbst nur benutzt. Aber er kennt den wahren Auftraggeber. Er *muss* ihn kennen!«

»Und er wird uns bestimmt verraten, um wen es sich handelt«, sagte Leka grinsend und warf einen Blick auf die protzige Fassade des Bürogebäudes der Firma *JFK*, in der sich das Hauptquartier des Gangsters befand. »Sollen wir ihm einen kleinen Besuch abstatten?«

»Selbstverständlich. Deshalb sind wir ja hier.« Muba griff mit der linken unteren Hand in seine Hosentasche und aktivierte das Trugbild-Artefakt.

Die Chwanen verzichteten darauf, sich ein passendes Aussehen auszudenken, sondern machten sich einfach unsichtbar für Passanten und Überwachungskameras.

»Und wenn dieser Edik doch ein Magier ist?«, zauderte Leka, nachdem er die Beifahrertür zugeworfen hatte.

»Ist doch egal.« Muba breitete die oberen beiden Arme aus. »Für uns macht das keinen Unterschied. Wir schneiden ihm irgendetwas Überflüssiges ab, dann wird er uns schon erzählen, was wir wissen wollen.«

»Und was ist bei den Humos überflüssig?«

»Die Ohren«, antwortete Muba nach kurzem Nachdenken. »Bei denen hört keiner dem anderen zu.«

»Dann schneiden wir ihm also die Ohren ab?«

»Nicht sofort.«

Muba packte seinen Partner plötzlich am Arm und zog ihn in eine Seitenstraße.

»Was ist los?«

»Polizei!« Muba spähte vorsichtig um die Ecke und schüttelte verblüfft den Kopf. »Es ist der Major Kornilow. Der will sicher auch zu Edik.«

»Na und?«, wunderte sich Leka. »Er sieht uns doch nicht.«

»Da täuschst du dich«, entgegnete Muba. »Er hat ein *Magoskop* auf der Nase.«

»Du verdirbst dir die Augen«, grummelte Edik mit einem abschätzigen Blick auf Andrejs Sonnenbrille.

»Keine Sorge.«

Der Major setzte sich unaufgefordert auf den Stuhl vor dem Schreibtisch und sah sich im Büro des Banditen um. Erst dann nahm er die Sonnebrille ab und verstaute sie zerstreut in der Tasche seines Sakkos. Schustow hatte sich neben der Eingangstür platziert und behielt sein *Magoskop* auf der Nase.

Eine Weile sah Edik die Polizisten erstaunt an, dann grinste er amüsiert: »Obercooler Auftritt, meine Herren, habt ihr das irgendwo im Kino gesehen? Und, Kornilow, kannst du mir verraten, warum sich Schustow als dein Leibwächter getarnt hat?«

»Für jemanden, der der Anstiftung von Plünderungen verdächtigt wird, bist du erstaunlich guter Laune.«

»Plünderungen?« Edik machte große Augen. »Das ist nicht dein Ernst, Kornilow?!«

»Mein voller Ernst.«

»Ich habe ja Verständnis dafür, dass du versuchst, mir Drogenhandel und Erpressung anzuhängen, aber wieso Plünderungen?« Der Mafioso machte einen Scheibenwischer. »Ich bin Geschäftsmann und kein Marodeur. Ich habe keine Raubzüge nötig. Wenn mich ein Laden interessiert, kaufe ich ihn mir.«

»Die Plünderungen sind noch gar nichts, Edik.« Andrej sah den Banditen provozierend an. »Es ist nur eine

Frage der Zeit, wann ich dir eine Beteiligung an dem Massenmord in der *Schaukel* nachweise. Und dann würde ich nicht darauf wetten, dass du den Tag der Gerichtsverhandlung noch erlebst. Bist du jetzt immer noch so guter Laune?«

»Und was machen wir jetzt?«, fragte Leka ratlos. »Wer diese Polizisten wohl geschickt hat?«

»Woher soll ich das wissen?« Muba steckte die unteren beiden Hände in die Hosentaschen, verschränkte das obere Armpaar vor der Brust und ging grübelnd auf dem Bürgersteig auf und ab.

»Kornilow ermittelt doch wegen des Gemetzels in der *Schaukel*«, erinnerte sich Leka. »Womöglich hat er Kontakt zu einem Herrscherhaus aufgenommen und bekommt von dort Unterstützung.«

»Und derjenige, der das Blutbad in der *Schaukel* angezettelt hat, ist sicher derselbe, der uns in die Falle gelockt hat«, räsonierte Muba. »Das bedeutet, dass Kornilow denselben Auftraggeber sucht wie wir!«

»Deshalb ist er auch zu Edik gekommen.«

»Wir sind auf dem richtigen Weg!« Muba nahm sein *Magoskop* ab und putzte nachdenklich die Gläser. »Wir warten erst mal ab.«

»Bei dem Banditen herrscht ein ganz schöner Betrieb«, verkündete Leka, der vorsichtig um die Ecke spähte.

»Wieso, was ist los?«

»Gerade ist ein baumlanger Schwarzer in das Bürogebäude gegangen.«

»Na toll«, ätzte Muba. »So was soll vorkommen.«

»Das ist kein gewöhnlicher Schwarzer. Er ist mit einem Trugbild getarnt. Die Humos können ihn nicht sehen.«

Die Chwanen tauschten verwunderte Blicke.

»Bei dem Überfall in der Ismailowskoje-Chaussee wurde doch ein als Polizist verkleideter Schwarzer gesehen«, kombinierte Leka mit zusammengekniffenen Augen.

»Und beim Überfall auf die Sparbank war auch ein großer Schwarzer beteiligt.« Mubas Augen begannen zu funkeln und er wedelte mit allen vier Händen. »Wir sind hier auf einer verdammt heißen Spur, Partner!«

»Die Aussagen von Serebrjanz kannst du dir sonst wo hinschieben!« Edik sprang wütend auf, marschierte zur Minibar und goss sich Traubensaft ein. »Und du? Was stehst du hier so albern herum?«, bellte er Schustow an, der immer noch reglos neben der Tür stand.

Der Kapitän korrigierte lässig den Sitz seiner Sonnenbrille und verzog keine Miene.

»Mach hier keinen Aufstand, sondern beantworte meine Frage«, empfahl Andrej und zündete sich die nächste Zigarette an.

»Dieser alte Sack von Professor ist doch nicht mehr ganz richtig im Kopf. Hast du sein Machwerk gelesen, Kornilow? Der Typ braucht doch einen Arzt. Das ist ein Irrer!«

»Warum hast du dann so viel Geld in ihn reingesteckt?«

Edik trank seinen Saft in einem Zug aus und schenkte sich nach. Dann schlenderte er langsam zu seinem Chefsessel zurück.

»Wieso? Werden Investitionen in wissenschaftliche Entwicklungen neuerdings strafrechtlich verfolgt?«

»Das nicht, aber du hast doch selbst gesagt, dass Serebrjanz nicht mehr ganz richtig im Kopf ist.«

»Aus diesen Wissenschaftlern wird man eben nicht schlau«, rechtfertigte sich Edik treuherzig. »Sie sind allesamt ein bisschen versponnen und trotzdem verbirgt sich hinter so manchem ein Genie. Ich habe eben auf den falschen Irren gesetzt.«

»Hast du ihn denn selbst ausgesucht oder hat ihn dir Kara empfohlen?«, erkundigte sich Kornilow nicht weniger treuherzig.

Edik stutzte. Der Mafioso hatte sich ziemlich gut unter Kontrolle, doch die Erwähnung von Karas Namen brachte ihn sichtlich aus dem Konzept.

»Hast du wirklich gelaubt, dass ich eins und eins nicht zusammenzählen kann?«, stichelte Andrej weiter. »Die Randale deiner Skinheads, der Überfall auf die *Sparbank*, das Blutbad in der *Schaukel*, der Mord an Waliko Garadse ...« Kornilow drückte seine Zigarette aus und lehnte sich zurück. »Du bist doch ein cleveres Kerlchen, Edik, und weißt genau, dass jedes Verbrechen früher oder später aufgeklärt wird. Und du weißt auch, dass dabei meistens nur die kleinen Fische ins Netz gehen, die die Drecksarbeit machen, aber nicht die Hintermänner. Bislang gehörtest du doch immer zu den Letzteren, was ist plötzlich los, Edik? In dieser Sache hängst du so tief drinnen, dass ich nur mit dem Finger auf den entsprechenden Paragrafen im Strafgesetzbuch tippen bräuchte und jeder Erstsemester-Praktikant würde dich ins Straflager schicken.«

»Ich weiß nicht, wovon du sprichst.«

»Im Moment habe ich keine Zeit, mich um dich zu kümmern«, setzte Kornilow fort, als hätte er Ediks Einwand nicht gehört. »Das holen wir später nach. Zuerst muss ich dieser Kara das Handwerk legen. Zu viel Blut klebt an ihren Händen.«

Edik schwieg.

»Was hat sie dir versprochen?« Kornilow zündete sich eine neue Zigarette an. »Spielt eigentlich auch gar keine Rolle. Jedenfalls führt sie dich an der Nase herum. Egal, was sie dir versprochen hat, es war gelogen. Sie benutzt dich nur.«

»Das wird sich noch herausstellen.«

»Aus meiner Sicht ist es sonnenklar. Kara hatte aus irgendeinem Grund ein Interesse daran, die Stadt in Aufruhr zu versetzen. Du hast ihr dabei geholfen, die Ausschreitungen anzuzetteln. Du hast die Drecksarbeit gemacht und überall Spuren hinterlassen. Sei mal ehrlich zu dir selbst: Wie würdest du an ihrer Stelle mit einem solchen Ballast verfahren, wenn es daran geht, den Kuchen zu verteilen?«

Dank des Trugbilds konnte Mohammed ungehindert in das gut gesicherte Gebäude der Firma *JFK* eindringen. Die Wachposten sahen und hörten ihn nicht, die Überwachungskameras filmten ihn nicht, das Einzige, worauf der Schwarze achtgeben musste, war, dass ihn niemand aus Versehen über den Haufen rannte.

Mohammed suchte Edik in seinem Büro nicht zum ersten Mal auf und kannte den Weg. Er benutzte die Treppe, um in die richtige Etage zu gelangen, ging dann den endlosen, mit einem flauschigen Teppichboden ausgelegten Gang entlang und schaute durch die halbgeöffnete Tür ins Vorzimmer hinein. Die Sekretärin klackerte geschäftig auf ihrer Tastatur und warf hin und wieder einen genervten Blick auf den monströsen Bodyguard, der vor der Tür von Ediks Büro den Teppich zertrampelte.

Du feiger Schwächling, dachte Mohammed und grinste gehässig, während er durchs Vorzimmer spazierte. Dein Gorilla wird dir nichts nützen!

Nun ging alles ganz schnell. Der Schwarze zog sein schweres Messer, riss die nach außen öffnende Tür auf und zimmerte sie dabei dem Bodyguard ins Kreuz. Dann schlüpfte er in Ediks Büro.

»Warum zum Teufel klopfst du nicht an?!« Der Mafioso blickte zornig zur Tür. »Ich hatte doch gesagt, dass ich nicht gestört werden will!«

»Sie ist von selbst aufgegangen, Boss«, rechtfertigte sich der verdatterte Leibwächter, »und ist mir in den Rücken geknallt ...«

Die Chwanen, die inzwischen im Vorzimmer angelangt waren, sahen einander besorgt an.

»Sieht ganz so aus, als wollte der Schwarze Edik umbringen«, mutmaßte Leka und nahm seine Pistole aus dem Holster.

Muba schüttelte heftig den Kopf, trat ein paar Schritte näher und spähte an dem im Türstock aufgepflanzten Bodyguard vorbei ins Büro.

Zu Mohammeds Überraschung hatte sein verhasster Rivale Besuch: Edik saß ein kleiner, schmächtiger Mann gegenüber, der einen einfachen grauen Anzug trug und rauchte. Der Schwarze stellte sich vor, was für ein dummes Gesicht der Mann wohl machen würde, wenn seinem Gesprächspartner plötzlich das Blut aus dem Hals schösse.

Mit diesem vergnüglichen Gedanken machte sich Mohammed ans Werk.

»Wer soll dir die Tür denn in den Rücken gestoßen haben, ein Gespenst?«, höhnte der kleine Mafioso. »Und jetzt mach sie gefälligst wieder zu, du Trottel!«

»Ich schwör's, sie ist von selbst aufgegangen ...«

Der hagere Besucher drückte seine Zigarette aus und lehnte sich zurück. Mohammed marschierte gerade an ihm vorbei um den Schreibtisch herum, als er einen heftigen Stoß in den Rücken bekam, das Gleichgewicht verlor und gegen die Wand krachte.

»Ich habe ihn, Andrej!«

»Wen?«, fragte Edik, nachdem er verblüfft beobachtet hatte, wie der schwergewichtige Schustow urplötzlich mit Anlauf durch die Luft sprang, einen Kung-Fu-Tritt in der Luft vollführte und sich dann auf den Boden stürzte, wo er etwa dreißig Zentimeter über dem Boden zu liegen kam.

Karas Diener lag rücklings unter dem massigen Körper des Kapitäns und rang um Luft, als der schmächtige Besucher auf ihn zukam und ihm auf die Hand stieg. Das entglittene Messer wurde augenblicklich sichtbar und der Mann im Anzug, der zu Mohammeds Überraschung ein *Magoskop* auf der Nase trug, kickte es mit einem Fußtritt beiseite.

»Ist etwas passiert, Dennis Romanowitsch?«

»Alles in Ordnung, Boss?«

In der Tür standen die Sekretärin und der Bodyguard. Der Lärm im Büro hatte sie auf den Plan gerufen.

»Verschwindet hier!«, brüllte Edik, und nachdem die Tür wieder zu war, wandte er sich an die Polizisten. »Was war *das* denn?!«

Entgeistert blickte der Mafioso zu Schustow, der immer noch ein Stück über dem Boden kauerte, und dann zu dem schweren Messer, das aus dem Nichts aufgetaucht war und nun in der Ecke lag.

»Ich erkläre es dir gleich«, erwiderte Kornilow, während er einen kleinen Haifischanstecker aus der Tasche hervorzog.

»Sie haben es ohne uns geschafft.« Muba lugte durchs Schlüsselloch. »Warten wir ab.«

Leka steckte seine Pistole ins Holster zurück und beschloss, die Zeit der Untätigkeit zu nutzen, um Ediks knackige Sekretärin genauer zu betrachten.

Mohammed versuchte sich loszureißen, als Ediks Besucher sich daran machte, das Artefakt an seinem Hemd zu befestigen, doch der schier tonnenschwere Fettwanst, der ihn zu Boden drückte, ließ ihm keine Chance.

»Jetzt können wir uns bekanntmachen«, verkündete Kornilow freudig und nahm das *Magoskop* ab.

Als im leeren Raum zwischen Schustow und dem Boden die Gestalt des hünenhaften Schwarzen erschien, stand Edik wortlos auf, ging zur Bar und schenkte sich ein großes Glas Wodka ein. Das konnte er jetzt brauchen. Die Polizisten legten Mohammed Handschellen an und verfrachteten ihn auf einen Stuhl. Fürsorglich korrigierte Kornilow den Sitz des Ansteckers, zog dem Verhafteten das Hemd zurecht und grinste zufrieden.

»Mit wem haben wir die Ehre?«

»Das ist Mohammed, Karas Chauffeur«, antwortete Edik leise.

»Offenbar nicht nur ihr Chauffeur.« Schustow hob das Messer vom Boden auf und ließ es genüsslich in einen Plastikbeutel gleiten. »Das hatte er für dich mitgebracht, Edik.«

Der Mafioso kippte sich ein weiteres Glas Wodka hinter die Binde und sah den Schwarzen feindselig an.

»Stimmt das?«

Mohammed schwieg.

»Klarer Fall, Edik«, kommentierte Kornilow trocken. »Du wirst nicht mehr gebraucht. Und du hast so viele Spuren hinterlassen, dass es ein Risiko wäre, dich am Leben zu lassen. Du hattest einfach nur Glück, dass Sergej und ich gerade hier waren.«

»Wenn ihr nicht da gewesen wäret, hätten *wir* ihn erledigt«, brummte Muba. »Und weniger zimperlich.«

»Sollen wir die Polizisten umlegen?«, schlug Leka ungeduldig vor und griff erneut zu seiner Pistole.

Zur Abkühlung versetzte Muba seinem hitzköpfigen Partner mit der rechten oberen Hand einen Wischer auf den Hinterkopf. Mit der linken unteren Hand öffnete er einen Spaltbreit die Tür, um besser hören zu können, was im Büro gesprochen wurde.

Die Sekretärin blickte kurz auf und sah argwöhnisch zur Tür, doch nach kurzem Zögern wandte sie sich wieder ihrer Arbeit zu.

»Ich muss zu dieser Kara, Edik«, sagte Andrej.

»Keine Ahnung, wo sie wohnt«, erwiderte der Mafioso, der immer noch unter einem leichten Schock zu stehen schien.

»Wie kann das sein?«

»Es ist eben so. Sie ist immer zu mir gekommen.«

»Und ihre Telefonnummer?«

»Ich habe nur ihre Handynummer.«

»Ich erkenne dich nicht wieder, Edik«, spöttelte der Major. »Seit wann ist denn der Herr Frolow so unvorsichtig?«

»Hab mich doch gern.« Edik wollte sich schon das nächste Glas Wodka einschenken, doch dann überlegte er es sich doch anders. »Spar dir deine Kommentare, Major, die Lage ist auch so schon beschissen genug.«

»Mir kommen die Tränen.« Kornilow wandte sich seinem Gefangenen zu. »Du bist also Karas Chauffeur?

Könnte es sein, dass ich deine Visage schon mal gesehen habe? Zum Beispiel auf dem Video vom Überfall auf die *Sparbank*?«

»I don't speak Russian.«

»Mohammed Ali O'Brian«, las Schustow vor, der den Ausweis des Schwarzen inspizierte.

»Ein Kind der Olympiade?«

»Nein, Staatsbürger der Vereinigten Staaten von Amerika.«

»Die Reichen in diesem Land haben seltsame Allüren. Demnächst werden sie Zimmermädchen aus Neuseeland anheuern. Hör mal zu, Chauffeur, ich brauche Karas Adresse.«

»I don't speak Russian.«

»Das hattest du schon gesagt.« Kornilow zündete sich eine Zigarette an und blies Mohammed eine dicke Rauchschwade ins Gesicht.

»Mohammed, hör auf, hier den Idioten zu spielen.« Edik fand allmählich wieder zu seiner Normalform zurück. »Entweder dir fällt wieder ein, wie man Russisch spricht, oder ich schneide dir dein Lieblingsspielzeug ab – du weißt schon ... Und zwar ganz langsam.«

Der Schwarze sah den Banditen hasserfüllt an, dann wandte er sich an den Major.

»Als Ordnungshüter sind Sie verpflichtet, mich vor den Drohungen dieses Gangsters zu schützen. Ich bin Staatsbürger der USA und verlange ein Gespräch mit dem Konsul. Meine Festnahme ist illegal. Das ist ein internationaler Skandal und Sie werden Ärger bekommen, wenn Sie mich nicht freilassen.«

»Deine Staatsbürgerschaft kümmert mich wenig«, bedauerte Kornilow. »Wir haben hier unsere eigenen Gesetze.«

»Ich verlange einen Anwalt, ein Gespräch mit dem Konsul und eine offizielle Anklage.«

»Überlass ihn mir, Kornilow«, bat Edik.

»Und wer soll ihn hinterher wieder zusammenflicken?«, gab Schustow zu bedenken. »Am Ende lässt sich die amerikanische Botschaft tatsächlich einfallen, nach ihm zu suchen.«

»Da können sie lange suchen«, prophezeite Edik, der bereits bis ins Detail vor Augen hatte, was er dem Schwarzen alles antun würde. »Kann ich dann meine Leute rufen?«

»Vielleicht sollten das doch lieber wir übernehmen«, meinte Leka besorgt. »Die Humos machen womöglich Polpa Nawese aus dem armen Kerl, ohne auch nur das Geringste aus ihm herauszubekommen, und wir dürfen dann für den Rest unseres Leben auf den Plantagen Nachtfalter jagen.«

»Keine Sorge, der wird reden«, beruhigte ihn Muba. »Er sieht nicht so aus, als würde er sich gern abschlachten lassen.«

»Sehen Sie, Mister O'Brian, Sie sind ein begehrter Mann«, setzte Andrej sarkastisch fort. »Die Polizei interessiert sich für Sie, der Herr Frolow möchte sich um Sie kümmern und wer weiß ...« – Kornilow setzte dem Schwarzen den Finger auf die Brust – »... womöglich hätten auch die Herrscherhäuser eine Freude an Ihnen? Wie wäre es mit einem kleinen Spaziergang in die Zitadelle? Wie man hört, sind die Nawen geradezu begeistert von Ihren Umtrieben.«

Mohammed schwieg eisern.

»Mein letztes Angebot«, seufzte Andrej. »Du kannst dir aussuchen, mit wem du zusammenarbeitest. Erste Möglichkeit: mit mir. In diesem Fall erwartet dich eine Anklage wegen des Banküberfalls, wegen des Mordes an Waliko Garadse (guter Plan, dachte Muba bei sich) und vielleicht wegen versuchten Mordes an Herrn Frolow. Ich kann doch auf deine Aussage zählen, Edik?«

Der Mafioso verzog nur angewidert das Gesicht.

»Wobei, wenn du dich gut führst, könnten wir die Anklage wegen des Mordes an Waliko auch fallenlassen.« Der Major schenkte dem nachdenklich gewordenen Schwarzen ein gewinnendes Lächeln. »Schließlich weiß ich ja, dass nicht du ihn umgebracht hast.«

»Und was sind die Alternativen?«

»Ich überlasse dich Herrn Frolow.« Andrej dachte kurz nach. »Oder noch besser dem Dunklen Hof. – Na, kommen wir ins Geschäft?«

Mohammed nickte resigniert.

»Die Adresse.«

»Ich zeige Ihnen den Weg.«

Kornilow zögerte einen Augenblick, doch nach einem Blick auf den Haifisch an Mohammeds Brust willigte er ein.

»In Ordnung. Mach's gut, Edik. Wir fahren.«

»Einen Moment, Major.« Der schmächtige Bandit

setzte sich die Brille auf und seine Augen funkelten eiskalt. »Wir werden zusammen fahren.«

»Mach keinen Unsinn, Edik. Du hast auch so schon genug Probleme.«

»Deshalb fahre ich ja mit. Das ist eine persönliche Angelegenheit.«

Zentrale des Konzerns T-Grad-Com
Moskau, 1. Brestskaja-Straße
Samstag, 30. September, 17:00 Uhr

Im luxuriösen Büro des Vizepräsidenten der T-Grad-Com spiegelte sich das Chaos wider, das den Konzern in jenen Stunden erfasst hatte. In der einen Ecke unterzogen einige grimmige Nawen, unter ihnen der Security-Mann Boga, den vor Angst zitternden Mitja einem Schnellverhör. In der anderen Ecke verharrte Zorro in der üblichen Pose – Gesicht zur Wand und Beine gespreizt – und verwünschte den Tag, an dem er bei Edik angeheuert hatte. Jegor selbst saß mit zerrauftem Haar und loser Krawatte an seinem Schreibtisch und starrte angespannt auf den Bildschirm seines Computers.

»Wie sieht's aus?«, erkundigte sich Ortega und setzte sich an die Tischkante. »Haben die Hacker viel Schaden angerichtet?«

»Es sieht übel aus«, antwortete Jegor. »Verdammt übel.« Er lehnte sich zurück und massierte sich den Nacken. »Im Augenblick haben wir zwei Probleme. Das erste ist ein Virus, der sich durch unser System frisst. Programmiert hat ihn dieser Admin, einer der Hacker. Er sitzt mit ein paar netten Betreuern im Technikraum und hat Stein und Bein geschworen, dass er sein aggressives Baby innerhalb von zehn bis zwanzig Minuten stoppen wird. Das zweite Problem ist wesentlich ernster.«

»Die Datenbank?«, erriet Ortega.

»Um das System vollständig wiederherzustellen, brauchen wir ein bis zwei Tage, die Zeit bis dahin überbrücken wir mit Behelfslösungen.« Jegor seufzte. »Leider haben die Hacker es geschafft, die Datenbank zu kopieren. Auf ihren Festplatten ist sie nicht mehr, ihr Auftraggeber hat sie mitgenommen.«

Ortega legte die Stirn in Falten. »Das bedeutet ...«

»Das bedeutet, dass jemand sie gestohlen hat und nun im Besitz sämtlicher Daten über die Verborgene Stadt ist.«

Moskauer Umland
Samstag, 30. September, 17:01 Uhr

In der friedlichen Stille des Waldes wirkte das nervige Geträller eines Mobiltelefons völlig deplatziert, wie ein Geräusch aus einer anderen, überflüssigen Welt. Santiago, der nachdenklich auf einem Baumstumpf saß, zog das kleine schwarze Handy langsam aus der Tasche hervor und hielt es sich ans Ohr.

»Ja bitte?«

»Hallo, Schwarzauge«, meldete sich eine vergnügte Frauenstimme. »Errätst du, wer am Apparat ist?«

»Guten Tag, Kara«, grüßte Santiago höflich. »Freut mich, dass Sie anrufen.«

»Weshalb?«, fragte die Zauberin etwas überrascht.

»Ich denke, es ist kein Geheimnis, dass Sie mir etliche Rätsel aufgegeben haben«, gab der Kommissar zu. »Einige davon habe ich lösen können, aber nicht alle. Und nun rechne ich damit, dass Sie mir bei den restlichen auf die Sprünge helfen.«

»Das ist naheliegend«, pflichtete Kara bei. »Gehe ich recht in der Annahme, dass du mir bereits auf die Spur gekommen bist, Schwarzauge?«

»Ich bin nahe daran«, bestätigte Santiago lächelnd.

»Es gefällt mir, dass ich es mit einem ebenbürtigen Gegner zu tun habe.«

»Ganz meinerseits«, erwiderte der Kommissar geschmeidig. »Sie haben mir ernsthaftes Kopfzerbrechen bereitet, Kara, das haben noch nicht viele geschafft.«

»Das Spiel ist noch nicht vorbei, Schwarzauge.«

»Das habe ich mir schon fast gedacht.« Santiago schmunzelte und schlug die Beine übereinander. »Also, zu welchem Zweck haben Sie die ganze Verwirrung gestiftet?«

»Immer schön langsam, Schwarzauge.« Der souveräne Ton des Kommissars behagte der Zauberin überhaupt nicht. »Bist du schon über die neuesten Entwicklungen informiert?«

»Sie meinen die Probleme bei der T-Grad-Com?«

»Ich bin im Besitz der Datenbank.«

»Davon bin ich ausgegangen.«

»Der Clou an der Sache kommt aber erst noch«, verkündete Kara in diebischer Vorfreude auf ihre heimtückische Pointe. »Die Ermittlungen werden ergeben, dass du bei dem Hackerangriff auf die T-Grad-Com die Finger im Spiel hattest.«

»Ihre Raffiniertheit ist wirklich bemerkenswert, Kara.«

»Bist du gar nicht überrascht?«

»Ich bin sicher, dass ich überrascht sein werde, wenn Sie mir endlich sagen, was Sie eigentlich wollen.«

»Ich habe die Datenbank. Die Herrscherhäuser stehen am Rande eines Kriegs, die Humos gucken staunend Fernsehreportagen aus der *Schaukel* und vom Blumenboulevard und lauschen fasziniert den Predigten von Professor Serebrjanz. Was meinst du, Schwarzauge, was würde wohl passieren, wenn ich die Datenbank der Öffentlichkeit zugänglich machte? Oder sie einfach der Polizei übergäbe?«

»Es würde zweifellos eine zwar beherrschbare, aber doch recht unerfreuliche Situation entstehen«, kommentierte der Kommissar mit unerschütterlicher Gelassenheit. »Nicht nur ich, sondern die gesamte Verborgene Stadt hätten dann ein Problem.«

»Sie wollen also nicht, dass diese Situation eintritt?«

»Wie hoch ist Ihr Preis?«

»Ich brauche das *Wandlungsbecken*«, antwortete Kara ohne Umschweife. »Und zwar sofort.«

»Jetzt haben Sie mich tatsächlich überrascht«, gestand Santiago. »Unglücklicherweise ist das *Wandlungsbecken* ein verbotenes Artefakt und …«

»Gemäß Beschluss der Herrscherhäuser wird es in der Zitadelle aufbewahrt«, unterbrach die Zauberin den Kommissar brüsk. »Ihr könnt nichts damit anfangen, weil das Wissen um die Erzeugung der Wandelwesen verlorengegangen ist und ihr nicht in der Lage seid, Maras Experimente nachzuvollziehen!«

»Ach, und Sie sind dazu in der Lage?«

»Ich glaube kaum, dass dir ein verbotenes Artefakt teurer ist als die Existenz der Verborgenen Stadt«, entgegnete Kara siegessicher.

»Es ist Ihnen also tatsächlich gelungen, das Geheimnis der Fate Mara zu lüften«, schlussfolgerte der Kommissar. »Meinen Respekt, Kara, das hätte ich nicht für möglich gehalten. Sie wollen ernsthaft Schwarze Morjanen in die Welt setzen?«

»Schwarzauge, für wie dumm hältst du mich eigentlich?«, höhnte Kara. »Was soll ich denn mit einer Armee hungriger Monster anfangen? Und wo sollte ich das Material dafür hernehmen?«

»Wozu brauchen Sie dann das *Wandlungsbecken*?«

»Ich möchte leben, Schwarzauge, leben und dabei jung und attraktiv bleiben. Das verstehst du nicht.«

»Ich gebe mir alle Mühe, es zu verstehen.«

»Ich bin über hundert Jahre alt, Schwarzauge. Dank meiner magischen Fähigkeiten konnte ich den Alterungsprozess so lange hinauszögern. Aber nun tickt die Uhr unerbittlich. Noch ein oder zwei Jahre, dann bin ich eine runzelige Greisin.« Die Zauberin schluckte. Allein bei dem Gedanken daran erfasste sie tiefe Beklemmung. »Und das möchte ich nicht. Ein Zellenumbau nach dem Vorbild der Schwarzen Morjanen bringt mir nochmal hundertfünfzig oder zweihundert Jahre. Bis dahin denke ich mir etwas Neues aus. Oder ich finde endlich die Bibliothek Iwans des Schrecklichen.«

»Und nur aus diesem einen Grund haben Sie das ganze Chaos angerichtet?«, wunderte sich der Kommissar. »Wozu war es nötig, all die Intrigen zu spinnen?«

»Ganz einfach. Um dir einen angemessenen Gegenwert für das Artefakt bieten zu können. Wenn du das nicht verstehst, frag die Schatyren, die kennen sich mit Geschäften aus. So wie die Dinge stehen, hast du keine Verhandlungsoption. Die Existenz der Verborgenen Stadt hängt am seidenen Faden. Für die Datenbank würdest du mir alles geben.«

»Aber wir hätten uns doch schon viel früher einigen können«, sagte Santiago milde. »Um an das *Wandlungsbecken* zu kommen, wäre eine so dreiste Erpressung gar nicht nötig gewesen.«

»So so, sehr interessant. Und was hättet ihr dafür verlangt? Das Geheimnis der Fate Mara?«

»Nein«, entgegnete der Kommissar. »Das Schwarze Buch.«

»Wie klug du bist, Schwarzauge.« Kara hielt kurz inne. »Du hast dich überhaupt nicht verändert seit jener Zeit, als du die schwachköpfigen Kommunisten dafür bezahlt hast, den Sucharew-Turm abzureißen.«

»Damals haben Sie uns ganz schön ausgetrickst«, räumte Santiago lächelnd ein. »Passen Sie auf, Kara, ich mache Ihnen ein gutes Angebot. Wir helfen Ihnen dabei, das Wandlungsritual zu vollziehen und bezahlen Ihnen jeden Preis für das Geheimnis der Fate Mara. So erhalten Sie Ihre Jugend und werden steinreich.«

»Und das Buch?«

»Das Schwarze Buch dient als Pfand für Ihre Sicherheit«, antwortete der Kommissar. »Nur wenn Sie sich von ihm trennen, werden die Herrscherhäuser Ihnen nachsehen, dass Sie diese kleine Krise heraufbeschworen haben.«

»So klein ist sie nun auch wieder nicht.«

»Zugegeben. Aber Sie haben sich damit auch jede Menge Feinde gemacht.«

»Ich bin die Hüterin des Schwarzen Buches. Und solange dieses Buch in meinem Besitz ist, kann ich mit ein paar Feinden ohne weiteres leben.« Karas Stimme wurde eisig. »Du hast eine Viertelstunde Zeit, um das *Wandlungsbecken* zu beschaffen. In exakt fünfzehn Minuten werdet ihr die Schutzzauber der Zitadelle deaktivieren und ich werde ein Portal in euer Hauptquartier aufbauen. Ihr schickt mir das *Wandlungsbecken* über das Portal, ich prüfe seine Echtheit, und wenn alles in Ordnung ist, schicke ich euch im Gegenzug die Datenbank der T-Grad-Com. Das ist kein Angebot, Schwarzauge, sondern eine Anweisung.«

»Wie Sie wollen, Kara.« Auch der Kommissar verstand sich auf einen eiskalten Ton. »Eigentlich schade um Sie.«

Santiago drückte auf das Abbruchsymbol, stand auf und tippte die Nummer der Vegasianer ein.

»Domingo? Ich bin's. Was macht der Major Kornilow?«

»Er hat sich vor wenigen Minuten in Begleitung einiger Banditen auf den Weg zu Karas Haus gemacht«, meldete der Naw, der die Polizisten überwachte.

»Ausgezeichnet«, freute sich der Kommissar. »Wissen wir die Adresse schon?«

»Nein, es ist jemand dabei, der ihnen den Weg zeigt.«

»Na gut, dann warten wir eben.«

Santiago steckte sein Mobiltelefon weg und aktivierte ein Portal.

»Unerklärlicher Verkehrsunfall auf dem Gartenring! Die Massenkarambolage, die sich vor etwa einer Stunde auf dem Subow-Boulevard ereignete und schließlich in eine Schießerei mündete, wurde nach übereinstimmenden Zeugenaussagen dadurch ausgelöst, dass mitten auf der Fahrbahn der vielbefahrenen Magistrale plötzlich mehrere bewaffnete Männer auftauchten. Des Weiteren gaben die Zeugen an, dass ...«

NTW

»Sensationelle Meldung! Wie soeben bekanntwurde, gibt es nach den vorläufigen Ermittlungen im Fall des Hackerangriffs auf die T-Grad-Com Hinweise auf eine Tatbeteiligung von Santiago! Es sei daran erinnert, dass der Kommissar des Dunklen Hofs sich vor einer Woche aus der Verborgenen Stadt abgesetzt hat ...«

T-GRAD-COM

Zitadelle, Hauptquartier des Herrscherhauses Naw
Moskau, Leningradski-Prospekt
Samstag, 30. September, 17:09 Uhr

»Wir haben noch genau sieben Minuten, um eine Entscheidung zu treffen«, mahnte Santiago. »Danach wird Kara die T-Grad-Com-Datenbank den Humo-Behörden übergeben.«

Im Privatkabinett des Fürsten des Dunklen Hofs breitete sich eine bedrückende Stille aus.

»Das würde eine Verfolgungswelle auslösen«, orakelte einer der Ratsherren finster. »Es ist auch so schon schwierig genug, die Lage zu beruhigen, nach allem, was diese Hexe angerichtet hat: das Blutbad in der *Schaukel*, der Chwan auf dem Blumenboulevard, die Schießerei in der Ismailowskoje Chaussee. Die Humos sind alarmiert.«

»Wenn die breite Öffentlichkeit der Humos von der Verborgenen Stadt erführe, bekämen wir ernsthafte Schwierigkeiten«, pflichtete der Kommissar bei.

»Dieses Risiko können wir nicht eingehen«, sagte der Fürst leise, aber bestimmt.

Mit diesem Statement erklärte das Oberhaupt des Herrscherhauses Naw faktisch seine Bereitschaft, Kara das verbotene Artefakt zu überlassen. Unter den Ratsherren machte sich Unruhe breit.

»Wenn wir Kara das *Wandlungsbecken* aushändigen, könnte das einen Krieg zwischen den Herrscherhäusern auslösen!«

»Ganz zu schweigen davon, welche Schande es bedeutet, das Artefakt ausgerechnet einem Humo zu überlassen!«

»Ist der Kommissar denn nicht in der Lage, der dreisten Hexe das Handwerk zu legen?«

Die tief herabgezogenen Kapuzen drehten sich zu Santiago.

»Wie konnten Sie es so weit kommen lassen, Kommissar?«

»Ist diese Hexe etwa stärker als Sie?«

»Zumindest ist sie nicht schwächer«, versetzte Santiago. »Kara ist die Hüterin des Schwarzen Buches.«

Die Ratsherren verstummten und zum ersten Mal seit Beginn der Unterredung bewegte sich auch die Kapuze des Fürsten.

»Bist du sicher?«

»Absolut.«

»Die Hüterin hat einen Krieg begonnen?«, brummte einer der Ratsherren. »Aber was hat das mit dem *Wandlungsbecken* zu tun?«

»Hat sie etwa herausgefunden, wie die Fate Mara die Schwarzen Morjanen erschaffen hat?«

Santiago nickte: »In der Tat, das hat sie.«

Abermals entstand eine Pause ungläubigen Schweigens.

»Ein Humo. Wer hätte das gedacht?«

»Wenn wir ihr das *Wandlungsbecken* überlassen, unterschreiben wir unser eigenes Todesurteil«, prophezeite einer der Ratsherren. »Gar nicht auszudenken, was passiert, wenn sie massenhaft Schwarze Morjanen produziert ...«

»Kara benötigt das *Wandlungsbecken* zu rein privaten Zwecken«, verkündete Santiago. »Sie möchte sich selbst verändern.«

»Und wozu?«

»Ihre Zeit läuft ab. Sie möchte weiterleben.«

»Hast du denn überhaupt kein Problem damit, dass wir im Begriff stehen, ein verbotenes Artefakt aus der Hand zu geben?«, fragte der Fürst. »Hast du die Situation unter Kontrolle?«

»Zu hundert Prozent«, bestätigte Santiago selbstbewusst. »Ich werde in Kürze erfahren, wo die Hüterin ihr Nest hat, und ihr dann einen Besuch abstatten. Kara wird nicht mehr dazukommen, das *Wandlungsbecken* zu benutzen. Und selbst wenn – es wird ihr nicht gelingen, zu fliehen.«

»Und du hast vor, ihr das Schwarze Buch abzunehmen?«

»Ich werde es versuchen.«

»Gut. Damit steht unsere Entscheidung fest. Wir werden ihr das Artefakt aushändigen.«

»Und die Herrscherhäuser?«

»Die informieren wir später.«

Kara war pünktlich.

Die Nawen standen ihr in dieser Hinsicht nicht nach.

Genau vierzehn Minuten und fünfzig Sekunden nachdem Kara ihre Verhandlungen mit Santiago beendet hatte, wurden die magischen Schutzfelder im Innenhof der Zitadelle deaktiviert.

Exakt zehn Sekunden später entstand inmitten des gepflasterten Hofs der mächtige Wirbel eines Lastenportals.

Kurz darauf betrat der Kommissar in Begleitung von Ortega den Innenhof und auf sein Handzeichen erschien im Tor der Tiefgarage ein Elektrokarren, auf dessen Ladefläche ein schwarz lackierter, massiver Kasten stand. Als das verbotene Artefakt an Santiago vorüberfuhr, fielen ihm die drei Siegel der Herrscherhäuser ins Auge: das Eichhörnchen, das eine Nuss frisst – das Wappen des Dunklen Hofs, das sich aufbäumende Einhorn –, das Emblem des Ordens und der Tanzende Kranich des Grünen Hofs. Auf die Öffnung eines der Siegel stand die Todesstrafe, so hatten es die Herrscherhäuser vereinbart.

Der Elektrokarren erreichte die Mitte des Hofs und hievte den Kasten mit einem Greifarm vorsichtig in das Portal. Die Konturen der brisanten Fracht verschwammen und lösten sich schließlich auf. Der Wirbel verschwand.

»Und nun?«, flüsterte Ortega.

Der Kommissar antwortete nicht. Minutenlang herrschte im Hof der Zitadelle angespannte Stille.

»Ob sie uns hereingelegt hat?«

»Glaube ich kaum«, erwiderte Santiago kopfschüttelnd. »Letzten Endes hat sie auch selbst kein Interesse daran, dass die Datenbank publik wird. Sie müsste ihre Macht dann mit allen anderen Humos teilen.«

»Das wäre doch eigentlich ihre Pflicht!«, entgegnete Ortega. »Sie ist die Hüterin des Schwarzen Buches.«

»Das schon«, räumte der Kommissar grinsend ein. »Aber als wahre Hüterin würde sie das Schwarze Buch niemals aufs Spiel setzen. Schon gar nicht zu eigennützigen Zwecken.« Santiagos schwarze Augen blickten in die Ferne. »Kara will ihre Macht mit niemandem teilen. Sie bildet sich ein, dass sie mit dem Schwarzen Buch machen kann, was sie will.«

»Ist es denn nicht so?«

»Sie ist die Hüterin des Schwarzen Buches«, erwiderte Santiago mit erhobenem Zeigefinger. »Nicht seine

Eigentümerin. Muss ich Ihnen den Unterschied erklären?«

Nach sechseinhalb Minuten entstand an derselben Stelle ein zweites Portal, kein imposanter Wirbel wie zuvor, sondern eher ein unscheinbares Loch im Raum, durch das nur kleine Gegenstände hindurchpassten. Zum Beispiel eine in buntes Geschenkpapier verpackte und mit einer rosa Schleife verzierte Kassette. Santiago hob das Päckchen vom Boden auf und öffnete die daran befestigte Grußkarte.

»Wie du siehst, halte ich mein Wort, Schwarzauge. Liebe Grüße. Kara.«

Noch ehe der Kommissar die Unterschrift gelesen hatte, ging die Karte in Flammen auf und ihre Asche regnete auf das Pflaster des Innenhofs der Zitadelle. Kara hasste es, Spuren zu hinterlassen.

»Sensationelle Wende im Fall T-Grad-Com. Vor wenigen Minuten gab der Dunkle Hof in einer offiziellen Erklärung bekannt, dass sich die Datenbank der T-Grad-Com in seinem Besitz befindet. Außerdem bestritt das Herrscherhaus aufs Energischste, dass Santiago an dem Hackerangriff auf die T-Grad-Com beteiligt gewesen sei. Der bei der Pressekonferenz persönlich anwesende Kommissar erklärte darüber hinaus seine Bereitschaft, sich einer Kommission der Herrscherhäuser zu stellen und Beweise für seine Unschuld vorzulegen.«

T-GRAD-COM

KAPITEL NEUN

»Bitte sehr, Eure Hoheit.« Der breitschultrige Lakai öffnete dienstbar die Kutschentür, um dem alten Mann beim Einsteigen zu helfen.

»Warte.« Bruce zwickte die Augen zusammen, spähte angestrengt am mächtigen Körper des Dieners vorbei und runzelte die Stirn. »Gib acht, was ich dir sage, Proschka. Du wartest hier auf mich und schaust dich nicht um, verstanden?«

»Verstanden«, bestätigte der Lakai, der die seltsamen Anwandlungen seines Herrn schon gewohnt war.

»Wenn ich dich brauche, rufe ich dich. Es ist Besuch für mich da.«

Auf seinen Gehstock gestützt humpelte Bruce langsam zur Umzäunung des Sucharew-Turms, hinter der sich im Halbdunkel drei Silhouetten abzeichneten.

Die Besucher waren zu dritt. Der Erste war der Fürst des Dunklen Hofs, ein großer, schlanker, in einen schwarzen Mantel gehüllter Mann, dessen Kopf unter einer tief herabgezogenen Kapuze verborgen war. Bruce hatte ihn schon zweimal getroffen, dabei jedoch nie sein Gesicht gesehen. Nun – er war auch nicht sonderlich erpicht darauf. Der zweite Besucher war Robert von Ripp, der Großmagister des Ordens, der mit einem goldbestickten Kamisol protzte und seinen Ritterbart trotz der veränderten Sitten unter Peter dem Großen nicht abrasiert hatte. Neben von Ripp stand eine hellblonde Frau mit herrischem Gesichtsausdruck und riesigen grünen Augen, Jadwiga, die Königin des Grünen Hofs, eine alte und erfahrene Zauberin.

Bruce rang sich ein beinahe freundschaftliches Lächeln ab, musterte seine Besucher aufmerksam und entbot ihnen eine flüchtige Verbeugung. Eine für alle drei.

»Ich habe euch nicht erwartet.«

»Du bist dem Tode nah, Schotte«, sagte der Fürst des Dunklen Hofs anstelle einer Begrüßung. »Deine Zeit läuft ab.«

»Verbindlichsten Dank für die gute Nachricht«, erwiderte Bruce bissig, »aber um mir das zu sagen, hättet ihr nicht kommen brauchen. Über meinen Gesundheitszustand informieren mich meine Ärzte.«

»Wie schön, dass dir auch im hohen Alter dein scharfsinniger Humor nicht abhandengekommen ist, Hüter«, kommentierte von Ripp. »Aber du wirst uns hoffentlich nicht weismachen wollen, dass du keine Angst vor dem Sterben hast.«

»Das habe ich wohl«, bekannte Bruce nach kurzem Zögern. »Ich habe allerdings nicht die Absicht, mich darüber auszulassen, wie es sich anfühlt, mit einem Bein im Grab zu stehen. Ihr werdet es früh genug selbst erfahren. Und du, schöne Königin« – der Greis wandte sich zu Jadwiga – »bist die Erste von euch Dreien, die in den Genuss dieses Gefühls kommen wird.«

»Verschone uns mit deinen prophetischen Ergüssen«, grummelte der Fürst und trat einen Schritt vor die Königin, deren Gesichtsausdruck ob der Bemerkung des Schotten erheblich verrutscht war. »Wir haben dir ein Angebot zu machen.«

»Was ihr von mir wollt, weiß ich ohnehin.« Bruce hatte Mühe, sich auf seinen alten Beinen zu halten, doch er riss sich zusammen. »Mal sehen, ob ihr einen angemessenen Preis dafür zu bieten habt.«

»Welcher Preis könnte angemessener sein als das Leben selbst, Schotte?«, fragte der Großmagister triumphierend. »Wir bieten dir Jugend, Gesundheit und wertvolle Lebenszeit, in der du deine unerfüllten Träume verwirklichen kannst. Wir ...«

»Von wie vielen Jahren Lebenszeit sprechen wir konkret?«

Die höchsten Magier der Verborgenen Stadt steckten die Köpfe zusammen.

»Etwa hundert Jahre«, antwortete schließlich der Großmagister.

»So viel Zeit könnte ich auch herausschinden, wenn ich das Wissen des Schwarzen Buches anwenden würde«, erwiderte Bruce mit einer demonstrativ wegwerfenden Handbewegung. »Entweder ihr seid weniger großzügig, als ihr vorgebt, oder ihr seid nicht imstande, mir mehr anzubieten.«

»Du hättest die Möglichkeit, dein Leben zu verlängern?« Der Fürst schien ehrlich überrascht. »Warum nutzt du diese Möglichkeit nicht?«

»Gott selbst hat meine Lebenszeit bemessen«, lachte

ihm Bruce ins Gesicht. »Es steht uns jämmerlichen Würmern nicht zu, ihm ins Handwerk zu pfuschen.«

»Bist du schon lange gläubig, Hüter?«, erkundigte sich Jadwiga.

»Mit Verlaub, seit ich von euch dämonischem Gesindel erfahren habe.« Der Schotte richtete seinen gebückten Körper auf und warf sich stolz in die Brust. »Dies war unsere letzte Unterredung. Von nun an bis zu meinem Tod möchte ich euch nicht mehr sehen. Falls einer von euch es wagt, sich nochmals hier blickenzulassen, wird er meinen Zorn zu spüren bekommen.« Bruce trat bis auf eine Armlänge an die Magier der Verborgenen Stadt heran. »Mein Körper ist alt und gebrechlich, aber mein Geist ist stark!«

»Das sehen wir, Schotte«, antwortete der Fürst für alle drei Besucher. »Dann stirb, wenn du unbedingt willst. Wir haben Zeit.«

Villa Karavella
Moskau, Silberhain
Samstag, 30. September, 17:30 Uhr

»Ich bin fast ein bisschen neidisch auf euch«, höhnte Kara vergnügt, nahm eine dünne Zigarette aus dem Etui und zündete sie genüsslich an. »Eure Namen werden in die Geschichte der Verborgenen Stadt eingehen! Man wird euch als mutige Pioniere in Erinnerung behalten! Als selbstlose Visionäre der Magie, die zum Wohle der Menschheit ihr Leben hingaben!« Über das Gesicht der

Zauberin huschte ein teuflisches Grinsen. »Nun, das ist vielleicht etwas du dick aufgetragen. Ich werde euch jedenfalls nicht vergessen.«

»Was hast du mit uns vor?«, fragte Elvira mit erstickter Stimme.

Die unseligen Hexen saßen nackt, mit offenem Haar und gefesselt auf einfachen Holzstühlen und harrten in Todesangst ihres Schicksals. Die Gesichter der Frauen waren kreidebleich, ihre Augen gerötet und tränenverquollen. Während Elvira halbwegs die Fassung behielt, zitterte Fima am ganzen Leib. Die Hexen waren Kara vollständig ausgeliefert – beiden hing eine Kette mit Haifischanhänger um den Hals.

Im Laboratorium der Zauberin herrschte eine gespenstische Atmosphäre. Drei monströse Computer summten monoton vor sich hin, blinkten mit bunten Dioden und spuckten von Zeit zu Zeit Pieptöne aus. In einem Kupferkessel über offenem Feuer blubberte eine stechend riechende Flüssigkeit und den Gefangenen gegenüber stand das wenig vertrauenerweckende Gebilde des *Wandlungsbeckens*. Es bestand aus einer goldenen Wanne, die ein hässlicher, steinerner Titan mit breitem Mund und hervortretenden Augen auf seinen Armen trug.

Auf den Schultern des Riesen befanden sich Öllampen, die Kara bereits entzündet hatte.

»Ich schenke euch ein neues Leben, meine Lieben«, sagte die Zauberin. »Eine wunderbare Zukunft. Ihr werdet nicht mehr dieselben sein.«

»Wie meinst du das?«, fragte Elvira bang.

»Dieses Artefakt nennt sich *Wandlungsbecken*.« Kara streichelte zärtlich über den Schenkel des Titanen. »Wisst ihr, wozu es verwendet wurde?«

Die Gefangenen schüttelten den Kopf.

»Wie kann man nur so ungebildet sein«, entrüstete sich die Zauberin künstlich. »Die Fate Mara benutzte das *Wandlungsbecken* für die Erschaffung der Morjanen. Was Morjanen sind, wisst ihr ja hoffentlich?«

»Du willst Wandelwesen aus uns machen?«, fragte Elvira entsetzt.

Fima quittierte die Aussicht, als Morjane zu enden, mit einem hemmungslosen Schreikrampf.

Kara rollte genervt mit den Augen, stopfte der kreischenden Hexe einen Knebel in den Mund und wandte sich an Elvira.

»Ich mache etwas viel Besseres aus euch, meine Liebe. Es ist mir nämlich nicht nur gelungen, Maras Experimente nachzuvollziehen, sondern ich bin sogar einen Schritt weiter gegangen. Die Fate löschte das Gedächtnis ihrer zukünftigen Wandelwesen, ich dagegen habe vor, die Persönlichkeit einer der Teilnehmerinnen des Experiments zu erhalten. Das wärest in diesem Falle du. Denn deine hysterische Freundin geht mir offen gestanden auf die Nerven.« Die Zauberin drückte ihre Zigarette aus, begab sich zur Feuerstelle und begutachtete das kochende Gebräu im Kessel. »Der entscheidende Unterschied ist jedoch ein anderer: Die Fate Mara beraubte die Morjanen ihrer magischen Fähigkeiten, um sie gegen Magie zu immunisieren. Ich dagegen habe vor, euer beider magische Fähigkeiten zu vereinen. Deswegen habe ich auch bewusst Hexen für das Experiment ausgewählt und keine normalen Frauen. Deine Perspektiven sind nicht schlecht, Elvira. Du wirst als Zauberin besser sein als zuvor. Du bekommst einen neuen, attraktiven Körper, hervorragende physische Anlagen und jede Menge Lebenszeit.«

Der stechende Gestank, der aus dem Kupferkessel drang, war inzwischen kaum mehr erträglich. Die Zauberin rührte noch einmal um und lächelte zufrieden.

»Fertig! Schreiten wir zur Tat.«

»Bitte nicht!«, flehte Elvira.

»Du wirst mir noch dankbar sein.«

Kara beugte sich zu ihren Gefangenen und blies jeder eine Prise *Morpheusstaub* ins Gesicht. Die Hexen ließen bewusstlos die Köpfe sinken.

»Ich finde das trotzdem keine gute Idee, Artjom«, wiederholte Cortes. »Das Risiko ist zu groß. Lass uns das Ganze noch einmal überdenken.«

Der junge Söldner schüttelte den Kopf: »Kommt nicht infrage. So wird's gemacht. Ich werde sie ablenken.«

»Das können doch Säbel und seine Leute übernehmen. Dafür habe ich die Rothauben schließlich angeheuert.«

»Die Rothauben sollen lieber die Schwarzen Morjanen bekämpfen, die draußen Wache halten. Und ich kümmere mich um die Bewohner der Villa.«

»Cortes, merkst du denn nicht, dass es deinem Kompagnon um etwas ganz anderes geht?«, warf Jana schmunzelnd ein. »Artjom möchte zu seiner Larissa.«

»Genau diesen Irrsinn möchte ich ihm ja ausreden«, ereiferte sich der Söldner.

»Stimmt schon, ich möchte Larissa da rausholen«, gab Artjom zu. »Aber trotzdem ist der Plan gut. Während ich den direkten Weg nehme und ihre Aufmerksamkeit auf mich ziehe, könnt ihr unbemerkt durch den Park vordringen.«

»Also wenn du darauf bestehst ...«, gab sich Cortes geschlagen und reichte seinem Partner eine billige Armbanduhr. »Hier, die ist für dich.«

»Danke, ich habe schon eine Uhr«, entgegnete Artjom verwundert. »Eine ziemlich edle Omega sogar.«

»Und was für eine Knarre hast du in deiner tollen Omega?«

Der junge Söldner nahm die Seiko in die Hand und inspizierte sie argwöhnisch.

»Was hast du da reingepackt?«

»Eine Bison mit zwei Ersatzmagazinen. Nicht gerade viel Munition, gebe ich zu. Aber du bist ja ein sparsamer Schütze und wirst sicher damit auskommen, bis wir zu dir stoßen.« Cortes sah seinem Kompagnon in die Augen. »Die werden dich am Eingang garantiert filzen. Lass deine Pistole also lieber im Auto.«

Der Weitblick des erfahrenen Söldners beeindruckte Artjom immer wieder aufs Neue.

»Vielen Dank, Cortes.«

»Und pass auf dich auf«, fügte Jana hinzu.

»Ich werde mich bemühen.«

»Du wirst genau fünf Minuten Zeit haben.« Cortes' Ton wurde geschäftsmäßig. »Also, ich fasse noch einmal zusammen. Unser Hauptziel ist das Schwarze Buch. Es darf auf keinen Fall den Herrscherhäusern in die Hände fallen. Ziel Nummer zwei ist Karas Liquidierung, Nummer drei der Armreif der Fate Mara. Wir agieren streng nach Priorität. Wenn es uns gelingt, das Schwarze Buch in unseren Besitz zu bringen, können wir die Villa wenn nötig sofort verlassen. Falls wir uns aus den Augen verlieren, treffen wir uns morgen in Twer. Es wäre zu gefährlich, mit einer so brisanten Beute in der Verborgenen Stadt zu bleiben. Alles klar?«

Jana und Artjom nickten. Cortes nahm sein Funkgerät zur Hand.

»Säbel? Hier ist Cortes. Haltet euch bereit.«

»Verstanden.« Säbel kratzte sich unter dem roten Kopftuch und fragte dann nach: »Ähm, Cortes, und wegen der Wachen bist du dir auch wirklich sicher? Wir sind nämlich nicht besonders viele.«

»Absolut sicher«, bestätigte Cortes, ohne mit der Wimper zu zucken. Der Söldner befürchtete, dass die Kenntnis der wahren Gefahr sich schädlich auf den Kampfgeist der Rothauben auswirken könnte. »Höchstens ein oder zwei Morjanen. Das schafft ihr mit links. Viel Erfolg, Säbel.«

»Gleichfalls.«

Der Imperator der Rothauben schaltete das Funkgerät ab und betrachtete seine Kämpfer, die um die beiden Jeeps herumstanden. Es waren nur drei. Um die Geheimhaltung des Vorhabens nicht zu gefährden, hatte Säbel nur seine verlässlichsten Leute mitgenommen:

den Uibujen Sargnagel, der geschäftig die Klinge seines Yatagans putzte, den flinken Amboss, der hingebungsvoll Patronen in seine Flinte pfriemelte, und den schweigsamen Container, der mit knapp einem Meter sechzig Körpergröße die meisten seiner Stammesgenossen um einen Kopf überragte.

»Es geht gleich los«, verkündete der Einäugige, nahm einen kräftigen Schluck Whiskey und ließ die Flasche dann herumgehen. »Nochmal zu eurer Erinnerung: Cortes bekommt die Bibliothek und ein Schmuckstück seiner Wahl, alles, was sonst im Haus ist, gehört uns.«

»Wir hätten einen Lastwagen mitnehmen sollen«, bedauerte der gierige Sargnagel. »Mit zwei Jeeps können wir nicht allzu viel abtransportieren.«

»Dann nehmen wir eben nur das Wertvollste mit!«, versetzte Säbel. »Ich kann bei einer geheimen Operation nicht mit dem Lastwagen anrücken! Cortes würde sich bedanken.«

»Was hat diese Frau vor, Mohammed?«, fragte Kornilow und drehte sich nach dem Schwarzen auf dem Rücksitz um. »Wozu die vielen Opfer?«

»Frag sie doch selbst«, presste Mohammed zwischen den Zähnen hervor und warf einen bösen Seitenblick auf Schustow, der neben ihm saß.

»Natürlich werde ich sie fragen«, erwiderte der Major. »Es hätte mich nur interessiert, ob du Bescheid weißt oder nur ihr Laufbursche bist.«

Mohammeds Augen verdoppelten plötzlich ihr Volumen und ihr Blick bohrte sich zornblitzend in den Major.

»Kara ist eine großartige Zauberin. Es ist ehrenvoller, ihr als Laufbursche zu dienen, als sich für teures Geld an die Humanoiden zu verkaufen!« Der Schwarze ballte die Fäuste und wandte sich ab. »Ich habe euch nichts mehr zu sagen. Dort vorne rechts in die Krasnaja-Presnja-Straße.«

Palytsch, Kornilows langjähriger Fahrer, ordnete sich in die rechte Spur ein, während er im Rückspiegel Ediks BMW beobachtete, der ihm wie an der Schnur gezogen folgte. Der Mafioso hatte drei bewaffnete Leute dabei und gewiss ein paar hübsche Rachepläne für seine hinterhältige Freundin.

Doch selbst Palytsch mit seiner großen Berufserfahrung bekam nicht mit, dass kurz darauf noch ein dritter Wagen in die rechte Spur wechselte: ein schwarzer Mustang, in dem zwei Männer mit eiskalten blauen Augen saßen. Als Profikiller verstanden sich die Chwanen darauf, auch ausgebuffte Opfer unbemerkt zu verfolgen.

An der Methode der Fate Mara gefiel Kara besonders, dass der eigentliche Umwandlungsprozess wie ein normaler Laborversuch ablief und von keinerlei Zauberformeln begleitet wurde. Alle magischen Rituale fanden bereits im Vorfeld statt: bei der Zubereitung der Mixturen, mit denen das *Wandlungsbecken* befüllt wurde, der Salben, mit denen die Körper der Frauen eingerieben wurden, und der Öle für die Lampen auf den Schultern des Titanen. Sobald alle Komponenten an ihrem Platz bereitlagen, lief der Umwandlungsprozess wie von selbst. Vermutlich war dies auch der Grund dafür, dass die Herrscherhäuser beim Versuch, Maras Geheimnis zu lüften, gescheitert waren. Sie hatten nach einem Arkan gesucht, anstatt systematisch vorzugehen.

Kara band die schlafenden Hexen los, nahm ihnen die Halsketten ab und vollführte eine geschwungene Handbewegung in der Luft. Die nackten Körper lösten sich von den Stühlen und schwebten auf zwei Operationstische, zwischen denen eine Kohlenschale stand. Aus einem Ledersäckchen schüttete die Zauberin eine Mixtur aus getrockneten Kräutern in die Glut. Weißer Rauch stieg auf und hüllte die bewusstlosen Frauen ein. Kara kniff ihre tränenden Augen zusammen und rieb die Körper der Gefangenen mit einer dicken gelben Paste ein.

Hinter der Zauberin, dort wo das *Wandlungsbecken* stand, ertönte ein leiser Seufzer.

Die Paste drang rasch in die Poren der nackten Körper ein und fraß buchstäblich ihre Konturen auf. Die Formen der beiden Opfer wurden nivelliert, ihre Gesichtszüge verwischt. Als Kara fertig war, sahen die beiden Frauenkörper aus wie grob modellierte Plastiken ohne individuelle Merkmale. Elviras volles Haar, Fimas Charakternase – verschwunden. Man konnte die beiden Hexen nicht mehr voneinander unterscheiden.

Mit einem zufriedenen Lächeln betrachtete Kara ihr Werk, wischte sich den Schweiß von der Stirn und vollzog dann den einzigen Schritt, der in Maras Methode nicht vorgesehen war: Sie legte einer der beiden Frauen eine goldene, mit verschnörkelten Runen verzierte Tablette in den Mund.

»Jetzt weiß ich nicht mal, ob du es bist, Elvira, oder doch Fima«, kicherte die Zauberin. »Ist ja auch egal, ihr habt beide nicht mehr lange zu leben.«

Im Hintergrund ertönte abermals ein Seufzer. Die Lampen auf den Schultern des Titanen brannten nun heller und die steinernen Konturen des Riesen schienen aufzuweichen.

Einer Geste Karas gehorchend hob der dampfende Kupferkessel vom Feuer ab, schwebte über die goldene Wanne und neigte sich allmählich zur Seite. Langsam floss das brodelnde Gebräu in das *Wandlungsbecken*, und je mehr es sich füllte, um so grüner und lebendiger wurden die steinernen Augen des Titanen.

»Es funktioniert!«, hauchte die Zauberin fasziniert. »Es funktioniert!«

Der leere Kessel entschwand in eine Ecke des Raums und die gelben Frauenfiguren schwebten über das Wandlungsbecken. Ganz langsam, vorbei an den Öllampen und vorbei an den leuchtend grünen Augen des Titanen senkten sich die beiden Körper in das kochend heiße Bad.

Diesmal ertönte kein Seufzer, sondern das Gebrüll eines erwachenden Raubtieres.

Das flackernde Licht der Öllampen gespensterte an den Wänden des Laboratoriums und ein heftiger Windstoß hätte Kara beinahe umgeweht. Der Riese atmete und bewegte sich. Aus der goldenen Wanne stieg gelber Dampf, verbreitete sich im Raum und erfüllte ihn mit dem süßen Duft reifer Pfirsiche.

»Tu es!«, flüsterte die Zauberin. »Tu es!«

In ihrem Innersten wusste Kara, dass es funktionieren würde, dass ihr Genie wieder einmal gesiegt hatte, und sie empfand tiefste Befriedigung über diesen Triumph.

Der lebendig gewordene Titan sog den gelben Dampf ein, starrte mit seinen hervortretenden Augen gierig auf die Wanne und riss den überbreiten Mund auf. Dann packte er die Wanne, hob sie hoch und schüttete ihren Inhalt in sich hinein.

Ein zufriedenes Kollern hallte durch das Labor und Kara verfolgte gebannt das Geschehen.

Der Titan stellte die Wanne vor sich ab und betrachtete sie eine Weile, so als wollte er sich darüber klarwerden, was er da soeben getrunken hatte. Dann quoll rötlicher Rauch aus seiner Nase.

Ein ohrenbetäubendes Gebrüll ließ die Wände erzittern und Kara hielt sich erschrocken die Ohren zu. Der Titan reckte die Arme empor, legte sich ins Kreuz und seine grünen Augen füllten sich mit Blut. Das Öl aus den Lampen floss an seinen Schultern herab und hüllte den Riesen in Flammen. Kurz darauf tat sich der Bauch des Titanen auf und ein roter Fleischklumpen, der entfernt an eine Frauengestalt erinnerte, plumpste in die goldene Wanne.

»Bist du soweit?«, erkundigte sich Cortes, während er die Generatoren des *Storchs* an seinen Fußgelenken befestigte.

»Ja, ich bin bereit«, bestätigte Jana und schaute konzentriert auf den Monitor des *Superhirns*. »Die nächste

Schwarze Morjane befindet sich in einer Entfernung von hundertfünfzig Metern.«

»Ausgezeichnet!«

Jana war von den Möglichkeiten des genialen Computers begeistert und ihre blauen Augen leuchteten vergnügt unter dem Visier hervor. Cortes half ihr beim Anlegen des *Nebelumhangs* und streichelte ihr zärtlich über die Wange.

»Viel Glück!«

Anstatt zu antworten, klappte Jana das Visier hoch und küsste den Söldner auf den Mund.

»Wir müssen ...«

Als Erster brachte Cortes den *Storch* zum Einsatz. Er stellte sich vor die hohe Mauer und aktivierte den Generator. Die an seinen Füßen wachsenden Stelzen hoben ihn mit ungeahnter Geschwindigkeit empor und der Söldner ruderte grotesk mit den Armen, um nicht das Gleichgewicht zu verlieren. Jana krümmte sich vor Lachen. Cortes ballte die Faust, musste aber selbst grinsen.

Das größte Problem beim Überqueren einer Mauer mit Hilfe eines *Storchs* bestand darin, nicht umzufallen, während man nur auf einem Bein stand und das zweite auf die andere Seite übersetzte. Um die Sturzrate zu senken, wurde vielfach ein dritter Generator verwendet, den man als Stütze am Handgelenk trug. Doch Cortes hielt dies für unsportlich. Oben angelangt, hielt er sich an einem Ast fest und schaltete den rechten Generator ab. Die Stelze löste sich augenblicklich in Luft auf. Nun balancierte der Söldner nur noch auf dem linken Bein, während er das rechte über die Mauerbrüstung auf die andere Seite schwang. Dann schaltete er den Generator wieder ein.

»Mit Festhalten kann's ja jeder«, stichelte Jana kichernd.

»Also bitte, Bjana, ich finde es ja richtig, dass wir unseren schwarzen Schwestern zu Hilfe eilen, aber *das* ist nun wirklich übertrieben – bei aller Liebe.« Die mit einem knappen Bikini bekleidete Jamana tauchte angewidert die große Zehe in die eisigen Fluten der Moskwa und sah ihre ältere Freundin vorwurfsvoll an. »Warum müssen wir unbedingt durch den kalten Fluss schwimmen, wenn wir doch genauso gut den Haupteingang benutzen könnten?«

»Das habe ich dir doch schon erklärt«, erwiderte Bjana milde, während sie die Spaghettiträger ihres Oberteils fixierte. »Wegen des Überraschungseffekts. Ich möchte hier keinen Wirbel verursachen, sondern möglichst geräuschlos eindringen und dieser Kara diskret die Gurgel durchschneiden.«

»Warum benutzen wir nicht wenigstens ein Boot?«, nölte Jamana.

»Ich könnte mir auch etwas Angenehmeres vorstellen, als in diese kalte Brühe zu steigen«, entgegnete Bjana und seufzte. »Aber ich brauche dir doch hoffentlich nicht zu erklären, dass ein Boot viel zu auffällig wäre. Wenn wir schwimmen, sind wir erstens schneller und kommen zweitens unbemerkt ans andere Ufer. Stimmt's etwa nicht?«

Jamana machte einen Schmollmund und blickte verdrießlich zum anderen Ufer hinüber, wo sich der Park der Villa Karavella erstreckte.

»Also meinetwegen. Aber unter einer Bedingung: *Ich* werde diesem Luder die Kehle durchschneiden. Das ist mir ein persönliches Bedürfnis.«

»Abgemacht«, schmunzelte Bjana und watete ins eisige Wasser hinein.

»Gibt's schon Neuigkeiten von Mohammed?«, erkundigte sich Arnold nervös.

Die Zwillinge Wanja und Wassja, die am Kontrollpult der Videoüberwachung saßen, sahen einander an und schüttelten den Kopf.

»Er müsste längst zurück sein.«

Mit besorgten Mienen heuchelten die Zwillinge Verständnis für die Situation, doch in Wahrheit interessierte sie Mohammeds Verbleib wenig. Arnold hatte sie bei ihrer Lieblingsbeschäftigung gestört: Die Brüder spielten die Internetversion von War Craft III. In Anwesenheit des Wikingers ließen sie das lieber bleiben – Arnold galt als notorischer Denunziant, der selbst kleinste Verfehlungen sofort Kara meldete.

»Gibt's irgendwelche Probleme?«

Die Zwillinge schüttelten synchron den Kopf.

»Ging die Alarmanlage los?«

Das Kopfschütteln wurde heftiger.

»Ist Inga aufgetaucht?«

Hätte der hünenhafte Magier noch eine weitere Frage gestellt, wären die Köpfe der Zwillinge womöglich abgerissen, doch stattdessen starrte Arnold konsterniert auf den Monitor, auf dem das Bild vom Haupteingang flimmerte.

»Das glaube ich nicht!«

Wanja und Wassja schauten neugierig auf den Bildschirm. Direkt im Fokus der Überwachungskamera stand ein schwarzer Land Cruiser, und ein kurzhaariger, mit schwarzer Hose und Lederjacke bekleideter Mann näherte sich dem Tor.

»Reagiert nicht, wenn er läutet!«, befahl Arnold im Hinauslaufen. »Den werde ich persönlich begrüßen.«

Die Zwillinge sahen einander verwundert an und widmeten sich wieder ihrem Computerspiel.

»Larissa, ich stehe bei euch vorm Tor.«

»Artjom ...« Ihre Stimme klang fahrig. »Ich kann gerade nicht. Tut mir leid ...«

»Komm bitte kurz zu mir raus, Larissa«, beharrte der Söldner mit sanftem Nachdruck. »Es ist sehr wichtig und dauert nicht lange.«

»Aber ich ...«

»Bitte!«

»Also gut. Ich komme gleich.«

Artjom steckte sein Mobiltelefon weg und sah sich um. Das geschmiedete Eingangstor verriet einerseits Stil, andererseits verbreitete es das Flair eines Hochsicherheitstrakts – genau wie die massive Mauer, die den Park umfriedete.

Artjom ging davon aus, dass man sein Erscheinen per Videoüberwachung längst bemerkt hatte, und wunderte sich ein wenig, dass man ihn über die Sprechanlage nicht nach seinem Begehr fragte. Der Söldner drehte langsam den Kopf und hatte plötzlich das Gefühl, von jemandem angestarrt zu werden. Waren die Überwachungskameras der Grund? Nein. Ein leichtes Prickeln des *Wachsamen Habichts* auf seinem Schulterblatt gab ihm zu verstehen, dass jemand in der Nähe ihm nicht wohlgesonnen war. Nicht unbedingt ein Feind, aber jemand, der nicht zum Scherzen aufgelegt war.

Der Söldner trat unvermittelt einen Schritt zurück und blickte zu den Bäumen empor. Im dichten Laub entdeckte er die grünen Augen einer Schwarzen Morjane. Offenbar handelte es sich um eines der Wandelwesen, die den Park bewachten. Artjom musste schmunzeln und die Morjanenaugen verschwanden blitzartig im Gewirr des vergilbenden Laubs.

»Was willst du?«

In einer kleinen Pforte im Tor, die sich lautlos geöffnet hatte, stand der langhaarige Arnold und sah den Söldner feindselig an. In diesem Fall erübrigte sich die Warnung des *Wachsamen Habichts*.

»Huch!« Artjom war ehrlich überrascht. »Was machst du denn hier?«

»Was du willst, habe ich gefragt.«

»Ich will zu Larissa.«

»So so, zu Larissa«, wiederholte Arnold. »Bist du bewaffnet?«

»Nein.«

»Geh hier durch.«

In der Pforte war ein getarnter Metalldetektor eingebaut. Der unbewaffnete Söldner ging seelenruhig hindurch und blieb vor dem grinsenden Arnold stehen, zu dem sich inzwischen Gleb gesellt hatte.

»Lauter bekannte Gesichter«, sagte Artjom süffisant. »Apropos, was macht der Kopf, Arnold? Tut er noch weh?«

»Dachte ich mir, dass du das fragen würdest.«

»Es gibt ja nicht *so* viele Themen, über die wir uns unterhalten könnten«, entgegnete der Söldner.

»Du bist allein gekommen?«, erkundigte sich Gleb freudig überrascht.

»Ja, allein«, bestätigte Artjom. »Aber nicht zu euch.«

»Dummerweise bist du bei uns gelandet.«

Artjom erwiderte nichts und es entstand eine Pause. Die nach Revanche dürstenden Magier tauschten unentschlossene Blicke und wussten nicht recht, wie sie es anstellen sollten.

Endlich fasste sich Arnold ein Herz: »Bevor du zu Larissa gehst, haben wir noch eine Kleinigkeit zu regeln ...«

Man konnte förmlich dabei zusehen, wie der Frauenkörper Gestalt annahm.

Als Kara das Resultat des Experiments in der Wanne betrachtete, ekelte sie sich vor dem unförmigen, schwer atmenden Leib, der mit Blut und ätzendem Schleim bedeckt war. Angewidert spritzte die Zauberin ihn mit Wasser ab, verfrachtete ihn auf den OP-Tisch und schnallte ihn sorgfältig fest.

Das Haar auf dem Kopf des Frauenkörpers wuchs wie im Zeitraffer und allmählich bildeten sich die Gesichtszüge aus.

In der Zwischenzeit hatte der steinerne Titan seine ursprüngliche Pose wieder eingenommen und nur noch dünne Schwaden des gelben Dampfes erinnerten an das soeben beendete Experiment. Kara füllte den Kupferkessel wieder voll und stellte ihn aufs Feuer zurück, prüfte, ob noch genug von der gelben Paste übrig war, fachte die Glut in der Kohlenschale neu an und goss Öl in die Lampen auf den Schultern des Titanen nach.

»Wo bin ich?«

Die Zauberin drehte sich nach der leisen Stimme um. Die unförmige Figur hatte sich inzwischen in eine schwarzhaarige junge Frau verwandelt, die vergeblich versuchte, sich aufzusetzen.

»Elvira?«

»Wo bin ich? Wer ist da? Ich bin Fima! Fima! So helft mir doch!«

Tja, dann habe ich wohl doch die Falsche erwischt, konstatierte Kara und begab sich zum OP-Tisch.

»Du?!« In den schwarzen Augen der jungen Frau stand das blanke Entsetzen. »Was hast du mit mir gemacht?«

»Genau das, was ich angekündigt hatte.«

»Dann bin ich also jetzt eine ...« Die Lippen der unglücklichen Fima bebten. »Das darf nicht wahr sein!«

Sorgfältig scannte Kara die Aura ihrer Gefangenen. Kein Zweifel: Ihr magisches Potenzial hatte den Umwandlungsprozess überdauert und sich dank der Verschmelzung mit Elvira sogar verstärkt. Die auf dem Tisch liegende Frau war eine Magierin! Aber hatte sie sich auch tatsächlich in eine Schwarze Morjane verwandelt? Geschäftig nahm die Zauberin eine Blutprobe und atmete erleichtert auf. In Fima schlummerte ein blutrünstiges Monster!

Kara hatte es geschafft! Nun stand ihrer neuen Zukunft als mächtiger, vor jugendlicher Kraft strotzender Magierin nichts mehr im Wege!

»Was hast du mit mir vor?«, wimmerte Fima.

»Mit dir?« Karas volle Lippen öffneten sich zu einem eiskalten Lächeln. »Was man mit Versuchskaninchen eben so macht, wenn man sie nicht mehr braucht ...«

Tödliche Stille verbreitete sich im Labor und ein rasiermesserscharfer Nawen-Dolch bohrte sich in das linke Herz des Wandelwesens.

»Warum dauert das denn so lange?« Amboss bleckte die vergilbten Überreste seines Gebisses und sah seine Mitstreiter besorgt an. »Vielleicht hat Cortes uns vergessen? Oder er hat es sich anders überlegt und will die Villa doch lieber allein plündern.«

»Bei diesen Humos weiß man nie«, unkte Sargnagel. »Und Cortes traue ich schon überhaupt nicht über den Weg. Wer hätte je damit gerechnet, dass diese Ratte es sich einfallen lässt, die Pokerpartie gegen die Schatyren zu vergeigen.«

Der Uibuj kratzte sich die tätowierte Brust und blickte neidisch zu Säbel, der selig an seinem Flachmann saugte. Schon seit geraumer Zeit verharrten die Rothauben in Lauerstellung und warteten auf das Angriffssignal der Söldner. Die Nervosität vor dem nahenden Kampf und vor allem die Aussicht auf reiche Beute machten die Zwerge ungeduldig und zappelig. Nur ihr einäugiger

Anführer bewahrte stoische Ruhe – kein Wunder: Er hatte als Einziger eine Reserveflasche dabei.

»Niemand hat uns vergessen, alles läuft nach Plan«, brummte Säbel gelangweilt und setzte abermals seinen Flachmann an.

Sehnsüchtig beobachtete Sargnagel den auf und ab hüpfenden Adamsapfel des Imperators und beschloss, seinen Frust an Amboss auszulassen.

»Kapiert, Amboss, du Fehlgriff des Schlafenden?! Alles läuft nach Plan!«, donnerte der Uibuj und untermauerte sein Statement mit einem heftigen Rempler.

Überrascht von Sargnagels unvermittelter Aggression, verlor Amboss das Gleichgewicht, stolperte ein paar Meter durch die Gegend und landete schließlich direkt in der Physiognomie von Container, der einen Granatwerfer im Anschlag hielt.

Wer letztendlich der Schuldige an dem Missgeschick war, konnte im Nachhinein nicht mehr geklärt werden. Container behauptete, der taumelnde Amboss hätte ihn am Arm gezogen, der kleine Kämpfer wiederum berief sich darauf, dass das alles nicht passiert wäre, hätte Sargnagel ihn nicht gestoßen, und der Uibuj wälzte die Verantwortung auf Container ab mit der plausiblen Begründung, dieser sei ein ausgewiesener Schwachkopf und hätte den Granatwerfer deshalb nicht ohne ausdrücklichen Befehl entsichern dürfen.

Wie auch immer: Mit einem ohrenbetäubenden Knall sprengte die schwere Granate ein Loch in die Mauer um die Villa Karavella und entwurzelte sämtliche in unmittelbarer Nähe befindliche Bäume.

Säbel ließ vor Schreck seinen Flachmann fallen, und weil er nicht wusste, wer das Geschoss abgefeuert hatte, warf er sich hastig auf den Boden.

»Das Signal, das Signal!«, trompetete Amboss erfreut, zog seinen Yatagan und stürmte auf das Loch in der Mauer zu.

Container fluchte, warf den Granatwerfer ins Gras und folgte dem kleinen Kämpfer.

Von der anderen Seite des Zauns drang das Gebrüll Schwarzer Morjanen herüber.

»Diese verdammten Idioten«, schimpfte Cortes. »Ich hatte ausdrücklich gesagt, dass sie auf mein Signal warten sollen!«

»Hoffentlich hat Artjom es rechtzeitig geschafft«, murmelte Jana, die ganz auf die Anzeigen des *Superhirns* konzentriert war. »Vorsicht, da vorn ist schon wieder ein Artefakt.«

»Was ist es diesmal?«

»Ein Kühlschrank.«

»Kara schätzt offenbar die Abwechslung.«

Das kleine weiße Kügelchen war in ungefähr zwei Metern Höhe an einem Baum befestigt. Der darin enthaltene Kampfzauber, den Jana abschätzig »Kühlschrank« nannte, hieß offiziell *Arktisglocke* und senkte die Umgebungstemperatur in einem bestimmten Radius um das Artefakt schlagartig auf minus hundertneunzig Grad Celsius. Wer das Pech hatte, in den Wirkungskreis des Zaubers zu geraten, kam bestenfalls mit schweren Erfrierungen davon und endete schlimmstenfalls als Eisskulptur – je nach Intensität der *Arktisglocke*.

Die von der kurzfristigen Eiszeit bedrohte Zone war auf dem Bildschirm des *Superhirns* exakt markiert und die Söldner gingen unbeschadet außen herum.

Noch auf dem Weg zum *Silberhain* hatte Cortes vorausgesagt, dass Kara wohl kaum einen durchgehenden magischen Schutzring um ihr Haus errichtet hätte, um nicht die Aufmerksamkeit der Verborgenen Stadt auf sich zu lenken. Er rechnete schlimmstenfalls mit »schlafenden« Artefakten, die im Stand-by-Modus nur eine geringfügige magische Strahlung aussandten.

Mit seiner Vermutung lag Cortes wieder einmal völlig richtig. Auf dem Weg von der Mauer zum Haus hatten die Söldner nun schon etliche Artefakte umkurvt, doch auf ein unüberwindliches Hindernis wie etwa einen *Salamanderring* waren sie nicht gestoßen.

»Sieht so aus, als wäre der Kühlschrank die letzte Falle gewesen«, flüsterte Jana.

»Und wo sind die Schwarzen Morjanen?«

»Die kümmern sich liebevoll um die Rothauben – weit weg von uns.«

»Bestens«, konstatierte Cortes zufrieden. »Alles läuft nach Plan.«

»Ich weiß nicht«, entgegnete Jana besorgt. »Es beunruhigt mich, dass das *Superhirn* plötzlich keine Artefakte mehr meldet, vorhin noch war der Park förmlich gepflastert damit und jetzt ...«

»Jana!« Cortes beugte sich zu seiner Freundin. »Schau doch mal nach vorn und nicht auf den Bildschirm.«

Die junge Frau sah auf und schmunzelte: Die Söldner standen bereits unmittelbar vor der Villa.

Als sie die heftige Explosion hörten, blickten Arnold und Gleb sich erschrocken um. Aus dem Blätterdach des Parks schossen Mauerteile, Erdreich und Astwerk empor.

Cortes hatte mir doch fünf Minuten Zeit versprochen, dachte Artjom verärgert, während er seine Armbanduhr abnahm.

Das Entpacken der integrierten Waffe geschah entweder durch eine kurze Zauberformel oder automatisch, wenn man eine schwungvolle Bewegung vollführte. Artjom hatte sich für die zweite Variante entschieden. Er streckte den Arm, in dessen Hand er die Uhr hielt, weit hinter sich und schleuderte ihn dann wie ein Speerwerfer nach vorn. Schon auf halbem Wege spürte er den Griff der Bison in der Hand und zimmerte diesen, ohne die Bewegung zu unterbrechen, exakt auf die Schläfe des langhaarigen Magiers. Arnold verabschiedete sich kommentarlos zu Boden. Nur Sekundenbruchteile später landete der Griff der Bison auf Glebs Glatze und beförderte auch den Dicken ein Stockwerk tiefer.

Das hat ja schon fast Tradition, dachte Artjom vergnügt.

»Musst du dich eigentlich ständig prügeln?« Larissa kam vom Haus her gelaufen. »Was war denn das für ein Knall?«

»Das Erste war eine Granatexplosion, und jetzt ...« –

Artjom horchte – »... und jetzt wird mit Pumpguns geschossen.« Der Söldner zog die Blondine an sich. »Gut, dass du endlich hier bist.«

»Könntest du mir sagen, was hier eigentlich los ist?« Larissa erwiderte flüchtig seinen Kuss, doch dann schaute sie wieder in Richtung des Gewehrfeuers.

»Ein kleiner Krieg«, antwortete Artjom wahrheitsgemäß. »Jemand hat es auf Karas Kopf abgesehen.«

»Auf Karas Kopf?« Sie entwand sich dem Söldner und sah ihn misstrauisch an. »Und wer?«

»Ich, unter anderem ...«, erwiderte der Söldner arglos.

»Dann hast du mich also nur benutzt?«

»Larissa!«

»Und ich dumme Kuh hatte dir vertraut!« Die grünen Augen der jungen Frau füllten sich mit Tränen. »Du Schuft, du hast mich nur ausgenutzt!«

Sie machte auf dem Absatz kehrt und rannte zum Haus zurück.

»Aber Larissa, das stimmt nicht!« Artjom hob seine Ersatzmagazine vom Boden auf, steckte sie hektisch in seinen Gürtel und spurtete seiner Angebeteten hinterher. »Warte doch! Ich kann dir alles erklären!«

Die mörderische Explosion im Park gehörte offensichtlich nicht zum Computerspiel. Die Zwillinge schreckten hoch und starrten auf die Überwachungsmonitore.

»Was ist passiert?«

»Die Mauer ist beschädigt und die Alarmanlage wurde ausgelöst.« Wassja kontrollierte den Bildschirm, auf dem die Aktivitäten der Wandelwesen angezeigt wurden. »Wir bekommen Besuch und die Schwarzen Morjanen gehen ihm entgegen.«

»Wir müssen Kara warnen!«

Wanja drückte auf den Knopf der Sprechanlage.

»Kara, Kara! Hier ist die Wache! ... Verdammt, sie antwortet nicht.«

»Sie hat sich ins Labor zurückgezogen und wollte nicht gestört werden«, erinnerte sich Wassja. »Die Sprechanlage hat sie offenbar ausgeschaltet.«

»Was sollen wir tun?«

»Wo ist Arnold abgeblieben?«

Wanja schaltete auf die Videokamera am Haupttor um. Den Zwillingen klappte synchron der Mund auf: Arnold und Gleb lagen reglos am Boden, Larissa rannte zum Haus und ein kurzhaariger, mit einer Maschinenpistole bewaffneter Mann verfolgte sie.

Nun gab es nicht mehr viel zu überlegen. Wassja eilte zum Schrank und nahm zwei kurze Kalaschnikows heraus.

Die Rothauben kamen nicht weit.

Der flinke Amboss hatte die zerstörte Mauer noch nicht einmal erreicht, als sich in geringer Entfernung die bedrohliche Figur einer Schwarzen Morjane vor ihm aufbaute.

»Hilfe!«

Der kleine Kämpfer hechtete in den Granattrichter und kurz darauf pfiffen Kugeln über ihn hinweg: Sargnagel und Container nahmen das Wandelwesen mit ihren Pumpguns unter Beschuss.

»Da hilft nur ein *Basiliskenauge*, ihr Schwachköpfe!« Säbel sprang zu Amboss in den Krater, holte aus und schleuderte das aktivierte Artefakt auf die Morjane.

Ein von einem grellen Lichtblitz begleiteter Energiestoß blies das Monster förmlich um.

»So geht das!«, prahlte der Imperator mit einem verächtlichen Seitenblick auf seine Stammesgenossen und kletterte aus der Deckung. »Vorwärts, Leute, jetzt räumen wir die hübsche Villa hier aus!«

Aus dem Park drang abermals Morjanengebrüll, und als der Einäugige den Kraterrand erreichte, bohrte sich ein schwerer Pflasterstein in seine Magengrube. Zum Glück für die Rothauben wussten die Morjanen nicht, dass ihre Gegner nur noch ein *Basiliskenauge* übrig hatten, und zogen es deshalb vor, die Eindringlinge mit Wurfgeschossen zu bekämpfen.

Mit einem erstickten *Uff* rollte Säbel auf den Grund des Granattrichters zurück, während seine Untergebenen mit wütenden Salven die Gebüsche entlaubten, hinter denen sie die Monster vermuteten. Doch keiner der Kämpfer ließ es sich einfallen, den schützenden Krater zu verlassen, denn nun hagelte es förmlich Pflastersteine und Holzprügel.

Der Einäugige schraubte nachdenklich den Verschluss seines Flachmanns ab und nahm seufzend einen kräftigen Schluck. Dieser verdammte Cortes! Von wegen – ein oder zwei Morjanen. Hier wimmelte es nur so von den Bestien!

Säbel fühlte sich betrogen.

Es war ein beeindruckender Anblick: Vier gebogene Hörner und zwei Krokodilschwänze glitten lautlos durch die eisigen Fluten der Moskwa und dann kletterten zwei Weiße Morjanen in Kampfmontur an Land. Auf ihren schuppigen, muskulösen Körpern glänzten die Wassertropfen in der Herbstsonne. Bjana schwang sich sofort in den nächsten Baum und verschwand im Laubwerk, während Jamana noch am Ufer verharrte und sich bibbernd das kalte Wasser vom Körper schüttelte.

»Mach schon!«

Die junge Morjane blickte auf, um nach ihrer Freundin zu sehen, doch in diesem Moment raschelte etwas im Hintergrund.

»Bist du das?«

Als Antwort ertönte ein leises Knurren.

»Bjana?«

Die Gerufene sprang plötzlich auf den Boden herab und rannte wie von der Tarantel gestochen davon.

»Mir nach!«

Für Bjanas überstürzte Flucht gab es einen triftigen Grund, der gut vier Zentner wog und den Duft reifer Pfirsiche verströmte.

Im Prinzip konnten es Weiße Morjanen mit Schwarzen im Nahkampf durchaus aufnehmen, zumal die gefährlichste Waffe der Schwarzen, ihr Gift, auf die Weißen praktisch keine Wirkung zeigte. Doch Bjana und Jamana waren nicht hergekommen, um gegen ihre Verwandten zu kämpfen, und hatten sich im Vorfeld darauf verständigt, Auseinandersetzungen mit den aggressiven Parkwächterinnen aus dem Weg zu gehen.

Jamana lief ihrer Freundin hinterher, und während sie behände über Stock und Stein sprang, spürte sie den heißen Atem der Schwarzen Morjane in ihrem Nacken.

Dieser gemeine Kerl! Larissa rannte zu Tode beleidigt ins Haus und schlug die Tür hinter sich zu. Wie konnte ich nur so dumm sein, einem Söldner zu vertrauen?! Denen geht es doch immer nur ums Geld! Dafür gehen sie über Leichen!

»Larissa, bist du allein?«

Die Blondine hob den Kopf. Auf dem Treppenabsatz des ersten Stocks standen die bewaffneten Zwillinge.

»Ja, allein.«

»Was ist draußen passiert? Was ist mit Arnold und Gleb?«

»Larissa!«

Jemand rüttelte wie verrückt an der Eingangstür.

»Das sind die Söldner!«, rief die junge Frau zu den Zwillingen hinauf. »Sie haben das Haus umstellt! Wahrscheinlich haben sie Arnold und Gleb getötet! Wo ist Kara?«

»Sie müsste im Labor sein!«

»Ich gehe zu ihr.«

Während Larissa zur Kellertür lief, eröffneten die Zwillinge das Feuer auf die Eingangstür.

Um den Park einmal zu umrunden, brauchte Kara vierzig bis fünfzig Minuten. Bei schönem Wetter schlenderte die Zauberin gern über den asphaltierten Weg, der sich an der Mauer entlang durch den Park schlängelte, strich mit der Hand durchs tief hängende Laub altehrwürdiger Bäume und fütterte die Tiere des Parks: possierliche Eichhörnchen, die atemberaubend durchs Geäst turnten, und dümmliche Tauben, die gierig ins Leere pickten, auch wenn schon lange kein Futter mehr da war.

Die mit der Bewachung der Villa betrauten Magier brauchten für ihren allabendlichen Rundgang etwa dreißig Minuten. Selbst ein gut gedopter Ben Johnson hätte für dieselbe Strecke zu seinen besten Zeiten mindestens fünf Minuten gebraucht. Die von einer Schwarzen Morjane verfolgten Freundinnen Bjana und Jamana legten die Hälfte der Distanz in exakt dreiundvierzig Sekunden zurück.

Die Weißen Morjanen flogen geradezu durch den Park, um ihre schwarze Schwester endlich abzuschütteln. Bei ihrer rasenden Flucht fiel ihnen nicht weiter auf, dass sie plötzlich über entwurzelte Bäume sprangen und eine kleine Lichtung erreichten.

Die Mauer hatte an dieser Stelle seltsamerweise ein Loch und die Luft roch nach reifen Pfirsichen.

»Sie greifen an!«, schrie Amboss panisch, als rechter Hand des Kraters plötzlich zwei Morjanen auftauchten. »Rette sich, wer kann!«

Die Rothauben hatten sich mit dem zähen Stellungskrieg längst arrangiert. Die Morjanen brüllten furchterregend und warfen fortgesetzt Steine in den Krater – möglicherweise warteten sie auf Verstärkung – und Säbels Kämpfer schossen mit ihren Pumpguns zurück.

Mit diesem Gleichgewicht des Schreckens konnten alle Beteiligten leben, alle außer dem Einäugigen, der frustriert am Grund des Kraters hockte und die letzten Tropfen Whiskey aus seinem Flachmann saugte.

Mit dem Auftauchen der neuen Wandelwesen kam das Kampfgeschehen wieder in Bewegung.

»Tod den Morjanen«, schrie Sargnagel mit dem Mut der Verzweiflung und warf das letzte *Basiliskenauge* auf die plötzlich angreifenden Monster.

Container ließ sich vom Mut des Uibujen inspirieren und holte das Letzte aus seiner Pumpgun heraus. Der Krater füllte sich mit Pulverdampf.

Viele Wochen später, als Bjana und Jamana im gemütlichen Restaurant *Magenbalsam* zusammensaßen und bei einem Glas Champagner ihre Abenteuer Revue passieren ließen, konnten sich die beiden Weißen Morjanen nicht erklären, wie sie es geschafft hatten, heil über diese umkämpfte Lichtung zu gelangen. Lag es an ihrer wahnwitzigen Geschwindigkeit, am Überraschungseffekt, am mangelnden Zielwasser der Rothauben? Oder hatten sie einfach unverschämtes Glück gehabt? Wahrscheinlich kam einfach alles zusammen. Jedenfalls hatten sie es geschafft.

Schon während das *Basiliskenauge* über die Lichtung flog, verströmte es seinen für Morjanen so verheerenden blauen Lichtschein. Doch schon vorher, wohl nur wenige Sekundenbruchteile vorher, hatten Bjana und Jamana einen gewaltigen Satz gemacht und zwar geradewegs auf den Granattrichter zu. Während das Artefakt die sie verfolgende Schwarze Morjane paralysierte, landeten die beiden Weißen Morjanen im Krater, fauchten die verängstigten Rothauben an, sprangen wieder heraus und setzten ihren Spurt rund um den Park unbeschadet fort.

Die Schwarzen Morjanen, die sich bislang mit Säbels kleiner Armee bekriegt hatten, nahmen unverzüglich die Verfolgung des neuen Feindes auf, den sie zu Recht für wesentlich gefährlicher hielten als die tölpelhaften Rothauben.

»Kara, ein Überfall! Die Söldner sind zur Villa vorgedrungen!«

Larissa traf die Zauberin im Kellergang, der zum Labor führte.

»Das spielt keine Rolle«, winkte Kara ab. »Ich brauche deine Hilfe.« Sie öffnete die Tür zum Labor und machte eine einladende Handbewegung. »Komm rein.«

»Wieso spielt es keine Rolle, dass die Söldner hier anrücken?«, fragte Larissa argwöhnisch.

»Das wirst du gleich sehen, meine Liebe«, flötete die Zauberin mit ihrer rauchigen Stimme und strich sich eine Strähne ihres glänzenden, blonden Haars aus dem Gesicht. Dabei fiel Larissa auf, dass ihre Hände mit einer gelben Paste verschmiert waren. »Wir beide werden jetzt ein so fantastisches Arkan wirken, dass all diesen Söldnern, Humanoiden und der ganzen Verborgenen Stadt Hören und Sehen vergeht!«

Die junge Frau betrat den Raum und sah sich misstrauisch um. Sofort stieg ihr der schwülstige Duft überreifer Pfirsiche in die Nase. Über dem Feuer hing ein

Kupferkessel, in dem eine undefinierbare Flüssigkeit blubberte. Dahinter stand auf einem kleinen Podest eine bizarre, wenig vertrauenerweckende Plastik: ein Riese, der eine goldene Wanne in den Händen hielt. Auf den Schultern der hünenhaften Figur brannten Öllampen.

»Was ist das?«

»Das *Wandlungsbecken*«, antwortete Kara. »Dieses Artefakt wird uns zu den mächtigsten Magierinnen der Verborgenen Stadt machen!«

»Ist dir das Schwarze Buch nicht genug?«

»Was?« Kara sah ihre Schülerin verständnislos an.

»Es genügt dir nicht, die Hüterin des Schwarzen Buches zu sein, habe ich Recht? Dich dürstet nach göttlicher Macht.« In Larissas grünen Augen loderte Hass. »Du möchtest mich als genetisches Material benutzen, nicht wahr?«

»Woher weißt du das, du Luder!«, explodierte Kara.

»Ich habe ein bisschen in deinem Computer spioniert«, lachte ihr Larissa ins Gesicht. »Falls du übrigens Kleingeld brauchst, kannst du dich vertrauensvoll an mich wenden, ich habe dein gesamtes Vermögen auf meinen Namen umgeschrieben.«

»Du ruchlose Diebin!«

»Besser eine Diebin als eine hinterhältige Kanaille wie du! Nicht gerade die feine Art, wie du mit Leuten umgehst, die dir vertraut haben!«

Kara war sich völlig sicher, dass sie schneller sein würde als dieses freche Weibsstück, das es wagte, gegen sie aufzubegehren. Durch ihre kolossale Erfahrung und magische Meisterschaft fühlte sie sich ihrer Kontrahentin weit überlegen. Allein – es fehlte ihr die Kraft. Dabei hätte es genügt, Larissa ein *Fischernetz* überzuwerfen, um ihre magische Energie zu blockieren und sie in ein ohnmächtiges Püppchen zu verwandeln. Doch Kara schaffte es nicht. Sie scheiterte an Larissas geballter magischer Energie, die sie ihr auch noch eigenhändig eingeflößt hatte!

Larissa triumphierte: »Diesmal hast du dich verrechnet, alte Fregatte.«

Mit Entsetzen realisierte Kara, dass die junge Magierin sie tatsächlich überrumpelt hatte. Sie konnte nicht fassen, wie es Larissa gelungen war, unbemerkt einen so mächtigen Zauber zu wirken. Doch es gab keinen Zweifel: Über Kara schwappte die gewaltige Energiewelle eines *Nawschen Arkans* hinweg. Im Unterschied zum *Fischernetz* hatte das *Nawsche Arkan* keine blockierende Wirkung, sondern entzog dem Gegner seine magischen Kräfte. Der von Larissa entfesselte mächtige Zauber saugte der erfahrenen Magierin die Energie förmlich aus den Adern. Kara wurde von einer unsichtbaren Kraft niedergerissen und krümmte sich vor Schmerz. Winselnd kroch sie auf Larissa zu und ruinierte sich die gepflegten Fingernägel am harten Zementboden des Labors. Erst als sie völlig entkräftet zu Füßen ihrer Schülerin zu liegen kam, ließ das *Nawsche Arkan* von ihr ab.

»Kein Grund, vor Angst zu zittern, du erbärmliche Hexe.« Angewidert blickte Larissa auf das Häufchen Elend zu ihren Füßen. »Ich werde mir nicht die Finger an dir schmutzig machen.«

Sie breitete die Arme aus, schloss ihre großen grünen Augen und scannte das Haus.

»Du hast es nicht schlecht versteckt, das Schwarze Buch.«

Karas veilchenblaue Augen füllten sich mit Tränen. Larissa flüsterte eine kurze Zauberformel, streckte die Arme vor und in ihren Händen materialisierte sich das schwere alte Buch mit dem schwarzen Ledereinband. Ohnmächtig verfolgte Kara die Szenerie, und obwohl Angst und Hass an ihr zerrten, erfasste sie in diesem Augenblick ein Anflug von Bewunderung. Nur ein außergewöhnlich mächtiger Magier konnte es vollbringen, das Schwarze Buch mit einem simplen Rufzauber aus dem hermetisch abgeschirmten Versteck zu holen.

»Deine Zeit ist vorbei, Kara«, stellte Larissa mitleidlos fest. »Das Schwarze Buch hat von nun an eine neue Hüterin.«

Artjom behandelte das verriegelte Schloss mit *Sprengwurzextrakt*, öffnete die Eingangstür einen Spaltbreit und feuerte eine krachende Salve ins Haus. Wohin er schoss, wusste er nicht genau, er hielt es aber für angemessen, Stärke zu demonstrieren.

Doch was nun?

Nach allen Regeln des Genres war der Fortgang der Ereignisse klar: Artjom musste ins Haus eindringen, Larissa suchen, ihr im Kugelhagel eine Liebeserklärung machen, das Schwarze Buch einsacken und ein Held werden. Das Problem war nur, dass mehrere offenkundig feindlich gesinnte Herrschaften den Eingangsbereich mit einem heftigen Maschinengewehrfeuer belegten und Artjoms Heldenträumen schon nach wenigen Schritten ein tragisches Ende bereitet hätten.

Wo bleiben nur meine Freunde? Möge der Schlafende ihnen Alpträume bereiten!

Artjom nestelte am Kragen seiner Jacke, wo ein Mikrofon versteckt war, und neigte den Kopf.

»Cortes, wo seid ihr?«

»Fenster und Türen sind nur mit einer normalen Alarmanlage gesichert«, meldete Jana. »Magische Barrieren – Fehlanzeige.«

»Auf dem Treppenabsatz des ersten Stocks sitzen zwei Typen, die einander erstaunlich ähnlich sehen, und schießen wie verrückt in den Eingangsbereich hinunter«, berichtete Cortes seinerseits, während er vorsichtig durchs Treppenhausfenster spähte. »Wenn ich das richtig sehe, haben sie unseren jungen Kompagnon im Visier.«

Plötzlich rauschte es im Ohrstöpsel des Söldners: »Cortes, wo seid ihr?« Es war Artjoms Stimme.

»Ich beobachte gerade, wie du vor der Tür kauerst und dir die Kugeln um die Ohren fliegen.«

»Du beobachtest nur?«

»Keine Sorge, im kümmere mich gleich um die Kerle mit den Kalaschnikows.«

Cortes aktivierte die Generatoren des *Storchs* und ließ sich ein Stockwerk höher befördern.

»Mit diesem Kinderspielzeug macht es keinen Spaß.« Wassja stellte seine Kalaschnikow beiseite, schloss die Augen und konzentrierte sich.

»Du hast Recht, Bruderherz«, pflichtete Wanja bei. »Lass dir etwas einfallen, was diese Missgeburt von einem Söldner bis zum Fluss hinunterpustet.«

»Dass es bis zum Fluss reicht, kann ich nicht versprechen, aber er wird seine Freude daran haben.«

In Wassjas Händen erschien ein *Kugelblitz*, der sich allmählich mit Energie auflud.

Nun sah der Söldner die Zwillinge durchs obere Fenster. Der eine hielt nach wie vor den Eingangsbereich in Schach, indem er immer wieder kurze Salven abfeuerte. Der andere ...

»Verdammt!«

Cortes hatte keine Zeit mehr, zu zielen. Er schoss einfach durchs Fenster, um die beiden abzulenken, denn der zweite Zwilling war soeben im Begriff, einen *Kugelblitz* ins Erdgeschoss hinunterzuwerfen.

Als plötzlich Kugeln über ihre Köpfe hinwegpfiffen, gerieten die Brüder in Panik.

»Wir sind umzingelt!«

Wanja flüchtete in den Gang, während Wassja sich umdrehte und die lodernde Kugel in Richtung Fenster warf.

Als das Maschinengewehrfeuer aussetzte und von oben Schreie herabdrangen, stieß Artjom die Eingangstür mit einem Fußtritt auf und warf sich mit einer Hechtrolle in den Flur. Im ersten Stock krachten Schüsse, eine Scheibe zerbarst und das ganze Haus wurde von einem grellen Lichtblitz erleuchtet.

»Cortes!«

Der Söldner antwortete nicht und Artjom huschte in den erstbesten Gang.

Es war ein dumpfes Wummern und Rumoren, das seinen Kopf zu sprengen drohte und den gesamten Körper vibrieren ließ. Irgendwann hatte er so etwas schon einmal erlebt. Während eines Ausflugs mit Freunden hatte er unweit einer Forststraße sein Zelt aufgeschlagen und war um fünf Uhr morgens von dem fürchterlichen Lärm aufgewacht – ausgerechnet auf dieser Straße hatte sich ein Panzerregiment den Weg zum Manöver gebahnt.

Ein Panzerregiment? Wieso ein Panzerregiment?

Arnold schlug die Augen auf und krümmte sich vor Schmerz. Die Wunde, die ihm Artjom beigebracht hatte, pulsierte stechend und vor seinen Augen tanzten bunte Seifenblasen.

»Gleb!«

Der neben ihm liegende Fleischberg stöhnte, erwiderte jedoch nichts.

»Hörst du auch diesen Lärm?«

»Was für einen Lärm denn?« Gleb betastete vorsichtig seine Glatze und stöhnte abermals. »Was hat dieser Söldner uns diesmal übergezogen?«

»Macht das irgendeinen Unterschied?«

»Wenn ich das Schwein erwische, mache ich Hackfleisch aus ihm.« Der Dicke hustete.

Arnold rieb sich die Augen, um die bunten Seifenblasen zu verscheuchen, dann setzte er sich auf und schrak zusammen: Das Rumoren, das er hörte, war keineswegs eine Folge des neuerlichen Knock-outs, sondern völlig real. Und es kam näher!

Bjana und Jamana waren nicht sonderlich begeistert, als sie ihre neuen Verfolgerinnen bemerkten. Anstelle von einer hatten sie jetzt mindestens fünf Schwarze Morjanen im Schlepptau. Und diesmal blieb ihnen gar nichts anderes übrig, als zu fliehen.

Die Weißen Morjanen erreichten den offenen Platz zwischen Haupttor und Villa und überquerten ihn, ohne von den beiden Männern, die dort auf dem Weg lagen, auch nur Notiz zu nehmen.

Die Schwarzen Morjanen folgten ihnen auf dem Fuß.

Rein statistisch schwankte das Gewicht einer Morjane in Kampfmontur – egal ob weiß oder schwarz – zwischen einhundertfünfzig und zweihundertfünfzig Kilogramm. Die Höchstgeschwindigkeit, die ein Wandelwesen im Lauf erreichte, betrug etwa zweiundachtzig Meilen in der Stunde, doch nur Weiße Morjanen konnten dieses Tempo länger als viereinhalb Sekunden durchhalten. Die messerscharfen Krallen an den Klauen der Beine mussten sie beim Laufen einziehen, um nicht im Boden hängen zu bleiben.

Bjana, Jamana und ihre fünf schwarzen Verfolgerinnen überquerten den Platz zwischen Haupttor und Villa in rekordverdächtigen zweieinhalb Sekunden und verschwanden kurz darauf wieder im Park.

Über Arnold trampelten fünf Morjanen hinweg, über Gleb – sagen wir viereinhalb, denn die letzte Schwarze stieg ihm nur auf die Hand.

Mit bewundernswerter Geistesgegenwart schaffte es Cortes gerade noch rechtzeitig, die Generatoren des *Storchs* abzuschalten. Die Stelzen verschwanden und er plumpste in einen Rosenstock, der zur Überwinterung bereits sorgfältig angehäufelt war. Der *Kugelblitz* war bedrohlich knapp über seinem Kopf explodiert.

»Bist du in Ordnung?«, fragte Jana, die sich eng an die Hausmauer gedrückt hatte.

»Ich weiß noch nicht.« Ächzend kletterte Cortes aus dem dornigen Gestrüpp und griff sich besorgt ins Haar, das die Hitzewelle des Kampfzaubers versengt hatte. »Gibt's hier irgendwo einen Swimmingpool?«

»Ich fürchte, wir haben ein Problem«, murmelte Jana, während sie auf den Monitor des *Superhirns* blickte.

Jetzt reicht's aber!

Nach der fünften Runde um den Park hatte Bjana es satt, auf der Flucht vor den Schwarzen Morjanen ständig im Kreis zu laufen. Sie waren schließlich nicht durch den eisigen Fluss geschwommen, um mit ihren aggressiven Schwestern Fangen zu spielen.

»Da lang!«, kommandierte Bjana und schlug einen Haken nach innen.

Jamana nickte kurz mit dem gehörnten Schädel und nahm ebenfalls Kurs auf die Villa, die zwischen den Bäumen hindurchschimmerte.

»Und, wie viele waren es?«, erkundigte sich Cortes, nachdem die Meute der Wandelwesen durch das geschlossene Fenster des Wintergartens ins Haus gestürmt war.

Es war ein Ding der Unmöglichkeit, die rasenden Bestien zu zählen, zumal sich die Söldner in die Nische eines Kellerfensters verkrochen hatten.

»Sieben Stück«, referierte Jana die Informationen des *Superhirns*. »Und jetzt sind sie dabei, das Haus aufzuräumen.«

»Warum hatten sie es denn gar so eilig?« Cortes lud rasch seine Maschinenpistole nach. »Doch nicht wegen Artjom?«

Jana schüttelte den Kopf: »Fünf Schwarze Morjanen, die offenbar die Villa bewachen, verfolgen zwei Weiße.«

»Was haben *die* denn hier verloren?«, wunderte sich Cortes, dem die massenhafte Migration der Wandelwesen nicht ganz geheuer war.

»Ich versuche gerade, Karas Privatgemächer zu lokalisieren«, sagte Jana, nachdem sie mit dem *Superhirn* das Haus gescannt hatte. »Im Augenblick sind in zwei Räumen magische Felder messbar. Der eine befindet sich im Keller, dort ist offenbar ein mächtiges Artefakt aktiv. Der zweite muss hier ganz in der Nähe sein, er ist mit Schutzzaubern abgeschirmt.«

»Den nehmen wir uns mal vor«, entschied Cortes.

»Kara hat das Schwarze Buch bestimmt in ihren Privaträumen versteckt.«

Der plötzlichen Übermacht der Wandelwesen fühlten sich die Rothauben nicht gewachsen. Verängstigt drängten sie sich am Grund des Granattrichters zusammen und rechneten mit dem Schlimmsten. Doch zu ihrem größten Erstaunen geschah nichts, abgesehen davon, dass zwei von den Monstern in die Grube sprangen und sie böse anfauchten. Doch schon im nächsten Moment trollten sie sich wieder, als hätten sie Angst vor der eigenen Courage bekommen. Dann herrschte die Ruhe nach dem Sturm.

Als Erster fasste sich der Anführer Säbel ein Herz. Vorsichtig steckte der Einäugige den Kopf über den Kraterrand und prüfte spähend, horchend und sogar schnüffelnd die Lage.

Die Lichtung war verwaist. Kein Gebrüll, keine durch die Gegend sausenden Wandelwesen, keine fliegenden Pflastersteine – es roch nicht einmal mehr nach Pfirsichen. Die Morjanen waren verschwunden. Nur hinter einem mächtigen, umgestürzten Baum war ein leises Stöhnen zu hören. Das war die Schwarze Morjane, die von Sargnagels *Basiliskenauge* außer Gefecht gesetzt worden war. Die arme Bestie würde wohl noch eine Weile brauchen, um sich wieder aufzurappeln.

»Wir haben sie verjagt!«, triumphierte Säbel, kletterte aus dem Granattrichter und blickte sich bester Laune nach seinen Untergebenen um. »Vorwärts, jetzt können wir die Villa plündern!«

»Vielleicht sollten wir doch lieber hierbleiben?«, schlug Amboss vor, dem immer noch die Knie schlotterten und der Schweiß aus dem Kopftuch rann. »Womöglich locken uns die Monster in eine Falle.«

»Wer aus religiösen, philosophischen, ethischen oder moralischen Gründen die Teilnahme an einem Raubzug verweigert, verliert automatisch seinen Anteil an der Beute«, zitierte Säbel auswendig eine der wenigen Doktrinen aus dem Kodex der Rothauben. »Ich gehe jedenfalls, ihr könnt machen, was ihr wollt.«

Die Kämpfer sahen einander unentschlossen an und kletterten dann einer nach dem anderen aus der Grube.

»Ist das hier?«

»Ja.« Inga sah Antoine de Coulier misslaunig an. »Das ist Karas Villa.«

»Coole Hütte«, lobte der Tschud. »Und keine schlechte Gegend – mitten im *Silberhain*. Hier muss ich mir auch mal ein Häuschen zulegen ...«

Eine knatternde Maschinengewehrsalve riss den Magister der Drachenloge aus seinen Träumereien. Die Ritter griffen zu ihren Waffen und Antoine packte die junge Frau rabiat am Kinn.

»Wer könnte das sein?«

»Woher soll ich das wissen?«, giftete Inga. »Da war eben jemand schneller als ihr.«

»Sollen wir Verstärkung rufen?«, fragte Dunkan. »Wenn diese Kara eine Magierin ist, könnten ein paar zusätzliche Gardisten nicht schaden.«

»Wir schaffen das allein!« Antoine stieg aus dem bordeauxroten Lincoln aus und zerrte die protestierende junge Frau hinter sich her.

Inga hatte nicht damit gerechnet, dass die Söldner so schnell zu Karas Villa kommen würden. Und vor allem hatte sie nicht erwartet, dass sie es schaffen würden, ins Haus zu gelangen. Warum hatten die Schwarzen Morjanen sie nicht schon im Park erledigt? Oder waren sie etwa durch den Haupteingang eingedrungen?

Die Antwort auf ihre Fragen bekam Inga, nachdem die Ritter das Tor aufgebrochen hatten. Mitten auf dem Weg zum Haus lagen Gleb und Arnold. Die beiden sahen ziemlich geplättet aus und hatten blutende Wunden am Kopf.

»Anscheinend ist Artjom hier gewesen«, murmelte Inga und musste unwillkürlich grinsen – zum ersten Mal nach langer Zeit.

»Was hast du gesagt?«

»Ach nichts, die Typen da gehören zur Wache.«

Bjana wurde ziemlich schnell klar, dass es keine gute Idee gewesen war, ins Haus zu stürmen. Auch hier gelang es den Weißen Morjanen nicht, ihre schwarzen Verfolgerinnen abzuschütteln. Bjana und Jamana blieb nichts anderes übrig, als die rasende Flucht fortzusetzen, doch nun geriet das Unterfangen zum Hindernislauf. Ziellos stürmten die Morjanen durch die schick eingerichteten Zimmer und hinterließen eine Spur der Verwüstung. Ihren Weg säumten eingetretene Türen, zerborstene Möbel, heruntergerissene Kronleuchter und kaputtes Geschirr.

Nachdem Bjana eine weitere Tür zerschmettert hatte, stand ihr plötzlich ein schwarzhaariger Humo im Weg. Ein angstverzerrter Blick, ein Schrei ... Die Weiße Morjane fackelte nicht lange und räumte das Hindernis mit einem kräftigen Klauenhieb aus dem Weg.

»Sie sind weg«, konstatierte Wassja, als die urplötzlich aufgetauchten Wandelwesen das Zimmer verlassen hatten und ihr Getrampel und Fauchen in der Ferne verklang. »Bist du heil?«

Wanja spuckte einige Zähne in seine Hand und hielt sich stöhnend den gebrochenen Unterkiefer.

»Es hätte auch schlimmer kommen können«, sagte Wassja mit einem mitleidigen Blick auf seinen übel zugerichteten Bruder.

Nach ihrer überstürzten Flucht aus dem Treppenhaus hatten sich die Zwillinge in einem der Zimmer verbarrikadiert. Doch anstelle der Söldner, die sie dort gebührend in Empfang nehmen wollten, waren die rasenden Monster in den Raum gestürmt.

Die Brüder hatten keine Erklärung dafür, warum die Morjanen in Kampfmontur sie nicht getötet hatten, sondern sich damit begnügten, die Einrichtung zu zertrümmern. Es erschien indes wenig ratsam, den Wandelwesen nachzulaufen, um sie nach dem Grund für ihr eigenartiges Benehmen zu fragen.

»Weißt du was?«, räsonierte Wassja nachdenklich. »Ich glaube es ist am besten, wenn wir vorübergehend abtauchen. Kara hätte bestimmt Verständnis dafür.«

Wanja nickte mit dem ramponierten Kopf. Die Zwillinge konnten keine Portale erzeugen, deshalb flüchteten sie über eine geheime Leiter in den Dachboden.

»Larissa, warte!«

Die junge Frau, die plötzlich aus einer Tür im Kellergang kam, blieb stehen und sah Artjom feindselig an.

»Auch schon hier?«

In der linken Hand hielt sie ein dickes Buch mit einem schwarzen Ledereinband.

»Wir müssen reden!«

»Das sehe ich anders«, blaffte die Blondine und wandte Artjom den Rücken zu.

»Warte doch!« Der Söldner sprang mit einem Satz zu Larissa. »Ich wusste doch nicht, dass ...«

»Ach, es war also alles nur Zufall?!«, versetzte die Blondine und lachte höhnisch. »Du hast dich also rein zufällig genau in die Richtige verliebt?! Hast sie rein zufällig gevögelt und bist rein zufällig in ihr Haus eingedrungen?! Du hast es auf das Schwarze Buch abgesehen? Bitte sehr, hier ist es. Hol es dir doch!«

»Alles war ganz anders, Larissa!«, beteuerte Artjom. »Es stimmt zwar, dass wir Kara und das Schwarze Buch gesucht haben, aber ich konnte doch nicht wissen, dass du ...«

»Spar dir deine miesen Lügen!«, zürnte Larissa und im nächsten Moment flog der Söldner mit voller Wucht gegen die Wand.

Es war nur ein flüchtiger Ellbogenstoß, doch die Magierin hatte ihre Attacke mit einem *Schmiedehammer* verstärkt.

Artjom blieb die Luft weg und ihm wurde schwarz vor Augen. Das Letzte, was er sah, bevor er das Bewusstsein verlor, war der Wirbel eines Portals, in dem die junge Frau verschwand.

»An alle Streifenwagen! Im *Silberhain* ist eine heftige Schießerei in Gang. Anwohner melden Explosionen und Maschinengewehrfeuer. Alle verfügbaren Einsatzkräfte haben sich schnellstmöglich dort einzufinden! Ein Spezialeinsatzkommando zur Verstärkung ist bereits angefordert und wird in zwanzig Minuten vor Ort sein.«

»Ich schätze mal, dass wir auch dort hinmüssen«, brummte Leka mit einer Kopfbewegung auf den Empfänger, der auf den Polizeifunk eingestellt war.

»Meinst du, dass Kara schon Besuch hat?«, fragte Muba.

»Warum sollten andere nicht genauso schlau sein wie wir?«

»Verdammt! Der Schlafende soll sie alle holen!«

Muba drückte das Gaspedal durch und der Mustang der Chwanen überholte den Wolga der Polizisten.

»Hörst du deinen Funk ab, Kornilow?«, erkundigte sich Edik per Mobiltelefon.

»Logisch«, bestätigte Andrej.

»Ich werde mir den Besuch im *Silberhain* sparen.« Der Mafioso hielt kurz inne. »In zehn Minuten wird es dort von blauen Uniformen nur so wimmeln. Du musst also allein klarkommen.«

»Schlimm, schlimm«, spöttelte der Major. »Mach's

gut, Edik, und wundere dich nicht, wenn du demnächst eine Vorladung bekommst.«

»Deine Vorladungen kannst du dir in den A...«

Kornilow beendete die freundlichen Kommentare des Mafiosos mit einem Druck auf das Abbruchsymbol seines Mobiltelefons, während der BMW im Rückspiegel mit einer scharfen Wende aus seinem Blickfeld verschwand.

»Kara scheint große Probleme zu haben.« Andrej drehte sich zu Mohammed um. »Und du auch, mein Junge.«

Der Schwarze wandte sich ab und schwieg.

Obwohl die Rothauben nicht gerade für geistige Beweglichkeit bekannt waren, ahnten sie, dass der Park mit unschönen magischen Überraschungen vermint sein könnte, und verzichteten deshalb auf die Abkürzung durchs Grüne. Sie erreichten das Haus über den säuberlich asphaltierten Weg, schlugen das erstbeste Fenster ein und drangen in die pompös eingerichtete Eingangshalle ein.

»Hört sich so an, als ob uns jemand zuvorgekommen wäre«, mutmaßte Amboss, als er die Schüsse und das Gepolter aus den oberen Stockwerken vernahm.

»Oben wird gekämpft«, räsonierte Säbel kühl. »Macht nichts. Da mischen wir uns nicht ein. Wir räumen einfach nur die Bude aus. In aller Stille.«

»Daraus wird wohl nichts«, kommentierte Sargnagel und lud seine Pumpgun durch, als in unmittelbarer Nähe ein Sprengsatz hochging.

Die gewaltige Detonation legte den gesamten Eingangsbereich der Villa Karavella in Schutt und Asche. Obwohl die Eingangstür halb offen gestanden hatte, zogen die Ritter es vor, sich auf diese unkultivierte Weise Zugang zum Haus zu verschaffen. Erschüttert betrachtete Inga das Bild der Zerstörung, bevor Antoine sie ins Haus zerrte.

»Vorwärts, zeig uns den Weg!«

»Da geht's lang.«

Widerwillig zeigte Inga auf einen schmalen Gang, als plötzlich Schüsse krachten und Kugeln durch die Eingangshalle pfiffen. Die Ritter warfen sich reflexartig auf den Boden und griffen zu ihren Waffen. Sie wussten nicht, wem sie den Kugelhagel zu verdanken hatten, doch offensichtlich wurde aus Pumpguns geschossen. Inga und der Magister, die keine Deckung fanden, flüchteten in den rettenden Gang.

Diese verdammte Schlampe!!!

Kara biss die Zähne zusammen und rappelte sich auf. Ihre Beine zitterten. Und ihre Hände nicht weniger. Ihre Hände? Entsetzt hielt sich die Zauberin die zitternden Hände vors Gesicht. Ihre zarte, samtig-weiche Haut, auf die sie so stolz war und die ihre Liebhaber so schätzten, war auf einmal fleckig und von hässlichen Falten zerfurcht.

»Oh mein Gott!«

Kara trat vor den hohen Spiegel neben dem *Wandlungsbecken* und betrachtete sich: Das Haar wurde grau und verlor seinen seidigen Glanz, über das Gesicht legte sich ein grobes Spinnennetz, Nase und Ohren wuchsen, die Augen verblassten, die vollen Lippen schrumpelten ein, die prallen Brüste erschlafften und das zerrissene Kleid hing wie ein weiter Sack über ihren verdorrenden Körper. Zusammen mit dem Schwarzen Buch war der Zauberin auch das Geheimnis ihrer Jugend abhandengekommen und nun holte die betrogene Zeit unbarmherzig das Versäumte nach. Kara fiel ein gelber Zahn aus dem Mund und kullerte über den Boden des Labors.

Warte nur, Larissa, dachte die Zauberin voller Hass, wir sprechen uns noch!

Vor Schmerzen stöhnend schleppte sich Kara zum Arbeitstisch und aktivierte ein mit magischer Energie aufgeladenes Artefakt. Sie bewahrte stets zwei *Belebende Krüge* im Haus auf, einen in ihrem Zimmer und einen im Labor. Für alle Fälle.

Kara musste sich beeilen, denn die Energie des Artefakts reichte nur für kurze Zeit. Sie brauchte jetzt dringend eine zweite Frau, um endlich die Wandlung zu vollziehen und ihre Jugend zurückzugewinnen! Danach würde sie alle Zeit der Welt haben, um dieses Luder Larissa zu finden und wie einen Wurm zu zertreten!

»Es sind Tschuden«, presste Container in einer Feuerpause zwischen seinen Zahnruinen hervor. »Sie haben rote Haare.«

»Vielleicht sollten wir uns lieber aus dem Staub machen«, regte Amboss an, der sich hinter einem umgestürzten Tisch verschanzt hatte und seine Waffe nachlud.

Diesen Vorschlag konnte man dem kleinen Kämpfer nicht einmal als Feigheit auslegen, denn es galt gemeinhin als aussichtslos, sich mit Kriegern der Herrscherhäuser anzulegen. Doch Säbel, dessen einziges Auge den Wert der Beute bereits grob überschlagen hatte, war in diesem Punkt dezidiert anderer Meinung.

»Immerhin sind wir noch am Leben. Das bedeutet, dass keine Magier dabei sind.«

»Sie könnten aber welche als Verstärkung rufen«, gab Sargnagel zu bedenken.

»Pah, bis die ihren Hintern hochbekommen, sind wir mit dem Ausräumen längst fertig«, entgegnete der Imperator mit listigem Grinsen.

Säbel rechnete kühl. Aufgrund des heftigen Beschusses durch die Rothauben hatten sich die Tschuden vors Haus zurückziehen müssen und waren offensichtlich nicht in der Lage, die Eingangshalle zu stürmen. Diese günstige Situation musste man nutzen.

»Folgender Plan«, wandte sich der Einäugige an seine Männer. »Container, du bleibst hier und deckst diese rothaarigen Schwachköpfe weiterhin mit Kugeln ein, damit sie schön draußen bleiben und uns nicht stören. Wir anderen bringen in der Zwischenzeit die Beute in Sicherheit.«

»Ihr müsst aber hinterher mit mir teilen«, gluckste Container.

»Schnauze!«, fuhr ihn der Einäugige an. »Seit wann werden Befehle des Imperators diskutiert?!«

»Wo führst du mich hin?«, fragte Antoine de Coulier, als seine Gefangene plötzlich in den Keller hinunterlief.

Der Magister der Drachenloge bereute es bereits, dass er keine Verstärkung angefordert hatte. Doch nun war es zu spät und ihm blieb nichts anderes übrig, als Inga zu folgen.

»Kara hat sich bestimmt im Labor versteckt«, antwortete die Rothaarige. »Das ist der sicherste Ort im ganzen Haus.«

»Und wer ist das hier?« De Coulier bückte sich zu dem am Boden liegenden Mann und pfiff zwischen den Zähnen. »Ein Söldner.«

Artjom? Hatte Inga womöglich Recht gehabt, als sie dem Söldner den Tod prophezeite? Sie beugte sich herab und atmete auf. Artjom lebte, er war nur bewusstlos.

»Um den kümmern wir uns später«, entschied der Magister, entsicherte seine Pistole und packte die junge Frau grob am Arm. »Wo ist das Labor? Oder ist deine Kara bereits geflohen?«

»Kara und fliehen?« Die Rothaarige quittierte Antoines Befürchtung mit einem müden Lächeln. »Vor ein paar Schwächlingen wie euch?«

Ingas plötzliche gute Laune machte Antoine misstrauisch.

»Du scheinst dir deiner Sache ja recht sicher zu sein.«

»Warum auch nicht?«

Inga versetzte dem Magister einen heftigen Rempler mit der Schulter, stieß mit einem Fußtritt die nächste Tür auf und rannte ins Labor.

»Kara, hilf mir!«

»Kara?« Die junge Frau machte ein langes Gesicht.

»Du erkennst mich wohl nicht mehr?«, entgegnete die vergreiste Zauberin mit brüchiger Stimme und strich sich eine graue Strähne aus dem Gesicht.

»Was ist passiert?«

»Du meinst wohl, du kannst mich austricksen?!« In der Tür des Labors stand drohend Antoine de Coulier.

Kara hatte zwar ihre Jugend eingebüßt, aber nicht ihren wachen Verstand. Blitzschnell erfasste sie die Situation: Inga war mit Handschellen gefesselt, an ihrer Brust heftete ein Haifischanstecker und Antoine hielt eine Pistole in der Hand. Der Trottel war also dahintergekommen, dass man ihn hereingelegt hatte, und sann nun auf Rache. Und diese rothaarige Göre hatte nichts Besseres zu tun, als ihn hierher zu führen. Na gut, bitte schön, beide hatten ihr Schicksal selbst gewählt.

Der Blitz des *Elfenpfeils* schlug genau in Antoines Auge ein. Die Opfer eines solchen Angriffs wurden normalerweise zwei Meter durch die Luft geschleudert, doch der hünenhafte Magister taumelte nur, röchelte leise und fiel dann um wie ein gefällter Baum. Die Drachenloge hatte keinen Anführer mehr.

»Danke, Kara«, sagte Inga erleichtert. »Ich dachte schon, der bringt mich um.«

»Das wäre besser für dich gewesen«, erwiderte die Zauberin, humpelte zu der Rothaarigen und packte sie unversehens bei den Handschellen.

»Was machst du denn?« Erst jetzt registrierte Inga den Kupferkessel auf dem Feuer, die mit einer gelben Masse verschmierten Operationstische und den steinernen Titanen, der eine goldene Wanne in den Armen hielt. »Was hast du vor?«

»Ich brauche deinen Körper, Schätzchen«, flüsterte Kara, während sie Inga zu den Tischen zerrte. »Deinen jungen Körper, deine magischen Fähigkeiten und dein Herz.«

Die Magierin behexte ihre Gefangene mit einem *Nawschen Arkan* und saugte gierig alle magische Energie aus ihr heraus.

»Du wirst mir neues Leben schenken. Jetzt sofort! Die Zeit drängt!«

Ingas Blick versteinerte, als der Kupferkessel sich vom Feuer löste und zum Wandlungsbecken schwebte.

Noch bevor Artjom begriff, wo er sich befand, haderte er mit seiner starrköpfigen Liebschaft. Wie konnte Larissa nur so schlecht von ihm denken? Wieso hatte sie ihn nicht einmal ausreden lassen? Warum um alles in der Welt glaubte sie ihm nicht?

Der Söldner öffnete die Augen. Ihm wurde sofort schwindlig und die Umrisse des Kellergangs verschwommen vor seinen Augen.

Immerhin, das Schwarze Buch war gerettet. Doch wo steckte Kara? Und der Armreif der Fate Mara?

Artjom tastete nach seiner Bison, stand auf, stützte sich an der Wand ab und starrte dann sekundenlang wie benebelt auf den massigen Leichnam, der mitten in der Tür lag, aus der Larissa zuvor gekommen war.

Offenbar hatte er etwas Interessantes verpasst.

Der Söldner seufzte, schüttelte heftig den Kopf, um

das lästige Ohrensausen loszuwerden, und betrat das Labor.

»Bitte nicht, Kara, bitte bitte nicht!«, heulte Inga, doch die alte Hexe kannte kein Mitleid.

Während der Kupferkessel seinen Inhalt in die Wanne ergoss, öffnete der steinerne Titan seine riesigen grünen Augen und sog gierig den dicken Dampf ein. Im Labor verbreitete sich der Geruch reifer Pfirsiche.

»Das ist neues Leben«, murmelte Kara mit irrem Blick und tauchte ihre Hände genüsslich in die gelbe Paste. »Neues Leben, neue Jugend ...«

Die Öllampen auf den Schultern des Riesen loderten auf und warfen gespenstische Lichter durch den Raum. Inga strampelte verzweifelt mit den Beinen, doch sie hatte nicht die geringste Chance gegen die mit magischer Energie vollgepumpte Hexe.

»Lass sie in Ruhe!«

»Artjom!!!«

Die leichte Gehirnerschütterung, die sich Artjom zugezogen hatte, als er unfreiwillig Bekanntschaft mit Larissas *Schmiedehammer* machte, war vermutlich der Grund für seinen haarsträubenden Leichtsinn. Jedenfalls missachtete er eine der wichtigsten Überlebensregeln, die ihm Cortes eingetrichtert hatte: Wenn dein Gegner mit dem Rücken zu dir steht, sprich ihn niemals an, sondern mach kurzen Prozess mit ihm.

Eine ganze Kaskade von *Elfenpfeilen* bohrte sich in Artjoms Körper. Sie schienen seine Knochen zu sprengen und seine Adern zu zerreißen, so unerträglich waren die Schmerzen. Doch der Söldner hatte blitzschnell reagiert.

In den wenigen Sekundenbruchteilen, die Kara brauchte, um sich umzudrehen und die todbringenden Pfeile abzufeuern, hatte Artjom abgedrückt und so lange geschossen, bis er blutüberströmt in der Ecke landete.

Vier Neunmillimetergeschosse hatten Kara den Bauch aufgerissen. Doch es kam noch schlimmer. Zwei Kugeln landeten in den grünen Augen des steinernen Titanen. Einige Augenblicke verharrte der hässliche Riese mit dümmlichem Gesichtsausdruck, so als versuchte er zu begreifen, was ihm gerade widerfuhr, dann breitete er langsam die Arme aus und die goldene Wanne fiel polternd zu Boden.

»Nein«, schrie Kara, die vor Schmerz in die Knie ging. »Alles, nur das nicht!«

Das kochende Gebräu vernebelte das Labor mit gelbem Dampf. Der Titan reckte die Arme empor und quiekte wie ein abgestochenes Schwein.

»Nein!!!«

Die Augen des Riesen explodierten und verspritzten eine giftgrüne gelatinöse Masse im Raum. Dann zerbarst sein steinerner Leib und sackte in Trümmern zu Boden.

»Artjom!!!«

Inga sprang wie von Sinnen vom Operationstisch und stürzte zu dem reglos in der Ecke liegenden Söldner.

Die schwer verwundete Kara, deren magische Kräfte zusehends schwanden, stieg mühsam über de Couliers Leichnam und machte sich davon.

Warum die Tschuden nicht versuchten, ihrem Gegner von der anderen Seite her in den Rücken zu fallen, war den Chwanen ein Rätsel. Die vier kraftstrotzenden Ritter – allem Anschein nach Angehörige der Drachenloge – hatten vor dem gesprengten Eingangsbereich der Villa Stellung bezogen und lieferten sich ein heftiges Feuergefecht mit jemandem im Inneren des Hauses. Die hohl klackenden Schüsse aus den Pistolen der Tschuden wurden immer wieder vom furchterregenden Kanonendonner einer Pumpgun erwidert.

»Sollen wir ihnen helfen?«, schlug Leka vor und deutete mit dem Daumen in Richtung der Ritter. »Wir gehören schließlich auch zum Herrscherhaus Tschud.«

»Wozu?«, wunderte sich Muba, der mit der Vasallentreue seines Kompagnons nichts anfangen konnte. »Die können sich doch auch ohne uns amüsieren. Und außerdem sind wir nicht zum Vergnügen hier.«

Enttäuscht warf Leka einen wehmütigen Blick auf die kämpfenden Tschuden, folgte Muba durch ein ausgeschlagenes Fenster ins Haus und lauschte dem Gepolter, das durch die Zimmerdecke drang. Das Chaos, das in der Villa herrschte, stimmte den kampflustigen Chwanen versöhnlich. Im Erdgeschoss tobte eine Schießerei, im ersten Stock wurden offenbar Möbel zu Kleinholz gemacht und aus der eingetretenen Tür zum Wohnzimmer drang der feine Duft edler Whiskeysorten.

»Wo sollen wir hin?«, erkundigte sich der junge Chwan.

»Es gibt zwei Räume mit aktiven magischen Feldern im Haus«, erklärte Muba, nachdem er das Gebäude gescannt hatte. »Eines oben und das zweite im Keller.«

»Unten ist wahrscheinlich ein Laboratorium«, mutmaßte Leka.

»Und das magische Feld dort ist stärker«, ergänzte Muba. »Wir nehmen uns mal den Keller vor.«

Amboss ahnte nicht, wie gut er es getroffen hatte. Um bei der Plünderung der Villa möglichst gründlich vorzugehen, hatte Säbel seine Leute aufgeteilt und den jungen Kämpfer mit der Durchsuchung des Erdgeschosses beauftragt. Anfangs war Amboss überhaupt nicht wohl dabei, denn die Tschuden, denen Container am Eingang mit seiner Repetierflinte einheizte, konnten schließlich auch durch irgendein Fenster ins Haus einsteigen. Aus diesem Grund war die zur Ängstlichkeit neigende Rothaube zunächst weniger mit Plündern beschäftigt, als damit, sich verstohlen nach allen Seiten umzusehen. An seine Pumpgun geklammert und in geducktem Watschelgang erreichte Amboss schließlich das Wohnzimmer, wo er sich endlich ein Herz fasste und mit der Suche nach Beute begann.

Während Schreie, Schüsse und das Krachen berstender Möbel nach wie vor das Haus erschütterten, machte sich der Kämpfer daran, einen antiken Schrank aufzubrechen. Oder war das eher ein Sekretär? Mit der Klassifizierung von Möbeln kannte sich Amboss nicht aus. Schwer zu sagen, was er sich erwartete, als er das Brecheisen ansetzte, das Resultat übertraf jedenfalls seine kühnsten Erwartungen: Der Schrank beherbergte eine Whiskey-Bar.

Amboss konnte sein Glück nicht fassen. Sekundenlang huschten seine kleinen schwarzen Knopfaugen verzückt über das imposante Sortiment, dann griff er sich wahllos eine der Flaschen, entkorkte sie mit seinen vergilbten Zahnstumpen und leerte den sechzehn Jahre alten Lagavulin in einem Zug.

Die heftigen Geräusche im Haus verschmolzen zu einem angenehmen, fernen Hintergrundrauschen. Amboss warf die leere Flasche hinter sich, rückte einen bequemen Stuhl an die Bar und machte es sich gemütlich. Als Nächstes kam ein achtzehn Jahre alter Glenmorangie an die Reihe. Als er ihn ausgetrunken hatte, schallte ein whiskeyseeliges Lied durch Karas Villa:

Tränk ich einen See leer,
würd ein anderer Mensch aus mir ...
Für immer jung,
für immer blau ...

Die wilde Jagd endete abrupt. Der heiße Atem der Verfolgerinnen war plötzlich nicht mehr zu spüren und das wütende Poltern ihrer Schritte verstummte. Eine Zeit lang liefen Bjana und Jamana mechanisch weiter, dann blieben sie stehen und tauschten verwunderte Blicke.

»Was ist los?«

»Haben wir sie abgehängt?«

»Das nicht, aber wir stehen jetzt nicht mehr unter fremder Kontrolle.« In der Tür stand eine zierliche schwarzhaarige Frau – eine schwarze Morjane ohne Kampfmontur. »Wir sind jetzt wieder Herr über uns selbst.«

»Hat jemand Kara den Armreif der Fate Mara abgenommen?«

»Keine Ahnung. Von der Wirkung des Armreifs ist jedenfalls nichts mehr zu spüren.« Die Schwarze Morjane lehnte sich erschöpft gegen den Türstock. »Wir sind frei.«

Die Weißen Morjanen sahen einander ungläubig an.

»Ist uns da jemand zuvorgekommen?«

»Hattet ihr vor uns zu helfen?« Ins Zimmer kamen weitere Morjanen herein. »Wolltet ihr Kara den Armreif abnehmen?«

»Du hast es erfasst.«

»Lieb von euch, Schwestern.«

»Wir müssen herausfinden, was passiert ist.« Bjana legte ihre Kampfmontur ab und band ihr wasserstoffblondes Haar im Nacken zusammen. »Wir müssen sichergehen, dass die Wirkung des Armreifs nicht nur vorübergehend ausgesetzt hat. Übrigens, was ist das für eine Schießerei im Erdgeschoss?«

»Ein paar wild gewordene Tschuden versuchen das Haus zu stürmen.« Die Antwort kam überraschenderweise von Säbel, der ungeniert ins Zimmer hereinspazierte.

»Und wozu?«

»Keinen blassen Schimmer.«

Konsterniert sahen die Morjanen dabei zu, wie der einäugige Rothaubenboss Goldschmuck aus einer Vitrine zusammenraffte und geschäftig in seinen Rucksack füllte. Die Anwesenheit der jungen Frauen schien den dreisten Plünderer nicht im Geringsten zu stören.

»Was treibst du eigentlich hier?«, besann sich Bjana.

»Die Rothauben haben die Mauer draußen gesprengt«, erinnerte sich eine der Schwarzen Morjanen. »Und sie haben uns angegriffen.«

»Wir sind euch zu Hilfe geeilt«, log Säbel dreist und kratzte sich unter dem roten Bandana. »Wisst ihr zufällig, ob es hier irgendwo einen Safe gibt?«

Die vergangene Stunde hatte Santiago im Hauptquartier der Vegasianer verbracht, die jeden Schritt von Kornilow auf ihren Monitoren verfolgten. Die ganze Zeit über war der Kommissar zwischen den Computern, Servern und magischen Konstruktionen umhergetigert, mit denen das Büro seiner beiden Chefanalytiker vollgestellt war.

»Der Humo-Polizei wurde soeben eine heftige Schießerei gemeldet«, berichtete Tamir Cannabis, einer der beiden Vegasianer. »Explosionen und Maschinengewehrfeuer im *Silberhain*.«

Santiago blieb stehen und wandte sich an Domingo: »Und wo fährt unser geschätzter Major gerade hin?«

Der lange Naw vertiefte sich in seinen Bildschirm.

»Sein Wagen ist soeben in den Marschall-Shukow-Prospekt eingebogen.«

»Genau dieselbe Richtung, das kann kein Zufall sein«, kommentierte Santiago erfreut. »Tamir, bauen Sie mir unverzüglich ein Portal in den *Silberhain* auf!«

Die Söldner standen vor der angelehnten Tür zu Karas Zimmer.

»Da kommen wir nicht rein«, sagte Jana, die den

Raum mit Hilfe des *Superhirns* abtastete. »Die Hexe hat ihr Loch gründlich vermint.«

»Mit Zaubern oder mit Artefakten?«, fragte Cortes.

»Mit Zaubern.«

»Artjom!« Cortes versuchte, per Funk Kontakt zu seinem Kompagnon aufzunehmen. »Artjom, hörst du mich? Antworte!«

Keine Reaktion.

»Sieh mal, wir bekommen Besuch«, rief Jana und wies mit dem Arm zur Treppe, wo eine hässliche Alte in zerrissener Kleidung stand. Mit der einen Hand stützte sie sich an die Wand, die andere presste sie auf ihren blutverschmierten Bauch.

»Lasst mich durch.«

Die Söldner sahen einander fragend an.

»Ist das Kara?«

Die Greisin sank langsam zu Boden.

»Lasst mich vorbei. Ich brauche ein Artefakt. Energie ...«

Cortes ging zu der Verwundeten und sah drohend auf sie herab: »Bist du Kara?«

Die Alte nickte.

»Wo ist das Schwarze Buch?«

»Gestohlen.« Die Augen der Zauberin füllten sich mit Tränen. »Gestohlen ... Mein größter Schatz ...«

»Wer hat es gestohlen?«, insistierte der Söldner. »Die Nawen? Morjanen? Wer?«

»Larissa ...« Kara atmete schwer. »Die verdammte Hure ... Sie hat mich hintergangen ... das Buch gestohlen ... Ich sterbe, lasst mich vorbei ... Energie ...«

»Wo ist Artjom? Er war unten! Du kommst doch von unten!«

»Artjom, der Dreckskerl ... hat geschossen ... hat alles zunichtegemacht ... meine letzte Chance ...«

»Wo ist er?«

»Energie ... Ich brauche Energie ...«

»Sie hat ihn umgebracht!«, platzte Jana heraus. Das Blau in Janas sanft geschlitzten Augen gefror zu blankem Eis. Sie schob Cortes beiseite und zog ihre Pistole. »Diese miese Ratte hat Artjom getötet!«

»Warte«, hielt sie der Söldner zurück. »Mach dir nicht die Hände an ihr schmutzig.«

Die Zauberin war ohnehin dabei, ihr Leben auszuhauchen. Mit weit aufgerissenem Mund krümmte sie sich auf dem Boden zusammen und röchelte. Diesmal schaffte sie es nicht mehr bis zum rettenden *Belebenden Krug*. Aus ihrem Bauch quoll Blut und ihre Augen verloschen.

Cortes fühlte ihren Puls, zog ihr den Armreif der Fate Mara vom Handgelenk und seufzte: »Wer löst jetzt die Blockade zu ihrem Zimmer?«

»Da ist keine Blockade mehr«, verkündete Jana und steckte ihre Pistole ins Holster zurück. »Es waren doch Zauber und keine Arkane. Mit Karas Tod haben sich auch ihre Zauber verflüchtigt.«

»Gut. Das Wichtigste ist ihr Computer«, sagte Cortes. »Du überspielst alle Daten, dann vernichtest du den Rechner und machst dich aus dem Staub.«

»Und du?«

»Ich versuche Artjom zu finden.«

Als Santiago aus dem Wirbel des Portals geklettert war, stand er unmittelbar vor der noblen, zweistöckigen Villa. Hinter den Trümmern des Eingangsbereichs lagen vier Männer in Deckung – den roten Haarschöpfen nach zu schließen Tschuden – und feuerten mit Pistolen ins Innere des Hauses. Ihre Schüsse wurden mit krachendem Gewehrfeuer beantwortet.

»Hört jetzt mit dem Unsinn auf«, befahl der Kommissar, während er seelenruhig auf den Eingang zumarschierte. »Die Humo-Polizei wird jeden Augenblick hier sein.«

»Santiago?!«

Die Tschuden waren perplex.

»Gegen wen kämpft ihr?«

»Ähm, das wissen wir nicht so genau ...«

»Verstehe.« Der Kommissar betrat die Eingangshalle. »Feuer einstellen!«

Aus der hintersten Ecke des Raums drang ein schüchternes Räuspern, dann erschien hinter einem umgestürzten Sofa ein Rotes Kopftuch.

»Ich ergebe mich!«

Container dachte nicht daran, sich mit Santiago anzulegen.

»Bist du allein?«, fragte der Kommissar überrascht, als er die vereinsamte Rothaube sah.

»Es waren viel mehr«, beteuerten die Ritter unisono. Dass sie von einer einzigen Rothaube in Schach gehalten wurden, hätten die stolzen Tschuden niemals zugeben können – was für eine fürchterliche Blamage! »Es wurde aus mehreren Gewehren geschossen.«

»Am Anfang schon«, räumte Container ein. »Aber dann sind die anderen abgehauen.«

»Und wohin?«, erkundigte sich der Kommissar, obwohl er sich das auch hätte denken können.

»Das Haus plündern«, erläuterte der Kämpfer treuherzig. »Wozu hätten wir sonst herkommen sollen?«

Während der Kommissar noch den Kopf schüttelte, drang aus dem Wohnzimmer ein beseelter, von Schluckauf unterbrochener Gesang:

Für immer jung,
für immer blau ...

Leka erkannte den getöteten Tschuden, der mitten auf der Türschwelle lag: Antoine de Coulier, der Magister der Drachenloge.

»Keine Bewegung!«, brüllte er für alle Fälle, als er über den Leichnam hinweg in den Raum sprang.

In dem Labor sah es aus, als hätte eine Bombe eingeschlagen. In einer riesigen dampfenden Pfütze auf dem Boden lagen Steinbrocken, ein umgestürzter Kupferkessel und eine goldene Wanne. Die Wände waren von Einschusslöchern durchsiebt. Es roch nach reifen Pfirsichen und in einer Ecke des Raums kauerte ein rotblondes Humo-Mädchen.

»Hände hinter den Kopf!«

»Er stirbt!«

Die verheulten schwarzen Augen der jungen Frau blickten auf und erst jetzt bemerkte der Chwan den verwundeten Söldner, dessen Kopf auf ihren Knien lag.

»Er stirbt!«, wiederholte das Humo-Mädchen und fügte verzweifelt hinzu: »Tu doch irgendwas!«

»Was soll ich denn tun?«, murmelte der Chwan konsterniert.

»Ich habe keine Energie für ein Portal! Verdammt!«, klagte die Rothaarige schluchzend und drückte den Söldner an sich. »Was stehst du hier blöd rum?!«

»Was ist denn hier los?«

Hinter Lekas Rücken erschien Muba.

»Da!« Leka deutete in die Ecke. »Der Typ ist verwundet.«

Muba ging zu den Humos und betrachtete den blutenden Söldner. »Das ist Artjom, der Kompagnon von Cortes. Was hatte er hier zu suchen?«

»Er hat auf Kara geschossen.«

»Hat sie ihn so zugerichtet?«

»Ja.« Die Stimme der Rothaarigen zitterte. »Bitte helft ihm, er stirbt sonst!«

»Wir sind mit dem Wagen da.«

»Er würde es nicht einmal bis zu einem normalen Krankenhaus schaffen.«

»Bei den Verletzungen ist es erstaunlich, dass er überhaupt noch am Leben ist.«

»Er hat einen *Ring der Gleichmut* auf der Schulter.« Die Rothaarige schluckte. »Aber der wirkt nicht mehr lange! Tut endlich was!!«

Nachdenklich betrachtete Muba die Frau und den in einer Blutlache liegenden Söldner, dann zog er einen *Rettungsanker* aus seinem Gürtel hervor.

Kein Chwan, der etwas auf sich hielt, zog ohne dieses Artefakt in den Kampf. Bei seiner Aktivierung entstand ein Portal in die Moskauer Eremitage. Selbst ein schwer verletzter Kämpfer konnte auf diese Weise unmittelbar in die Obhut der heilkundigen Erli-Mönche gelangen.

Leka staunte nicht schlecht, als Muba den *Rettungsanker* für einen verletzten Humo aus der Hand gab. Im Labor bildete sich der Wirbel des Expressportals.

»Begleitest du ihn?«

Die Rothaarige nickte. Muba half ihr dabei, Artjoms leblosen Körper in das Portal zu hieven.

»Viel Glück.«

Nur wenige Sekunden nachdem die Umrisse der beiden Humos verschwunden waren, löste sich auch der Wirbel auf. Zurück blieb nur das entladene Artefakt.

»Von diesem Söldner habe ich schon gehört«, sagte Muba und breitete die unteren beiden Arme aus. »Wir konnten ihn doch nicht einfach verrecken lassen. Zumal er uns offenbar die Arbeit abgenommen hat.«

»Gibt es hier etwas umsonst?«, wunderte sich Kornilow.

Vor dem offen stehenden Tor der Villa Karavella hatte sich ein veritabler Fuhrpark versammelt. Auf dem kleinen Parkplatz standen zwei Streifenwagen, ein schwarzer Mustang, ein Land Cruiser und ein bordeauxroter Lincoln. In einigem Abstand waren zwei dicke Yukon-Jeeps abgestellt und an der Parkmauer ein Lincoln Navigator. Der schwarze Mustang kam dem Major bekannt vor, wenn er sich recht entsann, hatte er ihn vorhin auf dem Marschall-Shukow-Prospekt überholt.

»Wir waren noch nicht drin«, meldete ein herbeieilender Streifenpolizist dem Major, »obwohl es jetzt anscheinend wieder ruhig ist im Haus.«

»Anscheinend oder tatsächlich?«

»Seit einigen Minuten wird nicht mehr geschossen. Wir haben übrigens zwei Verdächtige festgenommen.«

Stolz präsentierte der Polizist dem Major die beiden mutmaßlichen Delinquenten, die in Handschellen auf dem Rücksitz eines Streifenwagens saßen: ein langhaariger Hüne und ein glatzköpfiger Dicker. Die beiden sahen aus, als wären sie unter eine Dampfwalze geraten, und starrten mit glasigen Augen ins Leere. Offenbar bekamen sie nicht so recht mit, was um sie herum vor sich ging.

»Haben sie Widerstand geleistet bei der Verhaftung?«

»Nein nein«, beteuerte der Streifenpolizist. »Sie waren schon so, als wir sie gefunden haben. Sie lagen dort hinter dem Tor auf dem Weg.«

»Na prima«, kommentierte Kornilow und marschierte in den Park.

»Die Chwanen haben Artjom zu den Erli teleportiert«, teilte Santiago, ohne zu grüßen, mit, als er Cortes im Gang traf. »Sie suchen ihn doch, nicht wahr?«

»Wird er überleben?«

»Es geht ihm ziemlich schlecht.«

»Wird er überleben?«

»Vielleicht. Und das hier ist wohl die berüchtigte Kara, nicht wahr?«

Nachdenklich betrachtete Santiago den Leichnam der Zauberin, stieg dann achtlos über ihn hinweg und betrat ihr Zimmer.

»Ganz recht«, bestätigte Cortes. »Sie ist tot.«

»Das sehe ich.« Die schwarzen Augen des Nawen durchbohrten den Söldner und verharrten kurz auf seinem versengten Haar. »Ich hatte eigentlich mit ihr sprechen wollen.«

»Tja, da hätten Sie wohl früher kommen müssen.«

»Sieht so aus.« Der Kommissar trat ans Fenster. »Wo ist das Schwarze Buch, Cortes?«

»Jemand hat es mitgenommen.«

»Wer?«

»Sein nächster Hüter.«

»Die Vegasianer haben das Portal bemerkt«, sagte Santiago nach kurzem Schweigen. »Doch sie konnten es nicht bis zu Ende verfolgen. Der Zielpunkt war zu weit entfernt.«

»Der Hüter zieht es offenbar vor, für eine Weile unterzutauchen«, mutmaßte Cortes. »Das ist ja auch ganz vernünftig.«

»Absolut«, pflichtete der Kommissar zähneknirschend bei und schaute fortwährend aus dem Fenster. »Wieso plündern die Rothauben die Villa?«

»Ähm, das habe ich so mit ihnen vereinbart«, gestand Cortes ein wenig verlegen. »Sie nehmen die Wertsachen mit und die Herrscherhäuser bekommen die Bibliothek.«

»Und Sie? Bekommen Sie etwa nichts?«

»Den Armreif der Fate Mara.« Cortes wedelte mit dem

Schmuckstück, das er der Hexe abgenommen hatte. »Den behalte ich als Andenken.«

Jemand lugte zur Tür herein, doch als er Santiagos hagere Gestalt erkannte, verschwand er augenblicklich wieder.

»Ein teures Andenken«, räsonierte Santiago. »Allein die Ausrüstung für diese Operation hat Sie doch ein Vermögen gekostet.«

»So ist es. Und mit dem Armreif werde ich meine Kosten nicht decken können«, seufzte Cortes. »Geschweige denn einen Gewinn einfahren.«

Santiago und Cortes kannten sich zu gut, als dass sie lange um den heißen Brei herumgeredet hätten. Der Naw wandte sich vom Fenster ab und lächelte dem Söldner freundlich zu.

»Dann lassen Sie uns doch übers Geschäftliche reden. Die Leichtigkeit, mit der Sie sich von Karas Bibliothek trennen, macht mich ein wenig stutzig.«

»Nun, es ist zweifellos eine bemerkenswerte Büchersammlung«, erwiderte der Söldner. »Aber die von Genbek ist wertvoller, ganz zu schweigen von den Bibliotheken der Herrscherhäuser.«

»Das bedeutet, dass wir nichts Bemerkenswertes darin finden werden«, schlussfolgerte Santiago. »Apropos, wer bekommt eigentlich Karas Computer? Dazu haben Sie sich noch gar nicht geäußert.«

»Die Herrscherhäuser natürlich.« Cortes wurde nicht einmal rot. »Allerdings kann ich mir nur schwer vorstellen, was sie damit anfangen wollen. Es handelt sich um den geschmolzenen Klumpen dort auf dem Tisch.« Der

Söldner seufzte. »Ein bedauerlicher Kollateralschaden der Kampfhandlungen, Sie können sich gar nicht vorstellen, was hier los war.«

»Und die Datenträger mit Karas Aufzeichnungen sind auch verloren?«

»Nun, unter Umständen wäre vielleicht eine Wiederherstellung möglich.«

»Unter welchen Umständen?«, horchte der Kommissar auf.

»Dafür wären gewisse Investitionen erforderlich.«

»In welcher Höhe?«

Der Söldner kratzte sich im Nacken.

»Die Entscheidung liegt natürlich bei Ihnen, aber ich denke, eine achtstellige Summe wäre angemessen.«

»Die Methode für die Erzeugung von Morjanen hat für den Dunklen Hof einen rein wissenschaftlichen Wert«, gab Santiago zu bedenken. »Zumal das *Wandlungsbecken* zerstört wurde und sich die Produktion neuer Morjanen somit erledigt hat.«

»Kara hat das Grundprinzip entschlüsselt«, entgegnete Cortes. »Sie war eine begnadete Genetikerin. Wenn der Dunkle Hof in den Besitz ihrer Aufzeichnungen gelangt, ist er den übrigen Herrscherhäusern um hundert bis zweihundert Jahre voraus. Außerdem ist das *Wandlungsbecken* kein altes Artefakt, die Fate Mara hat es selbst entwickelt. Und wenn Sie das Grundprinzip kennen, müssten Sie es ohne weiteres nachbauen können.«

»Sie sind mit der Materie erstaunlich gut vertraut, Cortes«, sagte Santiago und neigte respektvoll den Kopf.

»Ich habe Ihren Professionalismus schon immer bewundert.«

»Besten Dank für das Kompliment.« Der Söldner legte sich die Hand auf die Brust und verneigte sich theatralisch. »Wir kommen also ins Geschäft?«

»Noch nicht ganz.« Santiago war ein harter Verhandler. »Ich plädiere für eine siebenstellige Summe. Im Gegenzug biete ich Ihnen an, unsere etwas unglückliche Begegnung im Wald zu vergessen und Ihnen keine unangenehmen Fragen zu stellen.«

»Woran denken Sie da zum Beispiel?«, fragte der Söldner argwöhnisch.

»Zum Beispiel an die Frage, wo Sie das *Superhirn* herhaben.«

»Woher wollen Sie wissen, dass ich über ein *Superhirn* verfüge?«

»Weil Sie ohne einen solchen Computer gar nicht ins Haus hineingekommen wären«, erläuterte der Kommissar schulterzuckend. »Oder liege ich da etwa falsch?«

»Sie werden das *Superhirn* also nicht zurückfordern?«

»Es befand sich nicht im Eigentum des Dunklen Hofs«, sagte Santiago. »Sein Besitzer soll sich selbst darum kümmern, es zurückzubekommen. Sind wir uns dann einig?«

»Also keine unangenehmen Fragen und eine siebenstellige Summe als Honorar«, resümierte Cortes. »Ich gehe davon aus, dass die erste Ziffer keine Eins sein wird.«

»Wollen Sie mich beleidigen?«

»Keineswegs. Ich nehme an, dass die übrigen Herrscherhäuser in dem Glauben gelassen werden sollen, dass Karas Computer mitsamt ihren Aufzeichnungen vernichtet wurde.«

»Versteht sich.«

»Das lässt sich einrichten«, verkündete Cortes gutgelaunt. »Dafür schlagen wir auf das Honorar noch meine Unkosten drauf und der Deal ist perfekt.«

»Ihr Humos schaut euch immer nur alles Schlechte von uns ab«, seufzte Santiago und reichte dem Söldner die Hand. »Einverstanden.«

Obwohl der Ort des Geschehens längst mit roten Bändern abgesperrt war, hatten die Streifenpolizisten größte Mühe, die Meute der sensationslüsternen Reporter und Gaffer von der Villa Karavella fernzuhalten.

»Was war hier los?«, erkundigten sich die Journalisten aufgeregt. »Eine Schießerei?«

»Eine Schießerei«, bestätigte ein Mann im Trainingsanzug. »Und ein Sprengstoffanschlag. Ich wohne hier in der Nachbarschaft und habe alles gehört.«

»Angeblich wurde eine Einbrecherbande gefasst«, mischte sich eine dicke Dame mit wasserstoffblondem Haar ein.

»Ach wo, keine Einbrecher, es waren Drogenkuriere!«

»Unsinn! Es waren Terroristen und sie haben Geiseln genommen.«

Die Gaffer und Reporter reckten die Hälse, um einen Blick auf das Haus zu erhaschen, dessen ausgeschlagene Fenster in den Herbsthimmel gähnten und Schwaden von Pulverdampf in den Park entließen. Doch niemand, weder die Streifenpolizisten noch die Wasserstoffblondine noch der Mann im Trainingsanzug, bekam etwas mit von der bemerkenswerten Prozession, die sich unmittelbar vor ihren Augen abspielte. Ein perfekt inszeniertes Trugbild täuschte die Sinne der Schaulustigen.

Kornilow dagegen konnte dank seines Magoskops beobachten, welch illustre Gesellschaft soeben das Grundstück der Villa Karavella verließ: zwei vierarmige Männer, die sich angeregt mit einigen schwarzhaarigen jungen Frauen unterhielten; vier rothaarige Recken, die mit finsteren Mienen einen massiven, in eine Decke gewickelten Leichnam schleppten; ein Grüppchen von Zwergen mit roten Kopftüchern, von denen sich zwei unter der Last riesiger Rucksäcke krümmten und ein Dritter einen halb bewusstlos vor sich hinlallenden Kameraden über der Schulter trug; als Letzter passierte ein einzelner, kurzgeschorener Mann das Tor und ging zu seinem an der Parkmauer abgestellten Lincoln Navigator.

Andrej nahm das Magoskop ab und wandte sich an Schustow: »Sieht so aus, als hätte Kara viele Feinde gehabt.«

Sergej krächzte zustimmend und zog sich diskret zurück, als er den herbeieilenden Santiago sah.

»Diesmal bin ich nur ein kleines bisschen zu spät gekommen«, sagte Kornilow schmunzelnd, als er Santiago die Hand schüttelte. »Aber eben doch wieder zu spät.«

»Diesmal sind wir alle ein bisschen zu spät gekommen«, gestand der Kommissar.

»Sogar Sie?«

»Sogar ich.«

»Haben Sie eine logische Erklärung für die Geschehnisse?«

»Wir bemühen uns darum«, antwortete Santiago augenzwinkernd. »Jedenfalls können Sie diesmal die wahren Schuldigen einsperren, Major.«

Stirnrunzelnd blickte sich Kornilow nach seiner Beute um: Mohammed, der immer noch schmollend im Wolga des Majors saß, Arnold und Gleb, die im Streifenwagen tumb vor sich hinstarrten und die beiden Zwillinge, die das SEK aus dem Dachboden geholt hatte.

»Alles schön und gut, aber wie soll ich diese Magier hinter Gitter behalten?«, erkundigte sich der Major. »Die können doch einfach verschwinden, wann immer es ihnen passt.«

»Das werden sie nicht tun«, versprach der Kommissar. »Dafür werden wir sorgen.«

Moskauer Eremitage, Kloster der Erli
Moskau, Zarizyno-Park
Samstag, 30. September, 18:27 Uhr

In der Patientenaufnahme der Moskauer Eremitage herrschte sterile Sauberkeit. Die Metallgestelle der Betten glänzten im kühlen Licht großer Deckenleuchten und das reine Weiß der Leintücher stach in die Augen. Selbst die schwarze Kutte von Bruder Lapsus sah so makellos sauber aus, als hätte er sie soeben aus der Reinigung abgeholt.

Wie alle Angehörige des Dunklen Hofs galten die Erli als geizig und streitsüchtig. Übrigens völlig zu Recht. Dazu gesellten sich noch ihre ganz speziellen Charaktereigenschaften: Sie neigten zu Geschwätzigkeit und ungezügelter Völlerei. Doch an allererster Stelle stand bei diesen begnadeten Heilern stets das Geschäft.

Als in der Patientenaufnahme der schwarze Wirbel entstand, versammelte sich sofort eine ganze Schar von Mönchen um das Portal. Man legte den Verletzten auf ein Krankenbett und spritzte ihm ein Stimulantium. Einer der Erstversorger sprach ein blutstillendes Arkan, ein anderer schnitt dem Patienten die blutverschmierten Kleider vom Leib und stopfte sie in eine Plastiktüte, ein Dritter wusch und desinfizierte die Wunden, maß die Körpertemperatur, spritzte ein Tetanusserum und kontrollierte die Funktion der inneren Organe.

Bruder Lapsus, einer der besten Chirurgen der Eremitage, untersuchte Artjom kurz, legte die Stirn in Falten, rieb sich den Nasenrücken, murmelte seinen Helfern in der Sprache der Erli einige Anweisungen zu und wandte sich dann an Inga.

»Hat der Ärmste Geld dabei oder müssen wir ihn auf Kredit wieder zusammenflicken?«

»Das ist ja wohl nicht das Wichtigste!«, entrüstete sich Inga und zückte ihre T-Grad-Com-Universalkarte. »Beeilt euch gefälligst, natürlich haben wir Geld!«

Die junge Dame schien ein wenig unter Strom zu stehen. Bruder Lapsus begutachtete das imposante Veilchen auf ihrer Wange, die blutverkrusteten Handgelenke, ihre blassen, zitternden Lippen und lächelte.

»Und du, schöne Frau? Brauchst du nicht auch ärztliche Hilfe?«

»Kümmert euch gefälligst um den Patienten und nicht um mich«, explodierte Inga. »Der Mann liegt im Sterben!«

»Unsinn«, versetzte Bruder Lapsus und wandte sich zum Gehen. »Du kannst inzwischen hier warten. Man wird dir ein Beruhigungsmittel und Wundbalsam bringen. Dort rechts ist eine Duschkabine, Handtücher sind im Schrank.«

Die Mönche fassten das Geländer des Bettgestells und schoben Artjom hinter dem Chirurgen her.

»Ich komme mit«, verkündete Inga energisch.

»Kommt überhaupt nicht infrage«, beschied Bruder Lapsus, ohne sich umzudrehen. »Das ist verboten.«

»Eure Verbote kümmern mich einen Dreck!« Die Rothaarige klammerte sich an das Krankenbett. »Ich werde bei Artjom bleiben!«

Die Helfer blieben stehen und sahen den Arzt ratlos an. In der langen Geschichte der Moskauer Eremitage war noch nie ein Unbefugter bei einer der sagenumwobenen und wundertätigen Operationen der Erli dabei gewesen. Die Mönche wussten ihre Geheimnisse zu hüten und es hätte gegen ihre Prinzipien verstoßen, den rotblonden Quälgeist in den Operationssaal vorzulassen.

»Lässt du uns jetzt bitte in den OP, oder sollen wir ihn hier verrecken lassen?«, erkundigte sich Bruder Lapsus.

»Bitte lasst mich mitkommen!« Inga sah den Erli flehentlich an. »Ich muss bei ihm sein, bitte!«

Die zierliche junge Frau in dem zerrissenen Kleid wirkte wie ein in die Enge getriebenes Tier und in ihren beinahe schwarzen Augen mischten sich Wut und Verzweiflung, so als hinge ihr Leben davon ab, ob man sie mitkommen ließe oder nicht. Bruder Lapsus überlegte einen Moment, dann seufzte er und winkte ab.

»Also meinetwegen. Gebt ihr einen Kittel.«

»Tausend Dank!« Inga strahlte und nahm Artjoms Hand.

Bruder Lapsus warf einen mitleidigen Blick auf den ihm wohlbekannten Söldner, dann grinste er verschmitzt und murmelte: »Beim Barte des Schlafenden, Artjom, ich glaube es wäre besser für dich, du würdest nicht mehr zu dir kommen.«

EPILOG

»Die Folgen der technischen Störung, die vergangene Woche durch einen Hackerangriff auf die Server der T-Grad-Com ausgelöst wurde, sind vollständig beseitigt. Unser gesamtes Dienstleistungsangebot steht den Kunden im gewohnten Umfang zur Verfügung. Wir betonen ausdrücklich, dass durch den Zwischenfall kein einziges Datenbyte verlorenging. Anderslautende Behauptungen vonseiten der Handelsgilde entbehren jeder Grundlage und es …«

T-GRAD-COM, offizielle Erklärung in eigener Sache

»Viel Lärm um nichts! Wie erwartet hat sich herausgestellt, dass die Meldungen über angeblich mysteriöse Geschehnisse auf dem Gartenring der blühenden Fantasie sensationsgieriger Journalisten entsprangen. Sachverständige der Verkehrspolizei haben zweifelsfrei festgestellt, dass die ungewöhnlich tiefe Delle in der Frontpartie des havarierten Fords durch die massive Stoßstange eines entgegenkommenden Jeeps verursacht wurde. Dies widerspricht zwar einigen Zeugenaussagen, liefert jedoch eine plausible Erklärung für die Tatsache, dass …«

MOSKOWSKI KOMSOMOLEZ

»Die Kommission der Herrscherhäuser hat offiziell mitgeteilt, dass die Ermittlungen gegen Santiago eingestellt werden. Der Kommissar des Dunklen Hofs war der Verbreitung verbotener Zauber beschuldigt worden und stand zudem unter dem Verdacht, die Datenbank der T-Grad-Com gestohlen zu haben. Wie der Pressesprecher der Kommission verlautbarte, konnte Santiago den Herrscherhäusern überzeugende Beweise für seine Unschuld vorlegen. Nahezu gleichzeitig gab der Orden bekannt, dass Franz de Geer mit sofortiger Wirkung auf seinen Posten als Kriegsmeister zurückkehrt. Beobachter sehen eine Verbindung ...«

T-GRAD-COM

»Stockholm. Die russische Botschaft in Schweden hat offiziell bestätigt, dass es sich bei dem russischen Staatsbürger, der gestern in der schwedischen Hauptstadt erschossen wurde, tatsächlich um Denis Frolow handelt, der in der Moskauer Kriminellenszene unter dem Spitznamen Edik bekannt war. Wie uns das Moskauer Polizeipräsidium auf Anfrage mitteilte, wurde Frolow verdächtigt, enge Kontakte zur kriminellen Gruppierung Chamberlains zu pflegen, was seine Ermordung ...«

TVZ

Zu Kornilows Pressekonferenz fanden sich mindestens hundert Journalisten ein. Praktisch alle hauptstädtischen Zeitungen, Radio- und Fernsehsender entsandten Vertreter ins *Interfax*-Gebäude, um aus erster Hand zu erfahren, was hinter den Ereignissen steckte, von denen Moskau in den letzten Tagen erschüttert worden war.

Im Vorfeld der Pressekonferenz hatte das Polizeipräsidium in einer knochentrockenen Erklärung mitgeteilt, dass die Sonderermittlungsgruppe um Major Kornilow die gesamte Anschlagserie und alle mysteriösen Geschehnisse der letzten Zeit lückenlos aufgeklärt habe. Den in der Stadt kursierenden Gerüchten und den abenteuerlichen Behauptungen von Professor Serebrjanz wurde damit der Nährboden entzogen. Niemand hegte ernsthafte Zweifel an den Ermittlungsergebnissen des hochdekorierten Majors, doch verständlicherweise brannten die Journalisten darauf, Einzelheiten zu erfahren.

»Eines möchte ich gleich vorausschicken«, begann der Major, nachdem er sich Mineralwasser eingeschenkt und eine Zigarette angezündet hatte. »Falls Sie sich Sensationelles erwarten, sind Sie hier fehl am Platz. Dann sollten Sie lieber nach Hause gehen und im Fernsehen *Akte X* gucken.«

»Die Erklärung des Polizeipräsidiums ist uns bereits bekannt«, meldete sich der Vertreter des seriösen *Kommersant* zu Wort. »Dennoch würden wir die Quintessenz der Ermittlungsergebnisse gern von Ihnen persönlich erfahren.«

»Von mir persönlich«, wiederholte Andrej und lächelte. »Wenn Sie meinen ... – Die Drahtzieherin und geistige Urheberin der jüngsten Ereignisse war eine gewisse Galina Alexandrowna Kapustina, die unter dem Pseudonym Kara auftrat. Als erstklassige Hypnotiseurin scharte sie eine Gruppe von Anhängern um sich und bildete diese professionell aus. Bedauerlicherweise fasste sie den Entschluss, die sich daraus ergebenden Möglichkeiten zu kriminellen Zwecken zu nutzen.« Kornilow klopfte die Asche seiner Zigarette ab. »Sie setzte sich in den Kopf, ihre Gruppierung zu einem mächtigen Gangsterclan auszubauen und die Kontrolle über die kriminellen Strukturen der Stadt zu übernehmen. In der Wahl ihrer Mittel war die Dame nicht zimperlich.«

»Ging die Ermordung von Waliko Garadse also auf ihr Konto?«, erkundigte sich ein bebrillter Reporter von *Perwy Kanal*.

»Ja«, bestätigte Andrej. »Sie verfolgte damit das Ziel, die Banden von Rioni und Chamberlain gegeneinander aufzuhetzen, um sich danach den Sieger der Auseinandersetzung vorzuknöpfen.«

»Dann hat sie also auch das Blutbad in der *Schaukel* zu verantworten?«, fragte eine junge blauäugige Frau von *TVZ*.

»Gewiss.« Kornilow seufzte. »Das Lokal wurde von einer ganzen Gruppe von Mördern überfallen, die äußerst brutal zu Werke gingen – mit Beilen und Motorsägen.«

»Und wie erklären Sie sich die Videoaufnahmen aus dem Nachtclub?«, erkundigte sich ein dicker Berichterstatter des *Moskowski Komsomolez*. »Auf den Bildern war ein Monster zu sehen.«

»Das gesamte Videomaterial wurde sorgfältig analysiert und das Gutachten der Sachverständigen ist eindeutig: Es handelt sich um professionell hergestellte Fälschungen.«

»Wurde das Gutachten von Experten der Polizei erstellt?«

»Nicht nur.« Andrej drückte seine Zigarette aus und trank einen Schluck Mineralwasser. »Wir haben uns sachkundigen Rat bei der T-Grad-Com geholt und deren Spezialisten für Computergrafik haben die Ergebnisse unserer eigenen Sachverständigen bestätigt. An dieser Stelle möchte ich der T-Grad-Com meinen Dank aussprechen. Das Unternehmen hat uns bereitwillig unterstützt und nicht nur seine Spezialisten, sondern auch seine moderne Ausrüstung zur Verfügung gestellt.«

Durch die Erwähnung der T-Grad-Com wurden weitere Nachfragen der Journalisten quasi im Keim erstickt, denn auf dem Gebiet der Computertechnik genoss der Konzern unumstrittene Autorität.

»Wollen Sie damit sagen, dass auch das Video von Waliko Garadses Ermordung gefakt war?«, warf der Berichterstatter des *Kommersant* vorsichtig ein.

Kornilow nickte. »Hier liegt der Fall sogar noch eindeutiger. Zusätzlich zum Expertengutachten liegt uns die Aussage des französischen Touristen Jean-Louis Pleau vor, der das Gruselfilmchen angeblich gedreht hat. Vor wenigen Tagen hat er sich selbst bei der Polizei gemeldet und zugegeben, dass er seine Rolle als Zeuge nicht freiwillig gespielt hat. Die Videoaufnahme hatte man ihm vorher zugesteckt und ihm mitgeteilt, wann er sich wo aufzuhalten habe. Wir werden Herrn Pleau nicht belangen. Er kann nichts dafür, dass er zum Spielball von

Gangstern wurde.« Der Major blickte prüfend in die Runde, als suchte er nach letzten Zweiflern. »Das gesamte Videomaterial – aus dem Nachtclub *Schaukel*, vom Blumenboulevard und vom Banküberfall – ist gefälscht.«

»Und was ist mit den Aussagen der Augenzeugen?«, bohrte der Brillenträger von *Perwy Kanal* weiter. »Bankräuber, die aus dem Nichts auftauchen, Monster, vierarmige Mörder ...«

»Wie ich bereits erwähnte, war Kapustina eine begnadete Hypnotiseurin.« Andrej zündete sich eine neue Zigarette an. »Bei jedem der erwähnten Verbrechen waren entweder sie selbst oder ihre Leute vor Ort und haben die Wahrnehmung der Augenzeugen entsprechend manipuliert.«

»Aber zu welchem Zweck?«

»Um die Ermittlungen in die Irre zu führen«, antwortete Kornilow. »Einen gewöhnlichen Bandenkrieg hätten wir rasch beendet. Durch den ganzen Hokuspokus gewann Kapustina Zeit. Sie konnte in aller Ruhe ihren schmutzigen Geschäften nachgehen, während die Polizei mit Fahndungsfotos von Vierarmigen durch die Stadt rannte.«

Unter den Zuhörern machte sich Heiterkeit breit.

»Haben Sie schon vergessen, welche Panik noch vor wenigen Tagen in der Stadt herrschte?«, setzte der Major fort. »Sie werden es nicht glauben, aber man hat ernsthaft von mir verlangt, ein Monster zu verhaften und vor Gericht zu stellen.« Im Saal erhob sich Gelächter. »Es hätte nur noch gefehlt, dass man uns silberne Gewehrkugeln aushändigt.«

Nachdem nun alles aufgeklärt war, erinnerten sich die Journalisten mit einem Schmunzeln an ihre eigenen, hochdramatischen Reportagen.

»Soweit wir wissen, wurde Kapustina bei der Erstürmung ihrer Villa getötet.« Die Journalistin von *TVZ* kritzelte etwas in ihr Notizbuch. »Und wen haben Sie bei dem Einsatz verhaftet?«

»Fünf Mitglieder ihrer kriminellen Vereinigung – allesamt Hypnotiseure, die von Kapustina ausgebildet wurden.« Andrej schenkte sich Mineralwasser nach. »Die Bankräuber und Waliko Garadses Mörder sind auch dabei.«

»Und die Schlächter aus der *Schaukel*?«

»Die Verbrecher, die dieses Blutbad angerichtet haben, kamen bei dem Überfall am Gartenring ums Leben. Wie Sie wissen, konnten die Täter nicht gefasst werden.«

»Am Gartenring wurden doch Mitglieder von Chamberlains Bande erschossen«, entgegnete der pedantische Brillenträger. »Was hatten die denn mit Kapustina zu tun?«

»Wir vermuten, dass sie von Denis Frolow unterstützt wurde«, antwortete Kornilow.

»Von Edik?!«

»Chamberlains rechte Hand soll seinen Boss verraten haben?!«

Andrej breitete die Arme aus.

»Sie können sich denken, dass wir dafür keine Zeugen haben, werte Anwesende, aber immerhin gibt es Indizien: Kurz nachdem wir Kapustina auf die Schliche kamen, verließ Edik überstürzt das Land. Und wenn Sie heute schon Nachrichten gehört haben, wovon ich ausgehe, dann wissen Sie ja, was ihm zugestoßen ist.«

Ediks Verstrickung in den Fall war eine Sensation. Die Journalisten tippten eifrig auf ihre Notebooks ein.

»Und welche Rolle spielte Professor Serebrjanz in dem Fall?«

»Er sorgte sozusagen für den ideologischen Unterbau. Durch die medienwirksame Inszenierung scheinbar übernatürlicher Geschehnisse half er Kapustina dabei, von den eigentlichen Verbrechen abzulenken.«

»Gehörte er auch zu ihrer kriminellen Bande?«

»Nein.« Andrej grinste. »Erstaunlicherweise glaubt der Professor tatsächlich an den Unsinn, den er verbreitet. Er ist davon überzeugt, gegen Dämonen zu kämpfen.«

Abermals erhob sich amüsiertes Getuschel im Saal.

»Werden Sie ihn belangen?«

»Wofür?«, wunderte sich Kornilow. »In diesem Land herrscht Gewissensfreiheit, jeder darf glauben, was er will, auch an Märchen. Das ist kein Verbrechen.«

»Aber für seine Vorträge und Seminare interessiert sich jetzt kein Mensch mehr und sein Buch dürfte als Ladenhüter enden.«

»Gut möglich«, erwiderte Andrej. »Ich habe gehört, dass Professor Serebrjanz beschlossen hat, die Stadt zu verlassen. Kapustinas Enttarnung war ein schwerer Schlag für ihn.«

»Hat das Moskauer Polizeipräsidium ihm empfohlen, die Stadt zu verlassen?«

Kornilow schüttelte den Kopf. »Drücken wir es so aus:

Das Moskauer Polizeipräsidium hat vollstes Verständnis für die Entscheidung, die Herr Serebrjanz selbstständig getroffen hat.«

Im Saal des ehemaligen Kulturzentrums der kleinen Provinzstadt fanden ungefähr einhundert Besucher Platz – gekommen waren maximal zwanzig. Der Referent aus der Hauptstadt hatte ein ausgesprochen bizarres Thema für seinen Vortrag ausgewählt und nur eingefleischte Esoteriker waren bereit, für die obskuren Enthüllungen des schrulligen Professors ihr sauer verdientes Geld auszugeben.

Lew Moisejewitsch Serebrjanz rückte seine teure Krawatte zurecht, blickte ernüchtert ins dünn gesäte Publikum und hub tapfer zu sprechen an.

»Meine Damen und Herren, sicher haben Sie sich ein wenig gewundert, als Sie vom Gegenstand meines Vortrags erfahren haben ...«

Als die für die Pressekonferenz anberaumte Zeit zu Ende ging, überschlugen sich die Journalisten noch einmal mit Fragen an Andrej.

»Herr Major, wurde das in der *Sparbank* entwendete Geld wiedergefunden?«

»Selbstverständlich.«

»Wann beginnt der Prozess gegen Kapustinas Leute?«

»In Kürze. Die Beweislage ist erdrückend.«

»Gestatten Sie noch eine letzte Frage, Herr Major«, brachte sich abermals der Pedant mit Brille ein. »Müssen Sie nicht befürchten, dass die von Ihnen verhafteten

Personen ihre hypnotischen Fähigkeiten dazu benutzen, bei nächster Gelegenheit aus dem Gefängnis zu flüchten?«

»Sie meinen, dass diese Herrschaften nur aus Höflichkeit das Ende der Pressekonferenz abwarten, um mir und meinen Kollegen sofort im Anschluss eine lange Nase zu drehen?« Kornilows Ironie sorgte erneut für Heiterkeit. »Keine Sorge, meine Damen und Herren«, setzte der Major augenzwinkernd fort. »Es war schwierig genug, diese Bagage dingfest zu machen. Wir denken nicht daran, sie entkommen zu lassen.«

»Dauert das noch lange?«, erkundigte sich der Dienstleiter.

»Keine Ahnung.« Der Leutnant zündete sich eine Zigarette an und warf einen missmutigen Blick auf die Tür des Vernehmungsraums. »Für den Termin waren ursprünglich sechs Stunden vorgesehen, aber wer weiß ...«

»Diese Wichtigtuer aus der Sonderermittlungsgruppe meinen, sie könnten sich alles erlauben«, knurrte der Dienstleiter.

»Die können sich das leisten«, seufzte der Leutnant. »Hast du's gelesen? Sie haben schon wieder einen Fall aufgeklärt.«

»Na und?«, empörte sich der Dienstleiter. »Kein Grund, uns einfach vor die Tür zu setzen! Für die Beaufsichtigung der Inhaftierten sind schließlich *wir* zuständig. Von wegen: *Ihre Anwesenheit ist nicht erforderlich.* Frechheit!«

»Die dürfen das«, wiederholte der Leutnant.

Abermals schauten die beiden Gefängniswärter auf die Tür des Vernehmungsraums, vor der sich ein junger, schwarzhaariger Polizist aus der Sonderermittlungsgruppe aufgebaut hatte und gelangweilt von einem Bein auf das andere trat.

Die Nawen arbeiteten schweigend.

Die beiden hochaufgeschossenen, vogelgesichtigen Greise, die lange schwarze Mäntel trugen, waren zusammen mit Schustow in den Vernehmungsraum geschlüpft. Die Gefängniswärter täuschten sie dabei selbstredend mit einem Trugbild, denn der Kapitän hätte sich ansonsten schwergetan zu erklären, was die beiden alten Herren hier verloren hätten.

Im Vernehmungsraum deaktivierten die Nawen das Trugbild, öffneten geschäftig ihre sperrigen Koffer und breiteten auf dem fest am Boden verankerten Tisch ein ganzes Arsenal von Gerätschaften aus: etliche Dosen, Säckchen und Glaskolben, eine kleine Kohlenschale und chirurgisches Instrumentar. Dann zogen sie dem gewohnt finster dreinschauenden Mohammed das Hemd aus, begutachteten sorgfältig seinen breiten Rücken, schnitten ihm ein kleines Stück Haut ab und warfen es in einen der Glaskolben. Ein Tropfen Blut, den sie mit einem Nadelstich aus dem Zeigefinger des Schwarzen zapften, landete in einem zweiten Glaskolben und in einen dritten musste er auf ihre Anweisung hineinspucken. Es war das einzige und letzte Mal, dass die alten Männer ihren Klienten direkt ansprachen. Braga und Daga waren zwei von insgesamt vier Spezialisten, die in der Lage waren, Nawsche Skizzen zu tätowieren. Die beiden genossen hohes Ansehen in der Verborgenen Stadt und pflegten ihre Zeit nicht mit Plaudereien mit Humos zu verschwenden. Mit solchen Humos schon gar nicht.

Etwa eine halbe Stunde lang untersuchten die Nawen die Gewebeproben und machten sich dann ohne Eile daran, in Porzellanschalen bunte Pülverchen zu mischen. Während Mohammed die Wand anstarrte, las Schustow den Sportteil der Zeitung und hob nur hin und wieder den Blick, um die Magier bei ihrem geheimnisvollen Tun zu beobachten. Während der ganzen Zeit erlaubte sich der sonst so gesprächige Kapitän nur zwei Zwischenfragen.

»Kann Mohammed die Tätowierungen irgendwie wieder loswerden?«

Die Nawen schüttelten den Kopf.

»Und wenn er sich die Haut rausschneiden lässt?«

»Das nützt nichts«, krächzte Braga und wedelte mit dem Zeigefinger. »Die Tätowierung entsteht immer wieder neu. Entfernt werden kann sie nur von uns.«

Für die Zubereitung der Pülverchen brauchten die Nawen ungefähr eine Stunde und dann begannen sie, die Tätowierung zu stechen. Auf Mohammeds Rücken entstand nach und nach das Bild eines Haifischs mit weit aufgerissenem Maul.

Die Revanche zwischen den Humos und den Schatyren wurde zum Pokerereignis des Jahres hochstilisiert. In der *Atomhenne*, dem besten Spielcasino der Verborgenen Stadt, herrschte der Ausnahmezustand. Sämtliche Tische wurden entfernt und stattdessen an den Seitenwänden drei zusätzliche Tresen installiert. Der Spieltisch stand in der Mitte des Gastraums auf einem kleinen Podest. In gebührendem Abstand zu den Spielern drängte sich das stehende Publikum, das von einer ganzen Heerschar von Kellnern bedient wurde.

Der Rummel um das Spiel übertraf alle Erwartungen. Die T-Grad-Com übertrug live im Radio und im Nebenraum warteten die Fernsehleute auf ihren Einsatz – während des Spiels waren Kameras strengstens verboten. Die Summe der Wetteinsätze hatte bereits zur Mittagszeit die Zwanzigmillionen-Marke überschritten und näherte sich der absoluten Höchstmarke, die bei der letzten Pokermeisterschaft der Verborgenen Stadt erreicht worden war.

Auch der Kartenvorverkauf für das Spiel brach sämtliche Rekorde – er dauerte exakt vierzehn Minuten. Bonzo Chase, der Geschäftsführer der *Atomhenne*, hüpfte schwitzend und kichernd durch sein Lokal und begrüßte euphorisch die Gäste. Der beleibte Eulin stand schon vor Beginn des Spiels als Gewinner fest, denn – egal, wie es ausging – an diesem Abend würde er sich dumm und dämlich verdienen.

»Die Buchmacher sehen Karim und Bidjar in der Favoritenrolle«, verkündete Inga.

Die grazile junge Frau trug ein schlichtes weißes Sweatshirt und eine ebenso weiße enge Hose. Mit dem rotblonden, streng hinter die Ohren gekämmten Haar hätte man sie für Artjoms jüngere Schwester halten können, die zur Belohnung für gute Schulnoten in das leicht verruchte Lokal mitkommen durfte. Einen krassen Gegensatz zu Ingas mädchenhafter Erscheinung bildete die wie immer hinreißend aussehende Jana, deren knappes, dunkelrotes Kleid ihre weiblichen Reize nur unwesentlich verhüllte. Die schwarzhaarige Söldnerin ließ keine Gelegenheit aus, allen zu zeigen, was für ein unverschämtes Glück Cortes mit ihr hatte.

»Ist schon Annahmeschluss?«, erkundigte sich Artjom.

Der Söldner hatte sich nur mit Mühe bis zur *Atomhenne* geschleppt und war der einzige Zuschauer, dem Bonzo aus humanitären Gründen einen Stuhl zugestand. Immerhin war er Cortes' persönlicher Gast und hatte extra für diesen Anlass seine Reha in der Moskauer Eremitage unterbrochen.

»Ja, es werden keine Wetten mehr angenommen«, bestätigte Inga. »Siebzig Prozent der Leute haben auf einen Sieg der Schatyren gesetzt.«

Artjom und Jana sahen einander amüsiert an.

»Ich hatte mit einem Verhältnis von sechzig zu vierzig gerechnet«, kommentierte der junge Söldner. »Dass Jegor und Cortes in der Zuschauergunst so tief sinken, hätte ich ehrlich gesagt nicht gedacht.«

»Um so lustiger wird es nach dem Spiel«, frohlockte Jana.

»Wieso seid ihr euch eigentlich so sicher, dass die Unseren gewinnen?«, fragte Inga und sah die beiden Söldner erstaunt an.

Artjom merkte sofort, dass es Jana einen kleinen Stich gab, als Inga von den »Unseren« sprach.

»Weil Cortes diese Revanche nie angeleiert hätte, wenn er nicht sicher wäre, dass er gewinnen wird«, antwortete die Söldnerin.

»Aber das ist doch nicht vorhersehbar«, wandte Inga ein.

»Es geht ja auch nicht um Voraussagen, sondern um innere Gewissheit.« Jana zog die Schultern hoch. »Cortes will unbedingt gewinnen und deshalb wird es auch so kommen.«

»Angesichts dessen, wie viel Geld auf dem Spiel steht, hat Cortes überhaupt nicht das Recht zu verlieren«, warf Artjom ein.

»Tatsächlich so viel?« Inga zog neugierig die Brauen hoch.

»Cortes hat mich beauftragt, den Großteil unseres letzten Honorars auf seinen Sieg zu setzen.«

Die Rothaarige schüttelte nur den Kopf. Ein derart selbstbewusstes Auftreten wie bei diesen Söldnern war ihr bislang noch nicht begegnet. Selbst Kara hatte im Vergleich dazu vorsichtig agiert.

»Noch einen Martini?«, fragte Inga mit einem Blick auf Artjoms leeres Glas.

»Gern.«

Die Magierin sah sich nach einem Kellner um und erhob sich, als sie keinen in der Nähe fand. »Ich besorge dir einen«, flötete sie und verschwand in Richtung Bar.

»Irgendwie kann ich mich nicht so recht an ihre Anwesenheit gewöhnen«, sagte Jana leise.

»Das habe ich bemerkt«, erwiderte Artjom schmunzelnd, während er Inga hinterhersah. »Dafür hältst du dich eigentlich ganz gut.«

»Inzwischen geht es ja«, lachte die Söldnerin. »Aber in der Moskauer Eremitage – das war der Hammer. Wir sind etwa eine Stunde nach dir bei den Erli eingetroffen, und als Cortes dort Inga sah, wären ihm beinahe die Augen herausgefallen.«

Artjom kicherte. Gleich am nächsten Tag hatte ihn Cortes damit aufgezogen, dass gewisse Söldner nicht einmal halbtot vor Frauen sicher seien.

»Jedenfalls waren wir äußerst überrascht«, fügte Jana hinzu.

»Damit wart ihr nicht allein«, bekannte Artjom. »Ich habe auch nicht schlecht gestaunt, als ich wieder zu mir kam und Inga an meinem Bett sitzen sah. Bruder Lapsus hat mir erzählt, dass sie sogar bei der Operation dabei war.«

»Und während der ganzen Zeit, als du bewusstlos warst, ist sie dir nicht von der Seite gewichen.« Janas blaue Augen fixierten den Söldner streng. »Weißt du schon, was du mit Inga anstellst?«

Artjom blies die Backen auf und betrachtete wehmütig seine Krücke.

»Nein, das kann ich jetzt noch nicht sagen ...«

»Diese Frau kann warten. Aber halte sie nicht zu lange hin.« Jana legte Artjom zärtlich die Hand auf die Schulter. »Und noch etwas. Es geht mich natürlich nichts an, aber Larissa hat sich ganz bewusst entschieden, ihren eigenen Weg zu gehen. Ganz bewusst.«

Vorbei an biederen Audis und nicht ganz so biederen Porsches brauste der zitronengelbe Lamborghini über die linke Spur der Autobahn. Die ordnungsliebenden Deutschen zogen es vor, dem hemmungslosen Raser in dem gelben Boliden Platz zu machen, tippten sich an die Stirn und dachten: ein Verrückter. Zumindest die Porschefahrer standen nicht in dem Verdacht, übertrieben langsam zu fahren, doch das Tempo des Lamborghini war einfach jenseits von Gut und Böse.

Das fehlende Tempolimit auf Autobahnen war indes nicht der Grund dafür, dass Larissa sich ausgerechnet Deutschland als Zufluchtsort ausgesucht hatte, sondern der Umstand, dass sie die Landessprache beherrschte. Schließlich galt es, Karas Erbe zu verwalten, die Geldanlagen und Beteiligungen zu ordnen und nicht zuletzt entsprechende Papiere zu beschaffen. Ohne Sprachkenntnisse wäre das äußerst mühselig geworden – Magie hin oder her.

Doch ganz abgesehen von den praktischen Dingen stand Larissa eine viel wichtigere und größere Aufgabe bevor, die zwischen schwarzen Ledereinbänden neben ihr auf dem Beifahrersitz lag. Vielleicht sollte sie sich ein Schloss kaufen, wo sie sich zurückgezogen und in aller Ruhe dem Studium des Schwarzen Buches widmen konnte? Oder ein hübsches Haus auf einer Insel? Und eines Tages würde sie gewiss in die Verborgene Stadt zurückkehren und dort für einigen Wirbel sorgen. Nun, bis dahin war noch ein weiter, beschwerlicher Weg.

Aber was soll's, dachte Larissa lachend und drückte das Gaspedal durch. Ich habe doch Zeit. Alle Zeit der Welt!

»Jana, jedes Mal, wenn ich Sie sehe, habe ich den Eindruck, Sie wären noch hübscher geworden!« Galant küsste Santiago der jungen Frau die Hand und wandte sich dann an den Söldner. »Wie fühlen Sie sich, Artjom?«

»Besser als vor drei Tagen«, witzelte der, während er Santiagos festen Händedruck erwiderte.

»Freut mich aufrichtig, dass Sie diese Geschichte gut überstanden haben.«

»Mich freut es auch, das können Sie mir glauben!«

Zur Überraschung des Söldners hatte Santiago sogar Zeit gefunden, ihn in der Moskauer Eremitage zu besuchen, um ihm persönlich die Genesungswünsche des Dunklen Hofs zu übermitteln. Überhaupt war erstaunlich viel Besuch zu Artjom in die Klinik gekommen: Schatyren im feinen Zwirn, Rothauben, die einen Fünflitereimer Whiskey anschleppten, Chwanen in Begleitung Weißer Morjanen, eine Delegation von Eulins, Bessjajew und zuletzt ein paar befreundete Feen, deren Auftauchen ein gewisses Missvergnügen bei Inga hervorrief ...

»Machen Sie sich übrigens keine Sorgen wegen Ihrer neuen Bekannten«, sagte der Kommissar, als er Inga von der Bar zurückkommen sah. »Ich konnte die Herrscherhäuser dazu überreden, sie nicht zur Rechenschaft zu ziehen. Auf Probe zwar, aber immerhin ...«

»Kann sie in der Verborgenen Stadt bleiben?«, fragte Jana.

»Ja«, bestätigte Santiago. »Inga wird zwar einige Fragen beantworten müssen, aber niemand wird ihr ein Haar krümmen. Das ist beschlossene Sache.«

»Vielen Dank«, sagte Artjom lächelnd. »Ich stehe in Ihrer Schuld, Kommissar.«

»Vergessen Sie's.«

Santiago nickte Inga zur Begrüßung freundlich zu und wandte sich dann zum Podium. Ein Gongschlag kündete vom Beginn des Pokerspiels.

»Ich erhöhe um zwanzigtausend.« Jegor Bessjajew schob einige Chips in den Pot.

»Ich halte«, erwiderte Bidjar Hamzi leise, aber ohne zu zögern.

Die Worte des Schatyren waren gut zu verstehen, denn der ganze Saal hatte den Atem angehalten.

»Ich gehe mit«, verkündete Cortes nach einer kleinen Pause. »Und erhöhe um weitere vierzigtausend.«

Ein Raunen ging durch die *Atomhenne* und alle Blicke richteten sich auf Karim Tomba, der nun an der Reihe war.

»Ich passe.« Tomba warf seine Karten hin. »Ohne mich.«

Jetzt war wieder Bessjajew dran.

Cortes und Jegor hatten einen guten Start hingelegt und die ersten drei Pots gewonnen. Doch dann übernahmen die Schatyren die Initiative und gewannen eineinhalb Stunden lang fast ununterbrochen. Zwar nur kleine

Beträge, aber sie gewannen. Die Einsätze erreichten zunächst nicht ansatzweise das Niveau der ersten Partie. Es fehlte einfach an guten Händen, und mit einem Bluff das große Rad zu drehen, war bei einer so hochkarätigen Besetzung nicht einfach.

Als die Zuschauer sich bereits zu langweilen begannen, ergab sich endlich doch noch ein interessantes Spiel, bei dem der Pot bereits in der ersten Wettrunde auf eine hohe fünfstellige Summe anwuchs. Jegor erhöhte den Einsatz auch in den Folgerunden, musste sich jedoch mit seinem Flush einem Full House von Tomba geschlagen geben. Danach gewannen die Schatyren auch die nächsten beiden Pots. Ihr Gewinn stieg auf über fünfzigtausend und die Stimmung im Raum wurde euphorisch – schließlich hatten die meisten der Anwesenden auf einen Sieg der Schatyren gesetzt.

»Ich steige aus.«

Jegors Karten lagen auf dem Tisch. Er schob sie einfach nach vorn und griff nach seinem Orangensaft.

Nun waren nur noch Cortes und Bidjar übrig.

Auch dieses Spiel hatte ausgesprochen rasant begonnen. Bereits nach der ersten Wettrunde lagen über vierzigtausend im Pot, nachdem abermals die Humos den Einsatz in die Höhe getrieben hatten.

War es *das* Spiel? Diese Frage stellten sich alle, die Gäste in der *Atomhenne* genauso wie die Fans an den Radiogeräten. War es das Spiel, um dessentwillen man diese Partie überhaupt angesetzt hatte, auf das alle warteten und das früher oder später einfach kommen *musste*? Das Spiel, das über Sieg oder Niederlage in der gesamten Partie entscheiden würde? Es sollte sich erweisen.

Alle Spieler hatten gute Karten in der Hand, jedenfalls war in den ersten Wettrunden keiner ausgestiegen. Alle hatten jeweils eine Karte getauscht und den Einsatz bis zur letzen Runde konsequent erhöht. Als Erster hatte Karim das Handtuch geworfen, kurz darauf Bessjajew. Und nun fieberten alle Bidjars Entscheidung entgegen.

In der Mitte des Tischs lagen Chips im Wert von über dreihunderttausend.

Der Schatyr leckte sich über die Lippen und seine schwarzen Augen taxierten den Söldner, der keine Miene verzog. Am meisten Sorgen machte dem Schatyren dessen fünfte, getauschte Karte. Cortes hatte sie nicht einmal angeschaut, sondern demonstrativ achtlos neben das Häufchen seiner Chips gelegt.

»Ich gehe mit«, entschied Bidjar endlich, schob bedächtig seine Chips nach vorn und fügte hinzu: »Und erhöhe um weitere fünfzigtausend.«

Das Publikum ächzte.

Die Reaktion des Söldners ließ nicht lange auf sich warten.

»Ich gehe mit«, verkündete Cortes, zählte sorgfältig seine Chips ab und wandte sich dann an seinen Partner Bessjajew. »Jegor, hättest du etwas dagegen, wenn ich noch einen Privateinsatz tätige? Ich habe da noch eine kleine Rechnung offen mit Bidjar.«

Der Vizepräsident der T-Grad-Com zuckte mit den Achseln. »Tu dir keinen Zwang an.«

»Danke dir.« Cortes grinste dem Schatyren ins Gesicht und zog einen Zettel aus der Sakkotasche hervor. »Ich gehe mit und erhöhe um den Wert eines neuen Lincoln Navigator. Ich habe gerade die Rechnung von der Handelsgilde bekommen.«

»Der Wagen ist aber nicht mehr neu«, wandte Bidjar ein. »Du fährst ihn schon seit einer Woche.«

»Er ist ohne weiteres so viel wert«, entgegnete der Söldner. »Hier ist deine Unterschrift.«

Stirnrunzelnd begutachtete Bidjar die Rechnung und schob dann einige Chips in den Pot.

»Na gut. Dann wollen wir mal sehen.«

Die Zuschauer räumten die hilflosen Ordner einfach beiseite, drängten aufs Podium und bildeten einen dichten Ring um den Spieltisch. Die Fernsehleute stürmten in den Gastraum und begannen zu drehen. Die Spannung war mit Händen zu greifen, als Bidjar in der atemlosen Stille langsam und genüsslich seine Karten aufdeckte: vier Könige und einen Buben!

»Ich glaube kaum, dass du vier Asse hast«, triumphierte der Schatyr, nachdem das Raunen im Saal verstummt war.

»Das Pik Ass hatte ich«, warf Tomba grinsend ein.

Cortes deckte eine Herz Drei auf. Er tat das noch langsamer als Bidjar und trieb die Spannung damit auf die Spitze.

Herz Vier.

Herz Fünf.

Herz Sechs.

Bidjars Bäckchen begannen zu flattern, Tomba beugte sich so weit vor, dass er schon fast auf dem Tisch lag und Jegor ballte die Fäuste so heftig, dass seine Fingerknöchel weiß wurden. Alle Blicke richteten sich auf Cortes' letzte Karte, die er nach wie vor nicht aufgedeckt hatte. Die findigen TV-Leute hatten ihre Kamera mit Hilfe einer langen Stange über den Spieltisch manövriert und zeigten das Rückseitenmuster der Karte in Großaufnahme.

Cortes drehte die Karte um.

»Das gibt es nicht«, stammelte Bidjar.

Es war die Herz Zwei.

Die Spannung in der Atomhenne entlud sich in ungläubigem *Ach* und *Oh* und *Wahnsinn*!

»Du alter Hasardeur!« Bessjajew sprang jubelnd auf und packte den Söldner bei den Schultern. »Wie konntest du das riskieren?! Ich war sicher, dass du einen Vierling hast! Tausendprozentig sicher! Ich wäre fast gestorben, als du die Herz Drei aufgedeckt hast!«

»Cortes!« Jana warf sich dem Söldner an den Hals und deckte ihn mit Küssen ein.

Ein sanfter Klaps auf den Po und die Kleine stieß einen beherzten Schrei aus. Den ersten in ihrem Leben. Und den wichtigsten.

»Was für ein hübsches Baby!« Bjana nahm die Neugeborene hoch und strahlte übers ganze Gesicht. »Was für eine Hübsche du bist, genauso hübsch wie die Mama!«

Die kleine Morjane überschrie das Kompliment mühelos.

»Gebt sie mir«, bat die erschöpfte Tapira und setzte sich auf.

»Glückwunsch, Schwester«, sagte Bjana und legte Tapira ihre Tochter in den Arm.

»Mein Mädchen!«

Als die Kleine die Nähe der Mutter spürte, hörte sie zu schreien auf und schloss die Augen.

»Die erste Morjane, der ich auf die Welt geholfen habe«, verkündete Bruder Jablokus, ein erfahrener Geburtshelfer, den man aus der Moskauer Eremitage herbeigerufen hatte.

»Nicht nur die erste Morjane«, ergänzte Bjana mit einem gerührten Blick auf Mutter und Kind, »sondern die erste wirklich freie Schwarze Morjane.«

Zur halbgeöffneten Tür lugten bereits ungeduldige junge Frauen herein: Schwarze und Weiße Morjanen, die gekommen waren, um das neugeborene Wandelwesen zu bestaunen.

»Ein Mädchen?«

De Geer, der allein im Gang stand, sah Bjana erwartungsvoll an.

»Ja«, bestätigte die Weiße Morjane. »Möchtest du sie sehen?«

»Vielleicht später.« Franz seufzte. Obwohl sein bester Freund Bogdan le Sta der Vater des Kindes war, konnte der Tschud die jahrhundertealte Abneigung, die man in den Herrscherhäusern gegenüber Halbbluten hegte, nicht auf Anhieb überwinden. »Sag Tapira, dass sie auf mich zählen kann, wenn sie irgendetwas braucht.«

»Ich werde es ihr ausrichten«, versprach Bjana. »Das wird sie freuen.«

»Und noch etwas ...« De Geer druckste einen Augenblick herum, dann zog er einen edlen, mit einem blutroten Rubin geschmückten Ring aus der Tasche hervor. »Der ist für das Kind. Als Andenken.«

Der Kriegsmeister drehte sich um und marschierte davon. Die Morjane schaute ihm nachdenklich hinterher. Als sich die Tür hinter de Geer geschlossen hatte, betrachtete Bjana den Ring genauer. Es handelte sich um einen echten Gardistenring und auf seiner Innenseite war der Name Bogdan le Sta eingraviert.

GLOSSAR

Arkan, das; -s, -e	Bezeichnung verschiedener Zauber
Arktisglocke	Kampfzauber, der den Gegner mit Kälte außer Gefecht setzt; eine Arktisglocke geringer Intensität verursacht lediglich schwere Erfrierungen, während eine Arktisglocke hoher Intensität den Kontrahenten augenblicklich in eine Eisskulptur verwandelt, die man mühelos mit einem Hammer zerschlagen kann
Artefakt	Gegenstand, der magische Energie in sich trägt
Assuren	Der älteste Volksstamm der Erde; herrschte etwa 10.000 Jahre lang und schottete den Planeten gegen Außerirdische ab; die Isolationspolitik der Assuren konnte nicht verhindern, dass ihr Imperium im Ersten Großen Krieg von den Nawen unterworfen wurde; die verbliebenen Assuren flüchteten mitsamt ihrem Wissensschatz in die Verborgene Stadt; es gibt nur wenige Informationen über sie und sie unterhalten keinerlei Kontakte zu anderen Bewohnern der Verborgenen Stadt
Atomhenne	Spielcasino in der Verborgenen Stadt

Barone	Repräsentanten des Herrscherhauses Lud; Gebieter über die Domänen; verfügen über keine magischen Kräfte
Basiliskenauge	Artefakt in Form eines blauen Kristalls; das einzig wirksame Mittel gegen Morjanen
Belebender Krug	Mit magischer Energie aufgeladenes Artefakt
Bibliothek Iwan des Schrecklichen	Sagenumwobene Büchersammlung, die ursprünglich dem Kaiser von Byzanz gehörte und die Sofia Palaiologa als Mitgift in die Ehe mit dem russischen Großfürsten Iwan III. einbrachte; als letzter Besitzer der Bibliothek gilt Iwan der Schreckliche. Ob der Zar sie versteckt hat, ob sie bei einem Brand verlorenging oder ob sie niemals existiert hat – darüber streiten sich die Geister …
Bogdan le Sta	Kriegskommandeur des Herrscherhauses Tschud (Orden); in Band 2 im Auftrag von Santiago getötet
Bojaren	Adlige im russischen Zarentum
Burg	Bezeichnung des Hauptquartiers des Herrscherhauses Tschud; Gebäudekomplex am Wernadski-Prospekt
Chamäleon-Marschälle	Spezialtrupp von Chwanen innerhalb der Garde des Großmagisters
Chwan, der; -en, -en	Vasallenvolk des Herrscherhauses Tschud; vierarmige Krieger; haben die Goldene Wurzel auf die Erde gebracht, eine Droge, die sie im Altaigebirge kultivieren

Delirium	Kneipe im Innenhof des Südlichen Forts
Desastro, der; -s, -s	Zweitgrößter Clan der Rothauben
Domäne	Territorialer Herrschaftsbereich innerhalb des Herrscherhauses Lud (Grüner Hof)
Drachenbrise	Kampfzauber mit der Funktion eines Flammenwerfers; die Flammen schlagen aus einem Finger, dem Auge oder dem Stab des Zauberers; die Intensität des Feuerangriffs hängt vom Potenzial des Magiers ab; so produziert eine Drachenbrise der 4. Kategorie einen zielgenauen Feuerstrahl, der ca. 150 bis 200 Meter weit reicht
Drachendusche	Kampfzauber, der einen heißen Dampfstrahl erzeugt
Drushina, die	Kriegsgefolge eines russischen Fürsten
Dunkler Hof	Inoffizielle Bezeichnung des Herrscherhauses Naw
Echo Moskwy	dt. »Moskauer Echo«; Moskauer Radiosender
Eichhörnchen, das eine Nuss frisst	Wappen des Herrscherhauses Naw
Eidechse	Club und Restaurant; »angesagtestes« Etablissement der Verbotenen Stadt im Ismailow-Park
Einhorn, sich aufbäumendes	Wappen des Herrscherhauses Tschud
Elfenpfeil	Kampfzauber, der präzise und panzerbrechende Feuerblitze auslöst

Erli, der; -, -;	Vasallenvolk des Herrscherhauses Naw; Mönche, Ärzte und passionierte Gourmets, deren Hauptquartier sich in einem Kloster im Zarizyno-Park befindet; trotz der Nähe zum Dunklen Hof sind sie neutral und behandeln alle Patienten in der Verborgenen Stadt
Eulin, der; -s, -s	Schaustellersippe, Vasallen des Herrscherhauses Lud; die Eulins sind Betreiber der Eidechse und vieler anderer Etablissements der Verborgenen Stadt
FAPSI	Eigenständiger russischer Nachrichtendienst von 1991-2003
Fate, die; -, -n	Zauberin des Grünen Hofs; Faten stehen in der Hierarchie über den Feen, jedoch unter den Priesterinnen
Fee	Zauberin des Grünen Hofs
Fischernetz	Kampfzauber, der die magischen Fähigkeiten des Gegners blockiert
Fötido, der; -s, -s	Kleinster Clan der Rothauben; die Fötidos lispeln besonders stark
Franz de Geer	Kriegsmeister und Kapitän der Garde des Herrscherhauses Tschud (Orden)
FSB	Inlandsgeheimdienst der Russischen Föderation
Gazelle	Russische Automarke für Kleintransporter und Kleinbusse, hergestellt vom Automobilwerk GAZ
Gjursa	Russischer Pistolentyp
Goldene Wurzel	Harte Droge, die in der Verborgenen Stadt verboten ist

Grüner Hof	Inoffizielle Bezeichnung des Herrscherhauses Lud
Handelsgilde	Von den Schatyren gegründete Organisation, die das Handels- und Bankenwesen in der Verborgenen Stadt kontrolliert
Hexenhammer	In Zusammenhang mit der Hexenverfolgung stehendes Werk des Dominikaners Heinrich Kramer, in dem die damals verbreiteten Ansichten über Hexen und Zauberer zusammengetragen wurden (Speyer 1486)
Himalayadusche	Kampfzauber, der über dem Opfer einen Hagelschauer niedergehen lässt, wobei die Größe der Hagelkörner und die Intensität des Schauers vom Potenzial des Zauberers abhängen
Humanoide, der; -n, -n	Menschenähnliche Lebewesen; im konkreten Zusammenhang jene menschenähnlichen Völker, die die Erde lange vor dem Menschen beherrschten und sich nach dem Zerfall ihrer Imperien in die Verborgene Stadt flüchteten
Humo	Scherzhafte Bezeichnung für Menschen bei den Bewohnern der Verborgenen Stadt
Hüter(in) des Schwarzen Buchs	Einer der führenden menschlichen Magier; seine Aufgabe besteht darin, die Verborgene Stadt unter Kontrolle zu halten
Interfax	Russische Nachrichtenagentur
Iswestija	Bekannte russische Tageszeitung

Jakob Bruce (1639–1735)	Schottischer Wissenschaftler und Feldmarschall in Diensten der russischen Armee; war zeitweilig Direktor einer Marineschule in Moskau, die sich im Sucharew-Turm befand, und gründete 1702 das erste Moskauer Observatorium
Kaganowitsch	Lasar Moissejewitsch Kaganowitsch (1893–1991); unter Stalin einer der mächtigsten Funktionäre der Kommunistischen Partei der Sowjetunion; in den dreißiger Jahren verantwortlich für die »Umgestaltung« des Moskauer Stadtbildes, im Zuge derer viele alte Gebäude und Kirchen zerstört wurden
Karthagisches Amulett	Magische Quelle des Herrscherhauses Tschud
Killerkraut	Von den Luden verwendete Droge; verzehnfacht die körperlichen Kräfte, wirkt sich jedoch einschränkend auf die Zurechnungsfähigkeit aus; die Legenden, die sich um die Berserker ranken, haben wohl in der Verwendung dieses Krauts ihren Ursprung
Koboldmantel bzw. Jötunenmantel	Sehr anspruchsvoller Zauber, der zu einer Verkleinerung bzw. Vergrößerung der verzauberten Person führt
Kodex	Gesetzbuch der Verborgenen Stadt
Kommersant	Überregionale russische Tageszeitung
Konvention von Kitai-Gorod	Übereinkunft der Herrscherhäuser der Verborgenen Stadt von 1418, in der die gefährlichsten Zauber verboten wurden

Kranichschnabel	Kriegsartefakt des Grünen Hofs in Form eines Dolches; zur Liquidation von Magiern bestimmt
Kranichtochter	Militärischer Titel von Zauberinnen (Faten oder Feen) des Grünen Hofs, die auf Kriegsmagie spezialisiert sind und in entsprechenden Einheiten der Armee dienen
Kugelblitz	Kampfzauber, der einen Feuerball erzeugt; explodiert bei Berührung mit dem Feind oder dessen Schutzzauber; eine mächtige, jedoch etwas grobschlächtige Waffe, die man am besten gegen feindliche Gruppen einsetzt, die sich in geschlossenen Räumen aufhalten; bei der Explosion eines Kugelblitzes kann auch der Magier, der ihn erzeugt hat, zu Schaden kommen
Kukuj	Volkssprachliche Bezeichnung der Nemezkaja Sloboda, eines Moskauer Stadtviertels, in dem sich u. a. im 17. Jahrhundert Ausländer ansiedelten; Kukuj ist der Name eines dort verlaufenden Bachs
Kuss der Rusalka	Alter Zauber, der ausschließlich Frauen vorbehalten ist; zwar ungeeignet zum Scannen eines Gehirns, verleiht der Zauberin jedoch Macht über die Gefühle des Verzauberten und ermöglicht ihr, alles was sie wissen will, aus ihm herauszubekommen; Rusalka ist eine Art Meerjungfrau in der slawischen Mythologie
Labyrinth	Unterirdisches Territorium der Verborgenen Stadt, zu der die Metroschächte, die

	Kanalisation, diverse Höhlen etc. gehören; Lebensraum der Ossen
Leine	Artefakt, das zur Ruhigstellung eines Opfers dient
Leonard de Saint-Carré	Großmagister des Herrscherhauses Tschud (Orden)
Lossiny Ostrow	dt. »Elchinsel«, Nationalpark am nordöstlichen Stadtrand Moskaus
Lud	Herrscherhaus der Verborgenen Stadt; Inoffizieller Name: Grüner Hof; Wappen: Tanzender Kranich; Magische Quelle: Regenbrunnen; Hauptvolk: Lud; der Lud, -en, -en; Gesellschaft: matriarchal geprägte Monarchie, administrativ unterteilt in acht Domänen; an der Spitze des Grünen Hofs steht die Königin, die aus den Reihen der Priesterinnen gewählt wird; bei den Luden sind ausschließlich Frauen zur Magie befähigt; im niedersten Rang sind sie Feen, mit wachsenden magischen Fähigkeiten steigen sie zu Faten und schließlich zu Priesterinnen auf; Gebieter der Domänen sind die Barone; das wichtigste Entscheidungsgremium des Grünen Hofs ist der Große Königsrat, der sich aus der Königin selbst, den Priesterinnen und den Baronen zusammensetzt; Vasallenvölker: u. a. Rothauben, Eulins, Morjanen
Lustschleier	Liebeszauber, der heftiges sexuelles Verlangen weckt

Magische Quellen	Mächtige Artefakte, aus denen die Magier der Verborgenen Stadt ihre Energie schöpfen
Magoskop	Artefakt, das es erlaubt, hinter einem Trugbild die Realität zu erkennen; kommt gewöhnlich in Form eines Monokels oder einer Brille zum Einsatz
Maxim Grek (1475–1556)	Bekannt auch als Maximus der Grieche; griechischer Mönch, Gelehrter, Schriftsteller und Übersetzer; ab 1515 in Moskau u. a. als Übersetzer tätig
Metro	Kurzbezeichnung der Moskauer Untergrundbahn
Morjane, die; -, -en	Vasallenvolk des Herrscherhauses Lud; kleines Volk von weiblichen Wandelwesen, das bei genetischen Experimenten der Fate Mara mit Menschenfrauen entstand; die Morjanen können zweierlei Gestalt annehmen: 1) eine attraktive Frauengestalt und 2) die Gestalt eines Mischwesens aus Frau und Bestie, mit krallenbewehrten Klauen, Dornenschwanz und gehörntem, kahlem Kopf; in dieser »Kampfmontur« sind die Morjanen gefährliche Ungeheuer; es gibt Weiße und Schwarze Morjanen; Letztere sind noch gefährlicher und unberechenbarer, jedoch etwas langsamer als die Weißen; das slawische Wort Morjana bezeichnet eine Art Meerjungfrau in der slawischen Mythologie
Morpheusstaub	Von den Erli-Mönchen entwickeltes und zur Anästhesie eingesetztes Betäubungs-

	mittel, das gelegentlich zu nichtmedizinischen Zwecken missbraucht wird
Moskauer Eremitage	Kloster der Erli-Mönche im Zarizyno-Park; beherbergt das bekannteste Klinikum der Verborgenen Stadt
Moskitokönig	Artefakt zur Insektenabwehr
Moskowski Komsomolez	Populäre Russische Tageszeitung
Naw	Herrscherhaus der Verborgenen Stadt; Inoffizieller Name: Dunkler Hof; Wappen: Eichhörnchen, das eine Nuss frisst; Magische Quelle: unbekannt; Hauptvolk: Naw; der Naw, -en, -en; Gesellschaft: absolutistische Monarchie; alleiniger Herrscher ist der Fürst; als Gegenleistung für seine uneingeschränkte Macht verzichtet er auf einen Namen und auf jegliches Privatleben; bei der Ausübung seiner Macht wird er von den drei Ratsherren, den ranghöchsten Magiern, unterstützt Vasallenvölker: u. a. Schatyren, Ossen, Erli
Nawsches Arkan	Mächtiger Kampfzauber, der dem Gegner die magische Energie entzieht
Nawsche Skizzen	Magische Tätowierung
Nebelumhang	Artefakt, das seinen Besitzer vor elektronischen Überwachungseinrichtungen schützt
Nikulin-Zirkus	Stationärer Zirkus auf dem Blumenboulevard, benannt nach dem berühmten Schauspieler und Clown Juri Nikulin

NKWD	Volkskommissariat des Inneren; von 1934–46 gebräuchliche Bezeichnung für die Innenbehörde der UdSSR, auf deren Konto zahlreiche Terrorakte gegen die eigene Bevölkerung gingen, u. a. die Zwangsumsiedlung und Ermordung vieler Volksgruppen
Nowy Arbat	Einkaufsstraße im Zentrum Moskaus
NTW	Beliebter russischer Fernsehsender; in den 90er Jahren stand NTW für anspruchsvollen und vor allem kritischen Journalismus; 2001 übernahm Gazprom den Sender und wechselte den Direktor aus. Zahlreiche Journalisten kehrten dem Unternehmen daraufhin den Rücken. Vielfach wurde vermutet, dass hinter der Übernahme die Regierung Putin steckte, der die kritischen Berichte des Senders ein Dorn im Auge waren
Odoro, der; -s, -s	Clan der Rothauben; die Odoros rühmen sich, besser zu riechen als die übrigen Rothauben
Orden	Inoffizielle Bezeichnung des Herrscherhauses Tschud
Ortega	Engster Mitarbeiter von Santiago
Oss, der; -en, -en	Vasallenvolk des Herrscherhauses Naw; Rattenbändiger; im Labyrinth unter der Stadt hausendes, kleines, halbwildes Jägervolk; Ossen haben einen Hang zu pathetischen Reden und verfassen schwermütige Balladen
Panopt, der; -en, -en	Kleines Vasallenvolk des Herrscherhauses Lud; Panopten zeichnen sich durch

hünenhaften Körperbau und sagenhafte Trinkfestigkeit aus; verdienen ihren Lebensunterhalt mit der Bewachung vergrabener Schätze

Pereulok	russ. Bezeichnung für eine kleine Straße oder Gasse
Perwy Kanal	Staatlicher russischer Fernsehsender, deutsch: Erster Kanal
Petrowka 38	Fernsehsendung des Innenministeriums über die Arbeit von Polizei und Innenbehörden; der Hauptsitz des Innenministeriums befindet sich in der gleichnamigen Straße Petrowka, Nr. 38.
Phantomskalpell	Von den Erli-Mönchen zu rein medizinischen Zwecken erfundener Zauber, der jedoch bisweilen auch missbräuchlicher Verwendung zugeführt wird
Polpa Nawese	Gericht aus durchgedrehtem rohem Fleisch mit Gemüse und superscharfer Sauce; Lieblingsspeise der Nawen
Portal	Magischer Tunnel, der die sofortige Überwindung der Distanz zwischen zwei entfernten Orten im Raum gestattet; nur gut ausgebildete Magier sind in der Lage, ein Portal aufzubauen, alle übrigen müssen entsprechende Artefakte (sogenannte *Schleusen*) benutzen
Priesterinnen-Rat	Höchstes Entscheidungsgremium des Herrscherhauses Lud (Grüner Hof), dem die Priesterinnen und die Königin angehören

Prospekt	Bezeichnung von Ausfallstraßen in russischen Städten
Regenbrunnen	Magische Quelle des Herrscherhauses Lud
Rennsemmel	Bar in der Verborgenen Stadt; Geschäftsführer ist Murzo Chase
Rettungsanker	Artefakt; bei der Aktivierung entsteht ein Portal in die Moskauer Eremitage; wird bei schwerwiegenden Verletzungen eingesetzt, um unmittelbar in die Klinik der Erli-Mönche zu gelangen
Ring der Gleichmut	Artefakt; Schmerzblocker, meist als Tätowierung bzw. Nawsche Skizze ausgeführt
RosBusiness Consulting	RBC (RosBusinessConsulting) Informations Systems; führendes Medienunternehmen in Russland
Rothauben	Vasallenvolk des Herrscherhauses Lud; aufgegliedert in den Odoro-, Fötido- und Desastro-Clan; die Clans sind sich untereinander spinnefeind und verdienen ihren Lebensunterhalt hauptsächlich durch Drogenhandel und Kleinkriminalität; Rothauben sind erst ab einer gewissen Dosis Whiskey in der Lage, überhaupt zu denken, und erreichen auch dann nur ein äußerst eingeschränktes intellektuelles Niveau
Salamanderring	Schutzzauber; ein Salamanderring kann selbst erfahrene Magier zu Asche verbrennen
Santiago	Kommissar und höchster Kriegsmagier des Herrscherhauses Naw (Dunkler Hof)

Schatyr, der; -en, -en;	Vasallenvolk des Herrscherhauses Naw; Gründer der Handelsgilde, im Übrigen Cognac-Fans und Liebhaber von Sportcoupés
Schlafender	Gottheit der Verborgenen Stadt; Urvater aller Lebewesen; der Legende nach schläft er irgendwo zwischen den Welten, und wenn er aufwacht, beginnt das Jüngste Gericht; der Schlafende nimmt keinen direkten Einfluss auf die Geschehnisse und eine religiöse Verehrung erübrigt sich, da er ja ohnehin schläft
Schleuse	Artefakt; dient zum Aufbau eines Portals
Schmiedehammer	Zauber, der die Wucht eines Schlages um ein Vielfaches verstärkt
Schwarzes Buch	Auf Anordnung Iwan des Schrecklichen verfasste Handschrift, in der die wichtigsten Erkenntnisse und Zauber aus seiner umfangreichen Bibliothek zusammengefasst sind; Magische Quelle der Humos
SEK	Spezialeinsatzkommando der Polizei
Silberglöckchen	Signalzauber, mit dem ein bestimmtes Territorium belegt wird; dringt jemand unbefugt auf das Territorium vor, hört der Zauberer ein Glöckchen läuten
Sinnhalluzinationen	Russ. Smyslowyje Galljuzinazii; 1989 gegründete, russische Rockband aus Jekaterinburg
Sklif, das	Kurzbezeichnung für die Klinik des Sklifosowski-Instituts für Notfallmedizin in Moskau

Sluagh-Bann	Zauber, der die Zielperson dem Willen des Zauberers unterwirft; Sluagh bezeichnen die Geister von ruhelosen Toten in der irischen und schottischen Folklore
Sofia Palaiologa (ca. 1448–1503)	Nichte des letzten Kaisers von Byzanz Konstantin XI. und zweite Frau des russischen Großfürsten Iwan III.; siehe auch unter Bibliothek Iwan des Schrecklichen
Sokolniki	Moskauer Stadtbezirk
Solowki-Inseln (auch Solowezki-Inseln)	Russische Inselgruppe im Weißen Meer; Standort eines berüchtigten Straflagers und Symbol des sowjetischen Staatsterrors
Sonnensee-Schule	Zaubereischule des Herrscherhauses Lud (Grüner Hof)
Sprengwurzextrakt	Hocheffektives Mittel zur Zerstörung von Schlössern, Riegeln, Ketten etc.; wird in den Fabriken der Handelsgilde in Form von Sprays und Kapseln hergestellt
Suburbs Entsorgungsservice	Kommerzielles Unternehmen, das darauf spezialisiert ist, die Spuren der Lebenstätigkeit der Verborgenen Stadt zu beseitigen
Sucharew-Turm	Prachtvoller Wach- und Aussichtsturm; in Moskau erbaut Ende des 17. Jahrhunderts auf Anordnung von Zar Peter dem Großen; abgerissen 1934 im Zuge der stalinistischen Umgestaltung der Moskauer Innenstadt
Südliches Fort	Hauptquartier der Rothauben

Superhirn	Als Computer ausgeführtes Artefakt, das Nichtzauberern annähernd die Fähigkeiten eines Kriegsmagiers verleiht
Tanzender Kranich	Wappen des Herrscherhauses Lud
T-Grad-Com	T-Grad Communication; T-Grad steht für »Tainy Gorod« (Verborgene Stadt); Telekommunikationsunternehmen mit Monopolstellung in der Verborgenen Stadt; unterliegt der strengen Kontrolle der Herrscherhäuser und firmiert offiziell als größter Internetprovider Russlands
TKV	Telekommunikations-Verbund der Gesellschaft T-Grad-Com
Traumarkan	Komplexer Zauber, der die Erfüllung eines beliebigen Wunsches ermöglicht; es fordert das Blut von zweiundzwanzig Opfern und kann nur von mächtigen Magiern bewirkt werden; bei Todesstrafe verboten durch die Konvention von Kitai-Gorod
Tschud	Herrscherhaus der Verborgenen Stadt; Inoffizieller Name: Orden; Wappen: sich aufbäumendes Einhorn; Magische Quelle: Karthagisches Amulett; Hauptvolk: Tschud; der Tschud, -en, -en; Gesellschaft: militärische Hierarchie, an deren Spitze der Großmeister steht, administrativ aufgegliedert in vier Logen: Schwerter-, Drachen-, Hermelin- und Salamanderloge. Die Magister der vier Logen und die besten Magier des Ordens bilden den Ordensrat, das Regierungsorgan des Großmeisters; der stärkste

	Kriegsmagier des Ordens ist der Kriegsmeister, der gleichzeitig auch Kapitän der Garde ist. Vasallenvölker: Chwanen, Daikinen
Tschukotka	Region im äußersten Nordosten Russlands, durch die Beringstraße von Alaska getrennt
TVZ	Moskauer Fernsehsender, der landesweit empfangen werden kann
Uibuj, der; -en, -en	Bezeichnung der Truppführer der Rothauben-Clans
Uliza	Russisches Wort für Straße
Usurpator	Rang eines Kriegsmagiers des Herrscherhauses Tschud; Usurpatoren sind in der Regel unerfahren, äußerst aggressiv und kaum kontrollierbar
Vegasianer	Geniales Analytikerduo des Herrscherhauses Naw (Dunkler Hof), bestehend aus dem Nawen Domingo und dem Schatyren Tamir Cannabis; die beiden arbeiten eng mit Santiago, dem Kommissar des Dunklen Hofs, zusammen
Verliererbar	Lokal, in dem hauptsächlich Humos verkehren, die von der Existenz der Verborgenen Stadt wissen und über bescheidene magische Fähigkeiten verfügen
Wachsamer Habicht	Zauber, der vor feindlichen Absichten warnt; meist als Tätowierung bzw. Nawsche Skizze ausgeführt
Wandlungsbecken	Artefakt, das die Fate Mara zur Erschaffung der Morjanen benutzte

Wawilow, Nikolaj Iwanowitsch (1887–1943)	Bedeutender Russischer Botaniker und Genetiker
Wedomosti	Russische Tageszeitung mit Sitz in Moskau
Weiße Damen	Zauberinnen des Grünen Hofs, die als Einsiedlerinnen in abgelegenen Wäldern leben
Westliche Wälder	Ein ausgedehntes Gebiet westlich der Verborgenen Stadt, das in früheren Zeiten bewaldet war und von einigen primitiven Stämmen, namentlich von den Rothauben, bewohnt wurde; inzwischen von den Humos fast vollständig abgeholzt
Woiwode, der; -n, -n	Slawisch für Heerführer; ein Adelstitel; im Herrscherhaus Tschud ein Dienstrang innerhalb einer Drushina
Wolga	Russische Automarke, PKW der Oberklasse
Wseslawa	Königin des Herrscherhauses Lud (Grüner Hof)
Yatagan, der	Osmanischer Kurzsäbel mit geschwungener Klinge
Zarizyno-Park	Park im Süden Moskaus
Zelt der Stille	Zauber, der den damit belegten Raum gegen technische oder magische Abhörmaßnahmen schützt
Zitadelle	Bezeichnung des Hauptquartiers des Herrscherhauses Naw